Der Patriot

Wolfgang Brenner

Der Patriot

Roman

Eichborn.

Die Deutsche Bibliothek – CIP-Einheitsaufnahme

Brenner, Wolfgang:
Der Patriot : Roman / Wolfgang Brenner. – Frankfurt am Main :
Eichborn, 1998
   ISBN 3-8218-0548-X

© Eichborn GmbH & Co. Verlag KG, Frankfurt am Main, Januar 1998
Umschlaggestaltung: Petra Wagner
Lektorat: Matthias Bischoff
Satz: Fuldaer Verlagsanstalt GmbH, Fulda
Druck: Wiener Verlag, Himberg
ISBN 3-8218-0548-X

Verlagsverzeichnis schickt gern:
Eichborn Verlag, Kaiserstraße 66, 60329 Frankfurt am Main,
http://www.eichborn.de

»Aber seine Kritiker in den Zeitungen und an
den Stammtischen, ebenso wie seine Richter in
Karlsruhe, haben nicht berücksichtigt, daß sie
es mit einem wahren Patrioten zu tun hatten.«

Henrik Bonde-Henriksen über Otto John

»Himmler ist anders, als man glaubt«, sagte Langbehn zu Popitz. »Unter seinesgleichen kehrt er sicher das Monster heraus. Aber unter Nachbarn ist er wie du und ich. Sie würden es nicht glauben, aber man merkt ihm den Nazi nicht an. Er hat eben im Gegensatz zu vielen dieser Herren einen gesetzten, ja bürgerlichen Hintergrund. Und wissen Sie was: Anders hätte Hitler ihn auch nie zum Reichsinnenminister gemacht.«

Der preußische Finanzminister Johannes Popitz gab einiges auf das Urteil des in Berlin angesehenen Rechtsanwaltes, und schließlich ging Dr. Carl Langbehns Tochter mit Himmlers Tochter zur Schule.

»Wie lange kennen Sie Himmler schon?« fragte Popitz.

»Ach, Gott!« seufzte Langbehn. »Die beiden Mädelchen, wie das so ist, sie konnten sich nicht riechen, und ich dachte noch, als unsere Elke zu Hause erzählte, die Himmlersche zieht ihr eine lange Nase, das wird jetzt ein Gewaltakt, unserer störrischen Elke beizubiegen, daß sie vor der Tochter des Reichsführers SS zu kuschen hat, wenn wir keinen Ärger haben wollen. Da meldet sich der Herr artig an und bittet um Rücksprache. Seine Tochter hatte ihm nämlich auch ihr Leid mit unserer Elke geklagt. Wie sich herausstellte, ist unser Sonnenschein nicht immer so genießbar wie zu Hause bei Kakao und Kuchen. Kurz, ich unterhielt mich mit dem Herren, wir vereinbarten einen Familiennachmittag, und sieh an: Die Mädelchen waren plötzlich ein Herz und eine Seele. Wir redeten über dies und das, er erfragte ganz unproblematisch meinen Rat in einem belanglosen Familienstreit, und mirnixdirnix kamen wir auf die Politik ...«

»Nicht zu glauben!« entfuhr es Popitz.

»Wissen Sie: Himmler ist ein Diplomlandwirt, und nichts anderes will er sein. Ich hatte doch schon vor dem Krieg ab und an mit ihm zu tun – und ich bin sicher, er gehört auch zu denen, die dieser unselige Feldzug verroht hat.«

Popitz schaute Langbehn an, dann fragte er leise: »Und Sie glauben wirklich ...«

»Als Rommel in der Cyrenaika steckenblieb und der Führer sich mit seinen halsstarrigen Anordnungen in Rußland mehr und mehr verstrickte, sagte er eines Tages – wir brüteten gerade über einem Kaufvertrag des Schwagers – da sagte er also ganz unvermittelt: Herr Dokter, wir bereiten uns in der SS auf jede nur denkbare Möglichkeit vor, das können Sie glauben ...«

»Ja, und?« fragte Popitz.

»... auch darauf, daß der Führer eines Tages ausgeschaltet werden muß!«

»Oh!«

»Wortwörtlich.«

»Vielleicht ist Himmler wirklich unsere letzte Chance.«

»Er ist es, Herr Professor Popitz. Die Generäle werden keinen Finger rühren, das wissen Sie doch. Man kann es auch so sehen: Wir paktieren nicht mit der SS, wir überlisten die SS. Wenn die sich von uns in der Absicht, dem Spuk im Führerhauptquartier ein Ende zu machen, bestärkt fühlt und etwas unternimmt, wird die Wehrmacht nicht mehr zusehen können. Die Generäle können die SS nicht einfach machen lassen, sie werden den Ausnahmezustand proklamieren. Schon haben wir durch die Hintertür den Staatsstreich, um den wir die Herrn Militärs schon so lange anflehen.«

»Ein riskanter Plan.«

»Egal wie's ausgeht: Alles ist besser als der Status quo. Selbst wenn Himmler an die Macht kommt und mit den Westmächten verhandelt – wir sind diesen Scheiß-Krieg endlich los.«

»Da ist was dran. Aber die anderen ... Goerdeler wird es ablehnen. Mit dem blutbesudelten Himmler will ich nichts zu tun haben, hat er kürzlich noch rumgetönt ...«

»Goerdeler! Goerdeler! Der wird doch immer selbstgefälliger.

Wenn wir unser Ziel erreicht haben und die unsauberen Elemente aus der SS rausgewaschen sind, dann wird auch der Goerdeler sagen: Ich hab's doch immer gewußt, Popitz!«

Popitz war die Sache zuwider, aber er wußte, daß Langbehn recht hatte. Also bat er den rührigen Rechtsanwalt, nicht mit der Tür ins Haus zu fallen, sondern erst einmal beim SS-Obergruppenführer Karlchen Wolff zu sondieren, ob Himmler überhaupt bereit wäre, sich mit dem preußischen Finanzminister zu treffen.

Das Gespräch fand am 26. Juli 1943 statt. Popitz war vorsichtig. »Wie Sie wissen, gehört zu meinen Pflichten auch die Verwaltung des preußischen Staatsvermögens.«

Himmler nickte.

Popitz erklärte, er mache sich Sorgen – Görings Prunksucht fresse große Teile des Etats auf. Es ging ja nicht nur um die millionenschwere Ausstattung von Karin-Hall, sondern auch um die immensen Kosten, die Görings Hofhaltung als Reichsjägermeister verursachte, die großen Jagden, die Geschenke an ausländische Gäste, die Herden von exotischen Tieren, die Büffel und Braunbären, die aufwendig herangekarrt und mit teurem Sonderfutter versorgt werden mußten – das alles ginge nicht etwa auf das Konto eines Reichsfonds, sondern werde schlankweg aus der preußischen Staatsschatulle entnommen.

Popitz war gut vorbereitet. Er hatte seitenweise Aufstellungen dabei, Überweisungen, Rechnungen, die Görings Adjutanten mit der herrischen Bitte um sofortige Begleichung unentwegt beim Finanzministerium einreichten.

Himmler hörte schweigend zu. Dann vertiefte er sich in die mitgebrachten Unterlagen. Als er die Zahlenkolonnen mit der zähen Unbeirrbarkeit eines Bankbeamten durchlaufen hatte, sagte er tonlos: »Diesen Stinktopf binden wir zunächst mal zu und stellen ihn auf die Seite.«

Popitz nutzte die Gelegenheit, er mußte sie nutzen, auch wenn er sich damit auf ein gefährlicheres Terrain begab: Die Haushaltsklage lag durchaus noch in der Kompetenz seines Amtes, wenn es auch etwas verwegen war, damit zum Reichsführer SS zu gehen.

»Ich sorge mich noch um andere Dinge. Glauben Sie nicht auch, daß die Belastung des Führers tagtäglich zunimmt?«

Himmler starrte ihn durch die kleinen Brillengläser seiner randlosen Bifokalglasbrille an. Die Padstege rutschten auf seiner Nase nach vorne, aber den Reichsführer SS schien das nicht zu stören.

»Ich denke auch oft an die Gefahren durch Erkrankungen oder gar einen Zusammenbruch«, fuhr Popitz fort. »Man beachte nur die Frage einer Nachfolge. Die offenkundige Haltlosigkeit eines Görings, die Unfähigkeit eines Ribbentrops. Sie verstehen?«

Himmler schwieg.

»Meinen Sie nicht auch, wir müssen uns auf einen Reichsnotstand einrichten, Herr Himmler? Es könnte notwendig werden, den Krieg im Westen zu beenden. Wissen Sie: um Ruhe und Kraft zu finden. Ruhe und Kraft für die Fortsetzung des Krieges im Osten – gegen den Bolschewismus.«

Himmler wirkte andächtig, aber er schwieg immer noch.

Popitz fand, er hatte genug gesagt. Weiter konnte er nicht gehen, ohne sich zum Narren zu machen.

Bevor er ging, versuchte Popitz es ein letztes Mal. »Langbehn – Sie vertrauen ihm, glaube ich, und ich tue es auch – er könnte in die Schweiz reisen und dort die Einstellung der Westmächte sondieren.«

Als Himmler ihn bloß regungslos anstarrte, verabschiedete sich Popitz mit einem Nicken.

Im Vorzimmer warteten Langbehn und Wolff. »Er hat geschwiegen«, sagte Popitz leise. »Zu allem geschwiegen.«

»Aber was heißt das?« fragte Langbehn erregt.

»Nichts!« antwortete Wolff.

Das metallene Tischtelefon schlug laut an. SS-Obergruppenführer Wolff hob ab. »Ja, bitte!« Wolff zog die Augenbrauen hoch. Er schaute Langbehn an. Dann warf er den Hörer auf. »Er will Sie sehen, Herr Doktor!«

Langbehn wandte sich an Popitz. »Jetzt wird's sich zeigen: Entweder er läßt uns beide von der Gestapo abholen – oder ...«

Wolff drängte unwillig. »Bitte!!«

Popitz und Wolff warteten stumm. Sie rauchten. Es dauerte keine fünf Minuten. Die schwere, ledergesteppte Tür flog auf, Langbehn stürmte heraus, er war bleich, seine Augen glänzten wie bei einer schweren Grippe.

»Ich soll in die Schweiz fahren – er bittet mich als seinen Anwalt darum!«

Wenige Tage später fing die Funkabwehrstelle des Reichssicherheitshauptamtes einen Funkspruch alliierter Konsulatsstellen in Zürich auf. Die chiffrierte Nachricht konnte von Heydrichs Spezialisten entschlüsselt werden: »Bevollmächtigter des Reichsführers SS in der Stadt eingetroffen, um wegen Friedensmöglichkeiten zu sondieren.«

Der Funkspruch landete auf dem Tisch von Gestapochef Müller.

»Hat der Himmler nicht schon Schellenberg nach Stockholm geschickt, damit der sich mit diesem Hewitt kurzschließt?«

»Abraham Steven Hewitt, der Sonderbeauftragte Roosevelts!« bestätigte Müllers Sekretär Dr. Carolus.

»Was soll also das Theater in Zürich?!« polterte Müller.

»Langbehn!« sagte Carolus. »Sein Anwalt. Aber daß er ihn als Parlamentär benutzt ...«

Müller schlug mit der Hand auf den dechiffrierten Text. »Gut zu wissen. Wir lassen den Himmler-Mann einfach machen. Wer weiß, wie's ausgeht. Und ob's nicht sogar gut für uns ist. Auf jeden Fall ist es unklug, sich in dieser Phase durch Störmanöver hervortun zu wollen und die falschen Leute zu brüskieren.«

Das sonst so flache Gesicht von Carolus glühte. »Das wäre vielleicht falsch, Chef«, hauchte er.

Müller ging das Taktieren seines Adjutanten schon lange auf die Nerven.

»Was richtig und was falsch ist, bestimme hier immer noch ich,

Carolus! Oder haben Sie ein gewichtiges Argument vorzubringen?«

Carolus bekam einen Schreck. Müller genoß das, der Bursche drangsalierte ihn in letzter Zeit zu sehr mit seinen Nadelstichen.

»Wir könnten Himmler und Schellenberg über die Klinge springen lassen«, setzte Carolus zum zweiten Mal an. »Als Agenten der Feindmächte. Mit einem Schlag wären wir die beiden Zecken los!«

Müller sprang auf und marschierte mit verschränkten Armen durchs Zimmer. Dann, als genug Wut aufgestaut war, bellte er: »Hören Sie, Carolus, es steht Ihnen nicht zu, meine Entscheidungen in Frage zu stellen! Sie sind mein Sekretär – fertig. Wenn ich einen Stabschef benötige, sage ich es. Im übrigen rate ich Ihnen dringend, Ihren Ton zu mäßigen, wenn es um vorgesetzte Herren geht!«

Carolus starrte Müller ungläubig an, auf seiner Oberlippe glänzten feine Schweißperlen. Er knallte die Hacken zusammen und ließ seinen Kopf auf die Brust fallen, als habe Müller ihn soeben guillotiniert.

»Nichts für ungut!« sagte Müller leise, dem es schon leid tat, seinen Adjutanten so hart rangenommen zu haben. Aber ab und zu mußte es sein, sonst tanzten ihm die Jungens auf der Nase herum.

Carolus marschierte zur Tür. Im Hinausgehen sagte er fast unhörbar: »Möchte bloß wissen, was der Führer dazu sagt. Unautorisierte Verhandlungen mit den Alliierten ...«

Müller traf es wie ein Blitz. Hatte diese Larve Zugang zum Führer? War da nicht mal von einem Onkel die Rede gewesen, der zum Oberkommando der Wehrmacht gehörte und Mitglied der großen Lage war?

Müller griff nach der Meldung und überflog die Zeilen.

»Carolus, glaube, Sie haben mich soeben vor einem großen Fehler bewahrt!«

Mit der abgefangenen Depesche der Alliierten ging Müller zu Himmler. »Da hat dieser Mensch, dieser Winkeladvokat, doch Ihren Namen und Ihr Ansehen mißbraucht, Herr Reichsführer SS!« tönte der Gestapochef.

Himmler schwieg, seine Brille beschlug leicht von unten.

Müller brüllte:»Verhaften, den Kerl, auch wenn er Ihr Anwalt ist! Wenn Sie mich fragen ...«

Himmlers Lippen zitterten. Es war das erste Mal, daß Himmlers Lippen in Anwesenheit des ihm untergebenen Gestapochefs zitterten.

»Verhaften!« sagte seine dünne Stimme.

»Geht Langbehns Tochter mit Ihrer Tochter nicht auf die gleiche Penne?«

Himmler riß sich die beschlagene Brille von der Nase, die Bügel wackelten nervös.»Verhaften und erschießen, den Saukerl. Und der Balg kommt auf 'ne andere Schule, damit er unsere Kinder nicht anstecken kann!«

Am 26. August 1943 traf Tracy Strong auf dem Londoner Flughafen Heathrow ein.

Er war für zwei Wochen in Stockholm gewesen, hatte mit schwedischen Freunden nächtelang über die Möglichkeiten internationaler Jugendarbeit im Krieg debattiert und war schließlich mit einer Gruppe von Herbariums-Sammlern für vier Tage am Mälarsee entlang von Sigtuna nach Västeras gewandert.

Erst als er wieder in sein Stockholmer Hotel zurückgekehrt war und die Zeitungen und die Post der letzten Tage durchgearbeitet hatte, war ihm aufgefallen, daß er während der Wanderung am Mälarsee den Krieg vergessen hatte. Das war ihm seit drei Jahren nicht mehr passiert.

Eigentlich wollte Strong den Londoner Flughafen gar nicht verlassen, sondern nach vier Stunden Aufenthalt gleich mit einer Militärmaschine nach New York weiterfliegen. Als Generalsekretär des CVJM gehörte er zu den Persönlichkeiten, denen die Air Force erlaubte, auf ungefährdeten Routen in Frachtmaschinen mitzufliegen – falls Platz vorhanden war und die Passagiere in offizieller Mission unterwegs waren. Doch kurz vor seinem Abflug in Stockholm hatte sich ein guter Bekannter bei Strong gemeldet und ihn um einen merkwürdigen Gefallen gebeten.

Dr. Harry Johannsson war Leiter des Nordischen Ökumenischen Instituts. Strong kannte ihn von zahlreichen Tagungen der Sigtuna-Stiftung des Manfred Björquist, die kirchliche Vertreter der kriegführenden Parteien zu Gesprächen über die Möglichkeiten der Beendigung der Kämpfe einlud. Johannsson war ein intelligenter und bedächtiger Mensch, er ging ständig mit hohen kirchlichen Würdenträgern um und wurde bei Rivalitäten um diskrete Vermittlung gebeten. Um so überraschter war der CVJM-Generalsekretär, als Johannsson ihn auf einem Spaziergang durch die Parkanlagen von Sigtuna bat, einen vierseitigen Text auswendig zu lernen.

Strong verlangte Aufklärung, aber Johannsson sagte ihm bloß, je weniger er wisse, desto ungefährlicher sei es für ihn. Bei dem Text handele es sich um eine wichtige Mitteilung eines deutschen Freundes an den Bischof von Chichester. Johannsson war beauftragt worden, den Brief dem Bischof persönlich zu überbringen. Er hielt diesen Weg jedoch für gefährlich. Strong las den Text und erklärte sich bereit, dafür zu sorgen, daß die Botschaft den Bischof von Chichester erreichte.

Er hatte einen Nachmittag Zeit, den Brief auswendig zu lernen – was ihm nicht allzu schwer fiel, denn er verfügte über ein ausgezeichnetes Gedächtnis. Sobald Tracy den Text intus hatte, drückte Dr. Johannsson ihm die Hand, zerknüllte die vier Seiten und zündete sie in einer Erdmulde an. Über die verkohlten Reste schaufelte er Sand.

»Es ist die letzte Chance«, sagte Dr. Johannsson zum Abschied. »Eine ähnliche Mission in der Schweiz ist soeben gescheitert. Einen weiteren Versuch wird es nicht geben, die Gestapo hat Lunte gerochen!«

Strong hatte Glück: Er bekam in Hillingdon eine der wenigen Taxen in die Stadt. Von einer Telefonzelle in der Victoria Street aus rief er die Nummer im Generalvikariat an, die Johannsson ihm gegeben hatte. Er erklärte, vom Nordischen Ökumenischen Institut in Sigtuna zu kommen und eine seltene Schrift aus der Bibliothek des Instituts mitgebracht zu haben, die der Bischof dringend für seine kirchenrechtsgeschichtlichen Forschungen benötige. Der Mann am anderen Ende der Leitung bat Strong, ihm seine Hoteladresse zu geben, damit er die Schrift aus Stockholm durch einen Boten abholen lassen konnte.

Der Generalsekretär erklärte, schon nachmittags ein Flugzeug nach Übersee nehmen zu müssen. Er würde persönlich im Generalvikariat vorbeikommen und dem Bischof das Buch übergeben.

Dem Mann am Telefon wurde die Angelegenheit lästig: Der Bischof von Chichester sei derzeit gar nicht in London, und wenn es sich nur um die Übergabe einer kirchenrechtlichen Monographie handele, so könne der Amerikaner sie auch an der Pforte abgeben. Strong wollte schon laut werden, besann sich aber auf den eindringlichen Ratschlag Johannssons, vorsichtig, um nicht zu sagen: konspirativ, vorzugehen, und bat demütig um eine Audienz beim Bischof. Es dauerte, bis der andere im Terminkalender des Bischofs von Chichester nachgesehen hatte. In vier Tagen gäbe es da eine Möglichkeit, beschied er schließlich den Amerikaner.

Als Tracy Strong auflegte, hatte er nicht übel Lust, Johannssons Mission zu vergessen, nach Heathrow zurückzufahren und die Frachtmaschine in die Heimat zu besteigen. Dann aber dachte er an einige eindringliche Passagen des Textes und ging zu Fuß zu dem kleinen Hotel in Chelsea, in dem er immer abstieg, wenn er in London zu tun hatte.

Strong schlief ein paar Stunden und rief dann im Londoner Büro des CVJM an.

Dort war man nicht gerade erfreut über den unvorhergesehenen Besuch des Generalsekretärs. Die Kollegen hatten alle Hände voll zu tun mit der Versorgung junger Schwerverletzter aus der achten Armee des Generalfeldmarschalls Bernard Montgomery, die bei Agrigent gelandet war und sich von dort aus den Weg zu den deutschen Kernstellungen am Ätna freikämpfte. Dennoch erklärte sich der Leiter des Londoner Büros bereit, Strong am Abend abzuholen und mit Londoner CVJM-Freunden zusammenzubringen.

Der Abend verlief enttäuschend. Nachdem Strong und seine britischen Freunde einige CVJM-Neuigkeiten und den üblichen

Klatsch ausgetauscht und im verrauchten »Beggar's Inn« ein ziemlich fades Kriegsmahl zu sich genommen hatten, gerieten sie in einen heftigen Streit. Die Londoner waren begeisterte Patrioten, die nichts mehr herbeisehnten, als daß die Royal Air Force Deutschland endlich unter einem Bombenteppich begrub.

Als Strong darauf hinwies, daß es viele Deutsche gab, die gegen Hitler waren, die seinen Krieg für Unrecht hielten und die Verfolgung der Juden für ein Verbrechen an der Menschheit, nannten ihn seine Gastgeber einen Träumer. Dann hätten diese Deutsche längst etwas tun müssen, um dem Morden Einhalt zu gebieten, behaupteten sie.

Tracy Strong platzte fast vor Wut. Am liebsten hätte er den jungen CVJM-Funktionären ins Gesicht geschrien, was er seit Tagen auswendig kannte. Aber er dachte an Johanssons Worte: Überall lauerten Spione der Nazis, auch in der Heimat und unter den Verbündeten. Diejenigen, die den Brief in seinem Kopf verfaßt hatten, würden unweigerlich hingerichtet werden, wenn die falschen Leute davon Wind bekamen. Also hielt Strong seinen Mund, trank mehr als ihm guttat, und brach als erster auf.

Der Taxifahrer, der ihn von Bloomsbury zu seinem Hotel bringen sollte, verwickelte ihn in ein Gespräch. Strong erfuhr, daß es trotz gewisser Restriktionen wegen des Krieges noch Clubs gab, die die ganze Nacht offen und auch reichlich Zulauf hatten. Und da sie auf dem Weg nach Chelsea sowieso durch Soho mußten, ließ er sich in der Nähe des »Catskill« absetzen. Er hatte schon oft von dem Lokal gehört, bisher aber nie den Mut gefunden, es aufzusuchen, nun war er durch die Streitereien entnervt und durch den vielen Alkohol mutig genug.

Im »Catskill« war die Hölle los. Am Tresen standen die männlichen Gäste in zwei Reihen, und auf der Bühne sang ein hübscher Transvestit mit einer Federboa »La cucaracha«. Der Generalsekretär suchte sich einen Barhocker in der ruhigen Ecke des Tresens und bestellte einen Scotch. Noch bevor er sein Getränk hatte, trat ein junger Mann mit militärisch kurzem Haarschnitt und einem sympathischen Knabengesicht an ihn heran und erkundigte sich freundlich, ob er sein Blouson in einem Londoner Geschäft gekauft hatte, und wenn ja, in welchem.

Tracy erklärte lachend, ein ganzes Jahr in London und New York danach gesucht zu haben und schließlich in Stockholm fündig geworden zu sein. Der Junge hatte sehr schmale Hüften, er trug – wie etwa die Hälfte der »Catskill«-Besucher – die gepflegte Uniform der RAF und hatte sein Käppi in eine der beiden Schulterklappen gesteckt. Strong lud ihn zu einem Bourbon ein, ein ziviler Bekannter des Fliegers kam dazu, und Strong gab ein paar brandneue New Yorker Witze zum besten, die die beiden Engländer sehr amüsierten.

Als sich das »Catskill« gegen halb vier leerte, schlug der Bekannte des Fliegers vor, noch einen Schlummertrunk in seiner Wohnung zu nehmen. Strong, der unter anderen Umständen sofort abgelehnt hätte, hatte mittlerweile so viel getrunken, daß er unvorsichtig wurde. Immerhin zögerte er mitzukommen. Der kleine Flieger aber bat ihn inständig, ihn nicht im Stich zu lassen. Am Morgen um sechs müsse er bei seiner Einheit sein. Er wolle die zwei Stunden, die ihm verblieben, in netter Gesellschaft verbringen, noch ein Glas trinken, herzlich lachen, dann einen schwarzen Kaffee runterschütten und aufbrechen. Da konnte Tracy Strong nicht mehr ablehnen.

Der Zivilist verdunkelte die Fenster, bevor er Licht machte. Dann legte er eine Platte auf. Tracy erkannte den Sound sofort – die vier Saxophone und die Klarinette, die sie führte.

»Ihnen zu Ehren!« sagte der Gastgeber zu Tracy. Dann bot er seinen Gästen Whisky aus Militärbeständen an und verschwand im Badezimmer, wo kurz darauf Wasser lief. Der CVJM-Generalsekretär und der kleine Flieger saßen stumm nebeneinander auf der engen Couch, nippten an ihren Gläsern und hörten Glenn Miller und seiner Army-Band zu.

»Ich saß im Mai in einem der 15 Lancaster-Bomber, die die Edertalsperre und die Möhnetalsperre bombardiert haben«, sagte der Flieger plötzlich. Strong stellte sein Glas auf dem Beistelltisch ab. Er wußte nicht, was er sagen sollte.

»Glauben Sie, das Ganze hat einen Sinn?« fragte der Flieger leise. »Ich meine, bringt uns so was dem Frieden näher?«

Strong räusperte sich. »Ich weiß es nicht.«

»Ich habe gehört, 1500 Menschen sind ertrunken«, sagte der kleine Flieger.

»Es stimmt«, sagte Strong. »Ich habe die gleiche Zahl von einem deutschen Priester in Stockholm gehört.«

»Morgen werden wir wieder so einen Einsatz fliegen. Und keiner kann mir sagen, ob das richtig ist, was wir tun – oder ob es bloß eine sinnlose Metzelei ist.«

»Nein – das kann Ihnen niemand sagen.«

Der kleine Flieger sah auf die Uhr und seufzte, dann stand er auf. Er wandte sich Strong zu. »Ich würde jetzt gerne tanzen.«

Strong war überrascht – und er verstand nicht, wieso er sich erhob und mit dem Jungen zur »Moonlight Serenade« tanzte. Der kleine Flieger legte seinen Kopf an Strongs Schulter. Strong brauchte eine Weile, bis er es wagte, dem Flieger über die Haare zu streichen. Der Flieger drückte seine Hüfte gegen die von Strong. Strong spürte das Glied des Fliegers. Der Flieger hob seinen Kopf, lächelte und küßte Strong auf den Mund.

In diesem Augenblick wurde Strong von hinten gepackt und herumgerissen. Er sah den Gastgeber – seine nassen, schwarzen Haare, die Pickel auf seiner Brust, das große Badehandtuch, das er sich um den Bauch gewickelt hatte, und sein verzerrtes Gesicht. Dann traf ein Schlag das Kinn des CVJM-Generalsekretärs.

Als Strong wieder zu sich kam, lag er auf der Couch, und der kleine Flieger flößte ihm Whisky ein. Sein Magen schmerzte, und er glaubte, den Kopf nicht bewegen zu können.

»Herb ist immer so schrecklich eifersüchtig!« erklärte der Flieger.

Herb hatte sich inzwischen abgetrocknet und einen Hausmantel übergezogen, er stand mitten im Zimmer und rauchte nervös eine Zigarette. Der Flieger wandte sich um. »Nun sag's schon, Herb!«

Herb biß sich auf die Lippen. Dann murmelte er: »Tut mir leid!«

Strong schloß die Augen, in seinem Schädel brannte es lichterloh.

»Hören Sie, wir haben schon genug Ärger. Vergessen wir die Sache!« hörte er Herb leiern.

Strong versuchte aufzustehen. Es gelang ihm nicht. Der kleine Flieger half ihm. Herb trat an Strong heran. »Ich zahle Ihnen natürlich das Taxi. Hauptsache, Sie rennen nicht zur Polizei und machen keinen Stunk! Ich bin im Staatsdienst, müssen Sie wissen ...«

Strong schob ihn beiseite und wankte zur Tür.

»Soll ich Sie bringen?« fragte der kleine Flieger.

»Das könnte dir so passen!« schrie Herb ihn an.

Strong hatte die Tür erreicht, er riß sie auf und torkelte hinaus.

Um acht Uhr früh wurde Tracy Strong durch das Klingeln des Telefons aus dem Schlaf gerissen. Der Portier des Hotels hatte ein dringendes Gespräch für ihn. Der Angestellte des bischöflichen Generalvikariats war am Apparat. »Sind Sie Mr. Tracy Strong, der Generalsekretär des CVJM?« Strong murmelte etwas. »Hatten Sie in Stockholm mit Dr. Johannsson zu tun?« Wieder bejahte Strong. »Der Bischof von Chichester erwartet Sie in einer halben Stunde.« Strong badete in eiskaltem Wasser, bat den Zimmerkellner um drei Aspirin und schüttete vier Tassen schwarzen Kaffee hinunter. Dann fuhr er zum Generalvikariat. Im Taxi wurde ihm schlecht. Der Fahrer mußte anhalten. Strong ging ein paar Schritte und atmete tief durch, dann konnte er die Fahrt fortsetzen.

Der Mann, der ihn am Morgen angerufen hatte, war so grau im Gesicht, daß es Strong widerstrebte, ihn anzuschauen. Er führte den Besucher in ein abgelegenes Zimmer, eine Art Mönchszelle, in der eine Liege, ein Tisch und drei Stühle standen, und bat ihn, Platz zu nehmen. Dann ließ er Strong allein.

Der Generalsekretär fürchtete, es könnte ihm wieder schlecht werden. Der Schweiß brach ihm aus, er spürte, wie seine Stirn kalt wurde.

Da trat der Bischof ein, ein kleiner, faltiger Mann von etwa fünfundsiebzig Jahren, der sehr besorgt wirkte. Er begrüßte Strong herzlich, dann sagte er: »Entschuldigen Sie den Umstand. Ich wollte Sie nicht tagelang warten lassen, aber wir müssen sehr vorsichtig sein, wenn wir unsere deutschen Partner nicht aufs Schafott bringen wollen.« Dann nahm er an dem kleinen Tisch Platz. Der Graue setzte sich dazu, zog einen Bogen Papier und einen gespitzten Bleistift aus seiner Soutane und schaute Strong an.

»Sie können anfangen!« sagte der Bischof freundlich.

Tracy Strong schwitzte, er stand auf, ging ein paar Schritte durch das kleine Zimmer und setzte sich dann auf die Liege.

Der Graue und der Bischof sahen sich an.

»Ich habe eine furchtbare Nacht hinter mir. Mein Kopf ... er platzt gleich!« sagte Strong.

»Soll das heißen, Sie können sich nicht erinnern?« fragte der Bischof.

Strong antwortete: »Jemand hat mich niedergeschlagen.«

»Glauben Sie, die Deutschen sind hinter Ihnen her?«

Strong schüttelte den Kopf. »Eine dumme Privatangelegenheit. Im Grunde ein Mißverständnis. Keine Politik.« Strong riß die Augen auf. Er konzentrierte sich. »Sehr verehrter Bischof von Chichester ...« Er stockte. Sein Erinnerungsvermögen ließ ihn nie im Stich, aber es gelang ihm einfach nicht, sich an den ersten Satz des Textes zu erinnern, und ohne den ersten Satz kam er nicht auf den zweiten, ohne den zweiten nicht auf den dritten und so weiter – das war der Nachteil seines phänomenalen Gedächtnisses.

»Den Sinn!« drängte der Bischof. »Sie werden sich doch an den Sinn des Gesagten erinnern. Referieren Sie einfach sinngemäß.«

Tracy Strong schloß die Augen und versuchte, seine Kräfte zu sammeln. Aber er sah nur Herbs Faust auf sich zukommen. Dann spürte er das erigierte Glied des kleinen Fliegers an seiner Hüfte – und er riß entsetzt die Augen auf.

»Ich glaube, es hat keinen Sinn, Eminenz!« sagte der Graue. Er packte seine Papierbogen zusammen.

Da bekam Tracy ein paar Worte, den Anfang eines Satzes zu packen.

»Wir sind uns in der Opposition bewußt«, begann er stockend, »daß wir eine neue Regierungsbildung vorbereiten müssen, bevor wir die alte Regierung stürzen. Das ... das verstehen die gegnerischen Geheimdienste nicht, sie drängen auf Aktionen. Um aber die Schwierigkeit eines Umsturzversuches zu begreifen, muß man sich ein Land vorstellen, in dem fast nur ... fast nur ...«

Die beiden schauten ihn an. »So schreiben Sie doch mit!« forderte der Bischof seinen Sekretär auf, und der Graue begann in Windeseile zu kritzeln.

»... in dem fast nur alte Leute, Frauen und Kinder sind«, fuhr Strong fort. »Man kann, wenn es um die Sache der Opposition geht, weder telefonieren noch die Post benutzen oder Boten schicken. Neun Zehntel der deutschen Bevölkerung wissen nicht, daß die Deutschen Hunderttausende von Juden umgebracht haben. Obwohl unsere Verluste durch die neunzehn gut funktionierenden Guillotinen hoch sind, bleiben wir nicht untätig. Auch wenn die Militärs uns Zivilisten lange genug und mit komplizierten Putschplänen hingehalten haben, ohne den entscheidenden Befehl abzusetzen – obwohl der richtige Zeitpunkt schon oft da war. Wir sitzen in den höchsten Stellen und allen Ämtern ... Auch wenn die Militärs uns Zivilisten lange genug ...«

Strong bemerkte seinen Irrtum und errötete, als er den verächtlichen Blick des Grauen sah. Dann aber fiel ihm der Anschlußsatz wieder ein, und er fuhr hastig fort: »Fortwährend werden durch uns Befehle sabotiert, in allen Lebensbereichen werden ständig Menschenleben gerettet. Es ist kein Staatsstreich, sondern eine Revolution nötig, und eine solche wird die Bedeutung und die ... den Spielraum der Generäle beträchtlich einschränken.«

Strong schloß die Augen, um sich zu konzentrieren. Die Finger des Sekretärs trommelten nervös, aber Strong war jetzt nicht mehr einzuschüchtern, er hatte den Faden gefunden. »Wir möchten Ihnen auch mitteilen, daß es innerhalb des Widerstandes große Meinungsverschiedenheiten gibt. Neben denen, die sich hiermit an die Westalliierten wenden, existiert eine zweite starke Gruppe – vor allem unter den Militärs –, die es für sinnvoller halten, eine Kooperation mit Moskau und der Roten Armee anzustreben. Im übrigen sollten Sie wissen, daß sich um Himmler eine SS-Verschwörergruppe gebildet hat. Ein Staatsstreich der SS würde selbst die zögernden Befehlshaber der Wehrmacht zwingen, ihre Truppenteile gegen Himmler und seine SS marschieren zu lassen.«

Strong machte eine Pause. Der Bischof fragte, ob er ein Glas Wasser trinken wollte, Strong lehnte mit einer Geste ab. Der Graue, der unermüdlich kritzelte, schüttelte mißbilligend den Kopf.

»Wir vom zivilen Widerstand können uns gegen Gestapo und SD nicht wehren, wir sind ihnen schutzlos ausgeliefert, während die Herren der Wehrmacht geschützt sind. Bitte helfen Sie uns! Geben Sie einem britischen Verbindungsmann Gelegenheit, über den Botschafter in Stockholm mit der Untergrundbewegung in Kontakt zu treten! Wir könnten es arrangieren, daß ein deutscher Generalstabsoffizier mit allen Informationen über die deutschen Weststellungen in englische Hände fällt – etwa durch eine fingierte Notlandung. Der Mann könnte mit Ihren Offizieren einen Plan zum Absetzen englisch-amerikanischer Luftlandetruppen in Westeuropa erarbeiten. Aber ein Zeichen des Entgegenkommens von Ihrer Seite ist lebenswichtig für uns: Bitte geben Sie die Forderung nach der bedingungslosen Kapitulation auf! Wir werden es Ihnen lohnen, wir werden Hitler töten und die Nazis verjagen. Lassen Sie uns gemeinsam diesen furchtbaren Krieg beenden!«

Tracy Strong ließ Kopf und Arme wie eine Gliederpuppe hängen, er hatte wie in Trance gesprochen.

»Ist das alles?« drängte der Graue. »Das kann doch nicht alles sein!«

»So lassen Sie den Mann doch, Sie sehen, daß er am Ende ist«, gebot der Bischof milde, dann erhob er sich und reichte Strong die Hand. »Danke!« sagte er.

Strong schaute auf. »Ich habe einiges riskiert, deshalb habe ich ein Recht, es zu wissen. Wer ist der Schreiber des Briefes in meinem Kopf?«

Der Bischof zögerte, er schaute sich nach seinem Sekretär um, dann schüttelte er den Kopf und ging zur Tür. Er wandte sich an den Grauen. »Würden Sie uns einen Augenblick allein lassen?«

Der Sekretär wurde noch grauer, aber er stand auf und ging schnell hinaus.

»Es gibt in Stockholm zwei Deutsche, die das Gespräch suchen. Einer heißt Schellenberg, ein hoher SS-Mann. Die Amerikaner halten nichts von dieser Verbindung. Unser Mann heißt Helmuth James Graf von Moltke, ein junger Rechtsanwalt. Ich bin übrigens nicht der Adressat, ich bin auch nur ein Überbringer, wie Sie sich vielleicht denken können.«

»Werden Sie etwas tun können für ... diesen Moltke?« fragte Strong.

»Ich hoffe«, antwortete der Bischof. »Ich werde die Niederschrift an Lionel Curtis in Oxford weitergeben, der hat direkten Zugang zum Foreign Office. Wie die dort damit verfahren, weiß ich nicht. Ich will Ihnen ja keine Vorhaltungen machen, aber es ist eminent wichtig, daß die Nachricht wortgetreu übermittelt wird. Die Analytiker im Foreign Office und beim Geheimdienst brauchen präzises Material, um festzustellen, ob die Nachricht echt ist. Sie verstehen – bei der Bedeutung dessen, um das es hier geht!«

Als der Bischof die Tür hinter sich schloß, kippte Tracy Strong langsam nach hinten, streckte seine Beine auf der Liege aus und schlief im gleichen Moment ein.

Lionel Curtis erhielt den Brief aus Strongs Gehirn zwei Tage später. Er gab ihn sofort weiter ans Außenministerium und an die britische Abwehr MI 5.

Der Bischof von Chichester wartete lange auf ein Zeichen. Als das nicht kam, wandte er sich mit einer Abschrift von Strongs Botschaft an Sir Robert Bruce Lockhart, den Director-General der Political Warfare Executive. Er rief ihn an und wollte wissen, wie man es anstellen könnte, daß Michael Balfour, der unter Lockhart arbeitete, als Verbindungsmann zu den Deutschen eingesetzt wurde.

»Moltke vertraut Balfour!« erklärte der Bischof. »Balfour könnte es schaffen, daß die Deutschen endlich losschlagen. Sie warten doch nur darauf, daß wir sie ernstnehmen. Sie müssen Gewißheit haben, daß ihr Land nicht von den Alliierten überrollt wird, wenn sie Hitler getötet haben, und sie müssen sicher sein, daß sie nach ihrem Staatsstreich nicht von unseren Militärs ebenso zur Verantwortung gezogen werden wie die Naziverbrecher.«

Sir Robert Bruce Lockhart seufzte tief: »Man hat hier Angst davor, daß die Nazis Verschwörer dazu benutzen könnten, britische Offizielle zu kompromittieren.«

Der Bischof verstand nicht, was Lockhart damit meinte.

»Wenn wir auf die Avancen der deutschen Opposition reagieren«, erklärte Lockhart. »Dann tritt plötzlich ein Vertreter der Hitler-Regierung auf den Plan und übernimmt formell die Verhandlungen. Sie wissen, daß es sich bei den Widerständlern vorwiegend um hohe Beamte aus zivilen Ministerien und Leute der deutschen Abwehr handelt. Da sind die Übergänge vom Bombenleger zum fanatischen Parteigenossen ziemlich fließend, Eminenz. Wenn es der deutschen Regierung aber gelingt, den Eindruck zu erwecken, uns in quasi-offizielle Verhandlungen verwickelt zu haben, dann wäre der Fall eingetreten, den zu vermeiden wir unseren Verbündeten in Moskau und Washington hoch und heilig versprochen haben: nämlich bilaterale Verhandlungen mit dem Kriegsgegner. Der Bruch der Kriegskoalition wäre die Folge.«

»Wird Balfour die Botschaft zu sehen bekommen?« fragte der Bischof nach einer Weile.

»Wir sollten ihn erst gar nicht damit belästigen!« antwortete Lockhart entschlossen.

Der Bischof legte auf. Er wußte nun, daß alles umsonst war. Jetzt konnten sich die anständigen Deutschen – falls es sie gab – nur noch selbst helfen.

1. KAPITEL

Über dem Rheintal lag ein schwarzer Nebel. Bonn war feucht und still, nur die Hornsignale der langen Kohlenkähne durchbrachen die Nebelwand. Weil dem Kanzler das Wetter auf die Bronchien schlug, waren die Vorhänge des Dienstzimmers im Palais Schaumburg zugezogen. Er hatte sich nie darüber beklagt, aber seine Stimme bekam bei Rheinnebel ein hintergründiges Röcheln, er mußte sich oft räuspern, was bei dem 78jährigen klang, als sei er lungenkrank. Er sprach nicht über sein Befinden und mochte es auch nicht, danach gefragt zu werden. Die, die dafür zuständig waren, hatten – ohne ein Wort darüber zu verlieren – schon am Morgen die Räume gelüftet, den beißenden Rauch der Zigarren auf die Terrasse hinauswehen lassen und dann alles abgedichtet.

Es war elf Uhr früh, die schwere Schreibtischlampe brannte schon seit vier Stunden.

Staatssekretär Otto Lenz brachte eine königsblaue Handakte und legte sie auf den Tisch, neben den Stapel der dickleibigen Leitz-Ordner mit den Tagesberichten des Beraterstabes und den dazugehörigen Materialien aus den Ministerien.

Der Alte saß bewegungslos über seiner Lektüre. Obwohl er alle Angehörigen seines Beraterkreises um mindestens einen Kopf überragte, wirkte er klein im Verhältnis zu dem schweren, dunklen Mobiliar des Dienstzimmers.

Der Kanzler schlug die blaue Handakte auf. Die Ränder der engbeschriebenen Schreibmaschinenseiten waren übersät von roten und grünen Anmerkungen. Lenz trat an den Kanzler heran und flüsterte: »Ich habe meinen Kommentar angeheftet.«

Er wollte dem Alten helfen, die Handakte nach hinten zu blättern, doch der legte seine breiten, faltigen Hände wie prähistorische

Schwimmhäute auf die aufgeschlagenen Seiten und sagte: »Er soll warten, bis ich alles gelesen habe!«

Lenz wich zurück. Er wußte, daß der Alte fuchsteufelswild werden konnte, wenn er sich bevormundet fühlte. Der Staatssekretär hatte sich oft genug vorgenommen, dem Kanzler keinen Anlaß mehr zu der Annahme zu geben, er behandele ihn wie einen alten Mann, aber immer wieder unterlief ihm eine Geste, die Adenauer als Gängelung auslegte.

Wenn er sich über jemanden geärgert hatte, rächte sich der Alte rücksichtslos wie ein Kind: Die Woche zuvor hatte er den Leiter des Bundespresseamtes von der Liste der Delegation streichen lassen, die nach London reiste. Felix von Eckardt hatte es gewagt, in kleinem Kreis Zweifel am Zustandekommen der Europäischen Verteidigungsgemeinschaft zu äußern. Niemand durfte das derzeitige Lieblingskind des Alten schmähen – sei es auch nur in Form einer wohlgemeinten Warnung vor der drohenden Niederlage.

Eckardt hatte seine Quittung erhalten – und war auch noch so dumm gewesen, in aller Öffentlichkeit auf seine Teilnahme an der Londonreise zu drängen. Das hatte dem Alten gutgetan; zu Lenz und Globke hatte er gesagt: »Hätten Sie das geglaubt, daß wir einen Hampelmann als Pressesprecher eingestellt haben? Bettelt der darum, nach London mitfahr'n zu dürfen.«

Dann hatte er angeordnet, daß Eckardt doch noch einen Platz in der Maschine bekam – in der letzten Reihe, neben dem Korrespondenten eines katholischen Bistumsblattes, der aus konfessionellen Rücksichten mitreisen durfte und der dafür berüchtigt war, daß er sich bei jedem Flug vom Start bis zur Landung ununterbrochen übergab.

So wollte Lenz nicht enden. »Wie Sie meinen. Soll ich ihn rüber ins Bundeshaus schicken, damit er ein zweites Frühstück einnimmt, während Sie die Akte studieren?«

Der Alte schaute verdutzt auf: »Glauben Se im Ernst, das dauert so lange?«

Lenz stotterte: »Natürlich nicht ... nein, ich dachte nur ...«

Der Alte vertiefte sich wieder in die Akte. Lenz rührte sich nicht mehr.

»Was halten Se denn von dem?« fragte der Kanzler irgendwann, ohne von seiner Lektüre aufzuschauen.

»Gehlen sagt, er ist inkompetent.«

»Das sagt dieser Gehlen von jedem, der ihm im Weg steht. Der hat Hitler auch nicht vor Stalingrad bewahren können, der Herr Fremde Heere Ost, von wegen Kompetenz ... ich wollte wissen, was Sie von dem Kerl halten. Sie, Lenz, nicht Gehlen!«

Lenz dachte angestrengt nach, dann antwortete er langsam: »Wenn Sie mich fragen ...«

»Ja, das tue ich!«

»Er ist der falsche Mann am falschen Platz. Denken Sie nur an die Vulkan-Affäre ...«

Die Stimme des Alten wurde schneidend: »Wir sind hier nicht im Bundestag, Lenz! Lassen Se das gefälligst. Wir wissen doch beide, wer die Sache vergeigt hat ...«

Er machte eine Pause, und Lenz glaubte, etwas sagen zu müssen. »Sie haben ...«

Der Kanzler schnitt ihm das Wort ab. »Ich war in Amerika, Lenz! Blücher hat mich vertreten, dieser Hornochse. Drei Dutzend Leute haben die als Ostspione verhaftet. Bis heute sind gerade mal zwei verurteilt. Dafür haben wir Schadensersatzklagen deutscher Unternehmer am Hals. Dieser Stahlkaufmann oder was der beruflich gemacht hat, der hat sich in der Zelle an seiner Krawatte aufgehängt.« Der Alte schüttelte empört den schweren Kopf.

Lenz wagte einen sachten Vorstoß. »Aber Sie haben doch damals selbst in Washington erklärt, daß der Westen wachsam sei und ...«

Der Kanzler leierte: »Was hätte ich denn machen sollen? Der Eisenhower hat gedrängt, hier hat sich die Presse überschlagen, die Russen standen Gewehr bei Fuß. Wenn ich gewußt hätte, was zu Hause für ein Saustall angerichtet worden ist, hätt' ich doch drüben in Amerika mein Maul gehalten.«

»Sehen Sie – und das hat ihnen das Bundesamt für den Verfassungsschutz eingebrockt.«

»Nichts da, Lenz, verwischen Se bloß nicht die Tatsachen! Die

Sache ist erst aus dem Ruder gelaufen, als Blücher und Bundesanwalt Güde die Liste der Verhafteten an die Presse gegeben haben. Und das bloß auf die Denunziationen eines windigen Überläufers hin ...«

»Dieser Kraus war immerhin am Institut für wirtschaftswissenschaftliche Forschungen in Ostberlin tätig!«

Der Kanzler winkte ab: »Ach, hören Se mir damit auf, Lenz, das ist doch garantiert so 'ne Spionageklitsche.«

Lenz fühlte sich schlecht behandelt, er wurde wütend. Schon oft hatte er erlebt, daß der Kanzler Mißerfolge anderen in die Schuhe schob, auch wenn er selbst die entsprechenden Anweisungen gegeben hatte. Er beharrte trotzig: »Kraus hat am letzten Gründonnerstag in Ostberlin seinen Kram zusammengepackt und ist damit in den Westen. Mit der Kartei der Leute, die auf wirtschaftlichem Gebiet dem Osten wertvolle Dienste leisten. Kraus hat sich das gut ausgedacht. Über die Osterfeiertage hat keiner sein Verschwinden bemerkt, also hatte er Zeit genug, beim Verfassungsschutz alles auszuplaudern. Und unsere Leute konnten zuschlagen, bevor die in Ostberlin auch nur bemerkten, daß ihre Kartei im Westen war. Die Bundesanwaltschaft hatte genau 36 Stunden Zeit, die Ostagenten festzunehmen – bevor die Pankower aus dem Osterwochenende ins Büro kamen und ihre Leute im Westen warnen konnten ...«

»Ach, hören Se doch auf, Lenz, dieser Ostheini, dieser Kraus hat doch das ganze Zeugs nur aufgemöbelt, um hier 'nen guten Eindruck zu machen. Da waren doch kaum wirkliche Spione drunter. Die meisten, die der hier ans Messer lieferte, waren Herren aus der Wirtschaft, die ganz legal Geschäfte sondierten ...«

»Naja, was da so legal heißt ...«

Der Kanzler sprang auf. Er drehte eine Runde um den Schreibtisch. »Gehlen will den John loswerden, stimmt's? Deshalb hat er ihm auch die Vulkan-Sache in die Schuhe geschoben.«

Diesmal räusperte Lenz sich.

»Haben Se was?« fragte der Kanzler.

Der Staatssekretär räusperte sich wieder und sagte: »Gehlen sagt, der Mann ist nicht nur unfähig, sondern auch gefährlich.«

Der Alte nickte. »Ich hab's gelesen. Wissen Sie, was der Bundesanwalt Güde mir erzählt hat, als ich ihn wegen der Vulkan-Schlappe ins Gebet genommen habe?« Lenz konnte sich denken, was jetzt kam, deshalb schwieg er. »Er hat denen von der Organisation Gehlen geraten, sie sollten sich lieber mit weniger guten Leuten zusammentun als mit den vielen Lumpen. Aber die meinten, sie hätten es bisher mit den Lumpen ganz gut gemacht.«

Lenz versuchte es ein letztes Mal: »Es ist nicht nur Gehlen. Es ist auch Blank. Der warnt auch vor John.«

Der Kanzler sah ihn mit zusammengekniffenen Augen an. »Der Blank – der soll mal schön bei seinen Leisten bleiben. Der wird sich um seine Soldaten kümmern. Ich will nicht, daß da einer querschießt – nicht Blank und nicht Innenminister Schröder. Und jetzt holen Sie den John herein!«

Lenz wollte noch etwas sagen, er nickte aber bloß und ging hinaus.

Die Luft im Vorzimmer des Kanzlerbüros im Palais Schaumburg war stickig. Es roch nach dem Blümchenparfüm der beiden Sekretärinnen, nach alten Kaffeefiltertüten und nach Schweiß.

Otto John wartete schon eine Stunde. Er war ungeduldig. Seine Maschine in die USA ging am nächsten Morgen, er hatte noch nicht gepackt und auch im Amt noch keine Vorsorge für die Zeit seiner Abwesenheit getroffen.

Sein Vertreter war ein Oberst a.D., ein Kompromißkandidat, der den Gegnern seiner Berufung zugestanden worden war – als Garantie dafür, daß es im neuen deutschen Geheimdienst den Interessen der Bundesregierung entsprechend zuging. John, der vom Bundespräsidenten Heuss aus England geholt worden war, hatte sich in den letzten drei Jahren mit dem Obersten Radtke zusammengerauft. Nach einem befreienden Gewitter hatte er seinen Vize ins Godesberger Restaurant »Schwarzer Adler« eingeladen, gut zu Abend gegessen, die Kellner mit einem fürstlichen Trinkgeld weggeschickt und dann bis zum Morgengrauen mit seinem Gast Frankenwein getrunken. Radtke hatte sich als Pragmatiker erwiesen, der zwar die allgemeine Skepsis dem Präsidenten des Amtes gegenüber teilte, aber kein Interesse daran hatte, jahrelang als Bonner Spitzel im Kölner Verfassungschutzamt zu hocken und von den Kollegen gemieden zu werden.

Oberst a.D. Radtke rechnete sich – das hatte John in der langen Godesberger Nacht herausgefunden – Chancen auf seine Nachfolge aus. Da John nicht vorhatte, länger als fünf Jahre im Amt zu bleiben, und daraus innerhalb des Hauses auch keinen Hehl machte, fand er nichts Ehrenrühriges in Radtkes Kalkül. Im Gegenteil: Radtke war intelligent genug zu wissen, daß er für eine Nachfolge Johns mehr Stimmen brauchte, als ihm die Feinde Johns bieten konnten. Deshalb war er darauf erpicht, sich einen Namen als Fachmann zu machen. Er wollte Erfolge verbuchen, anstatt endlose Berichte an Globke und Lenz zu schreiben, an die beiden Staatssekretäre im Bundeskanzleramt, die zwar keine Dienstvorgesetzte waren, sich aber im Auftrag des Kanzlers um die Geheimdienste kümmerten.

Daß Adenauers Staatssekretäre es gerne sähen, wenn alle Dienste unter einem Dach zusammengefaßt werden würden und dieses Dach das Bundeskanzleramt wäre, pfiffen die Spatzen in Bonn von den Dächern. Radtke gehörte zum Plan von Globke und Lenz, das war klar. Aber John hatte nicht den Eindruck, daß Radtke es sehr eilig hatte, seinen Auftraggebern Vollzug zu melden.

Der ausgekochte Oberst schien ebensogut wie John zu wissen, daß selbst Adenauer Kritik einstecken mußte, sobald sein Vorhaben eines bundesdeutschen Kanzlergeheimdienstes öffentlich wurde – Kritik der wütenden SPD, aber auch Kritik von den Koalitionspartnern DP und FDP, ja sogar Kritik aus den Reihen der eigenen Partei. Angesichts der Geschlossenheit der Kritiker mußte sogar der erfolgsgewohnte Kanzler mit einer Niederlage rechnen.

Leute, die in der Sache des dem Kanzleramt unterstellten Supergeheimdienstes zu nahe an Adenauer herangerückt waren, würden dann bluten müssen – stellvertretend für Adenauer, der auch nach so einer Niederlage der erste Mann in Bonn bleiben würde. Deshalb – so schloß John – kooperierte sein Vize mit ihm, dem ungeliebten Präsidenten.

Obwohl Radtke keinerlei Groll gegen das Militär hegte, hatte er John dabei geholfen, gegen einen anderen hohen Offizier zu ermitteln: gegen den potentiellen Leiter der zukünftigen militärischen Aufklärung im Amt des Beauftragten der Bundesregierung für die Organisation westdeutscher Streitkräfte. Zusammen hatten sie Material gegen diesen Oberstleutnant Heinz gesammelt. Aufgrund seiner geheimen Kontakte zu verschiedenen ausländischen, auch feindlichen Nachrichtendiensten war Friedrich Wilhelm Heinz nicht mehr zu halten gewesen.

Dabei war Radtke ein Befürworter der Wiederbewaffnung. Aber als pflichtbewußter preußischer Offizier kämpfte er gegen die Unterwanderung der zukünftigen Streitkräfte – sei es durch Ostagenten oder durch Nazis. In dieser Hinsicht hielten die beiden ungleichen Männer zusammen.

Was John zudem für Radtke einnahm: 1943 hatte er als Abteilungsleiter der Gruppe Abwehr beim OKH die Ermittlungen in einer äußerst brisanten Sache unterbunden. Angehörige der Geheimen Feldpolizeigruppe 631 hatten in der Nähe des ostpreußischen Lagers »Mauerwald« zwei Männer beobachtet, die unter einem hölzernen Wachturm etwas vergraben wollten. Die Feldjäger stellten die Männer, die auf der Stelle flüchteten. Ein Hund entdeckte ein Paket Plastiksprengstoff Hexogen – noch in der englischen Originalverpackung. Der Fall wurde damals an die Abwehrgruppe von Oberst Radtke übergeben, der die Angelegenheit zielstrebig im Sand verlaufen ließ. Die Heeresabwehr hätte sonst dem SD schnell den Weg zu den Flüchtigen des Lagers »Mauerwald« gewiesen. Es handelte sich um den Major i.G. Kuhn und den Oberstleutnant d.R. von Hagen, die den Sprengstoff im Auftrag von Stieff deponieren sollten, und der wiederum hatte ihn von Stauffenberg. Wenn man es genau betrachtete, hatte Johns Vize Radtke 1943 verhindert, daß Stauffenberg und seine Gruppe schon ein halbes Jahr vor ihrem Attentat verhaftet und hingerichtet worden waren.

Die beiden Damen in Adenauers Vorzimmer arbeiteten leise und andächtig. Eine war schon über fünfzig und wirkte etwas kränklich, die andere war noch keine dreißig, trug ihre dunkelblonden Haare in einem strengen Türmchen, hatte vor Eifer rosa Bäckchen und wirkte altklug. Während die Ältere die Post öffnete und in eine lederne Schließbandmappe einordnete, bediente die andere das leise gestellte Telefon.

John verstand kein Wort, er sah nur, daß sie ihre Lippen bewegte und sich Notizen machte. Sie schrieb sehr langsam und – wie es John schien – in kindlich großen Buchstaben. Irgendwann drückte sie einen Knopf an dem schweren, schwarzen Telefonapparat, seufzte, erhob sich und schwebte an John vorbei ins Nebenzimmer. Er bemühte sich, sie freundlich anzulächeln, sie aber schien ihn nicht zu sehen. Sie trug ein hellgraues Kostüm mit raffinierten Aufschlägen, für das sie nach Johns Meinung noch zu jung war. Ihre Bewegung war so resolut, daß John den Luftzug an seinen Wangen spürte, als sie ihn passierte.

Er schloß die Augen und dachte an seine Frau Lucie. Sie war acht Jahre älter als er und trug ähnliche Kleider wie Adenauers junge Sekretärin, ja, ihre Figur erschien ihm trotz ihrer 53 Jahre noch genauso straff und schlank. Nur wirkten Lucies Bewegungen weniger schwungvoll als die der jungen Vorzimmerdame. Lucie bewegte sich vorsichtig und sanft, fast unhörbar – vor allem nicht so schnell, daß er einen Luftzug spürte, wenn sie vorüberging.

»Sind Sie müde, Herr John?« fragte die ältere Sekretärin.

John schlug die Augen auf. Sie war unbemerkt aufgestanden und mit der prallen Postmappe in den Händen um den Tisch herumgegangen. Nun stand sie vor ihm und musterte ihn besorgt.

»Ich habe nur nachgedacht. Glauben Sie, es dauert noch lange?«

Sie zuckte mit den Achseln. »Der Chef arbeitet Tag und Nacht, aber es wird nicht weniger.«

Ihre Kollegin balancierte zwei zierliche Sammeltassen herein. Die Ältere wandte sich ihr in strengem Ton zu: »Würdest du dem Herrn John auch eine Tasse Kaffee bringen, Annemarie!«

Annemarie hielt inne, aus der rechten Tasse schwappte Kaffee in die Untertasse. Sie biß sich auf die Lippe und warf John einen ärgerlichen Blick zu.

John protestierte mit einer abwehrenden Geste. »Das muß wirklich nicht sein!«

Die Ältere schüttelte den Kopf. »Aber ich bitte Sie, Herr Präsident. Das ist doch selbstverständlich!«

»Präsident« hatte John noch nie jemand genannt – außer Heuss bei seiner Vereidigung, aber der war schließlich auch ein Präsident, und wenn er zu jemandem »Präsident« sagte, klang das, wie wenn sich Gelegenheitsarbeiter untereinander »Herr Kollege« nannten.

»Wenn Sie vielleicht einen kleinen Cognac hätten – dann wäre ich schon zufrieden«, sagte John und deutete mit Daumen und Zeigefinger an, wie klein der Cognac sein konnte.

»Um diese Zeit?« fragte die Ältere verständnislos.

»Für einen Cognac ist es genau die richtige Zeit!« entgegnete John trotzig. Er konnte es nicht ausstehen, wenn ihm jemand wegen seiner Trinkgewohnheiten Vorhaltungen machte.

»Der Chef sieht es nicht gern, wenn im Büro Alkohol getrunken wird!«

Das paßte zum Kanzler.

»... und wenn Sie anschließend Termin beim Chef haben, sollten Sie erst recht nichts Alkoholisches zu sich nehmen. Stellen Sie sich vor, er riecht es!«

Dumme Pute, dachte John und ärgerte sich, um einen Cognac gebeten zu haben.

Die Vorzimmerdame erinnerte ihre junge Kollegin noch einmal daran, dem Gast auch eine Tasse Kaffee zu bringen, und klopfte dann zaghaft an die Verbindungstür zum Kanzlerbüro. Als sie nach kurzem Verharren die Tür öffnete, hörte John die hohe, blecherne Stimme des Alten. Was der Kanzler sagte, konnte er nicht verstehen, aber er schien – wie fast immer – verärgert zu sein. Die leicht gekrümmte Vorzimmerdame schlüpfte hinein und zog lautlos die schwere Tür hinter sich zu.

John überlegte noch, ob die Verärgerung des Alten mit seinem Besuch zu tun haben könnte – da trat Annemarie mit einer Tasse Kaffee an ihn heran. Er wollte sich erheben, um ihr die Sammeltasse abzunehmen, da kippte die Untertasse seitlich ab, und ein Schwall heißer Kaffee ergoß sich über seinen Schoß.

Es brannte nur kurz auf seinem Oberschenkel. »So passen Sie doch auf!« fuhr er die Sekretärin an. John sah für den Bruchteil einer Sekunde in ihre Augen und erkannte, daß sie es genoß. Sie genoß es, Johns Anzug mit heißem Kaffee beschmutzt zu haben. Sie reichte ihm äußerlich ungerührt ein Handtuch und murmelte eine Entschuldigungsfloskel. John griff nach dem Tuch und tupfte nervös Jacke und Hose ab.

In diesem Moment öffnete sich die Tür zum Büro, die ältere Kollegin trat ins Vorzimmer, hinter ihr erschien – mit eisiger Miene – Otto Lenz. Er schüttelte sich wie ein Hund, der eben aus dem Wasser gestiegen ist. Die Vorzimmerdame musterte John von Kopf bis Fuß, ihre Mundwinkel zuckten, dann sagte sie laut und offiziell: »Der Kanzler läßt dann bitten, Herr John!«

Lenz lächelte ihm zu. Sie kannten sich. Lenz hatte in den vierziger Jahren zum Kreis des Widerstandes gehört. Auf einer der vielen Kabinettslisten, sogar auf einer sehr späten, wahrscheinlich schon zu Stauffenbergs Zeiten, war Lenz als Staatssekretär für das Ressort Kultur aufgetaucht. In Bonn gab es Hunderte, die sich aus ähnlichen Gründen wie Lenz auf ihre Opposition zu den Nazis beriefen. Wenn man aber – wie John – wußte, wie viele solcher Kabinettslisten kursiert waren, begegnete man den Mitgliedern der ominösen Schattenkabinette mit Vorsicht. Nicht wenige auf diesen Listen waren überzeugte Nazis gewesen, und Anfang der vierziger Jahre hatte Popitz einmal ernsthaft in Betracht gezogen, Goebbels nach dem Sturz der Nazis weiterzuverwenden.

Otto Lenz hatte es geschafft, er war – ob nun echter Widerständler oder bloß eine Karteileiche – Staatssekretär im Kanzleramt geworden. Eigentlich hatte er es gar nicht nötig, so dicht wie er am Machtzentrum saß, aber er unterrichtete John, dem er einmal bei Goerdeler begegnet war, regelmäßig darüber, was im Kanzleramt gerade gegen den ungeliebten Verfassungsschutzpräsidenten im Gange war.

So hatte John es Lenz zu verdanken, daß er von einer Gefahr erfahren hatte, die ihm schon früh seinen Posten hätte kosten können: Der ärgste Rivale Adenauers, Hans Schlange-Schöningen, den man als ersten Geschäftsträger der Bundesrepublik nach London weggelobt hatte, beschäftigte einen Adlatus namens Oskar von John. Dieser Namensvetter versorgte jahrelang Dr. Robert Platow mit internen Informationen über die Vorgänge in Bonn. Platow betrieb von Hamburg aus einen sogenannten »Vertraulichen Informationsbrief« für den deutschen Handel und die Industrie. 1951 war Platow in den Verdacht geraten, Geheimnisverrat begangen zu haben, sein Archiv war beschlagnahmt und die Briefe des Herrn Oskar von John aus London waren gefunden worden. Adenauer soll getobt haben, wie Lenz John wenig später berichtet hatte. Er habe seine ganze Überredungskunst aufbieten müssen, um den sturen Rheinländer davon zu überzeugen, daß er die beiden Johns verwechselt hatte.

»Aber es ist was hängengeblieben!« hatte Lenz damals dunkel erklärt. Otto John war dem Staatssekretär dankbar für seine Unterstützung – wenn er auch nicht wußte, warum Lenz immer wieder für ihn eintrat ...

»Wir Ottos müssen zusammenhalten«, sagte Lenz neuerdings immer zum Abschied.

Seit Lenz das sagte, mißtraute John ihm.

2. KAPITEL

Der Kanzler knöpfte seinen Kragen auf. Das Atmen fiel ihm schwer, die Luft war schlecht. Der kalte Rauch von Globkes trockenen »Eckstein«-Zigaretten stand tagelang im Büro. Der Alte ging zu einem der hohen Fenster und schob den Vorhang etwas beiseite. Der Rhein schimmerte im Nebel wie ein straff gespanntes Stahlseil.

Der Kanzler verzichtete darauf, ein Fenster zu öffnen. Er ging zu der Front, die nach Westen wies, und lugte die mächtige, sanft ansteigende Ebene hinauf. Vielleicht würde die Sonne bis zum Nachmittag den Nebel aus dem Rheintal vertrieben haben. Dann konnte er das Fenster öffnen und auf den Fluß schauen, wenn er seinen Tee trank. Darauf freute er sich.

Es klopfte.

Der Kanzler ging schnell zu seinem Schreibtisch zurück und nahm Platz. Er begann wieder in der Handakte von Lenz zu lesen. Es klopfte ein zweites Mal. Der Alte antwortete nicht. Die Tür öffnete sich. Der Kanzler schaute nicht auf. Er las und wartete.

Lenz trat lautlos heran und sagte: »Der Präsident des Bundesamtes für den Verfassungsschutz.«

Der Kanzler fuhr hoch, als hätte man ihn aus einer tiefen Andacht gerissen. »Ach, Sie sind das!« Er musterte den Besucher, der hinter Lenz erschien.

»Ich freue mich, daß wir uns endlich persönlich kennenlernen«, sagte John, anstatt zu warten, bis der Kanzler ihn etwas fragte. Sein Ton war schneidig wie bei einem Militär, aber seine Stimme hatte eigenartigerweise einen sanften Klang, auch sein volles, fast feistes Gesicht war sanft, beinahe etwas teigig. Er wirkte auf Adenauer sehr norddeutsch. Die Augen waren hell, fast blau, die Haare zwar licht, aber immer noch blond – nicht das brennende, herausfordernde Blond, ein weiches, weißes Blond. Seine Lippen waren sehr schmal. Sie zitterten etwas, obwohl der Mann nicht den Anschein machte, aufgeregt zu sein. Er war wohl immer etwas nervös. Irgendwie schien er zu lächeln, aber der Kanzler wußte, daß das nur so aussah, in sein Dienstzimmer trat kein Fremder lächelnd ein – nicht mal der Präsident des Verfassungsschutzes.

Der Kanzler erhob sich langsam. Der andere wartete darauf, daß er ihm die Hand gab, aber der Kanzler dachte nicht daran. Unterhalb des Hosenbundes hatte der elegante, hellgraue Anzug Johns einen häßlichen Fleck. Der Kanzler schaute lange auf den Fleck.

Daß dieser John, dieser Schnösel, der glaubte, die Weisheit mit Löffeln gefressen zu haben, dieses britische Kuckucksei, mit einem riesigen Fleck auf der Hose in sein Büro marschierte, machte den Alten ratlos. War der Mann so dreist, oder war er einfach ein Trottel?

Der Kanzler rechnete nach: 45 Jahre mußte John jetzt alt sein. In diesem Alter war er bereits vier Jahre Kölner Oberbürgermeister und ein Jahr Präsident des preußischen Staatsrates gewesen; er hatte eine der größten Städte Deutschlands regiert und war jede Woche für drei Tage nach Asien gefahren, wie er das nannte. Damals hatte er in der Hauptstadt Berlin im Trubel preußischer Politik bestehen und sich den hochnäsigen Junkern stellen müssen, denen ein Rheinländer so suspekt war wie ein Lothringer. Aber niemals wäre er mit einem Fleck in der Anzughose seinen Berliner Widersachern entgegengetreten.

»Sie haben einflußreiche Freunde«, sagte der Kanzler nach einer Weile.

Das saß. Die gesunden Pausbacken des Besuchers wurden wächsern. Der Alte liebte es, Menschen so zu frappieren, daß sie ihre Gesichtsfarbe änderten. Manchen brach sogar der Schweiß aus. Aber der Besucher gehörte nicht zu dieser Sorte.

»Wen meinen Sie?« fragte John.

Adenauer grinste bloß. Der Staatssekretär, der etwas abseits stehengeblieben war, glaubte einspringen zu müssen. »Unsere britischen Freunde haben uns dringend gebeten. Der Hochkommissar persönlich verwahrte sich gegen Ihre sechs Mitbewerber. Unter ihnen waren so honorige Leute wie Admiral Patzig, der Vorgänger von Canaris bei der deutschen Abwehr ...«

»Vielleicht aus diesem Grund«, warf der Besucher lächelnd ein, er schien das Geplänkel partout nicht ernst nehmen zu wollen.

Lenz erhob verbissen seine Stimme: »Und der Widerständler Fabian von Schlabrendorff – dem werden Sie ja keine Nazi-Belastung unterstellen wollen?«

Nun wurde auch Otto John ernster. »Das habe ich beileibe nicht getan. Jakob Kaiser hat mich – soweit ich weiß – ins Gespräch gebracht. Nicht die Briten«, erklärte er ruhig.

Der Kanzler klatschte in die Hände. »Kennen Sie ein Land der Welt, Herr John, in dem die Gewerkschaften bestimmen, wer Chef des Geheimdienstes wird?«

Der Besucher wurde unsicher. »So habe ich das nicht gemeint, Herr Bundeskanzler. Jakob Kaiser ist immerhin Mitglied Ihrer Partei – und Minister in Ihrem Kabinett.«

»Das müssen Se mir nicht erklären, junger Mann!« fauchte der Alte.

Johns Stimme wurde weich und nachgiebig. »Ich wollte nur der Auffassung widersprechen, daß allein die Intervention der Alliierten den damaligen Innenminister Lehr bewogen hat, mich zum Präsidenten des Bundesamtes für den Verfassungsschutz zu machen.«

»Soso«, sagte der Alte. »Und was wohl sonst?!«

Das Gesicht des Besuchers gefror, unter seinen Backen mahlten die Kiefer. »Meine Tätigkeit im deutschen Widerstand!«

»Stimmt«, entgegnete der Alte jovial und legte seinen Kopf weit nach hinten, die Augen wurden klein, seine ledernes, asiatisches Gesicht verkrampfte sich zu einer Maske. »Das hätt' ich ja fast vergessen.«

John schaute Lenz an, der grinste hilflos. Der große, dreieckige Kopf des Kanzlers schoß wieder vor. »Aber wir haben Sie nicht hergebeten, um über die alten Zeiten zu reden. Es geht um die Zukunft. Wie Se sicher schon gehört haben, steht eine Reorganisation der deutschen Dienste an. In gegenseitigem Einvernehmen mit unseren alliierten Freunden natürlich – und das sind nun mal nicht nur Ihre Briten.«

John zwang sich zu einem Lächeln. »Meine Briten?«

Der Kanzler schien ihn nicht zu hören. »Die Amerikaner wünschen, daß Deutschland einen modernen Geheimdienst bekommt. Einen Auslandsgeheimdienst, der alle nötigen Informationen sammelt, die wir Politiker benötigen. Natürlich auch einen, der über das Land wacht, das versteht sich ja von selbst. Wissen Se, junger Freund, es ist meine Art, bei solchen wichtigen Entscheidungen vorher die Fachleute zu fragen. Deshalb habe ich Sie hergebeten.«

Der Besucher war irritiert. »Sie wollen von mir hören, was ich über eine Neuorganisation der Geheimdienste denke?«

»Genau, nun legen Se mal los! Allzuviel Zeit habe ich nicht. Ich bin ja sozusagen mein eigener Außenminister. Nachher werde ich mit Außenminister Dulles telefonieren, wegen der EVG, Sie wissen ja, was da so alles anbrennt. Die Franzosen spielen verrückt, der Mendes-France, das ist ein solcher Quertreiber ... Aber lassen wir das! Also?«

Der Besucher trat an den Schreibtisch heran, seine Stimme hatte einen blechernen Klang, sie schien sich jeden Moment zu überschlagen. »Herr Bundeskanzler, ich bin seit vier Jahren im Amt, seit zwei Jahren sogar offiziell. Bisher bin ich mit meinen Berichten noch niemals bis zu Ihnen durchgedrungen. Die Herren Lenz und Globke haben alle meine dringenden Eingaben und Anfragen abgefangen ...«

»Das ist auch deren Aufgabe!« erklärte der Kanzler geduldig.

»Aber Gehlen – der kann jederzeit zu Ihnen durch, wie man hört. Von diesem Herrn werden Sie nie hören, was wirklich los ist in Deutschland!«

»Soso, was ist denn los?«

»Auf wichtigen Positionen in den Geheimdiensten sitzen ehemalige Agenten des SD. Die höchsten Gerichte sind mit strammen Nazis besetzt.« Ohne sich umzuwenden, spürte der Besucher den strengen Blick des Staatssekretärs, aber er fuhr unbeirrt fort: »Sogar bis in höchste Regierungsstellen sind sie vorgedrungen.

Unser Land ist durchsetzt von Nazis, ist Ihnen das klar, Herr Bundeskanzler?«

Der Alte musterte ihn verständnislos. »Wann waren Se denn das letzte Mal auf Urlaub, Herr John?«

Der Besucher wurde so laut, daß Staatssekretär Lenz eine verzweifelte Geste der Beschwichtigung andeutete: »Ich weiß, was Gehlen und seine Leute wollen. Das ist eine Seilschaft, Herr Bundeskanzler. Wenn die sich festsetzen, wenn die einen festen Etat bekommen, wenn die erst als offizieller Nachrichtendienst der Bundesrepublik fungieren ...«

»Da machen Se sich mal keine Sorgen, Herr John! Ich will mir in Ruhe darüber klar werden, ob und wo ich eingreifen soll. Damit ist es mir Ernst. Aber dem muß erst ein großes Durcheinander vorangehen.«

»Ich fürchte, Gehlen wird dieses ... Durcheinander für seine Zwecke nutzen.«

Der Ton des Kanzlers wurde schärfer. »Der Gehlen – der hat sich danach zu richten, was der Staatssekretär Globke ihm aufträgt. Also da passiert nichts. Von wegen Nazigeschichten. Die Amerikaner sind ganz scharf drauf, daß der Gehlen seine Arbeit tut, die halten große Stücke auf den. Das würden die doch nicht machen, wenn der Mann uns ein Reichssicherheitshauptamt unterjubeln täte.«

»Ich dachte, ich kann Ihnen die Augen öffnen, Herr Bundeskanzler. Aber wenn Sie mich nicht an sich ranlassen ... Sie sind doch selbst kein Nazi gewesen. Deshalb ...«

»Ach wissen Se, es gibt größere Probleme als so 'n Haufen Unbelehrbarer. Aber dennoch, ich bin Ihnen dankbar für die Hinweise, Herr John. Das ist ja sozusagen Ihr Spezialgebiet, und wenn Sie das sagen, dann muß man das ernst nehmen. Danke.«

Lenz schien auf diesen Augenblick gewartet zu haben. »Darf ich?« fragte er zackig den Alten und zeigte auf die blaue Handakte.

Der Kanzler tat überrascht. »Aber bitteschön!«

Lenz machte einen Schritt auf den Schreibtisch zu, der Alte reichte ihm die Akte. Adenauer schien sich selbst nicht erklären zu können, was sein Staatssekretär im Schild führte. »Das ist ja alles auch nicht einfach. Wir haben wenig Erfahrung mit Geheimdienstangelegenheiten, wie Se wissen. Und dann die Wünsche unserer Freunde im Westen. Zudem regt sich sogar in meinem Kabinett Widerspruch zu den Vorstellungen des Herrn Gehlen. Auch bei Blank, und der wird vielleicht unser zukünftiger Verteidigungsminister – vielleicht, habe ich gesagt. Ihr Vorgesetzter, der Innenminister Schröder, und sogar Finanzminister Schäffer sind ebenfalls gegen die Eingliederung Gehlens ins Bundeskanzleramt.«

»Ich war sehr erfreut zu hören, daß es innerhalb Ihrer Koalition eine Linie gegen Gehlen gibt. Ein Bundeskanzler, der den Mann gewähren läßt, bringt sich selbst in Schwierigkeiten. Aber für so kopflos halte ich Sie nicht, Herr Dr. Adenauer.«

»Nun mal langsam! Die Herren haben bloß laut gedacht, und die Presse glaubt gleich, eine Palastrevolution ist ausgebrochen. Doch nicht wegen diesem Gehlen. Das ist bloß so'n Spionagewürstchen. Deshalb wird mir mein Kabinett nicht auf die Barrikaden gehen. Das glauben Se doch selbst nicht!«

Der Bundeskanzler legte seinen Kopf wieder in den Nacken und blinzelte den Besucher an. Gleichzeitig streckte er ihm seine Hand hin – aber so, daß John sich weit über den Schreibtisch beugen mußte, um sie greifen zu können.

»Es wäre da noch was ...«, sagte John, als sich die Hände der beiden Männer berührten, die Hand des Alten fühlte sich an wie die Kralle eines ausgestopften Vogels. »Gehlen und Blank, oder besser gesagt: Blanks neuer Mann bei der Abwehr ...« John machte eine Pause, er hatte plötzlich das Gefühl, daß der Kanzler und sein Staatssekretär ihm um Runden voraus waren, daß sie jedes Wort, das er vorbrachte, schon ahnten – wie einen vorher vervielfältigten Redetext, der die Zuhörer langweilt, weil sie ihn schon auf der Anfahrt im Wagen gelesen haben.

»Nun sagen Se schon!« drängte der Alte, der immer noch die Hand des Verfassungsschutzpräsidenten umklammerte wie eine Beute.

»Sie haben mich abgeschaltet.«

»Was haben die?«

»Ich habe keinerlei Zugang mehr zu ihren Informationen. Wenn Erkenntnisse ihrer Behörden ausgetauscht werden, bin ich ausgeschlossen.«

Endlich ließ der Alte seine Hand los. Er tat entrüstet. »Also das geht nicht. Mit dem Globke werde ich reden, der wird sich die Herren vorknöpfen. Wenn das überhaupt stimmt, John. Vielleicht bilden Se sich da auch was ein ...«

Otto John wollte protestieren, aber Lenz stand plötzlich dicht neben ihm, immer noch die blaue Akte in der Hand. »Wundert Sie das, Herr John? Wie ich höre, gab es Massenverhaftungen unserer Agenten in der Zone ...«

John wehrte sich empört: »Erstens handelt es sich bei den Meldungen von angeblichen Massenverhaftungen durch ostdeutsche Stellen um gezielte Desinformation – nicht von drüben, sondern aus dem Haus Gehlen. Und dann, Herr Lenz: Selbst wenn es stimmen würde ... was gibt Gehlen und der zukünftigen Militärabwehr im Amt Blank das Recht, meinen Dienst zu verdächtigen, unsere Leute im Osten ans Messer geliefert zu haben?!«

Lenz schaute John schweigend an, seine Lippen zuckten.

Der Alte, dem die Auseinandersetzung schon viel zu lange dauerte, sagte in einem fast gelangweilten Ton: »Wo er recht hat, hat er recht, Lenz. Und nun darf ich bitten, ja, ich muß – wie gesagt – noch mit Washington telefonieren. Da werden Sie ja morgen hinfliegen, wie ich höre, Herr John. Grüßen Se doch den Herrn Dulles von der CIA – Sie wissen, den Bruder des Außenministers!«

»Gerne, Herr Bundeskanzler. Aber dennoch, ich hätte diesen Punkt gerne geklärt, wenn ich morgen losfliege. Die Amerikaner reden bei Gehlen ja ein gewichtiges Wort mit, und wenn die ihn angewiesen haben sollten ...«

Lenz fiel ihm ins Wort. »Sie müssen sich gar nicht wundern, wenn man sauer auf Sie reagiert. Sehen Sie, der Blank zum Beispiel, der hat Ihnen das übelgenommen, daß Sie den Oberstleutnant Heinz abgesägt haben.«

»Ich habe den Herrn nicht abgesägt. Heinz hatte engen Kontakt mit Agenten des Ostberliner Staatssicherheitsministeriums. Blank müßte mir dankbar sein, daß ich ihn von diesem Maulwurf befreit habe.«

Auch Lenz wurde laut: »Sie haben den Herrn Heinz ohne Blanks Wissen observiert. So was gehört sich einfach nicht! Sie sind nicht allein für die Geheimdienste verantwortlich, Herr John. Sie haben sich mit den anderen Herren abzustimmen!«

»Oberstleutnant a.D. Heinz stand kurz vor seiner Anwerbung als Überläufer. Es war meine Pflicht, die Sache dienstlich zu behandeln.«

Der Alte mischte sich unwillig ein. »Da verstehe ich Sie auch nicht, Lenz. Dieser Friedrich, also der, der unseren Blankmann in seinen Fängen hatte, der steht doch gerade vor Gericht – wegen Agententätigkeit für Ostberlin. Selbst der Bundesanwalt Güde sagt, der Mann ist ein Störagent. Also war der John doch auf dem richtigen Dampfer.«

»Natürlich, Herr Bundeskanzler«, pflichtete Lenz seinem Chef bei. »Die im Osten haben den Friedrich losgeschickt, damit er unsere Organisationen durcheinanderwirbelt. Das ist ihm gelungen – allerdings mit tätiger Hilfe unseres Herrn John.«

»Das ist die Höhe, Lenz!« fuhr John ihn an.

Lenz schaute wieder suchend in die Handakte, aber seine Geste wirkte einstudiert, Staatssekretär Lenz wußte sehr genau, was er sagen wollte. »Dieser Oberstleutnant Heinz, der ist vom BKA vernommen worden. Wochenlang. Und die BKA-Leute ... also, denen ist da eine Ungereimtheit aufgefallen. Heinz hat erzählt, daß die Bundesstaatsanwaltschaft ihm kurz nach seiner Verhaftung ein Dokument vorgelegt hat. Es handelte sich um einen Fragebogen, den seine Frau 1945 ausgefüllt hatte. Eine Art Entnazifizierungsakte ...«

John wußte, was jetzt kam, er biß sich auf die Unterlippe. »Was hat das mit den Problemen zu tun, die wir hier besprechen?« fragte er, seine Stimme klang belegt. »Es gibt Millionen von Entnazifizierungsakten.«

»Die, um die es hier geht, ist eine besondere. Sie wurde in Pieskow angelegt. Wissen Sie, wo Pieskow liegt, Herr John?«

»Soll das ein Verhör sein?!«

Der Alte hob beschwörend seine großen Hände. »Bitte, meine Herren, ereifern Sie sich nicht unnötig!«

Lenz fuhr fort: »Pieskow liegt im Osten. Und die Offiziere, die Frau Heinz 1945 befragten, waren keine GIs, das waren Angehörige der Roten Armee. Folglich wurde diese Akte auch bis vor kurzem in Karlshorst bei den Russen aufbewahrt. Daß der Bundesanwalt in den Besitz des belastenden Materials gekommen ist, hat er Ihnen zu verdanken, Herr John, stimmt's?! Sie haben den Wisch nach Karlsruhe geschickt. Und ich frage mich, woher Sie ihn hatten!!«

John verlor die Fassung, er schrie. »Ich bin Präsident des Bundesamtes für den Verfassungsschutz und kein Eierdieb, Herr Lenz! Sie sollten Ihren Ton mäßigen!«

Lenz wollte etwas entgegnen, aber der Alte schlug mit der Faust auf seinen Schreibtisch. »Schluß jetzt!«

Lenz schluckte und deutete eine entschuldigende Verbeugung an.

Auch John nickte dem Kanzler zu. »Auf Wiedersehen, Herr Bundeskanzler.« Er wollte schnell den Raum verlassen.

»Herr John!« hielt der Alte ihn zurück. »Ich bin eine gute Generation älter als Sie. Deshalb erlaube ich mir, Ihnen so was zu sagen: Wenn Se mal wieder hierher zu mir kommen, dann ziehen sich 'ne saubere Hose an!«

John sah an sich herunter, dann breitete er lachend die Arme aus. »Ach, das! Entschuldigen Sie vielmals, Herr Adenauer. Aber das war Ihre hübsche Vorzimmerdame, das junge Fräulein war so nett, mir Kaffee über den Anzug zu gießen. Vergessen Sie's, und ich zahle dafür die Reinigung selbst, einverstanden?«

Dieser Charme, dachte der Alte, wie ich diesen Charme hasse, wie in einer billigen Operette, was hat so einer in der Politik zu suchen – ein Buffo aus dem Widerstand, kein Wunder, daß Hitler überlebt hat ... Der Alte lächelte: »Sieh an, unser Fräulein von

44

Lewinski, dabei hört man und sieht man sie sonst kaum. Ich glaube, Sie haben ihr den Kopf verdreht. Sie sind doch so'n Charmeur, Herr John, da müssen Se sich nicht wundern, wenn die Fräuleins die Kaffeetassen fallen lassen!«

John wurde kreidebleich, sein Lächeln gefror, seine Augen sahen durch den Kanzler hindurch. Er deutete eine Verbeugung an, drehte sich um und eilte hinaus.

Der Alte zog die Augenbrauen hoch. »Was hat er denn plötzlich? Sie kennen den Kerl doch, sagen Se immer ...« fragte er Lenz.

Der Kanzler nahm wieder an seinem Schreibtisch Platz.

Irgendwann fragte der Staatssekretär ruhig: »Und?«

Der Alte seufzte schwer. »Ich kann den Kerl nich' ausstehen!«

Die ältere Vorzimmerdame kam mit einem weißen Tuch und einer Tube »Rei« auf John zugestürzt. »Dieses dumme Ding!« Sie drückte etwas weiße Paste auf das Tuch, wandte sich ab, spuckte auf die Paste, bückte sich vor John und verteilte die Paste geschickt auf dem Kaffeefleck. »Das müssen wir jetzt einziehen lassen und dann ausbürsten. Sie werden sehen, Herr John, danach ist der Stoff wie neu. Eine wunderbare Erfindung. Man denkt immer, die Werbung lügt, aber es ist öfter was dran, als man glaubt ...«

Annemarie hockte hinter dem großen Schreibtisch ihrer Kollegin und suchte etwas in der Lade, was sie partout nicht finden konnte.

»Wie ich höre, sind Sie eine von Lewinski?« fragte John laut.

Sie schaute nicht mal auf.

John wurde ärgerlich. »Ich habe Sie etwas gefragt!«

Ihr hochroter Mädchenkopf erschien über der Schreibtischkante. »Bitte!«

»Sind Sie verwandt mit dem Oberst von Lewinski?«

Das Mädchen schüttelte den Kopf. Hübsch ist sie ja, dachte John, ein richtiger kleiner Teufel, wie man ihn in Hollywoodfilmen sieht. Niemals könnte er sich in so ein unwirkliches Geschöpf aus Milch und Honig vergucken, er brauchte ein Gesicht, etwas Unverwechselbares und Rauhes – so wie Lucie, die, als er sie in London kennengelernt hatte, sehr umworben wurde, aber nie im landläufigen Sinn schön war, höchstens auffällig. Fräulein von Lewinski war bloß hübsch. Ein hübsches Puppengesicht mit einer perfekten Figur.

»Auch nicht mit einem Feldmarschall von Manstein? Früher hieß er Lewinski, Oberst von Lewinski!«

Das Fräulein erhob sich, sie wirkte plötzlich viel größer, sie kniff die Augen zusammen und fixierte John über ihre hocherhobene Nasenspitze, ihr Ton war schneidend und stolz: über Kimme und Korn. »Ja. Das ist mein Onkel! Aber ich wüßte nicht, welche Rolle das spielen könnte ...«

Alter Adel, dachte John, in jeder Situation standesbewußt.

Die ältere Kollegin war fertig mit Johns Anzug. Sie erhob sich und betrachtete ihr Werk. John sah an sich herunter: Der Fleck war jetzt fast doppelt so groß und milchig weiß.

»Danke«, sagte John. »Ich bürste es im Amt aus.«

Er nahm seinen Hut von der Garderobe und trat auf das Fräulein von Lewinski zu. »Mal abgesehen davon, daß ich Ihr Benehmen kindisch finde: *Ich* habe Ihren Onkel nicht verurteilt!«

John hatte geglaubt, die junge Frau verunsichern zu können, aber sie war völlig unbeeindruckt, höchstens etwas genervt: »Sie haben doch diese Akte geschrieben für die Ankläger, oder etwa nicht?«

»Es handelte sich um nichts anderes als um eine Chronik seiner militärischen Leistungen im Osten. Von Manstein nannte das Memorandum sogar ›sachlich richtig‹.«

Jetzt blitzten die schönen, blauen Augen des Fräuleins vor Haß. »Und warum mußte mein Onkel dann ins Gefängnis?! Wenn alles so sachlich richtig war ...«

»Er wurde verurteilt, weil er für die Morde an den Juden, Zigeunern und Krimtschaken in seinem Befehlsbereich verantwortlich war.«

»Er hat erst nach dem Krieg davon erfahren.«

»Im Kriegstagebuch der 11. Armee waren zwei Sätze überklebt.

46

Sie lauteten: ›Der Oberbefehlshaber wünscht nicht, daß Offiziere bei der Erschießung von Juden zusehen. Das ist eines deutschen Offiziers nicht würdig.‹ Wegen dieser Sätze ist er verurteilt worden, nicht wegen meines Gutachtens! Der Richter hat Ihren Onkel gezwungen, diese Sätze im Gerichtssaal vorzulesen. Sie waren von ihm unterschrieben. Ich hoffe, Sie wissen, was das heißt ...«

Die Stupsnase des Mädchens bebte. John fürchtete für einen Moment, das Fräulein von Lewinski würde ihn anspucken. Sie zischte: »Verräter!«

»Annemarie!« schrie die ältere Kollegin entsetzt auf.

John war ganz ruhig, er wandte sich an die Ältere. »Ich bestehe darauf, daß Fräulein von Lewinski ...« Dann hielt er inne, winkte ab und sagte: »Ach was, es hat ja doch keinen Sinn!«

Auf der Autobahn zwischen Bonn und Köln ließ John sich von seinem Chauffeur ein trockenes Fensterleder nach hinten reichen und rieb damit den weißen Staub von der Hose. Jetzt sah der Fleck aus, als wäre der Stoff von Kalk angeätzt.

John beugte sich zu seinem Fahrer vor. »Ich möchte doch noch mal ins Amt!«

Der Fahrer, der sich darauf gefreut hatte, den Nachmittag frei zu haben, nachdem er den Präsidenten im Kölner Süden abgesetzt hatte, gab verärgert Gas.

3. KAPITEL

Radtke unterbrach die Tagesbesprechung mit den Abteilungsleitern, als der Präsident den Konferenzsaal betrat. Er ging auf John zu und flüsterte. »Und? Wie war's beim Alten?«

John wies auf den Fleck auf seinem Anzug. »Seine Sekretärin hat mir Kaffee über die Hose geschüttet.«

Radtke musterte den Fleck. »Und dann kommen Sie trotzdem noch ins Amt?«

»Ich muß mit Ihnen reden!«

Die Abteilungsleiter starrten John wie einen Fremden an. Um die Verständigung innerhalb des Hauses kümmerte sich meistens Radtke. Als der Präsident bemerkt hatte, daß es den Abteilungsleitern unangenehm war, mit ihm direkt zu tun zu haben, hatte er sich den präsidialeren Aufgaben seines Amtes zugewandt – eher erleichtert als gekränkt.

»Können wir kurz draußen reden?« fragte er seinen Vize.

Als Radtke die Tür des Konferenzraumes hinter sich geschlossen hatte, sagte er sofort: »Gut, daß Sie noch einmal hereingeschaut haben. Es gibt nämlich Neuigkeiten, über die ich Sie gerne vor Ihrer Abreise noch unterrichten würde. Ich hatte schon Angst, Sie heute nicht mehr zu erreichen.«

John wollte etwas sagen, aber Radtke nahm ihn am Ärmel seiner Jacke und bat ihn leise, mit ihm in sein Büro zu kommen.

Radtke schloß seinen Tresor auf und entnahm ihm eine dünne Akte. »Das Dossier!« sagte er bedeutungsvoll. Er nahm hinter seinem Schreibtisch Platz, auch John setzte sich widerwillig. Er mochte es nicht, so überfahren zu werden.

»Wir dringen langsam durch«, begann Radtke. »Es ist nicht einfach, kann ich Ihnen sagen. Spionieren Sie mal einen Geheimdienst

48

aus – dazu noch den eigenen. Kein Wunder, daß die CIA keinen Schritt weiterkommt.«

»Die CIA – was soll das heißen?«

»Sie hat ihren Verbindungsstab in Pullach ausgebaut. Die Amerikaner wollen die Namen aller 150 Top-Agenten des Dienstes. Und nicht nur das: Sämtliche Projekte müssen mit ihnen diskutiert werden, bevor sie ihr Geld geben.«

»Deshalb will Gehlen unbedingt unter die Fuchtel des Kanzleramtes. Globke wird zahlen und den Mund halten. 35 Millionen im Jahr.«

»Hat der Alte Ihnen das so gesagt?« fragte der Vize erstaunt.

»Nicht direkt!« gab John zu.

Radtke nickte nachdenklich.

John spürte, daß der Vize ihn für überfordert hielt. Fast alle in seinem Amt hielten ihn für überfordert. Vielleicht war er das auch, aber wenn er es war, dann überforderte ihn nicht die Führung seiner Behörde, sondern der Widerstand, den er von allen Seiten erfuhr. Aber, so sagte sich John immer wieder, er hatte in schwereren Zeiten und unter feindseligeren Bedingungen seinen Mann gestanden und überlebt.

Radtke fuhr fort: »Die Amis sind längst stutzig geworden. Sie machen sich in zwei Richtungen Gedanken: einmal über die Infiltration des Dienstes durch die Sowjets, zweitens – mehr aus Prestigegründen – über die Quote der Nazis in Gehlens Haus.«

John winkte ab: »Das interessiert die einen Dreck – solange Gehlens Dienst gut läuft.«

»Daß er ehemalige Generalstäbler um sich schart, wissen die Amerikaner. Es stört sie nicht, solange sie nicht als Nazis hervorgetreten sind. Und angeblich gibt es in Pullach nur eine Handvoll ehemalige SDler in nachgeordneten Positionen. Immerhin sind es erfahrene Geheimdienstler und flammende Antikommunisten, heißt es bei den Amerikanern hinter vorgehaltener Hand.«

»Die Amerikaner sind einfach arglos. Ursprünglich wollten sie Kaltenbrunner als deutschen Geheimdienstchef aufbauen – wenn er nicht in Nürnberg hingerichtet worden wäre, hätten wir es heute mit einem SS-Obergruppenführer anstatt mit einem Wehrmachts-General zu tun. Wahrscheinlich wissen die in Washington nicht mal, daß Gehlen sich in Bormanns ehemaligem Hauptquartier eingenistet hat.«

»Natürlich wissen sie das«, widersprach Radtke kalt. »Sie haben dem steinernen Adler über dem Eingang das Hakenkreuz aus den Fängen meißeln lassen.« Radtke klopfte mit den Fingerknöcheln auf sein Dossier: »Eric Waldman ist zurück nach Washington gerufen worden. Er war als Verbindungsmann ungeeignet, heißt es. Aber insgeheim munkelt man darüber, daß er seinen eigenen Irrtum bemerkt hat und ihn korrigieren wollte ...«

»War das nicht der, der vor einigen Jahren hoch und heilig geschworen hat, es seien nicht mehr als drei oder vier ehemalige SD-Leute in Gehlens Nähe – und dann auch noch als einflußlose Chargen?«

»Ja, der Mann machte sich offensichtlich Sorgen und streute Sand ins Getriebe. Als sich Walter Schellenberg Gehlen andiente, war es Waldman, der sein Veto einlegte. Er sagte einfach: Ich will nichts mit Nazis zu tun haben. Das zog in Washington. Daraufhin hat Gehlen sich über Waldmans mangelnde Kooperationsbereitschaft beschwert. Waldman soll jetzt einen attraktiven Job in der Wissenschaft haben. Wissen Sie was: Er war der einzige ausgebildete Geheimdienstmann unter den Amerikanern, die Gehlen auf die Finger schauen sollten. Seit er weg ist, rekrutiert Gehlen doppelt so schnell.«

»Es ist allerhöchste Zeit, daß etwas passiert!« stieß John hervor. »Ist Gehlen nicht verpflichtet, die Vergangenheit seiner Mitarbeiter prüfen zu lassen?«

»Gehlen ist ein Fuchs. Er sträubt sich seit Jahren dagegen, den Amerikanern Einblick in seine Personalkartei zu geben. Die Amerikaner wiederum verweigern ihm den Zugang zum Berliner Document Center. So legt Gehlen die Hände in den Schoß und kann im Ernstfall sagen: Ich hab's ja nicht gewußt, ich durfte ja nicht in Berlin nachforschen, ob meine Mitarbeiter sauber sind.« Radtke seufzte, er legte seine Hand auf die Akte. »Vielleicht schaffen wir's hiermit.«

»Ich fürchte fast, Gehlen hat einen Freibrief für alles ...«

»Nicht für alles!« unterbrach Radtke. »Die Amerikaner ertragen viel, wenn es um den gemeinsamen Kampf gegen die Russen geht – aber sie verstehen keinen Spaß, wenn einer sie ausnimmt!«

»Ausnimmt?«

Radtke schlug die Akte auf. Er begann zu lesen. »Das, was wir von der US-Armee an Finanzmitteln bekamen, reichte hinten und vorne nicht. Gehlen mußte sich was einfallen lassen, wenn er die Organisation nicht schließen und seine Leute wegschicken wollte. Nach einigen Überlegungen hatte er eine Idee: der Schwarzmarkt.«

John richtete sich auf. »Woher haben Sie das? Wer sagt so was?«

Radtke schaute schmunzelnd auf. »Sie wissen doch – ich habe noch viele Freunde in Militärkreisen. Sie halten Gehlen für einen Scharlatan ...«

»Sie haben einen Mann in Gehlens Nähe?!«

»Das nicht gerade. Aber einen, der sehr gut Bescheid weiß – über Oberursel und Pullach!« Radtke las weiter: »Das System war verblüffend effektiv. Die Armee gab Geld für Kleidung, Nahrungs- mittel, Medizin, Zigaretten. Diese Versorgungsgüter verkauften Gehlens Agenten auf dem Schwarzmarkt. Das brachte ein Vielfa- ches dessen, was die Army zahlte. Als 1948 die Währungsreform kam und Gehlen nur noch 70 Prozent der alten Kaufkraft zur Ver- fügung standen, wurde die Lage für seine Organisation noch schwieriger. Sie bekamen ihre Unterstützung von der Army zwar in Dollars, die sie auf dem Schwarzmarkt umtauschten und so ihre Finanzkraft verzehnfachten, aber dennoch reichten die Mittel nicht aus, Gehlens stetig wachsende Mannschaft zu unterhalten. Sie kauften in den Army-Depots Zigaretten im großen Stil auf – die Stange zu 80 Cent. Gehlens Agenten verbrachten ihre Zeit auf den Schwarzmärkten – und wurden oft genug bei Razzien festgenom- men. Gehlen hatte alle Hände voll zu tun, seine Agenten wieder freizubekommen ...«

John schaute auf seine Armbanduhr. »Wissen Sie, so interessant das klingt, aber davon werden sich die Amerikaner nicht überzeugen lassen. Im Grunde hat Gehlen eine Wertsteigerung betrieben, die nicht zu Lasten der Amerikaner, sondern zu Lasten der deutschen Wirtschaft ging. Das ist denen in Washington doch egal.«

Radtke war verärgert. »Ich bin noch nicht fertig, Herr Präsident!«

Radtke nannte John zum ersten Mal »Präsident«, allerdings mit einem sarkastischen Unterton.

»Ich muß weg. Für Amerika ist noch kaum etwas vorbereitet, und eigentlich wollte ich etwas ganz anderes mit Ihnen besprechen ...«

Radtke überhörte Johns Mahnung: »Das meiste Geld aber erwirtschaftete Gehlen mit einem ganz besonderen Geschäft ...«

John ärgerte sich über den Ton Radtkes, immerhin war er sein Vorgesetzter – aber das schien den Vizepräsidenten nicht zu kümmern, so wie es in der Behörde kaum jemanden kümmerte.

»... es handelte sich dabei um die Verschiebung von Medikamenten, genauer gesagt: um Penicillin aus Army-Beständen.«

John verlor die Geduld, er erhob sich ächzend. »Ich bitte Sie, Radtke, das sind doch Schmonzetten! Wo wurde damals nicht geschoben?«

Auch Radtke sprang auf, seine Stimme zitterte. »Er hat es in die Sowjetzone verschoben, Herr John!«

John starrte ihn an und sagte leise: »Oh!«

Radtke tippte mit dem Zeigefinger der Rechten auf die Akte. »Penicillin, das für kranke GI's bestimmt war. Mittelsmänner in den Militärkrankenhäusern haben es ihm besorgt. Er hat es auf einem direkten Weg nach Berlin an die Charité weitergeleitet. Dort kurierten die besten ostdeutschen Ärzte mit dem Penicillin Patienten, die sie mit besonderer Sorgfalt zu behandeln hatten ...«

»SED-Funktionäre?«

»Viel besser!« jubelte Radtke. »Offiziere der Roten Armee.«

John nickte mehrmals. »Das könnte klappen. Wenn die in Washington sich schon nicht um die alten Nazis scheren – Gehlens Ost-Geschäfte dürften Furore machen.« Er griff nach der Akte. »Darf ich?«

52

Radtke legte seine Hand auf den Deckel. »Eigentlich sind das vertrauliche Informationen, und ich ...«

»Sie glauben doch nicht, daß die Amis mich ernst nehmen, wenn ich ihnen keine Zeugenaussagen vorlege?!«

Radtke brauchte eine Weile, dann erklärte er: »Meinetwegen, nehmen Sie die Akte mit. Sie dürfen sie aber unter keinen Umständen aus der Hand geben und keine Kopien davon anfertigen lassen.« Er schloß die Akte und reichte sie John.

»Das weiß ich selbst!« sagte John unwillig. Dann schaute er Radtke lange schweigend an.

»Was ist?« fragte der Vize. »Glauben Sie, wir schaden uns damit?«

»Vielleicht. Ein hochrangiger Nazi in Gehlens Stab wäre mir lieber.«

Radtke reagierte gekränkt. »Ich habe mir allergrößte Mühe gegeben, aber so was kann man nicht aus dem Hemdsärmel schütteln.«

»Ich weiß, Herr Oberst. Ich respektiere ja auch Ihre Arbeit.«

Er wollte mit der Akte hinaus, dann wandte er sich um und sagte hart: »Eines möchte ich trotzdem noch geklärt haben, bevor ich verreise. Als ich bei Adenauer war, hat mir Lenz den Bogen unter die Nase gehalten, den wir aus Karlshorst bekommen haben. Sie wissen, was ich meine?«

»Nein.«

Radtke log.

»Es ging um Oberstleutnant Heinz. Seine Gattin war von der Roten Armee befragt worden. 1945.«

»Ach, das meinen Sie.«

»Ja, das meine ich.«

»Das Dokument ist über das BKA ins Kanzleramt gelangt. Und dort fragt man sich, ob ich nicht dafür gesorgt habe, daß der Fragebogen auftauchte.«

»Immerhin ist Heinz als Freund des Ostens entlarvt worden. Globke und Lenz sollten Ihnen dankbar sein, Herr John.«

»Das sind sie nicht. Und das wissen Sie auch. Man fragt sich im

Kanzleramt, wie ich an ein Dokument aus dem Karlshorster Archiv gekommen bin ...«

Radtke war überrascht. »Ich verstehe nicht, wo das Problem liegt, Herr Präsident. Sie hätten doch ohne weiteres sagen können, woher Sie das Dokument haben.«

»Wie stellen Sie sich das vor?!«

Radtke lauerte. »Ist die Quelle denn so peinlich für Sie?«

John überlegte, dann sagte er entschlossen: »Ich hatte das Material von Eland.«

Radtke brauchte eine Weile. »Jan Eland? Der Nachrichtenhändler aus Holland?«

»Ja. Er hat es über seine Verbindungen nach Karlshorst besorgt. Und nicht nur das. Eland hat mir auch die Namen von Heinzens Gesprächspartner bei der Staatssicherheit genannt. Ebenso die geheimen Treffs, Termine und so weiter.«

»Aber Sie haben doch immer behauptet, über alte Freunde aus dem Widerstand ...«

»Ich mußte Eland schützen. Verstehen Sie, er steht allein, kein Amt, niemand schützt ihn. Er ist einfach nur ein kleiner Nachrichtenhändler, noch nicht einmal ein besonders geschickter ... Wenn jetzt rauskäme, daß er mir geholfen hat, Heinz aus dem Amt Blank zu entfernen und damit Blank unmöglich zu machen, wäre er erledigt.«

»Aber der sitzt doch längst wieder irgendwo in Holland.«

»Gehlen traue ich zu, daß er sich an Eland rächt – oder ihn auffliegen läßt. Dann würde der Staatssicherheitsdienst sich ihn schnappen – oder glauben Sie, die nehmen so was hin? Einen kleinen Nachrichtenhändler, der ihnen einen großen Militärspionagecoup versaut hat?«

»Ich verstehe!« sagte Radtke bitter.

»Was ich mich allerdings frage ... Wie kam der Fragebogen aus Karlshorst ins Kanzleramt? Wir hatten damals beschlossen, Karlsruhe einen dezenten Tip zu geben. Und jetzt liegt die Akte bei Globke und Lenz.«

»Woher soll ich das wissen?!«

»Ich dachte, Sie wissen es, Radtke!«

»Wollen Sie damit sagen, ich hätte die Sache lanciert?«

John schwieg.

»Vielleicht haben die bei der Bundesanwaltschaft geglaubt, sie müssen sich bei Adenauer Sympathien sichern ...«

John wurde laut: »Karlsruhe hatte die Akte gar nicht mehr. Sie lag längst wieder bei uns im Stahlschrank!«

Radtke schwieg lange, dann erklärte er mit brüchiger Stimme: »Wenn Sie mir etwas Derartiges vorzuwerfen haben, dann tun Sie es offen. Meinetwegen fordern Sie disziplinarische Konsequenzen. Darauf kann ich dann ordentlich reagieren. Aber so ...«

»Sie wissen sehr gut, Herr Oberst, daß ich das nicht kann!«

»Ich kann Ihnen nur versichern: Ich habe dem Bundeskanzleramt das Material nicht zugespielt.«

John überlegte. »Geben Sie mir Ihr Ehrenwort!«

Radtke wurde bleich, er lächelte schwach. »Ich bitte Sie, wir sind doch nicht im Krieg!«

»Sie geben es mir also nicht?«

»Sie sind kein Soldat, Herr Präsident.«

»Das ist doch kindisch. Ich muß kein Soldat sein, damit Sie mir Ihr Ehrenwort geben, Herr Oberst!«

Radtke schwieg.

»Ich verstehe«, sagte John.

Als John gegen 18 Uhr nach Hause kam, hatte Lucie zwei große Koffer gepackt. Er war müde und nervös.

Lucie hatte ein halbes Hähnchen für ihn im Kühlschrank, das er nicht anrührte. Er trank im Wohnzimmer stehend einen Lufthansa-Cocktail – wie immer, wenn er von der Arbeit kam – und zog sich dann in sein Arbeitszimmer zurück, um zu telefonieren.

Er rief eine Geheimnummer an. Es war die Nummer des Staatssekretärs im Innenministerium, Aribert Rost. Rosts Frau sagte, ihr Mann sei nicht zu Hause. John hatte das Gefühl, daß sie ihn belog.

»Wenn Adenauer dich um deine Meinung über die Zukunft des Geheimdienstes fragt, dann kann es doch nicht so schlecht stehen«, sagte Lucie später. »Ich bin mir nicht sicher, ob du Radtke nicht unrecht tust.«

John trank bereits den fünften Lufthansa-Cocktail. Sein Gesicht war fahl.

Lucie wußte, daß es keinen Sinn hatte, weiter darüber zu reden. Wenn John so war, trank er nur noch und hörte nicht mehr zu, was man ihm sagte. Sie ging zu Bett.

Im Flugzeug nach London redeten sie kaum. Sie ließen sich Zeitungen bringen. Lucie las in einer französischen Mode-Illustrierten, ihr Mann blätterte unruhig in mehreren Tageszeitungen.

Irgendwann hielt er inne. Er las lange. Dann ließ er die Zeitung sinken und starrte vor sich hin. Lucie spürte, daß etwas mit ihm vorging. Sie schaute auf. »Was hast du? Ist dir schlecht?«

»Ein Lufthansa-Syndikus, dem es beim Fliegen schlecht wird? Toll!« Er sprach seltsam abgehackt. »Es ist ... Schröder hat gesagt, wenn Deutschland die volle Souveränität erlangt, ist es auch frei, sich seine Geheimdienstchefs selbst zu wählen.«

»Das stimmt doch!« sagte Lucie schnell – nur um nicht über die Tragweite des Satzes nachdenken zu müssen.

Johns Kopf flog herum. »Das geht gegen mich. Nicht gegen Gehlen. Deshalb war sein Staatssekretär gestern abend nicht zu sprechen. Ich habe meinen letzten Fürsprecher im Kabinett verloren.«

4. KAPITEL

Das Hotelzimmer war schlecht. Es lag in Georgetown und ging nach hinten. Den ganzen Tag und die halbe Nacht hörte man den Verkehr auf dem Whitehurst Freeway.

Johns Amt hatte ein Reisebüro in New York mit der Buchung beauftragen müssen. Die Amerikaner hatten keinen Finger gerührt, obwohl die Reise seit Monaten angekündigt war. Ein untergeordneter Beamter des Foreign Office hatte dem Kölner Bundesamt für den Verfassungsschutz ohne diesbezügliche Anfrage von Johns Behörde mitgeteilt, daß sein Ministerium sich nicht in der Lage sah, die Kosten der Reise zu tragen. Das war quasi eine Ausladung. John aber wollte dennoch reisen. Er wußte, was ihn erwartete.

Zwei Tage wartete er, bis er einen Termin bei Allan Dulles bekam.

Das Gespräch mit dem CIA-Chef und Bruder des Außenministers fand in der Bibliothek der Georgetown University statt. Dulles hatte ihn dorthin gebeten, weil er sich wegen einer privaten Recherche für einige Stunden im Lesesaal aufhielt.

Als John Dulles begrüßen wollte, trat der Saaldiener heran und ermahnte ihn zur Ruhe. John wußte, daß das zum Arrangement gehörte, aber er ließ sich nicht mürbe machen.

Dulles hatte einen dickleibigen Folianten aufgeschlagen vor sich liegen und kritzelte in einer winzigen Kanzleischrift Namen und Daten auf ein quadratisches Blatt Papier. »Ich erstelle einen Stammbaum meiner Familie, müssen Sie wissen. Mein Arzt sagt, ich brauche ein Hobby, und da ich von Sport nichts halte ...«

»Interessant!« log John höflich.

Dulles schaute auf. »Wir Amerikaner entdecken nämlich gerade, daß wir auch eine Geschichte haben – ich meine: eine, die schon vor dem Ersten Weltkrieg liegt.«

John lächelte. Dulles widmete sich wieder seinen Ahnen. John räusperte sich. Ein Student mit einem Backenbart schaute von seinem Buch auf und schüttelte mißbilligend den Kopf.

»Der Kanzler ... Dr. Adenauer, er trägt mir auf, über Sie Ihren Bruder grüßen zu lassen.«

Dulles schien ihn nicht zu hören. Erst nach einer Weile und zwei Namen, die er mit Geburts- und Todesdaten notierte, murmelte er: »Mein Bruder ist ein Dummkopf!«

John schluckte. »So!« sagte er.

Dulles schaute auf: »Wissen Sie, wer die Deutschlandpolitik im Foreign Office bestimmt?«

»Ihr Bruder – nehme ich an.«

»Falsch! Ihr Kanzler – dieser alte Adenauer. Meinen Respekt – die Mumie steckt sie alle in die Tasche. Den renitenten französischen Juden, wie heißt er doch noch gleich ...«

»Monsieur Mendes-France.«

»Genau. Und wissen Sie was? Der macht uns mit seinen Extratouren unsere schöne Europäische Verteidigungsgemeinschaft kaputt, wenn wir nicht aufpassen. Ich habe zu meinem Bruder, diesem Vollidioten, gesagt: Warte nicht, bis die Pariser Krummnase dir alles aus der Hand schlägt und dann mit wehenden Fahnen nach Moskau reist, um ein Europäisches Militärbündnis mit den Roten abzuschließen – schmeiß unser Geld und unsere Panzer dahin, wo sie hingehören, und frage keinen Franzosen und keinen Käskopf und erst recht keinen Briten! Wissen Sie, was er gesagt hat: Adenauer hat noch Hoffnungen. Mein Bruder gibt übrigens offen zu, daß der Kanzler den Schritt vorgibt. Ein Skandal! Hören Sie auf mich: Dieser Adenauer wird es irgendwie schaffen. Nicht mit den Franzosen – die hassen ihn, und er haßt sie. Auch nicht mit den Briten, die kann der Alte nicht verputzen, seit sie ihn aus Köln verjagt haben ...«

»Sie wissen ja bestens Bescheid, Herr Dulles.«

»Klar weiß ich Bescheid. Schließlich war ich mal Chef des amerikanischen Nachrichtendienstes in Europa. Ohne uns hätte die Invasion in Italien niemals hingehauen ...«

»Herr Dulles, um zur Sache zu kommen: Ich habe den Eindruck, daß Sie ... daß Ihre Regierung ... daß Sie auf den falschen Mann setzen ...«

Dulles beugte sich wieder über den Folianten. Er wirkte verärgert.

John fuhr hastig fort: »Seit Ihre Kontrolle ... nachgelassen hat, rekrutiert Gehlen mehr als doppelt so schnell. Er sammelt die SD-Leute Heydrichs um sich. Ich kann Ihnen Namen nennen, Namen von Agenten, die für Heydrich in Osteuropa tätig waren, auch Leute, die gegen die Westalliierten gearbeitet haben. Hundertfünfzigprozentige Nazis. Durch die Überführung seines Dienstes in die Obhut des Bundeskanzleramtes wird Gehlen ... wie soll ich sagen, Herr Dulles ... er wird völlig freie Hand haben. Staatssekretär Globke wird Gehlen gewähren lassen, egal, wie viele Nazis er auch in Führungspositionen beschäftigt. Und Adenauer, Sie kennen Adenauer, das weiß ich, Adenauer hat nur eines im Sinn: seine Macht zu sichern. Er ist haargenau der Staatsmann, der sich eines Geheimdienstes perfekt zu bedienen weiß. Fragen Sie Ihren Bruder, er kann sicher ein Lied davon singen ...«

»Herr John!« sagte Dulles, ohne aufzuschauen. »Sind Sie ein Gegner Ihres Kanzlers?«

»Um Gottes willen!« wehrte John ab. Er war zu weit gegangen – und hatte plötzlich das Gefühl, daß der CIA-Chef seinen Bruder keineswegs für einen Idioten hielt, daß es zwischen den Brüdern Dulles ein geheimes Einverständnis gab und daß dieses Einverständnis auch den Alten vom Rhein mit einschloß.

»Sie haben der Presse gegenüber geäußert, Sie hätten mit Staatssekretär Globke ein gutes gesellschaftliches und dienstliches Verhältnis, Herr John.«

»Das bestreite ich nicht, es ist nur so: Mein persönliches Verhältnis zu Hans Globke spielt keine Rolle, wenn es um die Gefahr geht, die General Gehlen für die Demokratie darstellt ...«

»Auch zu Gehlen haben Sie sich geäußert, Herr John. Sie würden gut mit dem General zusammenarbeiten, haben Sie mehrmals erklärt. Sie haben ihn eingeladen nach Köln, er hat Sie in Ihrem

Amt besucht. Sie haben einen Gegenbesuch in Pullach gemacht. Der General hat Ihnen alles gezeigt – alles! Was erzählen Sie mir also? Haben Sie deshalb den weiten Weg nach Washington gemacht, Herr John?!«

»Ich mache mir Sorgen, Herr Dulles. Ich fürchte, daß in Deutschland wieder etwas passieren kann wie 1933.«

Dulles winkte ab.

John wurde laut, der Backenbart zischte. »Ich weiß, was ich sage! Ich habe mit Stauffenberg zusammengearbeitet, ich hatte Glück, aber mein Bruder – er wurde erschossen.«

Dulles riß seine randlose Brille von der Nase und klappte die Bügel ein. »Das ist alles lange her. Es gibt neue Herausforderungen – das müßten Sie eigentlich wissen. Sie haben einen Überblick über die Aktivitäten der Roten in Ihrem Land. Die Kommunistische Partei Westdeutschlands wird von Ostberlin gesteuert – und bezahlt. Im Untergrund ....«

John unterbrach ihn gereizt, er wollte sich nicht ablenken lassen. »Ich bin strikt gegen ein Verbot. Als legale Partei ist die KPD viel besser zu kontrollieren – und ein Verbot würde manchen Sympathisanten aktivieren ...«

»Schon wieder setzen Sie sich in Opposition zu all den anderen! Wissen Sie was, Herr John, Sie machen auf mich den Eindruck eines Nörglers. Zu Hause geben Sie Interviews, in denen Sie sich Ihren Vorgesetzten andienen. Dann kommen Sie nach Washington und denunzieren die Herren ...«

»Ich denunziere doch nicht! Herr Dulles, ich habe Kontakt mit Eric Waldman. Sie wissen sicher, wen ich meine. Er hat im Auftrag des militärischen Geheimdienstes Gehlen kontrolliert – bis Gehlen seine Ablösung erreichte. Der Kontrolleur wollte nämlich nicht mitansehen, wie Gehlen Walter Schellenberg zu sich nahm – den SS-Brigadenführer Schellenberg. Herr Waldman hat sich zurückgezogen, er lehrt jetzt an der Marquette University in Milwaukee, im *Department of Political Science*. Waldman ist enttäuscht – er sagt, er kann beweisen, daß Gehlen seine Gönner an der Nase herumführt. Es gibt Anzeichen dafür, daß er US-Waren verschoben hat. Penicillin – in den Osten, zur Roten Armee. Morgen sehe ich Waldman ...«

Dulles schlug das Buch zu und erhob sich, den Zettel mit den Namen zerknüllte er und warf ihn weg. »Die CIA hat sich für Herrn Gehlen entschieden, nehmen Sie das zur Kenntnis!«

John wollte etwas sagen. Dulles schnitt ihm das Wort ab: »Wir verwahren uns gegen jeden Ihrer Versuche, General Gehlen aus seinem Amt zu drängen. Guten Tag!«

Im großen Glasfenster einer Tagesbar sah John im Vorübergehen sein Gesicht: eine Fratze, teigig und blutarm. Er erschrak – und trat ein.

Es handelte sich um eine ruhige, gut gelüftete, geschmackvolle Bar mit Möbeln aus dunklem Holz, zwei Gummibäumen im Eingang und einem großen Spiegel hinterm Tresen. Wenn er Leerlauf hatte, legte der Barkeeper Platten auf. Die halblaute Musik tauchte den Raum in Watte.

Nach dem zweiten Whisky setzte sich eine Schwarze auf den Hocker neben John. Erst jetzt bemerkte er, daß viele Gäste schwarz waren. Die Frau hatte ein hübsches Mondgesicht, ihre runden Wangen glänzten wie Samt.

John konnte nicht anders: Er mußte sie ansehen, erst im Spiegel des Flaschenregals, dann von der Seite. Die Frau trug eines dieser pfirsichfarbenen, hochgeschlossenen 40er-Jahre-Kostüme mit breiten Paspeln, die bessergestellte Schwarze bevorzugten, um arriviert zu wirken – aber das Gesicht, dieses makellose, glänzende, wilde, heilige Gesicht lachte das affige Kostüm aus.

Als die Frau Johns Blick bemerkte, prostete sie ihm zu.

John wurde verlegen, er schaute erst weg, dann winkte er schnell den Keeper herbei und bat ihn, seiner Nachbarin ein Getränk zu bringen. Die Schwarze bestellte einen Cocktail mit Mango, Gin und Kokosflocken, den der Keeper in Windeseile mixte, wobei die beiden ihm andächtig zusahen. Sie hob das grüne Glas mit dem abgeknickten Strohhalm und hielt es in Mundhöhe, ihr Lachen war breit und glucksend.

»Sie waren noch nie hier!« sagte sie mit tiefer Stimme, nachdem sie vorsichtig genippt hatte.

»Ich bin fremd.«

»Europäer?«

»Deutscher.«

»Nazi?«

»Nein!«

Sie trank einen großen Schluck. »Sonst hätten Sie mir ja auch keinen spendiert, nicht wahr?«

John war schon wieder verlegen. »Wahrscheinlich nicht!«

»Und? Was tun Sie in Washington?«

»Ich habe mich gerade mit dem CIA-Chef getroffen.«

Sie zeigte ihre großen, weißen Zähne – aber ihr Lachen blieb stumm, nur die wattierten Kostümschultern zuckten. »Mit dem CIA-Chef. Ist ja super! Und worüber haben Sie mit dem Kerl gesprochen?«

John seufzte. »Über die Nazis.«

Sie nickte ernst und trank wieder einen Schluck. »Dachte ich mir's doch.«

»Was machen Sie denn so?«

»Ich bin Sekretärin in einem Ministerium. Beim Staat.«

»Guter Job?«

»Es geht. Immer dasselbe. Also im Grunde ... Sekretärin kann man das nicht nennen. Ich bin eher Bürobotin, Bürobotin und Putzfrau, Mädchen für alles.«

»Sie sind sehr schön – wenn ich das sagen darf.«

Sie warf den Kopf zurück und schaute ihn aus zusammengekniffenen Augen an. »Ohhh!«

Sie schwiegen.

Dann trank die Frau einen großen Schluck und wurde ernster. »Sie werden's nicht glauben, aber ich bin zufrieden mit meiner Arbeit. Das Geld reicht, ich werde nicht rumgeschubst und so ... Meine Kleine – sie ist jetzt in einer guten Schule, das kostet was, aber das zahlt sich aus.«

»Und Ihr Mann?« John fragte nur aus Höflichkeit.

»Hab ich nicht. Hatte ich noch nie.«

John stutzte. »Sie bringen Ihre Tochter alleine durch?«

»Klar, Mann!«

»Wie alt ist sie?«

»Elf. In Geographie hat sie 'ne Eins.«

John dachte nach. »Sind Sie ... glücklich?«

Die Antwort kam prompt: »Ja.«

»Ohne Mann?«

»Ich lach' mich gleich tot!«

John bestellte schnell einen Whisky, bevor er nicht mehr weiterwußte.

»Und was machen Sie so beruflich?« fragte sie.

»Ich bin auch beim Staat. In einem Amt.«

»In Berlin oder so?«

»Bonn. Bonn ist jetzt unsere Hauptstadt. Aber mein Amt ist in Köln.« Er überlegte, wie er ihr erklären sollte, wo Köln lag.

»Und was ist das für'n Amt?«

John schwieg.

»Irgendwas mit Abwasser? Wollen Sie's deshalb nicht sagen? Hören Sie, ich hab mal bei der Stadtverwaltung gearbeitet. Abteilung Hausmüllbeseitigung. Das waren die nettesten Kollegen, die ich je hatte. Sie müssen sich nicht schämen oder so was ...«

»Ich schäme mich nicht. Es ist nur so, ich darf eigentlich nicht darüber reden.«

Die schwarze Frau musterte ihn, ihre Lippen verformten sich, als würde sie leise Selbstgespräche führen. Dann fragte sie: »Sie dürfen nicht drüber reden – wegen dem CIA-Chef und so?«

»Das auch. Ich weiß, es klingt wie ein Witz, aber es ist die volle Wahrheit.«

»Soso, die volle Wahrheit. Dann haben Sie wohl auch 'ne geladene Waffe im Schulterhalfter?«

»Ich bin der Präsident des Amtes – wenn Sie verstehen.«

Sie nickte mehrmals. Dann nuckelte sie wieder an ihrem Strohhalm, ohne John aus den Augen zu lassen. »Ich kannte mal einen, der hat mir erzählt, er hätte 'n Boot am Chesapeake Bay liegen. Wir sind in seinem alten Chevy bis runter nach Lexington Park gewackelt – bis er dann soweit war, mir zu gestehen, daß er nirgendwo 'n Boot hatte, daß nicht mal der Chevy ihm gehörte, daß er alles nur erfunden hatte, weil er meine ... naja, Sie wissen schon, was er so toll an mir fand ...« Sie warf sich in die Brust.

John schoß das Blut in den Kopf. »Sie können mir glauben, ich bin Präsident eines Bundesamtes, ich habe mit Spionage zu tun ...«

Sie legte die schwere Hand mit den langen, rosa lackierten Fingernägeln auf Johns Unterarm. »Sie sind 'n attraktiver, wirklich attraktiver Kerl, Sie haben Manieren, Sie sind nicht betrunken oder so was.« Sie grinste freundlich. »Fast nicht. Sie sehen so aus, wie man sich so 'n Deutschen vorstellt – hier in Washington, meine ich. Sie müssen mir doch nicht solche Revolverstorys erzählen, wirklich nicht!«

Sie nahm einen tiefen Schluck. John wollte was sagen. In diesem Augenblick legte der Keeper eine neue Platte auf, sie stellte ihren grünen Cocktail ab und horchte den ersten Tönen hinterher. »He, Mann, das ist *Satin Doll* – stimmt's?«

Der Keeper nickte.

Die Frau schnipste mit den Fingern, sie swingte im harten, langsamen Takt von »Satin Doll« – erst nur mit den Fingern, dann mit den Unterarmen, den Schultern, dem Hals und dem Kopf, mit den kegelförmigen Brüsten, dann mit der breiten Hüfte und den hochhackigen Schuhen – der ganze schwarze Körper swingte »Satin Doll«.

John war gehemmt angesichts dieser plötzlichen Haltlosigkeit. Andere Gäste schauten her – sahen die schwarze, swingende Frau mit dem Mondgesicht und John, der dasaß wie ein Ölgötze.

Die Frau rutschte vom Hocker, der Kostümrock schob sich hoch, er gab erst die Knie, dann die fetten Schenkel frei, die auch schon mitswingten – alles an dieser dicken Frau swingte, und der Keeper, der Johns Verlegenheit zu bemerken schien, stellte die Musik lauter, so daß noch mehr Gäste hersahen und John noch verlegener wurde.

Die schwarze Frau wieherte. Sie breitete die Arme aus und ließ ihre Hüften rotieren. Der Keeper klatschte in die Hände. Eine elegante, weiße Dame am Ecktisch schüttelte den Kopf. John wäre am liebsten gegangen, wußte aber nicht, wie er das anstellen sollte, die schwarze Frau swingte nämlich mit in Brusthöhe weit ausgebreiteten Armen auf ihn zu, und ihre Augen strahlten ihn an.

John trank den Whisky in einem Zug aus und machte dem Keeper ein Zeichen: Er wollte bezahlen. Der Keeper drehte die Musik wieder leiser, die Schwarze ließ die Arme sinken, sie wirkte enttäuscht. »Was haben Sie denn?« fragte sie.

»Nichts«, antwortete John, während er dem Keeper Geld auf den Tresen zählte. »Ich muß bloß weg.«

»So kommen Sie mir nicht davon!« sagte die Schwarze. »Eddie, noch 'n Bourbon für den Herrn!«

Eddie beeilte sich.

»Hören Sie!« sagte John. »Das ist riesig nett von Ihnen, aber ich muß wirklich los!«

»Isses das FBI? Oder sind's die Russen?«

John verzog das Gesicht wie nach einer Ohrfeige.

Die Frau zog ihren Hocker heran und schob sich wieder hoch.

»Ich hab' wenig Prinzipien, mein Herr. Aber meine Mutter hat mir mal was eingetrichtert, daran habe ich mich mein Leben lang gehalten: Kindchen, hat sie gesagt, wenn 'n Kerl dir einen ausgibt, sag nicht nein, wenn er nicht potthäßlich ist oder aus dem Mund riecht. Aber an eines mußt du denken: Revanchier dich, revanchier dich auf der Stelle, sonst denken die Kerle, du bist für 'n Drink zu haben! Klar?«

John wollte protestieren, aber Eddie, der Keeper, stellte ein Glas Bourbon vor ihm ab.

Die schwarze Frau hob ihr Glas. »Und?«

John prostete ihr zu und trank. Der Bourbon tat gut.

»Ich heiße Carla«, sagte die Frau.

»Otto!«

»Das wußte ich!« gluckste sie.

Sie tranken ihre Gläser leer. John atmete durch. Ihm wurde heiß.

»Ihnen geht's nicht so gut, stimmt's?«

John nickte. »Der Mann von der CIA – aber lassen wir das!«

Die Schwarze rückte näher. »Mir können Sie 's ruhig anvertrauen, echt, Carla schweigt wie 'n Grab.«

John schaute sich um, die anderen Gäste hatten das Interesse an ihnen verloren. »Der Mann von der CIA – er weigert sich, mich zu unterstützen.«

»Wobei? Ich meine, wobei soll er Sie unterstützen, Otto?«

John bestellte noch zwei Bourbon, sie stießen an. Dann küßten sie sich auf die Wangen. Carla roch gut, nicht nach Parfüm, nach frischem Bettzeug.

»Es geht um die Nazis, die Nazis in meiner Heimat.«

»Und die CIA glaubt Ihnen wohl nicht?«

»Doch, es ist nur ... die CIA, also dieser Mann, der Chef, der will lieber mit meinem Gegner zusammenarbeiten ...«

»Diesem Hitler?«

»Nein, Hitler ist lange tot. Einem anderen.«

»Otto, wissen Sie, der Krieg, der ist lange aus, und die CIA, es kann sein, daß sie da irgendwie andere Sorgen haben als irgend so'n Verrückter in Berlin.«

»Nicht Berlin, Carla. Bonn ist jetzt die Hauptstadt.«

»Bonn – hab' ich nie gehört.«

John wurde wütend. »Sie ... Sie verstehen das nicht, Carla. Es geht da um komplizierte politische Zusammenhänge.«

Carla hob die Augenbrauen. »Soso, ich versteh' das nich. Ich bin wohl zu blöd für Ihre Hitlergeschichten und den CIA-Chef und dieses Kaff da ...«

»Bonn. Nicht zu blöd, aber es ist alles so weit weg. Ich hätte nicht damit anfangen sollen.«

Carla richtete sich auf, ihr Ton wurde schneidend. »Und jetzt, was machen Sie jetzt? Jetzt steigen Sie wohl wieder in Ihr U-Boot und schippern Richtung Heimat, was?«

John winkte dem Keeper zu. »Zahlen!«

Eddie kam. Carla beugte sich über den Tresen. »Eddie, gib acht, der Junge is'n Geheimagent!«

»Lassen Sie das!« zischte John.

Carla wandte sich den anderen Gästen zu: »Alle mal herhören! Hier sitzt ein Nazijäger am Tresen. Der CIA-Chef hat ihn weggeschickt, er sagte, er gehört in die Klapse ...«

Eddie schlug mit der flachen Hand mehrmals auf die Tropfplatte seiner Zapfanlage – so sehr amüsierte ihn Carla an diesem Tag. Otto John verließ schnell die Bar.

Lucie schlief schon, als John heimkehrte.

Als er leise eintrat, hob sie so jäh ihren Kopf, als rappelte der Wecker. Auf dem Windhurst Highway heulte das Horn eines Trucks. Lucie war bleich, sie war aus einem Traum geweckt worden, der sie nach London geführt hatte – in die Zeit nach dem Krieg und ihrer Gesangsstunden mit kranken Kindern, denen sie Tonleitern beibrachte. Es war die schönste Zeit ihres Lebens gewesen, und die Geräusche, die John beim Eintreten in das Washingtoner Hotelzimmer verursachte, wirkten in ihrem Traum wie die Bombenexplosion in einem Sommergarten.

»Waldman hat angerufen!« sagte sie, dann sank ihr Kopf wieder zurück, als hätte sie ausgeharrt, um endlich diesen Satz loszuwerden.

John schlug die Tür hinter sich zu, er setzte sich auf die Bettkante und zog seine Schuhe aus, er war todmüde.

»Was ... was wollte der denn?« lallte er.

Lucie hatte die Augen geschlossen, sie versuchte wieder einzuschlafen. »Ich weiß nicht ... irgendwie klang er ... beunruhigt.«

»Beunruhigt?«

»Du siehst ihn ja morgen ...«

John erhob sich. »Hat er eine Nummer hinterlassen?«

»So dringend war das nicht – glaube ich!«

John ging ins Bad, er wusch sein Gesicht mit kaltem Wasser.

»Was genau hat er gesagt?« fragte er, als er sich später neben Lucie legte.

Sie schüttelte ihren Kopf, um zu sich zu kommen. »Er sagte, er will mit dir reden ... daß es Probleme gibt und daß er dachte, er kann sie mit dir heute abend schon durchsprechen.«

»Der Mann ist ein Nervtöter, das wußte ich vorher.«

Sie schwiegen und lauschten dem Geräusch der Reifen auf dem Windhurst Highway.

Plötzlich war Lucie hellwach. »Die Nummer ... ich meine, wenn er abends um zehn anruft, dann ist er doch zu Hause ...«

»Anzunehmen«, murmelte John, der fast eingeschlafen war.

»Die Privatnummer – die hat er uns doch gegeben, weil er letzte Woche Urlaub hatte.«

John erhob sich ächzend. Im Notizbuch neben dem Telefon fand er Waldmans Privatnummer. Es war halb ein Uhr nachts.

Waldman hob nach sechsmaligem Läuten ab. Nach dem siebenten Mal hätte John aufgelegt. Er klang wieder ganz nüchtern, das machte das kalte Wasser. »Entschuldigen Sie die späte Stunde. Hier ist Otto John.«

Waldman brauchte eine Weile. »Schön, daß Sie noch anrufen!« Im Hintergrund gähnte jemand, offensichtlich lag Waldman schon mit seiner Gattin im Bett. »Hören Sie, Otto. Ich kann mich nicht mit Ihnen treffen ...«

»Was?!«

»Das heißt: Natürlich können wir uns gerne treffen. Vielleicht wollen Sie und Ihre Frau die Universität sehen, wir haben auch ein nettes Gästehaus, und ich könnte mit dem Dekan sprechen, daß er Sie beide dort für einige Tage wohnen läßt.«

»Das ist riesig nett von Ihnen, Eric, aber wir haben ...«

Eric Waldman gab sich einen Ruck. »Ich möchte nicht, daß Sie die weite Reise umsonst machen.«

John verstand. »Was ist passiert, Eric?«

»Nichts. Rein gar nichts. Ich habe nur noch einmal nachgedacht. Ich konnte Gehlen noch nie ausstehen. Ich halte ihn für einen skrupellosen, gefährlichen Menschen ...«

»Und? Dann müssen Sie mir doch helfen!«

Waldman hustete sich seinen Rachen frei, danach klang er entschlossener. »Sie täuschen sich, Otto. Ich muß gar nichts. Ich bin jetzt Hochschuldozent und kein Geheimdienstler mehr. Niemand kann mir etwas vorschreiben – außer ich mir selbst. Und da liegt das Problem, ich bin ein Patriot.«

»Ich doch auch, Eric! Aber gerade deshalb sollten wir ...«

Waldman schnitt ihm das Wort ab. »Was Sie sollen, weiß ich nicht. Aber ich weiß sehr genau, was ich soll. Ich habe mittags mein Seminar abgesagt und bin spazierengegangen. Und wissen Sie, worüber ich nachgedacht habe? Über diesen verdammten Krieg ...«

»Über welchen Krieg denn?«

»Sehen Sie, Sie wissen nicht mal, welcher Krieg gemeint ist! Meine Studenten wissen es ganz genau: Dieser Krieg ist sogar das Thema meines Seminars. Hier bei uns ist der Koreakrieg ein großes, ein wichtiges Thema, anders als bei euch in Europa. Euch geht's ja wieder gut – noch!«

»Aber der Krieg in Korea ist vorbei, Eric! Vor nicht mal einem Jahr wurde der Waffenstillstand unterzeichnet!«

»Das war doch nur der Anfang. Wir stehen vor einer großen, kräftezehrenden Aufgabe: Wir müssen die Roten überall zurück-drängen, wenn wir nicht wollen, daß sie uns überrollen. Bald wird es in ganz Asien brennen – und dann ist Europa dran, wie ein Milz-brand. Ich bin den ganzen Nachmittag über den Campus gelaufen. Ich habe mir überlegt, was meine Pflicht ist – angesichts dieses Krieges. Mein Land steht allein da – das hat der Koreakrieg bewie-sen. Haben Sie *High Noon* gesehen? Mit Gary Cooper und Grace Kelly?«

»Nein, ich mag keine Western.«

»Wie kommen Sie bloß darauf, daß *High Noon* ein Western ist? Ihr Deutschen, ihr seid immer so kategorisch. *High Noon* ist für uns das, was für euch der *Faust* ist – verstehen Sie?! Sie sollten sich diesen Film unbedingt ansehen. Der Marshall Kane – der steht vor einem Problem, und dieses Problem ist das Problem der Weltpolitik der nächsten hundert Jahre: Wie verhalte ich mich gegenüber einem Aggressor, wenn alle anderen sich verkriechen?«

»Eric, Sie werden doch die Spannungen mit der Sowjetunion nicht mit der Story eines Wildwestfilmes vergleichen wollen?«

»Doch, das will ich! Kane steht völlig allein, weil die Bewohner der Stadt, die er jahrelang unter Einsatz seines Lebens beschützt hat, sich verkriechen. Einige wollen sogar mit dem Aggressor gemeinsame Sache machen – nur um des lieben Friedens willen. Das ist die neue Situation in Europa, Otto!«

»Eric, hören Sie ... das ist jetzt vielleicht der falsche Zeitpunkt ... ich hätte Sie so spät nicht anrufen sollen ...«

Waldman unterbrach ihn hart: »Kane – also Gary Cooper – hat zwei Möglichkeiten: mit seiner hübschen, jungen Frau fliehen und den Verbrechern die Stadt überlassen ...«

»Wenn Sie sich von uns verraten fühlen, Eric, sollten Sie bedenken, daß ...«

» ... oder sich allein der Übermacht der Verbrecher stellen. Kane entscheidet sich für die zweite Möglichkeit – er kann die Welt nicht dem Bösen überlassen. Ich würde sagen, das ist die amerikanische Position. Verstehen Sie mich?«

»Ja, schon. Aber wir wollten eigentlich über Reinhard Gehlen reden – und um in Ihrer Terminologie zu bleiben: Er ist auch ein Verbrecher, dem man das Handwerk legen muß, Eric.«

»Wissen Sie, wer Kane letztendlich gegen die Banditen hilft?«

John antwortete nicht, er sah zum Bett hinüber. Lucie hatte sich aufgerichtet, sie schaute ihn erschrocken an. Sie ahnte, was gerade passierte.

»Ich will es Ihnen sagen, Otto: eine Handvoll Alkoholiker und Eierdiebe. Wir Amerikaner können uns unsere Verbündeten nicht mehr aussuchen ...«

»Die Nazis, mit denen Gehlen den deutschen Geheimdienst aufbaut, sind beileibe keine Eierdiebe.«

»Ein paar weißgespülte Nazis sind besser zu verkraften als Bolschewisten in Westeuropas Hauptstädten. Denken Sie mal darüber nach, Otto! Ich hätte Ihnen gerne geholfen, aber die Zeiten haben sich geändert. Die alten Verbündeten sind feige und bequem geworden. Wir haben für euch unser Leben riskiert. Ihr tut nichts, ihr verkauft euer schönes Land an die Roten.«

John sagte leise: »Ich habe verstanden. Es hat keinen Sinn, morgen zu Ihnen zu kommen?«

70

»Keinen! Tut mir leid! Schlafen Sie gut, und grüßen Sie Ihre Gattin!«

Waldman legte auf.

John stand eine Weile bewegungslos da, dann packte er das Telefon und schleuderte es gegen die Wand. Es schepperte, das Bakelitgehäuse sprang ab.

»Scheiße!« schrie John.

Jemand klopfte im Nebenzimmer gegen die Wand. John ging zum Fenster und riß es hoch, der Lärm des Verkehrs füllte das Zimmer. John atmete die kalte Nachtluft ein, langsam beruhigte er sich.

Lucie stand auf und schenkte ihm einen Whisky ins Zahnputzglas. John trank es gierig aus. Lucie bückte sich und hob das Gehäuse und den Boden des Telefons auf. Sie versuchte, die beiden Teile wieder zusammenzusetzen.

»Ach, laß doch!« sagte John. »Morgen stellen sie uns einen neuen Apparat hin.«

Lucie drehte das Gehäuse mehrmals und setzte es auf den Apparat – aber die Teile paßten nicht zusammen. Es schien fast, als wollte sie mit der Reparatur des Telefons das Gespräch mit Waldman ungeschehen machen.

John nahm ihr die beiden Teile aus der Hand. Dabei war er in technischen Dingen viel ungeschickter als sie, er wollte bloß seinen guten Willen zeigen. Auch ihm gelang es nicht, das Gehäuse auf den Boden zu setzen. Er legte beide Teile unwillig auf den Tisch.

Dann sah er es. Ein häßlicher, schwarzer Klotz mit einer eingestanzten Nummer. Aus dem Klotz ragten zwei dünne Stahldrähte, Krallen von Ungeziefer. John faßte das Monstrum vorsichtig mit Daumen und Zeigefinger an und riß es aus seiner Befestigung im Telefonboden.

»Was ist?« fragte Lucie.

»Diese Schweine, diese Scheiß-Amis!« Er zerdrückte das feind-liche Wesen zwischen Daumen und Zeigefinger, es knackte wie Chitin. Aus seinem Zeigefinger quoll ein Tropfen Blut.

John steckte den Finger in den Mund. »Eine Wanze!« sagte er. »Das war eine Wanze!«

Todmüde kamen die Johns zu Hause an. Lucie ließ sich ein Bad ein. Otto John zog sich mit dem Stapel Privatpost, den die Putzfrau auf der Garderobe gesammelt hatte, in sein Arbeitszimmer zurück, nachdem er sich Hände und Gesicht gewaschen und etwas getrunken hatte.

Er schloß die Vorhänge und knipste die schwere Schreibtischlampe an. Es roch modrig. John lehnte sich zurück. Wie sollte es jetzt weitergehen? Die Amerikaner dachten nicht daran, den Stall auszumisten, sie hatten sich von Anfang an für Gehlen entschieden. Sie brauchten die Kontakte und die Erfahrung der SD-Leute im Agentenkrieg gegen die Sowjetunion. Die Amerikaner hatten die Entnazifizierung vor mehr als einem halben Jahrzehnt abgeschlossen. Jetzt spielte die Kapelle ein anderes Stück, jetzt ging es nicht mehr um die Bestrafung der Schuldigen am Zweiten Weltkrieg, das waren bereits die Vorgeplänkel des Dritten Weltkrieges.

Strategie war nie meine Sache, dachte John. Ich habe die Nazis gehaßt, weil sie vulgär waren und weil sie nicht zu leben verstanden, weil ihnen die Fremde so fremd war, daß sie sie entweder für die Deutschen verschließen oder sie erobern mußten. Nein, ich habe sie gehaßt, weil sie Hans erschossen haben. Er war erst 34, und ich habe ihn geliebt, kein Mensch war mir jemals so nahe wie Hans.

Johns zwei Jahre jüngerer Bruder war nach einem Lungensteckschuß an der Ostfront von der Wehrmacht ausgemustert worden. John würde niemals die Reaktion des alten Vaters auf die Nachricht von der Kriegsverletzung des Bruders vergessen. Der Alte, der als ehemaliger Hauptmann der Reserve und Träger des Eisernen Kreuzes im Ersten Weltkrieg in der Illustrierten »Die Woche« abgebildet worden war, hatte das Einrücken des Jungen euphorisch begrüßt. Nun mußte er die Quittung entgegennehmen. Er reagierte mit blinder Wut auf den älteren Sohn Otto, der durch seine guten Verbindungen zum Lufthansa-Chef von Gablenz bei drohender Einberufung unverzüglich u.k. gestellt worden war.

John erinnerte sich noch sehr gut an den Tag, als er zum letztenmal aus Barcelona kommend in Tempelhof eingeflogen war, am

19. Juli 1944. Es war ein schöner Nachmittag, die Luft war schwer und süß.

Ach, wie habe ich mich gefreut, wieder in Berlin zu sein – trotz allem. Mit klopfendem Herzen passierte ich den Zoll. Da sah ich Hans hinter einer Säule der großen Temperhofer Halle. Er hatte sich versteckt – wie um mich zu überraschen. Wie übermütig er lachte. Er ließ mich bis in die Mitte der Halle gehen. Dann trat er auf mich zu und umarmte mich. Wie waren wie ... ja, wie Liebende, die nach langer Trennung den Genuß des ersten Wortes, des ersten Kusses hinausschoben, um vom Glück nicht erschlagen zu werden.

Erst im Taxi sprach Hans das erste Wort. »Morgen passiert's!« Wenige Tage später wurde er verhaftet. Zehn Monate hat die Gestapo ihn gefoltet. Dann tötete ihn ein SS-Mann mit einem Genickschuß.

Wegen Hans muß ich weitermachen, dachte John. Wegen Hans kann ich nicht alles hinschmeißen und wieder nach London zurückgehen. Hans ist tot, und ich lebe. Deshalb darf ich nicht aufgeben. Schon einmal habe ich den Fehler gemacht, zu früh aufzugeben. 1944. Ich hätte die Briten unter Druck setzen müssen, ich hätte den Botschafter in Madrid belagern müssen, ich hätte den kleinen Strippenziehern vom Secret Service ins Gesicht sagen müssen: Wenn ihr nicht spurt, macht ihr euch ebenso schuldig wie die Verbrecher, die in Osteuropa Millionen Juden ermorden.

Aber ich habe all das nicht gesagt. Ich habe bloß geheime Memoranden nach Berlin geschickt und Depeschen nach Lissabon weitergelcitet. Ich habe gewartet und gehofft. Ich bin mitschuldig am Tod meines Bruders – und deshalb darf ich jetzt nicht aufgeben. Diesmal muß ich kämpfen, so wie Hans gekämpft hat.

In der Woche, in der er weg war, hatte sich einiges angesammelt. Rechnungen, die er ungeöffnet zur Seite legte. Darum kümmerte sich Lucie. Zwei Briefe von alten Freunden aus Madrid, einer bat um Geld, der andere um einen Besuch. John würde das Geld schicken und dem anderen schreiben, daß es dauern konnte, bis er wieder einmal nach Spanien kam.

Eine in geschwungener Mädchenschrift geschriebene Adresse fiel John auf.

Der Umschlag trug keinen Absender. Er schnupperte daran und glaubte, winzige Reste eines Parfüms zu entdecken. John schnitt den Umschlag auf und entnahm ein gefaltetes, himmelblaues Blatt, das fast so dünn war wie Luftpostpapier.

Otto John bekam selten Briefe von Frauen, obwohl er sich eigentlich für genau den Typ Mann hielt, auf den die Frauen neuerdings flogen. Seit es den Deutschen wieder besser ging – kürzlich hatte er in einer Tageszeitung gelesen, wirtschaftlich stünden die Besiegten besser als manche Siegermacht da –, hatten die deutschen Frauen sich von dem ein paar Jahre lang heftig umworbenen, feisten Biedermann abgewandt. Neuerdings sah man in der Werbung wieder die schlanken, weltläufigen und draufgängerischen Typen. Dennoch interessierten sich kaum Frauen für John – oder er bemerkte es nicht. Allerdings hatte er im Amt und in der besseren Kölner und Bonner Gesellschaft den Ruf, gut verheiratet zu sein, gut verheiratet mit einer acht Jahre älteren Frau, was als Zeichen von sexueller Indifferenz oder einfach von Impotenz galt.

In Berlin war das anders. Wenn er dort zu tun hatte und mit seinem Freund Wowo unterwegs war, dann flogen ihnen die jungen Frauen nur so zu. Wowo war ein Kosename, wie die Berliner ihn liebten, Wowo bedeutete: Wolfgang Wohlgemuth – der junge Arzt aus der Charité, der Hans geröntgt hatte, als er mit dem Lungensteckschuß von der Ostfront zurückgekommen war. Nach dem Krieg hatten er und John sich wiedergesehen und angefreundet.

In Berlin kannte man John nicht, in Berlin regierte Wowo – und der hatte den Ruf eines Frauenfressers, wie fast jeder erfolgreiche Gynäkologe, und konnte sich nicht nur alles erlauben, sondern wurde auch, wo er hinkam, als Draufgänger behandelt, was die Sache meistens von allein in Gang brachte. Köln und Bonn waren eben nicht Berlin, John fühlte sich am Rhein eingeengt wie damals in Treysa, der hessischen Kleinstadt, in der er aufgewachsen war. Deshalb floh er manchmal nach Berlin – und es war die Flucht in eine andere Zeit, die Flucht in die dreißiger Jahre, die Flucht in das unbeschwerte Leben.

Die Schrift war die gleiche wie auf dem Umschlag, eine feine, leicht gequälte Frauenschrift, die Schrift eines Menschen, der sich beim Schreiben Mühe gab, so zu wirken, wie man es von ihm erwartete. »Sehr geehrter Herr Dr. John. Ich weiß, daß Sie zu einem Menschen eine Beziehung haben, die Ihrer beruflichen Position nicht entspricht. Öffentliche Denunziationen liegen mir nicht, ich bin für saubere Lösungen. Dennoch komme ich nicht umhin, Sie zu bestrafen. Zahlen Sie also zum 13. des nächsten Monats unter Ihrem Namen genau 9999 Mark auf das Konto der Kriegsgräberfürsorge! Es liegt in meinen Möglichkeiten, den Eingang des Geldes zu überprüfen. Rechnen Sie nicht damit, daß das die letzte Zahlung sein wird. Sollten Sie glauben, diesen Brief ignorieren zu können, geht das Foto, das ich von Ihnen und der betreffenden Person besitze, an den ›Spiegel‹. Ich bluffe nicht. Die Person heißt Edgar und lebt in Berlin.«

Der Brief trug keine Unterschrift. John schob ihn unter die Schreibtischunterlage.

Seine Hände zitterten, aber er schaute die Post mechanisch weiter durch. Ein Brief, der nur einen Namen als Absender trug: Jan Eland. John riß den Brief auf, als hätte er monatelang darauf gewartet. Laß es um Gottes willen eine gute Nachricht sein, nicht jetzt auch das noch, bat er.

Es war das Briefpapier des Hotels Walche in Zürich. Der Brief war erst wenige Tage alt.

»Lieber Herr Doktor. Wie Sie sehen, bin ich nach einem Umweg über meine Heimat nun in der Schweiz angekommen und im ›Walche‹ untergekrochen. Es geht mir miserabel, das können Sie mir glauben. Zu Hause in Amsterdam haben mich meine Geschäftspartner eisig empfangen, auf lange Sicht bin ich aus dem Spiel. Ich fürchte, der Arm Ihrer Gegner reicht weit über die Grenzen Deutschlands hinaus. Niemand weiß, daß ich in Zürich bin. Ich bin hier unter dem Namen Korinth abgestiegen, verfüge auch über einen deutschen Paß auf diesen Namen. Den Brief, den Sie in den

Händen haben, habe ich am Bahnhof eingeworfen. Ich bin sicher, nicht beschattet zu werden. Als ich mich bereit erklärt habe, Ihnen bei Ihrem Unternehmen zu helfen, wußte ich nicht, daß eine Mitarbeit derartige Folgen haben würde. Herr Doktor, ich fürchte, ich bin in Westeuropa als Nachrichtenhändler indiziert. Der einzige, der mir noch helfen kann, sind Sie. Sie haben gute Kontakte nach London, Sie könnten mich sogar in Ihr Amt einbinden. Ich käme nicht mit leeren Händen. Wenn Sie Gehlen immer noch ausschalten wollen, dann tun Sie es mit seiner Abteilung ›35‹. Die Beweise, die Sie brauchen, befinden sich in meiner Hand. Sie wissen, daß ich solide und seriös arbeite und meine Auftraggeber nie hintergehe. Bitte rufen Sie mich so schnell wie möglich an, ich erwarte Ihren Anruf Tag und Nacht. Ihr ergebener Jan Eland.«

John steckte den Brief in den Umschlag zurück.

Es war besser gewesen, Eland nach getaner Arbeit von der Bildfläche verschwinden zu lassen. John hatte Eland zum Bahnhof gebracht und ihm auf dem kalten Bahnsteig hundert Mark aus der eigenen Tasche zugesteckt – weil der Niederländer in der dünnen Jacke, in der immer wie ein verkrachter Schauspieler wirkte, ihm leid tat.

Danach hatte er von Eland nichts mehr gehört. Es war ihm bloß zugetragen worden, daß der Nachrichtenhändler, mit dem verabredet worden war, daß er in der Schweiz untertauchen sollte, sich in seiner Heimat hatte blicken lassen. Das hatte John verärgert.

Es war zweiundzwanzig Uhr. Er wählte die Nummer der Fernvermittlung und ließ sich mit dem Hotel Walche in Zürich verbinden. Der Portier sprach in einem ausdruckslosen Schweizer Singsang.

John sagte: »Ich hätte gern einen Gast von Ihnen gesprochen, er erwartet meinen Anruf. Den Herrn Korinth.«

Der Portier schwieg.

»Ich bin sicher, er schläft noch nicht. Sie können mich ruhig durchstellen.«

»Ich verbinde Sie mit unserem Empfangschef!«

Es knackte in der Leitung. Stille. Offensichtlich berieten sich Portier und Empfangschef.

76

»Ja. Bitte.« Der Empfangschef sprach reines Hochdeutsch.

»Meissner. Ich bin mit Herrn Korinth verabredet.« John standen zwei zusätzliche Identitäten zur Verfügung. Sie waren vom Amt abgeklärt, es gab echte Papiere, Legenden von Menschen, die tot oder in den Kriegswirren verschwunden waren. Er konnte sich – ganz offiziell – in Hans Meissner aus München oder – da er lupenreines Englisch sprach – auch in Harold Woolrich aus London verwandeln, wenn er es für richtig hielt.

»Herr Meissner, sind Sie ein Verwandter?«

»Ein Geschäftspartner. Ein sehr enger Geschäftspartner.«

Der Empfangschef überlegte, er überlegte länger als Empfangschefs es in derartigen Fällen zu tun pflegen. John spürte, daß etwas nicht in Ordnung war.

»Herr Meissner. Es tut mir leid, Ihnen das mitteilen zu müssen, aber Herr Korinth ist tot.«

»Was?!«

»Er hat sich vorgestern das Leben genommen. Hier im Hotel.«

Otto John trank viel in dieser Nacht. Die Lufthansa-Cocktails – eher eine sentimentale Erinnerung an die Vergangenheit als eine wirkliche Leidenschaft – genügten nicht mehr, er griff zu Gin und Wodka. Erst gegen vier ging er zu Bett. Er schlief sofort ein. John träumte von Treysa, von dem Bahnhof.

Er ist etwa sieben Jahre und geht an der Hand des Onkels, eines Apothekers. Der Onkel trägt einen großen, weißen Koffer.

Eine Frau, deren Kind Nasenbluten hat, bittet den Apotheker um Hilfe. Die Brust des hellbraunen Mohair-Mäntelchens ist schon tiefrot eingefärbt. Der Onkel läßt Ottos Hand los. Otto hat Angst vor dem vielen Blut und dem Geschrei des Kindes, er läuft davon – vorbei an den endlosen Zügen mit französischen Kriegsgefangenen, die müde ihre Beine aus den Waggons baumeln lassen. Einige tragen schmutzige Verbände, sie rauchen und fordern Otto auf, sich ihre Wunden anzuschauen. Otto rennt immer schneller.

Am Schluß des Zuges patrouilliert ein bärtiger Soldat mit einem Gewehr vor einem geschlossenen Viehwaggon. Otto nähert sich vorsichtig, er will über den Gleiskörper das Bahnhofsgelände verlassen, einen Bogen schlagen und draußen vor dem Portal auf den Onkel warten. Der Soldat mit dem Gewehr macht ihm ein Zeichen: Er soll sich gefälligst beeilen.

Das Herz schlägt ihm zum Hals, er kann nicht laufen, sosehr er sich auch anstrengt. Seine Beine werden schwerer, seine Schritte immer langsamer. Je weiter er den Bogen um den geschlossenen Waggon schlägt, desto näher kommt er ihm. Dann sieht Otto die roten Hosen und die blauen Uniformjacken durch die Spalten leuchten. Die Farben ziehen ihn unwiderstehlich an, er sieht den Posten nicht mehr, er ist schon am Waggon, er reckt den Hals und zieht sich an der Schwelle hoch, um in das Dunkle des Waggons sehen zu können – da greift eine große, haarige Männerhand nach ihm, packt seinen Oberarm.

»Hol uns Wasser, Junge! Sie lassen uns nicht an die Pumpe.«

Otto nickt, die Hand läßt ihn los. Er will zur Bahnhofspumpe, Wasser schöpfen, um den Durst der Franzosen zu löschen. Da steht der Posten vor ihm wie ein Berg. »Untersteh dich!« brüllt er und berührt Otto leicht an der Schulter. Von einer unsichtbaren Riesenhand gepackt, fällt Otto nach hinten – auf den Schotter des Gleises. Er will aufstehen und wegrennen, aber seine Beine sind gelähmt. Das Gesicht des Postens läuft vor Wut rot an. Er reißt sein Gewehr von der Schulter. Otto schreit.

Das Bild verschwimmt.

Dann befindet er sich wieder auf dem Bahnsteig, neben seinem Onkel, der dem Jungen im Mohair-Mantel einen Verband um den Kopf gelegt hatte. Jan Eland, der Holländer mit den schwarzen Haaren, den dünnen Lippen und den traurigen Augen, tritt an ihn heran, sein Gesicht ist weiß wie ein Bettlaken. Er hält die Hand auf. Otto greift in seine Tasche und gibt ihm einen Hundertmarkschein. Eland laufen rote Tränen über die Wangen.

5. KAPITEL

John erwachte. Es war stockdunkel, aber er hatte das Gefühl, es war Zeit aufzustehen. Er tastete nach dem grünen Reisewecker, der aufgeklappt neben seinem Bett stand. Draußen rührte sich etwas. Lucie war schon auf.

John erhob sich, er drückte auf den Knopf der Nachttischlampe. Der Wecker war eingeklappt. John klappte ihn auf. Es war halb sieben.

John ging ins Bad und wusch sich das Gesicht. Als er wieder in den Flur trat, bemerkte er, daß die Tür zu seinem Arbeitszimmer offenstand. Er wollte sie schließen. Lucie – im Morgenrock und mit zerzausten Haaren – beugte sich über den Schreibtisch. Die Schreibtischlampe brannte. Sie schaute auf. »Du hast heute nacht das Licht brennen lassen!«

John sah den himmelblauen Brief in ihrer Hand. »Ich habe ihn unter der Schreibtischunterlage hervorschauen sehen«, sagte sie tonlos. »Tut mir leid. Was willst du machen?«

Er zuckte mit den Achseln. »Anzeige erstatten. Flagge zeigen.«

»Flagge zeigen?« fragte sie, als ob sie nicht verstand, was das bedeutete.

»Eland ist tot!« sagte John.

Sie setzte sich vor Schreck.

»Selbstmord. In einem Hotel in Zürich.«

Sie ließ die Arme herunterhängen wie eine schlechte Schauspielerin, die eine Ohnmacht markiert. Sie wirkte unecht und bemüht, wie immer, wenn etwas Erschreckendes geschah. Einmal, als eine andere Todesnachricht eingetroffen war, eine aus ihrer Familie, hatte sie verlegen gegrinst. Dabei war sie bestimmt nicht gefühlskalt, sie war sogar zu tiefer Erschütterung fähig, wenn es um ihn ging – aber wenn es andere betraf, mußte sie sich die passenden Gefühle zurechtsuchen wie die Vokabeln in einer fremden Sprache.

John wollte aus dem Zimmer. In der Tür rief sie ihn zurück.

»Laß uns weggehen aus Deutschland!«

John drehte sich langsam um. Lucies Stirn glühte, sie saß aufrecht.

»Das geht nicht!« sagte er.

»Nach London. Delmer wird uns helfen, wir haben Freunde dort, du kannst gutes Geld verdienen als Rechtsanwalt. Wie früher. Wir können noch glücklich werden.«

John dachte über ihre Worte nach. Sie hatte recht, in Deutschland würde er keine Ruhe finden. Dieses Land war Gift für einen wie ihn, man sollte sich nicht dort niederlassen, wo man gehaßt wird.

»Hier bringen sie uns eines Tages noch um!« sagte sie. Sie hob langsam die Hand mit dem Brief. »Was ist dran?« fragte sie. Das also war es – nicht Elands Tod, auch nicht die Erpressung.

»Nichts!« antwortete er. Er spürte, wie sie aufatmete – und deswegen haßte er sie.

J o h n   z o g   d e n schweren Rolladen im Eßzimmer hoch. Er zählte die Umdrehungen der Kurbel. Durch die Übersetzung drehte er schnell und leicht, der Rolladen aber hob sich langsam.

»Vierundzwanzig, Fünfundzwanzig, Sechsundzwanzig ...«

Jeden Morgen kam etwas anderes dabei heraus. Gerade hieß: Sie schaffen es nicht. Ungerade hieß: Sie werden mich zerstören.

Dreißig. Einunddreißig. Zweiunddreißig.

Eine Sperre. Fertig. Endlich ein Zeichen. Er würde es schaffen.

Der Laden ruckte im Rolladenkasten. Die Kurbel bewegte sich in seiner Hand. Dreiunddreißig, zählte er. Es wurde ihm übel. Der Wodka.

O b e r s t   R a d t k e   w a r nicht im Amt, niemand wußte, wo er sich aufhielt.

John ließ sich von seiner Sekretärin die Dokumente vorlegen, die während seiner Abwesenheit zur Unterschrift aufgelaufen waren. Routinekram. John vermutete schon lange, daß Radtke ihm wichtige Vorgänge vorenthielt. Aber er durfte sich nicht an allen Fronten gleichzeitig in Kämpfe verstricken lassen.

Als er wieder allein war, zog John den anonymen Brief aus der Jacke, steckte ihn in einen Umschlag und verschloß ihn. Dann schrieb er eine Nachricht an Dr. Humboldt, den Leiter der wissenschaftlichen Abteilung beim BKA. Humboldt war ein Kollege aus der Lufthansa-Zeit. John bat den Chemiker um eine diskrete Untersuchung des Briefes, versah den Umschlag mit der Adresse in Wiesbaden und einer seiner Deckadressen als Absender und gab die Sendung in den Postausgang.

Es klopfte, die Sekretärin erschien. »Es ist wegen dem 20. Juli. Aus Berlin wird angefragt. Werden Sie hinfliegen?«

John überlegte. Wenn er zurücksteckte, dann bestimmt nicht in dieser Hinsicht. »Buchen Sie den Flug für den Fünfzehnten. Ich habe eine Menge in Berlin zu erledigen. Für mich und meine Gattin! Dann möchte ich, daß Sie einen Kranz besorgen und nach Holland schicken. Er ist für das Grab von Jan Eland.«

»Ist Herr Eland tot?« fragte die Sekretärin ungerührt.

»Ja! Finden Sie bitte heraus, wo er begraben wurde, ich nehme an, in seiner Heimatstadt Middelburg, in Zeeland.«

»Das wird nicht einfach sein. Ich bin gerade allein, weil Oberst Radtkes Sekretärin ...«

»Tun Sie, was ich Ihnen gesagt habe!« fuhr John hoch. »Und tun Sie es sofort!«

Sie verschwand wortlos.

John fiel etwas ein. Der 20. Juli! Das hatte er in Amerika völlig vergessen. Er mußte mit Kotschenreuther sprechen.

Kotschenreuther war ein Günstling von John, ein etwas langsamer Denker, aber fleißig und zielstrebig. Er war ebenfalls unter Karl Bonhoeffer ein Angehöriger der Lufthansa-Rechtsabteilung gewesen und hatte von den Aktivitäten gegen die Nazis gewußt und alles, was Bonhoeffer und John unternahmen, gebilligt und gedeckt.

Als er John 1951 in Frankfurt zufällig wiederbegegnete, war er als besserer Hausmeister in einem Heimatmuseum untergekommen. Kotschenreuther berichtete verbittert von seiner Tätigkeit als Archivar von alten Kalenderblättern und ländlichen Kochrezepten. Er erhoffte sich Hilfe vom neuen Verfassungsschutzpräsidenten. John mochte es, wenn ihn jemand um etwas bat. Kotschenreuther war ein unauffälliger, stiller Mann, aber er hatte Prinzipien, und John liebte Menschen mit Prinzipien, ja, er hielt sich selbst für einen von ihnen.

Es war nicht einfach gewesen, Kotschenreuther zum Bundesverband für den Heimatdienst zu bringen. Der Heimatdienst diente der Förderung der Demokratie, er war ein Überbleibsel der pädagogischen Anstrengungen der Amerikaner nach Kriegsende. Merkwürdigerweise hatte der Heimatdienst auch den Sturm der frühen fünfziger Jahre überstanden, in denen viele gutgemeinte Errungenschaften der neuen Republik im Überschwang des neuen Selbstbewußtseins für überflüssig erklärt worden waren.

Kotschenreuther tat seine Arbeit gut, aber er fiel nicht auf. Er war – in einem harmlosen Sinn – ein Agent Johns. Kotschenreuther, ein Witwer mit zwei fast erwachsenen Töchtern, die den Vater am Wochenende bekochten und die Woche über in Frankfurt auf das Lehramt hin studierten, sammelte seit zwei Jahren alles über den Widerstand gegen Hitler. John unterstützte ihn dabei, indem er ihn an Zeugen verwies, ihm Fachpublikationen zukommen ließ oder den Verfassungsschutzapparat aktivierte, wenn Kotschenreuther nicht weiterkam.

John sah es als wichtigste Aufgabe des Präsidenten des Bundesamtes für den Verfassungsschutz an, alles zu tun, damit die Wahrheit ans Licht kam, damit die Lügen nicht weiter gärten und die, die schuld waren, keine politischen Ämter bekleiden durften. Alles andere – der alltägliche Hickhack des Kalten Krieges, die Beschnüffelung angeblicher kommunistischer Umtriebe in der Bundesrepublik, die Unterwanderung und Lähmung der KPD – das interessierte ihn nicht. Ja, diese von seinen politischen Vorgesetzten eingeforderten Leistungen lagen ihm auf der

Brust wie ein schwerer Felsbrocken, während jeder Fortschritt bei der Aufdeckung der Nazi-Lügen ihn ein Stück freier atmen ließ.

Kotschenreuthers Dokumentation wurde von John generalstabsmäßig geplant. Er hatte eine Liste von Gesprächspartnern aufgestellt, die Kotschenreuther einzuvernehmen hatte, er hatte ehemalige Mitverschwörer angeschrieben und sie in Kotschenreuthers Namen um Beiträge gebeten. Im Grunde, fand John, ist es mein Verdienst, wenn in Deutschland bald keiner mehr Lügen über die Verschwörung gegen Hitler und über die Verbrechen der Nazis in die Welt setzen kann, ohne sofort anhand eines großflächig vertriebenen Standardwerkes widerlegt zu werden.

John wählte Kotschenreuthers Nummer in der Bonner Heimatdienst-Zentrale. Die dünne Stimme meldete sich schon nach dem ersten Rufzeichen.

»Ich bin es, John!«

»Gut, daß Sie anrufen, Herr Doktor, ich muß dringend mit Ihnen reden!« Kotschenreuthers Stimmchen überschlug sich. »Ich hoffte, daß Sie dieser Tage aus Amerika zurückkommen würden, aber da ich nichts Genaues wußte, dachte ich ...«

»So reden Sie mit mir!« unterbrach ihn John herrisch. Kotschenreuther war immer etwas umständlich, aber so aufgedreht hatte John ihn noch nie erlebt.

Der Heimatdienst-Mann erklärte John, er könne am Telefon nicht offen sprechen, da er das Gefühl habe, seine Kollegen belauschten ihn. John verdrehte die Augen.

»Ich muß mich heute noch mit Ihnen treffen!«

John seufzte. »Hören Sie, wir haben hier einen tragischen Todesfall. Eigentlich hätte ich heute anderes zu tun.«

»Ich könnte auch zu Ihnen kommen!« bettelte Kotschenreuther.

»Nein, nur das nicht! Ich möchte nicht, daß man uns hier im Amt zusammen sieht. Unsere Zusammenarbeit ist sozusagen mein Privatvergnügen.«

»Verstehe«, sagte Kotschenreuther leise. Es klang etwas enttäuscht.

»Aber Sie würden mir schon helfen, wenn Sie mir entgegen-
kommen könnten«, schlug John schnell vor, bevor Kotschenreuther weinerlich wurde. Sie vereinbarten, sich gegen 14 Uhr
auf einem Autobahnparkplatz zwischen Bonn und Köln zu treffen.

John legte auf und ging hinaus. Die Sekretärin saß mit hochro-
tem Kopf an ihrem Tisch, hielt den Telefonhörer in der Hand und
wartete auf eine Verbindung.

»Ich brauche noch eine Verbindung!« sagte John. »Mit der Zürcher Kantonspolizei.«

Sie kritzelte etwas auf ihren Block und schlug die Augen nieder.
John zog sich in sein Zimmer zurück. Es saß kaum, als sein Telefon
klingelte.

»Das ging aber schnell!« sagte er lachend.

»Es ist das Kanzleramt«, erklärte sie tonlos. Sie schien seine
Verblüffung zu genießen.

»Stellen Sie durch!« ordnete er wieder etwas strenger an. »Und
dann möchte ich Zürich.«

Es knackte in der Leitung. »Hier John.«

»Tach, Herr Doktor John. Hier Staatssekretär Globke. Wie war
Amerika?«

»Schön. Nicht so verregnet wie Deutschland.«

Globke lachte dünn. »Das glaube ich aufs Wort. Noch nie hatten
wir so viele Niederschläge in den Sommermonaten wie 1954.
Wußten Sie das?«

»Der Verfassungsschutz beschäftigt sich wenig mit Meteorolo-
gie, Herr Staatssekretär.«

»Ich weiß, Herr Doktor John. Sagen Sie ... in Amerika, gab's da
irgendwelche Probleme?«

»Nicht daß ich wüßte.«

»Sie haben Dulles getroffen?«

»Welchen der beiden?«

»Natürlich Allen Dulles, den CIA-Chef. Ich habe nicht ange-
nommen, daß der Außenminister Dulles Sie in Washington emp-
fängt ...«

»Mich hat dort überhaupt niemand empfangen, Herr Globke. Die Herren waren durch das Kanzleramt gut vorbereitet.«

»Jetzt tun Sie uns aber unrecht, Herr Doktor. Uns lag sehr daran, daß sich die Wogen zwischen Köln und Washington glätten.«

»Davon habe ich nichts bemerkt. Dulles habe ich zehn Minuten gesehen. Ich hatte den Eindruck, daß er über die Verhältnisse im Kanzleramt besser Bescheid weiß als ich ...«

»Ich bitte Sie, Herr John, der Mann ist CIA-Chef. Er muß Bescheid wissen!«

»Ich wollte ja auch nur meiner Verwunderung darüber Ausdruck verleihen, daß ich in Washington erfahre, wie die bundesdeutschen Geheimdienste in Zukunft aussehen werden.«

»Ach, haben Sie das? Das würde mich jetzt sehr interessieren!«

»Dulles hat mir mitgeteilt, daß Amerika voll auf Gehlen setzt.«

»War das denn so neu für Sie?«

»Ich dachte, der Kanzler hätte meine Meinung dazu eingeholt, weil er noch keine Entscheidung getroffen hatte.«

»Unter uns, Herr John: Der Bundeskanzler kann viel, aber nicht alles entscheiden. Was er bestimmt nicht entschciden kann, ist, wem die Amerikaner ihr Geld geben.«

»Der, dem die Amerikaner ihr Geld geben, wird das Rennen machen, nehme ich an.«

»Mal ehrlich: Wollen Sie etwa Präsident eines Dienstes sein, der vom Bundeskanzleramt direkt geführt wird, Herr John?«

Globke war kaltschnäuzig und direkt, anders als Lenz. Das lag John.

Globke war aber auch gefährlicher als Lenz: Er konnte es sich leisten, offen zu sein, weil er seinen Gegnern immer schon einen Schritt voraus war – und weil er Macht hatte. Globke konnte mit Macht umgehen – wie sein Chef, aber er verfolgte andere Ziele als Adenauer. Globke wollte alles an sich reißen, er verlangte nach größtmöglicher Kontrolle. Dazu war Adenauer nicht der Typ, Adenauer wollte den Rücken frei haben für die wichtigen Dinge: für den Umbau Deutschlands vom Feindstaat zum Appendix der

USA. Adenauer konnte sich nicht mit Kinkerlitzchen, mit Geheimdiensten oder Wehrgesetzen, aufhalten, so was delegierte er an seine Kettenhunde.

Globke war sich für nichts zu fein. Er wollte die Macht nur um ihrer selbst willen, nichts sollte dem Zufall überlassen bleiben, nichts sollte anderen zufallen, selbst Kleinigkeiten erledigte er selbst.

John gab sich Mühe, gelassen zu klingen. »Ich bin Präsident des Bundesamtes für den Verfassungsschutz, Herr Staatssekretär. Wie der Name schon sagt, stehe ich einem Amt vor, das die Einhaltung der Verfassung garantieren soll. Ein Geheimdienst, der vom Kanzleramt aus geführt wird, entspricht meiner Meinung nach nicht der Verfassung.«

»Das sind komplizierte Auslegungsfragen, über die im Ernstfall das Verfassungsgericht entscheidet, Herr Dr. John. Der Kanzler sagte kürzlich noch: Hoffentlich hat der John auch verstanden, was eigentlich seine Aufgabe ist. Ich habe ihn beruhigt. Er ist manchmal einfach zu pessimistisch, das entspricht seinem rheinischen Weltbild, diese Leute rechnen immer mit dem Schlimmsten, deshalb ist es auch so schwer, mit ihnen auszukommen.«

In John kochte es. Er wollte losbrüllen. Aber er wußte, Globke wollte ihn provozieren, deshalb schwieg er.

Natürlich setzte Globke noch eins drauf. »Wenn Sie einen Rat von mir annehmen würden, Herr Doktor ... Wir sind doch beide Juristen. Sie kennen doch den Begriff der Parteilichkeit. Auch das Recht verlangt Parteilichkeit – von der Verteidigung und von der Anklage.«

»Ein guter Jurist ist der Wahrheit verpflichtet, Herr Globke. Mag sein, daß Sie das unter Reichsjustizminister Gürtner anders gelernt haben, aber ich orientiere mich am angelsächsischen Rechtsbegriff.«

Globke fiel ihm hart ins Wort. »In England und Amerika ist es nicht anders: Sie haben als Verteidiger auch gegen besseres Wissen im Interesse des Mandanten zu plädieren. Im übrigen war ich, wie Sie vielleicht wissen, nicht einmal Parteigenosse. Ich war Jurist im preußischen Innenministerium, und dort gehörte es zu meinen Aufgaben, Gesetzestexte zu kommentieren ... Aber lassen wir das! Man sieht es hier nicht gerne, daß an der Spitze des Verfassungsschutzes ein Mann steht, der zu glauben scheint, seine Aufgabe ist es, Opposition gegen die Regierung zu machen. Herr John, ich prophezeie Ihnen, mit dieser Arbeitsauffassung kommen Sie nicht weit. Im Guten, Herr John ... ganz abgesehen davon, daß davon in der Verfassung keine Rede ist.«

»Ich verstehe Sie nicht, Herr Staatssekretär!«

»Sie haben irgendeinem Pressefritzen erklärt, die politische Entwickung in der Bundesrepublik gehe Ihnen gegen den Strich.«

John jubilierte. Das Interview war Wochen alt, er hatte es Hülsterkamp gegeben, einem freischaffenden Bonner Journalisten, der versprochen hatte, es an eine überregionale Tageszeitung zu verkaufen. John hatte schon an Hülsterkamps Verläßlichkeit gezweifelt.

John spielte den Ahnungslosen. »Das war meine Meinung als Staatsbürger.«

»Sie sind naiv, Herr Doktor. In Ihrer Position können Sie sich nicht anstellen wie Hinz und Kunz und regierungsfeindliche Interviews geben, die dann in der ›Süddeutschen‹ erscheinen! Ausgerechnet in dieser schwierigen Zeit: Wo der Kanzler versucht, die EVG endlich unter Dach und Fach zu bekommen!«

Genau der richtige Zeitpunkt, dachte John. Und dann auch noch die »Südddeutsche« – Hülsterkamp hat also nicht geblufft.

»Sie als Jurist müßten wissen, daß so etwas disziplinarische Folgen haben kann, Herr Doktor John. Aber wir reiben uns ja nicht an einem unbedachten Satz ...«

John hob seine Stimme, er konnte es sich nicht bieten lassen, von einem Staatssekretär Adenauers geschurigelt zu werden, er war dem Innenminister unterstellt und nicht dem Kanzleramt. »Der Satz – so wie er gesagt worden ist – war keineswegs unbedacht!«

Auch Globke wurde lauter: »Die Vulkan-Affäre hat uns ebenfalls zu denken gegeben, Herr John.«

Das war zuviel. »Ich werde nicht Gehlens Fehler ausbaden, Herr Globke!« erklärte John fest.

Globke seufzte. »Es wurden in Ihrem Namen Presseerklärungen abgegeben ...«

»Das war der Vizekanzler Blücher. Er hat den Ministerialdirektor im Innenministerium Egidi beauftragt, sich an mein Amt zu wenden und um die Namen der Verhafteten zu bitten – daraus ist diese unselige Erklärung entstanden.«

»Wo waren Sie?«

John spürte, wie sich Schweißbläschen auf seiner Stirn bildeten. »Ich ... ich hatte ein Essen ... mit einem amerikanischen Polizeipräsidenten.«

»Das ist natürlich wichtiger!«

Globke hatte es geschafft: John kam sich wie ein schlechter Schüler vor.

»Sie haben ja auch diesen phänomenalen Leserbrief an die ›Zeit‹ geschrieben – seien Sie froh, daß Sie nicht dem Bundeskanzleramt unterstehen, bei uns wäre das Ihr Rausschmiß geworden, John!«

»Der damalige Innenminister Lehr hat mir den Brief zur Unterschrift vorgelegt. Ich war dagegen, weil in dem Brief die wahren Hintergründe unklar blieben ... daß der Denunziant aus dem Osten ein Agent Gehlens war und so weiter, aber ...«

»Sie unterschreiben also Briefe, die man Ihnen diktiert?!«

John schluckte. »Was wollen Sie von mir? Ich habe wenig Zeit!«

Globke schien das nicht zu beeindrucken. »Was ist mit der Observation der KPD? Eine Katastrophe, wenn Sie mich fragen. Diese Kommunisten tummeln sich bei uns wie Hechte im Karpfenteich. Ihre Aufgabe wäre es, dafür zu sorgen, daß die Bundesanwaltschaft genügend Material in die Hand bekommt, ein Verbot zu erwirken. Aber von Ihnen kommt nichts, Herr John. Da wundern Sie sich noch, daß wir glauben, Sie würden gegen uns arbeiten ...«

John reichte es. »Ich lege jetzt auf, Herr Globke. Wenden Sie sich mit Ihren Anwürfen an meinen Dienstherrn, den Innenminister!«

»Moment!!!«

»Was gibt's noch?«

Globkes Stimme zitterte. »So spricht keiner mit mir, Herr John!«

»Doch. Ich, Herr Staatssekretär. Guten Tag!«

Globke schrie: »Sie hören sich das jetzt an, John! Oder ich lasse Sie heute nacht durch einen Boten aus dem Bett holen.«

John lächelte. »Ich habe einen guten Schlaf, Globke!«

John hörte nur noch den schweren Atem von Globke. Jetzt dachte er nicht mehr daran aufzulegen, er wollte seinen Triumph auskosten.

»Sie werden sich noch wundern, John«, sagte Globke nach einer Weile so leise, als würde ihm langsam die Luft ausgehen. »In Washington ist man sauer auf Sie – stinksauer. Der CIC sagt, Sie haben ihm Spielmaterial zugespielt, um Verwirrung zu stiften.«

John lachte auf. »Die Herren hielten es für nötig, mich wie einen feindlichen Agenten zu behandeln. Man hat mich in meinem Hotelzimmer abgehört und observiert. Sogar meine persönlichen Sachen wurden durchwühlt, ebenfalls die von meiner Frau.«

Globkes Stimme überschlug sich: »Der Counter Intelligence Corps ... man glaubt, daß Sie für die Russen arbeiten ...«

»Das ist ja ganz neu. Sonst heißt es immer, ich sei britischer Agent.«

»Ihnen wird der Spott noch ausgetrieben, John! Die Amerikaner werden Sie kaltstellen. Die sagen, Ihre Dienststelle liefert schon seit längerem manipuliertes Material – und in Washington sollen Sie V-Leute angeworben haben. Für den Kriegsfall.«

»Für welchen Kriegsfall denn, Herr Globke!?«

Globke legte auf.

Das Gefühl, einen Sieg errungen zu haben, wurde im Laufe des Nachmittags schal. John fragte sich, wieso Globke ihm von den Vorwürfen der Amerikaner erzählt hatte. Wenn etwas gegen ihn lief, war es doch klüger, es zu verschweigen, nur ein Freund hätte ihn gewarnt.

Nach reiflicher Überlegung kam Otto John zu dem Ergebnis, daß er sich wie ein Tölpel benommen hatte. Wie so oft hatte er voreilig triumphiert. Globke hatte ihn mit seinem Anruf beunruhigen wollen, er wollte, daß John etwas Bestimmtes tat. Und das Schlimmste war: Je mehr John überlegte, was Globkes Kalkül sein könnte, desto größer wurde seine Angst, Globkes Erwartungen zu entsprechen.

John stand auf und ging zum Fenster. Draußen regnete es schon wieder in Strömen. John hatte noch nie einen Sommer mit solchen Niederschlägen erlebt. Kürzlich hatte er einen Artikel gelesen, in dem behauptet wurde, der viele Regen, der im Jahr 1954 fiel – schon im Mai war die Menge erreicht, die sonst bis Oktober gemessen wurde –, hätte etwas mit den Polen zu tun. Die Pole schmolzen langsam, behauptete der Autor des Artikels, die Ursache sei die Erwärmung der Atmosphäre durch die Industrie. Für das Jahr 1955 wurde eine Steigerung der Niederschläge um 15 Prozent vorausgesagt. 1956 sollte sie schon 25 Prozent betragen. Im Jahr 1958 würde die Nordsee bis Hannover reichen, der Rhein würde stellenweise so breit wie der Bodensee sein, die Bundesregierung müßte 20 Millionen Menschen in die Alpen evakuieren.

Es klopfte. Johns Sekretärin streckte den Kopf herein. »Die in Zürich sagen, es ist gerade niemand da.«

»Wer ist nicht da?« fragte John unwillig.

»Der Chef der Kantonspolizei.«

»Dann rede ich mit seinem Vertreter.«

»Der hat eine Konferenz.«

»Probieren Sie's weiter!«

»Worum geht's denn überhaupt?«

»Das hat Sie nichts anzugehen!«

»Entschuldigung, Herr Doktor. Ich wollte nicht ... Ich dachte nur, wenn ich ...«

Unverschämt ist sie nur, solange man sie gut behandelt, dachte John. Sie krümmt sich, fast genüßlich, sobald man sie zurechtstutzt. So sind sie alle, die neuen Sekretärinnen. Nur Adenauers Vorzimmerdame, das dreiste Fräulein von Lewinski, ist nicht so ...

»Wann kommt eigentlich Frau Wilde zurück?« fragte John. Frau Wilde war seine eigentliche Sekretärin, sie hatte Urlaub.

Die Sekretärin erstarrte.»Ich habe verstanden«, zischte sie.

Sie rannte hinaus. Dabei hatte John sie nicht kränken wollen.

6. KAPITEL

Als John, der ohne Chauffeur unterwegs war, an dem nebelverhangenen Nachmittag auf dem Parkplatz ankam, stand Kotschenreuther schon nervös rauchend neben seinem »Crèmeschnittchen«.

Kotschenreuther war eingefleischter Nichtraucher und AntiAlkoholiker. »Sie sind also endlich auf den Stil der fünfziger Jahre eingeschwenkt?« fragte John, als er auf den beigebraunen Renault 4 CV zuging.

Obwohl es aufgehört hatte zu regnen, war der Parkplatz leer – sah man von einem silbrig glänzenden Milchwagen ab, dessen Fahrer schamlos in den Graben urinierte. Auf der Autobahn war wenig los, nur ab und zu brummte ein einzelnes Auto vorbei, für Lastkraftwagen war es noch zu früh, die fuhren erst gegen Abend auf die Autobahn auf.

»Wie meinen Sie das, Herr Doktor?« fragte Kotschenreuther. Seine Augenlider zuckten.

»Daß Sie nun auch rauchen – wo doch alle Welt raucht und trinkt, was das Zeug hält.«

Kotschenreuther hielt inne und schaute auf die Zigarette in seiner Hand, als hätte er sie aus Gedankenlosigkeit angezündet. »Ich habe vor drei Wochen damit angefangen. Die Arbeit. Manchmal machen die Nerven nicht mehr mit.«

»Vielleicht wären Sie in Ihrem Taunus-Museum besser aufgehoben gewesen«, sagte John.

»Keinesfalls!« beeilte sich Kotschenreuther. »Das, was ich im Heimatdienst tue, es ist so was wie ... mein Lebenswerk, wenn der Ausdruck erlaubt ist.« John lächelte, Kotschenreuther hatte den Begriff von ihm übernommen. »Das, was ich damals – Sie wissen schon – was ich verpaßt habe, während Sie und Ihr Bruder und die anderen sich gewehrt haben, das kann ich jetzt nachholen. Ich bin Ihnen dafür sehr dankbar. «

John winkte ab. Menschen wie Kotschenreuther steckten ihn mit ihrer Befangenheit, mit ihrer Anspannung und Selbstbescheidung an wie mit einem Schnupfen. John zündete sich ebenfalls eine Zigarette an, eine amerikanische *Benson And Hedges*, er mochte deutsche Zigaretten nicht – vor allem die nicht, die wie Kotschenreuthers *Batschari-Filter* einen süßlichen, modrigen Geruch verbreiteten.

»Sie haben sich einen neuen Wagen zugelegt?« fragte er, um das Gespräch etwas zu entspannen.

Kotschenreuthers Miene hellte sich auf. »Mein ganzer Stolz. Eisern zusammengespart. Mir haben die Sternräder so gut gefallen. Dieser 4 CV ist klein und sparsam, aber er kostet bei uns keine 5000 Mark, dabei wirkt er sehr elegant, finden Sie nicht? Können Sie sich vorstellen, daß die Franzosen damit Le Mans fahren? Und bei uns gewinnt der 4 CV alle Geschicklichkeitsturniere. Es heißt, der Professor Porsche hat ihn in der Gefangenschaft konstruiert ...«

»Die Farbe, sie wirkt so ...«, sagte John nachdenklich.

»Das Beige ist eigentlich eine Tarnfarbe für Wüstenmobile. Die Franzosen haben Unmengen davon aus dem Krieg übrig. Und da Renault ein Staatsbetrieb ist ...«

»Ich habe mich schon gewundert, daß man jetzt überall dieses Milchkaffeebraun sieht ...«

»Kann sein, daß das ›Crèmeschnittchen‹ den VW Käfer ablöst. Viele Leute erinnert der Käfer doch zu sehr an Hitler ...« Kotschenreuther wurde schlagartig ernst. »Dr. Erbenthal hat sich an den Innenminister gewandt. Er möchte, daß sein Anwalt die Druckfahnen begutachtet. Schröder sagt, wir können nicht anders.«

John reagierte unwillig: »Deshalb lotsen Sie mich doch nicht hier heraus auf die Autobahn!?«

»Ich halte Erbenthals Vorstoß für bedenklich«, erklärte Kotschenreuther leise.

Der Ministerialdirigent im Kanzleramt Erbenthal sah aus wie

ein Turnierreiter, drückte sich aus wie ein Regierungssprecher, lächelte unentwegt und gab so vielen Leuten wie möglich recht.

Leute wie Erbenthal, der unter Ribbentrop den Hitler-Stalin-Pakt ausgehandelt hatte, waren schuld am Krieg – fand John. Um so erzürnter war er, als der Ministerialdirigent sich ein Jahr zuvor bei einer Tagung des Heimatdienstes in Bochum eingefunden hatte. Es ging um den Widerstand gegen Hitler, internationale Presse war am Tagungsort. Erbenthal hatte sich an ein Mikrophon gedrängt und ergriffen an Adam von Trott zu Solz erinnert, der mit ihm im damaligen Außenministerium insgeheim und unter Lebensgefahr wichtige Fäden zu den Feindmächten geknüpft habe, um eine Ausweitung von Hitlers Krieg zu verhindern. Leider habe man über den Stauffenbergs und Canaris' einen stillen Mann wie Trott vergessen, und er, Erbenthal, mache es sich zukünftig zur Aufgabe, in der Öffentlichkeit und in der neuen deutschen Außenpolitik den Namen von Adam von Trott zu Solz in die Erinnerung zurückzurufen.

John und die Heimatdienst-Leute waren so perplex gewesen, daß sie Erbenthal hatten gewähren lassen. Der schien nur einen öffentlichkeitswirksamen Auftritt im Sinn zu gehabt zu haben und verschwand wieder so lautlos, wie er aufgetaucht war. Erst danach hatte man den Vorfall beraten und beschlossen, etwas zu unternehmen.

Erbenthal war kein Einzelfall. Seit sich die Einrichtung eines volltauglichen Außenministeriums abzeichnete, tauchten in Adenauers Dunstkreis ehemalige Angehörige des Reichsaußenministeriums auf und pochten auf ihre Tätigkeit für den Widerstand. Was John am meisten an diesem Schwindel ärgerte: Fast alle beriefen sich dabei auf Adam von Trott, der unter Einsatz seines Lebens ein Memorandum des Kreisauer Kreises in die Schweiz geschmuggelt hatte. Und Trott konnte sich nicht mehr wehren: Er war am 26. August 1944 hingerichtet worden, nachdem die Gestapo ihn wochenlang gefoltert hatte.

Kotschenreuthers Dokumentation über den Widerstand sollte die Erbenthals zur Räson bringen. Irgendwann aber hatte der Archivar John alarmiert: Es fehlten wichtige Akten. Aufzeichnungen von Treffs, die in geheimen Verstecken gelagert worden waren, vor allem aber die Vernehmungsprotokolle der Gestapo aus der Verhaftungswelle nach dem 20. Juli. Die Gestapo- und Volksgerichtshofprotokolle waren 1945 von der Army beschlagnahmt und nach Washington gebracht worden.

John informierte Schröder, der eine willkommene Gelegenheit sah, den westorientierten Hardlinern in seiner Partei ein Schnippchen zu schlagen. Er brachte in internen CDU-Gremien zur Sprache, daß die amerikanischen Geheimdienststellen wichtige Akten über die Geschichte des Widerstandes gegen Hitler unter Verschluß hielten. Das tat seine Wirkung: Adenauer beauftragte wirklich einen seiner Außenstaatssekretäre, in Washington in dieser Sache vorstellig zu werden. Da eine solche Aufgabe alles andere als dankbar war, gab der Staatssekretär die unangenehme Pflicht an seinen Ministerialdirigenten weiter. Und der hieß Erbenthal.

Erbenthal tat nun, was ihm befohlen worden war, zwar nicht gerade nachdrücklich, aber aktenkundig. Gleichzeitig aber forschte er – weitaus intensiver – nach den Hintergründen von Schröders Vorstoß. Es dauerte nicht lange, bis er herausbekam, daß der Heimatdienst und ein gewisser Kotschenreuther dahintersteckten.

John hatte den »Daily Express«-Korrespondenten Sefton Delmer in London eingeschaltet und heimlich für die Sache begeistert. Delmer hatte John jedoch erklärt, bei der momentanen Stimmung gegen ihn in Deutschland sei es klüger, im »Daily Express« nichts über die Angelegenheit zu veröffentlichen. Er ließ über Freunde aus dem Londoner Foreign Office in Washington anfragen, wie es um die beschlagnahmten Gestapoakten stand.

So erfuhr Delmer von einem gewissen Harold Bresson, daß man in seiner Washingtoner Dienststelle keine Eile hatte, die Protokolle der Verhöre an Bonn zurückzugeben, seit ein Emmissär Adenauers namens Ernst Erbenthal den Amerikanern zu verstehen gegeben hatte, daß es seine Pflicht sei, die Herausgabe der Akten zu verlangen, daß aber allen – auch den Alliierten, die sich dem Widerstand gegenüber ja nicht gerade sehr kooperativ gezeigt hatten – gedient sei, wenn man erst einmal nur guten Willen demonstrierte. In einem halben Jahr denke keiner mehr an die Gestapo-Akten, und der Heimatdienst hätte Gott sei Dank ja noch ein paar andere, dringendere Aufgaben, als sich mit Washingtoner Stellen verwaltungstechnische Scharmützel zu liefern.

Delmer aktivierte Carl Sera, einen Kollegen vom Ressort Innenpolitik der »New York Times«, dem der laue und selbstgefällige Republikaner Harold Bresson schon lange ein Dorn im Auge war. Sera schrieb einen Artikel darüber, wie die Seilschaft um Bresson durch bürokratische Kniffe die Freundschaft mit dem demokratischen Deutschland unterminierte und Adenauer, der auf dem besten Weg war, Amerikas engster Bundesgenosse in Europa zu werden, Steine in den Weg legte, weil einflußreiche Army-Kreise immer noch Ressentiments gegen Deutschland hegten und auf diesem Weg die offizielle Politik der Verständigung konterkarierten.

An diesem Vorwurf war nichts – außer vielleicht, daß Bresson wirklich ein Leisetreter war und Freunde in der Army hatte. Aber der »Times«-Artikel wirbelte so viel Staub auf, daß der arme Bresson öffentlich einen Zeitpunkt für die Übergabe der Gestapo-Akten nennen mußte: den 1. Juli 1954.

Als John im Frühjahr Kotschenreuther das Ergebnis seiner Intervention mitgeteilt hatte, waren dem Heimatdienst-Mann die Tränen in die Augen geschossen. »Ich dachte schon, Erbenthal schafft es!« hatte er gesagt.

Und nun standen sie sich wieder gegenüber – auf einem Autobahnparkplatz zwischen Bonn und Köln –, und Kotschenreuther wußte wieder nicht weiter.

»Bresson hat Wort gehalten«, erklärte er, nachdem er die halb gerauchte Zigarette auf den Asphalt geworfen und verbissen ausgetreten hatte. »Die Amerikaner haben die Unterlagen übergeben. Aber nicht an uns, sondern an das Bundeskanzleramt. Globke persönlich hat sie sich unter den Nagel gerissen. Ich habe bereits mehrmals offiziell dort angefragt, aber nicht einmal eine Antwort erhalten.« Kotschenreuther atmete schwer. »Jetzt habe ich Angst, daß sie die Akten vernichten. Wir könnten dann einpacken, Herr Doktor!«

John streckte sich und schaute über den kleinen Kotschenreuther hinweg auf die leere Autobahn. »Machen Sie sich keine Sorgen, Kotschenreuther!« sagte er ruhig. »Das ist doch bloß die übliche Verzögerungstaktik. Nicht mal Adenauer kann es sich leisten, gegen den Druck der öffentlichen Meinung in den USA zu handeln. Und Sie haben's ja gesehen: Sobald wir in Washington auf den richtigen Knopf gedrückt haben, lief alles wie am Schnürchen.«

»In Washington!« leierte Kotschenreuther. »Da funktionieren Ihre Verbindungen. In Washington und in London. Aber hier sind wir in Deutschland, hier läuft das anders. Und wenn die im Bundeskanzleramt erst mal ihre Finger draufhalten ...«

John war gekränkt. Der Mann hatte nun wirklich keinen Grund, an seinen Möglichkeiten zu zweifeln, immerhin war er es gewesen, der ihn, den Parteilosen und Außenseiter, aus seinem miefigen Museum herausgeholt und auf eine nicht ganz unwichtige A 13-Stelle im Heimatdienst geschoben hatte. Sosehr sich Adenauers Leute in die Arbeit Kotschenreuthers auch einzumischen versuchten, er, John, hatte ihm bisher den Rücken freigehalten.

Johns Stimme scheppere vorgesetztenhaft: »Tun Sie das, was zu tun ist! Ich werde schon dafür sorgen, daß Sie Ihre Protokolle bekommen!«

Kotschenreuther war erschrocken. »Ich wollte nicht ... Herr Präsident, es lag mir fern, Sie in irgendeiner Form ...«

»Schon gut!« schnitt John ihm das Wort ab. Er mochte die Demutshaltung nicht, die die kleinen, grauen Bonner Herren immer gleich einnahmen, wenn sie Widerstand erfuhren. Darin – dessen war sich John seit langem sicher – bestand das Geheimnis eines Konrad Adenauer: Er kannte die Nachkriegsdeutschen genau, schließlich hatte er während des Krieges Zeit genug gehabt, ihre Menschwerdung aus sicherer Entfernung heraus zu studieren. Er wußte, wie er mit dem Heer der aufgeregten Demokraten umzugehen hatte: Er ließ sie zetern, wenn sie glaubten, der Zeitpunkt sei günstig, sich durch Bedenken hervorzutun, und versetzte ihnen dann die Kopfnuß, die sie ersehnten: das erlösende, autoritäre

Gewitter, das sie von allen weiteren Anstrengungen befreite. Im Grunde, dachte John, wenn er sehr wütend war, hatte Hitler den Deutschen die bestmögliche Vorbereitung auf Adenauers Staat angedeihen lassen.

John tat es schon wieder leid, Kotschenreuther so hart angefaßt zu haben. »Tut mir leid, Kotschenreuther«, murmelte er, er schaute auf die Uhr. »Ich muß zurück. Heute noch telefoniere ich mit Globke. Sie bekommen die Akten, dafür lege ich meine Hand ins Feuer. Ich verstehe auch Ihre Ängste – mir geht es manchmal genauso. Ich denke dann: Wir sind doch machtlos gegen diese Bösartigkeit. Was kann jemand, der nur die Wahrheit will und sonst nichts, ausrichten, wenn Millionen anderer genau das Gegenteil wollen, nämlich die Lüge und das Vergessen!? Aber Selbstmitleid war noch nie meine Sache, Kotschenreuther – auch im Dritten Reich nicht!«

Wie bestellt, ging in diesem Augenblick ein Platzregen nieder. Die beiden zogen ihre Schultern hoch, die Hälse wurden kürzer. Kotschenreuther klang plötzlich sehr entschlossen: »Ich habe Sie nicht aus Selbstmitleid hierhergebeten, Herr John. Ich habe Sie hergebeten, weil es schlecht um unser Projekt steht! Vielleicht verkennen Sie den Ernst der Lage ...«

»Die Lage war noch nie so ernst!« witzelte John.

Kotschenreuther lächelte schwach. Immerhin.

Sie reichten sich die Hände.

»Morgen rufe ich Sie an und kündige Ihnen den genauen Termin der Übergabe an«, versprach John.

Kotschenreuther lächelte immer noch. John fürchtete plötzlich, Kotschenreuther könnte lächeln, weil er ihm leid tat. Er stieg schnell in seinen Wagen und fuhr nach Köln zurück.

7. KAPITEL

Adenauer arbeitete wie ein Viertakter: beharrlich, tief durchatmend, ohne von Störungen Notiz zu nehmen. Dabei verbreitete er den Eindruck, wenig zu tun zu haben. Er bewegte sich nie schnell. Der Kanzler wirkte wie ein Reptil, dessen Haut so dick war, daß nirgends, nicht einmal in den großen, müden Augen, etwas von den unerhörten Vorgängen in seinem Innern wahrnehmbar wurde.

Er war seit mehr als einem halben Jahrhundert daran gewöhnt, Aktenberge in sich aufzunehmen wie ein vorsintflutliches Monstrum. Adenauer las dabei nach den Maßstäben seiner peniblen Mitarbeiter mehr als oberflächlich. Er überflog ganze Seiten, blieb nur ab und zu an einem Satz, einer augenfälligen Formulierung hängen, die ihm Aufschluß über das gab, was nicht in der Akte stand: über die geheimen Motive des Schreibers, über verdeckte Hintergründe, die nicht zu Sprache kommen durften, über die heimlichen Pläne der Menschen, von denen der Text handelte.

Adenauer prägte sich keine komplexen Zusammenhänge ein. Er gab sich nicht einmal Mühe, das Gewirr der Faktoren zu entflechten, die bei seinen Entscheidungen eine Rolle spielten. Er sprang auf Reize an. Ein schiefer Ton, eine verblüffende Einschätzung, eine derbe Charakterisierung – daraus destillierte er die Muster seines Handelns, daraus entstanden auch seine Reden.

Adenauer hatte Erfolg mit dieser Methode. Er täuschte sich selten, und die Deutschen folgten ihm. Es hieß, er benötige für seine Reden nicht mehr als 200 Worte – und selbst wenn er über weit mehr verfügte, würde er sie nicht benutzen. Das behaupteten seine Gegner. Adenauer kränkte das nicht, denn er sagte sich, daß die Leute, die ihn damit herabsetzen wollten, nicht wußten, wie recht sie hatten.

Gegen fünfzehn Uhr machte er eine Pause. Frau Benzheim brachte Tee – der Alte wollte nur den ostfriesischen. Die teuren Sorten aus England, die jetzt importiert wurden, verachtete er ebenso wie die modisch parfümierten Kreationen, die man neuerdings in den Cafés anbot.

Adenauer duldete nur wenige Berater bei seiner Teepause. Sie hatten zuzuhören und ihre Meinung zu äußern, wenn sie gefragt wurden. Meistens schwiegen die Teetrinker – oder Adenauer redete, leise und unaufgeregt. Eigentlich sprach er niemanden an, er sprach so, wie andere sich am Ende eines ereignisreichen Tages Notizen machen, um gewisse Folgerungen aus dem Geschehenen nicht aus den Augen zu verlieren.

»Die Amerikaner wollen die Europäische Verteidigungsgemeinschaft, das is klar, meine Herren. Weil se darin den bestmöglichen Kompromiß sehen zwischen ihren Wünschen und den Ängsten der Franzosen und Briten. Die Wünsche der Amerikaner sind bescheiden, müssen Se wissen. Die wollen, daß wir Deutschen uns beteiligen an der Eindämmung der Sovjetts. Was ja auch vernünftig ist. Schließlich sind wir wieder wer, warum also sollten wir uns der europäischen Aufgabe entziehen? Am liebsten würden die Amerikaner uns anständig ausrüsten und uns die Souveränität geben, damit wir genug Truppen aufstellen können gegen den Osten. Die Briten, die sind wie immer ziemlich leidenschaftslos. Noch widersprechen sie den Amerikanern nicht – das kann aber schnell passieren, wenn wir uns unklug verhalten. Überhaupt ist von uns in dieser Angelegenheit die größte Klugheit gefordert.

Der Franzose – das ist die Crux bei der ganzen Sache. Dieser Mendes-France ist ein hemmungsloser Nationalist, dazu noch ein jüdischer Nationalist, das sind die schlimmsten, wie wir ja aus eigener Erfahrung wissen. Der Hitler war so blöd, den Nationalismus der jüdischen Mitbürger nicht für seine Zwecke zu nutzen, deshalb hat er auch den Krieg verloren. Wenn er die Juden an seiner Seite gehabt hätte, hätten die Amerikaner niemals eingegriffen. Aber lassen wir das.

Der Herr Mendes-France, was ein raffinierter Taktiker ist, kann ich Ihnen sagen, der weiß genau, was er sich nie erlauben darf: die nationalstaatliche Souveränität Frankreichs aufzugeben. Das würde ihn nämlich bei den nächsten Wahlen den Kopf kosten. Zweitens glaubt er, wir Deutschen dürfen nur Waffen tragen, wenn es eine internationale Kontrolle gibt. Da täuscht er sich aber gewaltig, denn wenn der Herr weiter so mauert, werden die Amerikaner und die Briten uns dabei helfen, ohne europäische Beteiligung aufzurüsten. Das Schlimmste aber ist, meine Herren, daß der Herr Mendes-France den Sovjetts in Europa ein Hintertürchen offenhalten will. Paris möchte nämlich auf zwei Hochzeiten tanzen. Und das, meine Herren, das is' unsere Chance. Sobald Washington spitz bekommt, warum der Herr den EVG-Vertrag so lange hinausschiebt, machen sie kurzen Prozeß. Was meinen Sie denn? Herr Blank!«

»Wir sollten alle Stellen des Amtes unverzüglich besetzen, damit wir die volle Kapazität haben, wenn das grüne Licht kommt.«

Adenauer schaute seinen Beauftragten für die Wiederbewaffnung lange an. Dann nickte er, nahm einen Schluck Tee und wandte sich an Globke: »Ist ein Antrag auf die Genehmigung weiterer Planstellen an das Finanzministerium gegangen?«

»Unter der Hand hat Minister Schaeffer schon zugestimmt.«

»Der soll sich auch mal was anderes trauen«, witzelte Adenauer. Ein unechtes, monotones Kichern erfüllte den Raum.

Adenauers Gesicht versteinerte. »Nun hat sich der Herr Mendes-France etwas Neues einfallen lassen. Er will nur ratifizieren, wenn der Vertrag unter einer bestimmten Bedingung kündbar ist. Diese Bedingung tritt dann ein, wenn die deutsche Einheit wiederhergestellt wird. Mendes-France ist – wie einige andere – der Meinung, dieser Fall würde die Verhältnisse in Europa so radikal ändern, daß ein neues System gefunden werden muß. Was halten Sie denn davon, meine Herren?«

Staatssekretär Hallstein, der sich berechtigte Hoffnungen auf eine adäquate Verwendung im zukünftigen Außenministerium machte, hatte auf diesen Moment gewartet. »Der Franzose schneidet sich ins eigene Fleisch. Mal abgesehen davon, daß alle Gegner der derzeitigen Pariser Regierung – von den Sozialisten bis zu den rechten Nationalisten – für die Europäische Verteidigungsgemeinschaft sind, weil Deutschlands Aufrüstung damit dosiert werden würde. Wenn so eine Klausel in den EVG-Verträgen aufgenommen wird, geschieht etwas ganz Ungeheuerliches: Die Russen werden alles für die Einheit tun, um die EVG zu kippen. Wir sind auf jeden Fall die Gewinner.«

Beifälliges Gemurmel.

Adenauer starrte Hallstein verständnislos an. Etwas stimmte nicht, das spürten plötzlich alle. Sie schwiegen betreten. Adenauer stellte seine Teetasse ab – so als müßte er sie vorher in Sicherheit bringen, dann polterte er los. »Ich habe Ihnen schon bei diesem heuchlerischen Angebot von dem Herrn Stalin vor zwei Jahren klipp und klar gesagt: Das ist nicht akzeptabel. Mal abgesehen davon, daß der Stalin nun nicht mehr ist und die Russen es nie so ganz ernst meinen, wenns von der deutschen Einheit reden: Wir werden die Einheit nicht um jeden Preis anstreben, vor allem nicht aus der Hand der Roten Armee.«

Er machte eine Pause, um Luft zu schnappen.

Hallstein protestierte vorsichtig: »Aber Stalin hätte uns doch ...«

Adenauers Oberkörper kippte vor, sein gereckter Zeigefinger berührte den Rand der Tasse, Tee schwappte auf die Untertasse. »Nichts hätte er! Gar nichts. Ich scheiße auf diese Einheit. Was haben wir denn davon? Ein neutraler, deutscher Staat wären wir – ein Spielball der Großmächte. Unsere Verteidigung können wir selbst bezahlen. Dann stehen wir mit Luftgewehren an der Oder-Neiße-Grenze, wenn die russischen Panzer kommen. Und die Amerikaner schraffieren seelenruhig ganz Europa östlich des Rheins rot aus. Nich' mit mir, meine Herren!«

Alle hielten den Atem an. Nur Adenauer war zu hören – wie er langsam die Tasse nahm und seinen Tee schlürfte.

Danach war er ruhiger. »Ich will diese EVG – und zwar nicht als Übergangslösung. Wir sind eine Wirtschaftsmacht, die Briten schielen schon ganz eifersüchtig auf unsere Erfolge, wir brauchen auch eine Wehrmacht ...«

»Streitkräfte, Herr Bundeskanzler!« verbesserte Blank vorsichtig.

»Meinetwegen nennen Sie's einen bewaffneten Karnevalsverein! Damit die Franzosen besser schlafen können. Das ist mir alles egal. Nur eines ist mir nicht egal: Wer mir die EVG hintertreibt, hat in Deutschland politisch keine Zukunft mehr!«

Die demütige Stille besänftigte Adenauers Zorn. »Was ist eigentlich mit Gehlen?«

Globke beeilte sich: »Die Amerikaner liegen auf unserer Linie, Oberursel wird Sitz des deutschen Nachrichtendienstes. Oder Pullach. Wir werden den General dem Kanzleramt unterstellen.«

»Sehr gut. Das ist zwar nicht wirklich wichtig – politisch meine ich –, aber es setzt ein Zeichen für die Nörgler. Apropos: Was machen wir denn mit dem John? Der Kerl gibt neuerdings Interviews in der ›Süddeutschen Zeitung‹, in denen er die Regierungslinie miesmacht. So was ist unerträchlich – wenn Se mich fragen.«

Globke saß kerzengerade, er genoß es, daß alle ihn besorgt anschauten: »Der CIC ...«

»Der was?« fragte jemand von hinten.

»Reden Se deutsch!« forderte Adenauer seinen Staatssekretär unwillig auf.

»Counter Intelligence Corps. Das ist die Abwehr der Amerikaner. Sie hält John für einen Sowjetspion. Sie sagen, sie bekommen von ihm nur Spielmaterial.«

»Quatsch«, sagte Adenauer. »Die Amerikaner haben alle diesen Spionage-Spleen. Der John ist kein Ostspion, das ist ganz einfach ein Dummkopf. Gefährlich isser für uns nur deshalb, weil die Briten ihn uns aufgeschwatzt haben und er uns Sand ins Getriebe streut. So ein Verfassungsschutzpräsident, der Opposition spielt, das schadet uns in der Öffentlichkeit. Also müssen wir ihn auf dezente Art und Weise loswerden.«

»Die Sache läuft quasi von selbst!« erklärte Globke. »Der Mann ist ein Gewohnheitstrinker. Sein Umgang ist alles andere als gewählt – und ein Hinterlader scheint er auch zu sein.«

»Wie bitte?« fragte Hallstein.

»Paragraph hundertfünfundsiebzig.«

»Na also!« sagte Adenauer zufrieden. »Setzen Se ihm die Pistole auf die Brust! Am besten, er verschwindet wieder dorthin, wo er hergekommen ist. Sollen sich die Briten mit dem warmen Bruder rumschlagen. Was haben Se denn bereits getan?«

Globke grinste zufrieden. »Erst mal nur die leichte Kavallerie. Der Herr hat schlechte Nerven, das hat er bereits bewiesen. Mürbe machen. Wenn das nichts hilft, werden wir schweres Kaliber einsetzen.«

Adenauer hob seine Stimme: »Wenn dieser Schwalbenschwanz nur noch einen einzigen Pups in der Öffentlichkeit läßt – gegen Gehlen oder sogar gegen die EVG –, dann mache ich Sie verantwortlich, Globke!«

8. KAPITEL

John ließ sich vor dem Dom absetzen und ging zum
»Stieglitz« hinüber. Er war dort Stammgast. Die ruppigen Kellner
grüßten ihn mit einem Nicken, selbst wenn sie Berge von Teller
nach hinten schleppen mußten, wo die Gäste, dicht an dicht sit-
zend, Eisbeine, Erbspüree, dicke Würste und Rippchen vertilgten
und viel Steinhäger hinterherschütteten.

John stellte sich an die schmale Theke im Eingangsbereich. Hinten war mal wieder die Hölle los. In drei großen Lautsprechern
überschlug sich eine Radiostimme. »... Puskas schießt, gehalten auf
der Torlinie ... Toni Turek, Mensch, hast du uns eben angst gemacht ... und da hat wieder Rahn geschossen. Rahn hat, wie man in
der Fußballersprache sagt, Dynamit in seinen Füßen, wenn er los-
bombt aus fünfzehn bis zwanzig Metern, Menschenskind, da muß
aber jeder Torwächter der Welt aufpassen ... jetzt Angriff der
Ungarn durch Czibor, alleine durch, Turek, geh aus dem Tor, hat
gerettet, Nachschuß durch Hidegkuti, ans Außennetz, ans Außennetz, Toni, Toni, du bist Gold wert ... Rahn schießt, TOR, TOR,
TOR, TOR. Tor für Deutschland.« Im hinteren Teil brach Jubel
aus. Es klang etwas müde.

Der Zapfer schob John ungefragt ein kleines Kölsch hin. John
dankte stumm und trank einen Schluck. Er mochte den Geschmack
nicht besonders, aber als Einstimmung zum Korn, seiner Nerven-
nahrung, war es genau das Richtige.

»Das habe ich doch schon gehört«, sagte er.

Der Zapfer schob das Gläschen Korn über die nasse Theke. »Ein
Klassiker – schon nach wenigen Tagen. Ein Stammgast ist Rund-
funktechniker. Er hat uns eine Bandmaschine und den Mitschnitt
besorgt. Seit wir das spielen, gehen die Leute nicht mehr nach
Hause ...«

John leerte sein Glas in einem Zug. Dann wartete er regungslos auf die Wirkung.

Schon nach wenigen Sekunden wurde er ruhiger, es war, als ob seine innere Uhr umgestellt worden wäre: Sie schlug nun langsamer, er entspannte sich.

»Halten Sie mich für verrückt, halten Sie mich für übergeschnappt, ich glaube, auch Fußball-Laien sollten ein Herz haben, sollten sich an der Begeisterung unserer Mannschaft und an unserer eigenen Begeisterung mitfreuen und sollten jetzt Daumen halten, viereinhalb Minuten Daumen halten in Wankdorf, 3:2 für Deutschland nach dem Linksschuß von Rahn ... und Schuß von Ottmar Walter auf das Tor der Ungarn, aber Grosics rettet, 3:2 für Ungarn, aber jetzt für Deutschland, und ich bin auch schon verrückt ... und die Ungarn, wie von der Tarantel gestochen, lauern die Pußtasöhne, drehen jetzt den siebten oder zwölften Gang auf ... und Kocsis flankt, Puskas abseits. Schuß, aber nein, kein Tor, kein Tor, kein Tor, Puskas abseits ... der Sekundenzeiger, er wandert so langsam, wie gebannt starre ich hinüber, geh doch schneller, geh doch schneller, aber er tut es nicht, er geht mit der Präzision, die ihm vorgeschrieben ist, wandert er voran ... jetzt spielen die Deutschen auf Zeit ... und die 45. Minute ist vollendet ... A U S A U S A U S DAS SPIEL IST AUS!«

Diesmal fiel der Jubel im »Stieglitz« entschlossener aus.

Ein kleiner Mann in einem karierten Sakko kam herein, die Jacke und der kantige Kopf des Mannes erinnerten John an den Showmaster Peter Frankenfeld, der jetzt so beliebt war.

Der Fremde im karierten Sakko stellte sich, obwohl genug Platz war, neben John und bestellte ein Kölsch. Er schaute sich um. Als er Johns Blick bemerkte, grinste er ihn an.

»Ich kenne Sie«, sagte der Fremde.

»So!«

»Sie sind Otto John. Ich bin Ihnen gefolgt.«

John stellte sein Glas ab. »Zahlen!« sagte er zum Zapfer.

»Das geht auf mich!« erklärte der Mann im karierten Sakko laut. »Und eine Runde Eierlikör für uns beide.«

»Ich trinke so was nicht.«

»Wollen Sie lieber 'n nettes Schöppchen Wein – oder 'n Whisky? Freddy zahlt.«

John schaute ihn sich genauer an: eine Witzfigur. »Was wollen Sie von mir?«

»Ein bißchen reden.«

»Ich hatte einen harten Tag, ich will nicht reden, Freddy.«

»Nicht mit mir, mit 'nem Freund.«

»Ein Freund?«

»Von früher. Er läßt Ihnen sagen, es gibt Wichtiges zu besprechen.«

»Wie heißt der ... Freund?«

»Putlitz.«

John überlegte.

»Wolfgang Freiherr Gans Edler von Putlitz«, sagte Freddy so bedeutungsvoll, als müßte das John schlagartig überzeugen.

John hatte den Namen schon einmal gehört – in einem unangenehmen Zusammenhang.

»Außenministerium«, sagte Freddy und zwinkerte. »Reichsaußenministerium.«

Jetzt fiel es John ein: Putlitz, der Ribbentrop-Mann, kein glühender Nazi, eine diplomatische Charge, einer von denen, die hofften, nach dem Spuk würde man sie so behandeln wie Bäcker, die zwischen '33 und '45 bloß ihre Brötchen verkauft haben.

Putlitz. Der Freiherr. Angehöriger der deutschen Gesandtschaft im Haag. Der britische Geheimdienst hatte ihn schon damals im Visier. Ausgerechnet einen Achtzehnjährigen aus dem Widerstand hat sich Putlitz fürs Wochenende in De Haan ausgesucht. Die Briten sagten: Entweder du arbeitest für uns, oder Ribbentrop erfährt von deinem Abenteuer in Belgien! Da setzte sich Wolfgang Freiherr Gans Edler zu Putlitz kurzerhand nach London ab. Von dort aus hat er dann den Geheimdienstlern im Haag eine lange Nase gemacht.

»Wüßte nicht, was ich mit Ihrem Freiherrn zu bereden hätte«, erklärte John verärgert und legte seine Zeche abgezählt auf den

Tresen. Er nickte dem Zapfer zu und ließ Freddy mit seinen beiden Eierlikören allein.

Durch die Fensterscheibe sah er, wie Freddy das erste der beiden Likörgläser austrank. Sein großer Kehlkopf arbeitete wie eine Pumpe. Freddy setzte das Glas ab, schaute ungläubig hinein und sammelte dann mit gestrecktem Zeigefinger die Reste des Eierlikörs auf. Bevor Freddy den Finger in den Mund steckte, ging John schnell weiter zum Taxistand.

Lucie war beim Frisör gewesen. Ihr Kopf sah aus wie ein Schwalbennest. John fand, daß die damenhaften Hochfrisuren und die strenge Kostüm-Mode, die derzeit auch junge Frauen trugen, Lucie älter machten, aber er sagte nichts. Er wußte, daß Lucie – wenn überhaupt – nur einen wunden Punkt hatte: den Altersunterschied zwischen ihnen.

John störte es nicht, daß Lucie acht Jahre älter war als er. Er hatte sich immer schon zu älteren Frauen hingezogen gefühlt. Sein erstes sexuelles Erlebnis hatte er in Wiesbaden mit 16 Jahren mit einer dicklichen Lehramtskandidatin gehabt, die sich wie seine Mutter aufführte. John hatte es genossen, von einer immerhin Zweiundzwanzigjährigen, die glaubhaft vorgab, schon Erfahrung mit Männern zu haben, in die Liebe eingeführt zu werden.

Als er – mit Mitte dreißig – für Sefton Delmers »Soldatensender Calais« Propaganda gegen die Nazis machte und gefangene deutsche Generäle nach ihrem Verhältnis zum Nazismus und nach ihren Heldentaten im Krieg befragte, hatten die ausgehungerten englischen Sekretärinnen den blonden Emigranten mit dem sensiblen Gesicht angehimmelt. Aber seine ohnehin schon komplizierte Libido nahm eine andere Entwicklung als die seiner Altersgenossen. Während die nämlich ihre Blicke auf attraktive, junge Partnerinnen warfen, wurden die Traumfrauen Johns mit ihm älter.

An diesem Abend dachte er nicht nur – angeregt durch Lucies neue Frisur – an die jungen Sekretärinnen, die ihn in England umschwärmt hatten. Er dachte auch wieder an Sefton Delmer –

schuld daran war jener Freddy, der sich ihm in der Kölner Altstadt aufgedrängt hatte.

Delmer betrieb bis kurz vor Kriegsende vom Dorf Milton Bryan aus einen schwerbewachten Sender. Die Leute von der seriösen, sogenannten »weißen« britischen Propaganda bei der BBC nannten ihn den »Delmer-Zirkus«.

Weil Delmer John keine Gelegenheit zur eigenen Initiative gab, arbeitete dieser eine Rede über Ziele und Wege des Widerstandes aus. Doch für offene Propaganda war allein die BBC zuständig, und beim »Soldatensender Calais« lag eine strikte Weisung aus London vor, John nicht zu Wort kommen zu lassen. Als John begriffen hatte, daß die Briten bei ihrer psychologischen Kriegsführung lieber auf übergelaufene Nazis oder Kriegsgefangene setzten als auf die freiwillig nach London gekommenen Emigranten, schrieb er eine vehemente Rechtfertigung des 20. Juli und übergab sie einem Mitarbeiter des Senders. Es handelte sich um jenen Wolfgang von Putlitz, der ihn jetzt so dringend zu erreichen versuchte. Der Diplomat hatte ihm damals auf Delmers Landsitz »The Rookery« nur pikiert mitgeteilt, mit so was befasse er sich nicht.

In den letzten Kriegsmonaten hatte Eisenhower verkünden lassen, die deutsche Bevölkerung sollte – zu ihrem eigenen Schutz und um die Offensive nicht durcheinanderzubringen – in ihren Häusern bleiben. Als der »Soldatensender Calais« auf Frankfurt und Köln umgeschaltet wurde, befahl Winston Churchill Delmer jedoch, die Deutschen durch fingierte Gauleiter-Befehle mit Sack und Pack auf die Straßen zu treiben und damit den Widerstandswillen der Wehrmacht zu schwächen. Als John dagegen protestierte, erinnerte ihn Sefton Delmer daran, daß es die Wehrmacht im Frühjahr 1940 beim Überfall auf Frankreich genauso gemacht hatte, und verbat sich jede weitere Einmischung.

Kurz nach diesem Streit hat sich John näher mit einer der hübschen Sekretärinnen eingelassen. Sie stammte aus Deutschland, hieß Gisela Mann, war jünger als er, sehr klug, sehr gewandt, sehr hübsch und unter den Emigranten in Delmers Department sehr umworben, da die in Frage kommenden englischen Kolleginnen zwar als willig, aber bei näherem Hinsehen auch als etwas verklemmt galten. Gisela gefiel Otto John so gut, daß sie ihn in ihre Familie einführte.

Die Mutter, mit der sie im Londoner Stadtteil Hampstead in einem kleinen, gemütlichen *Flat* lebte, war Tochter eines emigrierten Professors aus Berlin und Opernsängerin ohne Engagement in London. Ihren Unterhalt verdiente sie als Musikpädagogin. Die deutsche Jüdin war schon 1934 mit Fritz Busch an die Glyndebourne Oper gekommen, hatte einige Gastspiele in der Schweiz, Österreich und der Tschechoslowakei absolviert und 1935 beschlossen, nicht mehr nach Deutschland zurückzukehren.

Giselas Mutter behandelte John nicht sehr gut, da sie – nicht ganz zu Unrecht – glaubte, ihre Tochter sei bloß ein Zeitvertreib für den Deutschen. Doch nichts reizte John mehr als die kühle, herablassende Distanz einer reifen Frau. Er ging sehr bald nur noch mit der etwas albernen Gisela aus, um Gelegenheit zu haben, mit der Mutter zusammenzutreffen.

John schaffte es, die Vorbehalte der Mutter zu zerstreuen. Sie sprachen oft über das alte Berlin, man stellte fest, daß man gemeinsame Bekannte hatte, ja daß sie sogar mit einer Schwester von Johns Freund Justus Delbrück das Privatgymnasium des Doktor Auerbach besucht hatte und kurze Zeit in einen jungen Englischlehrer verliebt war, den John gut kannte.

An dem ersten Abend, an dem sie zu dritt ausgingen, gestand er ihr, während Gisela sich auf der Toilette der Bar frisch machte, daß er sich in sie verliebt hatte. Sie lachte ihn aus und bestand darauf, sofort zu gehen. Zwei Tage später rief sie ihn an und entschuldigte sich für ihr Verhalten. Er wurde zu Kaffee und Kuchen eingeladen, erschien mit einem Strauß roter Rosen und stellte erfreut fest, daß Gisela nicht zu Hause war.

Weihnachten 1949 hatten John und Giselas Mutter geheiratet – sie hieß Lucie Manén. Seit die Johns in Deutschland lebten, druckte der »Spiegel« ihren Namen falsch. In den seltenen Artikeln über den ungeliebten Otto John hieß seine Frau mit penetranter Hartnäckigkeit Lucie Marlen – wie das Soldatenliebchen aus dem Kriegs-Gassenhauer.

Nach dem Abendessen fragte Lucie unvermittelt: »Hast du etwas über Eland erfahren?«

»Nein. Bisher nichts.«

»Was kann ihn bewogen haben, sich umzubringen?«

»Er war ein sehr feinfühliger Mensch, viel zu feinfühlig für diese Branche.«

»Wie du!«

John überhörte das, er wollte nicht schon wieder von seiner Frau hören, daß er den falschen Weg gegangen war, daß er im Oktober 1950 niemals den Ruf von Theodor Heuss nach Köln hätte annehmen dürfen, daß der Geheimdienst keine Arbeit für ihn war.

Damals hatte Lucie ihren Gatten sogar gedrängt, ihre guten Beziehungen zu Elli Heuss-Knapp zu nutzen. Ihr Vater, Dr. Ferdinand Mainzer, hatte sich während des Ersten Weltkrieges in den Schützengräben Frankreichs mit dem Bruder von Heuss angefreundet, die Familien hatten Kontakt gehalten, und als die Nazis Theodor Heuss mit Berufsverbot belegt hatten, hatte Lucie zusammen mit Elli Werbeschallplatten produziert, um die Familie Heuss über Wasser zu halten.

Als John und Lucie heirateten, bestand die Braut darauf, dem Bundespräsidenten eine Hochzeitsanzeige zu schicken. Prompt erfolgte eine Einladung auf den Amtssitz. Heuss empfing sie sehr freundlich, zog sich nach Kaffee und Streuselkuchen mit dem Frischvermählten in sein Arbeitszimmer zurück und fragte ihn ohne Umschweife, was für eine Tätigkeit er sich im neuen Staat wünsche. John hatte sich auf der Stelle für das zukünftige Außenamt beworben.

Später – im Februar 1950 – hatte John als Anwalt in Deutschland zu tun und wollte sich bei dieser Gelegenheit nach dem Stand seiner Bewerbung erkundigen. Zwei Tage lang telefonierte Otto John von seinem Hotelzimmer aus hinter Ministerialbeamten her. Erst als er mit einer Beschwerde bei Heuss drohte, wurde ihm mitgeteilt, seine Unterlagen befänden sich obenauf, und er werde in London von seiner Berufung rechtzeitig benachrichtigt.

Als diese Benachrichtigung nicht kam, wandte sich John von London aus an den Journalisten Hülsterkamp. Hülsterkamp teilte John damals in einem Brief mit, daß Dr. Becker, der Verteidiger von Weizsäckers in Nürnberg, sich mit einigen anderen ehemaligen Diplomaten Ribbentrops dafür stark machte, John wegen seiner probritischen Haltung bei den Kriegsverbrecherprozessen in Nürnberg und im Hamburger Curio-Haus nicht in den diplomatischen Dienst zu lassen.

Lucie weinte nächtelang und bedrängte ihren Gatten, Heuss anzugehen. Aber John wollte nicht. Er wollte nicht mehr ins Auswärtige Amt – unter den alten Ribbentrop-Leuten wäre er sich vorgekommen wie ein Russe unter Amerikanern.

»Warum gehst du nicht einfach zur Lufthansa zurück?« fragte Lucie an diesem Abend in Köln. »Immerhin hast du ihnen in den vierziger Jahren ihre spanische Tochter aufgebaut.«

»Der Präsident des Bundesamtes für den Verfassungsschutz bettelt nicht bei der Lufthansa um ein Gnadenbrot!« beschied John sie unwillig.

Dabei hatte er längst seine Fühler ausgestreckt – schon bevor sie nach Amerika aufgebrochen waren. Er hatte in der Firma des alten Gablenz angerufen. Die Auskunft, die ein ehemaliger Kollege ihm nach zwei Tagen gab, war deutlich: Man könne sich in der neuen Lufthansa nicht vorstellen, einen Mann mit seiner Vergangenheit in führender Position zu beschäftigen – was immer das auch hieß.

Lucie stand plötzlich neben ihm, sie beugte sich zu ihm herab und küßte ihn auf den Mund, ihre Knie waren durchgedrückt. »Kommst du gleich nach?«

John wich ihrem Blick aus. »Ich muß noch mit Berlin telefonieren!« sagte er.

Sie richtete sich auf. »Soso!« Dann ging sie zu Bett.

John zog die Vorhänge in seinem Arbeitszimmer zu, löschte alle

Lichter außer der Schreibtischlampe, nahm sich einen Cognac und wählte die Nummer von Wolfgang Wohlgemuth in Berlin.

Es war 23 Uhr. Wenn er Glück hatte, hielt Wowo sich noch in seiner Praxis auf. Tagsüber praktizierte der Frauenarzt, bis gegen Mitternacht beschäftigte er sich mit seiner Krebsforschung, danach zog er durch die Lokale der Stadt.

Wohlgemuth ärgerte die Mißachtung, die seine Kollegen von den Krebsforschungsinstituten ihm, dem Gynäkologen und onkologischen Amateur, entgegenbrachten. Um so wichtiger war Wohlgemuth die Anerkennung seiner Freunde. Er drehte kleine Schmalfilme über seine Experimente und zeigte sie gelegentlich Gästen.

John war einmal in Berlin bei einer dieser nächtlichen Filmvorführungen dabei gewesen. Die anwesenden Nachtschwärmer erwarteten etwas Pikantes, als der Gynäkologe den Projektor aufbaute – aber sie waren dennoch nicht enttäuscht, als er ihnen die unwirklichen, fast abstrakten Bilder vorführte, die er in seinem Labor aufgenommen hatte.

Wowos Film über die Zellen hatte John, der Naturwissenschaften gegenüber immer etwas unbeholfen war, tief beeindruckt. Zuerst waren minutenlang undeutliche, wuselnde Zellen zu sehen, jede so groß wie ein Punkt. Die schwarzen Zellpünktchen strebten in alle Richtungen auseinander, es sah aus wie eine Massenflucht.

Ein zweiter, ebenfalls nur wenige Minuten langer Film zeigte Gewebestückchen aus embryonalem Hühnerherz in einer Nährlösung. Jedes Stückchen schlug wie ein Herz. Aber jedes Stückchen schlug in einem anderen Rhythmus. Diese Taktlosigkeit machte einen gespenstischen Eindruck auf John.

Dann gab es in dem Film einen Zeitsprung: Nach 48 Stunden hatte sich am Schlagrhythmus der Teilchen nichts geändert, aber von den einzelnen Stückchen wuchsen Zellen, die sie miteinander verbanden. Die Zellen glichen sich langsam in ihrem Schlagrhythmus einander an – und nach 72 Stunden schlugen alle Gewebeteilchen wie ein Ballettkorps im gleichen Takt.

Als der Applaus der Journalisten und Künstler in Wowos Wohnung abgeebbt war, hatte der Hausherr sich in der Manier eines

Wissenschaftlers vor die schon leicht alkoholisierte Meute hinge-
stellt und einen fertig ausgearbeiteten Vortrag über seine Forschungen mit dem Satz begonnen: »Die konventionelle Zellforschung
arbeitet nur mit fixierten, gefärbten Präparaten. Mit totem Material.
Sie übersieht, daß ihr Gegenstand sich in ständiger Bewegung
befindet. Wegen dieses Fehlers tritt die Krebsforschung auf der
Stelle – und alljährlich kostet das Hunderttausenden weiterhin das
Leben.«

John hatte damals lange über diese Sätze nachgedacht. Ihm war
zum ersten Mal klar geworden, daß es auch etwas anderes gab als
seine Arbeit, daß sich auch andere Menschen abplagten, um mehr
Wahrheit in die Welt zu bringen. Obwohl alle anderen die Forschungen Wowos insgeheim belächelten, war der Arzt in der Ach-
tung Johns nach dem Filmabend beachtlich gestiegen.

Der Gynäkologe hatte etwa 500 Privatpatientinnen, er war so
was wie ein Modearzt, aber Wowo, wie ihn halb Berlin nannte, war
unglücklich – trotz der gutgehenden Praxis in der Uhlandstraße, die
er von Hitlers Leibarzt Dr. Morell, seinem ehemaligen Oberarzt,
übernommen hatte. Wohlgemuth fühlte sich durch die Wehwehchen der besseren Berliner Damenwelt unterfordert, er verachtete
die wohlhabenden Patientinnen, von denen er gut lebte. Er träumte
davon, Westberlin zu verlassen und endlich zu zeigen, was in ihm
steckte, endlich seine Krebsforschungen voranzutreiben. Er träumte von der Charité, dem traditionellen Zentrum der Berliner Medizin, wo er einige Jahre unter Sauerbruch gearbeitet hatte. Bis dieser
sich von ihm getrennt hatte – angeblich wegen eines Herzfehlers
des jungen Mediziners. Aber damals schon hatte John das Gerücht
gehört, Sauerbruch hätte seinen Assistenten für nicht integer genug
für den Arztberuf gehalten.

Doch die Charité lag an der Invalidenstraße, im Osten der Stadt,
und Wowo, der in seiner Jugend mit dem Sozialismus sympathisiert hatte, konnte auf die Annehmlichkeiten eines Lebens im
Westen nur schwer verzichten.

Für die entgangene wissenschaftliche Reputation entschädigte
er sich auf seine Weise. Wenn er gegen Mitternacht mit seiner

Arbeit an den Krebszellen fertig war, schloß er seine Praxis ab und ging geradewegs zur Bar im Hotel Savoy in der Fasanenstraße – oder er fuhr ins Café Bristol am Kurfürstendamm, wo die schönsten Mädchen der Stadt darauf warteten, zu einem Drink eingeladen zu werden. Gegen Morgen ging es dann in einen der zahlreichen Privatclubs. John hatte Wowos Touren oft genug mitgemacht.

Man kannte sich – wenn überhaupt – nur flüchtig, man wußte selten, was man beruflich tat, und wenn man es wußte, spielte es keine Rolle. In Berlin war alles etwas genügsamer, in Berlin trumpfte das Wirtschaftswunder noch nicht so speckig auf, dafür erinnerte das Nachtleben Berlins John ein wenig an die sorglose Vorkriegszeit. Berlin war die beste Medizin gegen den Rheinkoller, wie John die Tristesse der Bundeshauptstadt nannte, gegen die grauen Gesichter, die grauen Träume, die graue Haut der Frauen, die grauen Häuser und den grauen Strom.

Einmal hatte Wowo John in einen Club an der Bundesallee geführt, in ein unscheinbares, graues Mietshaus aus dem Aufbauprogramm. Eine Parterrewohnung war vollkommen leergeräumt worden. In der Küche stand eine Theke, hinter der ein Barkeeper aus dem »Bristol« Drinks mixte. Im großen Wohnzimmer gab es eine kleine Bühne, auf der Chansonetten und Jazzmusiker auftraten. Das Publikum war bunt zusammengewürfelt, halbstarke Motorradfahrer in Lederjacken, ihre aufgekratzten Mädchen in Petticoats und Pumps, aber auch Studenten, die sich in der düsteren Mode des Quartier Latin kleideten, pfeiferauchende Zwanzigjährige, die so taten, als hätten sie alle Höhen und Tiefen schon durchwandert.

Eines Abends trat ein junger Münchner Schauspieler auf die Bühne und zitierte Villon, eine wüste, ängstigende Erscheinung, kein großer Mann, aber einer mit den Augen eines irren Raubtieres und dem Mund einer St.-Pauli-Hure. Die Zuschauer sprangen vor Begeisterung auf und klatschten. Der Schauspieler warf erst voller Verachtung den Kopf in den Nacken, führte seine enorm pulsierende Halsschlagader vor, verbeugte sich dann tief und schnell und befahl schließlich mit ausgebreiteten Armen Ruhe.

»Wer von den anwesenden Damen möchte mir hier auf der Bühne – einen blasen?« fragte er tonlos und mit glänzend gespielter Beiläufigkeit.

Natürlich meldete sich niemand. Zwei Paare sprangen auf und wollten den Club empört verlassen. Da aber tauchte plötzlich der schwarze Haarschopf eines Jungen an der Bühne auf. Der Junge trug eine bayrische Trachtenjacke und Texashosen. Er verbeugte sich höflich vor dem Publikum, dann kniete er vor dem Schauspieler nieder, öffnete dessen Hose, zog geschickt ein kleines, unaufgeregtes Glied heraus und verschluckte es.

Der Schauspieler verdrehte die Augen wie bei seinem Villon-Vortrag. Dann legte er beide Hände so feierlich auf die Schultern des Jungen, als wollte er ihn segnen – er dirigierte ihn. Das Publikum schaute atemlos zu, die beiden Paare, die eben noch den Club hatten verlassen wollen, standen bewegungslos im Flur der kleinen Wohnung und starrten auf die Bühne.

Auch John war fasziniert gewesen, nicht so sehr von dem Vorgang auf der Bühne als von der Reaktion der Gäste. Wowo hatte nur gelacht und später behauptet, die beiden jungen Männer tingelten schon eine Weile mit der Nummer durch die Privatclubs der Stadt, sie kämen allerdings selten zum Zug, da sich meistens eine Verehrerin aus dem Publikum fände – kürzlich sogar eine stadtbekannte Dame, deren Gatte, ein umworbener Theaterregisseur, gespannt zugeschaut und anschließend den Villon-Rezitator auf eine Flasche Schampus an seinen Tisch gebeten habe.

John ließ das Telefon zehnmal klingeln.

Wowo ging nie gleich ran. Er hatte Angst vor wehleidigen Patientinnen, die ihn auch während der wertvollen Stunden im Labor verfolgten – oder einfach nur ihren Gynäkologen zum Essen einladen wollten. »Jede Frau träumt davon, daß ihr Arzt mal etwas anderes in sie hineinsteckt als seine kalten Finger«, sagte Wowo manchmal und lachte dabei böse.

John gefiel es nicht, wenn sein Freund so redete. Er fand Wowo bisweilen vulgär und angeberisch. Aber er kannte ihn auch von einer ganz anderen Seite. Schon oft hatte er ihn nachts Trompete spielen hören, das war ein anderer Wowo, einer, der an unerfüllten Träumen litt. Wowo sehnte sich danach, Gutes zu tun, er wollte die Menschheit vom Krebs befreien. Darin waren der Arzt und John sich ähnlich: Sie waren beide sentimentale Charaktere, die sich selbst leid taten und darunter litten, mit ihrer Arbeit keine Anerkennung zu finden.

Als beim zehnten Klingeln nicht abgehoben wurde, legte John auf, wartete zehn Sekunden und wählte dann erneut. Das war das verabredete Zeichen zwischen den Freunden.

Wohlgemuth hob ab und grunzte.

»Hier ist Otto!« sagte John.

Wowos Stimme hob sich, er schien sich zu freuen. »Jetzt hast du aber Glück gehabt, ich wollte gerade los. Wie geht's denn in Köln?«

»Beschissen ist gar kein Ausdruck.«

»Und Amerika?«

»Sie setzen allein auf Gehlen, und das haben sie mir ins Gesicht gesagt. Mein Hotelzimmer ist durchwühlt worden.«

»Was ich immer sage, Otto: Die Amis wollen die Nazis. Am liebsten wären sie ihnen schon 1945 um den Hals gefallen und hätten mit ihnen zusammen die Russen aus Osteuropa vertrieben. Wenn nur die sechs Millionen Juden nicht gewesen wären ...«

»Hör mal, Wowo, dieser Junge damals in dem Club an der Bundesallee.«

Wowo lachte. »Soweit ich weiß, ist er momentan in München, er soll ein Engagement an einem Theater an Land gezogen haben. Wenn du willst, besorge ich die Nummer. Aber sei vorsichtig, es heißt, er hätte sich bei einem Gastspiel in Hohenschönhausen einen sibirischen Tripper geholt. Also laß ihn blasen, aber hüte du dich davor, seine Pfeife in den Mund zu nehmen, und wenn er dich auf den Bauch drehen will, dann ...«

»Glaubst du, der will uns reinlegen!?« unterbrach ihn John genervt.

Der Arzt dachte nach, dann antwortete er ernst: »Ich kann es mir nicht vorstellen. Edgar ist vielleicht der schönste Kerl auf der Bahn, und er hat im Gegensatz zu vielen anderen, die bloß so tun als ob, anständig was in der Hose, aber er ist nicht gerade der Klügste.«

»Um ein Spitzel zu sein, muß man nicht klug sein. Es wird schon welche geben, die ihm sagen, was er zu tun hat.«

»Was ist los, Otto?!«

»Ich werde erpreßt. Mit Fotos und allem Drum und Dran.«

»Scheiße!«

»Und du hast Stein und Bein geschworen, die Jungs, mit denen wir zu tun haben, sind sauber.«

»Der Kerl ist ein Amateur, das hast du doch gesehen. Die Blas-Nummer auf der Bühne, das war reines Amüsement, da geht's nicht um Knete. Das sind Schauspieler, verrückte Kerle, verstehst du? Wer denkt da an Geheimdienste ...«

»Ich hätte es selbst wissen müssen!« unterbrach John ihn bitter. Sie schwiegen eine Weile.

»Was tun wir jetzt?« fragte Wowo leise.

»Um etwas dagegen zu unternehmen, muß ich wissen, wer dahintersteckt. Der Brief liegt bereits beim BKA ...«

»Ist das nicht etwas voreilig? Wenn das jemand an die große Glocke hängt?«

»Keine Sorge! Das läuft alles mit größter Diskretion. Kann ich auf dich zählen, wenn es hart auf hart kommt, Wowo?«

»Klar doch!« antwortete der Mediziner wie aus der Pistole geschossen. »Ich schwöre jeden Meineid, daß du zur fraglichen Zeit bis zum Anschlag in deiner Lucie gesteckt hast.«

»Laß die dummen Sprüche, Wowo!«

»Ich tue, was ich kann, Otto. Ich werde mich erkundigen, was dieser Edgar für'n Umgang hat, ob da irgendwas ist, was auf 'ne Schweinerei hindeutet.«

»Danke. Und – wie ist es mit dem Attest für die Witwe Nehlsen?«

John bekniete Wowo seit Monaten. Die Witwe des Widerständlers Dr. Walter Nehlsen – als Hauptmann der Reserve im Berliner Garnisonsdienst Verbindungsmann zwischen den Zivilisten und den Militärs – bekam keine Rente ohne das Attest. Aber Wowo, der ihren Mann behandelt hatte, sträubte sich – angeblich aus juristischen Gründen.

»Wenn du in Berlin bist, kommst du zu mir in die Praxis, und wir stellen den Wisch gemeinsam aus. Es geht nur um eine geschickte Formulierung, die mir Schwierigkeiten mit dem Rententräger erspart. Versprochen!«

Sie legten gleichzeitig auf. Etwas knackte in der Leitung. John behielt den Hörer am Ohr. Er horchte atemlos. Das war doch unmöglich – sein Privathaus war von Experten von oben bis unten auf den Kopf gestellt worden, man hatte elektronische Warnsignale installiert. Niemand konnte sein Telefon abhören.

John sprang auf und rannte hinunter in die Küche.

Lucie saß im Morgenmantel am Tisch und weinte. John hob den Hörer des Wandapparates ab. Er war noch feucht und warm von der Hand, die ihn gehalten hatte.

Lucie schaute auf. »Also doch!« sagte sie.

John schlief auf der Couch im Wohnzimmer. Gegen halb sechs erwachte er. Sein Kopf schmerzte von den Lufthansa-Cocktails, die er nachts in sich hineingeschüttet hatte, um einschlafen zu können. Er nahm drei »Treupel«-Tabletten, die ihm sofort Übelkeit verursachten, wusch sich mit kaltem Wasser und telefonierte seinen Fahrer herbei.

John fuhr ohne Frühstück ins Amt. Unterwegs ließ er zweimal halten, weil er glaubte, sich übergeben zu müssen. Die frische Luft möbelte ihn wieder auf.

Gegen acht Uhr erreichte er Globke im Kanzleramt. John kam unumwunden zur Sache. »Wir möchten die Gestapoakten einsehen!«

»Welche Gestapoakten?«

»Die über die Verhöre mit den Männern des 20. Juli.«

»Aber Herr John, das, was da gesagt wird, wissen Sie persönlich doch besser als jeder andere.«

»Ich halte es für meine Pflicht, diese Dokumente im Interesse der inneren Sicherheit einzusehen.«

»Das verstehe ich nicht.«

»Es gibt eine ganze Menge Leute, die neuerdings behaupten, beim Widerstand gewesen zu sein, obwohl sie eifrige Nazis waren.«

»Ich wüßte nicht, welche Gefahr unserer Verfassung durch diese Leute drohen könnte, Herr John.«

»Wenn Sie einen Staat wollen, in dem Hochstapler und Exnazis wichtige Positionen besetzen, Herr Globke ...«

»Sie übertreiben mal wieder maßlos, Herr John.«

»Wir machen uns unglaubwürdig, wenn wir so mit dem Andenken an den Widerstand umgehen.«

»Vor wem denn? Vor den Amerikanern? Die haben alle Akten gelesen und halten sie nicht für bedeutsam.«

»Vor dem europäischen Ausland!«

»In Frankreich und England kümmert man sich derzeit um hausgemachte Probleme – klugerweise.«

»Vor unseren Kindern!« sagte John.

»Haben Sie welche?« fragte Globke gelassen.

John wurde eisig. »Ich verlange hiermit ganz offiziell Einsicht in die Dokumente.«

»Ich werde mit dem Kanzler reden!« entgegnete Globke.

John wollte losbrüllen – aber Globke hatte aufgelegt.

John ließ sich vom Pförtner die Zeitungen hochbringen. Er überflog die aktuellen Meldungen über das EVG-Gerangel zwischen Adenauer und Mendes-France. Der Bundeskanzler versuchte immer noch, die Gegenwehr des französischen Premiers mit einer Inflation von Versprechungen zu brechen. Seine neueste Variante lautete: »Sie verlieren nichts, wenn Sie die deutsche Wiedervereinigung opfern, aber ich. Doch wir sind bereit, sie zu opfern, wenn wir in ein starkes westliches Lager eintreten können.«

Nach und nach lassen alle die Hosen runter, dachte John. Sosehr die SPD auch drängt, sich den Weg über Moskau nicht zu verbauen, Adenauer betreibt unbeirrt die Angliederung an die Amerikaner. Es sieht fast so aus, als würde er den Flurschaden, den er damit verursacht, begrüßen. Während Ollenhauer betont, wie wichtig es für

Deutschland ist, erst einmal in Gesprächen mit den Russen die Möglichkeit einer Wiedervereinigung zu sondieren, spricht sich Adenauer immer offener dagegen aus, die Vereinigung von Ost- und Westdeutschland zum Primat seiner Politik zu machen. Die Formel der SPD lautet: »Erst Wiedervereinigungsverhandlungen mit den Sowjets, dann, wenn die Verhandlungen scheitern sollten, Aufrüsten mit dem Westen!«. Darauf antwortet Adenauer kalt: »Erst mit dem Westen in Brüsseler Pakt und Nato aufrüsten, dann Wiedervereinigungsverhandlungen mit den Sowjets!«

John empfand Schadenfreude. Nun versteht es auch der allerletzte CDU-Wähler: Adenauer will überhaupt keine Wiedervereinigung. Für den Kanzler hört Deutschland an der Elbe auf, dahinter beginnt der Bolschewismus, und mit dem will er seine saubere Bonner Republik nicht infizieren.

Das Kanzler Leibblatt »Rheinischer Merkur« schrieb in seiner neuesten Ausgabe ganz offen, der innere Führungsstab des französischen Ministerpräsidenten sei »zum größten Teil wegen Hitlers Rassenpolitik deutschfeindlich«. Selbst die als seriös geltenden deutschen Zeitungen, die im Ausland gelesen wurden, übertrafen sich gegenseitig in mehr oder weniger versteckten Anspielungen auf das Judentum von Mendes-France. Der französische Premier wurde mit krummer Knollennase und levantinischen Gesichtszügen karikiert – ein übriggebliebener Itzig, der vom sicheren Schlupfwinkel Paris aus dem wieder mächtig und schön aus der Asche gestiegenen Nachbarn boshafte Nadelstiche versetzte.

John las an dem offenen Rückgriff auf antisemitische Klischees den Grad der Wut ab, in die die Befürworter von Adenauers Politik durch den Widerstand der Franzosen geraten waren. Die sonst so gelassenen Bonner Herren wüteten deshalb so rücksichtslos, weil es schlecht stand um den großen Coup: Wenn die Franzosen weiter quertrieben, dann würde nichts werden aus der Aufrüstung unter dem Dach der EVG.

Andererseits, sagte sich John, wird durch die Schmutzkampagne gegen Mendes-France erst richtig klar, wie dünn die Haut ist, die

die Alliierten über Deutschland gelegt haben. Unter dem notdürftigen Make-up der Entnazifizierungskampagnen schwelt das Böse weiter: Judenhaß, Überheblichkeit und Jähzorn. Selbst den intellektuellen Köpfen im neuen Deutschland sind die sechs Millionen toten Juden nicht peinlich – sonst würden sie in ihren Zeitungen keine Karikaturen dulden, in denen der französische Premierminister wie ein Stürmer-Monster abgebildet wird. Es fehlt nur der kleine Tropfen – und die Geduld der Deutschen hat ein Ende. Dann zeigen sie wieder ihr wahres Gesicht: die Fratze des Krieges.

John faltete die Blätter zusammen und schmiß den Packen wie Unrat in seinen leeren Papierkorb. Sein Herz pochte, der Blutdruck, durch den vielen Alkohol sowieso instabil, schoß in die Höhe. John ging zu dem Spülbecken, das in einem Wandschrank versteckt war, und trank ein Glas kaltes Wasser.

Das Telefon klingelte. Ein Gespräch von außerhalb. John sah auf seine Fixoflex-Armbanduhr. Kurz vor neun. Seine Sekretärin war noch nicht da. Wenn sie morgens eintraf, klapperte sie erst einmal eine halbe Stunde mit dem Kaffeegeschirr.

John hob ab. Irgendwie hatte er das Gefühl, daß es Bonn sein würde, und sein Puls schlug noch schneller. Es war nicht Bonn. Es war eine sehr ferne Stimme, die das R rollte. John brauchte eine Weile, bis er verstand, mit wem er sprach.

Staatsrat Dr. Seel aus Bern war am Vortag von Johns Sekretärin über seine Sekretärin um baldmöglichsten Rückruf gebeten worden. Da der Staatsrat bis abends in den Bergen gewesen war, kam er erst jetzt dazu, sich in Deutschland zu melden.

John und Seel kannten sich über die Lufthansa. Dr. Seel hatte mit John Ende der dreißiger Jahre als Suisse-Air-Vertreter über den Aufkauf einer ecuadorianischen Regionallinie verhandelt. Das Geschäft war nie zustande gekommen, weil die Schweizer um ihre Neutralität fürchteten, wenn sie sich mit der deutschen Lufthansa in Ecuador einkauften.

1939 hatte John – in einer Phase der Depression – geplant, mit seinem Freund, dem Piloten Hans von Baumbach, nach Ecuador auszuwandern, dort eine Finca zu kaufen und europäische Bäume und Sträucher zu züchten. Da die Nazis durch das Devisenzwangs-bewirtschaftungsgesetz Transaktionen Deutscher im Ausland kontrollierten, waren John und Baumbach auf einen Strohmann angewiesen. So hatte Dr. Seel in einer Erfurter Baumschule Pflanzensamen gekauft, die Baumbach mit einer Lufthansa-JU-52 nach Ecuador flog. Als John sich später von seinen Freunden im Widerstand hatte überreden lassen zu bleiben, war die Finca wieder verkauft worden.

Dr. Seel war schon 1949 das, was John erst ein Jahr später wurde: Leiter des inneren Geheimdienstes seines Landes. Natürlich gebot die strikte Neutralität der Schweiz dem Staatsrat immer noch Zurückhaltung, aber einen freundschaftlichen Meinungsaustausch verbat ihm sein Patriotismus nicht.

»Wie geht es Ihnen?« fragte Seel.

»Nicht besonders«, antwortete John. Er hörte im Vorzimmer Geschirr scheppern, seine Sekretärin war eingetroffen. Er schaute auf seine Armbanduhr: Viertel nach neun. Eine Dreiviertelstunde zu spät.

»Wie man hört, ist der Doktor dabei, verstaatlicht zu werden«, sagte Seel.

Der Doktor war Gehlen, seine eigenen Leute in Pullach nannten ihn so. John mochte es nicht, wenn andere aus der Branche – zumal Ausländer – diese interne Sprachregelung übernahmen. Er witterte selbst bei unverdächtigen Kollegen wie Dr. Seel eine geheime Sympathie für die Legende Gehlen.

»Noch ist nicht aller Tage Abend!«

»Der Resident der CIA in unserer US-Botschaft redet schon von Gehlen als Geheimdienstchef Adenauers. Er sagt, es wird eine noch nie dagewesene Großoffensive gegen den KGB geben, sobald Gehlen inauguriert ist.«

»Währenddessen tanzen die Nazis in Bonn auf den Tischen.«

»Sie sehen mal wieder schwarz, John!«

John wußte, daß man seinen Haß auf die neuen Nazis hinter seinem Rücken belächelte und behauptete, Sefton Delmer hätte ihn 1946 in London einer Gehirnwäsche unterzogen. John ließ das kalt.

Ebenso hatte man Anfang der vierziger Jahre über ihn gelacht, als er einigen guten Freunden seine Umsturzpläne anvertraut hatte. Viele von denen, die sich damals über ihn lustig gemacht hatten, hatte er 1950 bei seiner Rückkehr nach Deutschland wiedergesehen. Er hatte sehr genau in ihre Gesichter geschaut – von dem bösen Grinsen war nichts übriggeblieben. Man machte vor Scham einen Bogen um ihn wie um einen Propheten, der die Katastrophe vorausgesagt hatte, ohne Gehör zu finden.

John war sich sicher, daß sich diese bittere Erfahrung wiederholen würde.

Vielleicht ist das mein Los, dachte er: auf eine verzweifelte Weise immer wieder recht zu behalten. Das Los eines Patrioten – seinen Mund nicht halten zu können, wenn ein Unrecht geschieht, verspottet zu werden und immer einsamer. Aber das sollte ich Seel jetzt nicht sagen, rief John sich zur Ordnung, Seel ist kein Heuchler und kein Ungläubiger, er ist nur etwas denkfaul.

»Es klang gestern besorgniserregend«, sagte Dr. Seel. »Oder hatte Ihre Sekretärin bloß Angst, nicht rechtzeitig zum Feierabend auf die Straßenbahn zu kommen?«

Die Dame war eine Zumutung, das bemerkten sogar schon Außenstehende. »Es ist wirklich dringlich. Ich war für ein paar Tage in Amerika ...«

»Sie Glücklicher!«

Das überhörte John geflissentlich. »Als ich zurückkam, fand ich eine Todesnachricht. Der Tote hieß Jan Eland.«

»Sie hatten mit dem Eland zu tun, John?« Dr. Seel war schlagartig sachlich geworden, ein untrügliches Zeichen dafür, daß er Bescheid wußte und sich nun in seinem sauber gezimmerten Hirn genau überlegte, was er sagen konnte und was nicht.

»Er hat mir sehr geholfen. Bei der Suspendierung eines Gehlen-Mannes im Amt Blank.«

»So weit seid ihr also schon – daß ihr euch gegenseitig die Bauern abschießt.«

John wurde wütend angesichts der gespielten Dickhäutigkeit des Schweizers. Er hatte im Umgang mit Seel schon oft bemerkt,

124

daß der sorgsam unterschied zwischen dem, was er als Kollege preisgeben konnte, und dem, was er – des persönlichen oder dienstlichen Vorteils wegen – besser zurückhielt. John, der sich gerne rückhaltlos aussprach, wenn er unter Freunden war, erschien diese Vorsicht besonders kleinlich. Ging Freundschaft nicht über alles?

»Elands Informationen haben den Ausschlag gegeben. Deshalb mache ich mir Sorgen.«

»Bis in die Schweiz reicht der Arm Ihrer Nazis nicht ... hat er noch nie gereicht.«

Dummkopf, dachte John bitter. »Ich möchte ja auch nur wissen, was passiert ist. Das gehört zu meiner Fürsorgepflicht. Ganz abgesehen davon waren unsere Beziehungen noch nicht abgebrochen ...«

»Eland war so was wie ein staatenloser Nachrichtenkuli. Sie müßen sich seinetwegen keine Vorwürfe machen, John!«

»Er ist tot. Ich hätte mich vielleicht mehr um seine Sicherheit kümmern sollen!«

Dr. Seel schwieg. John dachte: Wenn Schweizer schweigen, sind sie gekränkt.

»Ich nehme an, die Kantonspolizei hat Ihnen ihre Akten auf den Tisch gelegt ...«

Seel seufzte. »Doch nur, weil Eland ein Ausländer war und keines natürlichen Todes gestorben ist. Das ist Routine. Wir sind ein kleines Land, da erfährt der Geheimdienst halt von jedem Kuhfurz.«

»Was hat die Kriminalpolizei ermittelt?«

»Nicht daß ich mich nicht freue, von Ihnen zu hören, John. Aber Sie erfahren doch mehr, indem Sie sich an den Untersuchungsrichter halten.«

»Das habe ich gestern den ganzen Tag versucht.«

Seel hob die Stimme. »Sie wissen, daß ich nicht aus internen Akten zitieren darf!«

Korinthenkacker, dachte John.

»... aber soviel kann ich Ihnen, glaube ich, ohne in Loyalitätskonflikte zu geraten, sagen: Jan Eland, 38, niederländischer Staatsbürger, ist in der Nacht vom 1. auf den 2. Juni 1954 im ›Hotel Walche‹ in Zürich freiwillig aus dem Leben geschieden. Die Gerichtsmedizin hat eine Obduktion vorgenommen – so wie das in solchen Fällen vorgeschrieben ist – und festgestellt, daß der Tod durch eine Überdosis Schlaftabletten eingetreten ist. Das ist alles.«

»Nicht viel.«

»Mir genügt's. Ich bin nicht darauf aus, mir künstlich Arbeit zu schaffen.«

»Glauben Sie, ich bin das?!«

»So war das nicht gemeint, Herr John! Aber Sie sollten sich nicht verzetteln. Ich verstehe ja, welcher Druck auf Ihnen lastet ... Durch Gehlens Erfolg. Ich bin der ältere von uns beiden, deshalb erlaube ich mir, Ihnen das zu raten: Manchmal muß man einfach demütig sein. Damit kommt man weiter.«

»Vielleicht in der Schweiz!« schrie John ins Telefon. »Danke für den Rat, Herr Staatsrat.«

John schmiß den Hörer auf. Er überlegte eine Weile. Dann erhob er sich und ging hinaus ins Vorzimmer. Vor dem kleinen Spiegel über dem Handwaschbecken formte die Sekretärin gerade ihre Hochfrisur. Das Wasser lief, ein Waschlappen lag im Becken, sie hatte ihre Bluse ausgezogen. Offensichtlich wusch sie morgens nach dem Eintreffen im Büro als erstes ihre Achselhöhlen aus.

Sie fuhr erschrocken herum und schlug beide Hände über den BH. »Sie sind schon da?!«

»Buchen Sie mir einen Flug nach Zürich! Den nächsten!« befahl John.

9. KAPITEL

Der Präsident des Bundesverfassungsschutzes bestieg den Lufthansaflug LH 304 nach Zürich als letzter Passagier. Die Abfertigung am Terminal, die den Vielflieger John kannte, hatte die Freigabe der Maschine um einige Minuten verzögert.

Während des ruhigen Fluges versuchte John zu schlafen – aber er war zu nervös. Schließlich ließ er sich von der Stewardeß einen »Jacobi 1880« bringen – kein wirklich guter Weinbrand, aber einer, der dämpfend auf seinen Blutdruck wirkte. Als ihm endlich die Augenlider schwer wurden und ein süßer Nebel sich über sein Hirn legte, setzte die Maschine zur Landung in Kloten an.

John nahm ein Taxi zum Zürcher Polizeipräsidium. Er hatte vor dem Abflug seine Sekretärin gebeten, ihn beim Polizeichef der Stadt anzumelden, und hoffte nun, daß es ihr gelungen war. Er wollte sich nicht durchfragen müssen wie ein Tourist, dem die Papiere gestohlen worden waren.

Der Pförtner rief im Büro des Präsidenten an und erklärte John dann, jemand würde ihn abholen. Wachtmeister Brüll, ein schmaler, junger Mann mit einem Assessorengesicht, begrüßte John per Handschlag. Brülls Hand war kalt, und er lächelte dünn.

Auf der Treppe erkundigte sich Brüll, ob John einen guten Flug gehabt habe. John nickte, und sie schwiegen, bis sie den vierten Stock des Präsidiums erreicht hatten.

Schaartz, der Polizeipräsident, war ein kleiner, untersetzter Mann, der sich benahm, als komme John zur Beerdigung. Er sprach viel über die Umstände der Überführung Elands und betonte immer wieder, den Behörden in Zürich sei sehr daran gelegen gewesen, die Angelegenheit mit Pietät zu erledigen. John hatte den Eindruck, daß der Wortschwall des Polizeipräsidenten peinliche Fragen verhindern sollte.

»Gibt es einen abschließenden Bericht der Gerichtsmedizin?«
unterbrach John.

Schaartz zeigte ein gequältes Gesicht. »Es gibt keinen Zweifel:
Herr Eland ist an einer Überdosis Tabletten gestorben, die er sich
selbst eingegeben hat. Suizid.«

»Welches Präparat hat Eland eingenommen?«

Der Polizeipräsident sah John nachdenklich an. »Haben Sie den
Ermittlungsbehörden etwas mitzuteilen, was auf ein Gewaltverbre-
chen hinweisen könnte?«

John griff in die Innentasche seines Jacketts und zog Elands
Brief hervor. Er nahm ihn aus dem Umschlag und reichte ihn dem
Polizeipräsidenten. Schaartz las – langsam und indem er seine Lippen bewegte wie ein Grundschüler. John hatte den Eindruck, daß
der Präsident, als er den Brief fertiggelesen hatte, sich noch lesend
stellte, um Zeit zu gewinnen.

John wurde ungeduldig. »Sehen Sie sich das Datum an!«

»Das Datum?« murmelte Schaartz scheinbar versunken.

»Der 1. Juni!« drängte John.

»Stimmt. Der 1. Juni.« Der Polizeipräsident schien daran nichts
finden zu wollen.

»Wann trat der Tod ein?« fragte John.

Schaartz schaute seinen Wachtmeister Brüll an. Der erschrak ein
wenig darüber, daß er in das Gespräch einbezogen werden sollte.
Er stotterte: »Ich glaube, es war ... es könnte der 2. Juni gewesen
sein.«

»Es war der 2. Juni!« erklärte John.

»Und?« wandte sich der Polizeipräsident wieder an den Deutschen.

John wurde lauter, als er es eigentlich werden durfte: »Einen
solchen Brief schreibt doch kein Mann, der sich in der folgenden
Nacht umbringt.«

Schaartz grinste. Er faltete Elands Brief fein säuberlich zusammen – öfter als es notwendig war, um ihn in den Umschlag zurück-
zustecken, so daß sich ein unschöner Buckel bildete. Der Präsident
reichte John den Brief.

»Das sagt gar nichts. Wir haben so unsere Erfahrungen mit Suizidisten ...«

»Suizidisten?« fragte John ungläubig.

»Selbstmörder! Wußten Sie, daß wir in der Schweiz, insbesondere in Zürich, eine unverhältnismäßig hohe Selbstmordrate haben – gemessen am europäischen Durchschnitt seit Ende der vierziger Jahre. Vorher war die Rate natürlich ahistorisch untypisch. Kriegsbedingt.« Als Schaartz »kriegsbedingt« sagte, lauerte er, als wollte er John auf die Probe stellen.

»Hören Sie, Eland bietet mir in dem Brief ein Geschäft an. Ein Mensch, der sich umbringen will, macht doch keine solchen Angebote: Informationen gegen Geld.«

»Haben Sie Geld zugesagt?«

»Nein. Ich habe den Brief doch erst nach meiner Rückkehr ...«

Schaartz unterbrach ihn unwillig: »Sehen Sie, vielleicht gab das den Ausschlag.«

»Soll das heißen, ich bin schuld an seinem Selbstmord?!«

Der Präsident zuckte die Achseln. »Weiß man's?«

»Das Angebot, mir brisante Informationen zukommen zu lassen, die eine illegale Geheimdienstaktion in der Bundesrepublik betreffen, deutet doch auf eine mögliche Gewalttat hin. Vielleicht wollte jemand Eland mundtot machen ...«

Der Polizeipräsident schaute auf die Uhr. »Herr Dr. John, was halten Sie denn von folgender Version: Der Herr Eland oder Korinth hat erst am 2. Juni – nach reiflicher Überlegung seiner ausweglosen finanziellen Situation und als er realisieren mußte, daß von Ihrer Seite keine Hilfe zu erwarten war – den Entschluß gefaßt, dem Debakel durch Selbsttötung ein Ende zu machen.«

John fiel ihm verärgert ins Wort. »Wenn er am 1. Juni den Brief geschrieben hat, dann konnte er nicht schon am 2. wissen, daß er mit mir nicht ins Geschäft kommen würde.«

Jetzt machte Schaartz ein betretenes Gesicht, er schaute sich nach Brüll um, der aber wies nur auf seine Armbanduhr – die beiden waren plötzlich sehr in Eile.

Der Präsident legte seine kleine, kantige Hand auf Johns Unterarm. »Glauben Sie mir als erfahrenem Kriminalisten! In die Seele eines Suizidisten sieht unsereiner nur ganz schwer hinein. Und Sie als Elands ... Geschäftspartner sollten sich einfach damit abfinden, seinen Brief zu spät erhalten zu haben.«

»Ich möchte die Ermittlungsakten einsehen!«

»Es war Selbstmord. Unsere Untersuchungsbehörden arbeiten nicht schlechter als Ihre.«

»Trotzdem möchte ich die Akten sehen, Herr Präsident!«

Der Präsident sah Brüll an, Brüll senkte seinen Blick. Der Präsident reichte John seine Hand. »Auf Wiedersehen, Herr John. Leider kann ich Ihnen nicht weiterhelfen!«

»Die Akten! Bitte! Ich will doch nur hineinsehen, der Gewißheit wegen!«

Schaartz seufzte. »Tut mir leid. Sie haben hier keine Polizeigewalt – und in Deutschland ja nun auch nicht! Wenn Sie das für nötig halten, bitten Sie einen deutschen Staatsanwalt, die Schweizer Behörden um amtliche Unterrichtung anzugehen. Falls Sie jemanden finden, der dazu bereit ist. Eland war kein Deutscher, das dürfen Sie nicht vergessen!«

John, der nun bemerkte, daß es ein Fehler war, Akteneinsicht einzufordern, sagte schnell: »Ich wollte doch kein Mißtrauen äußern, ich will nur Gewißheit über Elands Tod.«

»Die haben Sie ja nun. Auf Wiedersehen, Herr Doktor John!«

Damit war John entlassen.

Als er den Pförtner passierte und der so schadenfroh grinste, als wäre er bei dem Gespräch zugegen gewesen, fühlte John sich so hilflos wie lange nicht mehr.

Wenigstens fand er sofort ein Taxi. Am Flughafen Kloten ließ er sich eine Quittung über die Fahrt geben, obwohl er sich sicher war, daß er die 20 Franken nicht abrechnen würde. Jan Eland war seine Privatangelegenheit – und er wollte seinen Feinden nicht noch mehr Gelegenheit zur Häme geben.

Als John das überheizte Flughafengebäude betrat, wurde ihm übel. Er mußte innehalten und durchatmen. Er zog sein Taschentuch aus der Jacke und tupfte sich die Stirn trocken.

Am Schalter der Suisse-Air verabschiedeten sich ein junger und ein älterer Mann per Handschlag voneinander. John schien es, als wären die beiden Vater und Sohn, sie wirkten sehr vertraut miteinander. Er dachte an seinen Abschied von Eland auf dem Kölner Hauptbahnhof. Er hatte ihm bloß hundert Mark gegeben – mehr Geld hatte er damals nicht bei sich gehabt. Er war vorher nicht auf den Gedanken gekommen, dem Holländer über sein Informationshonorar hinaus etwas zu zahlen.

Als der schmale, blasse Mann, der immer so traurig aussah wie Jean-Louis Barrault in »Kinder des Olymp«, ihm die Hand gereicht und erklärte hatte, er hoffe, die, denen sie geschadet hatten, rächten sich nicht an ihm, hatte John erst bemerkt, wie schwach der Nachrichtenhändler Jan Eland eigentlich war. Da hatte ihn das Mitleid gepackt und das Bedauern darüber, Eland in die Affäre um den Oberst Heinz hineingezogen zu haben. Er hätte sich vorher ein Bild von der Reife seines Verbündeten machen müssen. Damals war ihm in seiner Verlegenheit nichts anderes eingefallen, als dem Holländer die hundert Mark zuzustecken. Elands Mundwinkel hatten unsicher gezuckt.

Otto John verließ das Klotener Flughafengebäude wieder und ließ sich von einem Taxi in die Stadt zurückbringen. Er stieg im »Hotel Walche« ab.

John bat den Portier um das Zimmer, das sein Freund Korinth gehabt hatte. Der Mann beschied ihm freundlich, aber etwas befremdet, das Zimmer sei von der Kantonspolizei erst zwei Tage vorher freigegeben worden, und das Personal sei noch nicht dazu gekommen, die Spuren des Vorfalls zu beseitigen.

John bat daraufhin um ein Zimmer auf demselben Gang, und der Empfangschef, dem wohl trotz angestrengten Nachdenkens kein Grund einfiel, dem Deutschen diesen Wunsch abzuschlagen, händigte ihm – nun deutlich verärgert – den Schlüssel zum Einzelzimmer Nummer 43 aus.

In Nummer 43 packte John seine Sachen aus und setzte sich aufs Bett.

Das »Walche« war kein Hotel der oberen Klasse, das hätte sich

Eland auch nicht leisten können. Aber es war auch keine Absteige. Auf dem Nachttisch stand ein schwerer Telefonapparat mit vielen Knöpfen. Er wählte die Null, der Empfang meldete sich. John bestellte eine Flasche französischen Cognac.

Es dauerte eine Weile, bis es klopfte. Der Zimmerkellner trug keine Uniform. Es handelte sich um einen etwa zwanzigjährigen, scheuen Jungen in einem schwarzen Feiertagsanzug, er hatte ein Bauerngesicht und wirres, dunkles Haar. Mit beiden Händen balancierte er das Tablett mit dem Cognac – einer Marke der mittleren Kategorie – und einem einfachen Schnapsglas.

»Gibt es kein Cognacglas?« fragte John.

Der Junge schaute das Glas an und überlegte. Dann schüttelte er den Kopf. Er stand steif da und wartete.

John sah sich um. Da er keinen geeigneten Platz fand, bat er den Kellner, das Tablett auf dem Bett abzustellen. Der Junge wollte sich schon zurückziehen, da fiel ihm wohl ein, daß es auch zu seinen Aufgaben gehören könnte, den Cognac einzuschenken. Er nahm die Flasche vom Tablett und blickte John unsicher an. John nickte. Der Junge war zwar linkisch, aber er hatte ein offenes, schönes Alpengesicht.

John griff in die Tasche und zog den Packen mit den Schweizer Franken heraus. Er gab ihm zehn Franken. Der Junge grinste.

»Holen Sie sich doch auch ein Glas!« forderte John ihn auf. »Ich trinke ungern allein.«

Der Junge schüttelte hastig den Kopf, er lief rot an. Dann aber steckte er den Geldschein so schnell weg, als könnte der großzügige Gast ihn zurückverlangen.

»Aber nur ein Glas!« erklärte er eilig und verschwand.

John trank einen Schluck. Sofort wurde ihm warm. Er schlug die Beine übereinander. Der Junge gefiel ihm, er war groß und schlank, er sprach im sanften Schweizer Dialekt, seine Haut an den Händen und am Hals war braun – die Bräune der Berge. Sicher wurden ihm öfter Avancen gemacht. In Hotels war das eben so, das wußte John, obwohl er selbst niemals den Mut dazu gehabt hätte, einem Kellner Geld für Sex anzubieten.

John nahm einen größeren Schluck, endlich ging es ihm besser. Es klopfte. »Herein!« rief John.

Der Kellner erschien wieder. Er zog ein zweites Schnapsglas aus seiner Jackentasche. Anscheinend war es ihm verboten, mit Gästen zu trinken. Der Junge hielt das Glas wie eine Jagdbeute hoch. John nahm die Cognac-Flasche, stand auf und goß dem Kellner ein. Sie stießen an, dann tranken sie. Der Junge schien an Hochprozentiges gewöhnt zu sein. John schenkte nach, sie prosteten sich zu und tranken wieder. Dann blickten sie sich schweigend an.

»Und jetzt?« fragte der Junge nach einer Weile. Er wirkte jetzt selbstbewußter.

John fürchtete, rot zu werden. Er wies auf die Bettkante. »Nehmen Sie doch Platz!«

Der Junge schüttelte erschrocken den Kopf. So abgebrüht wie er tat, war er also nicht.

»Im Stehen redet es sich schlecht!« sagte John. Er fand, daß er jetzt sehr überlegen klang.

Der Junge setzte sich wirklich. John schenkte ein weiteres Mal ein. Dann verschloß er die Flasche.

»Reden?« fragte der Junge ungläubig.

John stellte die Flasche auf den Nachttisch und griff in seine Jacke. Er gab dem Jungen einen zweiten Zehn-Franken-Schein. Der Junge nahm ihn zögernd an und steckte ihn schnell weg.

»Was wollen Sie von mir?« fragt er. Er versuchte zu lächeln, aber es mißlang, er wußte nicht, wohin mit seinen Händen.

John begann durchs Zimmer zu wandern. »Kürzlich hatten Sie die Polizei im Haus, stimmt's?«

Der Junge klang mißtrauisch. »Ja. Und?«

»Die haben doch sicher auch Sie einiges gefragt?«

Der Junge nickte vorsichtig.

»Und? Was haben Sie geantwortet?«

»Daß ich den Herrn Korinth gekannt habe ...«

»Gekannt?«

»Ich habe ihm ab und zu was zu trinken gebracht, bis ...«

»Bis?«

»Bis der Empfangschef gesagt hat, der Gast bekommt nichts mehr auf Zimmerrechnung.«

»Man fürchtete wohl, er könnte das Hotel nicht bezahlen?«

Der Junge nickte. »Aber der Herr Korinth hatte durchaus Geld. Er bezahlte bar, als ich ihm sagte, ich dürfte ihm nichts mehr auf Rechnung bringen.«

»Trank er viel?«

Der Junge schaute zur Flasche hinüber. »Nicht mehr als Sie!«

John lachte. »War die Polizei mit Ihrer Aussage zufrieden?«

Der Junge zuckte mit den Achseln. »Ich habe gesagt, der Gast war immer allein auf seinem Zimmer. Er verhielt sich ruhig, er schien auf etwas zu warten.«

»Worauf?«

»Vielleicht auf Geld.«

»Sie sagten doch, er hatte welches.«

»Ja. Aber nur für Schnaps. Er war doch schon einige Tage hier. Da kommt auch bei uns etwas zusammen – auf der Hotelrechnung, meine ich.«

»Es hat ihn also niemand besucht?!«

»Nein, niemand. Und das habe ich auch der Polizei gesagt. Die war zufrieden – glaube ich.«

»Sonst haben Sie der Polizei nichts gesagt?«

Der Junge schaute John unsicher an, dann schüttelte er wieder den Kopf.

»Wollte Herr Korinth von Ihnen auch etwas anderes – als Schnaps, meine ich?«

»Was denn?«

»Naja, was Gäste so wünschen ...«

Der Kellner schaute weg, er grinste. John wunderte sich; der Junge war verlegen wie ein Kind. »Einmal ... einmal hat ein Gast aus München, ein Fabrikant, glaube ich, er hat mir fünfzig Franken geben wollen, wenn ich ...«

»Na?«

»Ich sollte die Kleider seiner Frau anziehen. Stellen Sie sich vor, er hatte sie dabei, obwohl er allein gereist ist.«

»Und, haben Sie's getan?«

Der Junge schaute wieder weg, er gluckste. »Ich dachte, was ist schon dabei, und für fünfzig Franken muß ich eine Woche lang schuften. Aber dann – ich hatte gerade das Kleid über'n Kopf gezogen – da hab' ich's gesehen ...«

»Was?«

»Er hat dabei ... er hat an seinem ... Ding rumgespielt.«

John lachte. Sie lachten beide laut. John schenkte noch zwei Cognac aus. Sie mußten sich erst beruhigen, bevor sie tranken.

»So was wollte Korinth nicht?«

»Nein!«

John wartete. Er hatte das Gefühl, daß der Junge langsam betrunken wurde, der Cognac rann ihm übers Kinn, er wischte ihn achtlos mit dem Ärmel weg.

»Was hat er denn gewollt?« fragte John, während er erneut nachschenkte.

Der Junge sah ihn an, er war ernst geworden. »Mir tat er leid, der Herr Korinth. Als ich ihn da liegen sah, ganz weiß im Gesicht, und alles war voll Erbrochenem, da hätt' ich heulen können. Er war – glaube ich – kein schlechter Mensch, der Herr Korinth.«

»Was war er denn?«

»Er hatte Angst. Das hat er mir gesagt. Er hat gesagt: Ich habe Angst.«

»Wovor hatte er Angst? ... und lassen Sie sich nicht alles aus der Nase ziehen!«

»Was weiß ich, wovor der Angst hatte ... Vor irgend jemandem.«

»Haben Sie das der Polizei verschwiegen?«

»Verschwiegen!? Sollte ich denen was erzählen, obwohl ich nicht wußte, wovor der Korinth Angst hatte?«

John spürte, daß er auf dem Holzweg war. Er schloß die Flasche und stellte sie in den Nachttisch. Der Kellner verstand die Geste nicht, er stützte sich mit beiden Armen auf dem Bett ab und warf den Kopf in den Nacken. »Möchten Sie noch was?«

Plötzlich fühlte John sich betrogen, er wurde ungehalten. »Nein, danke. Sie können gehen!«

Der Junge erhob sich ächzend und stolzierte zur Tür. Er drehte sich noch einmal um.

»Gehen Sie!« sagte John.

»War Herr Korinth ein Freund von Ihnen?«

»Ja«, antwortete John. »So etwas Ähnliches.«

»Er hatte wirklich Angst.«

»So sag endlich, wovor!!« fuhr John den Jungen an.

Der Junge verdrehte die Augen. »Vielleicht vor'm Alleinsein.«

»Laß den Quatsch! Was heißt Alleinsein?«

»Naja, Herr Korinth hat halt ... Anschluß gesucht.«

»Anschluß? Bei dir?«

»Nein. Er interessierte sich für einen Gast aus Deutschland.«

»Was?«

»Frau von Bülow. Zimmer 24.«

»Ach so. Hatte er Erfolg?«

Der Junge schüttelte den Kopf. »Obwohl er Blumen g'schickt hat. Drei Tage lang.«

»Ich dachte, er hatte kein Geld.«

»Ich ... ich hab' ihm was geliehen.«

»Sie?!«

»Aus Mitleid. Ich dachte, er könnt's gebrauchen.«

»Erzählen Sie mir keinen Stuß!«

»Naja, der Herr Lederli, der Empfangschef, der gesagt hat, der Korinth bekommt nichts mehr aufs Zimmer. Der Lederli, das ist ein Kotzbrocken. Er drangsaliert mich den ganzen Tag, und manchmal macht er so Andeutungen, ich würd' mir heimlich was dazuverdienen. Dem wollte ich's mal zeigen. Das Würstchen auf Zimmer 41 – so nannte er den Herrn Korinth – der schickte Blumen an die Frau von Bülow, an einen ganz besonderen Gast.«

»Was heißt: an einen ganz besonderen Gast?«

»Sie hatte die Suite.«

John mußte lachen. »Die Suite? Im ›Walche‹?«

»Sie kostet hundert Franken am Tag. Und Frau von Bülow ist schön wie ein Filmstar.«

»Woher in Deutschland kommt sie?«

»Aus Frankfurt. Der Herr Korinth war ganz verrückt, er sagte, so eine schöne Frau hat er noch niemals gesehen.«

»Hält sich Frau von Bülow noch im Haus auf?«

»Sie ist schon lange wieder abgereist. Ich glaube, sie war etwas verärgert ...«

»Wegen der Blumen vom Herrn Korinth?«

»Es waren ja nicht nur die Blumen, er hat auch stundenlang im Foyer auf sie gewartet. Der Herr Lederli wurde ganz nervös, er hat gesagt, der Korinth, der verscheucht uns noch die guten Gäste, der tropft ja schon wie 'n Eber ...«

»Hat sich sonst noch jemand aus Deutschland im ›Walche‹ aufgehalten ... in der Nacht, als der Korinth starb?«

»Nein, ganz bestimmt nicht. Der Korinth hat mich nämlich beauftragt, ihn sofort zu benachrichtigen, wenn ein Gast aus Deutschland eintrifft. Es kam keiner.«

»Auch kein Besucher?«

»Ich hab's Ihnen schon gesagt: Korinth bekam keinen Besuch.«

John suchte in seiner Tasche nach Münzen. Er drückte dem Jungen ein paar Franken in die Hand, der schaute etwas enttäuscht auf das Geld, verstand diesmal aber den Wink, deutete eine Verbeugung an und verließ das Zimmer.

John zog die Schuhe aus und legte sich in den Kleidern aufs Bett. Er wollte über Elands Tod nachdenken, aber schon nach wenigen Minuten wurden ihm die Lider schwer, in seinem Kopf breitete sich Nebel aus, und er schlief ein.

Das Läuten des Telefons weckte ihn. Lederli war am Apparat. »Sie haben Besuch.«

»Wie bitte? Das kann nicht sein. Niemand weiß, daß ich hier bin ...«

Lederli räusperte sich, offensichtlich bestätigte Johns Verhalten nur das Bild, das er sich von dem neuen Gast gemacht hatte. »Es handelt sich um einen Herrn von Putlitz.«

John stand auf, er schlüpfte in seine Schuhe. Den Hörer hielt er am Ohr. Er überlegte. Schließlich sagte er: »Er soll unten warten. Ich komme.«

John wusch sich das Gesicht und spülte sich den Mund aus. Er schmeckte immer noch den Cognac. Er kämmte sich naß die Haare nach hinten und zog sein Jackett über. Als er das Zimmer verlassen wollte, fiel ihm ein, daß er Lucie anrufen mußte. Er hob ab, drückte die Null und bat Lederli um ein Amt.

Lucie war sofort dran, sie schien auf seinen Anruf gewartet zu haben.

»Wo bist du? In Berlin?«

»Nein, in Zürich. Wegen Eland.«

Lucie atmete hörbar auf. »Und? Was ist?«

John seufzte. »Nichts. Er hat in seinem Hotel gesessen und auf Geld gewartet. Verknallt hat er sich in ein adliges Fräulein aus Frankfurt, dem er Blumen schickte. Von irgendwelchen Besuchern aus Deutschland keine Spur. Morgen bin ich wieder zu Hause ...«

»Otto!«

»Ja?«

Ihre Stimme klang brüchig. »Ich hab' ein komisches Gefühl.«

John mochte es nicht, wenn sie so redete, er mochte es, wenn sie stark war und intelligent; wenn sie leierte, haßte er sie und ihr Alter.

»Was für ein komisches Gefühl?«

Sie schluchzte. »Ich weiß, daß du jetzt denkst, die spinnt wieder. Aber irgendwie ... ich kann's dir auch nicht erklären. Versprich mir eins: Mach ausnahmsweise mal keine Dummheiten!«

»Ich weiß nicht, was du meinst!«

»Dieser Brief, das ist doch kein Dummerjungenstreich. Die wollen dir an den Kragen, Otto. Die wollen uns an den Kragen. Ich hab' Angst. Versprich es mir! Keine Kerle und auch sonst nichts. Die warten doch drauf.« Jetzt brach sie in Tränen aus. »Es ist nicht die Eifersucht ... Es ist nur die Angst, um uns beide, Otto.«

John quälte das Gespräch. »Unten wartet jemand auf mich ... Ein Bekannter von früher, der mich dringend sprechen will. Ich muß jetzt ...«

»Versprich es!«

»Ja. Ich verspreche es. Morgen bin ich wieder zu Hause. Und, Lucie ... Alles wird gut!«

Sie deutete einen Kuß an. Er legte auf.

Wolfgang Freiherr Gans Edler Herr zu Putlitz war die Karikatur eines Homosexuellen aus den frühen dreißiger Jahren. Er trug ein Menjoubärtchen und helle Lackschuhe, und obwohl er schon vor dem Krieg einen Spitzbauch gehabt hatte, bevorzugte er immer noch auf Taille geschnittene Anzüge, seine Haare waren dunkel gefärbt und mit viel Brisk zu einer mephistophelischen Kappe gebändigt. Zu allem Überfluß rauchte er auch noch Zigaretten mit einer vergoldeten Zigarettenspitze. Er saß in der zerschlissenen Sitzgruppe des »Walche« und blätterte versunken in einer Illustrierten.

»Sie beschatten mich?!« fragte John.

Der Freiherr schaute auf. »Sie sollten es so sehen: Uns liegt etwas an Ihrem Wohlergehen, Herr Doktor John.«

Er schlug die Illustrierte zu und schoß hoch. Die beiden reichten sich stumm die Hände. John bemerkte, daß der Empfangschef sie von seiner Loge aus beobachtete. Er nahm in der Ecke Platz, damit Lederli ihn nicht mehr sah. Der Freiherr setzte sich neben John. Sein Parfüm roch nach welken Blumen.

»Sie und Ihre ... Freunde machen sich Sorgen um mich?« fragte John.

Putlitz schloß die Augen, er schien sich auf einen komplizierten Gedankengang zu konzentrieren. »Herr John, wir beobachten Ihren Weg schon seit einiger Zeit. Wir wissen, daß Sie unermüdlich tätig sind – gegen die reaktionären Kräfte in der Bundesrepublik. Seien Sie versichert: Wir haben Hochachtung für das, was Sie tun. Aber wir wissen auch, daß ein einzelner ...

»Ich bin nicht allein. Denken Sie nur an unseren alten Freund Sefton Delmer!«

Die Äuglein des Freiherrn blitzen böse – John hatte einen wunden Punkt getroffen. »Ich denke oft an ihn, Herr Doktor John. Ich denke oft an unsere Zeit beim ›Soldatensender Calais‹.«

»Wissen Sie, daß ich Sie damals sehr beneidet habe?« fragte John.

»Sie mich?! Sie waren ein Liebling der Götter, sogar die Feldmarschälle drängten sich danach, mit Ihnen zu reden. Ich war ein Paria für diese Herren.«

»Die Feldmarschälle erzählten jedem, der ihnen über den Weg lief, daß sie nur ihre Arbeit getan haben und nichts davon wußten, daß hinter ihrem Rücken Juden erschossen wurden. Nein, Herr von Putlitz, ich habe Sie beneidet, weil die Engländer Sie zu einem *British Subject* gemacht haben. Glauben Sie mir: Damals habe ich mir nichts sehnlicher gewünscht. Ich habe mich immer wieder gefragt, warum die Briten mich nicht haben wollten ...«

»Vielleicht weil die Feldmarschälle so gerne mit Ihnen geredet haben.«

Der Gedanke war John noch nie gekommen. »Was ich nicht verstehe«, sagte er leise, denn Lederli reckte seinen Hals. »Die britische Militärregierung hat Ihnen eine Arbeit in Schleswig-Holstein zugeteilt – und Sie haben dennoch alles hingeschmissen?«

Putlitz zog die Augenbrauen hoch. »Mir ging es wie Ihnen: Ich habe bemerkt, daß die Nazis in Westdeutschland wieder auf dem Vormarsch sind.«

»Schon 1947?«

»Schon 1945. Der Westen ist ein Paradies für die alten Nazis – niemand hat ihnen ernsthaft Einhalt geboten, nicht einmal die Amerikaner. Sie sehen doch selbst, wie die mit Gehlen umgehen. Jeder weiß, daß er seit Jahren systematisch ehemalige SD-Leute – darunter viele Kriegsverbrecher – um sich schart. Ist Ihnen der Name Otto von Bolschwing ein Begriff?«

»Bolschwing? War er nicht mal ein Berater von Eichmann ...«

»Ja, in den dreißiger Jahren. Während des Krieges wurde er SD-Chef in Rumänien. Dort unterstützte er die sogenannte Eiserne Garde. Sie erinnern sich vielleicht an den Versuch, den Marschall Ion Antonescu zu stürzen?«

»Dunkel. Hitler wollte an die rumänischen Erdölfelder. Es hat ein ziemliches Blutbad gegeben.«

»600 Juden wurden von der Eisernen Garde erschlagen, weitere 400 sind bis heute spurlos verschwunden. Diese Eiserne Garde – sie bestand aus fanatischen Antisemiten. Bolschwing fiel in Berlin in Ungnade, weil die Sache schiefging. Sogar die SS hat ihn ausgestoßen – eine Art Empfehlung für die Amerikaner, für deren

Geheimdienste er nach dem Krieg sofort zu arbeiten begann. 1950 hat er ihnen beinahe zu einer russischen Chiffriermaschine verholfen – aber nur beinahe ... Ich sage Ihnen eines, Doktor John: Diesen Bolschwing, den hat selbst Gehlen nur mit der Feuerzange angefaßt ...«

»Warum erzählen Sie mir das?«

»Kürzlich ist Otto von Bolschwing, der an der Ermordung von über 600 rumänischen Juden beteiligt war, in die USA ausgewandert – mit Hilfe der CIA!«

»Was?! Wie kann das sein?«

»Ganz einfach. Er hatte einen Bürgen. Die Trans-American Computer Investment Corporation, eine Elektronikfirma in Kalifornien, genauer: in Sacramento.«

»Computer – das sind doch Rechenmaschinen. Was hat Bolschwing damit zu tun?«

»Erinnern Sie sich an seinen mißlungenen Coup – die russische Chiffriermaschine!«

»Ja, und?«

»Otto von Bolschwing scheint sich darauf spezialisiert zu haben. Mit Chiffriermethoden hatte er ja schon beim SD zu tun. Die Trans-American Computer Investment Corporation in Sacramento, Kalifornien, hat übrigens nur einen Kunden – einen sehr gefräßigen allerdings: das Pentagon!«

John schwieg. Er kam sich plötzlich dumm vor, unglaublich dumm. Sein Gespräch mit dem CIA-Chef in der Bibliothek der Washingtoner Universität war eine Farce – diesen Mann wollte er für den Kampf gegen Gehlen gewinnen, einen Mann, dessen Dienst einem Massenmörder aus Heydrichs SD zu einer Karriere in den USA verhalf.

»Ich weiß doch, warum Sie hier sind, Herr John. Sie haben einen guten Freund verloren. Eland hat Ihnen sehr geholfen. Er hat keinen Selbstmord begangen, Ihre Feinde haben sich an ihm gerächt.«

»Wissen Sie etwas?!«

Putlitz breitete die Arme aus. »Wir wissen es beide, Herr Doktor. Wir in Ostberlin machen uns Sorgen um Sie. Kommen Sie zu uns! Kommen Sie in das Deutschland, für das die Männer des 20. Juli gekämpft haben!«

»Was wissen Sie schon vom 20. Juli?!« fuhr John ihn an.

»Ja, ich habe mich nicht – wie Sie – am 20. Juli 1944 in Berlin aufgehalten. Aber ich habe genauso gelitten. Ich mußte fliehen. Ich bin sogar zweimal vor den Nazis geflohen. Einmal nach London. Einmal nach Ostberlin. Herr John, Sie würden es gut haben bei uns. Sie könnten Ihre Arbeit fortsetzen. Gegen die neuen Nazis. Aber im Gegensatz zu den Bonnern werden die Ostberliner Ihnen dafür danken ...«

John sprang auf. Er war sehr erregt und hatte Mühe, nicht zu schreien. »Ich weiß auch wofür, Putlitz. Für Verrat. Nicht mit mir! Sagen Sie das Ihren Auftraggebern – und lassen Sie mich in Frieden!«

Er wollte ihn einfach sitzen lassen in der schäbigen Sitzgruppe – mit seiner affigen Zigarettenspitze.

»John!« zischte Putlitz. John drehte sich um. Putlitz war grau geworden. »Ich bin Ihnen lange hinterhergereist, ich habe Ihnen Freddy geschickt ...«

John winkte ab. »Einen Zirkusclown!«

Putlitz fiel Glut von der Zigarette auf die Hose, er verbrannte sich und ließ vor Schreck die Zigarettenspitze fallen. Der Teppich qualmte sofort. Putlitz trat mit seinen Lackschuhen auf die Zigarettenspitze. Er verlor die Fassung. »Sie hören mich jetzt an, John!«

Nicht weil Putlitz ihm wirklich imponierte, sondern weil er Schadenfreude beim Anblick des sich ereifernden Freiherrn empfand, nahm John wieder Platz.

Putlitz sprach jetzt übertrieben artikuliert. »Während des Krieges hat die Gestapo ihre Geheimkarteien nach Thüringen evakuiert und dort mehr oder weniger vergessen. Das Intelligence Corps suchte die Kali-Bergwerke ab, einiges wurde gefunden, nicht aber die Gestapo-Karteien. 1946 hat die sowjetische Militäradministration befohlen, die Bergwerke wieder in Betrieb zu nehmen. Bei der Aufbereitung der Schächte wurden die Karteien dann gefunden.

Die Sowjets haben sie beschlagnahmt und später an den ostdeutschen SSD weitergegeben. Der hat dann anhand der Kartei begonnen, ehemalige Gestapoleute anzuwerben, vor allem in der französischen Zone ...«

John schoß vor. »Was?! Und Sie behaupten, im Osten werden die Nazis nicht geduldet ...«

»Zwei von den Rekruten sind heute Abteilungsleiter beim SSD. Der Sicherheitschef Zaisser hat sie sehr gefördert. Wollweber hingegen hat versucht, sie kaltzustellen ...«

John lachte bitter auf. »Und Sie wollen mich überreden überzulaufen? Da bin ich ja in Köln besser aufgehoben!«

»Ich weiß jetzt, daß Sie sich in der Rolle des Patrioten gefallen. Obwohl diese abgeschmackte Rolle bei Ihnen – erlauben Sie mir, das zu sagen – besonders lächerlich wirkt. Schließlich spuckt Sie das Deutschland, das Sie so lieben, ständig angeekelt aus – oder sehe ich das falsch? «

John spürte, wie ihm das Blut in den Kopf schoß. »Was fällt Ihnen ein, Sie ... Sie ... Damenimitator!?«

Putlitz sprach unbeirrt weiter: »Wollweber wollte mit den Altnazis nichts zu tun haben. Aber die Sowjets dachten nicht daran, auf ihre Dienste zu verzichten. Sie haben die ehemaligen Gestapoleute wieder auf ihre Posten gesetzt. Die beiden Abteilungsleiter haben kürzlich ihre Position deutlich verbessern können. Sie haben eine Zielperson ins Gespräch gebracht, die in Ostberlin Furore macht. Können Sie sich denken, wen?«

»Nein!«

»Sie, Herr John! Diese beiden Herren, sie heißen Egkerling und Rosentreter, haben wirklich eine Sensation aus der Tasche gezogen. Sie sagen, sie können belegen, daß der Präsident des Bundesverfassungsschutzes ein ehemaliger Mitarbeiter der Gestapo ist.«

John starrte Putlitz an. »Was?!!«

»Sie haben für die Gestapo gearbeitet! Und wir werden nicht zögern, das öffentlich zu machen, Herr Doktor John. Es sei denn, Sie können sich doch noch zu einem, sagen wir, Umzug entscheiden. Glauben Sie mir: Es wäre auf jeden Fall eine Verbesserung.«

John schüttelte den Kopf. »Das ist doch ... völliger Unsinn, Putlitz, völliger Unsinn!«

»Natürlich ist es Unsinn, Herr Doktor John. Aber dieser Unsinn wird Ihnen das Genick brechen.«

»Ich habe niemals für die Gestapo gearbeitet!« sagte John trotzig.

»Das ... stimmt so nicht. Sie haben als Lufthansa-Syndikus im Ausland Aufträge ausgeführt, die weit über das hinausgingen, was Ihre Pflicht war. Sie haben Auskünfte eingeholt, mit Leuten gesprochen, die wichtig waren für die deutsche Regierung. Sie haben für die Abwehr gearbeitet ...«

»Canaris war einer von uns, ebenso wie Dohnanyi und andere. Die ganze Abwehr war ein einziges Widerstandsnest. Die Chefs der Abwehr gaben uns fingierte Aufträge, die dann im Reichssicherheitshauptamt breitgetreten wurden – damit wir unbehelligt ins Ausland reisen konnten. Und natürlich auch, damit die Wehrmacht uns in Ruhe ließ – ebenso wie die Gestapo.«

»Warum Sie das getan haben, interessiert doch heute keinen mehr. Tatsache ist, daß es im Reichssicherheitshauptamt Akten über ihre tätige Mitarbeit gab.«

»Sie machen sich lächerlich, Putlitz! Das hat doch mit der Gestapo nichts zu tun.«

»Und Sie glauben ernsthaft, heutzutage und bei der momentanen Stimmung gegen Sie macht jemand diese feinen Unterschiede!? Mal ganz abgesehen davon: Die Gewährsmänner kommen aus der Gestapo.«

John erhob sich langsam. »Gute Nacht, Putlitz!«

Putzlitzens Oberkörper schoß vor. »Sie machen einen schweren Fehler, Herr John!«

»Das Ganze ist doch ein Witz: Eben noch haben Sie mir erzählt, daß Gehlen unbehelligt seine alten SD-Freunde um sich schart. Und mir soll der Hals gebrochen werden, weil zwei Nazis mich der Mitarbeit bei der Gestapo beschuldigen. Ein Witz!«

»Sie sind eben nicht Gehlen, John. Sie stehen sowieso auf der Abschußliste. Als Widerständler, der überlebt hat! Das verzeiht

144

Ihnen in Westdeutschland so leicht keiner. Sie wissen ja: einmal Verräter – immer Verräter. «

John stieg schnell die Treppe hinauf. Im Foyer war es so still, daß die metallenen Teppichhalter bei jedem seiner Schritte klackten.

Es dauerte eine kleine Ewigkeit, bis Putlitz sagte: »Den mach' ich fertig!«

John holte den Cognac aus dem Schrank. Er schenkte sich in das klebrige Glas vom Nachmittag ein und trank gierig. Putlitz! Gans Edler Herr zu Putlitz! Dieser Schnösel, diese Witzfigur, diese parfümierte Tunte drohte ihm, dem Präsidenten des Bundesamtes für den Verfassungsschutz. Er – ein Gestapoagent! In welche Welt war er geraten? *Einmal Verräter – immer Verräter.* Was für eine Logik? Die Logik der Überläufer, die Logik der Spitzel und Keiler. Die Logik der Staatssicherheit.

John ärgerte sich, daß ihn die Sache so mitnahm. Er hätte Putlitz auslachen, ihn aus dem Foyer jagen sollen. Warum regte er sich überhaupt auf? Das Ganze war doch eher eine Anekdote für die jährliche Betriebsfeier des Amtes, nicht der Rede wert. Aber John war beunruhigt, er war sogar nervös geworden, und deshalb wuchs seine Verärgerung. Putlitz war das einfach nicht wert.

John schenkte sich nach. Er trank schneller. Der Cognac brannte in seinem Magen. Vielleicht sollte er noch weggehen, irgendwo etwas Gutes essen, sich entspannen. Zürich war doch berühmt für seine Restaurants, er wollte im Nachtleben der Stadt verschwinden, ein Tourist sein, ein Feinschmecker, ein Flaneur. Nicht mehr an Putlitz denken, nicht mehr an Eland und Gehlen. *Einmal Verräter – immer Verräter.* Was für ein hanebüchener Unsinn!

John wusch sich und zog sich ein frisches Hemd an, er rasierte sich und gurgelte mit »Odol«. Er löschte das Deckenlicht und knipste die Nachttischlampe an, er mochte es nicht, nachts sein Hotelzimmer dunkel vorzufinden.

Als er drei Stunden später heimkehrte, war die Nachttischlampe aus.

145

John drehte das Deckenlicht an. Er war etwas beschwipst. Im Bett lag der junge Zimmerkellner. Seine schwarzen Haare waren zerzaust, offensichtlich hatte er schon geschlafen, sein nacktes Schlüsselbein trat weit vor, als er den Kopf etwas hob und sich mit dem rechten Ellenbogen im Kissen abstützte.

Er rieb sich die Augen und fragte schlaftrunken: »Wo bleibst du denn?«

John schloß die Tür ab und löschte das Licht.

Das Frühstückszimmer des »Hotel Walche« war klein und dunkel. Es roch nach Raumspray und Kaffeesatz.

John war der erste Gast. Ein mürrisches Dienstmädchen, das seinen Gruß mit einem unverständlichen Gemurmel erwiderte, deckte erst alle zehn Plätze fertig ein, bevor es John fragte, ob er Kaffee oder Tee wünschte. Er entschied sich für Kaffee, und das Dienstmädchen verschwand in der angrenzenden Küche, wo bald darauf Wasserdampf zischte und Geschirr schepperte.

John war nervös, es ging ihm zu langsam. Er war früh aufgestanden, weil er hoffte, der Dienst des Jungen beginne erst gegen Mittag. John lag viel daran, ihm nicht mehr über den Weg zu laufen. Er hatte ihm einen Hundertfrankenschein auf den Nachttisch gelegt und sich schlafend gestellt, nachdem der Junge gegen vier Uhr im Bad verschwunden war. Der Kellner hatte den Geldschein zusammengefaltet und in seine Jackentasche gesteckt, dann hatte er sich leise angezogen.

Gerne hätte John ihm dabei zugeschaut, aber er schämte sich. Er schämte sich, weil er sich den Jungen gekauft hatte, er schämte sich, weil er Lucie schon wieder mit einem Mann betrogen hatte, er schämte sich, weil er es in dem gleichen Hotel getan hatte, in dem Jan Eland zu Tode gekommen war.

Das Dienstmädchen brachte ein Stahlkännchen und einen Korb mit zwei Scheiben Graubrot. Dazu gab es schwitzende Butter und einen Klecks Mehrfrucht-Marmelade auf einem Untersetzer. John schmierte sich sein Brot, verbrannte sich die Finger beim Einschenken des tiefschwarzen Pulverkaffees und sah sich nach einer

Zeitung um. Nichts – nicht mal ein Werbeblatt der Hotelinnung, aber ohne Lektüre konnte John nicht frühstücken.

Ein Mann in Johns Alter betrat den Frühstücksraum. Er trug eine schlecht sitzende, hellbraune, amerikanische Militäruniform ohne Rangabzeichen. Der Offizier hatte seine dicke Tageszeitung wie einen Tambourstab unter die linke Achselhöhle geklemmt.

Er nahm in der anderen Ecke des Raumes Platz und versteckte sich sofort hinter seiner Zeitung. John sah, daß es sich um den ›Tages-Anzeiger‹ handelte. Der Amerikaner blätterte ihn in Windeseile durch, dann legte er den größten Teil beiseite und vertiefte sich in den Sportteil. John starrte auf den Stapel der mißachteten Ressorts Politik und Wirtschaft. Das Papier schien zu dampfen, so frisch war die Zeitung – und so groß die Gier Johns.

John räusperte sich. Er stand auf, ging zu dem Tisch des Amerikaners und fragte mit leiser und höflicher Frühstücksstimme, ob er die ersten Seiten der Zeitung haben könne.

Der Amerikaner sah ungläubig auf. Er starrte John viel zu lange an.

»Es wäre nur für wenige Minuten«, erklärte John lächelnd.

Der Mann schüttelte den Kopf und schaute wieder in seinen Sportteil.

John ging zu seinem Tisch zurück. Daß US-Offiziere sich Deutschen gegenüber ruppig benahmen, kam öfter vor – er hätte damit rechnen müssen. John beeilte sich mit dem Graubrot, er wollte endlich weg. Der Kaffee war so stark, daß Johns angegriffener Magen schmerzte.

John wurde in seinem nervösen Eifer durch ein Scharren hochgeschreckt. Der Junge stand am Tisch – im aufgebügelten Anzug, tadellos und ausgeschlafen. John spürte, wie er errötete.

»Entschuldigen Sie die Störung. Es ist nur ... wegen Ihrem Freund.«

Wenigstens wahrte er die Form, John schaute mit einem Seitenblick zu dem GI hinüber: Der Rüpel war völlig hinter seinem Sportteil verschwunden und hatte den Jungen nicht einmal bemerkt.

»Was gibt es noch?« fragte John unwillig. Der Junge sollte spüren, daß er keinen Wert auf einen Abschied legte.

»Die Polizei, sie hat seine Sachen beschlagnahmt.«

»Ich weiß. Und?«

»Naja, sie hat etwas vergessen – und ich dachte, Sie könnten damit mehr anfangen als ich ...«

John lugte wieder hinüber, der andere schob die Zeitung wie ein Schutzschild zwischen sich und den Frühstücksraum, wärend das Dienstmädchen ihm sein Frühstück auftrug.

»Worum handelt es sich?« fragte John den Jungen.

»Eland hat mir eine Tasche anvertraut ...«

Hinter der Zeitung regte sich etwas. Das Papier raschelte nicht, der Sportteil knirschte wie Holz, das arbeitete. John sah, wie sich die Finger des Amerikaners in die Zeitung verkrallten. Der Name Eland hatte ihn aufgeweckt.

» ... als ich ihm das Geld für die Blumen vorgestreckt habe ... Sie wissen schon: das deutsche Fräulein ... er hat gesagt, er gibt mir die Tasche, sie enthält wertvolles Zeugs, und wenn ihm etwas passiert, darf ich sie öffnen.«

John flüsterte: »Und warum weiß die Polizei nichts davon?«

Der Junge zuckte die Achseln.

John dachte daran, daß er diesen schönen Jungen in der Nacht umarmt hatte, daß er seine Haut gestreichelt hatte und von ihm geküßt worden war. In diesem Augenblick schämte er sich nicht, er war glücklich, diese Erinnerung zu besitzen.

»Ich hole Ihnen die Tasche, ich hab' reingeschaut. Lauter Zeugs, Geschreibsel, ich kann nichts damit anfangen, vielleicht wissen Sie, wie ...«

» .... wie man das Zeugs zu Geld machen kann?«

Der schöne Junge spielte ungeschickt Empörung. »Ich möchte nur das wiederhaben, was ich ihm für die Blumen ausgelegt habe!«

John prüfte ihn schweigend, es war merkwürdig – aber der Junge schien es trotz seines ungeschickten Chargierens ernst zu meinen.

»Wieviel war das?« fragte John.

»Insgesamt 90 Franken.«

John lachte. »Wenn Eland gesagt hat, Sie können es zu Geld machen, wird es mehr wert sein.«

»Trotzdem: Von einem Toten nehm' ich nur, was mir zusteht!«
Damit verschwand der Junge.

Ob ich ihm eine Telefonnummer gebe, überlegte John. Vielleicht die von Wowo, er könnte sich in Berlin melden, falls er mal nach Deutschland kommt. Wowo würde ihn dann in Köln alarmieren. Aber dann fand John das doch zu gefährlich, mal abgesehen davon, daß er nicht wollte, daß Wowo den unerfahrenen Schweizer unter seinen Berliner Freunden rumreichte und damit verdarb.

»Sie sind ein Freund von Jan Eland?« fragte der Amerikaner. Sein Deutsch klang amerikanisch, war aber fehlerfrei.

Die Zeitung hatte er gegen die Falz zu einem unordentlichen Stoß zusammengefaltet worden. Der Amerikaner stand auf, kam herüber und bot John den geschändeten »Tages-Anzeiger« an. »Entschuldigen Sie mein Verhalten, aber ich bin ein ... wie sagt man ... ein Morgen ...«

»... muffel!«

Der Mann lachte breit. »Genau: ein Morgenmuffel. Meine Gattin hat schon einmal gedroht, sich deswegen scheiden zu lassen.«

»*Thank you, Sir. But now – it's too late*«, sagte John.

»Sie sprechen meine Sprache?«

»Ich habe während des Krieges in London gelebt.«

»Kennen Sie Eland aus London?«

John schüttelte den Kopf.

Der Junge kam zurück. Er hatte eine abgegriffene Aktentasche aus Kunstleder dabei.

»Du wirst es nicht glauben, aber der Herr hat schon einen Käufer gefunden«, wandte sich der Amerikaner an den Kellner. »Ich biete 100 Dollar – das sind mehr als 400 Franken ...«

»Ich weiß, wieviel das ist!« sagte der Junge trotzig.

Der Amerikaner knöpfte seine Uniformjacke auf, zog eine dicke Brieftasche hervor und zählte 400 Dollar in Hunderterscheinen auf den Tisch.

Der Junge starrte gebannt auf das Geld. Die Tasche hielt er fest in beiden Händen.

»Und?!« fragte der Amerikaner.

Der Junge regte sich nicht.

Der Amerikaner legte noch einen Schein dazu.

Der Junge hob die Tasche, ohne seinen Blick von dem Geld zu lassen.

Der Amerikaner griff noch einmal in seine Brieftasche – es war der letzte Hunderter.

»600!« sagte er. »Eigentlich schon viel zu viel.«

Der Junge schaute ihn an. »Aber Mister Trudeau, glauben Sie wirklich, das ist es wert?«

»Ich bin ein Spieler, vielleicht mache ich ein mieses Geschäft, vielleicht einen großen Wurf.«

»Einen großen Wurf ...« wiederholte der Junge geistesabwesend.

»Das gleiche gilt für dich!« sagte der Amerikaner. »Vielleicht bekommst du morgen schon das Doppelte, vielleicht bin ich aber auch der einzige, der dir überhaupt nur einen Cent dafür geben will.«

Das schien den Jungen zu überzeugen. Trudeau steckte seine Brieftasche weg und griff nach Elands Tasche.

John sprang auf und schrie: »Nein!«

Der Junge riß die Tasche zurück, er preßte sie mit verschränkten Armen gegen seine Brust, seine Wangen glühten, er sah aus wie eine Madonna.

»Tu's nicht!« flüsterte John. »Ich sorge dafür, daß die Papiere an Elands Familie gehen.«

»600 Dollar!« polterte Trudeau. »Das ist ein reelles Geschäft. Alles andere ist Geschwätz – und nicht einmal deine 90 Franken bekommst du wieder!«

Der Junge wich einen Schritt zurück.

Trudeau wurde ärgerlich. »Ich meine, ich kann mir auch überlegen, ob ich nicht zur Polizei gehe ... Das könnte unangenehm für dich werden!«

»Keine Angst!« sagte John. »Er blufft nur. Er geht nicht zur Polizei.«

Trudeau griff die sechs Scheine und hielt sie vor Wut zitternd dem Jungen hin. »Nun mach schon!«

Der Junge schüttelte den Kopf. »Nein!«

»Dämliche Schwuchtel!« schimpfte Trudeau.

Nun hast du verloren, dachte John freudig. Er drängte sich zwischen den Amerikaner und den Jungen. »Benehmen Sie sich!« fuhr er Trudeau an.

Der Amerikaner wollte ihn wegschieben, aber John ließ es nicht geschehen.

Der Junge hatte Tränen in den Augen, er drehte sich um und rannte hinaus.

»Das haben Sie nun davon!« schrie Trudeau. Er drückte John auf einen Stuhl und folgte dem Jungen.

John blieb sitzen. Er überlegte, ob er sich klug verhalten hatte. Vielleicht wäre es besser gewesen, sich mit dem Amerikaner ins Einvernehmen zu setzen.

Trudeau kam zurück. Er beachtete John nicht, nahm wieder am seinem Frühstückstisch Platz und beendete mürrisch sein Frühstück. Offensichtlich war der Junge ihm entwischt.

John schenkte sich Kaffee ein und trank ihn in Ruhe aus.

Bevor er ging, wandte er sich noch einmal Trudeau zu. »Woher kennen Sie Jan Eland?«

»*Shut up!*« zischte Trudeau, ohne von seinem Frühstück aufzuschauen.

John ging noch einmal auf sein Zimmer, um seine Sachen zu holen und die Toilette zu benutzen. Als er aus dem Bad kam, lag die Aktenmappe Jan Elands auf dem ungemachten Bett. Der Junge stand mit dem Rücken zum Fenster. Er musterte John.

»Wie bist du ihm entwischt?« fragte John.

»Mit dem Lift. Ich habe einen Vorrangschlüssel!« Der Junge zog eine Kette aus seiner Hosentasche, an der ein kleiner Sicherheitsschlüssel befestigt war.

»Danke!« sagte John. Er packte die Aktenmappe in seine Reisetasche. Der Junge trat hinter ihn.

»Und Sie bringen die Tasche wirklich zu den Erben?«

»Ja!« log John, ohne sich umzudrehen. »Versprochen.«

Er gab dem Jungen seinen letzten Hundertfrankenschein. »Für die Blumen.«

»Merci, aber das müssen Sie nicht!«

»Nimm schon!« forderte John ihn auf.

Der Junge steckte den Schein weg. Dann küßte er John. Seine kalte Zunge drang tief in Johns Mund ein.

Es klopfte. Die beiden flogen auseinander.

»Herein!« rief John.

Es war Lederli, der Empfangschef, er schien verärgert zu sein. »Entschuldigen Sie die Störung, aber es ist dringend!« Er wandte sich an den Jungen. »Ein Gast hat sich über dich beschwert. Komm bitte mit zum Empfang, ich möchte, daß du dich entschuldigst!«

10. KAPITEL

Sobald die knollennasige DC 4 auf der Rollbahn B beschleunigte, zog John Elands Mappe aus dem Handgepäck und legte sie auf seinen Schoß. Dann schloß er die Augen und dachte an den Abschiedskuß des Jungen aus dem »Walche«. Als die Maschine abhob und orangefarbene Stichflammen aus den Auspufftöpfen der vier Pratt & Whitney-Propeller-Triebwerke züngelten, spürte John eine schmerzhafte Erektion.

»Sind Sie auch so einer?!« fragte eine strenge Stimme direkt neben ihm.

John schlug die Augen auf.

Es handelte sich um einen dicken Herrn mit einem breiten Doppelkinn. Er hatte die Jacke ausgezogen und saß in Hosenträgern da. Der Flugzeugsitz war zu schmal für ihn. Die elastischen, grauen Hosenträger gruben sich tief in die Schultern und den Bauch ein. Er las die »F.A.Z.« vom Vortag.

»Wie bitte?«

»Sind Sie auch so einer, der glaubt, jede deutsche Familie brauche ihren Kühlschrank im Haus?«

»Wie kommen Sie denn darauf?«

»Steht hier!« Er schlug mit dem Knöchel auf seine Zeitung. »Bundeswirtschaftsminister Erhard verspricht jeder deutschen Familie ihren Kühlschrank. Man könnte meinen, wir sind schon wieder bei Adolf!«

So anmaßend der Dicke klang – John mußte lachen. Daß die deutsche Konsumkampagne eine Ähnlichkeit mit nationalsozialistischen Massenaktionen hatte, war ihm noch nicht aufgefallen, aber der Mann hatte recht.

»Es gibt sicher Wichtigeres!« erklärte John kategorisch, er wollte Elands Papiere einsehen und nicht über Kühlschränke reden.

»Was glauben Sie denn, was wichtiger ist? Mopeds? Oder Radios?«

John seufzte.

»Gestatten: Hirz. Kreditvermittlungen aller Art. Köln. Wien. Zürich. Mich interessiert die Meinung meiner Mitbürger – das ist mein Beruf.«

»Kredite? Was hat das mit Kühlschränken zu tun?« fragte John. Der Dicke prügelte wieder auf die Zeitung ein. »Dieser Gewerkschaftsdepp hier.« Er suchte die Stelle, die ihn aufbrachte, dann zitierte er so laut, daß sich der Fluggast vor ihm umdrehte: »Zu warnen ist allerdings vor den Methoden, mit denen man den gemeinen Verbraucherschichten solche Waren nahebringen will. Der nun allerorten propagierte, angeblich so bequeme Ratenkauf verführt die Leute dazu, Geld auszugeben, das man noch nicht hat. Der Verbraucher ist dann gezwungen, an lebenswichtiger Nahrung, an den sonstigen Dingen des täglichen Bedarfs seine Käufe scharf einzuschränken, um die hohen Raten für sein Motorrad, seinen Radioapparat, für Möbel und Kleidung bezahlen zu können.« Er schaute auf. »Natürlich will er höhere Löhne, der Heini.«

»Für Sie ist's wohl schlecht, wenn die Leute genug verdienen und sich alles gleich leisten können!?«

Der Dicke schüttelte den Kopf. »Nee. Wer den Radioempfänger bar bezahlt, nimmt für den neuen Wohnzimmerschrank einen Kleinkredit auf. Was mich stört, ist diese Gleichmacherei. Wir stehen doch alle kurz vor dem Paradies, warum muß dann jeder alles sofort haben – und bezahlen? Keinen Anreiz mehr, keinen Konsumschub. Also: keine Verbrauchssteigerung. Und das ist das Ende unseres Wirtschaftswunders.«

»Nur weil Sie damit angefangen haben: Das haben die Nazis auch erfunden, das Wirtschaftswunder«, warf John spitz ein – in der Hoffnung, den Dicken damit zum Schweigen zu bringen.

Sein Sitznachbar überhörte ihn. »Man sollte den Leuten ihre Gewissensbisse nehmen. Konsum ist nichts Schlechtes. Und Konsumsteigerung auf Pump ist eine volkswirtschaftliche Tugend. Damit werden andere angespornt, damit bleibt die Sache am Laufen. Alles andere ist unwichtig, die Militarisierung zum Beispiel: alles Theater. Wenn die Soldaten dazu beitragen, daß mehr konsumiert wird, gut. Wenn nicht, dann weg mit ihnen. Wir sind doch nicht im Osten. Bei uns muß jedes Stück Wurst erst einmal erarbeitet werden.«

»Diese Armee wird uns sowieso ruinieren, politisch eher als wirtschaftlich.«

Auch diesmal bramarbasierte der Dicke ungerührt weiter. »Es ist doch so: Es muß immer eine kleine Gruppe gut verdienender Mitmenschen geben, deren Kaufkraft an die teuren Güter heranreicht. Damit geben sie der Masse Anreiz zur Arbeit. Zum Geldverdienen. Das ist das Paradies, sage ich Ihnen! Wenn Hitler das schon gewußt hätte, wäre uns dieser arschteure Weltkrieg erspart geblieben. Und vieles andere auch.«

»Und wann ist es soweit, daß sich jeder Sozialrentner einen Kühlschrank leisten kann?«

»Wenn er ihn sich vom Mund abspart, kann er ihn morgen schon haben.« Der Dicke lachte in sich hinein. »Dann bleibt das gute Stück aber leer!« Und wieder ernster: »Die ersten Automobile in Amerika sind auch nicht von Sozialrentnern gefahren worden, sondern im Zweifelsfall von Millionären.«

»Da haben Se recht!« sagte John und öffnete die Leichtmetallschnallen von Elands Tasche.

Endlich war der Dicke zufrieden und blätterte weiter in seiner »F.A.Z.«.

John klappte die Tasche auf und schaute hinein. Sie enthielt einen roten Pappumschlag. Aus den Augenwinkeln beobachtete er seinen Nachbarn. Der las kopfschüttelnd einen neuen Artikel und bewegte dabei schwerfällig die Lippen.

John zog den Umschlag hervor. Eland hatte in kantigen Tuscheversalien seinen Namen auf den Deckel geschrieben. An den Ecken verschlossen zwei schwarze Gummizüge die Mappe.

»Möchten Sie was trinken?« fragte die Lufthansa-Stewardeß.

John schüttelte den Kopf. Der Dicke bestellte einen Whisky mit Eis und ein Glas Sinalco – zum Runterspülen, wie er sagte.

»Die würde ich nicht von der Bettkante stoßen!« flüsterte er John zu.

»Ich schon!« sagte John.

»Wissen Sie, daß unsere Reallöhne schon 1950 das Niveau der Jahre 1913 und 1928 erreicht haben. Bestes Friedensniveau – in nicht einmal fünf Jahren. Heutzutage hat fast jeder eine Arbeit. Vollbeschäftigung. Zumindest fast. Und alle können fressen, was und soviel sie wollen. Und trotzdem predigen sie den Leuten immer noch: nichts riskieren, keine Raten, keine Kredite! Sollen die Menschen doch leben lassen, wie sie wollen, nich wahr?«

»Meinetwegen können sie sich alle totfressen!«

Das half. Der Dicke bekam seinen Whisky und seine Sinalco und schüttete beides vor Wut schnaufend hinunter.

John hielt es nicht mehr aus. Er löste die Gummizüge und öffnete Elands Mappe.

Sie enthielt Dokumente, das meiste aus der Nazizeit – soweit John das auf einen ersten Blick ausmachen konnte.

NSDAP-Mitgliedsausweise, die verschiedene Namen trugen. Dann gab es unterschriebene Aktenstücke. Mehrere Gestapo-Vorgänge, auch Unterlagen des SD. Die Namen und Unterschriften waren mit denen auf den Parteiausweisen identisch.

John beobachtete seinen Nachbarn: Die Sinalco-Flasche war leer, im Whisky-Glas klirrte nur noch das Eis, das er mit seinen Pranken zum Schmelzen brachte und dann schlückchenweise trank.

John suchte weiter. Unter den NS-Aktenstücken fand er einen Packen, der mit großen Büroklammern zusammengehalten wurde. John zog die Klammern ab und schob das graue Deckblatt unter den Packen. Schon am Papier erkannte John die Ost-Ware.

Es waren Hotelrechnungen, Quittungen aus Restaurants, Geldbelege. Die Namen aus den NS-Akten tauchten immer wieder auf. Andere Namen trugen militärische Ränge, offensichtlich Mitarbeiter des ostdeutschen Staatssicherheitsdienstes SSD.

John überlegte. Was wollte Eland damit beweisen? Daß SD- und Gestapoleute für den SSD arbeiteten? War er deswegen umgebracht worden? Wenn die Staatssicherheit Leute aus dem alten Reichssicherheitshauptamt beschäftigte, dann kannte sie deren Vergangenheit. Hatte Putlitz nicht Rosentreter und Egkerling erwähnt, deren Mitarbeit zu Verstimmungen zwischen dem SSD-Chef Wollweber und den Sowjets geführt hatte? Wenn sogar Putlitz davon wußte, dann war die braune Vergangenheit der Stasi-Leute in Pankow ein offenes Geheimnis – wie wollte Eland daraus Kapital schlagen? Hatte er etwa geglaubt, westliche Dienste würden ihm dafür etwas zahlen? So dumm war selbst Eland nicht gewesen. Das Material war nichts wert – oder es war Spielmaterial, eine falsche Spur, die vom Eigentlichen ablenken sollte. Der Holländer hatte in seinem Brief doch von etwas anderem gesprochen – von einer geheimen Abteilung in Gehlens Organisation. Einer Abteilung »35«.

John schaute noch einmal in die Tasche. Nichts. Er steckte das Material über die Nazis zurück und wollte die Tasche schon schließen, als ihm etwas auffiel. Er nahm alles wieder heraus – immer den Sitznachbarn im Auge behaltend – und legte es auf seinen Knien ab. Dann hob er die leere Tasche leicht an. Dafür daß sie aus billigem Kunst-Material war, wog sie viel. Zu viel. John tastete die Tasche ab. Die Rückwand war rechts dicker als links. Seine Hände zitterten vor Eifer, aber solange der Dicke neben ihm saß und seinen Whisky trank, konnte er die Naht nicht öffnen. Er räumte Elands Spielmaterial wieder ein und verschloß die Tasche. John schloß die Augen und wartete.

»Interessant?« fragte der Dicke.

John murrte etwas Unverständliches.

»Sind Sie Detektiv oder so was?« wollte der Dicke wissen. »Ich meine nur – wegen dem ganzen Nazis-Zeugs ...«

Er hatte also doch etwas bemerkt.

»Nein!« antwortete John. »Ich bin in der Kühlschrankbranche tätig.«

Der Dicke schnappte nach Luft. Bevor er etwas entgegnen konnte, drehte John sich weg.

Der Dicke schnallte seinen Sicherheitsgurt ab und atmete tief ein. Sofort war die Stewardeß da. »Das ist während dieses Fluges nicht erlaubt!« flötete sie.

»Mir ist schlecht«, jammerte der Dicke.

»Sie hätten den Whisky nicht trinken dürfen«, erklärte die Stewardeß gereizt und fingerte eine Kotztüte aus dem Zeitungsnetz des Vordersitzes.

Der Dicke schüttelte den Kopf. »Die würde nicht reichen. Ich habe ausgiebig gefrühstückt.« Dann würgte er.

»Schnell!« sagte die Stewardeß und drängte ihn aufzustehen. Sie schob ihn durch den engen Gang zur Toilette. Die Tür schlug laut zu – offensichtlich hatte der Dicke es gerade noch geschafft.

John klappte Elands Tasche wieder auf. Die Naht war in Ordnung. Sie war sogar überraschend gut vernäht.

»Könnten Sie mir eine Schere bringen?« fragte John die Stewardeß.

Sie schaute ihn verständnislos an. »Was wollen Sie denn mit einer Schere?«

»Mein Fingernagel ... er ist abgebrochen.«

Die Stewardeß hob die Augenbrauen. Dann aber seufzte sie und verschwand. John hoffte, daß sie vor dem Dicken wiederkam. Jemand klopfte gegen die Toilettentür. »Bitte beeilen Sie sich!« jammerte eine Stimme. »Mir ist auch schlecht!«

Die Stewardeß brachte die Schere. »Aber keinen Unsinn damit machen, ja?!«

Als sie weg war, trennte er die Naht auf. Er schaute sich um: Vor der Toilettentür krümmte sich ein Fluggast über einer Tüte, der Dicke schien kein Erbarmen mit ihm zu haben.

John griff in den Zwischenraum. Er zog einen Umschlag hervor. Echtes Leder. Deshalb das Gewicht der Tasche. Das Leder enthielt dünnes Kohlepapier, Durchschläge. John überflog sie. Es handelte sich um ein Memorandum. General Horst von Mellenthin hatte es unterzeichnet, ein enger Mitarbeiter Gehlens.

Das Memorandum stammte, wie im Briefkopf zu ersehen war, aus der »Dienststelle für Sonderverbindungen«. An deren Spitze schien General Horst von Mellenthin zu stehen. Mellenthin listete zwei Namen von »Zielpersonen« auf, zu jedem Namen hatte er knappe Bemerkungen notiert.

46. Franz-Josef Strauß (Adenauer wirft Blank mangelndes Durchsetzungsvermögen gegen die Gegner einer deutschen Armee vor und plant schon seit langem, ihn noch vor der nächsten Wahl durch den vielversprechenden Nachwuchspolitiker Strauß zu ersetzen. Ein Verteidigungsminister Strauß würde nicht nur zielstrebig eine deutsche Armee aufbauen, sondern auch ihre Bewaffnung mit Atomwaffen durchsetzen wollen. Oberste Kategorie.)

48. Hans-Joachim von Merkatz (DP, designierter Minister – die Deutsche Partei brachte ihn schon bei mehreren Kabinettsumbildungen ins Gespräch, wahrscheinlich Bundesratsangelegenheiten oder Ähnliches im zweiten Kabinettsglied, aufgrund einiger Fachpublikationen durchaus auch denkbar im Justizressort – falls es ihm gelingt, sich gegen seine innerparteilichen Widersacher durchzusetzen.)

Anschließend folgten ausführliche Vorschläge Mellenthins für eine »nachrichtendienstliche Behandlung« von Strauß und Merkatz. Strauß wurde eine starke Neigung zu attraktiven Frauen aus dem Prostituierten-Milieu nachgesagt, vor allem exotische, ausländische Typen hätten es dem jungen bayrischen Politiker angetan. Der General nannte den Namen einer in München ansässigen 24jährigen Frau aus Algerien, einer ehemaligen Nachtclubtänzerin, die jetzt als Fotomodell arbeitete. Sie habe Strauß schon zweimal getroffen, er hege offensichtlich Sympathie für die nordafrikanische Schönheit. Die Frau sei leicht mit regelmäßigen Geldzuwendungen für eine langfristige Mitarbeit zu gewinnen.

Für Merkatz hatte Mellenthin sich etwas anderes ausgedacht: Ein ehemaliger Kriegskamerad, hoher Offizier und Mitarbeiter Gehlens, habe privaten Kontakt mit Merkatz. Die beiden Männer redeten nächtelang über philosophisch-moralische Themen, vor allem aber über Politik. Der Gehlen-Mitarbeiter habe seinen Freund Merkatz schon davon überzeugt, daß die Deutsche Partei (DP) keine Zukunft habe und zu klein für einen Politiker seines Zuschnittes sei. Merkatz denke ernsthaft an einen Übertritt in die CDU nach. Die

Ansichten von Merkatz zu Deutschlands Vergangenheit und zu seiner Zukunft nach Erlangung der vollen Souveränität beschrieb das Dossier als »nationalbewußt, absolut russenfeindlich und ordnungsstaatlich«. Merkatz plädiere für einen Schlußstrich unter den Nationalsozialismus, er sei – nicht zuletzt unter dem Einfluß seines Kriegskameraden – für eine volle Rehabilitation der Wehrmacht und denke über eine Gesetzesinitiative nach, die Rufschädigung von Angehörigen der ehemaligen Wehrmacht ebenso wie der neuen deutschen Armee unter strenge Strafe stellt.

Am Schluß seines Memorandums erläuterte Mellenthin anhand der Zielpersonen 46 und 48 seine mittelfristigen Ziele: Strauß und Merkatz seien Garanten für eine selbstbewußte Politik. Sie würden nach der Erlangung der vollständigen Souveränität alles daran setzen, ihre politischen Vorstellungen ohne falsche Rücksichten durchzusetzen. Beide seien fast immun gegen traditionelle Formen der Einflußnahme. Strauß habe schon mehreren Erpressungsversuchen widerstanden, Merkatz führe ein absolut untadeliges Leben. Allerdings seien beide auch gesellig und ständig darauf aus, ihre Visionen unter politischen Freunden zu diskutieren. Jemand, der sich geschickt in ihrer Umgebung plazierte und aus seiner Bewunderung für ihre politischen Ziele und für die Strategie, mit der sie diese zu erreichen suchten, keinen Hehl machte, hätte gute Chance, nachhaltig auf den Gestaltungswillen der Politiker Strauß und Merkatz einzuwirken. Mellenthin äußerte die Überzeugung, daß hohe, ehemalige Offiziere geradezu prädestiniert seien für diese Aufgabe.

John schaute auf, sein Herz pochte.

Die Zahlen 46 und 48 sprachen eine deutliche Sprache: In Gehlens Auftrag sondierte Mellenthins »Abteilung 35« die bundesdeutsche Elite in den Regierungsparteien und sicher auch in der Opposition und der Industrie. Sie setzte einzelne Agenten auf die zukünftigen Entscheidungsträger an. Diese Einflußagenten näherten sich ihnen privat und bauten persönliche Beziehungen zu ihnen auf. Was da vorbereitet wurde, war ein moderner Staatsstreich – mit den Mitteln militärischer Organisation und psychologischer Einfühlung.

Der Kreditvermittler kam zurück. Sein Gesicht war wächsern, auf seiner Stirn glänzte ein Schweißfilm. Er ließ sich in den Sitz fallen, schloß die Augen und legte den Kopf zurück, seine Nasenflügel blähten sich rhythmisch auf.

John packte die Papiere in Elands Tasche zurück. Die Tasche behielt er auf seinem Schoß, er wollte den Schatz nicht mehr aus den Händen geben.

John schloß die Augen. Er wollte den Schlaf nachholen, den er letzte Nacht verpaßt hatte. Er stellte sich den Schwanz des Jungen aus dem »Walche« vor, er erinnerte sich an den Geruch und sogar an den Geschmack. Er hoffte, von der vergangenen Nacht zu träumen. Er träumte aber von seinem dicken Sitznachbarn, der eine große Brühwurst samt Plombe verschlang.

Lucie freute sich immer wie ein Kind, wenn John von einer Dienstreise heimkehrte.

Sie hatte sein Lieblingsessen für ihn gekocht: Erbspüree mit Sauerkraut und westfälischer Wurst. John war kein großer Esser, auch fürchtete er immer, zu dick zu werden. Aber wenn es etwas gab, was er mochte – spanische Paella zum Beispiel, die er während seiner Lufthansa-Zeit in Madrid kennengelernt hatte, oder einfach Bratkartoffeln mit Spiegeleiern –, dann griff er auch kräftig zu.

Lucie sah ihm beim Essen zu. Sie selbst aß kaum etwas, war immer schnell satt, gab sich aber größte Mühe, sich ihre Unlust am Essen nicht anmerken zu lassen. Sie sprach deshalb viel und lebhaft, stand auch oft auf, um in der Küche noch etwas für den nächsten Gang zu richten.

John lächelte sie dankbar an, während er aß. Er hatte ein schlechtes Gewissen wegen des Jungen im »Hotel Walche«. Deshalb handelte er die Schweiz schnell ab und vertröstete Lucie, die wissen wollte, was er über Elands Tod herausgefunden hatte, auf später, nach dem Essen oder noch besser: auf morgen, wenn er seine Gedanken geordnet hatte.

Lucie wechselte das Thema. »Heute mittag war ich in Bonn.

Meine Freundin Gerlinde hat mich ins Café Krimmling führen wollen. Letzte Woche hatte sie doch Geburtstag, und nun glaubte sie, mich zu irgend etwas einladen zu müssen, sei es auch nur Kaffee, Eierlikör und Schwarzwälder Kirsch. Ich hatte viel Mühe, ihr die Torte auszureden. Neuerdings machen sie aus dem süßen Zeug so eine Art Abendmahl. Viele Männer sitzen in diesen Cafés, sogar mit Geschäftsfreunden. Du müßtest sehen, wie sie mit ihren Wurstfingern die kleinen Tassen halten. Und wenn sie die Gäbelchen zum Mund balancieren, dann wirken sie auf mich wie Zirkustiere. Es ist, als würden sie auf ihre Freundschaft essen: Je mehr Sahnezeugs sie in sich reinstopfen, desto besser für das Geschäft ...«

John störte ihr Eifer. »Das gab's doch früher auch. Die alten Weiber mögen's eben süß.«

»Sag das nicht, Otto! Da lassen sich auch ganz agile, junge Dinger sehen. Mit ihren Freundinnen oder mit dem Verlobten. Gerlinde hat mir sogar Adenauers Sekretärin gezeigt ... Anfang zwanzig, ein Gesichtchen wie eine offene Konfektschachtel.«

»Das ist die, die mir den Kaffee über die Jacke geschüttet hat!«

»Wenn ich das gewußt hätte, hätte ich der Mademoiselle die Rechnung der Reinigung unters Näschen gehalten ...«

»Sie ist eine von Lewinski.«

»Nie gehört. Klingt wie verarmter Adel.«

»Erich von Manstein war eigentlich ein Lewinski, er hat seinen Namen geändert. Sie ist seine Nichte.«

»Manstein – der Generalfeldmarschall?!«

»Genau der. Als ranghöchster Offizier des Heeres hat er Himmler die Duellforderung von Fritschs überbringen sollen. Erinnerst du dich nicht, ich habe dir doch von der Sache erzählt?«

»Dunkel. Generaloberst von Fritsch wollte sich mit Himmler duellieren ... wegen irgend einer Affäre, aber ...«

»Das Duell sollte ein Signal werden, ein Signal zur Abrechnung des Heeres mit der SS.« John schnitt die pralle westfälische Wurst an, das Fett quoll heraus. »Fritsch war von Himmler und Heydrich beschuldigt worden, Kontakte zu einem Strichjungen zu haben. Es gab eine Untersuchung – übrigens von Göring geführt –, und es stellte sich heraus, daß der Junge den Namen von Fritsch mit einem gewissen Major von Frisch verwechselt hatte. Hitler hat ihn auf der Stelle erschießen lassen!«

Lucie schwieg, John hatte ihr einen mächtigen Schreck eingejagt.

»So war das damals!« sagte er leise. Es bereitete ihm bisweilen Vergnügen, Lucie mit der Wirklichkeit zu erschrecken. Sie unterhielt sich gerne mit ihm über das Berlin der späten dreißiger und vierziger Jahre, das sie nicht kannte. Wenn Lucie sich über die Affären der Nazis mokierte, schob er unvermittelt etwas ein: einen Mord, eine Schurkerei allmächtiger Nazipotentaten, eine Gemeinheit gegen Juden. John, der Lucies spielerischen Umgang mit den Erinnerungen nie lange mitmachen konnte, genoß dann den Aufschrei in ihren Augen, die plötzliche Erkenntnis der Exilantin, daß sie nichts wußte von dem, was damals wirklich in der Heimat vorgegangen war. John kam sich danach immer billig und rechthaberisch vor, aber es geschah dennoch wieder, er hatte in diesen Dingen wenig Kontrolle über sich.

»Fritsch schrieb die Forderung auch nieder. Er übergab sie, wie gesagt, Manstein.«

»Und?« fragte Lucie, als John schweigend weiteraß.

»Ich habe mit ihm in Bridgend darüber gesprochen. Er sagte, er habe die Duellforderung noch lange mit sich herumgetragen. Aber dann ließ Fritsch die Angelegenheit auf seine Bitte hin fallen.«

»Das heißt ... Manstein hat verhindert, daß die Wehrmacht dem Spuk ein Ende machte. Dann hat er zig Millionen auf dem Gewissen?«

»Vielleicht. Vielleicht auch nicht. Es heißt, die SS-Führung habe während der Fritsch-Krise ständig mit einer militärischen Aktion gegen die politische Führung gerechnet.«

»Du meinst: Sie waren vorbereitet?«

»Ja. Aber dennoch – gegen die Wehrmacht! Selbst wenn sie sich verschanzt hätte; das wäre das Ende der SS und des Nazisstaats geworden.«

»Manstein hat also ... in seiner Hand lag es.«

»Und seine Nichte führt sich auf, als wäre der Onkel ein Heiliger, auf dessen Heiligenschein ich getreten bin. Er ist in Hamburg von den Briten verurteilt worden, weil er zugeben mußte, von Judenerschießungen in seinem Verantwortungsbereich gewußt zu haben. Dabei war das Gericht auf Mansteins Seite. Aber die Dinge lagen auf der Hand.«

»Und du meinst wirklich, sie hat dir den Kaffee mutwillig übergeschüttet?«

»Was denkst du denn?!« fuhr John sie an. Er haßte Lucie, wenn sie so tat, als müßte sie den gesunden Menschenverstand gegen ihn verteidigen.

Sobald John wieder in seinem Kölner Büro war, rief er Sefton Delmer in London an. Delmer hörte sich alles an und erklärte, die britische Militärverwaltung sei für den britischen Staatsbürger Putlitz zuständig.

John wandte sich an den obersten britischen Polizeioffizier in Westdeutschland. Er hieß Karolewicz und behauptete, Putlitz zu kennen. Karolewicz beruhigte John. Der Freiherr werde so schnell wie möglich verhaftet.

John war zufrieden. Wenn die Briten mir Putlitz vom Hals schaffen, wirbelt das weniger Staub auf, sagte er sich. Die deutschen Behörden alarmieren die Presse, und wer weiß, was dann aus der Sache wird ...

Lucie hatte sich verändert, fand John.

Sie wirkte oft tief in Gedanken versunken, auch war sie nicht mehr so agil wie früher. John fürchtete, sie könnte krank sein. Als er sie vorsichtig darauf ansprach – er wollte nicht, daß es klang, als mache er, der Jüngere, sich über ihr Alter Gedanken –, reagierte sie gereizt.

»Wundert es dich, daß ich mir Sorgen mache?! Uns steht das Wasser bis zum Hals, und du fragst, was ich habe ..«

»Wieso steht uns das Wasser bis zum Hals?«

»Dieser Brief ... das ist doch nur der Anfang. Sie werden keine Ruhe geben, bis sie uns aus dem Land vertrieben haben.«

»Das ist bloß irgendein feiges Schwein, ein Einzelgänger. Laß ihn schreiben, was er will, er kann uns nicht schaden.«

»Er kann uns nicht schaden? Und was ist, wenn er das, was er hat, an die Öffentlichkeit trägt? Der Präsident des Bundesamtes für den Verfassungsschutz – ein Schwanzlutscher. Das wird ein Erdbeben geben.«

»Lucie, bitte!«

Sie äffte ihn nach. »Lucie, bitte!«

Er versuchte, ruhig zu bleiben. »Der Kerl hat nichts, womit er in die Öffentlichkeit gehen könnte.«

Seine Gelassenheit machte sie noch wütender. »Dann hast du deinen sauberen Freund Wowo bloß angerufen, weil du Unterleibsschmerzen hast, was!?«

John schwieg, jedes Wort würde jetzt alles nur noch schlimmer machen.

Sein Schweigen dämpfte ihren Zorn ein wenig. »Und wenn ich an den armen Eland denke, wird mir ganz übel. Auch uns wird man irgendwann mit einer Tablettenvergiftung finden.«

John schloß die Augen, er faltete die Hände, als wollte er beten. »Lucie, glaub mir, Eland hat sich selbst umgebracht. Wie oft soll ich es dir noch sagen: Ich war im ›Walche‹, ich habe die Leute dort befragt. Niemand hat ihn besucht, in dem Hotel war kein Deutscher, in der fraglichen Nacht kam kein Fremder herein. Eland war allein auf seinem Zimmer.« Johns Stimme kratzte wie eine Schellackplatte. »Er war fast immer allein. Vielleicht hat er sich deswegen das Leben genommen. Er lieh sich beim Pagen Geld für Blumen, damit wollte er ein Fräulein von Bülow aus Frankfurt betören. Aber die Dame wies ihm die kalte Schulter.«

Lucie schaute auf. »Fräulein von Bülow? Vielleicht hat sie es getan ...«

»Das sind doch Räubergeschichten. Glaubst du, sie schicken junge Dämchen los, um einen Gegner zu liquidieren?«

»Warum nicht?!«

Jetzt wurde John laut, er verlor die Geduld. »Weil das Fräulein von Bülow zwei Tage vor Elands Tod abgereist ist! Nicht zuletzt wegen Elands Annäherungen! So, ich glaube, damit können wir das Thema abschließen.«

Lucie wollte etwas sagen, aber das Telefon schrillte. Kotschenreuther war dran. »Ich habe hier gerade eine Aussprache mit meiner Frau, können Sie nicht morgen im Amt anrufen?«

»Aber es ist wichtig, sehr wichtig«, bettelte Kotschenreuther.

»Es ist alles gesagt«, erklärte Lucie müde, sie stand auf und ging zur Tür.

»Bleib doch!« bat John seine Frau.

»Es ist etwas passiert!« leierte Kotschenreuther in der Leitung.

Lucie winkte ab und verließ das Zimmer.

»Ich dachte, Sie müssen es sofort erfahren!« sagte Kotschenreuther.

John war verärgert, dieser Mensch raubte ihm noch den letzten Nerv, warum hatte er ihm bloß seine Geheimnummer gegeben? »Also, was ist?!«

»Es geht um die Gestapo-Akten – Sie wissen, die Verhörprotokolle der Widerständler und die Ermittlungsergebnisse nach dem 20. Juli.«

»Ja, ich weiß!«

»Sie hatten doch versprochen, sich dafür einzusetzen, daß der Heimatdienst das Material bekommt, und nun ...«

John unterbrach ihn unwillig. »Ich habe jetzt wirklich andere Sorgen!«

Ein Fehler, das wußte John im gleichen Moment. Kotschenreuther war ein Verbündeter, wahrscheinlich einer der letzten. Er durfte ihm nicht das Gefühl geben, daß das, was er tat, nur eine Marotte war. Kotschenreuther war sein Nachrichtendienst. Das Amt in Köln, das funktionierte nach anderen, nach feindlichen Gesetzen, nach den Gesetzen des Obersten Radtke. Kotschenreuther arbeitete in seinem Sinn. Wenn er Kotschenreuther nicht hätte, wäre er wie einer jener arabischen Herrscher, die von Dutzenden von falschen Beratern umgeben waren. Kotschenreuther war sein Seismograph. Kotschenreuther hatte ein Ohr für den geheimen Singsang der Deutschen, für das Geraune, für den

Faschismus mit Blümchenmuster, wie Sefton Delmer es in einem seiner Artikel ausgedrückt hatte.

»Entschuldigen Sie, Kotschenreuther. So war das jetzt nicht gemeint, ich stecke nur gerade in einer schwierigen Situation, auch privat, wenn Sie verstehen. Natürlich höre ich Sie an ... So sprechen Sie doch, Kotschenreuther! Mann, nun reden Sie schon!«

Kotschenreuther schwieg. Er hatte noch nie geschwiegen, er hatte immer geredet wie ein Wasserfall, als müßte er die Telefoneinheiten aus eigener Tasche bezahlen, nun schwieg er, und die Leitung knackte bedrohlich.

»Ich habe doch mit Globke gesprochen, Kotschenreuther. Ehrlich! Ich habe ihm eingeheizt. Sie hätten ihn hören sollen, den alten Schleimscheißer, wie er mir geschworen hat: Herr Dr. John, Sie bekommen die Protokolle, keinesfalls wollte ich Sie vom Informationsfluß abschneiden, natürlich ist das eine Angelegenheit von nationalem Interesse. Mein Gott, hat er gesagt, der 20. Juli, das ist doch unsere historische Rettung, das gute Gewissen der Deutschen hat er den Widerstand genannt, natürlich wird der Heimatdienst jegliche Unterstützung vom Kanzleramt für sein Vorhaben bekommen ...«

»Ich habe heute eine Absage bekommen!« sagte Kotschenreuther leise.

»Was?!« schrie John – er fand sich selbst etwas theatralisch.

Papier knisterte. Kotschenreuther las stockend vor, jedes Wort übertrieben betonend: » ... so bedauern wir, Ihnen mitteilen zu müssen, daß die Bundesregierung schwerste Bedenken gegen eine Veröffentlichung der Protokolle hat. Ein Haupthindernis sieht sie darin, daß mehrere hohe Persönlichkeiten des öffentlichen Lebens ihre Widerständigkeit im Dritten Reich durch Mitarbeit in nationalsozialistischen Organisationen getarnt hatten. Einige brachten es dabei zu hohen Dienstgraden im Sicherheitsdienst. Der Bevölkerung fehlt derzeit noch die nötige Distanz zu den Geschehnissen zwischen 1933 und 1945, um derartige Mimikry als solche auch würdigen zu können. Es steht zu befürchten, daß untadelige Männer, die ihre verwalterischen und politischen Talente in den Dienst unseres Staates gestellt haben, in der Öffentlichkeit als nationalsozialistische Mittäter diffamiert werden könnten. Unsere Verantwortung diesen Persönlichkeiten gegenüber gebietet uns, auf eine Weitergabe der aus den USA überbrachten Gestapo-Protokolle zu verzichten und diese Akten in Anbetracht ihrer Schädlichkeit für die politische Stimmung in unserem Land bis auf weiteres sicher zu verschließen. Im übrigen werden gerade Sie von der Bundeszentrale für den Heimatdienst Verständnis dafür aufbringen, daß uns nicht daran gelegen sein kann, dem Ruf verdienter Angehöriger des Widerstandes, die dem Nationalsozialismus zum Opfer gefallen sind, zu schaden. Dies aber würde eine Veröffentlichung der obengenannten Protokolle unweigerlich tun ...«

»Was soll denn das heißen?!« unterbrach John heiser.

Kotschenreuther hob seine Stimme und zitierte weiter: »Der Kampf einzelner Widerstandsleute vor dem Volksgerichtshof um ihr nacktes Leben ist nämlich durchaus geeignet, einen falschen Eindruck von den Putschisten zu vermitteln.« Kotschenreuther seufzte. »Das war's!«

John hatte einen Kloß im Hals. »Wer ... wer hat unterschrieben?«

»Ein Herr Doktor Siebenhaar ...«

»Das ist Globkes Referent!«

»Herr John ... ich weiß, Sie haben Ihr möglichstes getan, aber, ich fürchte ...«

John spürte, wie die Wut ihm Blut ins Hirn pumpte. »Wann haben Sie das Schreiben erhalten?«

»Heute morgen.«

»Und da rufen Sie jetzt erst an?!« schrie John.

Kotschenreuther schwieg wieder.

John wußte, daß er im Unrecht war, aber er konnte nicht anders.

»Manchmal denke ich, es war ein Fehler, Sie auf diese Stelle zu setzen. Sie sind ja kein Verwaltungsbeamter, sondern ein Archivar ... wie gesagt: mein Fehler, Kotschenreuther!«

John mußte einfach diesen Druck im Kopf loswerden, und Kotschenreuther war der, den es traf. »Wie förmlich war überhaupt Ihr Gesuch um die Überlassung der Akten? Kann gut sein, daß die im

Kanzleramt sich hinter irgendwelchen Formalitäten verstecken, wenn ich sie mir zur Brust nehme ...«

Kotschenreuther schwieg immer noch.

»Ich habe Sie was gefragt!« blaffte John.

»Das Gesuch habe ich Ihnen vorgelegt«, antwortete Kotschenreuther tonlos.

Jetzt fiel es John ein, er hatte das Schreiben ohne Korrekturwünsche für gut befunden. Er wurde ruhiger, im Kopf pulsierte es nur noch schwach. Kotschenreuther tat ihm leid, der konnte ja wirklich nichts dafür.

»Kotschenreuther ...«, sprach er sanft.

»Schon gut, Herr Doktor. Ich verstehe, was auch für Sie davon abhängt.«

»Wie meinen Sie das?«

»Ein Freund ... er ist Referent im Innenministerium, er hat mir davon erzählt.«

»Wovon?«

»Naja, daß Schröder sich von Ihnen losgesagt hat.«

John gab sich Mühe, gelassen zu wirken. »Der Bundesinnenminister hat in einem Interview erklärt, daß die Bundesrepublik sich keine Geheimdienstchefs von den Alliierten mehr aufdrängen lassen wird, wenn sie erst ihre volle Souveränität erhalten hat. Damit war das Gerangel um Gehlen gemeint. Die Amerikaner setzen Himmel und Hölle in Bewegung, damit er Chef des künftigen Bundesnachrichtendienstes wird.« Sein Lachen sollte schadenfroh klingen. »Die haben soviel Geld in seine Spitzelorganisation reingesteckt – und dann geht ihnen die Rendite flöten, wenn Gehlen aufs Altenteil versetzt wird. Wenn Sie mich fragen: Ich gönn' ihnen den Verlust!«

Auch Kotschenreuther kicherte, es klang ebenso unecht wie das Lachen Johns.

»Noch ist nicht aller Tage Abend!« sagte John.

Kotschenreuther verstand, daß das das Schlußwort war. Er verabschiedete sich und legte auf.

John klopfte an Lucies Tür. Sie antwortete nicht. Er trat einfach ein. Lucie hatte noch Licht, sie drehte sich von ihm weg und rollte sich zusammen. Er setzte sich auf die Bettkante und wartete. Als Lucie ruhiger atmete, begann er leise zu sprechen.

»Es war so ...«

»Ich will nichts hören!« schrie Lucie und hielt sich beide Ohren zu.

John schaute zur Decke und wartete geduldig.

»Warst du mit dem Kerl ... im Bett?« fragte sie schließlich.

»Wowo hat ihn mir vorgestellt, ein Schauspieler.«

»Schieb die Schuld nicht auf deinen Freund!«

»Er ist nicht mein Freund.«

»Was ist er sonst?«

John überlegte. »Ein Bekannter. Ein guter Bekannter. Und der andere, der Schauspieler, ist wiederum ein Bekannter von Wowo ...«

»Ich dachte, der ist nur hinter Röcken her, oder trägt der kleine Schauspieler bei solchen Gelegenheiten einen Rock?«

John überhörte ihren Spott. »In einem kleinen Theater. Sie traten dort mit einem Kleinkunstprogramm auf ...«

»Alles kleinklein.«

»Villon. Der Franzose. Eindrucksvoll, dir hätte es auch gefallen ...«

»Hör bloß auf, dich einzuschleimen!«

John mußte da durch, das wußte er. »Anschließend haben wir mit der Truppe noch was getrunken. Es ging hoch her. Wowo sagte: Wir gehn noch zu mir, ist doch klar. Ich wollte zum Hotel Glöckle, also in den Grunewald, bekam aber kein Taxi. Wowo sagte, fahr einfach mit uns mit, bei mir in der Lietzenburger bekommt man zu jeder Tages- und Nachtzeit 'ne Droschke, also ...«

»Also hast du dich bei dem kleinen Schauspieler auf'n Schoß gesetzt!«

» ... also bin ich noch mit in die Lietzenburger. Dummerweise gab's da auch grad keine Taxe, und es war saukalt. Wowo sagte, komm mit nach oben, und ich ruf' dir per Telefon 'n Wagen.«

» ... aber sein Fernsprecher war gerade kaputt.«

»Nein, die Taxizentrale sagte, es dauert eine Weile.«

»... bis zum nächsten Morgen.«

»Eine halbe Stunde. Dann hupte es vor der Tür, und ich bin runter. Edgar brach auch gerade auf, weil er am nächsten Morgen vorsprechen sollte. Da hab ich ihn halt 'n Stück mitgenommen.«

Lucie richtete sich auf. »Und wo kommen diese Fotos her, von denen im Brief die Rede ist?«

John breitete die Arme aus. »Ich kann's mir nicht erklären – wenn's überhaupt welche gibt. Vielleicht ein Bluff oder so was.«

»Bist du mit dem Kerl noch hoch in seine Wohnung?«

»Er sagte, er will sich revanchieren – mit 'nem Kaffee.«

»Und das Taxi hast du fahren lassen?«

»Der Fahrer sagte, er kommt in einer halben Stunde wieder vorbei und hupt.«

»Und?«

»Was?«

»Was geschah in der halben Stunde?«

»Er hat Kaffee gekocht und mir von seinen Plänen erzählt. Er will zum Kino.«

»Als was? Als Christl von der Post?«

John schluckte das runter. »Als das Taxi hupte, bin ich nach unten. Vielleicht hat irgend so 'n Schnüffler mich aufgenommen, als ich aus dem Haus kam – es war ja schon Nacht! Und wenn der Edgar ... also wenn er in den einschlägigen Kreisen bekannt ist, naja, dann reimen sich die Schmutzfinken halt was zusammen ...«

Lucie starrte ihn an. »Sonst kann es nichts sein?«

»Nein!« antwortete John entschlossen.

Lucie umarmte ihn, sie schluchzte.

11. KAPITEL

Als John morgens aus dem Haus trat, sah er auf der gegenüberliegenden Straßenseite Putlitz stehen. Der Freiherr stand einfach nur da, wie eine Schaufensterpuppe. John ging zu seinem Wagen, öffnete die Fahrertür und machte den Chauffeur auf Putlitz aufmerksam. Der Mann griff in das Fach der Fahrertür und zog ein Lederholster hervor. Er stieg aus und steckte das Holster in die Gesäßtasche. Dann überquerte er langsam die Straße. John wartete in der offenen Wagentür.

Als Putlitz den Chauffeur auf sich zukommen sah, wurde er nervös und schaute angestrengt die stille Straße hinauf, als ob er auf einen Wagen wartete. Der Chauffeur zeigte Putlitz seinen Polizeiausweis. Putlitz wurde bleich, er suchte seine Papiere. Es dauerte, bis er sie fand. Der Chauffeur schaute sich die Dokumente genau an. Als er sie zurückgab, schnauzte er den Freiherrn an. Der steckte seine Ausweise weg und ging in eiligen, kleinen Schritten davon. Der Chauffeur schaute ihm eine Weile hinterher, dann ging er zu seinem Wagen zurück.

»Ein Freiherr von Putlitz. Von drüben. Er sagt, er will seine Schwägerin besuchen, und hat sich verlaufen. Wenn Sie wollen, rede ich mit meiner Dienststelle, wir könnten ihn vorläufig festnehmen und überprüfen.«

»Nein! Das sollen andere übernehmen! Fahren Sie nach Bonn, zum Innenministerium!«

John hatte bei Schröders Sekretärin um einen sofortigen Termin gebeten. Dennoch mußte er warten. Er bat, in einem ruhigen Raum telefonieren zu dürfen. John wählte die Geheimnummer von Karolewicz, dem britischen Polizeioffizier. Karolewicz hörte sich Johns Beschwerde schweigend an, dann erklärte er, Putlitz überprüft und keinen Anhaltspunkt für eine Verletzung alliierter Vorschriften gefunden zu haben. Johns Stimme überschlug sich: »Aber ich sagte Ihnen doch ... er hat versucht, mich abzuwerben ... für Ostberlin!«

»Warum wenden Sie sich nicht an deutsche Stellen?«

»Weil ... weil es besser ist, die britischen Behörden nehmen sich der Sache an. Schließlich ist Putlitz Brite.«

»Er hat seine Staatsbürgerschaft zurückgegeben, jetzt ist er Ostdeutscher!«

»Es ist so, die deutschen Behörden .. ich fürchte, sie werden die Sache nicht wirklich ernst nehmen, aus politischen Gründen ...«

»Sie sind doch der Präsident des Bundesamtes für den Verfassungsschutz, Herr John?«

»Ja!«

»Kann es sein, daß man Ihnen in Deutschland nicht glaubt?«

John schluckte.

»Warum sollten wir Ihnen glauben?« fragte Karolewicz ungerührt.

John legte auf. Im selben Augenblick klopfte es. Schröders Sekretärin sagte: »Der Innenminister hätte jetzt eine Minute Zeit für Sie, Herr Doktor John!«

Schröder drückte John herzlich die Hand. »Schön, Sie zu sehen, Herr Doktor John!« Der Minister roch nach einer strengen, längst aus der Mode gekommenen Haarpomade, er sah wie immer frisch und konzentriert aus.

John legte sofort los: »Herr Minister, ich brauche Ihre Hilfe. Das Bundeskanzleramt hat einen Brief an den Heimatdienst geschrieben ...«

»Herr Doktor!« unterbrach ihn Schröder. »Ich hätte Sie heute morgen sowieso angerufen, gestern abend war ständig besetzt bei Ihnen.«

»Ich habe mich den ganzen Abend mit meinem Verbindungsmann im Heimatdienst abgestimmt. Wir sind uns einig: Das Verhalten des Kanzleramts ist eine Provokation. Jetzt brüskiert Staatssekretär Globke sogar die Amerikaner, so weit ist es gekommen. Aus Washington werden die Gestapo-Protokolle der Verhöre zum 20. Juli extra nach Bonn geliefert. Aber was tut das Bundeskanzleramt? Es will die Dokumente verschwinden lassen – mit fadenscheinigen Begründungen ...«

»Herr Doktor, es werden sehr ernste Beschuldigungen gegen Sie erhoben!«

John brauchte eine Weile. »Von wem?« fragte er.

Schröder winkte ab. »Das spielt keine große Rolle. Sie haben viele Feinde. Aber die Dokumente sprechen für sich ...«

»Welche Dokumente?«

»Es handelt sich – wie meine Mitarbeiter mir sagen – wohl auch um Akten der Gestapo!«

Putlitz, schoß es John durch den Kopf. Ich hätte ihn in Zürich mit Dr. Seels Hilfe verhaften lassen sollen. Warum zögere ich bloß immer so lange?

»Die Fachleute reden seit Jahren von einem Archiv in thüringischen Kalibergwerken. Die Personalkartei der Gestapo. Kann sein, daß der SSD da rangekommen ist ...«

»Das spricht doch für sich, Herr Minister!«

»So einfach ist das nicht, Herr Doktor. Auch wenn eine Information von der falschen Seite kommt, muß sie an sich nicht falsch sein, und Sie ...« Er seufzte. »Sie sind in einer äußerst sensiblen Position.«

»Wer sagt was?!«

»Sie sollen während des Krieges für die Gestapo im Ausland tätig gewesen sein. Um genau zu sein ...« Der Innenminister ging zu seinem Schreibtisch und nahm einen blauen Handordner auf. »Es gibt da Auftragsunterlagen aus dem Reichssicherheitshauptamt. Sie betreffen Reisen nach Madrid in den Jahren '43 und '44. Sie sollen beauftragt gewesen sein, spanische Regierungsvertreter und in Spanien akkreditierte Vertreter des feindlichen Auslandes auszuspionieren – für die Gestapo.«

John wurde laut. »Für die Abwehr. Für Canaris und meinen Freund Dohnanyi. Die haben dafür gesorgt, daß ich unbehelligt

Kontakte knüpfen konnte. Zu britischen und amerikanischen Botschaftsangehörigen.«

»Meine Fachleute sagen mir, die Gestapo erhoffte sich damals Auskünfte wegen der bevorstehenden Invasion in Frankreich.«

John schätzte Schröder als einen fairen Vorgesetzten, aber wenn der Minister von seinen »Fachleuten« sprach, sah John rot. »Ihre Fachleute sollten wissen, daß die Gestapo für solche Aufgaben gar nicht zuständig war. Für die Auslandsaufklärung waren die Nachrichtendienste zuständig. Und Canaris war damals noch Abwehrchef. Für ihn war ich tätig. Canaris und die Gestapo – das waren zwei Paar Schuhe.«

»Sie geben also zu, alliierte Stellen ausspioniert zu haben?«

»Ich war kein Spion, Herr Minister! Das wissen Sie doch, und Ihre sogenannten Fachleute ...«

»John, ich weiß schon selbst, was davon zu halten ist. Die Angelegenheit ist ernst. Gerade die Alliierten sollten zum Präsidenten des Bundesamtes für den Verfassungsschutz Vertrauen haben können – solange wir noch nicht souverän sind.«

John überhörte den galligen Unterton, er bemühte sich, ruhig zu argumentieren. »Natürlich ging es damals auch um die bevorstehende Invasion – aber doch nicht, um die Nazis warnen zu können ...«

»Sondern?«

»Wir ... also die Herren aus dem Generalstab, die diesen Krieg für falsch hielten, und die zivilen Angehörigen des Widerstandes ... unter uns herrschte nicht gerade große Einigkeit. Die Generäle hielten uns jahrelang hin. Sie verlangten immer wieder neue Zugeständnisse, die wir für sie bei den Alliierten erringen sollten. Wir waren völlig entnervt und glaubten schon nicht mehr an den Putsch – da ging plötzlich das Gerücht um, eine Invasion an der Westfront stehe unmittelbar bevor. Die Militärs waren in heller Aufregung. Wir sahen darin unsere letzte Chance: Wenn wir den Generälen mit Sicherheit die große Invasion voraussagen konnten, würden sie versuchen, vorher ihre Haut zu retten – durch ein klares Zeichen, durch den Putsch gegen Hitler. Deshalb habe ich in Madrid herauszufinden versucht, wann und wo mit der Landung zu rechnen ist. Nur deshalb! Oder glauben Sie, ich hätte den Krieg verlängern wollen?«

»So gerne ich Ihnen glauben würde, Herr Doktor John, aber Sie wurden als Gestapo-Agent geführt. Das deutet nicht gerade auf einen Auftrag aus Widerstandskreisen hin.«

»Es gab Pannen, einige von uns saßen im Gefängnis. Klaus Bonhoeffer und Dohnanyi zum Beispiel konnten nur durch geschicktes Lavieren von Wehrmachtsstellen aus dem Reichssicherheitshauptamt gerettet und in Militärgefängnisse verlegt werden. Dort wurde wenigstens nicht gefoltert. Dennoch mußten wir damit rechnen, daß die Gestapo uns überwachte. Also fingierte Canaris für Auslandsreisen Abwehraufträge und ließ diese im Reichssicherheitshauptamt genehmigen. Andernfalls wäre keiner von uns aus Deutschland rausgekommen.«

Schröder wirkte unsicher, er grübelte.

»Hören Sie, ich weiß, wer mir das anhängen will. Ein naturalisierter Engländer, der vor einigen Jahren nach Ostberlin gegangen ist: Putlitz. Er hat mich in Zürich angesprochen und versucht, mich zum Überlaufen zu überreden.«

»Was? Und damit kommen Sie erst jetzt?!«

»Als ich ablehnte, hat er mir gedroht, diese alte Gestapo-Akte aus dem Thüringer Kalibergwerk auszugraben.«

»John, Sie sind wahnsinnig! Wie können Sie so was für sich behalten?!«

»Ich habe britische Stellen informiert.«

Schröder schaute ihn mit offenem Mund an. »Britische Stellen?!«

»Ja, Karolewicz, der ranghöchste Polizeioffizier der Briten in Deutschland.«

Schröder lief um seinen Schreibtisch herum, er streckte in einer übertriebenen Geste der Verzweiflung die Arme hoch. »Mensch, John! Ihre Widersacher werfen Ihnen seit Jahren vor, eine Marionette der Briten zu sein. Und was machen Sie, sobald Sie in eine wirklich prekäre Situation geraten? Sie gehen nicht zu Ihrem politischen Vorgesetzten, sondern Sie informieren britische Polizeidienststellen! Was soll ich da noch sagen?«

»Aber wenn dieser Putlitz nun britischer Staatsbürger ist ... Und der Versuch, mich anzuwerben, ist ja auch in der Schweiz gemacht worden.«

Schröder brüllte: »Sie sind Präsident des Bundesamtes für den Verfassungsschutz!« Dann ruhiger: »Was hat Karolewicz unternommen?«

»Nichts.«

»Wie bitte?!«

»Er hat Putlitz laufenlassen.«

»Wunderbar!!!« Der Innenminister atmete – sich mit einer Hand ans Herz fassend – durch. »Herr Doktor John, ich werde nicht verhindern können, daß diese Affäre weitere Kreise zieht. Diese Beschuldigungen gingen nicht an uns, sondern ans Kanzleramt.«

»Aber auch dort wird man sich den Tatsachen nicht verschließen können, Herr Minister!«

»Dort wartet man darauf, Ihre Akte so komplettieren zu können, daß es für eine Entlassung reicht. Die Amerikaner haben sich wohl beschwert – Sie sollen Ihnen gefälschtes Material zugespielt haben.«

»Das Material war nicht gefälscht. Es handelte sich um Vorwürfe gegen Gehlen. Er hat Penicillin verschoben ...«

»Tun Sie mir einen Gefallen, John: Kümmern Sie sich um Ihre eigenen Angelegenheiten, und lassen Sie die Finger von diesem Gehlen!«

»Die Amerikaner haben mich in Washington abgehört und mein Zimmer durchsucht, dabei ist ihnen die Gehlen-Akte in die Hände gefallen.«

Schröder schüttelte den Kopf. John war nicht klar, ob er sich über das Verhalten der Verbündeten oder über seinen Verfassungsschutzpräsidenten empörte.

»Was den eigentlichen Grund meines Besuches betrifft ...«, sagte John vorsichtig. »Das Bundeskanzleramt weigert sich, die

Verhörakten der Gestapo herauszurücken, Sie wissen schon, ich hatte darum gebeten – wegen der Dokumentation zum 20. Juli.«

»Sie sollten sich um aktuelle Probleme kümmern, John! Es gab schon wieder eine Anfrage des Kanzlers wegen des KPD-Verbotes.«

»Sie kennen meine Meinung dazu: Ein Verbot würde die Anhänger dieser Partei nur stärken.«

»Ein Verbot ist politischer Wille. Ihre Aufgabe ist es, Informationen zusammenzutragen, die diesen Willen ...« Er zögerte. » ... sagen wir: stärken.«

»Ich habe ein anderes Verständnis meines Amtes, Herr Minister.«

»Soso! Und wie sieht das aus?«

»Der Verfassungsschutz hat die Aufgabe, Nachrichten über Bestrebungen zu sammeln, die eine Aufhebung, Änderung oder Störung der verfassungsmäßigen Ordnung zum Ziel haben. So steht es wortwörtlich im Gesetz.«

»Und Sie meinen, Kommunisten fallen nicht unter diese Definition?«

»Oh doch, deshalb beobachten wir sie ja auch. Und wenn Hinweise darauf vorliegen, daß ein Verbot gerechtfertigt wäre, schreien wir auf.«

»Diese Bewertung sollten Sie den Gerichten überlassen.«

»Herr Minister, ich glaube, die Gefahr kommt von anderer Seite. Überall in den höchsten Stellen des Staates machen sich Nazis breit ...«

Schröders Stimme wurde schneidend. »Auch ich war Parteigenosse – das heißt aber noch lange nicht, daß ich den neuen Staat stürzen will.«

John nahm einen neuen Anlauf. »Ich bin der Meinung, daß es auch zu meinen Aufgaben gehört, die Menschen aufzuklären.«

»Dafür haben wir den Heimatdienst, Herr John!«

»Eben! Ich arbeite mit einem Heimatdienstmitarbeiter an einer großangelegten Dokumentation über den deutschen Widerstand gegen Hitler. Dazu benötigen wir unbedingt die Gestapo-Akten, die Globke zurückhält. Wenn Sie ...«

»Nein!« schnitt Schröder ihm das Wort ab. »Meine Geduld ist zu Ende, Herr Doktor John. Ich habe für alles Verständnis, nur dafür nicht, daß einer seine Arbeit nicht richtig tut!«

»Was haben Sie mir vorzuwerfen?«

»Sie sind selbstherrlich und unkooperativ. Ich habe meine Hände bisher schützend über Sie gehalten. Aber wie diese Angelegenheit mit den Gestapo-Akten zeigt, bringen Sie mit Ihren unüberlegten Winkelzügen nun auch mich in Gefahr.«

»Aber ich habe doch nur ...«

Schröder unterbrach ihn unwillig. »Sie haben wieder einmal gehandelt, ohne sich vorher mit Ihrem Dienstherrn abzustimmen. Überhaupt bekomme ich von Ihnen nur Forderungen zu hören. Ich fühle mich nicht anständig informiert, Herr John. Dazu aber sind Sie da – nicht zum Ränkeschmieden gegen Gehlen.«

»Sie tun mir Unrecht. Ich lege Ihnen monatlich meinen Bericht vor ...«

»... in dem es um nichts anderes als um endlose Beschuldigungen gegen Repräsentanten meiner Partei geht.«

»Die CDU ist nun mal ein Sammelbecken ...«

»Halten Sie den Mund!« brüllte der Innenminister.

Sie schwiegen. Schröder atmete schwer. »Was diese Dokumentation angeht, so schlagen Sie sich das erst mal aus dem Kopf!«

John wollte was sagen, aber Schröder gebot ihm mit einer Handbewegung zu schweigen.

» ... erst mal! Bis sich die Wogen geglättet haben. Danach läßt sich immer noch mit Staatssekretär Globke reden. Sie können von dem nicht erwarten, daß er Ihnen aus der Hand frißt, wenn Sie überall nur anecken – jetzt sogar in Washington. Nun zu diesem Provokateur aus Ostberlin!«

»Er hält sich derzeit in Köln auf, wir könnten ihn verhaften lassen.«

»Damit die Sache erst richtig hochkocht!? Was glauben Sie, wie viele darauf warten, Ihnen so eine richtig fette Geschichte anzuhängen?« Er atmete tief durch. »Ihnen und mir!«

12. KAPITEL

Die Sekretärin hatte die Flugkarten für Berlin. John verstaute sie in seinem Schreibtisch – ob er in der momentanen Situation würde fliegen können, wußte er noch nicht.

Er rief in Wiesbaden beim BKA an. Dr. Humboldt, der Leiter der wissenschaftlichen Abteilung, druckste herum. »Ich hätte mich längst bei Ihnen gemeldet, Herr Doktor John, aber ich wollte Sie nicht enttäuschen ...«

»Nichts?«

»Doch. Aber nichts, was Ihnen weiterhelfen würde. Es handelt sich um ein Produkt der oberen Preisklasse, ist in jedem gutsortierten Schreibwarenladen zu erstehen, sogenanntes Poesie-Papier, wird besonders gerne von jüngeren Damen genommen, für Liebesbriefe und so was ...«

»Also Dutzendware?«

»Ein Massenprodukt.«

»Trotz hoher Preisklasse?«

»Die Deutschen können sich wieder etwas leisten, Herr John. Tut mit leid.«

John legte auf, im selben Moment klingelte es. Es war Wowo, in aufgeräumter Stimmung. »Und? Wann sehen wir uns?«

»Ich weiß nicht, ob ich kommen kann. Momentan ... es wächst mir alles über'n Kopf.«

»Du, Otto, wegen dieser unangenehmen Sache, ich habe endlich Edgar erreicht ...«

»Was sagt er? Glaubst du, er lügt?«

»Ehrlich gesagt: nein! Er fiel aus allen Wolken, als ich ihm davon erzählte. Der Junge macht sich Vorwürfe.«

»Aber diese Fotos, irgendwer muß sie doch gemacht haben. Und ohne Wissen des Jungen ist es doch unmöglich, in der Wohnung ...«

»Du meinst, Sie haben in seiner Wohnung fotografiert?«

»Wo sonst?«

Wohlgemuth dachte nach: »Aber gesehen hast du die Fotos nicht?«

»Nein!«

»Also könnte es auch ein Bluff sein?«

»Möglich.«

»Weißt du was, ich komme nach Köln. Mit Edgar!«

»Auf keinen Fall, Wowo!«

»Du könntest den Jungen in Ruhe befragen. Vielleicht ist er ohne sein Wissen dazu benutzt worden. Und ich bin schließlich kein Geheimdienstler.«

»Wozu der Aufwand, Wowo?«

»Bild dir bloß nichts ein! Ich komme nicht deinetwegen, ich muß nach Heidelberg zu Professor Lettré.«

»Der Krebsforscher?«

»Genau. Ich glaube, ich hab's geschafft. Jetzt können sie mich nicht mehr ignorieren, die Herren Kollegen. Ich habe den Schlüssel.«

»Was willst du von diesem Lettré? Ich denke, er sagt dir ständig ab.«

»Jetzt wird er das nicht mehr. Ich habe Zellabstriche gemacht. Zytodiagnose nennt man das. Da wird die Färbbarkeit mit basischen Stoffen untersucht. Die Vergrößerung der Zellkerne und der Kernkörperchen und so weiter. Aber auch die Veränderung in der Zahl und der Form der Chromosomen. Es führt zu weit, dir das im einzelnen zu erklären. Otto, du wirst es nicht glauben, aber ich habe etwas entdeckt, was die schon lange suchen. Nämlich den wesentlichen Unterschied zwischen einer Krebszelle und einer normalen Zelle.«

»Du meinst – du hast in deinem Labor in der Uhlandstraße entdeckt, wie der Krebs entsteht? Du? Während dieses Krebsforschungsinstitut seit Jahren im Dunkeln tappt?«

»Hör zu: Die Krebszelle atmet kaum, sie gärt sozusagen. Während die normale Zelle den Sauerstoff veratmet, benutzt ihn die Krebszelle nur teilweise und gewinnt ihre Energie durch Gärung. Der Krebs entsteht also durch die Chemie. Gifte bewirken, daß die Zellen ... naja: durchdrehen. So eine Schädigung der Atmung vererbt sich weiter – auf nachfolgende Zellgenerationen.«

»Das klingt etwas verrückt, Wowo. Du meinst also, weil die Zellen nicht richtig atmen, entstehen solche Geschwulste?«

»Viele geschädigte Zellen gehen durch Energiemangel zugrunde. Einem Teil aber gelingt es, die eingebüßte Atmungsenergie durch Gärungsenergie zu ersetzen. Das ist wichtig, Otto: Diese Übergangsphase erklärt die geheimnisvolle Latenzzeit zwischen der Schädigung und dem Ausbruch des Krebses.«

»Und das willst du diesem Professor Lettré in Heidelberg erzählen?«

»Ich kann es beweisen, Otto! Du wirst staunen. Nicht mehr lange – und dein alter Freund Wowo ist Leiter des wichtigsten Krebsforschungsinstituts der Welt.«

Immerhin klingt das nicht mehr ganz so kraus wie Wowos frühere Theorien, fand John. Und wenn er an die Zell-Filme dachte, die Wowo in Berlin vorgeführt hatte – warum sollte diesmal nicht was dran sein?

»Wir sehen uns also in Köln?« schloß Wowo.

»Aber Lucie ...«, wandte John ein.

»Die wird gar nichts davon mitbekommen. Ich steige mit Edgar im Dom-Hotel ab und melde mich dann bei dir.«

Wowo verabschiedete sich und legte auf.

John rieb sich mit beiden Händen das Gesicht. Es war noch nicht Mittag, und er fühlte sich schon todmüde. Er mußte sich zusammenreißen, weniger Alkohol, mehr Schlaf. Sich nicht verzetteln. Das Wichtige vom Unwichtigen unterscheiden, die losen Enden aufnehmen, ihnen folgen, ins Zentrum gelangen.

John sprang auf. Er rannte hinaus. »Machen Sie mir bitte eine Verbindung ins Kanzleramt. Den Staatssekretär Lenz!«

Die Sekretärin arbeitete an der Schreibmaschine, sie schaute erstaunt auf: »Aber deshalb müssen Sie doch nicht aufstehen, Sie müssen nur die gelbe Taste an Ihrem Apparat drücken.«

»Ich weiß, welche Taste ich drücken muß!«

Er wollte in sein Zimmer zurück, in der Tür fiel ihm noch etwas ein. »Vorher will ich noch das ›Hotel Walche‹ in Zürich.«

Er schloß die Tür mit einem kräftigen Ruck und nahm wieder Platz. Er legte die Finger auf die Schreibtischkante und wartete, er hielt die Luft an, sein Herz schlug rasend schnell. Es klingelte. Er wartete. Nach drei Signalen hob er ab.

»Das ›Hotel Walche‹, Herr John. Soll ich inzwischen schon das Kanzleramt ...«

»Ja!« fuhr John die Sekretärin an. Es knackte in der Leitung, dann war Lederli dran.

»Meissner. Es geht noch mal um meinen Freund Korinth. Ich sehe gerade seine Hinterlassenschaft durch. Was ich noch wissen muß – ist er Ihnen etwas schuldig geblieben?«

Lederli schwieg, er schien mit sich zu kämpfen.

»Ich nehme an, es wäre in seinem Sinne, keine offenen Hotelrechnungen zu hinterlassen, Herr Lederli. Zur Not würde ich auch aus eigener Tasche ...«

»Das ist wirklich nett von Ihnen, außerordentlich nett. Also wenn Sie schon so freundlich sind ... Wir ... unser Haus hatte Unkosten bei der Zimmerreinigung. Außergewöhnliche Unkosten. So ein tragischer Unglücksfall, müssen Sie wissen, geht fast nie ohne außerordentliche Unkosten für das betroffene Haus ab.«

»Aber darauf sind Sie doch vorbereitet. Ich dachte eher an die Übernachtungskosten, die noch offen sind.«

Der Empfangschef rang mit sich selbst, schließlich siegte sein besserer Teil. »Also da kann ich Sie beruhigen, die sind bezahlt.«

»Mein Freund hat penibel Tagebuch geführt, müssen Sie wissen. Und unter dem Todestag ist vermerkt ...« John raschelte mit einer der Tageszeitungen, die die Sekretärin auf seinem Schreibtisch zurechtgelegt hatte. »Bin finanziell am Ende. Selbst dem Walche kann ich die Hotelrechnung nicht zahlen.«

»Wenn Sie die Reinigungsunkosten bezahlen würden, wären wir mehr als zufrieden«, bot der Empfangschef leise an.

»Geben Sie mir Ihre Bankverbindung!«

Der Empfangchef rasselte eine Nummer herunter, und John schrieb mit.

»Um wieviel handelt es sich?«

»200 Schweizer Franken.«

»Ich überweise es gleich heute, und was die Hotelrechnung betrifft – ich kann bei Herrn Korinths Unterlagen keine Quittung finden. Sicher haben Sie ihm eine Quittung für die bezahlten Übernachtungen ausgestellt?«

»Natürlich. Warum benötigen Sie eine Quittung, wenn ich fragen darf?«

»Sie kennen doch die deutschen Behörden. Und da ich nun mal offiziell als Nachlaßverwalter bestellt bin, muß ich auch in dieser Richtung sorgfältig vorgehen – ebenso wie mit Ihren Reinigungskosten, die ich, wie gesagt, heute noch überweisen werde.«

»Verstehen Sie mich nicht falsch, Herr Meissner, so ein Tablettensuizidist, der geht nun mal nicht ohne Spuren ins Jenseits. Spuren, deren Beseitigung mehr als aufwendig ist – aufwendig und unappetitlich, wir mußten eine ausländische Kraft von außerhalb ins Haus kommen lassen.«

»200 Schweizer Franken, heute noch!«

»Recht herzlichen Dank, und wenn Sie wieder mal in Zürich sind ...«

»Was ist mit der Quittung?!«

»Wissen Sie, es ist so«, erklärte der Empfangchef umständlich. »Es gibt da buchungstechnisch eine Besonderheit.«

»Sie haben nicht quittiert?«

»Was glauben Sie?! Wir führen hier ordentlich Buch! Die Buchung liegt mir vor, eine ordnungsgemäße Buchung, wissen Sie, vom 1. Juni. Es ist nur so, der Gast, also ihr armer Freund, der Herr Korinth, er hat nicht selbst bezahlt.«

»Nicht selbst? Wer hat denn bezahlt?«

»Das kann ich Ihnen leider nicht sagen. Ein Hotel hat auch so etwas wie eine Schweigepflicht.«

»Weiß die Schweizer Polizei davon?«

Jetzt schwiegen beide. John wurde eindringlich. »Herr Empfangschef, ist Ihnen denn nicht aufgefallen, daß diese ... Buchung am Todestag vorgenommen worden ist?«

»Wirklich, jetzt seh' ich's.«

John verlor langsam die Geduld. »Ich fürchte fast, diese Buchung ist ermittlungsrelevant.«

»Ermittlungsrelevant?« wiederholte der Empfangschef ungläubig.

»Die Polizei wird die Buchungssumme beschlagnahmen – fürchte ich.«

Das Schweigen der Schweizer dauerte diesmal noch länger.

»Da Sie uns freundlicherweise angeboten haben, die Übernachtungskosten Ihres Freundes zu übernehmen ...«

»Aber das war doch vorher.«

»Vor was?«

»Bevor Sie mir eröffnet haben, daß längst jemand bezahlt hat. Wissen Sie, es gibt da Differenzen in der Familie – und ich als Nachlaßverwalter möchte mich ungern zwischen die Fronten begeben. Es sei denn ...«

»Was?«

»Es sei denn, Sie würden mir einen Tip geben. Sie wissen schon, damit ich nicht schon wieder in ein Fettnäpfchen trete. Die Korinths – das ist eine ungewöhnlich zänkische Sippe, und auf mich haben sie es alle abgesehen.«

Der Empfangschef seufzte. »Und die Polizei?«

»Wenn ich mir's recht überlege: Er hat sich umgebracht – und was ändert das schon, daß am gleichen Tag seine Schulden bei Ihnen bezahlt worden sind? Daß er sich nur aus Kummer über die unbezahlte Hotelrechnung das Leben genommen hat, ist sowieso mehr als unwahrscheinlich.«

»Meine Rede!« stimmte der Empfangschef erleichtert zu.

»Also – wer hat die Rechnung bezahlt?«

Diesmal knisterte in Zürich Papier. Der Empfangschef räusperte sich wie vor einer wichtigen Rede. »Das Bankhaus Wörner & Kappel in Frankfurt hat überwiesen, und der Kontoinhaber ist ein Herr Germersheimer.«

»Der alte Onkel! Ich wußte, daß er als einziger ein gutes Herz hat.«

»Und die Reinigungsunkosten?« fragte der Empfangschef zaghaft.

»Heute noch. Ich werde nachher bei der Bank vorbeigehen!«

»Merci vielmals!« sagte der Empfangschef und legte auf.

John überlegte. Hat Eland auf eigene Faust gehandelt? Hat er das Material Dritten angeboten? Wer ist Germersheimer? Ein Geschäftspartner Elands? Oder ein Freund? Selbst für den Verfassungsschutz ist es schwierig, Informationen von Banken zu bekommen – vor allem, wenn, wie in diesem Fall, kein nachvollziehbarer Ermittlungsgrund vorliegt.

Es klopfte, die Sekretärin streckte ihre Turmfrisur herein. »Ich wollte nur sehen, ob Sie fertig sind, denn das Kanzleramt ...« Sie formte die beiden Worte fast unhörbar mit den Lippen. »Es wartet.«

John nickte. Sie schlüpfte hinaus, sein Telefon klingelte Sekunden später. »Den Herrn Lenz hätte ich für Sie«, flötete die Sekretärin.

»Bitte!«

Es knackte. »Hier Lenz.«

»Otto John. Ich habe ein Problem, Herr Staatssekretär, und vielleicht können Sie mir behilflich sein.«

»Ich hoffe, es geht nicht um diese Anfrage des Heimatdienstes. Da kann ich Ihnen überhaupt nicht helfen, das ist Chefsache.«

»Seit wann ist Globke Ihr Chef?«

»Sie wissen, wen ich meine, wenn ich sage: Chefsache!«

»Was bewegt Adenauer dazu, die Auslieferung der Gestapo-Akten zu blockieren?«

»Haben Sie sich mal unser Kabinett angesehen? Der Kanzler steht nicht allein da. Er muß Rücksichten nehmen ...«

»Auf die Nazis?«

»Das ist aber jetzt plump, Otto! Kein Mensch will die Nazis dabeihaben. Aber Deutschland ist kein Land, in dem nur Opfer und Täter leben. Die Täter und die Opfer, das ist eine verschwindende Minderheit. Die Mehrheit der Deutschen besteht aus – sagen wir: Außenstehenden.«

»Sagen wir: Mitläufern.«

»Nennen Sie es, wie Sie wollen, Otto. Tatsache ist, daß weit über neunzig Prozent der Deutschen zu dieser Gruppe gehören. Eine solches Wählerpotential kann kein Politiker vernachlässigen.«

»Ein Armutszeugnis für den Politiker, der auf Mitläufer setzt.«

»Offensichtlich haben Sie das Wesen der parlamentarischen Demokratie mißverstanden, Herr Verfassungsschutzpräsident. Diese Leute sind unsere Mitbürger, sie sind keine Täter. Aber auch keine Opfer. Der Kanzler ist doch alles andere als ein Nazi. Aber er muß kalkulieren. Er muß sich nach allen Seiten absichern, wenn er seine politischen Ziele durchsetzen will.«

»Den Erhalt der Macht mit allen Mitteln.«

»Ich bitte Sie, Otto! Wir beide haben das doch nicht nötig, wir stehen über der Parteipolemik.«

»Herr Lenz, wir wissen beide, worum es geht: Adenauer kann es sich nicht leisten, die Millionen von Nazisympathisanten vor den Kopf zu stoßen. Deshalb darf die Wahrheit nicht ans Licht, deshalb ist der Widerstand kein Thema.«

»Ich weiß gar nicht, warum Sie sich so erhitzen, Otto. Das sind ganz normale Vorgänge in einer Demokratie. Die Leute, die nichts mehr von damals hören wollen, sind eben in der Mehrheit. «

»Adenauer redet ständig von der Gefahr des Bolschewismus. Er wirft mir vor, nichts gegen die KPD zu tun. Aber eigentlich geht es doch viel mehr um die Rechten: Eure Partei kann nicht wirklich etwas gegen die Nazis unternehmen, weil euch dann die Wähler davonlaufen. Und den Widerstand verschweigt ihr, um niemanden zu verprellen.«

»Sie haben ja nicht mal Unrecht, Otto. Der Kanzler sorgt sich sehr um rechte Wählergruppen. Wissen Sie, im Grunde macht er sich dieselben Sorgen wie Sie. Er wählt nur eine andere Strategie, er integriert.«

»Er will die rechten Wähler. Deshalb werden Akten weggeschlossen.«

»Sie sind unbelehrbar, Otto«, seufzte Lenz.

Sie schwiegen, nur ihr Atmen war zu hören.

»Wollen Sie mich auch zerstören, Lenz?« fragte John.

»Reden Sie keinen Unsinn, Otto! Niemand will Sie zerstören. Alle wollen Ihnen helfen, aber Sie wollen sich nicht helfen lassen.«

John überlegte lange, ob er es wagen konnte. Im Grunde hatte er keine andere Wahl, fand er schließlich. Lenz war unter Adenauers Leuten der, dem er noch am ehesten vertraute. »Herr Lenz, ich habe da noch eine Frage. Etwas Unbedeutendes, aber es beschäftigt mich. Diese junge Vorzimmerdame des Kanzlers ...«

Lenz lachte auf. »Die Lewinski! Schlagen Sie sich das Mädel schnell aus dem Kopf, Otto! Die ist in festen Händen und steht für Extratouren nicht zur Verfügung. Im übrigen würde der Alte Ihnen den Kopf samt Hals vom Rumpf wegreißen, wenn er erführe, daß Sie sich über seine Annemarie hermachen. Der versteht da keinen Spaß.«

»Schade! Und wer ist der Glückliche?«

»Ein strammer, junger Rechtsanwalt. Es heißt, er hat in den Staaten seinen letzten Schliff bekommen und wird bald richtig Karriere machen. Vielleicht haben Sie von ihm gehört: Sperenberg, Dr. Iginhard Sperenberg.«

John hatte den Namen wirklich schon einmal gehört, aber er wußte nicht mehr, wo.

»Trotzdem. Danke.«

»Die andere, die Benzheim, haben Sie die mal genauer angeschaut, Otto? Spitzenfigur! Da geht nur keiner ran, weil alle denken, der Alte hält seine Finger drauf. Aber nichts da, für den kommt so was nicht in Frage. Der war doch schon vor dreißig Jahren jenseits von Gut und Böse. Die Benzheim ist Freiwild, und ich glaube

fast, sie ist heiß. Und Ihnen würde der Jahrgang doch entgegen-
kommen, Otto, oder?«

John brauchte eine Weile, dann stieß er hervor: »Sie sind ein
Schwein, Lenz!«

Lenz, der nicht wußte, warum sein Gesprächspartner so wütend
geworden war, protestierte heftig. John legte grußlos auf.

13. KAPITEL

Für die Dauer der Amerikareise hatte Lucie dem Dienstmädchen freigegeben. Jetzt war Luise wieder da und hatte gekocht.

Es gab Schwindelbraten, Luises Spezialität, eigentlich eher
etwas für den Winter, aber danach fragte Luise nicht. Sie hatte
einen großen Schweinebraten 24 Stunden eingelegt – in Öl mit
Gewürzen, Mohrrüben und einem Tannenzweig. Das Fleisch nahm
den Geschmack von Wild an, allerdings ohne dessen Bitterkeit und
Strenge. John mochte deshalb Luises Schwindelbraten lieber als
echtes Wild. Dazu reichte die Köchin eine dicke, hellbraune Soße
und safrangelbe Kartoffeln. Luise hatte auch Salat gemacht,
obwohl die Johns wenig Rohkost aßen, aber sie fand, daß das dazu-
gehörte.

Die Hausherrin trug ein hellbraunes Kostüm. Wenn Luise im
Haus war, benahm sie sich immer, als ob Gäste da wären. John
störte das, aber er sagte nichts.

Als Luise draußen war, wünschten sich die beiden einen guten
Appetit und begannen zu essen. Nach einer Weile sagte John:
»Stell dir vor, jetzt heißt es, ich wäre Gestapo-Agent gewesen. Das
habe ich diesem Putlitz und den Ostberlinern zu verdanken!«

Lucie schaute ihn groß an. Bevor sie etwas sagen konnte, klingelte es.

Unangekündigten Besuch hatten die Johns nie. Luise ging durch
den Flur zur Haustür und öffnete. Mehrere Stimmen waren zu
hören. Luise rief durch den Flur: »Herr Doktor!!«

John putzte sich mit der Serviette den Mund ab und ging hinaus.

Luise hatte einen roten Kopf. In der offenen Haustür standen
zwei Männer. Einer davon war Gehlen.

»Wir stören wohl beim Essen?« fragte er mit leiser Stimme.

John hatte den General schon mehrmals getroffen, und doch erschrak er immer wieder, wenn er ihm gegenüberstand. Gehlens Gesicht glich einer Maske, es war glatt wie eine Schaufensterpuppe. Die hohe Stirn schob den Schädel nach vorne, die Fledermaus-Ohren standen ab, seine Haut glänzte wächsern und künstlich. Die schmalen Lippen wirkten geschminkt – ein von innen gealtertes Kindergesicht, reglos, gefroren zu einer Grimasse der Unverbindlichkeit, nur die nervösen, kleinen Augen lebten.

John war im Hemd, die Serviette hing ihm aus dem Gürtel, er kaute noch. »Das ist ... eine Überraschung«, sagte er stockend.

»Ich war gerade in der Nähe«, erklärte Gehlen. »Tut mir leid wegen der Störung.« Ohne sich umzusehen, ganz Offizier: »Das ist Herr von Mellenthin, einer meiner wertvollsten Mitarbeiter, er bat darum, Sie kennenzulernen.«

Mellenthin überragte Gehlen um mindestens einen Kopf. Sein Gesicht war rund, pauspäckig, zu einem permanenten, lauen Grinsen verzogen, das Gegenteil von Gehlens Maske. John nickte Mellenthin zu. Dann machte er Platz, um die beiden eintreten zu lassen.

Luise starrte Gehlen mit offenem Mund an, ihre Augen waren weit aufgerissen. Dabei konnte sie unmöglich wissen, um wen es sich bei dem späten Besucher handelte. Es gab seit mehr als einem Jahrzehnt keine aktuellen Fotos von Reinhard Gehlen in den Zeitungen. Wenn eines veröffentlicht wurde, stammte es aus seinen ersten Soldatenjahren in der Wehrmacht. Der General versetzte das sonst unerschrockene und bodenständige Mädchen aus der Eifel durch seine bloße Erscheinung in Angst.

»Würden Sie noch zwei Gedecke auflegen, Luise!?« sprach John sie strenger an, als die Situation es erforderte. Sie ließ dennoch keinen Blick von Gehlen, der dies im gleichen Augenblick bemerkte und – wie es John schien – den Effekt kannte und genoß.

John fuhr sie an: »Luise!!«

Der Kopf des Mädchens flog herum. Ihre Augen wirkten matt und müde. »Noch zwei Gedecke, sehr wohl, Herr Dokter!« stammelte sie.

John riß die beiden Flügel der Eßzimmertür auf: »Schatz, wir haben Gäste bekommen.«

Lucie schaute überrascht auf – im Gegensatz zu ihrem Gatten freute sie sich immer über Abwechslungen. Gehlen und Mellenthin zogen ihre dünnen, vom Dauerregen nassen Straßenmäntel aus und reichten sie dem Mädchen, dann traten sie ein.

John wollte ihnen ins Eßzimmer folgen, aber das Mädchen zischte. »Was ist?« fragte er flüsternd.

»Die Herren! Ich weiß nicht ... Ich bin so erschrocken. Ich dachte, es ist ein Überfall oder etwas Ähnliches, wo Sie doch ...«

»Bitte! Wie möchten jetzt weiter essen.«

Er schloß die Tür hinter sich. Gehlen und Mellenthin begrüßten Lucie militärisch straff, mit einer angedeuteten Verbeugung.

»Mein Kollege, der Herr Gehlen«, stellte John den Gast vor. Ihre Freude über die unvorhergesehene Abwechslung wich einem Ausdruck, der dem des Dienstmädchens glich.

»Mellenthin!« stellte der andere sich zackig vor.

Lucie schaute John fragend an, der zuckte mit den Achseln. Sie lud die beiden mit einer hilflosen Geste ein, Platz zu nehmen. Das Mädchen brachte zwei Teller und die Suppenterrine. Die vier setzten sich nieder, das Mädchen deckte vor den steif dasitzenden Herren ein und schöpfte ihnen aus der dampfenden Terrine Suppe in die Teller.

John ärgerte sich, daß sein Schwindelbraten kalt geworden war. Lucie aß tapfer kleine Bissen, ihr schien der Appetit nun ganz vergangen zu sein. Immerhin machte sie noch Konversation. »Wie ist eigentlich das Wetter derzeit in München? Auch dieser scheußliche Dauerregen?«

»Wir sitzen von morgens bis in die Nacht in Büros, gnädige Frau«, antwortete Gehlen tonlos. »Wir kommen aus Pullach nicht raus.«

Das war gelogen. John wußte, daß Gehlen wöchentlich in Bonn war. Man erzählte sich, der General reise in einem Dienstmercedes mit wechselnden Nummernschildern. Er sei wegen der halsbrecherischen Fahrweise seines Chauffeurs schon mehrmals von der

Autobahnpolizei angehalten worden und habe dabei jedesmal andere Papiere vorgezeigt. Auch hieß es, bei seinen Fahrten trage er eine sechsschüssige Offizierspistole aus seiner Wehrmachtszeit in der Tasche. Nicht einmal zum Rapport bei Adenauer oder Globke lege er diese Waffe ab, und weiter: Gehlen sei in Bonn schon so arriviert, daß er nach jeder Stippvisite im Kanzleramt gleich noch einen Sprung in die SPD-Baracke mache, Ollenhauer oder – früher – Schumacher von seinen Gesprächen berichte und deren Meinung zu den aktuellen Problemen einhole.

Die Wendigkeit des Generals war legendär. Als Chef der Gruppe »Fremde Heere Ost« hatte er schon Monate vor Kriegsende eine Registratur mit den wichtigsten Ergebnissen seiner Spionagetätigkeit zusammengestellt. Lange bevor sich im zusammenbrechenden Deutschland ganze Truppenteile auflösten, hatte er das Material in einer Alpenhütte versteckt und dort die Ankunft der GIs erwartet. Als die ihn in dem unzugänglichen Gelände zu übersehen drohten, hatte er sich in einem Landsermantel auf den Weg gemacht und sich dem erstbesten amerikanischen Verband ergeben.

»Aber wollen Sie denn gar nichts essen?!« fragte Lucie.

Die beiden Gäste saßen immer noch steif und bewegungslos wie zu einer Feierstunde vor ihren Tellern und taten so, als hätten sie Lucies Frage nicht gehört.

»Könnten wir mit Ihnen allein sprechen?« wandte sich Gehlen an John.

»Und die Suppe?« fragte Lucie.

»Ich habe vor meiner Frau keine Geheimnisse!« erklärte John.

»Ich weiß, daß Sie mit dem Kanzler gesprochen haben, Herr Doktor John!« sagte Gehlen scharf. »Sie haben da böse Vorwürfe gegen mich erhoben.«

»Weniger gegen Sie als gegen Adenauer«, verbesserte ihn John.

»Sie gönnen mir den Erfolg nicht«, sagte Gehlen mit einem mühsamen Lächeln.

»Ich bin gegen einen Kanzlergeheimdienst und gegen einen neuen SD«, entgegnete John.

Gehlen verzog die Mundwinkel. »Verzeihung, gnädige Frau,

wenn ich Ihr Abendessen mit profaner Politik störe, aber es war in letzter Zeit schwer, Ihren Gatten zu erreichen.«

»Wir waren drüben – in den Staaten«, sagte John.

»Sie haben eine richtiggehende Tournee unternommen, wie man hört. Das zwingt dann uns einfache Büroarbeiter, abends bei Ihnen zu Hause vorbeizuschauen, wenn wir Ihre Meinung einholen wollen«, sagte Gehlen.

»Komisch«, sagte John spitz. »Neuerdings wollen alle meine Meinung einholen. Sogar der Kanzler. Aber Sie werden meine Zustimmung nicht bekommen. Und ich stehe nicht allein: Wie Sie wissen, ist die ganze Opposition skeptisch und Teile der Regierungskoalition ...«

»Moment, Herr John«, bellte der befehlsgewohnte General. »Die SPD – das sind nicht die paar Hanseln, die rumkrakeelen, wenn der Kanzler im Plenarsaal ans Rednerpult tritt. Die SPD, das ist die Partei von Schumacher und Ollenhauer, das sind Deutsche, sogar Patrioten, die sich Gedanken über die Zukunft machen.« Als John und seine Frau sich amüsierte Blicke zuwarfen, wurde Gehlen eine Spur lauter. »Sie kennen doch den Pastor Alberts aus Breslau, den Flüchtlingsminister in Hannover. In seiner Wohnung habe ich mich mit Schumacher getroffen. Wir haben Karten ausgebreitet und uns die Lage genauer angeschaut. Sie werden es nicht glauben, aber Schumacher hatte mehr militärischen Sachverstand als der Kanzler. Bis in die Nacht haben wir uns darüber unterhalten, was Deutschland aus dem Osten droht. Schumacher war da entschlossener als ich und mein Kollege, General Heusinger. Wir dachten, ein Wall von sechs Divisionen reicht zur Verteidigung unseres Terrains. Aber Schumacher – hören Sie – Schumacher bestand auf *zwölf* ...«

John wurde ungehalten, der Kerl nahm sich doch zuviel heraus. »Was Sie damals mit Schumacher ...«

Gehlen fuhr wie ein übereifriger Schüler dazwischen. »Ollenhauer war bei mir in Pullach! Wußten Sie das? Als Stellvertreter von Schumacher. Und ich habe nur wenig später auf dem Venusberg einen Lagevortrag gehalten. Sie können sich denken, worüber ...«

»Mal ganz abgesehen davon, daß ich Schumacher schon immer für einen in der Wolle gefärbten Militaristen gehalten habe ...«

»Ich bitte Sie, John: ein Mann aus dem KZ! Mit diesen Kriegsmitbringseln: Der Kerl war ein Wrack, ärmellos, eine Gliederpuppe, und den bezeichnen Sie als Militaristen.«

»Er hatte immerhin keine Skrupel, sich mit Vertretern der Waffen-SS zu treffen.«

»Das waren auch Soldaten.«

»Soldaten, die Zivilisten erschießen, sind keine Soldaten.«

Mellenthin mischte sich in das hitziger werdende Gespräch ein. »So kommen wir nicht weiter!«

»Augenwischerei!« schimpfte John. »Selbst Schumacher – ob Militarist oder nicht – hat Adenauer eindringlich gewarnt: davor, daß Ihre Organisation von Heydrich- und Kaltenbrunner-Leuten unterwandert wird. Davor, diesen Sauhaufen zu einem Bundesnachrichtendienst zu machen.«

»Sauhaufen?! Das meinen Sie doch nicht ernst?« fragte Gehlen scharf.

»Ja, Sauhaufen. Eine Bande junger Offiziere, die nichts anderes kennengelernt haben als den Nationalsozialismus. Das hat Schumacher gesagt. Und er hat gesagt: klare Trennung von Auslandsnachrichtendienst und Verfassungsschutz. Und niemals einen Geheimdienst unter der Fuchtel des Kanzleramtes – das hat er auch gesagt.«

Gehlen öffnete den Mund, schloß ihn wieder, schaute dann auf die Tomatensuppe und sprach – mehr zu sich selbst als zu den Anwesenden: »Er hat meine Integrität nie in Zweifel gezogen. Niemals! Das sollten Sie respektieren.«

John aß wütend das kalte Fleisch des Schwindelbratens auf, er verschluckte sich und trank ein Glas Wasser so schnell aus, daß ein Rinnsal über sein Kinn lief und Lucie ihm mit der Serviette zu Hilfe kam.

»Wenn Sie nichts essen wollen und mit Ihren Streitereien am Ende sind, meine Herren«, wandte sich Lucie aufgebracht an Gehlen und Mellenthin, »dann wäre es Zeit, sich zu verabschieden.«

Gehlen schaute Mellenthin wehleidig an.

»Frau John, wir wissen, daß wir ungelegen kommen«, erklärte er dann. »Aber – wie gesagt: Wir haben mit Ihrem Gatten etwas zu besprechen. Etwas sehr Unangenehmes.«

»Ich dachte, das hätten Sie schon!« sagte John schroff.

»Es hat mit Amerika zu tun«, fügte Gehlen lauernd hinzu.

»Soso. Hat Dulles gepetzt?« fragte John.

Die beiden starrten ihn stumm an, es sollte ein bißchen nach Mitleid und Nachsicht aussehen.

Gehlen seufzte. »Die Kollegen .... sie haben Informationen, daß Sie in Washington in einer Bar waren, Herr Doktor John.«

»Ist es meinem Mann jetzt schon verboten, eine Bar zu betreten?« fuhr Lucie den General an.

»Niemand will Ihrem Gatten etwas verbieten. Es ist nur ... Er hat eine Verantwortung zu tragen, wie wir alle, und die Kollegen von der CIA machen sich Gedanken über die ... über die Integrität Ihres Gatten.«

»Und die gerät in Gefahr, wenn er eine Bar aufsucht?« fragte Lucie.

»Herr Dr. John hat in dieser Bar in Washington jemanden angesprochen!« sagte Mellenthin.

»Was für ein Quatsch!« lachte John.

Auch Lucie lachte – wenn auch etwas bemüht. »Und wenn schon?!«

»Eine Frau!« sagte Gehlen, als werfe er eine gute Karte ab.

»Was soll das Ganze?! Entweder Sie machen jetzt den Mund auf, oder ich werfe Sie raus!« fuhr John ihn an.

Der General bemühte sich, streng und besorgt auszusehen, doch seine wächserne Maske machte die schlechte Schauspielerei nicht mit: Sie wirkte noch lebloser als vorher. »Man hat die Dame in Washington auf dem Kieker. Ihr Name ist Carla Seddle. Man hat sie verhört, und sie hat ...«

»Warum hat man sie verhört?« unterbrach John.

Mellenthin wandte sich an John: »Sie haben die Bekanntschaft der Frau gesucht und sexuellen Kontakt mit ihr gehabt.«

Wie in einer Boulevardkomödie schrie Lucie spitz auf: »Otto!«

John drückte ihre Hand. »Behauptet diese Carla das?« fragte er.

»Nachdem ihr vorgehalten wurde, daß sie die Zeit, für die sie keine Erklärung hat, mit Ihnen verbracht hat, hat sie alles zugegeben.«

»Was hat sie zugegeben?«

»Daß Sie mit ihr über konspirative Themen gesprochen haben. Über Ihre Absicht, in Washington Rückhalt zu finden. Die Kollegen von der CIA sprechen offen von einer Anwerbung der Carla Seddle.«

John atmete durch, die Hand von Lucie ließ er nicht los – obwohl sie sie wegzuziehen versuchte.

»Wissen Sie, wo diese Carla Seddle tätig ist?« fragte er.

»Beim Staat. In einem Ministerium«, antwortete Gehlen schnell.

»Aber Sie haben keine Ahnung, in welchem Ministerium?!«

Gehlen und Mellenthin sahen sich an. Sie wußten es nicht.

»Ich fürchte, Ihre amerikanischen Freunde enthalten Ihnen Informationen vor!«

Gehlen überhörte das. »Sie haben in dieser Bar mit Miss Seddle über ihr vorausgehendes Gespräch mit dem CIA-Chef Dulles gesprochen. Sehr freizügig. Sie haben sich bitter beklagt, daß Dulles Ihnen eine Abfuhr erteilt hat. Sie haben zu erkennen gegeben, daß Sie eine wichtige Position in Deutschland innehaben und Verbündete in der US-Administration suchen ...«

»Und das sollte dann Carla Seddle sein?«

»Offensichtlich, Herr John.«

Lucie zuckte, sie unterdrückte die Tränen, John hielt ihre Hand so fest, daß die Finger weiß anliefen.

Die Stimme des Generals wurde weicher. »Hören Sie, Herr John, was bringt jetzt eine lange Prozedur? Sie werden demontiert, andere stehen als Tölpel da. Schröder. Jakob Kaiser, der in dieser Regierung sowieso keinen leichten Stand hat und jetzt durch Ihren Abgang noch mehr ins Gerede kommt – schließlich hat er Sie vorgeschlagen, John. Mit Ihnen fallen wertvolle Männer. Können Sie das verantworten?«

John schwieg.

»In Washington hält man Sie bereits für einen zentralen Einflußagenten des KGB, der für den Kriegsfall Vorsorge hinter den Linien treffen soll. Ich finde das – ehrlich gesagt – etwas übertrieben. Herr John, man hat Ihnen kürzlich ein ernstzunehmendes Angebot gemacht – ich bin ... wir sind heute abend zu Ihnen gekommen, um Sie davon zu überzeugen, daß es sinnvoll wäre, dieses Angebot im Lichte der jüngsten Ereignisse neu zu überdenken.«

»Von welchem Angebot reden Sie?«

»Ein Herr von Putlitz.«

John sprang auf. »Deshalb hat Karolewicz ihn nicht festgenommen!« schrie er. »Sie halten Ihre Hände über ihn.«

Es schien dem General zu gefallen, John so wütend zu sehen. Mellenthin hingegen spielte wieder die ausgleichende Kraft: »Im Osten erwartet Sie ein gemachtes Nest. Sie können da gut leben, man nimmt Ihre politischen Ambitionen dort ernst. Ernster als hier zumindest. Auch Ihre Gattin müßte auf nichts verzichten. Wir haben da unsere Erfahrungen mit ähnlichen Fällen.«

»Halten Sie Ihr Maul!« fuhr John ihn an. »Noch nie hat man mir ein derart widerliches Angebot gemacht. Ich kann die Nazis nicht ertragen, ich kann Leute wie Sie nicht ertragen. Aber ich liebe dieses Land.«

»In England waren Sie weniger patriotisch!« zischte Gehlen. Dann, umgänglicher: »Drüben – das ist doch auch Deutschland, Herr John, oder?«

Lucie stand auf, sie wollte hinaus. John bat sie zu bleiben. »Ich brauche dich als Zeugin«, sagte er.

Gehlen erhob sich. »Wir dachten, mit Ihnen ist zu reden. Jetzt geht die Sache ihren Gang – bis ins Bundeskanzleramt und ins Innenministerium.«

John nickte mehrmals, dann trat er an Gehlen heran. Er überragte den schmächtigen General. Gehlen machte einen unsicheren Schritt rückwärts, Mellenthin trat zackig an seine Seite.

John klang jetzt ganz ruhig. »Diese Carla – ich wußte gar nicht, daß sie Seddle heißt – das war wirklich eine Kneipenbekanntschaft. Wir haben ein bißchen geredet. Sie hat Eindruck auf mich gemacht, eine schöne Frau, wirklich, aber das haben Ihnen Ihre amerikanischen Kollegen sicher nicht gesagt. Ist ja auch nicht so wichtig. Es stimmt, ich habe ihr erzählt, daß ich in Washington war, um mit der CIA zu reden. Sonst nichts. Ich kannte sie nicht, sie kannte mich nicht. Ich habe einfach meinem Ärger über die Abfuhr, die Dulles mir erteilt hat, Luft gemacht – so wie Sie's bei ähnlichen Gelegenheiten beim Chauffeur tun.«

»Wir sind doch auch bloß Menschen«, sagte Mellenthin – und mit einem Blick zu Gehlen: »Nicht wahr?«

John beachtete ihn nicht. »Diese Dame, sie war wirklich eine Dame und recht angenehm. Wir haben noch über dies und das gesprochen, über das Glück und so – aber das wird Sie nicht interessieren.«

Gehlen warf Mellenthin einen Blick zu, der alles sagte: Wir haben ihn weichgekriegt, er läuft hier im Beisein seiner Alten aus, widerlich, nicht wahr?

Johns Stimme wurde härter. »Carla hat früher bei der Stadt gearbeitet hat. Abteilung Hausmüllbeseitigung. Im neuen Ministerium – ich weiß nicht welches – da ist sie Mädchen für alles. Putzfrau und so weiter. Carla ist nämlich – eine Negerin!«

Gehlens Augen wurden unruhig. Er wirkte wie ein Mensch, etwas Wichtiges vergessen hat, ohne sagen zu können, was es ist.

»Na und?« fragte Mellenthin jovial. »Was heißt das schon? Wer würde nicht mal gerne – entschuldigen Sie, Frau John – mit einer Negerin schlafen?«

»Halten Sie bitte jetzt den Mund, Mellenthin!« zischte Gehlen.

John grinste. »Carla ist eine Negerin – man hat wohl vergessen, Ihnen das mitzuteilen! Sie trägt Papierkörbe raus und putzt die Büros. Andere Funktionen haben Schwarze in amerikanischen Regierungsstellen nicht!«

Mellenthin stand der Mund offen.

»Ich soll also eine schwarze Putzfrau, die im Landwirtschaftsministerium oder sonstwo die Fußböden saubermacht, als Einflußagentin auf amerikanische Regierungsstellen angeworben haben.« John machte eine Kunstpause, Lucie trat von hinten an ihn heran und legte ihre Hand auf seine Schulter. »Ich fürchte, die Amerikaner haben Sie reingelegt, Herr General. Oder sie arbeiten unprofessionell.« Unprofessionell war ein Lieblingswort Johns, er freute sich, es wieder einmal verwenden zu können. »Unprofessionell!« wiederholte er lauter.

»Was meinen Sie damit?« fragte Mellenthin heiser. Er schien schneller zu schalten als sein Chef.

John hob seine Stimme in bedeutungsvolle Höhen, er genoß die Situation wie jemand, der selten in diesen Genuß kommt. »Herr Gehlen, Sie sollten nach Übersee telegrafieren und um genaue Nachrecherche bitten, bevor Sie mit dem Kram zu Globke gehen! Ich fürchte, man macht sich in Washington über uns lustig, Herr General. Die schwarze Carla lacht über mich – und die CIA lacht über Sie!«

Gehlens Kiefernknochen zitterten. »Sie nehmen sich da etwas heraus ...«, flüsterte er.

»Sie waren doch bestimmt auch schon mal in so einer Situation? Oder wollen Sie mir erzählen, es hat sich noch nie jemand über den berühmten Agentenchef Gehlen lustig gemacht?« feixte John.

Gehlen verließ das Zimmer. Mellenthin machte sich steif und deutete in Lucies Richtung eine Verbeugung an, dann folgte er dem General. Lucie wollte hinterher, aber John hielt sie zurück. Draußen schnauzte Gehlen Mellenthin an, dann schlugen sie die Haustür hinter sich zu.

Lucie umarmte ihren Mann. Sie schluchzte. »Eine Witzfigur, dieser Gehlen. Vor dem brauchen wir wirklich keine Angst zu haben!«

»Nein! Das brauchen wir nicht. Alles wird gut werden!«

Lucie küßte ihn auf den Mund, das hatte sie schon lange nicht mehr getan. »Wir schicken Luise weg und öffnen eine Flasche Wein. Oder wir legen uns früh ins Bett, und ich massiere dir die Füße.«

John überlegte, wie er dem entgehen konnte.

Das Telefon klingelte. »Ich wußte es!« seufzte Lucie, als sie Otto losließ.

John hob ab. Es war Wohlgemuth. »Wir sitzen im Dom Hotel an der Bar und warten auf dich!«

14. KAPITEL

An der Bar des Dom Hotels saßen drei Männer und prosteten sich zu.

Als Wolfgang Wohlgemuth John entdeckte, stellte er sein Glas ab. Er rutschte vom Hocker und ging durch die niedrige Halle auf ihn zu.

John war auf der kleinen Treppe stehengeblieben, die vom Foyer in die Bar führte.

Wohlgemuth reichte ihm die Hand. John ließ seinen Blick nicht von der Bar.

»Wer ist das?«

»Edgar. Ich sagte doch, daß ich ihn mitbringen werde.«

»Der andere!«

»Er heißt Bannert. Doktor Bannert. Er kann uns helfen.«

»Ein Kollege von dir?«

»Ein Journalist.«

John drehte auf der Stelle um. Wohlgemuth machte eine beschwichtigende Handbewegung zum Tresen, dann rannte er hinter John her. In der Mitte des Foyers holte er ihn ein.

»So warte doch, Otto! Hör mich wenigstens an!«

John blieb stehen, weil er nicht noch mehr Aufsehen erregen wollte.

»Bist du wahnsinnig?!« zischte er.

»Bannert ist ein Fachmann, und er ist auf unserer Seite.«

»Ein Fachmann wofür?«

»Für Erpressungen.«

John wurde laut. »Du scheinst völlig den Verstand verloren zu haben!«

»Rede doch mit ihm, du wirst schon sehen: Bannert will uns helfen!«

202

»Wenn ich erpreßt werde, rede ich mit der Polizei oder mit Leuten aus meinem Haus, aber nicht mit der Presse!!«

»Du mußt ja nichts sagen, du mußt ihn bloß anhören. Er weiß bestens Bescheid.«

»Worüber?!«

»Über die, die dir schaden wollen!«

»Tu mir einen Gefallen, Wowo: Ruf nie wieder bei mir an!«

John verließ das Hotel. Draußen nieselte es – aber in der Luft lag schon wieder ein schwerer Regen. Am schwarzen Dom lief das Wasser des letzten Schauers herunter. Die Leute rannten über den Domplatz wie bei einem Bombenalarm.

John klappte seinen Kragen hoch. *Die, die dir schaden wollen!* Er schaute sich vorsichtig um. Die beiden Angestellten am Empfang redeten aufeinander ein. Es war ein Fehler, einfach abzuhauen, dachte er. Ich bin doch nicht auf der Flucht, ich habe wieder Oberwasser, vor einer halben Stunde habe ich Reinhard Gehlen abgeschmiert wie einen dummen Jungen. Ich kann es mir doch erlauben, einen Journalisten anzuhören. Vielleicht hat dieser Bannert ja wirklich was zu sagen. Ganz unverbindlich.

John kehrte um.

Bannert war im Alter von John und Wowo. Er wirkte etwas schwammig, er hatte eine Halbglatze und rote Kinderohren, seine großen, grünen Augen wanderten unruhig, seine Lippen schwollen beim Reden an, sie schienen jeden Moment zu platzen, sie erinnerten John an obszöne Meerestiere.

Bannert trug eine Intellektuellenbrille mit Goldrand, seine Stimme klang ruhig und samten. Der Mann war Journalist – und wirkte dennoch gütig wie ein Volksschullehrer.

Wowo stellte ihn vor. »Der Doktor ist eine Kapazität, er hat schon publizistische Preise von amerikanischen Presseoffizieren erhalten ...«

»Was ja nichts heißt!« sagte John.

Dann drückte er Edgar die Hand. Der Junge machte ein belemmertes Gesicht, offensichtlich ging ihm die Sache nahe. »Herr

Doktor John, ich kann mir beim besten Willen nicht erklären, wie diese Fotos entstanden sind.«

Wowo bestellte für John einen Whisky. John nahm neben Wowo Platz.

Die schlanke Barfrau, die ein quittengelbes, etwas zu großes Cocktailkleid trug, brachte Johns Getränk und lächelte ihn an, als hätte sie den ganzen Abend auf diesen einen Gast gewartet.

Sie stießen an. Die anderen tranken giftgrüne Cocktails.

Bannert begann, sobald er sein Glas wieder auf dem Papieruntersetzer mit dem Emblem des Hotels abgestellt hatte. »Ich recherchiere seit eineinhalb Jahren an einer Sache, die Sie interessieren wird, Herr Doktor John. Es geht dabei um eine ganze Reihe von ähnlich gelagerten Erpressungsfällen. Nach meinen Erkenntnissen laufen alle Stränge an einem Punkt zusammen. Wir haben es mit einem Serientäter zu tun, und alles deutet darauf hin, daß Sie, Herr Doktor, auch ein Opfer dieses oder dieser Täter geworden sind.«

»Warum gehen Sie mit Ihrem Wissen nicht zur Polizei?« fragte John trocken.

Bannert trank wieder einen Schluck. »Die Angelegenheit ist zu heikel. Ich bin der Meinung, daß dahinter ein Komplott steckt.«

»Ein Komplott?« John war erstaunt.

»Wissen Sie, nicht jeder Fall ist gelagert wie Ihrer, Herr John. Andere Betroffene zahlen, weil sie wirklich etwas zu verbergen haben. Bei Ihnen handelt es sich ja – soweit ich das übersehe – nur um einen Schuß ins Dunkle.«

»Eben, deshalb finde ich dieses Treffen hier überflüssig.«

»Das finde ich nicht!« sagte Bannert. »Alle Betroffene sind Leute, die in wichtigen Positionen sitzen. Industrielle, Gewerkschafter – auch Journalisten. So ein Kartell müßte Sie, Herr John, nicht nur als Betroffener interessieren, sondern auch als Verfassungsschützer.«

»Was wissen Sie über die Drahtzieher?«

»Ich weiß viel. Ich weiß, daß die Opfer aufgefordert werden, einen genau festgelegten Betrag an einem bestimmten Datum auf das Konto der Kriegsgräberfürsorge einzuzahlen. Der Erpresser schiebt idealistische Motive vor – angeblich sorgt er sich um die Moral in unserem Land. Er macht aber auch keinen Hehl daraus, daß er sich weiter melden wird. Die Opfer sind verunsichert. Viele zahlen. Damit sind sie geliefert. Die Überweisung an die Kriegsgräberfürsorge ist das Eingeständnis einer Schuld. Sie machen sich erst recht erpreßbar. Auch wenn sie sich eigentlich nichts zuschulden haben kommen lassen, es sich aber nicht leisten können, ins Gerede zu kommen.«

»Da mußte doch was gegen unternehmen, Otto!« pflichtete Wowo Bannert bei.

»Offensichtlich wissen Sie nicht, wer dahinter steckt!« sagte John. »Sie bringen da nur ähnliche Fälle zusammen. Ein Komplott! Mit welchem Ziel denn?«

»Einfluß gewinnen. Macht sammeln. Mitmischen. Mit einer Riege von zehn oder fünfzehn erpreßbaren Politikern ist man in diesem Land mächtiger als der Kanzler.«

John lachte. »Nicht als dieser Kanzler, Herr Doktor Bannert. Sie unterschätzen Adenauer!«

Bannert trank wieder. Dann sagte er: »Und wenn die Spuren in seine Umgebung führen?«

John gab sich Mühe, sich seine Erregung nicht anmerken zu lassen. »Wie kommen Sie denn auf so was?«

Bannert wandte sich an Edgar: »Erzählen Sie's ihm!«

Edgar schaute unsicher von Bannert zu Wowo. Erst als der nickte, begann er: »Es war etwa vier oder fünf Wochen vor diesem ... naja, dem Abend, an dem Sie bei mir waren, Herr John. Ich hatte einen Auftritt in einem Berliner Kellertheater. Sartre. ›Die Fliegen‹. Es war lausig kalt, es stank nach Briketts, und es saßen nur fünfzehn oder sechzehn Zuschauer rum. Aber was macht man nicht alles für die Kunst?«

Offensichtlich erwartete er Zustimmung, als aber niemand sich dazu durchringen konnte, fuhr Edgar mit einem Seufzer fort: »Danach ist es immer furchtbar. Man ist ausgespielt, hat Hunger, und die Kälte frißt einem an den Kaldaunen. Deshalb war ich auch richtig *happy*, als mich ein Mann ansprach. Nicht, was Sie jetzt denken: Die Sorte geht nicht in ein Kellertheater in Kreuzberg. Nein, es handelte sich um einen jungen Rechtsanwalt. Übrigens recht gutaussehend. Wir aßen bei *Hardtke*, in der Meinekestraße. Ich bekam seit vier Tagen zum ersten Mal wieder was Warmes in den Bauch ...«

Wowo lachte böse, John warf ihm einen strafenden Blick zu. Edgar war rot geworden, fuhr aber unbeirrt fort: »Mein Gastgeber schaute mir beim Essen zu. Ich hatte das berühmte Eisbein bestellt, mit Kartoffelbrei und Sauerkraut. Der junge Rechtsanwalt trank einen Schinkenhäger und aß bloß einen Herrentoast, und den nicht mal zur Hälfte. Er war etwas nervös. Als ich gegessen hatte, sprachen wir über die Aufführung. Obwohl Herbert – so, sagte er, war sein Name – behauptete, wenig vom Theater zu verstehen, war er meiner Meinung: Die Inszenierung war läppisch, der Regisseur – ein einundzwanzigjähriger Großkotz – hechelte der Sensation hinterher, von dem Stück hatte er nichts verstanden. Aber was soll unsereiner schon machen? Es gibt keine Herausforderungen für einen ambitionierten Schauspieler in Berlin. München ist da anders.«

»Weiter!« drängte Dr. Bannert.

»Wir aßen noch Karamelpudding – es war ein richtig schöner Abend, und so unvorhergesehen. Die unvorhergesehenen Abende sind die schönsten, finden Sie nicht auch?«

Keiner der drei antwortete ihm, Edgar wurde sachlicher: »Ich dachte, irgendwann muß er doch zur Sache kommen, irgendwann wird er die Katze aus dem Sack lassen. Ach, da fällt mir ein, er hatte einen Sprachfehler.«

»Einen Sprachfehler?« fragte John.

Edgar gab sich Mühe, professionell zu imitieren. »Er lissspelte. Ziemlich ssstark sogar. Ganz sssssüß, so verlegen, und dennoch so ... seriös, ein richtiger kleiner, erfolgreicher Mann. Ich dachte, wenn er jetzt sagt, komm mit auf mein Zimmer, fall ich ihm hier zwischen all den Eisbeinessern um den Hals.«

Wowo rollte die Augen.

»Aber er sagte es nicht. Er sagte ganz andere Sachen, und seine

Wangen glänzten dabei wie Marzipan. Und je mehr er redete, desto hübscher glänzten seine Wangen. Wir rauchten seine Eckstein-Zigaretten, und er redete. Er dauerte, bis er mir alles auseinandergesetzt hatte ...«

»Was denn!?« drängte John.

»Herbert ist – wie gesagt – Rechtsanwalt. Er vertritt eine Frau in einer Scheidungssache. Scheidungssachen sind Herberts Spezialität. Er sagt, damit ist die meiste Kohle zu machen ...«

»Welche Frau?« fragte John ungeduldig.

Edgar schaute ihn mitleidig an. »Ihre, Herr Doktor John!«

15. KAPITEL

Gehlens Chauffeur raste mit aufgeblendeten Scheinwerfern über die leere Autobahn Stuttgart-München.

In Gehlen arbeitete es, seine zierlichen Finger rangen miteinander. Mellenthin wußte, daß es besser war, den Mund zu halten, wenn der General in diesem Zustand war. Er konnte jähzornig werden, wenn man einen falschen Ton anschlug, und dann Dinge sagen, die nicht mehr rückgängig zu machen waren, zumindest nicht, wenn man so stur war wie Reinhard Gehlen.

Hinter Ulm seufzte der General tief. »Ich bin müde, wirklich müde, und ich muß nachdenken. Würde es Ihnen was ausmachen, Mellenthin, wenn wir erst zu mir rausfahren, zum Starnberger See? Dann muß ich den Umweg über München nicht mitmachen. Sie lassen mich raus und fahren dann von Starnberg aus in die Stadt rein.«

»Selbstverständlich, Herr General.«

»Wissen Sie, es ist so: Ich muß morgen früh ins Realgymnasium. Eine unangenehme Sache, der Direktor hat schon zweimal angerufen.«

Gehlen war Elternbeirat im Starnberger Realgymnasium. Der ganze Dienst schmunzelte darüber, daß der General sich derart abmühte, seiner bürgerlichen Existenz als Patentkaufmann gerecht zu werden.

»... deshalb wär's mir unangenehm, wenn's heute abend spät wird. Diese selbstherrlichen Gymnasialdirektoren pflegen den Elternbeiratsvorsitzenden vor Unterrichtsbeginn zu empfangen. Also morgen früh um sieben, und dann auch noch wegen unbedachter Äußerungen eines Geschichtslehrers zu Landsberg.«

Landsberg war in Bayern das populärste Thema dieses Sommers. Dort saßen im *War Criminal Prison* Kriegsverbrecher ein, die die Alliierten partout nicht begnadigen wollten, obwohl die bayerische Bevölkerung der Meinung war, daß genügend Zeit zur Sühne vergangen war und seit 1951 wöchentlich Protestprozessionen zum Zuchthaus Landsberg veranstaltete.

»Aber das ist doch selbstverständlich!« erklärte Mellenthin zackig, obwohl er stinksauer über den Umweg war, der ihn etwa eine Stunde kostete und verhinderte, daß er noch zu *Stockinger* gehen konnte, wo sein bester Freund, der aufstrebende Feinkostkönig Münchens, seinen Fünfzigsten feierte. Im Gegensatz zu seinem Chef, der München, seine Feste, seine Theater und Konzerte verabscheute, verspürte Mellenthin einen starken Hang zur Kultur. Wäre er nicht Berufssoldat geworden und wäre der Krieg nicht dazwischengekommen, hätte er sich an der Kunsthochschule beworben.

Gehlens Oberkörper schoß vor. »Niemals lassen die in Washington uns so ins offene Messer laufen!«

Mellenthin wußte, daß er jetzt gefragt war. »Und wenn Eric Waldman dahintersteckt?«

Gehlen schüttelte den Kopf. »Ich habe dafür gesorgt, daß der aufs Altenteil geschoben wird. Der nervt irgendwelche Studenten der Politischen Wissenschaft mit seinem hochtrabenden Getue, unser *Controler*. Nein, der ist längst aus dem Spiel. Und selbst wenn er uns auf diese Weise desavouieren wollte ... es gibt genügend Leute, die mich bei ähnlichen Gelegenheiten gewarnt haben und wieder warnen würden.«

»Aber diesmal hat uns niemand gewarnt. Oder?«

Gehlen antwortete sehr leise: »Niemand!«

Bei Fürstenfeldbruck bogen sie von der Autobahn ab und fuhren auf der Bundesstraße in Richtung Starnberg.

Mellenthin lächelte. »Irgendwie hat die Sache ja was Gutes ...«

»Ich wüßte nicht was!« fauchte Gehlen.

»Wenn wir es nicht per Kurzschluß versucht hätten ... Wenn wir also nicht zu John gegangen wären, um ihn einzuschüchtern ... Wenn wir also direkt mit dem Washingtoner CIA-Dossier in den Innenausschuß gegangen wären oder sogar ins Kanzleramt ...«

»Dann hätten sie uns dort geschlachtet!« sagte Gehlen.

»Genau!«

Der Chauffeur hupte mit einem Dauerton, um einen Radfahrer zur Seite zu jagen, der Mann geriet aus dem Gleichgewicht und mußte absteigen, er zeigte dem schweren Dienstwagen die Faust.

»Fahren Sie gefälligst ordentlich, Sie sind hier in Bayern und nicht mehr in Rußland!« ermahnte Gehlen seinen Chauffeur.

»Und wenn Dulles es war ...«, gab Mellenthin vorsichtig zu bedenken. »Wenn es Dulles selber war, dann hätte niemand gewagt, uns zu warnen.«

»Aber warum bloß? Warum sollte Dulles uns reinlegen?!« Mellenthin überlegte. »Vielleicht sind sie dahintergekommen.«

»Wohinter denn, um Gottes willen, Mellenthin?«

»Hinter unsere Abteilung ›35‹.«

Gehlen überlegte. Dann dozierte er abgehackt: »Erstens. Wir haben das Unternehmen wasserdicht gemacht. Niemand kommt dahinter ...«

»Eland?«

»Der hat nichts gewußt, der hat doch bloß spintisiert, ein armer Irrer!« Nach einer Pause wurde er nachdenklicher. »Vielleicht hat er irgendwo mal was aufgeschnappt. Zweitens. Wenn Dulles – *against all odds* – etwas spitzbekäme, Mellenthin, was glauben Sie, was er tun würde?«

»Also, zum nächsten Polizeirevier rennen würde er nicht.«

»Sondern?!« fragte Gehlen grinsend.

Mellenthin wollte jetzt nichts Falsches sagen. Er wußte, daß der General nichts mehr haßte und nichts schwerer ahndete als die Behandlung seiner vermeintlich guten Einfälle als Schnapsideen – auch wenn sie es oft genug waren, vor allem damals, in der Gruppe »Fremde Heere Ost«.

»Dulles würde, naja, er würde sich die Abteilung ›35‹ aus sicherer Entfernung anschauen.«

»Daß er unsere Abteilung ›35‹ beobachtet, dafür haben wir keine Anzeichen, oder!?« unterbrach ihn Gehlen ungeduldig, er fieberte seinem Triumph entgegen.

»Nein, Chef, das hätte ich Ihnen sofort berichtet.«

»Eben! Weiter!«

Mein Gott, dachte Mellenthin, wie dieser Kerl sich wieder auf-
spielt, was er sich auf seine Hirnpupse wieder einbildet, dabei
mache ich ihm doch die Arbeit. Die Abteilung ›35‹ – das ist ganz
allein auf meinem Mist gewachsen. Er hat doch nur zugestimmt, er
hat doch nur die Mittel freigeschaufelt.

»Ich glaube fast, Dulles ... er würde sich die Maschinerie zunut-
ze machen, die wir geschaffen haben.«

Gehlen redete mit ihm wie mit einem begriffsstutzigen Schüler.
»Mensch, Mellenthin, die haben da drüben den Adenauer doch so
was von satt. Der Alte tanzt denen auf der Nase herum. Bei der
CIA wäre ihnen nichts lieber als ein 8000 Kilometer langer Draht
zwischen Langley und dem Schwanz des Alten, an dem sie nur ziehen müßten, wenn ihnen was nicht paßt. Und diesen Draht, den
hätten sie mit unserer Abteilung ›35‹. Zumindest könnten sie das
glauben.«

»Und wir?« Mellenthin stellte sich dumm.

»Naja«, spreizte sich der General. »Wir sehen uns das sehr
genau an. Und wir überlegen uns ebenso genau, was wir den Amis
gestatten und was nicht. Und ab und zu ziehen wir in Pullach mal
kräftig an dem Draht – und dann kocht in Langley, Virginia, die
Suppe über, Mellenthin, kapiert?«

Wie ein kleines Kind, dachte Mellenthin, wie ein kleines Kind
sich Geheimdienste vorstellt.

»Und? Was sagen Sie?« fragte Gehlen.

»Genial, Herr General!«

Gehlen schaute zufrieden aus dem Fenster.

Mellenthin lief die Galle über. Jetzt hat er sicher einen Ständer,
der Alte, dachte er. Die Abteilung ›35‹, das sollte mal der Nukleus
eines künftigen Inlandsgeheimdienstes sein, eines modernen,
zweckmäßigen, selbstbewußten Dienstes. Nicht wie diese ver-
schnarchte Pazifistenloge von John – und was machte dieser Ope-
rettengeneral daraus: ein Kasperletheater, mit dem er die Amis
übertölpeln will. Die lachen dich doch aus, Reinhard!

Mellenthin besaß noch soviel Selbstachtung, daß er Gehlen seinen Triumph nicht gönnte. »Und was ist nun mit John?« fragte er heimtückisch.

Gehlen fing an zu schreien: »Wenn's auf die schnelle Tour nicht geht, geht's auf die langsame. Seine Tage sind gezählt, John muß weg!«

16.KAPITEL

Die Barfrau hatte schon dreimal die letzte Runde angekündigt, aber Wowo wollte zeigen, daß sein Charme eine erfahrene
Barkeeperin davon abbringen konnte, Feierabend zu machen. Er
langte über den Tresen, packte ihre Hand, zog sie zu seinem Mund
und küßte die knallroten Spülknöchel. Die Barfrau wirkte gelangweilt, sie wollte schließen und abrechnen. Doch Wowo gab nicht
auf.

»Und wenn wir uns zusammen mit einem Notaggregat auf mein
Zimmer verziehen? Madame könnte uns dort weiterbedienen, ohne
mit dem Hotelreglement in Konflikt zu geraten.«

»Mein Verlobter wartet draußen!«

John lallte bloß noch. »So laß das Mädel doch gehen, wenn sie
nicht will!«

Dr. Bannert vertrug was, er trank ebenso schnell wie John, aber
man merkte ihm nichts an. »Wir haben sie in der Hand, Herr
Doktor!« sagte er schon zum wiederholten Mal. »Wenn wir den
Laden auffliegen lassen, muß die ganze Blase gehen. Einschließlich ...«

John schlug mit der Faust auf den Tresen. » ... einschließlich des
Kanzlers. Wir wären ihn endlich los, den arroganten alten
Scheißer! Ich konnte Rheinländer noch nie ausstehen – wie alle
guten Hessen.«

»Nicht so laut!« dämpfte Bannert, und dann erleichtert: »Sie
sind Hesse, Herr Präsident?«

»In Treysa geboren, in Wiesbaden groß geworden.«

»Ich auch«, jubelte Dr. Bannert. »Ich komme aus Marburg.«

»Jetzt ist aber endlich Schluß!« schimpfte die Barfrau, als
Wowo versuchte, hinter den Bartresen zu gelangen und sie an sich
zu ziehen. »Ich hole den Geschäftsführer!«

Immerhin wich Wowo zurück. »Den brauchen wir sowieso, wir wollen nämlich noch ein Zimmer.«

»Wir sind ausgebucht – soweit ich weiß«, entgegnete sie.

»Das wollen wir doch mal sehen!« brüllte Wowo lachend – dann aber leiser zu John: »Oder möchtest du bei Edgar unterkriechen?«

»Leck mich!« murmelte John.

Der Geschäftsführer kam wirklich. Wowo steckte ihm einen Geldschein in die Reverstasche seines taubenblauen Anzuges, und es fand sich noch ein Kämmerchen für John, der die ganze Zeit behauptete, nicht bleiben zu wollen, aber auch schon zu betrunken war, um sich noch auf den Heimweg zu machen.

Wowo und Bannert waren der Meinung, man habe die Angelegenheit noch lange nicht zu Ende besprochen. Sie erstanden einen Arm voll Flaschen und drei Gläser.

Im dritten Stock begutachteten sie lärmend Johns Quartier, befanden es als zu eng für ihre Bedürfnisse und zogen in das Zimmer von Dr. Bannert um. Da sich nicht genügend Sitzgelegenheiten fanden, wurden John und Edgar aufs Bett plaziert, während sich Wowo und Bannert auf den Schreibtischstuhl und den Badezimmerhocker niederließen.

Wowo öffnete gleich zwei Flaschen Wodka und schenkte ein. Bannert faßte die Ergebnisse der Beratung zusammen: »Dieser Herbert – natürlich ist das nicht sein richtiger Name – er ist in einem Hotel am Anhalter Bahnhof abgestiegen ...«

»Ich bin ihm heimlich bis dahin gefolgt«, berichtete Edgar. »Direkt an der Stresemannstraße, früher war es ein Hospiz – glaube ich.«

»Kenn ich!« rief John. »Da hat Goerdeler immer gewohnt, wenn er in Berlin war. Ein ziemlich kalter Laden, aber nicht teuer.«

»Ich wollte mich beim Empfang erkundigen, aber mehr als die Zimmernummer war nicht rauszukriegen. Er wohnte auf Zimmer 21. Dann haben sie mich auch noch ziemlich rüde weggeschickt, diese ...«

Bannert unterbrach ihn. »Für so was bin ich ja da.«

Er stand auf, ging zum Schreibtisch und nahm ein dickes Notizbuch aus der Schublade. Er blätterte mit spitzen Fingern, die Seiten waren abgegriffen und vollgekritzelt.

Er nahm wieder Platz. »Ich hab' mich mal dahintergeklemmt. Mir gegenüber waren die Hotelangestellten etwas offenherziger.« Er rieb den Daumen auf dem Zeigefinger. Dann las er vor. »Für die fragliche Zeit war wirklich ein junger Rechtsanwalt in dem Zimmer 21 abgestiegen. Der Gast hieß aber nicht Herbert, sondern Iginhart.«

»Iginhart?« rief Wowo. »Das klingt ja wie ein Pelztier.«

»Iginhart Sperenberg. Rechtsanwalt in Frankfurt am Main. Aus der Sozietät Kiel und Syberberg. Hat Ihre Gattin Kontakt zu dieser Kanzlei, Herr Doktor John?«

John schien aus seinem Rausch zu erwachen. Er erhob sich ächzend von der Bettkante; dabei ruderte er mit den Armen wie einer, der aus dem Gleichgewicht gerät. Edgar stützte ihn ab.

»Ich muß los!« verkündete John und wollte zu Tür.

Wowo stellte sich ihm lachend in den Weg. »Aber, Otto, so kannste doch nich da raus!«

Bannert erhob sich. »Was ist jetzt, Herr John? Glauben Sie, daß Ihre Frau die Sozietät Kiel und Syberberg beauftragt hat?«

John winkte ab. »So'n Quatsch. Meine Lucie will sich doch nicht scheiden lassen!«

»Wär ja auch blöd, wenn sie's täte!« stimmte Wowo zu.

»Aber Sie scheinen die Sozietät zu kennen?« fragte Bannert.

»Nein!« sagte John. »Ich kenne die Klitsche nicht. Aber dieser Heini, der den Edgar auf mich gehetzt hat – dessen Namen habe ich schon gehört.«

Bannert und Wowo sahen sich groß an.

Edgar verstand nichts. »Soll das heißen, daß es doch um eine Scheidungssache ging?«

John schüttelte den Kopf. »Nein. Sperenberg heißt der Frankfurter Verlobte von Annemarie von Lewinski.«

»Wer zum Teufel ist das denn nun wieder?« fragte Wowo.

»Adenauers Vorzimmerfräulein!« antwortete John.

Die drei Männer sahen sich schweigend an. Dann sagte Wowo: »Darauf einen Dujardin!« und füllte die Gläser.

Als sie angestoßen und getrunken hatten, klopfte John sich auf den Magen und sagte: »Das ist ein großer Tag, wir haben sie ... wir haben sie in der Tasche. Die unverschämte von Lewinski und sogar ...«

»... Adenauer!« sagte Dr. Bannert. Sie fielen sich in die Arme.

Bannert entwarf einen Schlachtplan. »Wir brauchen Spielmaterial. Das lassen wir ihnen zukommen. Noch haben sie nämlich nichts in der Hand ... es ist ja nichts passiert, oder?«

Edgar war sehr eifrig. »Natürlich nicht. Ich dachte nicht eine Sekunde daran, bei so was mitzumachen. Der Doktor war bei mir oben und trank einen Kaffee. Dann ging er wieder. Wir haben uns nicht mal die Hand gegeben zum Abschied, nicht wahr, Herr Doktor John?«

John nickte unwillig. Wowo drängte ihn zum Bett zurück.

Bannert war hellwach. »Also: Die Herrschaften haben nur mal vorgefühlt. Auf Verdacht hin. Sie dachten: Das reicht, der Verfassungsschutzpräsident kommt nachts aus der Wohnung eines hübschen Schauspielerlümmels, das kostet seinen Hals. Um sie aber am Schlawittchen zu packen, brauchen wir harte Fakten. Nur mit harten Fakten kann ich die Story machen.«

»Welche Story?« fragte John.

Wowo erklärte stolz: »Dr. Bannert ist Ressortleiter beim ›Spiegel‹!«

»Wie bitte?!« schrie John auf.

»Aber Herr Doktor, Sie kennen doch die Verhältnisse in unserem Land«, beschwichtigte Bannert. »Ohne Öffentlichkeit werden wir den Betonblock nicht sprengen. Dazu ist der Alte zu mächtig, der knickt Ihnen doch jedes Gerichtsverfahren ab. Bis nach Karlsruhe. Ehe Sie sich's versehen, Herr John. Wir dürfen da nicht naiv sein. Ohne nicht mindestens eine Titelgeschichte im ›Spiegel‹ fällt keine Bonner Regierung. Vertrauen Sie da auf uns, wir verstehen unser Geschäft.«

John schaute Wowo an: »Woher kennt ihr euch eigentlich?«

Wowo grinste. Er liebte es, Prominente zu sammeln wie andere Leute Briefmarken. Er behandelte ihre Frauen, er ging auf ihre

Partys, er ließ sich von ihnen hofieren. So hatte er es schon bei den Nazis getan, und so tat er es auch jetzt. Eine Vagina ist überparteilich, pflegte der Gynäkologe im engsten Kreis zu tönen, wenn man ihn danach fragte, ob er keine Probleme damit hätte, einen Abend bei der Gattin eines Berliner SPD-Bezirksbürgermeisters eingeladen zu sein und einen anderen bei der des CDU-Fraktionsvorsitzenden.

»Wir kennen uns schon über zehn Jahre. Dr. Bannert war früher an der Universität in Berlin und hielt Vorträge.«

»Über Außenpolitik. Mein eigentliches Ressort, bis die Nazis mich verjagt haben.«

Wowo fügte schnell hinzu: »Als ich Wind davon bekam, daß er nach Hannover gegangen ist, um zu Augstein zu stoßen, habe ich ihn natürlich gleich angerufen. Wer hat schon das Vergnügen, einen leibhaftigen ›Spiegel‹-Redakteur zu seinen Partys einladen zu können?«

Bannert winkte lachend ab. »Wowo übertreibt mal wieder. Es ist eher so, daß sich in unserem Haus alle Berliner darum reißen, mit Wowo mal um die Häuser zu ziehen.«

»Darauf trinken wir!« verkündete Wowo. Sie tranken und nahmen wieder Platz. Wowo schenkte sofort nach.

Bannert schaute nachdenklich John und Edgar an. »Wir müßten sie mit den eigenen Waffen schlagen!«

Er stand auf und öffnete den zweiflügeligen Kleiderschrank. Er kramte in seinem Koffer. Als er sich umdrehte, hielt er eine Voigtländer-Kamera vor seinen Bauch, das braune Lederetui war aufgeklappt, auf der Kamera saß ein schwerer Blitz, Bannert schraubte ein Birnchen ein.

»Was hast du vor?« fragte Wowo.

»Mensch, Wowo, alter Gebärmutterklempner, kapierst du denn nicht? Schau dir unsere beiden Freunde doch an, wie sie hier sitzen! Wie ein frischgetrautes Paar! Das ist doch genau das Motiv. Gerade pikant genug, daß die Herrschaften in helle Aufregung geraten. Edgar wird es ihnen zuspielen. Nicht wahr, Edgar, du rufst diesen Sperenberg an und sagst, ich habe da was für Sie?! Aber fünfhundert Mark kostet der Spaß. Dann sollen sie ihre Daumenschrauben anlegen. Wir sind ihnen einen Schritt voraus.«

»Sie sind verrückt!« sagte John tonlos.

»Nein, das ist unsere große Chance. Wir brauchen einen schlagenden Beweis. Erst wenn sie sich regen, wenn sie sich nachweisbar regen, dann gehen wir damit an die Öffentlichkeit. Wir lassen die Bombe platzen. Ich sehe schon die ›Spiegel‹-Titelzeile: Kanzleramt in Erpressungsaffäre verwickelt, Adenauer macht sich seine politischen Widersacher mit kriminellen Methoden gefügig ... oder so ähnlich ... « Er wirkte etwas verlegen. »Die Titelschlagzeile macht Augstein immer selbst!«

John schüttelte den Kopf. »Sie vergessen mich dabei. Wie stehe ich da, wenn die Fotos präsentiert werden? Dann heißt es: Seht ihr, es war doch was dran, der Präsident des Bundesamtes für den Verfassungsschutz treibt's mit Männern.«

»Wir wissen doch, daß es nicht so ist, Menschenskind!« drängte Bannert.

Auch Wowo schien sich mit Bannerts Plan angefreundet zu haben. »Ist doch alles ganz einfach, Otto: Weder bläst er dir einen noch du ihm ...«

Bannert hob die Kamera: »Einfach nur dasitzen und sich wohl fühlen, in einem verschwiegenen Kölner Hotelzimmer.« Er schaute durch den Sucher.

John wehrte mit beiden Händen ab. »Kommt nicht in Frage!«

Wowo aber war Feuer und Flamme. »Mann, Otto, du bist doch sonst nicht so jungfräulich. Sobald die Sache ausgekocht ist, stehen wir zu viert auf und sagen: Das Foto ist in einer ganz und gar unverfänglichen Situation entstanden. Bei einer Herrenfeier in einem Kölner Hotel. Keine Perversionen, keine unsauberen Spielereien, einfach vier Männer, die mal einen draufmachen, drei davon notorische Frauenfresser – oder sagen wir: vier, Edgar zuliebe.«

»Ich weiß nicht, irgendwie kann das doch in die Hose gehen«, fand auch Edgar.

»Was hier in die Hose geht, bestimme immer noch ich!« tönte Wowo.

John wollte wieder aufstehen. Wowo packte seinen Oberarm und nötigte ihn sitzenzubleiben. »Hör mal, Otto, wir sind hier zu dritt angereist, um dir aus dem Schlamassel zu helfen, klar. Nun mach du dir nicht selbst einen Strich durch die Rechnung!«

»Halt deinen Mund!« befahl ihm John. »Du verstehst vielleicht etwas von Medizin, aber nichts von Politik!«

Bannert ließ die Kamera wieder sinken. »Herr John, eines müssen Sie doch zugeben: Wenn die Sache zu Ihren Lasten ausgeht, sehe auch ich blöd aus. Wir brauchen ein bemitleidenswertes Opfer für meine Titelstory, keinen Hundertfünfundsiebziger, von dem die Leute sagen: Der hat's doch nicht anders verdient.«

»Was fällt Ihnen ein?!« lallte John.

»Ich weiß doch, daß Sie sauber sind, Herr Präsident! Das wissen wir doch alle, nicht wahr?«

Wowo und Edgar nickten brav.

»Sonst würden wir das doch gar nicht machen. Allein schon wegen des Risikos nicht«, sagte Bannert.

Wowo schenkte wieder ein, sie tranken. Dann legte Edgar schüchtern seinen Arm um Johns Schultern. Die beiden wirkten etwas gehemmt, immerhin lächelten sie schwach.

»Wowo muß auch drauf!« forderte John. »Sonst glaubt uns keiner die Herrenrunde.«

Bannert protestierte: »Dann können wir's gleich als Grußpostkarte verschicken! Leute, das soll doch 'ne Erpressung werden.«

Aber John beharrte darauf. Also kniete sich Wowo auf das Bett und schaute etwas belemmert hinter Edgar und John hervor.

Jetzt sieht es wirklich nach einer Junggesellenpartie aus, fand John – und im Grunde ist es ein netter Abend, mal ganz abgesehen davon, daß es sich um eine Siegesfeier handelt. Um meine Siegesfeier. Ich habe gesiegt, auf der ganzen Linie, vielleicht zum ersten Mal in meinem Leben.

Als Edgar seinen Kopf zaghaft gegen Johns Schulter lehnte, erhellte Bannerts Blitzlicht den Raum.

John erwachte um acht Uhr. In die fensterlose Kammer drang kein Licht. Nur die Phosphorziffern seiner Fixoflex leuchteten. Sein Kopf schmerzte, aber er war sofort hellwach. Er wußte nicht mehr, wie er in die Kammer gekommen war.

Im Flur roch es nach Bohnerwachs, irgendwo wurde gestaubsaugt.

John suchte die Flurtoilette. Er wusch sich Hände und Gesicht und trocknete sich mit Toilettenpapier ab.

Als er an Wowos Zimmertür klopfte, antwortete niemand. Die Tür war unverschlossen, das Bett war zerwühlt, der Schrank stand offen und war leer. Auch Bannert war schon ausgeflogen. In Edgars Zimmer sah John gar nicht erst nach.

Die drei hatten schon um sieben Uhr gefrühstückt und waren dann ziemlich eilig aufgebrochen, erfuhr er vom Frühstückskellner. John trank ein kleines Kännchen schwarzen Kaffee und aß ein Hörnchen mit Butter und Honig. Als er seine Zimmerrechnung zahlte, händigte ihm der Empfang eine Nachricht aus: »Wir werden sie schaffen. Bis bald in Berlin.« Unterschrieben hatten Bannert und Wowo.

John fühlte sich trotz seiner Kopfschmerzen ausgezeichnet. Ausnahmsweise brach die Sonne durch den wolkenverhangenen Regenhimmel. Der feuchte Dom leuchtete. Ein gutes Zeichen. Auf das Wetter konnte man sich verlassen – eher als auf das Rolladenkurbeln.

Er ging zu Fuß durch die Innenstadt. Um diese Zeit war er meistens im Wagen unterwegs und las irgendwelche Akten. Nun hatte er Augen für die Menschen. Kaufleute öffneten ihre Läden, Kinder trotteten zur Schule. In der Hohen Straße stellte eine Blumenverkäuferin mannshohe, giftgrüne Gewächse in schweren Tontöpfen aufs Trottoir. Sie trug eine Lederschürze und Gummistiefel und zog einen Gartenschlauch aus dem Kellerloch, mit dem sie die Pflanzen bewässerte. Sofort suchten sich Rinnsale ihren Weg zur Straße. John stapfte munter hindurch.

»Dat is nicht gut für Ihre Treter!« riet ihm die Verkäuferin. Ihre Wangen waren rot geädert, sie hatte ein lebensfrohes Gesicht.

John betrat den Laden und suchte sich eine weiße Nelke aus. Die Verkäuferin drehte den Schlauch ab, schüttelte ihre roten Hände trocken und nahm die dreißig Pfennig für die Blume in Empfang. »Für's Revers?« fragte sie John.

John hatte nicht daran gedacht, aber jetzt fand er den Gedanken, mit einer Nelke im Knopfloch im Amt zu erscheinen, seiner Stimmung angemessen.

Die Verkäuferin schnitt ihm die Blume zurecht und steckte sie ihm ans Revers. Dabei rückte sie die Jackenaufschläge mit dem Stolz einer Ehefrau zurecht. »So, der Herr, die Kollegen werden staunen!«

Am liebsten hätte John sie geküßt.

17. KAPITEL

Das Institut für experimentelle Krebsforschung der Universität Heidelberg befand sich in einem schmalen, alten Gebäude, das schwer zu finden war. In Vergleich zur Charité wirkte das Institut des international angesehenen Hans Lettré wie ein Hexenhäuschen.

In Heidelberg würde Dr. Wolfgang Wohlgemuth sich nicht wohl fühlen, das wußte er jetzt schon. Er brauchte viel Luft um sich herum und hatte immer schon unter einer eigenartigen Angst vor verwinkelten Bauten gelitten. Aber wenn es um seine Zukunft als Krebsforscher ging, war Wowo bereit, auf vieles zu verzichten: auf Berlin, auf die Frauen, auf die Bars, ja, sogar auf die Charité, wo sie ihn – das war nun ganz klar – nicht haben wollten.

Er war gezwungen, einen Umweg zu nehmen: über das verschlafene Heidelberg mit seinem Kopfsteinpflaster und den engen, bierdunstigen Gassen. Lange würde sein Zwangsaufenthalt am Neckar sowieso nicht dauern. Sobald er – mit Lettrés Hilfe – seine Forschungsergebnisse verifiziert und über die internationale Fachpresse veröffentlicht hatte, würde er in ein größeres Institut wechseln. Und irgendwann – dann, wenn sein Name auf immer und ewig mit dem Sieg über den Krebs verbunden sein würde – würde er kommen, der Ruf an die Charité. Sie würden sich alle entschuldigen müssen, die hochnäsigen Herren Professoren, die seine Arbeit so lange behindert und mißachtet hatten.

Wowo schaute die schwindelerregend windschiefe Fassade hoch. Hier würde er die nächsten Monate, vielleicht sogar die nächsten Jahre arbeiten müssen.

Ein alter Mann in einem Arbeitskittel trat aus dem Portal und fegte mit einem schweren Reisigbesen das Pflaster. Wowo schaute dem Arbeiter eine Weile zu. Ihm fiel ein, daß Professor Lettré es liebte, seine Arbeitsergebnisse in einer kindgemäßen Sprache zu umschreiben. So verglich er die Makrophagen, die großen Freßzellen, gerne mit Arbeitern, die mit der Straßenreinigung im Körper beauftragt waren. Sie stürzten sich auf eine asoziale Krebszelle und schlossen sie mit zwei Plasmalappen ein. Dann aber – und das war das Problem – lockerten sie ihren Griff wieder, die Tumorzelle kam frei und setzte ihren Weg fort.

Nach Lettrés Meinung bestand in der Lösung dieses Rätsels die Hauptaufgabe der Krebsforschung: Ein Bakterium wäre von der Makrophage nicht wieder losgelassen worden, sie hätte es mit einem hochentwickelten Fermentsystem verdaut. Warum aber ließ es die Tumorzelle ungeschoren?

An dieser Frage arbeitete Lettrés Institut. Und Dr. Wolfgang Wohlgemuth, der Modearzt aus Berlin, hatte in seiner Aktentasche die Antwort auf die Fragen, die der weltberühmte Dr. Lettré bisher nicht hatte beantworten können.

Lettré ließ Wowo über eine Stunde auf dem zugigen Flur warten. Dann holte ihn ein pausbäckiger Assistent ins Büro des Professors. Wowo war verärgert: Während er gewartet hatte, hatte niemand das Büro verlassen – also hatte Lettré ihn absichtlich schmoren lassen.

Der Professor erhob sich und drückte Wowo über den Schreibtisch hinweg die Hand. Es war ein schwächlicher Händedruck, voller Mißachtung. Der Assistent verzog sich lautlos in eine Zimmerecke.

»Leider muß ich Ihnen sagen, daß ich nicht viel Zeit habe«, erklärte Lettré lächelnd. »Eine neue Versuchsreihe, Sie verstehen sicher. Sie sind also der Meinung, die Krebszelle gärt, Herr Collega?«

»Es sind die Atmungsgifte, die die gesunde Zelle zur Krebszelle machen. Atmungsgifte, die bei der Gärung entstehen«, antwortete Wowo eifrig.

Der Assistent in der Ecke räusperte sich, Lettrés Mundwinkel zuckten.

»Die Gärung spielt sich im umgeformten Plasmaleib der Zelle ab«, fuhr Wowo fort. »Das heißt ungeregelt und weniger gesteuert, deshalb wird die anfallende Energie auch nicht so sinnvoll wie bei normalen Zellen eingesetzt. Damit einher geht ein Verlust an Differenzierungsvermögen, ein Verlust an der Fähigkeit zur geordneten Entwicklung ...«

Lettré nickte bedächtig. »Ich weiß, ich habe Ihren Brief gelesen.«

Wowo hob die Tasche. »Hier drin sind meine Untersuchungsergebnisse. Das Resultat zweijähriger Arbeit – natürlich nicht so breit organisiert, wie Sie das hier können. Aber dennoch: wissenschaftlich durchaus sauber.«

»Herr Collega!« sagte Lettré laut. »Diese Gärung ... ich meine, haben Sie denn etwas mit Lebensmittelchemie zu tun ... Brauwesen zum Beispiel?«

Wowo schüttelte den Kopf.

»Es hört sich ein wenig danach an!«

Wowos Stimme klang blechern. »Herr Professor, ich bin Mediziner wie Sie, und ich habe ...«

»Sie kennen sicher den Kollegen Wartburg?« unterbrach ihn Lettré.

»Den Namen habe ich schon gehört.«

»Diese Gärungsgeschichte, das ist das, was Otto Wartburg seit Jahren vertritt.«

»Aber ... das mag ja sein, nur ...«

Lettré schaute auf seine Armbanduhr. Er sprach jetzt sehr schnell und artikulierte übertrieben deutlich. »In der Atmungsschädigung kann die Ursache der Bösartigkeit nicht liegen. Wenn wir experimentell bei Zellen die Atmung schädigen, erhalten wir Zellen mit verändertem Stoffwechsel, die verfetten – aber keine stärker wachsenden Zellen.«

Wowo wollte etwas entgegnen, aber Lettré sprach noch schneller und lauter weiter: »Noch schlagender ist der Beweis, wenn man mit markierten, das heißt radioaktiven Kohlenstoffatomen arbeitet.« Er klang jetzt wie bei einer Vorlesung: »Wären Atmung und

Gärung die einzigen Prozesse des Stoffwechsels der Zelle, so müßte man in beiden die markierten Kohlenstoffatome wiederbekommen – im Kohlendioxyd und in der Milchsäure. Aber ein Teil der Kohlenstoffatome aus den Kohlenhydraten wird in die Zellsubstanz eingebaut.«

Er klopfte mit den Knöcheln der Rechten rhythmisch auf den Tisch. »Das heißt, Atmung und Gärung sind durch einen dritten chemischen Prozeß zu ergänzen. Wir haben diesen dritten Vorgang *unvollständige Verbrennung* genannt. Ich nehme an, er hat mit dem Aufbau der Zellsubstanz zu tun. Ergo: Gärung ist eine bloße Überschußreaktion, die keineswegs nur die Tumorzelle kennzeichnet, sondern in jeder wachsenden und synthetisierenden Zelle vorhanden ist.«

Wowo spürte einen bitteren Geschmack im Mund, er brachte kein Wort heraus.

»Leider, leider muß ich wieder an die Arbeit, Herr Kollege«, sagte Lettré.

»Dürfte ich, dürfte ich mir Ihre Laboratorien anschauen?«

Das war Lettré nicht recht, er blickte auf den Assistenten, dann sagte er jedoch: »Warum nicht?!«

Sie gingen hinaus. Im Flur verabschiedete sich Lettré und verschwand hinter einer Tür, an der kein Schild hing.

Der Assistent ging vor. Ohne sich umzuschauen, fragte er gelangweilt: »Und Sie sind eigentlich Gynäkologe?«

»Ja. Seit fünfzehn Jahren. Im Krieg war ich aber Oberstabsarzt. Natürlich nicht in einer gynäkologischen Abteilung ...«

»Die wird im Feld auch recht selten gebraucht, nehme ich an!«

Sie waren am Ende des Ganges angelangt, der Assistent öffnete eine Milchglastür. Sie betraten das Laboratorium – ein Saal mit etwa zehn Arbeitsplätzen, Reagenzgläsern, Glasbehältern, Metallschachteln.

Der Assistent redete weiter, ohne Wowo anzuschauen. »Der Schlüssel zur Bösartigkeit der Tumorzelle liegt nicht in ihrem Stoffwechsel. Es handelt sich vielmehr um die Frage: Weshalb übt eine Zelle ihre Syntheseleistung im Interesse des ganzen Organismus aus und die andere Zelle ausschließlich im Interesse ihrer eigenen Vermehrung und ihres Wachstums? Verstehen Sie: Die Bösartigkeit ist nichts anderes als eine Störung der Beziehung zur Umwelt, das heißt zum Wirtsorganismus. Das ist alles sehr verwirrend für Sie, nehme ich an?«

Wowo hatte nicht übel Lust, dem Schnösel die Fresse zu polieren. Er schaute sich um. »Ich sehe hier kein Elektronenmikroskop?«

»Darauf haben wir gerne verzichtet. Die Arbeit mit dem elektronischen Übermikroskop setzt tote Zellpräparate voraus. Wir arbeiten bewußt nur mit einem Lichtmikroskop.«

»Aber das ist doch rückständig, Herr Kollege. Ein Elektronenmikroskop erlaubt Ihnen ganz andere Einblicke, ich habe in London kürzlich ...«

»Wir verwenden das Lichtmikroskop in Kombination mit Filmkameras – damit wird uns das Studium der lebenden Zellen möglich.«

»Ich habe in Berlin auch schon Zellfilme gemacht ... Ich habe Zellen in Nährlösungen gefilmt, in Aktion sozusagen ... «

Der Assistent überhörte ihn. »Wir hier vergessen nie, daß eine Zelle im Verband lebt – mit anderen Zellen, mit einem Organismus. Und daß der Krebs eine Störung des Verhältnisses der Einzelzelle zum Verband ist – um in ihrer militärischen Terminologie zu bleiben, Herr Oberstabsarzt!«

Wowo konnte nicht mehr anders: »Sie sind ein Vollidiot – hat Ihnen das schon mal jemand gesagt?«

Die Pausbacken des Assistenten leuchteten kurz auf. Dann fragte er tonlos: »Wann geht eigentlich Ihr Zug?«

18. KAPITEL

Oberst Radtke war durch das unvorhergesehene Auftauchen des Präsidenten auf der Abteilungsleitersitzung und durch die weiße Siegernelke in dessen Knopfloch verunsichert. Dennoch absolvierte er tapfer sein Tagesprogramm.

Es ging schon wieder um die KPD. Zwei Abteilungen hatten unabhängig voneinander Dossiers erstellt.

Ein in die Frankfurter Bezirksorganisation der Partei eingeschleuster Student hatte von einer geheimen Tagung des Zentralkomitees erfahren, auf der eine mit Ostberliner Material unterstützte Diffamierungskampagne gegen Adenauers EVG-Politik entworfen worden war. Man plante – so der Bericht des Studenten – das starke pazifistische Potential, das unter jungen Leuten neun Jahre nach Kriegsende noch vorhanden war, auf die Straße zu bringen und damit den Staat zu undemokratischen Maßnahmen zu provozieren. Das Material, das die Ostberliner dazu lieferten, schien aber so dürftig zu sein, daß man in der KPD selbst nicht so recht an den Erfolg der Angelegenheit glaubte. So wurde in Frankfurt mit einem Papier hantiert, das französische Aufmarschpläne belegen sollte. Angeblich hatte Adenauer die Pläne heimlich akzeptiert, um Mendes-France doch noch zu einem Einlenken in die EVG zu bewegen.

Nach den französischen Plänen war im Kriegsfall ein stufenweiser Aufmarsch bis zur Elbe geplant. An vorderster Front dämpften kleine deutsche Bataillone den Vormarsch der Roten Armee und der NVA ab, während kampfstarke französische Verbände sich in drei Stufen bis zur Saar formierten und die ausgelaugten Russen und Ostdeutschen dann in schwere Kämpfe auf deutschem Boden verwickelten.

In der Frankfurter KPD-Führung erwartete man, daß nach der

Veröffentlichung dieses Geheimplanes die Pazifisten zusammen mit den nationalen Kräften einen Aktionsblock bilden würden. Dieses Bündnis sollte die Regierung Adenauer durch wochenlangen Straßenprotest und massive Ausschreitungen stürzen.

Beide Dossiers, die dem Kölner Verfassungsschutz vorlagen, handelten vom Umsturzplan der KPD und werteten ihn als hinlänglichen Grund für ein Verbot durch das Bundesverfassungsgericht. Allerdings wurde in dem zweiten, vorsichtigeren Dossier, das ein Berliner Informant mit vorzüglichen Verbindungen nach Pankow erstellt hatte, davon berichtet, daß es sowohl in den KPD-Führungsgremien im Ruhrgebiet als auch im Ostberliner Planungsstab große Vorbehalte gegen die Massenmobilisierung gab. Man schätzte dort die Durchsetzungskraft der Pazifisten auf der Straße nicht sehr hoch ein, während gerade nationale und konservative Kräfte in Anbetracht der drohenden Gefahr für ihr Vaterland einen hohen Mobilisierungsgrad und enorme Militanz entwickeln könnten. Es bestand also die Gefahr, daß diese antikommunistischen Kräfte Oberhand gewinnen und den Pazifisten das Heft aus der Hand nehmen würden. Dann wäre die KPD aus dem Spiel, und Adenauer würde durch einen weit härteren Gegner ersetzt werden. In dem Szenario aus Berlin wurde offen der Name Gehlens genannt, der bekanntermaßen politische Ambitionen hege und diese durch seine Kompetenz in Fragen der Ostabwehr untermauern könne.

Gefahr sei – juristisch gesprochen – in Verzug, erklärte Oberst Radtke entschlossen. Egal wie die Hintermänner den Erfolg ihres Unternehmens einschätzten, die Absicht sei eindeutig: der Staatsstreich.

John meldete sich. »Nicht der Staatsstreich, der Sturz der Regierung!«

Radtke wurde ungehalten. »Das ist doch dasselbe!«

Damit hatte er John herausgefordert. Als Radtke sich an seinen Stabschef wandte, um ihn über das weitere Vorgehen in Karlsruhe zu instruieren, stand John auf und begann um den Konferenztisch zu wandern.

Radtke unterbrach sein Gespräch. Er lehnte sich zurück.

John hatte das Wort. Während er sprach, wanderte seine Rechte immer wieder zur Nelke, sie gab ihm Kraft. »Mal ehrlich, wir wissen doch alle, daß bei uns wertvolle Kapazitäten blockiert werden. Nicht weil es eine wirkliche Bedrohung von links in diesem Land gibt, sondern weil es einen politischen Willen im Kanzleramt gibt. Adenauer und Globke wollen ein KPD-Verbot. Nur der Herrgott weiß, warum. Ich rede seit Jahren mit Engelszungen: Ein Verbot ist nicht nur nicht verfassungsgemäß, ein Verbot bewirkt genau das Gegenteil. Die Parteigänger verschwinden im Untergrund. Dort sind sie kaum noch zu beobachten. Das heißt, wir machen uns die Arbeit unnötig schwer. Dann die Sympathisanten. Wir wissen nicht genau, wie viele es derzeit sind. Aber eines ist klar: Wenn die KPD verboten wird – nur neun Jahre nach dem Ende der Nazidiktatur –, dann wird es in Deutschland eine Welle der Sympathie für die Kommunisten geben. Und zwar nicht nur unter den linksorientierten Deutschen, sondern auch unter denen, die liberal empfinden und den Totalitarismus verabscheuen. Und glauben Sie mir, meine Herren, das sind nicht wenige!«

Radtke fuhr hoch, sein Ton war ungewöhnlich scharf. »Jetzt widersprechen Sie sich selbst, Herr Präsident. Sonst behaupten Sie ständig, das Land ist voller Nazis, überall setzen sie sich fest, überall mischen sie mit. Plötzlich aber sind wir ein Volk von liberalen und freisinnigen Geistern.«

John empfand diesen Angriff als unfair. Hatte nicht er, John, immer darauf gedrängt, dem Volk aufs Maul zu schauen, sich ein Bild von dem Seelenzustand der Deutschen zu machen, zu sondieren, anstatt zu operieren und jedem Impuls aus dem Kanzleramt nachzugeben?

»Ich weiß sehr wohl, was Sie wollen, Herr Oberst!« fuhr er Radtke an.

Einige Herren grinsten verstohlen, aber das machte John jetzt nichts mehr aus: Er hatte eine weiße Nelke im Knopfloch, er hatte Beweise gegen die Bonner Bande. Er stand kurz davor, sie alle zum Teufel zu jagen. Was kümmerte ihn da noch das blöde Grinsen der

Abteilungsleiter, die heute Radtke hinterherliefen und morgen Globke oder sonst jemandem?

Er war der Präsident. Noch nie war ihm das so klar gewesen wie jetzt.

»Sie rechnen sich gute Chancen auf meine Nachfolge aus, Herr Oberst!«

Radtke wurde bleich, das also hatte gesessen.

»Und da Sie sowieso der Meinung sind, daß mich Adenauers Kamarilla demnächst über die Klinge springen läßt, wollen Sie sich schon mal bei den Herren empfehlen. Was eignet sich dazu besser als die Beihilfe beim ersehnten KPD-Verbot? Auch wenn die Sache mehr als hirnrissig ist und unserem Auftrag zuwiderläuft.«

Jetzt grinste keiner mehr. Es herrschte Totenstille. Radtkes Kieferknochen mahlten.

»Wenn Sie sich da bloß nicht verrechnen, Herr Oberst! So schnell bin ich nicht weg vom Fenster. Auch wenn Sie glauben, so was erledigt sich damit, daß man dem Kanzleramt oder Karlsruhe den einen oder anderen Wisch zuspielt ...«

Radtke sprang auf. »Ich habe Ihnen schon versichert: Von mir haben die Herren das Protokoll aus Karlshorst nicht erhalten!«

»Von wem sonst? Es lag in unserem Panzerschrank, nur Sie und ich hatten Zugang. Und wissen Sie was: Globke hat's mir längst gesteckt. Sie müssen aufpassen, hat er gesagt, in der Spitze Ihres Amtes sitzt ein Oberst, der möchte etwas zu schnell Karriere machen.«

Das war ein Bluff, eigentlich nicht Johns Art, aber wenn die anderen mit harten Bandagen kämpften, konnte er das auch.

Radtke brachte einen schwachen Aufschrei hervor: »Das ist eine Verleumdung!«

John blieb gelassen. »Wenn es das ist, dann geben Sie mir Ihr Ehrenwort! Vor allen Kollegen.«

Radtke starrte ihn an – voller Haß. John wußte in diesem Moment, daß er einen Mann verloren hatte. Aber er hatte ja Wowo, Edgar und vor allem: Bannert, der Mann vom »Spiegel«. Ein »Spiegel«-Ressortleiter ersetzte ein ganzes Bataillon. Endlich –

endlich konnte er es sich leisten, sich der halbgaren Mitläufer, die ihn an der nächsten Straßenecke für einen Groschen verrieten, zu entledigen. Endlich konnte er frei atmen.

»Was ist?« drängte er den waidwunden Radtke. »Verweigern Sie mir das Ehrenwort?«

»Ein Ehrenwort ist eine zu ernste Angelegenheit.«

»Ich weiß, ich weiß«, triumphierte John. »Das haben Sie mir schon mal gesagt. Unter Soldaten. Und da ich nicht gedient habe ...«

»Bitte!« flehte Radtke. »Lassen Sie das, Herr Präsident! Ich habe Sie nicht verraten.«

Nein, beschloß John, keine Gnade. Sie haben mir auch keine Gnade gewährt, sie haben mich vernichten wollen, manche mehr, manche weniger. Radtke weniger, aber ist er deshalb besser als Globke, Lenz und Adenauer? Nein, er ist sogar schlechter, denn er hat sich bei mir eingeschlichen, um mich zu beerben – nicht auf dem natürlichen Weg, nein, über die Intrige und den Verrat.

Das Amt braucht ein Opfer, ohne Opfer ist das nicht zu schaffen, was ich schaffen muß. Radtke ist das Opfer, er ist schuldig, und er sitzt hoch genug, damit denen unter ihm der Schreck in die Glieder fährt. Ich hätte Radtke viel eher opfern müssen, Radtke oder einen anderen, irgendeinen, damit sie Angst vor mir bekommen. Adenauer macht es auch so. Und Adenauer ist ein gleichwertiger Gegner, ich muß so werden wie Adenauer, um Adenauer zu besiegen.

»Oberst Radtke, ich werte Ihr Vorgehen als Geheimnisverrat. Sie haben dienstliche Akten mit hoher Geheimhaltungsstufe an Dritte weitergegeben und somit gegen Ihren Diensteid verstoßen. Ich bin verpflichtet, Sie augenblicklich aus Ihrem Amt zu entfernen. Sie sind bis auf weiteres suspendiert. Verlassen Sie sofort diesen Raum!«

Jemand wollte aufspringen und etwas sagen. Kantor, ein verhärmter, älterer Mann, den John nur vom Sehen kannte, einer, der im KZ gesessen hatte, wie John sich jetzt erinnerte. John schaute ihn nur an. Da sank Kantor in sich zusammen.

Radtke wartete darauf, daß seine Verbündeten aufsprangen und empört durcheinanderschrien, daß sie John hinauswarfen. Aber die Herren schauten auf ihre manikürten Fingernägel und schwiegen. Oberst Radtke verließ mit hängenden Schultern den Konferenzraum.

»So!« verkündete John laut. »Jetzt machen wir hier mal Nägel mit Köpfen!«

Die Häupter hoben sich, John sah die Bereitwilligkeit in ihren Augen. Die Demut.

»Die beiden Abteilungen, die sich mit der Observation der KPD beschäftigen, werden zusammengelegt und verkleinert.«

Die Abteilungsleiter tuschelten aufgeregt wie Hofschranzen.

»Ich habe nicht gesagt, daß ich meine Anordnungen diskutieren will!« schrie John. Das zog. Dann, etwas zahmer: »Sonst wären es ja keine Anordnungen, oder?«

Sie sahen ihn fassungslos, aber gehorsam an.

»Also: Unsere Strategie wird sich ändern. Wir werden Parteien wie die KPD routinemäßig weiter observieren. Unsere Hauptaufgabe aber wird in der Bekämpfung einer ernsthaften Gefahr bestehen. Ich sehe mich jetzt nicht in der Lage, Details auszubreiten. Soviel aber vorerst: Es gibt Anzeichen dafür, daß einflußreiche konservative und rechte Kräfte die Verfassung in krimineller Weise brechen. Wir haben es mit politischer Manipulation über großangelegte Erpressungen zu tun. Ich selbst sollte eines der Opfer dieser Bande sein.«

Niemand regte sich – was John erstaunte, er hatte mit einem ungläubigen Aufschrei gerechnet.

»Wir sind es dem deutschen Volk schuldig, dieses Komplott aufzudecken – bevor der ›Spiegel‹ die Täter auf dem Titel hat!«

19. KAPITEL

»Ihre Gattin hat schon dreimal angerufen!« flötete die Sekretärin.

Im Trubel des Sieges hatte John Lucie völlig vergessen. »Haben Sie ihr nicht gesagt, daß ich in einer Besprechung bin?«

»Woher sollte ich das wissen? Ich habe Sie heute noch nicht gesehen.«

John nahm sich vor, die Sekretärin zum Teufel zu jagen, sobald er mit den wichtigeren Dingen fertig war. Er brauchte unbedingt die Wilde wieder, aber die Wilde kam einfach nicht zurück. Er wußte nicht mal genau, wo sie eigentlich abgeblieben war. Er hatte einfach zuviel schleifen lassen in letzter Zeit.

John rief Lucie zurück. Sie war völlig außer sich. »Wo warst du heute nacht?«

»Im Dom Hotel. Ich hatte zuviel getrunken.«

»Warum hast du nicht angerufen?«

»Hör zu, Lucie, es hat sich viel ereignet heute nacht ...«

»Hast du dich wieder mit einem Vaseline-Jüngelchen vergnügt?«

Jetzt war keine Zeit für Eifersüchteleien. John blieb sachlich, er wollte Lucie, die arme Lucie, an seinem Sieg teilhaben lassen. »Du wirst es nicht glauben, Wowo hat einen Mann vom ›Spiegel‹ nach Köln gelotst. Die arbeiten an einer großen Erpressergeschichte, und jetzt rate mal, wen die ›Spiegel‹-Leute auf dem Kieker haben?«

»Otto, bitte ...«

»Den Verlobten der Lewinski, du weißt: das kleine Dreckstück in Adenauers Vorzimmer. Wahrscheinlich stecken auch Globke und Co. mit drin, wenn nicht sogar ...« Er flüsterte: »Adenauer ...«

»Otto, es ist etwas Schreckliches passiert! Heute morgen kam ein Anruf ...«

»Nun warte mal, Lucie, ich war noch nicht fertig!«

Es klopfte. Die Sekretärin. »Die Herren wären jetzt da!«

John hatte zwei Abteilungsleiter abgeordnet: Kantor, der ehemalige KZ-Häftling, und Kulenhaupt, ein Widerstandskämpfer, der mit der Roten Kapelle zu tun gehabt hatte. Sie würden zusammen die neue Abteilung Z leiten. Z war der letzte Buchstabe im Alphabet. Z würde – das nahm sich John vor, denn er wollte nicht übermütig werden – seine letzte Aktion werden. Mit Z würde er seine Geheimdienstkarriere abschließen, mit Z würde er alles wiedergutmachen, was er vor zehn Jahren in Madrid versäumt hatte. Z würde der Höhepunkt sein, seine Rehabilitation und sein Triumph.

Die Sekretärin öffnete die Tür, ohne Johns Anweisung abzuwarten, und die beiden Herren traten ein. Dabei wußte sie genau, daß Lucie noch in der Leitung war. John haßte dieses aufgeplusterte Fräulein. Wer hatte sie ihm eigentlich untergeschoben? Genau, Radtke, vorher war sie seine Sekretärin gewesen. Wahrscheinlich spionierte sie ihn für den Obersten aus. Sie sollte im tiefsten Keller verschwinden und staubige Akten schleppen und schwitzen, daß sie nicht mehr nachkam mit dem unverschämten Achselauswaschen. Ein anderer, ein schäbigerer Chef-Charakter, hätte sie vorher noch in eines der schlechteren Godesberger Hotels geschleppt und sie in einer eisigen Besenkammer vermessen. Nicht so John. Nicht mit dieser Kölner Larve.

John sprach wieder in den Hörer. »Wir reden später weiter. Es beginnt gerade eine Konferenz in meinem Büro. Eben habe ich Oberst Radtke suspendiert ...«

Lucie knirschte eigenartig. »Der Anruf heute morgen. Kotschenreuther ist tot! Er hat sich auf dem Speicher erhängt. Seine Tochter hat ihn gefunden.«

John atmete schwer. Er wandte sich mit dem Hörer am Ohr von den Herren ab und flüsterte: »Wer hat angerufen?«

»Die Tochter. Er hat ihr einen Brief hinterlassen, in dem unsere Nummer stand. Er läßt dir ausrichten, daß er keine Möglichkeit mehr gesehen hat – sein Lebenswerk sei vereitelt. Das hat er geschrieben. Das Mädchen hat die ganze Zeit über geheult. Sie wollte wissen, was es mit diesem Lebenswerk auf sich hat ... und was ihr Vater mit dir zu tun hatte.«

»Was hast du ihr gesagt?«

»Ich habe versucht, sie zu beruhigen. Ich habe gesagt, du rufst zurück. Ich habe auch gesagt, daß ich nichts weiß, was ja auch stimmt ...«

»Gib mir die Nummer, mein Liebes! Ich rufe das Mädchen sofort an. Du hast dich richtig verhalten. Wie immer!«

»Otto!«

»Ja?«

»Hast du heute nacht Dummheiten gemacht?«

»Bitte, Lucie, hier sitzen zwei Kollegen.«

»Das ist mir egal, Otto. Sag mir, was heute nacht passiert ist! Ich habe solche Angst – jetzt wo auch Kotschenreuther tot ist. Erst Eland, dann Kotschenreuther – vielleicht sind wir als nächste dran ...«

»Sicher nicht! Lucie, das war die wichtigste Nacht meines Lebens. Wir haben jetzt alles in der Hand, wir können diese Leute auffliegen lassen. Bis ganz oben hin, bis ganz nach oben, Lucie.«

»Otto, bitte, laß uns weggehen! Ich kann nicht mehr.«

»Liebes, in wenigen Wochen sind wir alles los. Dann haben wir gesiegt. Wir haben jetzt Verbündete, wir haben Verbündete beim ›Spiegel‹! Verstehst du, was das heißt?«

Lucie schwieg viel zu lange, dann hauchte sie müde: »Ja!« Sie gab John die Nummer von Kotschenreuthers Tochter. John legte auf.

»Meine Herren!« begann er nach einer Weile. »Ich verfüge über genügend Informationen, um die Sache schnell zu einem Ende zu bringen.«

»Sollen wir die Staatsanwaltschaft schon hinzuziehen?« fragte Kulenhaupt, ein schwerer, leicht gehbehinderter Mann mit buschigen Augenbrauen und einem harten Blick, ein ehemaliger Inspektor der Kriminalpolizei.

»Das ist zu gefährlich. Wir müssen alles allein durchziehen, bis zum Schluß.«

»Aber wenn ich Sie recht verstehe, läuft es auf einen Zugriff hinaus?« fragte Kulenhaupt.

»Die Leute, um die es geht, können nicht entkommen, sie sind zu prominent. Es reicht, wenn wir sie im Auge behalten. Wir müssen alles wissen, was sie tun. Wenn wir soweit sind, ziehen wir die Polizei hinzu. Vorher besteht die Gefahr, daß unsere Zielpersonen gewarnt werden.«

»Sie machen's aber spannend!« sagte Kantor, der Mann, der im KZ gesessen hatte. Er war feingliedrig, mit penibel kurzgeschnittenen, grauen Haarstoppeln und einem Vogelgesicht.

John legte eine Kunstpause ein, dann ließ er die Katze aus dem Sack. »Unsere zentrale Verbindungsfigur ist eine junge Frau. Annemarie von Lewinski.«

Die beiden schrieben mit, das gefiel John, das war ein sicheres Zeichen, daß etwas geschah, daß es voranging.

Kulenhaupt schaute auf. »Wer ist diese Frau? Wo arbeitet sie?«

»In Bonn.«

Kulenhaupt pfiff durch die Zähne, auch der undurchschaubare Kantor konnte seine Überraschung kaum verbergen.

»In Adenauers Vorzimmer.«

Kantor reagierte wie aus der Pistole geschossen. »Wir brauchen dafür eine Sondererlaubnis aus dem Kanzleramt!«

»Auf keinen Fall!« fuhr John ihn an. »Globke hängt auch mit drin. Und ...« Sie starrten ihn atemlos an. »... und Adenauer!«

John ließ ihnen zwei Sekunden Zeit, dann ordnete er kalt an: »Nichts gelangt aus diesem Zimmer. Wir treffen uns jeden Tag. Nächste Woche bin ich in Berlin. Ich möchte, daß einer von Ihnen dann meinen Job hier kommissarisch übernimmt – falls die Bonner versuchen, mich verschwinden zu lassen oder einen genehmen Mann dazwischenzuschieben. Haben wir uns verstanden?!«

Ein kluger Schachzug, fand John, die beiden werden sich jetzt beargwöhnen, jeder will mein Stellvertreter werden. Höchste Zeit, daß ich taktisch agiere. Schluß mit der Arglosigkeit, jetzt, wo's um alles geht.

»Herr Präsident!« protestierte Kantor. »So geht das nicht. Wir müssen uns mit der Justiz absprechen. Vor allem brauchen wir unwiderlegbare Beweise. Einen Bundeskanzler observiert man nicht! Verstehen Sie, Herr Präsident!«

Dieser Ton gefiel John gar nicht, diesen Ton hatte er schon zu lange ertragen müssen.

»Die Zeiten eines Oberst Radtke sind vorbei!« schrie John – so hatte er seit Jahren schon nicht mehr geschrien. Seine Stimme klang etwas schwach, aber sie trug, was John zeigte, daß er auf dem richtigen Dampfer war, daß ihm bisher nur der Mut gefehlt hatte, nie die Berechtigung. »Wir haben einen Staatsnotstand, meine Herren. Ich tue meine Pflicht, tun Sie die Ihre! Keine Lauheiten mehr! Haben wir uns verstanden?«

Sie schauten wieder unter sich, ein Zeichen der Zustimmung. John suchte seinen Kammerton. »Soeben erfahre ich, daß dieses Kartell sein erstes Todesopfer gefordert hat. Ein V-Mann ... ein persönlicher V-Mann von mir beim ›Heimatdienst‹, der für ein abschließendes Dossier Fakten zusammentrug, ist heute morgen von seiner Tochter tot aufgefunden worden.« Von Eland sagte er nichts, Eland ging auf ein anderes Konto. Eland hob er sich noch auf. Immer eine Trumpfkarte mehr im Ärmel haben, als man eigentlich benötigte, immer gerüstet sein für schlimmere Zeiten. Für den Anfang genügte Kotschenreuther. Kotschenreuther war ein sympathisches Opfer, Eland war ein ungeliebter Außenseiter, jetzt aber brauchte er Sympathien.

Ein Sieger braucht Sympathien, das verstand John nun, schlimm dran sind die verhaßten Sieger, sie sind nur bessere Verlierer. Kein Verlierer mehr sein, auch kein besserer, schwor er sich.

»Der Mann heißt Kotschenreuther, er war ein guter Demokrat, unbelastet und fleißig. Sie haben ihn auf dem Gewissen ...«

»Wer?« fragte einer.

John lächelte nur weise.

»Wenn das so ist, müssen wir erst recht die Kriminalpolizei hinzuziehen!« forderte der ehemalige Inspektor.

»Haben Danton und Robespierre die Kriminalpolizei hinzugezogen?« fragte John.

Kotschenreuthers Tochter klang immer noch verheult. Sie wirkte scheu, aber in ihrer Stimme klang ein Vorwurf mit. »Warum mußte mein Vater heimlich für Sie arbeiten?«

»Weil es sich um ein kniffliges Projekt handelte. Ein historisches Projekt. Ihr Vater stellte eine Dokumentation über den Widerstand gegen die Nazis zusammen.«

»Was ist daran knifflig?«

»Es gibt Leute, die den Widerstand hassen – und die dennoch so tun, als wären sie dabeigewesen. Um besser voranzukommen, verstehen Sie?«

»Nein! Was reden Sie da für einen Unsinn? Ich habe den Eindruck, Sie haben meinen Vater da in etwas hineingezogen.«

»Diese Arbeit war für Ihren Vater sehr wichtig.«

»So wichtig, daß er sich deswegen aufgehängt hat.«

John schwieg, er verstand das Mädchen ja.

»Hören Sie«, sagte sie. »Was ist mit uns? Was ist mit mir und meiner Schwester? Wir stecken mitten in unserer Ausbildung.«

John war dankbar für diese profane Wendung, sie wies dem Mädchen einen Platz zu, der alles einfacher machte, einen schäbigen Platz. »Ich werde mich dafür einsetzen, daß Sie beide neben Ihrer Waisenrente eine Sonderunterstützung meines Amtes bekommen.«

»Was ist das für ein Amt?«

»Der Verfassungsschutz.«

»War mein Vater ein Spitzel?«

»Nein, er war ein Held.«

»Ich kann dieses widerliche Wort nicht mehr hören.«

John hätte gerne mehr über die Umstände des Todes von Kotschenreuther erfahren, aber er wollte den Verdacht, daß ihr Vater sich nicht selbst umgebracht haben könnte, noch nicht in das Hirn des Mädchens pflanzen.

»Wenn Sie sonst irgendwelche Hilfe brauchen – wegen der Behörden, der Polizei und so weiter ...«

»Die war in aller Frühe da und hat ihn abgenommen.«

Wie sachlich das Mädchen plötzlich über den Selbstmord sprach, man mußte nur den richtigen Knopf drücken.

»Sie haben alles untersucht und die Leiche ins gerichtsmedizinische Institut gebracht. Der Beamte sagte mir, das ist immer so, auch wenn es klar ist, daß Selbsttötung vorliegt.«

»Trotzdem. Wenn Sie und Ihre Schwester etwas brauchen sollten, ich und meine Frau ...«

»Das sagten Sie schon! Wir kommen gut klar. Wir sind daran gewöhnt, allein klarzukommen. Mein Vater hatte ja alle Hände voll zu tun ... mit Ihrer Dokumentation.«

»Es war nicht meine Dokumentation!«

»Wer ist eigentlich Globke?«

»Globke? Wieso?«

»Mein Vater hat gestern abend noch gesagt: Ich werde mit Globke reden.«

John saß wieder mit dem Leitungsgremium seiner Abteilung Z zusammen, als die Sekretärin hereinstürmte. »Können Sie nicht anklopfen!« fuhr John sie an.

»Tun Sie hier was, was so'n unschuldiges Ding wie ich besser nicht sieht?«

Die anderen beiden lachten. John fand das nicht zum Lachen. Wahrscheinlich berichtete sie weiter an Radtke. Mit Radtke mußte er sich vorsehen. Wenn der spitzbekam, daß es eine neue Abteilung Z gab, eine mit einer streng geheimen Aufgabe, und dann auch noch John direkt unterstellt, würde er die Pferde im Bonner Kanzleramt scheu machen. Irgendwo mußte er ja bleiben, der gute Oberst Radtke, jetzt wo John ihn davongejagt hatte.

»Sie haben Besuch, und der Herr kann nicht warten«, teilte die Sekretärin mit.

»Momentan müssen alle warten, sagen Sie ihm das!«

Unter normalen Umständen waren ihr solche Anordnungen recht, denn sie mochte es, Bittsteller abzukanzeln, das hatte John schon bemerkt. Aber diesmal witterte sie eine Chance, gegen den Präsidenten zu opponieren, ohne ihre Pflichten zu verletzen.

»Der Herr sagt, es ist eminent wichtig, und Sie haben ihn gebeten.«

»Gebeten?«

»Gebeten!«

Sie stand da auf ihren hohen Absätzen, mit vorgeschobener Hüfte, die Knie so weit durchgedrückt, daß die Nylons Falten schlugen, die schmale Brust eingefallen wie ein Trichter – John wußte, daß sie schmal war, schließlich hatte er sie im Büstenhalter gesehen, beim Achselhöhlenauswaschen, das Dreckstück, zwei Trichter, spitzig zwar und vollkommen symmetrisch, aber schmal, auch wenn andere das schön fanden.

»Ich glaube, er kommt aus Wiesbaden. Ein Herr Dr. Humboldt.«

»Oh!« sagte John, dann zu den Herren: »Nicht unwichtig, der Mann, für unsere Sache.«

Humboldt gab eine groteske Erscheinung ab. Auf seinem voluminösen Heinrich-George-Rumpf saß ein klitzekleiner, sauber gescheitelter, blonder Kopf mit einem Kindergesicht. Er war in Eile, aber gutgelaunt. »Ich bin in Bonn gewesen, von da ist es zu Ihnen ja bloß ein Katzensprung.«

John verbiß sich die Frage, was der wissenschaftliche Leiter des Wiesbadener BKA in Bonn zu suchen hatte.

»Es geht um Ihre Angelegenheit!« begann Humboldt. »Mir ist da noch was aufgefallen.«

»Ich gehe dann in die Pause!« flötete die Sekretärin und machte sich umständlich am Kleiderschrank zu schaffen. John stellte verärgert fest, daß selbst der alte Humboldt seinen Blick nicht von ihrem Hintern lassen konnte.

»Wir sitzen gerade in der Angelegenheit.«

Humboldt war verwirrt. »Sie reden mit Ihren Mitarbeitern darüber?«

John nickte ernst. »Wissen Sie, wenn man nichts zu verbergen hat, ist die Flucht nach vorne einfach das Beste, bitteschön!«

Humboldt machte Eindruck auf die Abteilung Z. Im Grunde kam er wie gerufen. Woran es nämlich dem Unternehmen noch mangelte, war Objektivität. Wissenschaft. Nicht wegen der Glaubwürdigkeit, John hatte seine Karten gut verkauft, nein, einfach um den ungesunden Zweifel an der offenkundigen Wahrheit auch noch zu tilgen.

»Ich habe wenig Zeit, meine Herren. Man erwartet mich am Nachmittag in Wiesbaden zurück. Sie wissen ja, die Autobahnüberfälle.«

Seit Wochen wurden nachts auf Autobahnen Pkws gestoppt und die Fahrer ausgenommen. Von einer fünften Kolonne aus dem Osten war schon die Rede, und der Druck der Öffentlichkeit auf die Polizeibehörden wuchs mit jedem Vorfall. Die Leute hatten Angst, wenn auch kaum jemand einen Wagen besaß.

»Haben Sie Hinweise?« fragte John. Er wußte: Mit Interesse an Unwichtigem demonstriert man Gelassenheit.

»Es sieht nach einer Bande aus Essen aus, Rowdys, stadtbekannte. Wir untersuchen gerade Fußabdrücke und die Herkunft von Schlagwaffen. Die Sache steht kurz vor einem Abschluß – einem wenig sensationellen Abschluß, meine Herren, was mich, ehrlich gesagt, aufatmen läßt.«

John wußte, daß Humboldt in seiner Arbeit objektiv war, daß er aber auch einen Faible für Adenauer hatte. Er bewunderte – wie viele Deutsche – den grummeligen Alten, der sich von nichts und niemandem etwas vormachen ließ, nicht mal von der eigenen Partei. Es galt also zu verhindern, daß Humboldt mitbekam, wem er da half. Vor allem durfte er nichts erfahren über das eigentliche Ziel der Abteilung Z.

»Wir untersuchen hier im Haus die Erpressung, um festzustellen, ob ein ausländischer Dienst dahintersteckt!« erklärte John, und ein Seitenblick auf seine Leute sagte ihm, daß die den Wink verstanden hatten: Humboldt war ein Helfer, aber einer, der nicht eingeweiht gehörte.

»Vielleicht bringe ich Sie da einen kleinen Schritt weiter.« Der BKA-Mann schnallte seine Aktentasche auf – ein Arbeitermodell aus braunem Kunststoff mit einer falschen Lederschraffur. Er schämte sich seiner verdellten Blechbrotdose nicht – offensichtlich noch prall gefüllt für die Rückfahrt. Unter der Dose, die mit einem roten Einweckgummiring verschlossen war, kam ein abgegriffener Aktendeckel aus Pappe zum Vorschein. Humboldt klappte ihn auf.

»Ich hatte Ihnen mitgeteilt, daß es sich bei dem Briefpapier um Massenware handelt – ein modisches Produkt, wie es junge Frauen für ihre Korrespondenz benutzen.«

»Teure Massenware!« sagte John.

»Das kann auch ein Ablenkungsmanöver sein«, gab Kulenhaupt zu bedenken.

Humboldt sah genervt auf. »Ich liefere Ihnen wissenschaftliche Fakten. Unzweifelhaftes, wenn Sie verstehen. Ob es sich bei der Wahl des Briefpapiers um ein Ablenkungsmanöver handelt oder bloß um eine übliche Dummheit – das sind Kategorien, die nicht in meine Kompetenz fallen, das ist Ihre Sache!«

»Schon klar!«

»Erstens!« fuhr Humboldt fort. »Das Wasserzeichen. Wir haben uns mehrere Proben der handelsüblichen Ware besorgt und unter die Lupe genommen. Ergebnis: ...«, er las mit zusammengekniffenen Augen aus dem Aktenordner vor, »es sind Kontingente mit verschiedenen Wasserzeichenklassen im Handel. Insgesamt existieren 27 Haupt- und Untergruppen. Die Vielzahl der Klassen hat vor allem den Sinn, eine für die Lagerung und Qualifizierung wichtige Differenzierung vorzunehmen. Das heißt: Hersteller und Vertrieb schließen aus dem Wasserzeichen auf das Alter des Papiers, was nicht unwichtig für die Lagerplanung ist. Des weiteren nimmt der Hersteller eine nachträgliche Qualitätskontrolle vor, wobei ihm die Wasserzeichenmarkierung wertvolle Hilfe leistet. Werden Schäden festgestellt, die erst nach einer gewissen Lagerungszeit des Papiers eintreten, so können diese einem Produktionskontingent zugeordnet werden. Man kann also, wenn man bei der Untersuchung des betreffenden Produktionsablaufes Ursachen für die partiellen Schäden findet, diese für die Zukunft vermeiden, indem man entsprechende Änderungen im Produktionsablauf vornimmt ...«

John bremste freundlich: »Herr Professor, wir sind keine Papierfachleute, und ...«

Doch ein Professor Dr. Humboldt ließ sich beim Referat seiner Forschungsergebnisse nicht so leicht bremsen. »Trotz dieser Differenzierung durch die Wasserzeichen bringt uns das kriminalistisch nicht weiter. Die Papiermenge, die durch ein Wasserzeichen abgedeckt wird, ist einfach zu groß, um Ermittlungen nennenswert voranzubringen. Wir brauchen also eine weitere Einschränkung.« Er räusperte sich und sah in die gespannte Runde. »Wie Sie vielleicht wissen, gibt es in der Papierherstellung eine Unmenge sehr diffiziler Rezepturen. Die Dosierung der Produktionsbeigaben ist eine Wissenschaft für sich. Bleichmittel, Verfilzungsgrad der Pflanzenstoffe, Art der Verleimung und Pressung. Wobei das nur die nicht-synthetische Herstellung betrifft. Die synthetische Herstellungsweise variiert je nach Anteilen der Chemiefasern. Neben den Faserrohstoffen spielen da verschiedenste Füllstoffe eine nicht unwichtige Rolle. Kasolin und Bariumsulfat vor allem. Aber auch Gips und Talkum, ebenso Calcium- und Magnesiumcarbonat und Titandioxid, das letzte in sehr geringem Umfang. Mit diesen Füllstoffen erreichen die Hersteller eine geschlossene Oberfläche des Papiers. Ebenfalls verändert – wenn möglich verbessert – wird durch die chemischen Stoffe der Weißgrad ...«

»Herr Professor!!« mahnte John ungeduldig.

»Harnstoffharze und Melaminharze verbessern die Naßfestigkeit des Papiers. Tierleime erhöhen Härte und Festigkeit. Wasserglas bewirkt Glätte. Stärke und Stärkederivate verbessern die Zug- und Falzfestigkeit. Und durch Zugabe von Leimstoffen schließlich wird die Widerstandsfähigkeit gegen das Eindringen von Flüssigkeit gestärkt. Dazu verwendet man meistens einfache Harzseife. Diese Komponente ist vor allem für die Druckindustrie wichtig, denn mit der Beigabe der Harzseife wird verhindert, daß beim Drucken Farbe durchschlägt. Beim Briefpapier ist das nicht anders – denn niemand möchte ein Durchschlagen der Tinte über mehrere Seiten.«

»Sie sagten selbst, Sie haben wenig Zeit!« rief John aus.

Der Professor schaute auf die Uhr und erschrak. »Kurz und gut: Ein unerfahrener Assistent von mir hat sich den Erpresserbrief einmal ganz oberflächlich angeschaut – sozusagen mit den Augen eines Laien. Ihm ist etwas aufgefallen, was wir übersehen haben. Wir haben uns mit Faserstrukturen und Leimungsgrad beschäftigt. Er hat das Papier einfach mal umgedreht.«

Plötzlich hatte Humboldt den Brief in der Hand. John erschrak – obwohl doch die ganze Zeit davon die Rede war. Humboldt hielt das dünne, blaue Blatt hoch. Man sah die akkurate, geschwungene Frauenschrift. Dann drehte Humboldt das Papier. »Sehen Sie was?«

Die Herren schüttelten die Köpfe.

»Mein Assistent ist wohl doch nicht so ganz untalentiert – im Vergleich zu Ihnen, meine Herren. Sehen Sie die blauen Schriftlinien? Unterbrochen zwar und teilweise auch verfranst, aber sie sind auch für ein ungeübtes Auge zu erkennen.«

»Was steht da?« fragte Kulenhaupt.

Humboldt ließ den Brief sinken. »Was soll da wohl stehen?!« fuhr er den Verfassungsschützer an. »Name und Adresse des Erpressers natürlich.«

Kantor lachte. Kulenhaupt wurde rot.

Humboldt hob die Stimme. »Da steht einfach nur das, was auf der Vorderseite des Briefes auch steht! Was sonst, meine Herren?!«

John fand den Vortrag des Professors nun doch zu umständlich. »Und, was hilft uns das weiter? Was auf der Vorderseite steht, wissen wir doch schon!«

Der Professor sah ihn fassungslos an. Dann packte er blitzschnell alles wieder in seine Aktentasche, schloß die Metallschnallen, stand auf und verabschiedete sich mit einem ungehalten knappen Nicken nach zwei Seiten.

Auch John sprang auf. »Bitte, Herr Professor, wir sind doch wissenschaftliche Laien!«

»Ignoranten sind Sie. Alle! Wenn sich meine Studenten so anstellen würden, würde ich Sie zum Teufel jagen!«

John bettelte: »*Mea culpa*, Herr Professor. Ich war einfach zu ungeduldig!«

Humbold hatte die Türklinke schon in der Hand. »Wie ich schon ausführte: Ein Durchschlagen der Tinte wird – vor allem bei diesen dünnen Modeprodukten – durch eine gut dosierte Beigabe von Harzseifen verhindert. Sie kennen das doch aus dem Kaufladen: Hundert Tüten halten. Die hundertundeinste Tüte reißt, wenn sie nässendes Fleisch oder Grünzeug hineinpacken. So ist das bei diesem Massenprodukt auch. Solche Phänomene sind keine Zufälle, sie haben wissenschaftlich benennbare Ursachen. In diesem Fall: einfach zu wenig oder schlechte Harzseife.«

»Ausgezeichnet!« lobte John. »Aber wie ...«

Humboldt duldete keine Fragen mehr. »Wenn Sie zugehört hätten, wüßten Sie, daß das Wasserzeichen das große Kontingent identifiziert, aus dem die Probe stammt.«

John verstand: »Wir müssen uns also an den Hersteller wenden.«

»Das haben wir längst getan, Herr Doktor John. Die Gefahr, daß Fährten verwehen, ist einfach zu groß. Also: Der Hersteller im badischen Maulbronn wußte von dem Kontingent im Bereich des betreffenden Wasserzeichens, das mit schlechter Harzseife behandelt worden und deshalb tintendurchlässig geworden war. Es hat schon geharnischte Beschwerden gegeben.«

»Wohin wurde das Kontingent verkauft?«

»Es bestand aus zweitausend Bögen. Die Produktion wurde dann von der nachkommenden Schicht korrigiert. Warum das fehlerhafte Papier dennoch ausgeliefert wurde, konnte uns in Maulbronn keiner sagen ... ist für uns auch irrelevant.«

»Wohin?!!« drängte John.

»An einen Großhändler in Koblenz. Benz & Ellert. Die Firma lagert noch vierhundert von den zweitausend Bögen in ihrem Außenlager in Höhr-Grenzhausen. Wir haben uns die Paletten angeschaut. Ein Tropfen Tinte geht durch den ganzen Packen durch.«

»Und die anderen sechzehnhundert Bögen?« fragte John.

Humboldt seufzte. »Die haben sie fast alle an einen französischen Händler aus Metz verscherbelt, als sie bemerkt haben, daß was nicht in Ordnung ist. Natürlich zu einem Sonderpreis.«

»Metz?« seufzte John. »Nach Frankreich. Das macht die Sache schwierig.«

Humboldt setzte seinen Hut auf. »Auf Wiedersehen, die Herren. Details gehen Ihnen schriftlich zu.«

Er war schon aus der Tür, als John ihn einholte.

»Sie haben ›fast‹ gesagt, Herr Professor!«

»Habe ich das gesagt?«

»Ja!«

»Der winzige Rest ging in eine Sortimentbestellung ein. Schreib- und Bürobedarf Kalauer.«

»Kalauer?«

»In Bonn. Die wenigen Bögen blaues Briefpapier hat der Einkäufer nur mitgenommen, um sich die Ware im Hinblick auf zukünftige Bestellungen einmal anzusehen. Als Muster. Das können Sie aber vergessen.«

»Warum?«

»Kalauer arbeitet vor allem für Regierungsstellen, er beliefert den zentralen Materialbedarf.«

»Was?!«

»Naja, was meinen Sie, was da so zusammenkommt? Bundeshaus und Kanzleramt! Tach!«

»Vielen Dank, Herr Professor!« rief John ihm freudig nach. Dann schloß er die Tür. Er klatschte in die Hände. »So, meine Herren. Noch jemand, der bezweifelt, daß wir auf der richtigen Spur sind?!«

20. KAPITEL

Kotschenreuther war jung gestorben. 1953 hatte er seinen fünfzigsten Geburtstag gefeiert. So kamen die Leidtragenden nicht in den Genuß eines lindernden Fatalismus. Zudem war seine Beerdigung verregnet. Allerdings kam zu dem tristen Dauernieselregen und den launenhaften Endzeit-Wolkenbrüchen eine meteorologische Besonderheit hinzu, die den Hinterbliebenen besonders zusetzte: Trotz des Regens schien die Sonne. Wenn zwei bösartige Regenwolken Platz ließen, schlug sie ihre warmen Strahlen auf den durchnäßten Trauerzug. Nicht viel hätte gefehlt, und aufgebrachte Männer hätten ihre Fäuste gen Himmel gereckt – nicht wegen des Skandals, einen fünfzigjährigen, alleinerziehenden Vater von zwei Töchtern abzuberufen, sondern wegen der pietätlosen Wettergestaltung.

Grünblaues Laub war von den Bäumen und Hecken gefallen, zu mehreren Schichten verklebt und im Dauerregen gefault. Der Brei wirkte wie Schmierseife, die Sommerschuhe mit den glatten Ledersohlen kamen leicht ins Rutschen.

John und Lucie folgten dem hellen Eichensarg gleich hinter den engsten Verwandten, obwohl die Töchter sie nicht einmal begrüßt hatten. Hinter dem Ehepaar gingen die beiden Kölner Abteilungsleiter, die ihr Präsident zur Beisetzung verdonnert hatte. Keiner der Verfassungsschutz-Leute hatte Kotschenreuther gekannt. Als Kantor das John zu Bedenken gegeben hatte, hatte der einen Wutanfall erlitten und geschrien, Kotschenreuther sei ebenso ein Opfer der Verschwörung geworden wie er und andere – nur habe Kotschenreuther sich nicht wehren können. Deshalb sei es die Pflicht der mit der Verschwörung befaßten Beamten, Kotschenreuther die letzte Ehre zu erweisen. Mal abgesehen davon, daß bei der Beisetzung vielleicht Beobach-

247

tungen zu machen wären, die die Ermittlungen weiterbringen könnten.

Nach diesem Vorfall hatten Kantor und Kulenhaupt untereinander vereinbart, Johns rüde Amtsführung noch bis zum Ende der Ermittlungen hinzunehmen und ihm dann unverzüglich mit Rücktrittsdrohungen zuzusetzen.

Erst als die kleine Beisetzungsfeier in der Leichenhalle des Alten Friedhofes in Wiesbaden beendet war und sich der Zug hinter der Sarglafette formierte, erschien eine drei Mann starke Delegation des Kanzleramtes mit einem Kranz aus rotkohlfarbigem Lorbeer, auf dessen Schleife in gotischen Lettern geschrieben stand: »Dem treuen Archivar des Heimatdienstes«.

Die drei Bonner begrüßten die drei Personalräte des Heimatdienstes freundlich. Sie begutachteten gegenseitig ihre Kränze und machten hinter vorgehaltenen Händen Bemerkungen, die John pietätlos zu sein schienen. Alle sechs Beamten formierten sich am Schluß des Leichenzuges.

Der Pfarrer verließ mit zwei Ministranten die Leichenhalle. Die Ministranten schwenkten die Weihrauchkessel um die Wette. John wurde übel, als ihm der scharfe Geruch in die Nase stieg.

Als sich der Pfarrer an die Spitze des Zuges setzte, die beiden Friedhofsgehilfen die Lafette entsicherten und die Trauernden ins Freie trotteten, ging es dem Präsidenten etwas besser: Er inhalierte tief und andächtig die Friedhofsluft.

Die Weihrauchspitze war schon in einer Seitengasse des Familiengräberfeldes verschwunden, als das Friedhofstor knirschte. John fuhr herum. Als ob er es geahnt hätte: Globke. Erstaunlich gelassen, nicht mal mit eiligen Schritten durchquerte der drahtige Mann mit dem feingeschnittenen Schauspielergesicht die Auffahrt vor der Leichenhalle und schloß sich dem Leichenbegängnis an. Die Beamten mit den offiziellen Kränzen nickten ihm ehrfurchtsvoll zu.

»Eine Unverschämtheit!« zischte John.

»Laß doch!« dämpfte Lucie.

Der Pfarrer bog in einen Seitengang ein, die Beerdigung geriet

248

ins Stocken, weil die Trauernden, die über die breite Hauptstraße E in Dreier-, Vierer- und Fünferreihen geschritten waren, sich nun in die schmale Seitenstraße E 4 einfädeln mußten.

Die Karawane stockte, die Trauernden traten nervös auf der Stelle. Hinter John flüsterte ein Mann seiner Gattin seinen Schlachtplan zu: Teilung des Zuges in zwei gleich große Kontingente, wobei die Route der rechten Schlange in geordneten Zweierreihen über den Weg E führt, während die linke Schlange F benutzt, beide biegen zügig von verschiedenen Seiten in E 4 ein ...

John schaute sich um. Globke war von den Beamten umringt, er hielt seine ganz persönliche Leichenrede. Die sechs zeigten betretene Gesichter, die Kranzträger wußten plötzlich nicht mehr, wohin mit den Kränzen. John hätte nur zu gern gehört, was Globke zum besten gab; der Staatssekretär galt als ausgezeichneter Redner.

»Pssst!« zischte der Präsident unwillig nach hinten.

Alle drehten sich um und schauten auf Globke, der lüftete – nicht im geringsten verlegen – den schwarzen Homburger und grüßte John, was die Trauergäste bewog, ihre Aufmerksamkeit wieder John zuzuwenden.

Der Pfarrer hatte jetzt zwei dampfende Erdhaufen erreicht. Er machte der Lafette Platz. Die Sargträger stellten die Bremsen fest und wuchteten den Sarg auf die Baubohlen über dem Grabloch.

In der Reihe hinter John knurrte ein Magen.

Der Wind trug Globkes Flüstern nach vorne. »Ich habe immer gesagt: Dieses Unternehmen überfordert einen Mann. Ach was, ich habe gesagt: Dieses Unternehmen ist ein historisches Unternehmen, und historische Unternehmen erfordern Generationen. Generationen und Jahre. Generationen, weil jede eine andere Perspektive auf die Vergangenheit hat. Jahre, weil so ein Unternehmen vor allem seinen Wert hat im Warten. Warten auf den richtigen Moment ...«

Seine Zuhörer nickten.

»Ich hau ihm jetzt in die Fresse!« sagte John und machte sich von Lucie los.

»Nein, nicht!« bat sie. Aber John war schon weg.

Er pirschte sich an Globke heran, er schlängelte sich durch die stehenden Reihen. Globke sollte ihn nicht hören und nicht sehen, er sollte sich in Sicherheit wiegen und weiterhin Dinge sagen, die das ganze Ausmaß seiner Schuld zeigten.

»Es hat einen Toten geben müssen. Wer mit dem Kopf durch die Wand will, riskiert einen Toten. Oder mehrere. Wer weiß, in welchen Amtszimmern noch heimlich Einzelkämpfer sitzen und forschen und sammeln und archivieren. Würde mich nicht wundern, wenn wir uns demnächst wieder treffen würden, zur Beerdigung des zweiten Kamikazes. Und das geht immer so weiter. Bis die Menschen vernünftig werden, bis sie der Geschichte das geben, was der Geschichte ist. Wer sich gegen die Zeit versündigt, versündigt sich gegen Gott, sage ich immer. Aber was sage ich: Kotschenreuther war doch nur ein bedauernswertes Opfer. Er tat das, was andere ihm in den Kopf gesetzt haben. Wissen Sie überhaupt, daß in diesen Kreisen von einem Lebenswerk die Rede war? Das Ganze hat den Ruch der Sektiererei. Eine Geheimloge ist das. Mit allen Ingredienzen. Geheimtreffs. Vornehmlich auf Autobahnrastplätzen. Da hat sich was verselbständigt, meine Herren. Mit den besten Absichten. Das ist ja das Traurige. Mit den besten Absichten das Falsche getan. Schlimmer kann es gar nicht kommen. Und wissen Sie, warum: Weil die gute Sache an sich durch den religiösen Übereifer Schaden nimmt. Voreiligkeit ist die Untugend unserer Epoche – wir machen uns unmöglich vor den Nachgeborenen. Und jetzt hat es den ersten Toten gegeben. Tach, Herr Doktor John, ich sagte gerade ...«

»Sie haben doch mit Kotschenreuther gesprochen.«

»Ich kannte den armen Kerl überhaupt nicht!«

»Und warum sind Sie dann hier?«

»Adenauer meinte, der Heimatdienst tut eine Arbeit, die uns allen nützt, und da der gute Mann sich das Leben genommen hat, weil ihm diese Sache über den Kopf gewachsen ist ...«

»Welche Sache denn, Herr Globke?«

Globke sah sich nach den Beamten um, aber die schauten unter sich. »Ich muß mich schon wundern, Herr John! Es ist zwar hier

nicht der richtige Ort, Verantwortlichkeiten zur Sprache zu bringen
– aber Sie waren es doch, der Kotschenreuther in dieses Unternehmen geschickt hat. Diese Dokumentation über den Widerstand
gegen Hitler. Obwohl Sie wissen, wie sehr gerade dieses Thema
unser Volk entzweit.«

»Hat er Sie am Abend vor seinem Tod angerufen oder nicht?«

»So leid es mir tut, aber der Verstorbene hat sich niemals an
mich gewandt!«

»Sie lügen!« schrie John. »Sie sind ein verdammter Lügner!«

Das war ein Fanfarenstoß. Selbst der Pfarrer sah her. Die beiden
Töchter, die am Grab Aufstellung genommen hatten, schüttelten
müde die Köpfe, Frauen tuschelten.

Lucie war plötzlich hinter ihm und zupfte an seinem Ärmel.
John riß sich los.

Sein Hals schwoll, als er Globke anbrüllte: »Sie haben ihn ein-
geschüchtert. Sie haben schuld, nicht ich. Ich habe ihm ein Ziel
gegeben, Sie haben ihm bloß Steine in den Weg gelegt. Sie haben
ihm das Leben so schwergemacht, daß er sich nicht mehr zu helfen
wußte! Sie nehmen auch noch an dieser Beerdigung teil und halten
Volksreden. An der Beerdigung Ihres Opfers.«

Globke musterte John. Weder verärgert noch erschrocken. Er
musterte ihn, wie der Nervenarzt seinen Patienten mustert.

»Sagen Sie was! Glotzen Sie nicht bloß dumm rum, Globke!
Das ist eine Beerdigung!«

Globke war kaum zu hören, aber alle verstanden ihn. »So
schlimm steht es um Sie, Herr Doktor John?«

John wollte auf ihn los, aber Lucie klammerte sich an ihm
fest.

»Sie sind ein Dummkopf, John«, sagte Globke ungerührt. »Wenn
Sie Ihre Gattin nicht hätten ... Sie würden sich doch wahrlich hier
prügeln.«

Er hob seinen Kranz an, als wollte er ihn schultern, und ging
seitlich an John vorbei.

»Wahrlich!« rief John ihm hinterher. »Das würde ich! Globke,
alter Nazi!«

Er zog Lucie hinter Globke her. Zwei ältere Damen traten ihm in den Weg, Friedhofsgesichter mit verheulten Augen. »Schämen Sie sich!« fauchte die eine. »Die Totenruhe!« die andere.

»Ihr Heuchler!« brüllte John. »Ihr dämlichen Heuchler!«

In diesem Moment blendete ihn das Blitzlicht eines Fotoreporters.

Das Foto erschien in sieben Zeitungen.

Eine überregionale Tageszeitung brachte es auf der Seite »Vermischtes«. Die anderen sechs waren regionale Blätter, die vielleicht der eine oder andere Abgeordnete las, aus denen zu zitieren er sich aber hütete. Globke wurde in keiner der sieben Zeitungen erwähnt. Höchstens von Kotschenreuther war ein paarmal die Rede. Er wurde gleichlautend ein »mittelhoher Bundesbeamter aus dem Dokumentationsbereich« genannt, der sich das Leben genommen habe, weil er a. psychisch krank, b. überarbeitet oder c. mit der Erziehung seiner beiden Töchter überfordert war.

John sah auf dem Foto aus wie ein Riesenmonster, das sich von der Leinwand herab auf das Kinopublikum stürzte. Seine Augen glühten, seine Gesichtszüge waren so verzerrt, daß selbst gute Bekannte Mühe hatten, ihn zu erkennen. Keine der Zeitungen stellte einen Zusammenhang zwischen der Beerdigung Kotschenreuthers und Johns Entgleisung her. Sie unterrichteten ihre Leser bloß darüber, daß der Präsident des Kölner Verfassungsschutzes sich während des Leichenbegängnisses über die seiner Meinung nach pietätlose Haltung eines unbekannten Trauernden erregt hatte.

»Das hast du nun davon!« sagte Lucie. »Globke war gar nicht auf der Beerdigung, und du stehst als ein Choleriker da, der nicht weiß, wie man sich zu benehmen hat.«

Sogar Innenminister Schröder meldete sich wegen der Angelegenheit bei John. »Was ist plötzlich in Sie gefahren? Sie gehen auf den verdammten Globke los. Warum überlassen Sie das nicht Ihrem Minister?«

»Er hat Kotschenreuther auf dem Gewissen.«

»Globke sagt, er kennt Kotschenreuther nicht. Er hat in der Sache der Gestapo-Protokolle immer nur mit Ihnen gesprochen.«

»Kotschenreuther hat ihn kurz vor seinem Tod angerufen.«

»Woher wollen Sie das wissen, John?«

»Seine Tochter hat es mir erzählt.«

»War sie dabei, als Kotschenreuther mit Globke sprach?«

»Nein, aber ...«

»Sehen Sie, John: wie immer. Sie reagieren ständig über. Langsam glaube ich, Ihre Gegner haben gar nicht so unrecht, wenn sie mir vorwerfen, daß ich Sie in dieser verdammten Position halte.«

»Warum ist die Leitung des Verfassungsschutzes eine verdammte Position?«

»Nix für ungut, John. Aber ich habe momentan ganz andere Probleme. Wenn wir nicht aufpassen, wird diese EVG-Manie des Alten auch ein innenpolitisches Waterloo. Erhard muß sich die größten Unverschämtheiten gefallen lassen, weil er es als Wirtschaftsminister nicht hinnehmen will, daß die Rüstung aus dem Marktgefüge genommen wird. Blank will ein zentrales Beschaffungsamt in Koblenz einrichten – und Adenauer macht jeden um, der sich gegen solche Verrücktheiten stellt. Als ob es nichts Wichtigeres auf der Welt geben würde als diese verdammte militärische Integration. Im Kabinett werden alle vernünftigen Warnungen vor einem allzu harten Kurs in der Innenpolitik zusammenkartätscht. Es vergeht kein Tag, an dem Adenauer uns nicht anbrüllt. Es ist wie im Krieg. Er will alle auf seine Linie einschwören. Die Schlacht gegen Mendes-France wird am Rhein gewonnen. Und Sie, John, machen bei Beerdigungen den Kaschperl! Was meinen Sie, mit welcher Freude die Kabinettskollegen mir dieses saublöde Foto unter die Nase gehalten haben?«

»Herr Minister, Sie können sicher sein, es dauert keine drei Wochen, und die ganze Blase ist geliefert.«

»Wie bitte?!«

»Wann sind die nächsten Wahlen?«

»Übernächstes Jahr. Bundestagswahlen. Landtagswahlen sind ...«

253

»Nehmen wir die Bundestagswahlen '56. Ich prophezeie Ihnen hiermit, ein Adenauer wird auf keinem Wahlplakat mehr auftauchen!«

»Mann, John, was reden Sie da? Sie vergessen wohl, daß der Kanzler in der gleichen Partei ist wie ich.«

»Ihr Pech, Herr Minister!«

»John, ich warne Sie: Wenn Sie wieder irgend etwas hinter meinem Rücken fummeln, was ich schnellstens auf dem Schreibtisch haben müßte, lasse ich Sie fallen wie eine heiße Kartoffel.«

»Ich weiß, daß Sie mittlerweile auch gegen mich sind, Herr Schröder. Dieses Interview – daß sich die Bundesrepublik ihre Geheimdienstchefs selbst sucht, wenn sie erst einmal ihre volle Souveränität erlangt hat ... Das hätten Sie niemals sagen dürfen, schon allein menschlich nicht.«

»John, ich mag Sie, das wissen Sie auch, aber Sie sind ...«

»Niemals hätten Sie so was sagen dürfen. Und wenn der große Tag kommt ...«

»Welcher große Tag, John?«

» ... dann werden auch Sie einsehen müssen, daß Sie sich lauwarm verhalten haben. Sie werden sich wünschen, mutiger und ehrlicher gewesen zu sein.«

»John, das, was Sie da sagen, hat das etwas zu tun mit ... naja, Sie wissen schon, mit dem Anschlag auf Hitler? Kann es sein, daß Sie da Dinge vermischen, die nichts miteinander zu tun haben? Daß Sie da die Zeiten durcheinanderbringen? Das ist doch jetzt genau zehn Jahre her, da kann man schon mal sentimental werden, bei so einem Jubiläum.«

»Damals haben Sie sich auch lauwarm verhalten, Herr Minister. Sie waren Parteigenosse, aber kein Nazi. Sie hätten nie die Hand gegen Hitler erhoben, aber sie haben sich heimlich die Hände gerieben, als es hieß: Auf den Führer ist ein Attentat verübt worden. Und danach, 1945, wären Sie heilfroh gewesen, wenn Sie doch nur ein einziges Mal ja gesagt hätten: Ja, ich bin gegen dieses Regime.«

»Erwarten Sie etwa von mir, daß ich mich hinstelle und sage:

Ich bin gegen Adenauer, ich bin gegen das Regime? – Mann, John, der Alte mag ein Despot sein, aber er ist kein Tyrann, und ich ... ich bin immerhin Innenminister dieses Kabinetts, und ich bin ziemlich glücklich, es zu sein. Und wenn Sie ein bißchen klüger wären, wären Sie dankbar, mich als Innenminister zu haben.«

21. KAPITEL

Lucie telefonierte jeden Tag mit Kotschenreuthers Töchtern. Sie waren verärgert über Johns Auftreten bei der Beerdigung. Lucie gelang es schließlich, sie davon zu überzeugen, daß John aus Wut über das Erscheinen des Mannes, den er für verantwortlich für den Tod seines Mitarbeiters hielt, so laut geworden war. Daraufhin erklärte sich die Ältere bereit, zusammen mit John den privaten Nachlaß Kotschenreuthers durchzusehen.

John fuhr am Samstagmorgen nach Wiesbaden. Der Regen hatte etwas nachgelassen. Dafür packten starke Böen den 190er Mercedes, und der Chauffeur hatte Mühe, so gegenzulenken, daß John, der im Fond des Wagens die Zeitungen des Tages durchsah, nicht durchgeschüttelt wurde.

Bei Diez setzte sich plötzlich ein schwerer, grauer Wagen – ein ausländisches Fabrikat – neben sie auf der Überholspur. Die Autobahn war leer, nur auf der Gegenspur war etwas Verkehr. Weder John noch der Chauffeur hatten den anderen herankommen sehen. Er blieb auf der gleichen Höhe, beschleunigte, als der Mercedes beschleunigte, wurde langsamer, als der langsamer wurde.

»Irgend so'n Spinner!« sagte der Chauffeur.

John schaute kurz auf. Der andere Wagen war höher als der Mercedes. Zwei Männer saßen in der grauen Limousine. Sie trugen Hüte. Ihre Blicke waren stur auf die Fahrbahn gerichtet, den Mercedes schienen sie nicht wahrzunehmen.

Der Chauffeur wurde nervös, als der andere weder überholte noch zurückblieb. »Chef, das können diese Burschen sein.«

»Welche Burschen?«

»Die, von denen jetzt überall die Rede ist, diese Autobahnmarder.«

»Die kommen doch nur nachts, oder? Geben Sie Gas!«

Der Chauffeur gehorchte, der Mercedes brummte tief, dann wurde John ins Polster gedrückt. Er schaute zurück und versuchte das Nummernschild des anderen Wagens zu erkennen. Da der Fahrer sofort aufholte, konnte er nur ausmachen, daß es sich um ein Frankfurter Kennzeichen handelte. Die Gesichter der Männer blieben hinter der reflektierenden Windschutzscheibe verborgen.

»Sie sind doch bewaffnet?« fragte John.

»Klar, Chef!«

»Hängen Sie diese Idioten endlich ab!«

Der Chauffeur drückte das Gaspedal durch. Der Mercedes gab sein Letztes, aber es reichte nicht, der graue Wagen holte nicht nur auf, er erkämpfte sich sogar ein, zwei Meter Vorsprung.

»Das ist gefährlich, was der da macht!« sagte der Chauffeur.

In diesem Augenblick riß der Fahrer des anderen Wagens sein Steuer nach rechts.

Johns Chauffeur reagierte blitzschnell. Er trat die Bremse voll durch. Dennoch erfaßte das Heck des anderen ihren linken, vorderen Kotflügel. Der Mercedes geriet aus der Spur. Er kam ins Schleudern.

John schlug gegen die Tür, seine linke Schläfe schmerzte. Dann kippte er um. Er schloß die Augen, etwas in seinem Innern drehte sich immer schneller, wie eine Antriebsachse. Jetzt ist es aus, dachte er noch, gleich splittert Glas, und Metall knirscht, und dann kommt die Riesenfaust, die mir die Knochen zerschlägt.

Als der Wagen zum Stehen kam, lag John auf dem Sitz und hatte die Beine angezogen. Der Chauffeur blutete an der Stirn, er schaute in den Fond. »Alles in Ordnung, Chef?«

John rappelte sich wieder auf. Er schaute hinaus. Der Wagen war seitlich gegen die Leitplanke geknallt. Ein Wunder, daß er sie nicht durchbrochen hatte und die Böschung hinabgestürzt war.

Der graue Wagen schoß davon.

Der Chauffeur stieß mit der Schulter die klemmende Fahrertür auf. Er stieg aus, tastete seine Glieder ab, stellte fest, daß er sich nichts gebrochen hatte, und ging um den Wagen herum, um John herauszuhelfen. Das dauerte, der Präsident bewegte sich sehr langsam, nicht unter Schmerzen, aber unkoordiniert und widerwillig.

Der Chauffeur bückte sich und rüttelte an Johns Knien. »Tut das weh?« fragte er. John antwortete nicht, er schaute in die Richtung, in die der graue Wagen verschwunden war.

»Möchten Sie sich wieder in den Wagen setzen?« fragte der Chauffeur.

John schüttelte den Kopf.

Der Chauffeur trat auf die Fahrbahn. Er schaute nach rechts, er schaute nach links. Seit dem Unfall hatte noch kein Fahrzeug die Stelle passiert. Auf der anderen Autobahnseite raste ein Borgward heran. Der Chauffeur lief bis zum Mittelstreifen und winkte. Der Borgward-Fahrer schaute kurz herüber, drosselte aber seine Geschwindigkeit nicht.

»Das ist wegen der Autobahnüberfälle!« rief der Chauffeur. »Die Leute haben Schiß.«

Er kam zurück und schaute sich den Schaden an. Die rechte Seite war eingedellt, die Türen ließen sich nicht öffnen, das Fahrwerk und der Motor schienen unbeschädigt geblieben zu sein. Der Chauffeur stieg wieder ein und startete den Wagen. Er sprang sofort an.

Ein dreirädriger Lastwagen hielt. Der massige Fahrer kurbelte die Scheibe herunter. In dem Gehäuse wirkte er wie in einem engen Käfig, offensichtlich war es ihm nicht einmal möglich, aufrecht hinterm Steuer zu sitzen. Der Zweitakter klirrte nervös im Leerlauf. »Verletzte?«

Der Chauffeur schüttelte den Kopf und horchte nach der Motorresonanz.

»Und der da?« fragte der Mann im Dreirad mit einem Seitenblick auf John.

»Ein Schock, sonst nichts!« hörte John seinen Chauffeur antworten.

»Heutzutage verträgt kaum noch einer was – aber jeder will auf die Autobahn!«

Der Chauffeur legte den Gang ein und lenkte den Mercedes von der Leitplanke weg. Der Wagen bockte erst ein wenig, bewegte sich aber dann recht zügig und gleichförmig. Allerdings unter einem stählernen Hämmern.

Der Lkw-Fahrer stieg aus, sein Zweitakter tuckerte weiter – von der Last befreit etwas heller. Der Chauffeur zog die Handbremse an und stieg aus. Beide beugten sie sich über die offene Haube und analysierten andächtig das Hämmern im Motorraum.

»Das Differential!« befand der Lkw-Fahrer.

»Unmöglich. Das klingt ganz anders. Wahrscheinlich ein Getriebeschaden!« hielt der Chauffeur dagegen. Er stieg wieder ein und fuhr an, das Hämmern wurde stärker.

»Ganz klar: Das Differential«, sagte der Lkw-Fahrer.

»Dieser Wagen ist neu«, rief der Chauffeur. »Die haben doch gar kein Differential mehr.«

Das gab dem Lkw-Fahrer zu denken, er rieb sich die Stirn – und hatte sofort die schwarze Kriegsbemalung der Mechaniker im Gesicht. Der Chauffeur stieg aus und wandte sich John zu: »Der Termin ...«

»Ist wichtig!« sagte John.

Der Chauffeur bot dem Lkw-Fahrer eine Zigarette an. Die beide rauchten stumm. Dann sagte der Chauffeur etwas, sie blickten beide auf die Motorhaube des Mercedes, und der Lkw-Fahrer breitete hilflos die Arme aus. Der Chauffeur zog eine schwarzlederne Brieftasche hervor und drückte dem Lkw-Fahrer einen Zehnmarkschein in die Hand.

Eineinhalb Stunden später fuhren sie vor Kotschenreuthers Haus vor.

Die Kinder der Reihenhaussiedlung liefen zusammen. Einige lachten bloß über das seltsame Gespann. Andere standen mit offenen Mündern da und wunderten sich, daß ein unscheinbarer Dreiradlaster, wie ihn Gemüsehändler für Salattransporte benutzten, einen schweren Mercedeswagen den Schiersteiner Berg hatte hochziehen können.

Der Lkw-Fahrer hatte die Scheibe heruntergekurbelt und ließ

den linken Arm mit der halb gerauchten Zigarette (die fünfte, mit den zehn Mark allein war es nicht getan) aus dem Gehäuse baumeln.

Am Abschleppseil hing der schwarze Dienstmercedes, dem jeder die Ministerien-Garage ansah. Der Chauffeur tat so, als lenke er nicht nur die Limousine, sondern auch die Zugmaschine. Im Fond kauerte John – ein Ministerialdirigent mit manikürten Fingernägeln, der unter die Schmuddelkinder geraten war.

Jungen in kurzen Lederhosen liefen neben dem Gespann her. Einige trauten sich sogar, gegen das Blech zu klatschen. Der Chauffeur hupte, und der Dreiradlaster hielt vor dem Trauerhaus. Ein Lausbub klingelte. Kotschenreuthers Tochter erschien in der Tür. Sie war immer noch lakenweiß.

Die Kinder umringten John sofort, aber sie taten ihm nicht den Gefallen, ihn mit Fragen zu bestürmen. Er wäre damit abgelenkt gewesen von der Peinlichkeit, Kotschenreuthers Tochter mit diesem Gespann im Rücken gegenübertreten zu müssen.

Die Kinder schoben ihn wie einen Kriegsheimkehrer, dem in Sibirien die Sprache abhanden gekommen war, in den Vorgarten.

»Wir hatten einen kleinen Unfall. Deshalb die Verspätung, die ich zu entschuldigen bitte ...«, stammelte John.

Kotschenreuthers Tochter verjagte die Kinder, die sich erwartungsvoll um die beiden herum aufgestellt hatten.

Sie hieß Hilde, war die Ältere und hatte Kaffee gekocht. Sie entschuldigte ihre Schwester, die dringende Seminar-Arbeiten zu erledigen hatte, mit so wenig Aufwand, daß John sofort verstand: Die Jüngere wollte ihn nicht sehen.

Sie tranken den Kaffee aus Sammeltassen und sahen dabei durch die frischgewaschene Gardine auf das Gespann, das die Kinder lärmend umringten.

John hatte bei Kotschenreuther eine Einrichtung erwartet, wie sie derzeit jeder Beamte des mittleren Dienstes, jeder Kleinunternehmer, jeder Handwerksmeister bewohnte: ein kleines Museum ovaler Formen mit vielen aquarellfarbenen Kunststoffen.

Er hatte Kotschenreuther falsch eingeschätzt. Die Einrichtung war schlicht, funktional und ohne Patzer. Ein schwerer Tisch, Bauhausstühle mit Holzlehnen und Lederpolster. John entdeckte, während Hilde in der Küche hantierte, einen eineinhalb Meter langen Brockhaus, ein Realienbuch aus der Systemzeit, ein Bühnenjahrbuch, das Handbuch für Kirche und Theologie (er hatte Kotschenreuther immer für einen Atheisten gehalten), eine zerlesene Goethe-Ausgabe, eine Lessing-Volksausgabe, mehrere Jahre Bundestagsprotokolle, dann: eine bunte Wand mit den Rowohlt-Rotations-Romanen für 50 Pfennig pro Heft – eine Sammlung von mehr als hundert Titeln jüngerer amerikanischer, spanischer, französischer, britischer Literatur, aber auch Tucholsky und Kästner.

Kotschenreuther hatte offenbar schneller nachgeholt als andere, nicht getrieben von der Neugier nach schlüpfrigen Stellen, die jetzt ganze Bibliotheken an Pompadour-, Lady-Hamilton- und Fanny - Hill-Romanen hervorsprudeln ließ, sondern planvoll alles das an sich ziehend, was ihm zwölf Jahre lang vorenthalten worden war.

Hilde schloß den Schrank unter dem Bücherregal auf und zog eine große, golden lackierte Blechbüchse hervor, in der einmal Nürnberger Lebkuchen verpackt gewesen waren. Der Inhalt der Dose schien schwer zu sein. John war versucht aufzuspringen und zu helfen, aber er fürchtete, ungeduldig und über Gebühr neugierig auf den Nachlaß des Toten zu wirken – und blieb sitzen.

Sie öffnete den Deckel. John sah sein bleiches, in die Breite gezogenes Gesicht.

Hilde begann auszupacken. »Briefe meiner verstorbenen Mutter!« sagte sie und legte den mit grobem Zwirn verschnürten Packen zur Seite. Dann beugte sie sich wieder über die Dose. Ein Schnellhefter kam zum Vorschein. John griff instinktiv danach, sie legte ihn neben die Briefe der Mutter. »Zeugnisse, Familiendokumente!«

Vor Verlegenheit ließ John seine Hände unterm Tisch verschwinden.

Zeitungsausschnitte, gebündelt und geheftet. »Das hat ihn immer interessiert.«

Diesmal legte sie den Packen vor John ab. Er wartete. Sie nickte ihm zu. Er blätterte vorsichtig. Es handelte sich um Buchrezensionen, Theaterkritiken, ein, zwei Reportagen. Kultur-Themen, offensichtlich Kotschenreuthers Steckenpferd.

Warum habe ich kein Steckenpferd, fragte sich John, es würde mir sicher guttun. Vielleicht ist es ein schlechtes Zeichen, wenn einem das Verlangen nach Ablenkung vom Beruf so ganz abgeht wie mir.

Eine graugrüne Kladde, sie sah nach Haushaltungsbuch aus: zerschlissen, abgegriffen, fleckig.

Hilde schenkte Kaffee nach.

»Das ist es!« sagte sie. »Ich habe es in zwei Nächten gelesen. Er würde nicht wollen, daß Sie es sehen, denn es steht viel über meine Mutter drin.«

»Ich versichere Ihnen, daß ich ...«

Sie winkte ab. »Ich weiß. Vaters Privatleben interessiert Sie nicht die Bohne.«

»Woher wollen Sie das wissen, Fräulein Kotschenreuther?«

»Es steht da drin!«

Damit überreichte sie ihm die Kladde. John schlug sie auf. Saubere Handschrift, groß, gut leserlich, ein Schreiber, der mit sich selbst im reinen war.

»Sie dürfen es mitnehmen. Meine Schwester sagt, sie will das Buch nicht sehen. Sie ist ... sie verwindet es nicht, daß er uns alleingelassen hat. Sie sagt, er hat sich einfach davongemacht. Aber ich bin sicher, es kommt die Zeit, da wird sie ...« Sie zögerte, und John merkte, sie empfand nicht anders als ihre Schwester.

Er schlug das Buch zu. »Ich bringe es Ihnen in wenigen Tagen zurück. Steht etwas drin von ...«

»Diesem Globke?« kam sie ihm zuvor.

»Nein. Oder: ja, doch.«

»Er erwähnt ihn ab und zu, ohne zu erklären, was es mit ihm auf sich hat. Mein Vater scheint sich sehr mit ihm beschäftigt zu haben.«

»Ja, das gehörte zu seiner Arbeit. Globke ist ein Staatssekretär Adenauers im Bundeskanzleramt ...«

»Der, mit dem Sie sich bei der Beerdigung in den Haaren hatten?«

»Ja, der.«

»Hat mein Vater Material gegen diesen Globke gesammelt?«

»Nein. Aber Globke wollte verhindern, daß Ihr Vater mit seiner Arbeit vorankam. Ich habe Ihrem Vater versprochen, etwas gegen Globke zu unternehmen. Das war sozusagen mein Part bei der Sache.«

»Warum hat Vater dann mit ihm telefoniert?«

»Das weiß ich nicht. Ich habe gehofft, es hier zu erfahren.«

»Glauben Sie, dieser Globke hat ihm etwas gesagt ... etwas, was ihn so getroffen hat, daß er ... daß er sich das Leben genommen hat?«

»Ihr Vater war ein mutiger Mann, der ließ sich nicht so einfach ...«

»Erzählen Sie mir nichts über meinen Vater, Herr Doktor John! Er war alles andere als mutig.«

John verschwieg Lucie gegenüber, daß jemand versucht hatte, seinen Dienstwagen von der Autobahn abzudrängen. Er fand, daß die Ereignisse sie schon genug mitnahmen.

Er meldete den Vorfall auf der Autobahn allerdings dem Innenminister – das war seine Pflicht. Schröder wirkte besorgt, er sagte John jede polizeiliche Unterstützung bei der Ermittlung der Täter zu. John erklärte, sich erst mit seinen engsten Mitarbeitern beraten zu müssen.

Die Herren der neuen Abteilung Z nahmen den Bericht des Präsidenten eigenartig gelassen auf.

»Was gedenken Sie zu tun?« fragte Kulenhaupt, nachdem John den Vorgang in aller Kürze geschildert hatte.

John überlegte. »Wenn ich jetzt Himmel und Hölle in Bewegung setze, um den Fahrer des Wagens ermitteln zu lassen, wissen die in Bonn, daß wir gewarnt sind ...«

»Sie nehmen doch nicht wirklich an, daß Ihnen Globke oder Adenauer ein Mordkommando auf den Hals geschickt haben?«

John wußte, daß er vorsichtig sein mußte, wenn er seine Leute nicht verschrecken wollte. Sie waren immer einige Schritte hinter ihm und neigten deshalb dazu, seine Ansichten als übertrieben anzusehen. »Was glauben Sie denn, was es mit dem Vorfall auf sich haben könnte?«

Der Expolizist schaute seinen Kollegen an. Die Blicke, die die beiden wechselten, bewiesen John, daß er mit seinem Verdacht richtig lag: Die Abteilung Z hielt sich selbst für verzichtbar und seine Sorgen für eher psychologisch als politisch relevant.

»Antworten Sie!« forderte John Kulenhaupt auf.

»Zuerst einmal ist es ja eine Frage der Auslegung, ob der Vorfall ein Anschlag war oder eine unbeabsichtigte Kollision.«

John verlor die Geduld. »Lassen Sie den Chauffeur kommen! Ein Polizist wie Sie, also bestimmt kein Angsthase. Der wird Ihnen sagen, was sich da abgespielt hat.«

»Wir haben ihn gesprochen!« erklärte Kantor ruhig. »Zuerst war er Ihrer Meinung. Als wir ihn aber etwas intensiver befragten und das eine oder andere zu bedenken gaben, war er sich nicht mehr so ganz sicher.«

Kulenhaupt stimmte ihm zu: »Stellen Sie sich vor, wir gehen der Sache nach, machen unter Umständen Polizei und Presse verrückt – und dann meldet sich ein Herr Meier aus Koblenz oder aus Limburg und erklärte, es tue ihm leid, aber er sei so in Eile gewesen, und es sei ja auch nichts passiert.«

»Nichts passiert?!« brüllte John. »Mein Fahrer und ich wären beinahe draufgegangen.«

Sie schauten ihn müde an.

John schlug einen sachlicheren Ton an. »Was haben Sie bisher erreicht, meine Herren!?«

Kulenhaupt referierte: »Dieser Kalauer. Der Bonner Bürobedarfshändler. Wir haben lange mit ihm gesprochen.«

»Doch nicht etwa offen?!«

»Natürlich nicht. Wir sind als Revisoren des Koblenzer Papiergroßhandels aufgetreten. Kalauer war richtig stolz, daß man sich so sehr um die Qualität der Lieferungen kümmert. Er hat uns die

Bogen gezeigt, die er als Muster mitgenommen hat. Sie sind alle noch da.«

»Was?«

»Wir haben sie beschlagnahmt. Das heißt: Wir haben dem Mann sein Geld zurückgegeben und den Kram mitgenommen. Dr. Humboldt hatte recht, das Briefpapier ist absolut unverkäuflich. Sobald Tinte auf die Oberfläche kommt, schlägt sie durch.«

»Die verwendete Harzseife war unbrauchbar«, fügte Kantor eifrig hinzu. »Der Hersteller in Maulbronn denkt sogar daran, eine Schadensersatzklage gegen den Chemielieferanten anzustrengen.«

»Das wissen wir doch alles!« fauchte John. »Wie kommt es, daß dieser Bonner Papierfritze ...«

»Kalauer«, half ihm Kuhlenhaupt.

»... daß dieser Kalauer auf dem Papier sitzengeblieben ist? Das kann doch nicht sein!«

»Ich frage mich überhaupt, was diese Bestellung sollte«, erklärte der Expolizist. »Dieses dünne, blaue Briefpapier für Pippimädchen. Was fängt ein Lieferant von Regierungsbüros mit so 'ner Ware an?«

»Das ist doch scheißegal. Er hat sie bestellt, basta! Vielleicht für seine Frau oder seine Tochter oder für seine Großtante.«

»Tatsache ist«, erklärte Kulenhaupt kalt, »daß alle zwanzig Bogen da sind. Nicht einer ist ausgegeben worden! Also auch keiner an Fräulein von Lewinski.«

Es war zum Verzweifeln. John hatte das Gefühl, gegen eine Wand anzurennen. »Haben Sie die Lieferunterlagen eingesehen?«

»Sowohl bei Benz & Ellert als auch bei Kalauer.«

»Und?«

»Zwanzig Bogen sind bestellt und geliefert worden. Zwanzig haben wir hier!«

»Die will ich sehen!« verlangte John.

Die Bogen lagerten im Panzerschrank Kulenhaupts. John nahm am Schreibtisch des Abteilungschefs Platz und faßte das Papier an. Es war das Papier, er spürte es, er spürte es an dem Haß, der ihn ihm aufstieg, an dem Haß gegen das saubere Fräulein von Lewinski.

John zählte die Bogen. Er zählte sie zweimal, er zählte dreimal. Es blieben zwanzig.

Kulenhaupt fuhr mit seinem Bericht fort. »Wir haben unsere Leute in Frankfurt aktiviert. Iginhart Sperenberg aus der Sozietät Kiel und Syberberg ist ein hoffnungsvoller Jurist. Die Sozietät Kiel und Syberberg steht kurz vor einer Namensänderung. Sie wird in einem halben Jahr vielleicht schon Kiel, Syberberg und Sperenberg heißen. Dabei ist der junge Iginhart bei Frankfurter Gerichten ein unbekannter Anwalt ...«

»Das hat wenig zu sagen«, erklärte der Jurist John. »Die Aufgaben werden in Sozietäten immer aufgeteilt, einer tritt vor Gericht auf, ein anderer akquiriert und berät Mandanten usw.«

»Man sagt in Frankfurter Juristenkreisen, Iginhart Sperenberg sei der Sozietät aufgedrängt worden.«

»Von wem?« fragte John.

»Von Mandanten.«

»Das gibt's nicht!« befand John. »So was kann kein Mandant. Das geht vielleicht in einer Metzgerei, aber nicht in einer Anwaltskanzlei.«

»Und wenn die Anwaltskanzlei nur einen Mandanten hat – mal abgesehen von wenigen kleinen und unbedeutenden Fällen, die man nur der Form halber annimmt?«

John lauerte. »Wer soll das sein?«

»BEW.«

John überlegte. »BEW. Das ist doch der Bund der Wehrmachtsangehörigen oder so ähnlich?«

»Bund ehemaliger Wehrmachtsangehöriger.«

»Und davon kann eine Sozietät existieren?«

»Erstens sind die Herren sehr prozeßfreudig«, antwortete Kantor. »Zweitens geht es um die Verwaltung immenser Vermögenswerte und Industriebeteiligungen. Drittens ist im BEW fast so viel Geld konzentriert wie im Rotary Club.«

»Und Iginhard Sperenberg ist deren Mann?«

»Er heißt eigentlich von Sperenberg, verwendet seinen Adelstitel aber nicht.«

»Ein Demokrat?«

»Ein Chamäleon. Ein Adliger, der ehemalige adlige Generäle vertritt, würde bei unseren alliierten Freunden weniger Sympathien genießen als ein aufstrebender, junger Mann aus dem Volk.«

John legte den Kopf in den Nacken, er schien laut mit sich selbst zu reden. »Iginhard von Sperenberg und Anneliese von Lewinski ehemals von Manstein, ein schönes Paar, und der Bund ehemaliger Wehrmachtsangehöriger spielt den Trauzeugen. Was haben Sie über Sperenbergs Arbeit herausgefunden?«

»Er ist ständig unterwegs. Viel in Westberlin, aber auch Bonn und München.«

»Er spannt das Netz, meine Herren!«

»Welches Netz?« fragte Kantor.

»Das Netz zwischen den alten Generälen im BEW, der Frankfurter Societät, dem Fräulein Annemarie, dem Kanzleramt, Herrn Globke ... und Adenauer. In diesem Netz fangen sich die Gegner. In dieses Netz sollte auch ich laufen. Klingen da nicht die Glocken bei Ihnen, meine Herren?«

Die Leiter der Abteilung Z schienen sich ihrer Sache nicht mehr ganz so sicher zu sein.

»Sie vergessen die zwanzig Bogen blaues Briefpapier, Herr Präsident!« wandte Kulenhaupt halbherzig ein.

John beugte sich wieder über den Schreibtisch. Die Herren sahen sich an. Sie hoben die Augenbrauen.

»Wenn Sie Briefpapier kaufen, wie viele Bogen bekommen Sie da?«

Der Expolizist war genervt. »Wie viele schon? So viele ich verlange – und bezahle!«

»Stimmt!« sagte John. »Sie sind ja auch bloß Laufkundschaft.«

»Wie bitte?«

John sprang auf, er lief im Zimmer umher. »Kalauer ist keine Laufkundschaft. In Koblenz, meine ich.«

Die beiden starrten ihn verständnislos an.

»Na los! Rufen Sie schon an!« forderte John sie auf. »In Koblenz oder Höhr-Grenzhausen. Oder bei Benz & Ellert zu Hause.«

Keiner rührte sich.

John nahm den Hörer des Telefons ab und reichte ihn Kulenhaupt.

Der Expolizist ließ sich mit dem Sekretariat verbinden, das ihn mit der Zentrale von Benz & Ellert verband. Die Zentrale verband in die Disposition, die Disposition in die Auslieferung, der Leiter der Auslieferung rief einen Herrn Langenstein herbei. Herr Langenstein konnte sich sofort an den letzten Besuch von Herrn Kalauer aus Bonn erinnern, sogar an die 20 Bogen hellblaues Briefpapier erinnerte er sich, die der Kunde als Muster mitgenommen hatte, obwohl diese Papiersorte in den Ministerien, die Kalauer zu versorgen hatte, so gut wie nie gebraucht wurde. Auf die Frage, ob er aus Kulanz zu den 20 Bogen noch einen dazugelegt hatte, hatte Herr Langenstein aus dem Benz & Ellert-Auslieferungslager in Höhr-Grenzhausen eine klare Antwort: »Wo hätte ich den 21. Bogen hernehmen sollen? Die Bogen sind in Kuverts verpackt, ein Kuvert enthält 20 Bogen, und so weit geht die Liebe zu Herrn Kalauer nicht, daß ich, nur um ihm eine Freude zu machen, seinetwegen 19 Bogen auf'n Müll werfe. Wir sind nämlich 'n Großhandel und keine Krabbelkiste.«

Damit war das Gespräch zu Ende. John hinterließ zur Sicherheit die Apparatnummer. Sie schwiegen.

Kantor gab sich Mühe, tatkräftig zu klingen: »Wissen Sie was, wir nehmen die Metzer Spur wieder auf. Da sind sechzehnhundert Bogen hingewandert. Rein statistisch ist das sowieso die wahrscheinlichere Seite der Angelegenheit.«

John hielt es nicht mehr aus, er hatte einen Wutanfall. »Hören Sie auf!« schrie er.

Dann klingelte das Telefon. In einem Reflex griff John den Hörer. Es war Herr Langenstein, dem noch etwas eingefallen war. John hörte es sich an.

Als er auflegte, zitterte er. »Wir können anfangen.«

»Was war?« fragte Kulenhaupt.

»Die Bogen sind in Kuverts. Jeweils zwanzig Stück. Die Kuverts sind in Kisten, die Kisten sind zu Paletten zusammengepackt. Oben auf der Palette trägt eine Kiste eine Tasche – und in der Tasche steckt fein säuberlich zusammengefaltet: ein Bogen. Damit die Großkunden sich die Ware anschauen können, ohne daß eine Kiste erbrochen werden muß!«

»Und?«

»Langenstein ist eingefallen, daß Kalauer sich vorher einen Bogen angeschaut hat, den Ansichtsbogen aus der Tasche. Und er hat den Musterbogen in die Tasche zurückgesteckt ...«

»Und die Kiste mit der Tasche genommen!« sagte Kantor.

»Genau!« jubelte John.

»Das heißt doch noch lange nicht, daß Kalauer den 21. Bogen an die Lewinski gegeben hat«, gab Kulenhaupt zu bedenken.

»Wetten, daß!?« sagte John.

22. KAPITEL

John rief beim »Spiegel« an und verlangte Dr. Bannert zu sprechen. Man teilte ihm mit, der Ressortleiter habe gerade eine Besprechung mit Augstein, und erbat Johns Nummer, damit Bannert ihn zurückrufen konnte. John, der einen seiner Falschnamen genannt hatte, erklärte, das Haus verlassen zu müssen und sich deshalb später selbst noch einmal zu melden.

Bannert würde staunen, was sich inzwischen alles ergeben hatte. John war sich sicher, daß die Recherchen des »Spiegel«-Redakteurs weniger spektakuläre Ergebnisse erbracht hatten als seine Ermittlungen.

Das Innenministerium rief an. Schröder ließ John zu einer improvisierten Besprechung für 14 Uhr nach Bonn bitten. Der Innenminister liebte ministerialbürokratische Prozeduren, und daß auf den Vorfall auf der Autobahn langwierige Treffen im Ministerium folgen würden, hatte John schon geahnt.

Schröder meinte es ja gut, er war ein praktischer Mensch, der die Probleme gerne von allen Seiten betrachtete. Aus diesen Besprechungen, an denen die Betroffenen und Schröders kleiner Stab teilnahmen, ging meistens nur eines der berüchtigten Kommuniqués des Innenministers hervor. Schröder war der kommuniquéfreudigste Minister in Adenauers Kabinett. Er hatte keine Angst vor der Öffentlichkeit, er hatte nicht einmal Angst vor der Blamage, er ertrug es bloß nicht, zu einer Sache zu schweigen. Allerdings waren die ministeriellen Stellungnahmen, die Schröder federführend formulierte, derart verworren, daß kaum jemand daraus schlau wurde. Der Minister betrachtete die Dinge nicht nur von allen Seiten, er legte auch Wert darauf, daß alle Seiten in sein Kommuniqué einflossen. Das hatte ihm schon einigen Ärger in seiner Partei und im Kabinett eingebracht.

Daß Adenauer ihn nicht längst zum Teufel gejagt hatte, verdankte er nur seiner Konfession. Schröder war ein wichtiger Vertreter der protestantischen Fraktion in der CDU, und der Rheinländer Adenauer war ein militanter Katholik. Um den Zorn der Protestanten in seiner Partei nicht auf sich zu ziehen, die eine Demontage des Innenministers – und sei es auch aus konfessionsfernen Gründen – sofort als einen Übergriff der mächtigen Katholiken auf die protestantische Minderheit ansehen würden, duldete Adenauer Schröder nicht nur, er förderte ihn sogar: Ein protestantischer Innenminister war ihm allemal lieber als einer aus dem nationalistischen oder gar arbeitnehmerorientierten Lager seiner Partei.

John stellte sein Telefon auf den Apparat seiner Sekretärin um und ging zum Essen. In der Kantine, in der es düster und kalt war, roch es nach Kohl, obwohl es Reis mit Hühnerfrikassee gab. John aß leidenschaftlos, weil er essen mußte. Die Gespräche um ihn herum hörte er nicht.

Er dachte nach. Ahnen Adenauer und Globke, daß ich gegen sie ermittele? Unwahrscheinlich. Kulenhaupt und Kantor hassen die Bonner Konservativen. Aus der Abteilung Z dringt nichts nach außen.

Wowo? Ein Salonbolschewist, dessen größter Traum es ist, als Krebstherapeut an die Charité zurückzukehren, von wo Sauerbruch ihn vertrieben hat. Der hat mit den Bonnern nichts am Hut.

Edgar? Dem Jungen tut der Schaden leid, den er angerichtet hat. Edgar ist ein Verbündeter.

Und Dr. Bannert? Er will den Sieg auf der ganzen Linie, den journalistischen Sieg, die Vernichtung der Adenauer-Clique. Das erreicht er aber nicht durch Verrat. Bannert ist Journalist und deshalb kein feiner Mensch, aber er ist unserer Sache aus blankem Eigennutz verbunden wie kein anderer. Ein »Spiegel«-Mann eben, starrköpfig und an nichts anderem interessiert als an der ganz großen Story. Die bekommt er, wenn alles durchgestanden ist, über Strippenzieherei auf der Hinterbühne wird man nicht zum Starjournalisten.

Wenn also in Bonn keiner ahnt, was in Köln und Hamburg

271

geschieht – warum soll Globke mir ein Mordkommando auf den Hals schicken? Das ergibt keinen Sinn.

Und wenn der Wagen, der uns abdrängen wollte, von anderer Seite kam? Von Gehlen und Mellenthin, die mich sicher noch mehr hassen, nachdem ich ihnen ihre amerikanische Trumpfkarte aus der Hand geschlagen habe? Denen traue ich so was zu. Aber ein Mordkommando ist doch selbst für einen General Gehlen zu riskant: Er hätte Mittäter gebraucht, zumindest die beiden, die im Wagen saßen. Das sind mit Mellenthin schon drei. Drei Mitwisser, die Gehlen mit einem Wort ans Messer liefern könnten. Ein Mordanschlag des zukünftigen Chefs des deutschen Nachrichtendienstes auf seinen Konkurrenten vom Verfassungsschutz, das wäre die Sensation der neuen Republik. Adenauer würde auf der Stelle den Namen Gehlen aus seinem Gedächtnis tilgen, und selbst die Amerikaner würden leugnen, den General jemals gekannt zu haben. Nein, Gehlen ist ein Hasardeur, aber zu einer solchen Wahnsinnstat ist selbst der nicht in der Lage.

Bleibt noch mein natürlicher Feind, der SSD. Aber wozu sollte die Staatssicherheit mich töten wollen? Wo doch die Spatzen von den Dächern pfeifen, daß ich ein Gegner unserer Regierung bin.

Je mehr John über den Vorfall nachdachte, desto unwahrscheinlicher erschien ihm, daß die beiden Attentäter ihn wirklich hatten töten wollen. Diese Rempelei war zwar gefährlich gewesen, aber für ein Geheimdienstkommando in ihrem Ausgang viel zu unsicher.

Das Ganze war eine Warnung, jemand wollte ihn einschüchtern, ihn mürbe machen. Ein toter John nützte keinem und brachte nur unangenehme Ermittlungen und vielleicht sogar einen parlamentarischen Untersuchungsausschuß mit sich, aber ein John, der seine Feinde in Ruhe ließ, weil er befürchtete, von ihnen zur Strecke gebracht zu werden, erfüllte seinen Zweck. Ein zahnloser John, ein Frühstücksdirektor an der Spitze des Verfassungsschutzes – das lag im Interesse aller seiner Widersacher. Einen kleinen Erfolg konnten die Attentäter schon verzeichnen: Neuerdings trug John eine Pistole in seiner Jackentasche.

John brachte die Hälfte des Hühnerfrikassees zurück.

Bevor er nach Bonn aufbrach, versuchte John noch einmal, Bannert zu erreichen. Diesmal wurde er verbunden.

»Ich hätte mich sowieso über Wowo bei Ihnen gemeldet«, beteuerte der Redakteur. »Die Aktion läuft auf vollen Touren. Edgar hat diesem Frankfurter Rechtsanwalt unser Foto übergeben ...«

Das Foto! John hatte es völlig vergessen – wie so vieles, was er im Suff getan hatte. »Muß das wirklich sein? Ich meine, wir haben soviel gegen diese Leute in der Hand. Hören Sie sich bloß an, was ich mittlerweile herausgefunden habe ...«

Bannert unterbrach ihn: »Herr Präsident, das muß ich Ihnen doch nicht erzählen! Diese Bande, die sind doch aufeinander eingespielt. Da wird hier gedreht und da gedrückt – und schon sind die aus der Sache raus. Bedenken Sie eines: Die sitzen an der Macht. Gegen die mit schwer beweisbaren Vorwürfen zu kommen, wäre genauso hoffnungslos wie 1940 in Berlin den Nazis einen Prozeß wegen Kriegstreiberei machen zu wollen.«

John wollte etwas entgegnen, aber Bannert machte ihn nieder, so wie er die kleinen Redakteure seines Ressorts niedermachte: »So was ist nur zu machen, wenn man die Schweine auf frischer Tat ertappt: Globke, wie er den Erpresserbrief an Sie eintütet ... oder die Lewinski. Verstehen Sie, Herr Präsident, deshalb die Finte mit dem Foto. Das ist eine Einladung an Globke, die Schraube anzudrehen.«

»Und wenn es plötzlich heißt, es ist was dran? Wenn Ihre schöne Finte gegen mich gekehrt wird?«

Bannert lachte in seinem tiefsten Baß: »Sie haben drei Zeugen: Edgar ...«

»Um Gottes willen!«

»... Wowo ...«

»Wissen Sie, was der für'n Ruf hat?!«

»... und ich? Bin ich nichts? Ich habe mein ganzes Leben lang noch keinen Schwanz gelutscht und gedenke auch nicht, es zu tun. Ich bin Ressortleiter beim ›Spiegel‹, Herr Doktor John. Das ist so ähnlich, wie wenn der Präsident des ersten Senats beim Bundesverfassungsgericht für Sie aussagt!«

John schwieg.

»Na also!« triumphierte Bannert. »Und was haben Sie Schönes?«

»Natürlich noch streng vertraulich!«

Bannert murrte Zustimmung.

»Also: Wir haben unseren Apparat in Bewegung gesetzt. Es gibt jetzt keinen Zweifel mehr: Der Brief, den ich erhalten habe, kommt aus dem Kanzleramt! Wir haben den Weg des Papiers vom Hersteller bis zum Briefschreiber peinlich rekonstruiert. Es ist hundertprozentig die Lewinski.«

»Sauber!« grunzte Bannert. Irgendwie schien er der Sache aber weniger Bedeutung beizumessen als John.

»Damit ist bewiesen, daß die Spur bis in Adenauers Vorzimmer führt«, erklärte John.

Bannert schien an etwas zu kauen. »Das mag ja ganz nett sein – fürs Gericht. Aber wir brauchen für unsere Story schon härtere Fakten als irgendeinen Lappen Briefpapier.«

»Aber das BKA hat ...«, potestierte John.

»Mag ja alles sein!« unterbrach ihn Bannert genervt. »Gehen Sie Ihren Weg, ich gehe meinen, dann treffen wir uns im Ziel!«

John fand, daß Bannert so nicht mit ihm reden durfte. »Ich erwarte von Ihnen, daß Sie mich über jeden Ihrer Schritte unterrichten!«

Bannert lachte auf. »Wo kommen wir denn da hin, Herr Doktor John? Wir haben eine freie Presse. Sie glauben doch nicht im Ernst, daß ein ›Spiegel‹-Redakteur einem Amtsleiter Rechenschaft schuldig ist?!«

»Und Sie glauben doch nicht, daß ein Verfassungsschutzpräsident sich von einem Journalisten gängeln läßt?!«

»Aber ...«

»Kein Aber! Die Sache mit dem Foto ist gegen meinen Willen geschehen!«

»Sie haben im Hotel in Köln doch ...«

»Ich habe gar nichts. Ich war nicht einmal mit Ihnen an der Bar des Hotels, wenn ich das nicht für richtig halte! Im übrigen werden Sie mit meiner Unterstützung nicht mehr rechnen können, falls Sie sich weiterhin so selbstgefällig aufführen. Ich erwarte von Ihnen Respekt meinem Amt gegenüber, Herr Doktor Bannert!«

Der »Spiegel«-Mann schwieg.

»Haben wir uns verstanden?« fragte John.

»Sie machen einen Riesenfehler«, sagte Bannert leise.

John legte auf. Er dachte eine Weile über das Gespräch nach. Dann rief er Hülsterkamp in Bonn an – den Journalisten, der Johns EVG-Interview in die »Süddeutsche« gebracht und der ihn vor dem Widerstand der Ex-Ribbentrop-Diplomaten gegen seine Verwendung im zukünftigen Außenamt gewarnt hatte.

Hülsterkamp, der sein Geld als freier Mitarbeiter bei Provinzblättern verdiente, war niemandem verpflichtet, unparteiisch und immer auf dem laufenden. Er mußte ihm auch diesmal helfen. John bat ihn um einige Auskünfte und verabredete sich mit ihm für den späten Nachmittag im Bonner Café Kleimann.

23. KAPITEL

Schröder und sein Stab – lauter stille, ernste Männer mit Gesichtern wie Porzellan – warteten schon. Der Minister wirkte fahrig und unkonzentriert, völlig anders als sonst. Er begrüßte John per Handschlag und eröffnete, ohne ein persönliches Wort an den Verfassungsschutzpräsidenten zu richten, die Besprechung.

John bat ums Wort, er wollte den Leuten vom Innenministerium zuvorkommen. »Ich bin mittlerweile einen Schritt weiter. Alles deutet darauf hin, daß der Anschlag mich nicht töten sollte. Es handelte sich offensichtlich um eine Warnung.«

Schröder nickte nervös. »Herr Doktor, wir haben Sie nicht deshalb hergebeten!«

John war überrascht. »Nicht?«

»Nein! Es gibt eine neue Entwicklung.« Er suchte in seinen Unterlagen nach einem Schriftstück, das er, als er es endlich gefunden hatte, erst einmal so hastig überflog, als habe er es noch nie gesehen. »Adenauer hat mich gestern abend zu sich gerufen. Ich mußte nach Rhöndorf rausfahren. Der Alte war in einer außerordentlich schlechten Stimmung. Als ich ins Zimmer trat, kauerte er versunken über einem Heiligenbild. Nach einer Weile schaute er auf und zeigte mir das hier ...« Er wedelte mit dem Blatt. »Ein persönlicher Informantenbericht.«

»Welcher Informant?« fragte John mechanisch.

»Das möchte der Kanzler nicht sagen«, antwortete Schröder. »Aus dieser Information geht hervor, daß Ulbricht in Besitz der geheimen Vertragsentwürfe für die Europäische Verteidigungsgemeinschaft gekommen ist.«

Es herrschte Stille. Nur ein Magen knurrte grimmig.

John hielt das nicht lange aus. »Aber ohne den Informanten zu kennen, kann man doch gar nicht ...«

Schröder fuhr ihn an. »Der Kanzler spricht von Verrat. Mit Indiskretion hat das nichts mehr zu tun, sagt er. Er ist sich sicher, daß Jakob Kaiser dahintersteckt. Und Sie, Herr Doktor John!«

»Das ist eine ungeheuerliche Verdächtigung! Sie müßten wissen, Herr Minister, daß ...«

Schröder unterbrach ihn wieder. »An das Material kommt nur ein Kabinettsmitglied ran. Jakob Kaiser ist nun mal der vehementeste Gegner der Westintegration. Man muß nur eins und eins zusammenzählen – sagt Adenauer.«

»Und wie passe ich da rein?« fragte John tonlos.

»Kaiser hatte den Zugang. Sie sind sein Ziehkind, er hat Sie auf diesen Posten gebracht. Sie beide kennen sich gut aus dem Widerstand, Sie liegen auch politisch auf einer Linie mit Kaiser. Und das Wichtigste: Sie haben die Geheimdienstverbindungen, die man braucht, um eine solche Aktion durchzuführen.«

»Das ist doch absurd!«

»Sie konnten ja nicht laut genug rumposaunen, wie sehr Ihnen die EVG gegen den Strich geht. Da ist es kein Wunder ...«

John platzte der Kragen. »Kaiser ist in Adenauers Partei. Ganz abgesehen davon: Niemals würde er mit Ulbricht gegen Adenauer konspirieren. Vor allem nicht auf so eine perfide Art und Weise.«

Schröder tippte auf den Wisch. »Der Kanzler hat das hier in der Hand!«

»Wenn man den Informanten nicht kennt, kann man den Wert der Information nicht beurteilen!« sagte John hart.

»Der Kanzler kennt ihn!«

»Wenn da was gelaufen ist, dann nur über Gehlens Dienst.«

»Natürlich!« sagte Schröder mit einer weit ausholenden Bewegung. »Gehlen ist an allem schuld. An den Autobahnüberfällen und am Regenwetter. Sie machen sich das sehr einfach, Herr John!«

»Sie als mein Dienstherr sollten mich gegen derartig absurde Vorwürfe in Schutz nehmen, anstatt ins gleiche Horn zu blasen.«

»Das habe ich, John, das können Sie mir glauben. Adenauer hat getobt. Er sagt, Kaiser springt über die Klinge, wenn was dran ist. Er will Beweise. Von Ihnen, John!!«

»Wie bitte?! Ich soll gegen Jakob Kaiser ...«

»Sie kennen den Alten. Er hat eine – sagen wir: sehr archaische Vorstellung von Loyalität. Er denkt sich, wenn John sauber ist, soll er's beweisen: indem er den wahren Schuldigen ans Messer liefert. Im übrigen ist das Ihre Pflicht als Präsident des Bundesamtes für den Verfassungsschutz, Herr Doktor John!«

»Aber Sie können doch nicht von mir erwarten, daß ich ...«

»Und ob ich das kann, Herr John! Ich erteile Ihnen hiermit offiziell den Auftrag zu ermitteln, wer Ulbricht die Papiere zugespielt hat. Sollten Sie sich weigern oder keinen Erfolg haben, muß ich annehmen, daß Adenauer recht hat. Daß Sie ein Verräter sind, John. Also tun Sie was! Fakten! Kennen Sie Thediek?«

»Kaisers Staatssekretär im Ministerium für gesamtdeutsche Angelegenheiten?«

»Adenauer sagt, dem traut er zu, die Sache eingefädelt zu haben.«

»Das sagt er doch nur, weil er Kaiser reinreiten will ... Um jeden Preis.«

»Adenauer behauptet, Thediek hätte ihn schon bespitzelt, als er noch Kölner Oberbürgermeister war. Im Auftrag der preußischen Regierung. Wegen angeblicher separatistischer Bestrebungen.«

»Aber allein deshalb kann der Kanzler doch nicht behaupten, Kaiser hätte Landesverrat begangen.«

Innenminister Schröder packte seine Unterlagen zusammen. »Herr Dr. John, ich beauftrage Sie hiermit offiziell, die Sache zu klären! Danke.«

Im Café Kleimann trafen sich keine Parlamentarier und keine Presseleute. Das Café Kleimann lag in einer unansehnlichen Seitenstraße, in der seit dem Kriegsende nichts mehr erneuert worden war. In dem düsteren, überhitzten Bäckereiladen, dessen Dielen knarrten, roch es nach Malzkaffee und Kohlenbrunchbrand. Es gab dort keine turmhohen Sahnetorten. Dafür waren die Zuckerhörnchen gut und frisch, und man hatte seine Ruhe.

Immer wenn John etwas mit Hülstenkamp zu besprechen hatte,

trafen sie sich im Café Kleimann. Sie aßen die vor Zucker klebrigen Hörnchen, tranken Malzkaffee oder – was John lieber war – den tiefbraunen, bittersüßen Kakao, den die Bäckersfrau in einem Aluminiumtopf auf dem Kanonenofen braute.

Hülstenkamp trug, seit John ihn kannte, graugrüne Manchesterhosen und einen blau-rot-gelb karierten Pullover mit weitem Kragen. Daran hatten weder die Nazis noch der Krieg oder die Alliierten, noch das Wirtschaftswunder etwas geändert. Hülstenkamp war nur wenige Jahre jünger als John, aber er wirkte immer noch wie ein Student. Er war schlaksig und bewegte sich ungeschickt, ohne unsicher zu sein.

Hülstenkamp war ein Erbsenzähler und wurde nicht müde vorzurechnen, daß dies nicht aufging und jenes sich widersprach. Seine Artikel wurden gelesen, aber sie waren nicht wichtig, weil sie in keiner wichtigen Zeitung erschienen. Hülstenkamp hatte keine Karriere gemacht, und er würde auch keine machen, was John aber nicht verstand: Hülstenkamp wollte auch keine machen, nicht einmal eine journalistische. Dabei war Hülstenkamp gerne Journalist. Er gehörte zu den Menschen, die ihren Beruf als Wert an sich sahen.

Hülstenkamp schrieb nie einen Artikel, der länger als 150 Zeitungszeilen war. Er fand, daß man auf dieser Länge alles Wichtige sagen konnte. Jede weitere Zeile sei überflüssig oder gelogen, behauptete er.

John hatte mal irgendwo gehört, er wohne mit seiner Frau in einer zugigen Dachgeschoßwohnung in Beuel. Es hieß, die Frau wäre beinahe eine berühmte Pianistin geworden, wenn sie sich in den letzten Kriegstagen nicht eine Lungenerkrankung geholt hätte. Jetzt schrieb sie – da sie bettlägrig war – an einem Roman, von dem sie und ihr Mann sich wohl einiges erhofften. Aber Hülstenkamp sprach nie über seine Frau, er sprach eigentlich nur über Politik – leidenschaftslos, aber unbeirrbar und ohne erkennbare Neigung.

»Adenauer macht einen Riesenfehler. Die Westintegration ist unumgänglich, denn es wird niemals eine Wiedervereinigung von Moskaus Gnaden geben – wenn, dann nur als Zwischenstadium bis zur Okkupation. Deshalb müssen wir uns an den Westen halten, wenn wir nicht gefressen werden wollen. Aber Adenauer hat immer noch das Kalkül eines rheinischen Schulbubs: Wenn ich mich an die Großen halte, können die Kleinen mir mal den Buckel runterrutschen. Das ist falsch. Der Mendes-France, der schießt quer. Das ist unangenehm, wenn man kurz davor ist, Washingtons Musterknabe zu werden. Aber trotzdem darf man nicht nur einem in den Arsch kriechen. Die Amerikaner haben noch andere Bolzplätze ...«

»Ich mag Adenauer auch nicht«, protestierte John. »Aber daß er den Amerikanern in den Arsch kriecht, würde ich nicht sagen.«

»Es ist ein Fehler, die Franzosen zu verprellen. Wir müssen uns hier in Europa arrangieren, wir müssen mit den Franzosen, den Belgiern, Holländern und den Briten militärisch an einem Strang ziehen.«

»Militärisch sollten wir uns für die nächsten hundert Jahre bedeckt halten!« fand John. »Die Militärs haben uns schon reingeritten. Generale sind feige. Metzger in Ausgehuniform. Haben Sie schon einmal einen General gesehen, der nicht bereit wäre, auf der Stelle Tausende von Menschenleben zu opfern?«

»Herr John, Sie sind bemerkenswert arglos. Ohne eigene Armee sind wir nichts wert. Die Alliierten sind schon seit zehn Jahren in Deutschland. Das wird nicht auf ewig so weitergehen. Wenn sie uns erst einmal die volle Souveränität gegeben haben, werden sie uns unseren Schutz auch selbst bezahlen lassen. Was glauben Sie, warum die Amis so einen Wirbel um die EVG machen? Weil sie es nicht mehr lange vor ihren Wählern verantworten können, uns die teuren Panzer vor die Tür zu stellen. Wenn wir aber für unseren Schutz bezahlen, ist es nicht mehr als richtig, ihn auch selbst zu stellen. Oder wollen Sie mit einer Fremdenlegion im Land leben?«

»Wer sagt, daß wir überhaupt Militär brauchen?«

»Herr John, Sie als Geheimdienstchef ...«

»Verfassungsschützer, Hülstenkamp!«

»Egal. Auf jeden Fall prophezeie ich Ihnen: Auch nach Stalins Tod wird Moskau keine Ruhe geben. Was wir letztes Jahr in Ostberlin erlebt haben, war bloß ein Vorgeplänkel ...«

»Moment! Moment! Die Panzer, die auf der anderen Seite vom Brandenburger Tor aufgefahren sind, haben den Eisernen Vorhang nicht durchbrochen.«

»Wer sagt Ihnen, daß sie es nicht das nächste Mal tun? Vor allem wenn keine amerikanischen Panzer mehr auf unserer Seite stehen!« John klang verärgert, manchmal störte ihn Hülstenkamps Rechthaberei. »Sie haben nicht so unmittelbar wie ich erlebt, was für ein Unglück Generäle über unser Land gebracht haben.«

»Glauben Sie, ich war zwischen 1939 und 1945 auf Ha ... waii?« Wenn er aufgeregt war, geriet Hülstenkamp ins Stottern – auch eine Eigenart, die seinem Fortkommen nicht diente.

Sie aßen ihre Zuckerhörnchen und leckten sich die Finger ab. Dann rieb sich Hülstenkamp mit dem Ärmel seines karierten Pullovers über den Mund.

John zog seine Brieftasche aus der Jacke, entnahm einen Fünfzigmarkschein und schob ihn zu Hülstenkamp hin.

»Sie wi ... wissen, daß ich kein Geld nehme! Ich bin Journalist.«

»Ich weiß. Ich dachte, Sie können es brauchen. Ein Freundschaftsdienst.«

»Ich bi ... in nicht Ihr Freund, und Si...ie sind nicht meiner, Herr Doktor John. Also!«

John nahm den Schein zurück. Eigenartigerweise war er dabei nicht verlegen. Das lag an Hülstenkamp. Sie tranken Kakao, und John überlegte, ob er noch zwei Hörnchen bestellen sollte.

»Also – was wissen Sie über Bannert?«

»Bannert ist in Ungnade gefallen. Bei Augstein. Er hat einen großen Artikel geschrieben. Natürlich ohne Namensnennung. Von hinten durch die Brust ins Herz. Es ging um die Gauleiteraffäre. Um Nau-Nau. Dr. Werner Naumann.«

»Der letzte Staatssekretär in Goebbels' Propagandaministerium?«

»Ja, der. Nach dem Krieg war er Geschäftsführer der Firma Cominbel.«

»Cominbel ... Comibel«, überlegte John. »Hing da nicht die Tochter eines belgischen Generals mit drin?«

»Lea Lucht, die Gattin von Herbert Lucht. Die Dame war fasziniert vom Führer und dem Kult um den neuen deutschen Menschen. Nau-Nau hat sich nicht nur um die Lucht-Firma gekümmert, sondern auch um die schöne Lea.«

»Dieser Naumann ist meinem Amt bekannt. Er hat von Düsseldorf aus ein Netz neuer Nazi-Zentren aufgebaut. Kameradschaftstreffs und ähnliches. Wir sind anonym auf das Treiben aufmerksam gemacht worden und haben einen V-Mann plaziert. Nau-Nau traf sich öfter mit Dr. Ernst Achenbach. Mit dem wurde ein Masseneintritt der Nazis in die Düsseldorfer FDP geplant. Mit 200 Mitgliedern wollte Nau-Nau den gesamten Landesvorstand beerben. Die Briten haben sofort zugegriffen.«

»Und da kommt Ihr Bannert ins Spiel, Herr Doktor John. Der ›Spiegel‹ hat sich kräftig an den Briten gerieben. Er behauptete, die Verhaftungsaktion habe in keinem vernünftigen Verhältnis zu den Vergehen der Nau-Nau-Leute gestanden. Es habe sich bei der sogenannten Verschwörung um eine Art Selbsthilfe gehandelt, der es bloß darum ging, den Leuten Arbeit zu vermitteln.«

»Und dafür ist Bannert in Ungnade gefallen?«

»Dafür fällt beim ›Spiegel‹ keiner in Ungnade, Herr Doktor John. Nein, Bannert hat einen dummen Fehler gemacht. Er hat – weil er die Briten nicht zu sehr angehen durfte – auf die FDP eingedroschen ...«

»Wegen des Untersuchungsausschusses?«

»Ja, weil Vizekanzler Blücher in seiner Partei aufräumen wollte. Angeblich hat er sich dabei des Abhörmaterials der Briten bedient.«

»Na und?«

»In den Augen vieler Deutscher ist das Verrat. Auch der Justizminister bekam sein Fett weg.«

»Was hatte denn Dehler damit zu tun?«

»Er hat Blücher geholfen, an das Material der Briten ranzukommen.«

»Und Augstein hat das als unlautere Einmischung in die Angelegenheiten der FDP angesehen?«

»Nein, eigentlich nicht. Augstein hat ein großes Herz – wie man hört. Als Bannert aber behauptete, dadurch, daß Achenbach kaltgestellt worden ist, würden die Spenden der Gönner nun nicht mehr der FDP, sondern der CDU zufließen – da war's um ihn geschehen.«

»Das verstehe ich nicht, Hülstenkamp.«

»Naja, Achenbach war der, der für die Verbindung der FDP zur Ruhrindustrie zuständig war.«

»Hat Bannert sich das mit den Spenden aus den Fingern gezogen?«

»Nein, viel schli ... immer: Es stimmt! Und da hat selbst Augstein keinen Spaß mehr verstanden. Sie wissen ja, wie das mit Spenden ist ... Bannert trägt neuerdings Papi ... ierkörbe aus der Redaktion raus – wie man hört.«

John überlegte. Viel war das nicht. »Glauben Sie, daß Bannert das Format zu einer ganz großen Story hat?«

»Unbedingt, der Mann ist schon lange im Fach. Der weiß, wie man's macht – und er fühlt sich schlecht behandelt. Das sind die besten Voraussetzungen zu einem spektakulären Alleingang.«

»Auch wenn's um den Sturz der Regierung geht?«

»Ge ...eht's denn darum?«

»Vielleicht.«

»Bannert würde sich trauen. Wenn überhaupt einer ... dann Bannert. Jetzt, wo er mit dem Rücken zur Wand steht. Die Sache liegt ihm ganz schön im Magen. Es gibt nämlich nichts Schwereres ... journalistisch, meine ich ... als Recherchen zur Parteienfinanzierung, Spendengelder usw. Da hält alles zusammen und alles dicht. Bannert aber hat's rausgefunden, und es hat gestimmt. Fragen Sie mich bloß nicht, wie er's gemacht hat! Das weiß bis heute keiner. Aber Undank ist der Welten Lohn.«

24. KAPITEL

Einmal im Jahr gab Innenminister Schröder einen Empfang. Er fand traditionsgemäß Anfang Juli in einem Godesberger Hotel statt. John ging ungern hin, aber die Teilnahme gehörte zu seinen Amtspflichten. Immerhin hatte er Gelegenheit, mit Leuten, die er sonst nirgendwo traf, politische Gespräche zu führen. Im Jahr zuvor – dem ödesten Empfang seit Johns Amtsantritt – war ihm, als er schon seinen Mantel an der Garderobe abgeholt hatte, Sefton Delmer über den Weg gelaufen, und er war mit Lucie und dem »Daily-Express«-Korrespondenten die halbe Nacht durch die wenigen Hotelbars von Bad Godesberg gezogen, die um diese Zeit noch Getränke ausschenkten. Damals hatte Delmer ihm von dem Plan erzählt, in seiner Zeitung eine Artikelserie über die Rückkehr der Nazis zu starten.

Da John wußte, wie man in Deutschland auf den Namen Delmer reagierte, hatte er versucht, seinen ehemaligen Chef von dem Vorhaben abzubringen, und ihm das Angebot gemacht, Kontakte zu einheimischen Journalisten zu knüpfen, die unabhängig genug waren, in dem britischen Massenblatt kritisch über die Zustände in Westdeutschland zu schreiben. Aber der Hinweis, daß man einem Delmer in Deutschland Mißtrauen entgegenbringe, hatte den Korrespondenten in seinem Vorhaben nur noch bestärkt.

John hatte, ohne es zu wollen, den wunden Punkt des Briten getroffen: Seftons Vater war in der Kaiserzeit an der Berliner Universität Professor für Anglistik gewesen. Als der liberale David Lloyd George vor dem Ersten Weltkrieg das Londoner Oberhaus entmachtet hatte, hatte der alte Delmer in seiner Berliner Vorlesung die »Entartung Englands« bejammert und den damaligen Schatzkanzler beschimpft. Damit nicht genug: Der Engländer hatte auch das energische Deutschland unter seinem Kriegsherrn gepriesen.

Die Angelegenheit hatte soviel Aufsehen erregt, daß der englische Botschafter in der Berliner Wilhelmstraße vorstellig geworden war, um gegen die öffentlichen Angriffe seines Landsmannes zu protestieren.

Der junge Delmer litt darunter, daß der Alte in London als Hochverräter galt. Aber Sefton fühlte sich auch – ebenso wie sein zorniger Vater – zu Deutschland hingezogen. Er hatte die Nazis mit den gemeinsten Waffen der Propaganda bekämpft, war aber vor dem Krieg von ihnen hofiert worden und bei ihren prunkvollen Empfängen aus- und eingegangen. Sefton Delmer haßte Deutschland und konnte nicht von ihm lassen. In fieberschubähnlichen Anfällen bestieg er in London das nächstbeste Flugzeug und flog an den Rhein, wo er sich dann aufführte wie ein Tourist, dem man seine Reisekasse gestohlen hatte.

Auch in diesem Jahr war Delmer auf Schröders Empfang – obwohl er damit rechnen mußte, daß ihm wegen seiner »Daily-Express«-Serie der blanke Haß entgegenschlug. Aber auch das war eine Seite von Delmers komplizierter Affäre mit Deutschland: Von Zeit zu Zeit liebte er es, sich für sein Schimpfen bestrafen zu lassen.

John beobachtete von weitem, wie der Innenminister, der immer noch glaubte, man könnte Menschen, die politisch anderer Meinung waren, mit guten Argumenten überzeugen, ruhig, aber stetig, ohne sich durch dessen Churchillschen Sarkasmus beirren zu lassen, auf Delmer einredete.

Lucie brachte John einen Dessertteller mit Garnelen und Schillerlocken. »Wird es heute wieder so lange dauern wie letztes Jahr?« fragte sie besorgt.

Neuerdings schlug sie öfter einen etwas gequälten Ton an. John glaubte, daß das mit dem Alter zu tun hatte; er weigerte sich, es den Ereignissen der letzten Zeit zuzuschreiben. Sie hatten es noch nie leicht gehabt, und Lucie war alles andere als ein Schwächling.

»Wenn es dir zu lang wird, nimm dir ein Taxi!« sagte er – scheinbar unbeteiligt.

»Danke!« entgegnete sie spitz und wandte sich der Gattin des Innenministers zu.

John begrüßte Frau Schröder mit der Andeutung eines Handkusses, die Damen schüttelten sich die Hände, die in ellenlangen, weißen Handschuhen steckten.

»Sie tun mir ja so leid!« begann die Gastgeberin.

Lucie schaute Otto fragend an, der wollte schnell eingreifen, aber da war es auch schon zu spät. Die Dame hatte einen klaren Auftrag, und den wollte sie ausführen, bevor sie sich den adligen Freundinnen zuwandte, die etwas pikiert am Eingang darauf warteten, einzeln und mit Umarmung von der Frau Innenminister begrüßt zu werden. »Also wenn ich mir vorstelle, mein Mann wäre Opfer eines Anschlages geworden ... Ich würde kein Auge mehr zutun, Ihnen geht's wahrscheinlich ähnlich, Frau John?«

»Wie kommen Sie denn darauf?« fragte Lucie arglos.

Es war nichts mehr zu retten, deshalb stellte John seinen Dessertteller mit den Garnelen und den Schillerlocken ab und fischte sich von einem vorbeischwebenden Tablett einen doppelten Gin mit Tonic. Als er das halbleere Glas absetzte, schaute Lucie ihn groß an, Frau Schröder war ihre Last losgeworden. »Ein Anschlag? Auf dich?«

Die Gattin des Innenministers mußte nun schnell zu ihren Freundinnen. »Ich wußte ja nicht ... Bitte, entschuldigen Sie!«

Lucie schossen die Tränen in die Augen. John leerte das Glas Gin Tonic, am liebsten hätte er es in die Ecke geschmettert. »Ich wollte dich nicht noch mehr belasten. Ist ja nichts passiert ...«

»Aber das eben – die Schnepfe – so was belastet mich nicht, oder?!«

»Tut mir leid.«

Die Frau Minister flüsterte mit zwei tief ausgeschnittenen Prinzessinnen, die die Köpfe zusammensteckten und hersahen. Lucie streckte ihnen vor Wut die Zunge heraus.

»Nun mach bitte deshalb kein Theater!« zischte John.

»Du bist ein solches Arschloch. Du weißt ja gar nicht, was du an mir hast. Eine andere hätte dich längst zum Teufel gejagt ...« Sie weinte jetzt haltlos. John nahm sie in die Arme.

Lucie stammelte: »Wenn sie dir was antun, ich bring' mich

um, Otto. Ich würde es nicht aushalten, ohne dich. Halt mich fest!«

John küßte sie auf die Wange und streichelte ihren Nacken.

»Ich hab' dich so lieb, Otto. Verzeih mir!«

»Schon gut!« sagte John. Er war ihr nicht böse. Er roch ihr Parfüm und dachte: Was bin ich doch für ein Tölpel!

»Bitte, Otto, laß uns endlich, endlich aus Deutschland weggehen!« bettelte Lucie und drückte sich an ihn.

John hätte sie gerne angeschrien: Ich liebe dieses Land – trotz allem, merkst du das denn nicht? Es ist das einzige, was ich wirklich liebe. Aber er log nur leise: »Ja. Ich bringe das zu Ende, und dann gehen wir nach London zurück!«

Sie schniefte. »Was bringst du zu Ende?«

In diesem Moment brummte Sefton Delmer hinter John in seinem altertümlich gedehnten Englisch: »Nun schau dir bloß die beiden Turteltäubchen an, dabei könnten sie schon fast erwachsene Kinder haben!«

John und Lucie ließen voneinander ab. Lucie putzte sich die Nase.

Delmer tat besorgt: »Du hast doch nicht etwa geweint, Lucielein?«

»Ein kleiner Streit unter Eheleuten«, erklärte Lucie, zwang sich zu einem Lächeln und empfing den ruppigen Handkuß Delmers. Erst jetzt bemerkte John, daß der massige Delmer jemanden im Schlepptau hatte. Der Mann trug eine amerikanische Generalsuniform. John kannte ihn, wußte aber nicht, woher.

»Herr und Frau John!« stellte Delmer sie dem Fremden vor: »Und das ist Generalmajor Arthur Trudeau ...« Lucie hielt ihm ihren Handschuh hin, der General nahm Haltung an und verbeugte sich dann zu einem formvollendeten Handkuß.

Der Amerikaner aus dem »Hotel Walche« in Zürich, schoß es John durch den Kopf. Er reichte Trudeau die Hand, die Miene des Generals zeigte kein Wiedererkennen.

Delmer war wie immer großspurig: »Westpoint-Absolvent und ausgebildeter Naturwissenschaftler. Aber auch ein hervorragender Ingenieur und ein hochdekorierter Soldat – wie Sie sehen.«

Trudeau lächelte. »Das übliche Lametta. Da das hier hochoffiziell ist, mußte ich's anlegen!«

»Typisch amerikanisch!« polterte Delmer. »Wenn ich etwas an den Amerikanern nicht mag, dann ist es ihre Bescheidenheit. Die ist fast schon wieder großspurig. Wir Engländer sind da weniger kompliziert, nicht wahr, Otto?!«

Otto nickte und zwang sich zu einem höflichen Lächeln. Er spürte, daß Trudeau ihn nicht aus den Augen ließ.

Delmer schien die Spannung zwischen den beiden Männern zu entgehen, er leierte weiter – deutlich genervt von seiner Pflichtübung: »Der gute Generalmajor hat einige Verdienste im Zweiten Weltkrieg erworben ...« Mit einem bedeutungsvollen Räuspern: »Wie wir fast alle hier.« Dann, mit erhobenem Zeigefinger: »Allerdings stammen die meisten seiner Auszeichnungen aus dem Korea-Krieg, und ...«

»Ich glaube, wir kennen uns aus der Schweiz, Herr Doktor John und ich!« unterbrach der Generalmajor den Journalisten.

»Kein Wunder, hohe Geheimdienstleute kennen sich wie die Lausbuben in der gleichen Straße«, erklärte Delmer lachend.

Lucie wandte sich an Trudeau, mehr aus Höflichkeit als aus Interesse: »Sie sind ein Kollege meines Mannes?«

»Sehr entfernt, Madame. Eigentlich bin ich bloß ein Soldat.«

»Bloß ein Soldat!« protestierte Delmer. »Ich kann sie manchmal nicht mehr hören, diese selbstverliebten Amis. Generalmajor Trudeau ist der neue Leiter von G-2.«

»G-2?« fragte Lucie. »Das klingt sehr geheim. Wie eine Superwaffe oder ein Fleckenmittel.«

Trudeau antwortete zackig: »Es handelt sich um den Geheimdienst der US-Armee!«

Mit denen hatte Eland also handeln wollen. Jetzt wußte John, mit wem er es zu tun hatte.

Irgendwo war ein Tusch zu hören: Das Bankett war beendet, die Musiker – eine Band aus Schlagzeuger, Pianist, Trompeter und Baß – spielten auf. Den Anfang machte ein Cha-Cha-Cha.

»Wissen Sie was«, wandte Delmer sich aufgeräumt an Lucie,

»ich fordere Sie zum Tanz auf, bevor andere es tun, die geschickter sind als ich.«

Lucie hielt ihm ihren Unterarm hin, Delmer hängte sich mit seinem klobigen Arm bei ihr ein, und sie gingen in den Nebenraum.

»Ich hätte Sie damals festnehmen lassen können!« sagte Trudeau.

»Wir wissen beide, daß Sie das nicht konnten!«

Trudeau lachte ihn aus: »Noch haben wir in Europa das Sagen!«

»Sehen Sie, Delmer täuscht sich: So was würde ein Brite niemals behaupten. Nicht einmal ein Franzose würde sich so was trauen. Aber ihr Amerikaner, ihr seid da ganz unbefangen.«

»Hören wir auf, uns zu streiten! Die Sache in Zürich ist denkbar schlecht gelaufen ...«

»Woher weiß ich, daß Sie nicht hinter Elands Tod stecken?!« sagte John hart.

Trudeau riß die Augen auf: »Sie glauben also auch nicht die Version vom Selbstmord?!«

»Was hatten Sie im ›Hotel Walche‹ zu suchen?« fragte John.

»Dasselbe wie Sie!«

»Ich war da, um herauszufinden, wer Eland umgebracht hat. Sie waren hinter seiner Tasche her. Vielleicht haben Sie ihn sogar wegen dieser Tasche töten lassen ...«

»Unsinn!« brummte Trudeau. »Ich habe mit Eland zusammengearbeitet! Den Inhalt der Tasche hätte ich über kurz oder lang sowieso von ihm bekommen.«

John schaute ihn lange an, Trudeau sagte die Wahrheit – oder er war ein gottbegnadeter Lügner. »Was wollen Sie damit anfangen? Warum sind Sie so scharf auf Elands Tasche? Das Material ist wertlos.«

»Herr John, Sie sind aus der Branche: Der Wert eines Materials ist relativ, das wissen Sie doch. Was für den einen wertloser Abfall ist, ist für den anderen ein Schatz.«

»Wenn es für Sie ein Schatz ist, dann können wir vielleicht ein Geschäft machen.«

Trudeau wurde ärgerlich. »Was bilden Sie sich ein?! Ich gehe zu meinem Hohen Kommissar, und der geht zu Ihrem Innenminister, und fünf Minuten später zählen Sie die Tauben im Bonner Stadtpark!«

»Das mag sein, aber dann haben Sie noch lange nicht Elands Tasche.«

Trudeau schien seinen Fehler bemerkt zu haben, sein Ton wurde versöhnlicher. »Ich bin eigentlich kein Geheimdienstler, ich bin Wissenschaftler und Soldat – und ich fühle mich verantwortlich. Politisch verantwortlich, wenn Sie mich verstehen. Was für ein Geschäft?«

»Sie bekommen von mir Elands Tasche – und helfen mir dafür, seine Mörder zu finden.«

Trudeau war überrascht. »Wie stellen Sie sich das vor?!«

»Herr Generalmajor, wir wissen beide, daß es jemand war, dem Eland schaden konnte ...«

»Oder geschadet hat, Herr John. Wie ich hörte, hat er Ihnen geholfen, einen Ostagenten im Amt Blank zu enttarnen.«

»Und was haben Sie daraus geschlossen?«

Trudeau wischte die Frage mit einer herrischen Handbewegung weg. Zwei Damen in langärmeligen Brokatkleidern wollten an den Tisch mit der Eisbombe, und die beiden Herren standen im Weg. Trudeau legte seine Hand auf Johns Schulter und schob ihn etwas beiseite.

»Wenn ich Ihnen raten darf: Vergessen Sie das mit Eland! Der Mann ist tot, fertig!«

John machte sich los. »Genauso ist man in diesem Land schon einmal über Leichen gegangen, Herr Generalmajor! Aber nicht mit mir. Ich werde herausfinden, wer das getan hat – und ich werde ihn dafür ins Gefängnis stecken lassen.«

»Es geht um Wichtigeres!«

»Ich weiß. Ihresgleichen geht es immer um Wichtigeres! Ein Menschenleben zählt da nicht.«

»Hören Sie, Herr Doktor John, ich war von 1948 bis 1950 kommandierender General der *First Constabulary Brigade* in der Westzone. Ich weiß mehr über Ihr Land als mancher andere. Ich weiß, daß die Kommunisten überall eingesickert sind. Überall. Sie stehen

kurz davor, Ihr schönes Land zu übernehmen. Ich habe zu denen
gehört, die schon während des Krieges davor gewarnt haben, sich
mit den Roten einzulassen. Das hat man in Washington nicht hören
wollen ... Auch jetzt will man nicht auf mich hören.«

»Was wollen Sie?« fuhr John ihn an. »Einen neuen Weltkrieg?«
Auch Trudeau wurde scharf. »Wenn es sein muß – ja!«

»Einen Toten haben Sie ja schon zu verzeichnen – unglückli-
cherweise nur ein Zivilist!«

Der Generalmajor wollte protestieren, aber John kam ihm zuvor.

»Wenn Sie mir seinen Mörder präsentieren, bekommen Sie seine
Tasche, fertig!«

Er ließ ihn am Rand des ausgeräuberten Buffets stehen.

An diesem Abend waren die Johns früh zu Hause. Lucie
ging ins Bad, um sich abzuschminken.

Sie hatte während der Heimfahrt kein Wort gesprochen. John
goß sich noch einen Lufthansa-Cocktail ein und zog sich in sein
Arbeitszimmer zurück. Er wollte über den Abend nachdenken und
sich endlich Kotschenreuthers Kladde vornehmen.

Carola fehlt mir ungeheuer. Es ist nicht mal so sehr das Haus-
wirtschaftliche und das Pädagogische – die Mädels, sie sind ja
schon fast erwachsen –, es ist vielmehr das Menschliche. Wenn
einem nach der schweren Arbeit so ganz und gar die Gefährtin
fehlt, die tröstend genau dahin faßt, wo man tagsüber getreten und
gezwickt worden ist ... Vor allem bei einem derartigen Kraftakt, wie
ich ihn zusammen mit Dr. John zu vollbringen beabsichtige. Wo es
doch darum geht, den Lügen, der Betrügerei, dem Rufmord und der
politischen Hochstapelei ein für allemal einen Riegel vorzuschie-
ben. An allen Ecken und Enden rotten sich Widersacher und Ver-
derber zusammen, um das Gute zu verhindern. Vor allem nach die-
sen endlosen Kämpfen gegen die Übermacht, nach den beißenden
Erniedrigungen durch die, die die Macht innehaben, fehlt die sanf-
te Hand der Gattin, die dem ermatteten Manne Entspannung bringt
und vielleicht sogar einen Zipfel Glück. Nun muß ich alleine klar-
kommen – und das auch noch in dieser unseligen Arbeitssituation,

wo alle Tage neue Anweisungen aus Bonn kommen, wo selbst den guten Dr. John die Kräfte zu verlassen scheinen.

So ging es die ganze Zeit, Kotschenreuther litt und jammerte. John blätterte weiter. Kotschenreuther wiederholte sich, das sah er gleich. Der Ton änderte sich nicht: Kotschenreuther beklagte in dem Tagebuch sein Elend.

John suchte gerade auf der in sanftem Grün erleuchteten Skala der neuen Grundig-Radiotruhe einen Sender, der um diese Zeit klassische Musik brachte, als es zaghaft klopfte.

Lucie war schon im Bademantel. Darunter trug sie ihr schwarzes Seidennachthemd mit den Spaghetti-Trägern, ihre halblangen Haare hatte sie zurückgekämmt und mit Clips gesichert, ihr Gesicht glänzte von der Nachtcreme. Sie setzte sich auf die Schreibtischkante und stellte ihre nackten, in Quasten-Pantöffelchen steckenden Füße auf die Sitzfläche des Schreibtischstuhles. Sie massierte ihre Fußknöchel.

Das Abendprogramm des NWDR brachte Mozart. John mochte Mozart. Mozart und Bach. Mit Bach und Mozart konnte er sich entspannen, bei Beethoven gelang ihm das kaum, bei Wagner wurde er nervös, und Komponisten des zwanzigsten Jahrhunderts wühlten ihn so sehr auf, daß er keinen klaren Gedanken fassen konnte.

»Die Haffner-Serenade«, sagte Lucie, während sie weiter ihre Füße massierte. »Er hat sie zur Hochzeit der Elisabeth Haffner mit dem Salzburger Bürgermeister geschrieben.«

Lucie verstand etwas von Musik, während John selten einzelne Musikstücke benennen konnte, seine beiden Lieblings-Komponisten allerdings schon nach wenigen Takten erkannte.

»Du hast immer noch schöne Füße«, sagte John. Sie waren klein und sehr schlank, ihre Zehen bildeten eine stetig abfallende, elegante Linie.

»Meine Mutter sagte immer: ›Die Füße sind das einzig Schöne an dir.‹«

»Deine Mutter verstand nichts davon. Du warst immer eine schöne Frau.«

»War?«

»Sei bitte nicht kokett, das paßt nicht zu deinem Alter.«

»Das ist nun gar nicht mehr höflich.«

Sie schaute auf, ihr Lächeln wirkte bitter, noch war nicht alles vom Tisch. »Tut mir leid, wegen heute abend. Ich wollte mich nicht so kindisch benehmen, ich habe nur einen Schreck bekommen.«

John wußte, daß sie sich danach sehnte, in den Arm genommen zu werden. Er tat es, obwohl ihm nicht danach war – solche abendlichen Versöhnungen endeten oft damit, daß Lucie ihn ins Schlafzimmer zog. Er verstand das, immerhin waren sie verheiratet, und sie noch keine alte Frau. Er fand sie noch sehr anziehend, aber daß er es genoß, mit ihr zu schlafen, konnte er nicht sagen. Er wunderte sich, daß es ihm immer noch gelang.

Seine Umarmung war halbherzig. Er schaute dabei auf ihren Hals. Lucies Haut war das ganze Jahr über braun, auch ohne Sonne, sie wirkte frisch und jugendlich, ein anderer Mann wäre sicher sehr erregt gewesen. John küßte die Haut des Halses. Lucie stieß ihn sanft weg.

»*Tarr!*« sagte sie.

»Was?«

»Du riechst nach *Tarr* – nein, du stinkst nach *Tarr*. Im Bad hab' ich's schon gerochen.«

»Nein!« protestierte John. »Nicht schon wieder!«

Lucies Lippen zitterten vor Wut, dennoch mühte sie sich ein Lächeln ab. »Ich sage ja nur: Du stinkst nach *Tarr*.«

»Du spinnst schon wieder!«

»... obwohl du nur *Pitralon* benutzt.«

John wurde ärgerlich. Immerhin hatte er ihr eben ein Friedensangebot gemacht – und er vertrug es nicht, wenn sie seine Friedensangebote ablehnte. »Ist dir schon mal in den Sinn gekommen, daß du dir diese fremden Gerüche nur einbildest ... daß deine überempfindliche Nase halluziniert?«

Lucie griff nach der angebrochenen Packung *Benson und Hedges*, die John für Besucher auf dem Schreibtisch liegen hatte. Er gab ihr mit dem Tischfeuerzeug Feuer. Lucie rauchte selten, sie tat es nur, wenn sie sehr aufgebracht war.

»Halluzinationen? So?! Dann waren die Schwuchteln, in deren Betten du dich gewälzt hast, auch Halluzinationen?«

»Lucie, bitte, laß uns nicht schon wieder streiten!«

»Ich und Halluzinationen?« zischte Lucie und inhalierte so tief, daß sie husten mußte.

»Willst du dich mit der Zigarette umbringen?« fragte John.

Das machte Lucie nur noch wütender. »Ich habe mir also alle die Gerüche nur eingebildet, du Idiot, ja?!«

»Du hast auf dem Empfang zu viel getrunken.«

»Dabei habe ich meistens meinen Mund gehalten. Es war ja nicht nur dieses billige, süßliche, fremde Schwulenrasierwasser, ich habe auch das andere gerochen.«

»Das andere?«

Lucie inhalierte wieder tief, dann schaute sie ihm herausfordernd in die Augen.

»An dem Abend, als du aus Zürich kamst. Dein Atem. Er roch nach Sperma!«

»Jetzt reicht's!« brüllte John.

Lucie genügte das. Wenn er schrie, hatte sie ihr Ziel erreicht, das war wie eine Abbitte – fast.

»Und heute riechst du nach *Tarr*, nach diesem billigen Proletenrasierwasser, das du selbst niemals anrühren würdest«, fuhr sie ruhiger fort. Die halbgerauchte Zigarette drücke sie in dem schweren Kristallglasascher aus. »Ich hoffe nur, der Kerl war nicht danach.«

Nun mußte sich John auch eine anstecken. Er machte ein paar Züge, dann wandte er sich Lucie zu. »Du warst doch den ganzen Abend an meiner Seite – wann hätte ich also, du weißt schon was, tun sollen?«

Lucie zuckte die Achseln. »Ich weiß ja auch nicht, aber es riecht nach *Tarr*, sogar im Bad.«

»Ich war noch gar nicht im Bad, seit wir zurück sind!« erklärte John gallig.

»Stimmt!« sagte Lucie nachdenklich. Dann wieder entschlossener: »Trotzdem rieche ich es. Sehr stark sogar, als ob es einer in der Wohnung versprüht hätte. Du weißt, mein Geruchssinn ...«

John rollte die Augen: »Ja, er trügt dich nicht!«

»Wenn ich's recht bedenke ...« Sie näherte sich John, legte ihre Arme um seine Hals und zog ihn an sich, John machte sich steif. Sie schnupperte. »Was am wenigsten danach stinkt, bist eigentlich du.«

»Na also!« sagte John, diese Szenen gingen ihm in letzter Zeit schrecklich auf die Nerven.

Lucie ließ ihn los. »Trotzdem – das ganze Haus stinkt nach dem Zeugs! Das ist klar!«

John wurde hellhörig. »Das ganze Haus?«

»Ja.«

»Komm mit ins Schlafzimmer!« befahl er. Er nahm sie bei der Hand.

»Otto«, rief sie. »Was hast du denn plötzlich?«

Sie überquerten den Flur und traten ins dunkle Schlafzimmer von Lucie, das von Otto lag am anderen Ende des Flurs. Er knipste das Deckenlicht an und schaute sich im Raum um, er ging zum Schrank, öffnete eine Tür, nahm einen Stapel Wäsche heraus.

»Und?«

Lucie schaute ihn ungläubig an. Sie bemerkte, daß es ihm sehr ernst war, daß es längst nicht mehr um *Tarr* oder *Pitralon* oder ihre Eifersucht auf Männer ging. Lucie nahm Otto den Stapel ab und schnupperte. Sie war unsicher.

John führte sie zu einer anderen Schranktür – die, hinter der ihre Kleider hingen. Er öffnete sie, Lucie steckte die Nase hinein. »*Tarr!*« sagte sie entschlossen. »Eindeutig.«

»Und? Glaubst du, ich bin in deinem Schlafzimmerschrank rumgekrochen?«

»Otto, was hat das zu bedeuten?« fragte sie besorgt.

John rannte hinaus, sie folgte ihm. Im Arbeitszimmer hängte er die Kopie einer Turnerschen Moselansicht ab, die sie aus London mitgebracht hatten. Die grünlackierte Front des kleinen Tresors kam zum Vorschein.

»Hast du wichtige Papiere da drin?« fragte Lucie.

»Nur eine Packung Zigarren aus Kuba, die trocken liegen muß.«

John untersuchte das Zahlenschloß. Es waren keine Spuren einer Manipulation zu sehen.

»Glaubst du, es war jemand ...« fragte Lucie.

John nickte, er öffnete den Tresor. Die beiden Fächer waren leer – abgesehen von einer flachen braunen Zigarrenschachtel.

»Das kann nicht sein!« sagte Lucie.

John überlegte, er wollte die Tür schon wieder schließen, da fiel ihm etwas ein. »Ich habe die Schachtel noch nicht geöffnet, sie liegt seit Weihnachten hier drin. Letzte Woche hatte ich die Akte Radtke kurzzeitig hier gelagert. Hier!« Er wies auf das Fach, in dem die Zigarren lagen.

»Und? Du hast die Akte doch wieder rausgenommen, oder?«

»Ja. Die Akte lag im unteren Fach, das weiß ich genau.« Er schwieg eine Weile. »Und die Zigarren in dem oberen.«

»Jetzt liegen sie unten!« sagte Lucie tonlos. »Aber das kann doch nicht sein. Der Tresor – er wurde nicht aufgebrochen. Oder meinst du, jemand hat die Kombination?«

John schüttelte den Kopf. »Nein, das waren Leute, die so was ohne Kombination können – ohne Kombination und ohne Schweißgerät. Vergiß nicht, das ist ein einfacher Tresor für Privatleute, nichts Kompliziertes!«

»Hier? In unserer Wohnung! Das kann ich nicht glauben ...«

»Es ist aber so!«

»Nichts ist durchwühlt.«

»Einbrecher dieser Sorte hinterlassen keine Spuren.«

»Du meinst: Spione oder so was, Leute, die etwas aus dem Amt gesucht haben?«

»Anzunehmen.«

»Otto, ich habe Angst. Laß uns die Polizei holen!«

John überlegte. »Es fehlt nichts. Sie haben auch keine Spuren hinterlassen, diese Leute verstehen ihr Handwerk. Die Polizei wird glauben, wir spinnen.«

»Und die Leute aus deinem Amt, die kannst du auch nicht anrufen?«

»Es kann jetzt niemand etwas tun, Lucie!«

»Das, was sie gesucht haben, haben sie wohl nicht gefunden?« fragte sie zaghaft.

»Nein, ich habe nichts aus dem Amt hier aufbewahrt. Alles liegt in meinem Büro – im Tresor, einem richtigen Tresor, der nur mit sehr viel Aufwand zu öffnen ist.«

Lucie liefen dicke Tränen über die Backen. »Sie werden wiederkommen, stimmt's?!«

John seufzte. »Morgen ... Gleich morgen früh werde ich die Alarmanlage überprüfen lassen.«

»Sie hätte doch losgehen müssen, Otto, oder?«

»Ich lasse eine einbauen, die so leicht kein Einbrecher überwindet. Das verspreche ich dir.«

Er ging hinaus auf den Flur. An der Garderobe hing sein heller Mantel, ein modisches Modell aus London, man sah es öfter in Filmen aus Hollywood. In der verschlossenen Innentasche steckte die Waffe, die er seit dem Vorfall auf der Autobahn bei sich trug. Mit der britischen Offizierspistole in der Hand trat er ins Arbeitszimmer. Er zeigte Lucie die Waffe.

»Du brauchst keine Angst zu haben, wir sind sicher.« John kam sich selbst etwas großspurig vor, aber er wollte, daß Lucie sich beruhigte.

Sie weinte immer noch. »Ich will weg.«

»In ein Hotel?«

»Nein. Ganz weg. Zurück nach London.«

»Bald.«

»Wann?«

»Schon in einigen Monaten!«

Als John am nächsten Morgen im Wohnzimmer den Rolladen hochzog und die Umdrehungen der Kurbel zählte, kam er auf 34. Eine runde Zahl, dachte er erleichtert, also geht es gut aus.

Von seinem Büro aus holte John bei Delmer, der wie immer im »Schwarzen Adler« abgestiegen war, telefonisch Auskünfte über Trudeau ein.

Delmer erklärte ihm, der Generalmajor sei ihm von seinem New Yorker Kollegen Carl Sera ans Herz gelegt worden. Trudeau bereise Europa in einer undurchsichtigen, aber wohl wichtigen Mission, und man müsse unbedingt ein Auge auf ihn haben. Er sei ein berüchtigter Kommunistenfresser, der seit Jahren halb Washington mit Warnungen vor Moskauer Welteroberungsplänen nerve. Allerdings gelte er als untadeliger Offizier und hochbegabter Kommandeur, der in der Army einen ausgezeichneten Ruf genieße. Da solche Leute über kurz oder lang politische Ambitionen entwickelten und mit ihren ebenso militanten wie simplen Ansichten, sofern sie nur ein Körnchen Wahrheit enthielten, nicht selten Erfolge bei den Wählern erzielten, gingen die Abgeordneten vorsichtig mit ihm um.

John wußte, daß die Situation der amerikanischen Geheimdienste verfahren war. Hinter den Kulissen wurden harte Konkurrenzkämpfe ausgefochten, die die einzelnen Dienste nicht nach außen dringen ließen, weil die Regierung von ihnen den Eindruck einer harmonisch zusammenarbeitenden Maschinerie erwartete. Kaum ein wichtiger Beobachtungsposten war nicht gleichzeitig mit mehreren, eifersüchtig auf ihre Pfründe achtenden Vertretern der konkurrierenden Dienste besetzt. Die Geheimdienste der Armee, der Marine und der Luftwaffe beäugten einander mißtrauisch, waren sich aber einig in ihrem Mißtrauen gegenüber den Kollegen von der CIA. Da es sich bei diesen fast ausnahmslos um Absolventen der amerikanischen Eliteuniversitäten handelte, sagte man ihnen elitären Dünkel und Linkslastigkeit nach. Die CIA hingegen betrachtete die Militärdienste als tölpelhaft und uneffektiv.

Die in den Nachkriegsjahren in Europa sehr erfolgreich arbeitende Abwehr der US-Army, der Counter Intelligence Corps CIC, mißtraute den CIA-Zivilisten und bespitzelte sie ebenso argwöhnisch wie den Feind im Osten. Der CIC hielt sich in Fragen europäischer Politik für weitaus kompetenter als die erst 1947 gegründete CIA, von der behauptet wurde, es fehle ihr die Felderfahrung.

In Europa war in einigen Residenzen ein regelrechter Spionagekrieg zwischen den beiden Diensten entbrannt – und der größte Zankapfel unter den US-Diensten war Gehlens Organisation, die von der CIA unterstützt, von dem CIC aber als hoffnungslos inkompetent und politisch nicht vertrauenswürdig angesehen wurde.

Generalmajor Trudeau, der – wie Delmer berichtete – dafür bekannt war, daß er ungern den Mund hielt und sich mit jedem sofort gut verstand, der aber über keinerlei Geheimdiensterfahrung verfügte, war im November 1953 auf den sensiblen Posten des Chefs des G-2 weggelobt worden. Nun hoffte man in Washington insgeheim, daß der ehrgeizige Trudeau im Kampf der zerstrittenen Dienste zerrieben werde.

Von seiner Europareise erwartete man in dieser Hinsicht neue Überraschungen. Deshalb hatte Carl Sera seinem englischen Kollegen Delmer dringend geraten: Wenn du Trudeau auf den Fersen bleibst, wird über kurz oder lang ein Skandal für dich herausspringen. Der Mann ist eine wandelnde Zeitbombe, er redet, wie ihm der Schnabel gewachsen ist, unbedacht und ohne Rücksicht auf etwaige Folgen. Er schert sich wenig um die zivile Hierarchie, er ist ein Idealist in Uniform, ohne Manieren und ohne Freunde.

John konnte sich auf all das keinen Reim machen. Was hatte Trudeau mit Eland zu tun gehabt? Hatte der ihm Beweise dafür bringen sollen, daß es bei der ostdeutschen Staatssicherheit ehemalige Nazis gab? Damit konnte Trudeau in Washington nicht viel anfangen, dort wußte man darüber längst Bescheid – und man interessierte sich nicht dafür. Was also führte der Kommunistenhasser Trudeau im Schilde?

Auf der Vormittagssitzung mit seinen Vertrauten berichtete John von dem Einbruch in seiner Wohnung. Die Herren taten besorgt. Als er aber erklärte, es sei weder etwas gestohlen worden, noch hätten die Täter irgendwelche Spuren hinterlassen, wollte der Expolizist Kulenhaupt wissen, wie John den Einbruch festgestellt hatte.

»Meine Frau hat ein fremdes Rasierwasser gerochen.«

Kantor und Kulenhaupt sahen sich ungläubig an. »Und sonst haben Sie keine Anhaltspunkte?«

»Doch!« antwortete John. »Eine Zigarrenkiste lag nicht mehr auf ihrem Platz.«

»Wo lag sie denn?« fragte Kulenhaupt.

»Im Tresor.«

»Und vorher? Vor dem ... Einbruch?«

»Auch im Tresor, aber in einem anderen Gefach.«

»Und das ist alles?«

»Das reicht doch, oder?«

John spürte, daß die beiden ihn nicht ernst nahmen. Er nahm sich vor, sich keine Blöße zu geben, kein Geschrei und kein Chefgehabe, es gab Wichtigeres.

»Ich vermute, es ging um Elands Tasche«, fuhr John fort. »Was ist bei der Analyse der Dokumente herausgekommen?«

Kantor, ein ausgezeichneter Analytiker, den John mit der Untersuchung der Papiere beauftragt hatte, räusperte sich. »Um es offen zu sagen: nichts!«

»Das kann nicht sein!« polterte John los. Dann aber umgänglicher: »Wir müssen etwas übersehen haben.«

Kantor schüttelte den Kopf. »Zwar sind die Papiere echt – da besteht kein Zweifel, sowohl die aus der Nazizeit als auch die aus der DDR. Aber die betreffenden Personen – wir können nicht feststellen, in welcher Position sie beim SSD tätig sind. Es gibt diese Leute dort nicht, oder sie sind irgendwo, wo wir sie nicht ausmachen können ...«

»Haben Sie Überläufer befragt?«

»Natürlich. Einer konnte sich dunkel daran erinnern, vor zehn Jahren einem dieser Männer über den Weg gelaufen zu sein, aber auch nicht mehr.«

»Unsere Überläufer sind auch schon zu lange hüben«, gab John zu bedenken.

»Wir haben sogar ein Treffen in Budapest gehabt. Mit einem Mann vom SSD, der für uns arbeitet. Eine riskante Sache übrigens, er könnte auffliegen.«

»Ja, ich habe gesagt, die Sache ist wichtig! Es geht um alles!«

»Trotzdem. Wir haben dem Mann die Namen vorgelegt. Er kannte sie nicht.«

»Oder er hat nur so getan!«

»Ich bitte Sie, Herr Präsident. Der Mann riskiert sein Leben, warum sollte er uns in so einer Sache belügen?!«

John wußte, daß er zu weit gegangen war. »Schon gut, Sie haben Ihre Arbeit anständig getan. Immerhin herrscht Klarheit in Sachen Mellenthin und der ›Abteilung 35‹. Da liegt die Sache doch auf der Hand!«

Die beiden wirkten eigenartig bedrückt. »Oder sind Sie da etwa auch anderer Meinung?« fragte John lauernd.

Kantor gab sich einen Ruck. »Natürlich ist das Material eindeutig. Die Motive des Autors, der Rang der Zielpersonen und so weiter. Nur ... «

»Nur was?!«

»Auf mich ... auf uns wirkt das Ganze wie ein ... Planspiel. Eine Fingerübung.«

»Ein Planspiel? Eine Fingerübung? Es geht hier um eine Staatsverschwörung. Das ist schleichender Faschismus. Da versuchen ein paar Irre, Entscheidungsträger dieses Landes unter ihre Fuchtel zu bekommen. Im großen Stil. Und was sagen Sie? Ein Planspiel. Eine Fingerübung!«

Kantor wehrte sich schwach. »Dennoch muß man herausfinden, wie ernst so was gemeint ist.«

»Sie glauben also, das ist bloß so 'ne Art Gesellschaftsspiel?!« fuhr John ihn an.

»Wir glauben«, antwortete Kantor, jedes Wort einzeln betonend, »wir glauben, daß aus dem Material hervorgeht, was Mellenthin vorhat. Wir glauben, daß nicht aus dem Material hervorgeht, was Mellenthin wirklich getan hat. Wir glauben, daß aus dem Material auch nicht hervorgeht, wozu er in der Lage ist. Etwas wollen ist eins, etwas können das andere.«

John schwieg. Nach einer Weile fragte er – deutlich ruhiger: »Was macht unsere Bonner Aktion?«

Kulenhaupt ergriff das Wort, er schien erleichtert zu sein, daß John von der Mellenthin-Sache abließ. »Sieht gut aus. Wir haben jetzt den richtigen Mann gefunden. Es handelt sich um einen Gärtner, der ab und an Globkes Garten in Godesberg umgräbt und sich um ein paar Arbeiten im Haus kümmert. Es gibt definitiv keine Alarmanlage in Globkes Wohnung. Der Mann könnte also die Abhörvorrichtung für uns problemlos installieren.«

Kantor wirkte besorgt: »Das mit der Alarmanlage – das ist sicher?«

»Hundertprozentig. Wir haben Pläne eines Architektenbüros eingesehen. Vor zwei Monaten hat Globke eine Zwischenwand einziehen lassen. Null. Die Sache ist im Grunde einfach.«

»Ist der Gärtner politisch gegen Globke?« fragte John. »Ein Kommunist?«

Kulenhaupt starrte John an. »Wie kommen Sie denn auf so was?«

»Warum macht er's? Das will ich wissen!«

»Er ist Fußballer.«

John glaubte, sich verhört zu haben. »Wie bitte?«

»Er hat Geld unterschlagen, in seinem Verein. Der Mann war kurz davor, sich umzubringen. Wenn die Vereinskameraden beim nächsten Kassensturz erfahren, was er getan hat ... Das wird er nicht verkraften. Ich bin durch Zufall auf ihn gestoßen. Als ich alle Leute überprüft habe, die mit Globke privat zu tun haben. Wir haben ihn eine Weile beobachtet – und sind ihm ziemlich schnell draufgekommen. Erst hat er sich gewunden, jetzt aber macht er's.«

»Sauber ist das nicht!« warf Kantor ein. »Eine schäbige Erpressung.«

»Wir erpressen ihn doch nicht«, antwortete Kulenhaupt. »Wir bieten ihm an, das Geld aus der Vereinskasse auszulegen. Wenn er nicht will, kann er's lassen.«

»Und sich nach der nächsten Kassenprüfung umbringen!«

»Ich weiß gar nicht, was das soll«, maulte Kulenhaupt.

»Kriminell ist das. Kriminell!« murmelte Kantor.

»Schluß jetzt!« entschied John. »Wir machen das! Der Mann bekommt das Geld. Er soll gleich morgen die Wanze einbauen!«

»Das ist Wahnsinn!« protestierte Kantor. »Wir setzen uns da in die Nesseln! Die Analyse rechtfertigt ein solches Vorgehen nicht. Nie und nimmer. Ich habe im KZ gesessen, und ich hasse Menschen wie Globke, ich hasse Mitläufer und Jasager. Aber mit so einer Aktion setzen wir uns ins Unrecht.«

»Nein!« widersprach John ruhig. »Wir decken eine Verschwörung gegen die Verfassung auf – und stürzen den Bundeskanzler, wenn er seine Finger im Spiel hat! Apropos. Adenauer hat sich über den Innenminister an uns gewandt. Es geht um eine kitzlige Angelegenheit. In Ulbrichts Umgebung sind Kopien der EVG-Vertragsentwürfe aufgetaucht. *Top secret.* Wir sollen schnellstens herausfinden, wer dahintersteckt.«

»Seit Oberst Radtke weg ist, hat sein Stellvertreter kein Aufgabengebiet mehr. Der kann die EVG-Sache doch weiterverfolgen«, schlug Kulenhaupt arglos vor.

John explodierte. »Ich sagte, Adenauer hat sich an uns gewandt. Alles, was Adenauer, Globke und Co. angeht, läuft nur noch über uns, ist das klar?!«

Betretenes Schweigen.

»Ob das klar ist?!« donnerte John.

»Ja!« sagte Kulenhaupt.

»Gut«, sagte John – und dann zufrieden: »An der Sache ist mir viel gelegen. Wir sollten beweisen, daß wir unser Geld wert sind.«

Kantor bekam einen Sonderauftrag. John mußte ihn beschäftigen, damit er Kulenhaupt nicht in die Parade fuhr. Kantor hatte wegen politischer Tätigkeit gegen die Nazis drei Jahre in Dachau gesessen – und im KZ weitergemacht. Er galt im Amt als überzeugter Demokrat und als ebenso zäher wie erfahrener Geheimdienstmann. So ein Mensch ließ sich, wenn er glaubte, ein Unrecht verhindern zu müssen, nicht einfach durch Anweisung von oben bremsen.

Der Präsident nahm ihn beiseite und erzählte ihm von Elands Tod und von der Frankfurter Bank, von der aus die Zürcher Hotelrechnung überwiesen worden war. Kantor sollte nach Frankfurt fahren und herausfinden, wer sich hinter dem Namen Germersheimer verbarg, wer der eigentliche Inhaber des Kontos war und was die Überweisung zu bedeuten hatte.

»Würde mich nicht wundern, wenn dieser Iginhard Sperenberg und seine famose Wehrmachts-Kanzlei dahinterstecken«, sagte John bedeutungsvoll, er sah Kantors Augen aufleuchten. »Dann haben wir vielleicht Elands Mörder. Ich bin sicher, diese Spur führt über kurz oder lang zu Gehlen und Mellenthin.« Und dann schärfer: »Ich hoffe, Sie wissen, welche Verantwortung auf Ihnen lastet. Ich erwarte umgehend einen Rapport!«

So muß man's machen, dachte John, die Fäden immer in der Hand halten, den Leuten in die Seele schauen, wie Gehlen und Mellenthin.

Zum Schluß setzte John seinen Mitarbeitern die Angelegenheit mit den EVG-Indiskretionen und Ulbricht detailliert auseinander. Von Adenauers Verdacht gegen Jakob Kaiser und gegen dessen Staatssekretär Thediek sagte er allerdings kein Wort.

25. KAPITEL

Karl-Heinz Lorang arbeitete seit 1949 in dem Bürogebäude am Unteren Sachsenring. Der Personalchef der Pecunia-Versicherung war eines Morgens auf dem Arbeitsamt Köln-Süd erschienen und hatte den ältesten und ramponiertesten Arbeitslosen auf dem überfüllten Flur angesprochen. Viel zahlte die Pecunia nicht, aber für Lorang und seine Frau hatte das Hungern ein Ende.

Lorang war als Landser an der Ostfront gewesen. Der Gefangenschaft war er nur durch seine fünfte und schwerste Granatsplitter-Verletzung entgangen. Im April 1944 war er zum letztenmal vom Hauptverbandsplatz hinter die Linien verlegt worden. Der Stabsarzt in Minsk entfernte in einer fünfstündigen Operation alle Splitter aus Lorangs Beinen und legte drei Nähte, die vom Gesäß bis zu den Kniekehlen reichten. Als Lorang aus seiner Ohnmacht erwachte, erklärte ihm der Operateur, er werde nie wieder richtig laufen können, und der Krieg sei für ihn zu Ende.

Den Schmerz war er nicht wieder losgeworden. Er hörte nie auf, er klang höchstens ab, um sich dann wie ein Raubtier wieder an sein Opfer heranzuschleichen. Der Schmerz hielt Lorang in seinen Fängen, und je mehr er sich wehrte, desto schlimmer wurde es – so als nehme ihm der Schmerz seinen Widerstand übel, nach so vielen Jahren der Zweisamkeit.

Lorang wußte, daß viele Kriegskameraden den Schmerz mit Alkohol bekämpften – billigen Fusel, der schnell wirkte und ein paar Stunden Schlaf gewährte. Seine Frau hatte ihm die Flasche weggenommen. Sie hatte ihm versprochen, Tabletten zu besorgen – obwohl es keine gab. Was seine Frau versprach, hielt sie auch. Lorang hatte eine eiserne Ration teurer Schmerzmittel aus amerikanischen Armeebeständen, die er nur in äußersten Notfällen anrührte. Er trug das Heftchen mit den dicken Kapseln immer bei sich, er legte es abends, wenn er seinen Dienst antrat, vor sich auf den Tisch des Pförtnerhäuschens, es war seine Notbremse – immer sichtbar, immer greifbar.

Lorang las Landserhefte. Die ganze Nacht. Er wußte, daß die Groschenhefte den Krieg verklärten. Aber für die Bücher, die bei der Wahrheit blieben, fehlte ihm die Geduld. Der Schmerz mischte da mit, und ganz vom Krieg lassen konnte er nicht, also verschlang er die graugrünen Hefte, in denen seinesgleichen vorkam – auch wenn der Kampf in den vorderen Linien sich ausmachte wie die Etappe und der Feind ein anderer war als in Wirklichkeit. Die Russen in den Heftchen waren brutal und dumm, Kanonenfutter für die Deutschen. Die Russen, mit denen Lorang zu tun gehabt hatte, waren brutal, aber ebenso schlau und gut ausgerüstet wie die Deutschen. Sie waren keine beweglichen Ziele, sie waren plötzlich da und schossen Keulen ihrer Flammenwerfer in deutsche Stellungen, dann roch es streng und süßlich, und Menschenfleisch verkohlte.

Auch an diesem Abend roch es streng und süßlich. Lorang war verwirrt. Die Erinnerung an die Front verschwamm auf ungewohnte Weise mit der Gegenwart. Köln-Süd und die Taiga gerieten ihm durcheinander, und es dauerte, bis er wußte, was zu tun war. Er schob das Heftchen unter das Wachstuch, zog seine Mütze an, band sich den Schal um und machte sich humpelnd auf die Suche nach dem Brandherd.

Lorang schnupperte sich durchs Erdgeschoß. Der Geruch kam von oben, durch einen Luftschacht. Lorang horchte in den Schacht und vernahm in weiter Ferne ein regelmäßiges Zischen – wie bei einem defekten Wasserrohr. Vielleicht eine Stromleitung. Lorang öffnete den Lichtkasten neben seiner Loge. Die Sicherungen waren alle in Ordnung.

Im schmalen Innenhof, in dem der Büromüll gesammelt wurde, schaute er die Fassade hoch. Von dieser zentralen Position aus hoffte er, den Brand schneller ausmachen zu können. Mit seinem steifen Bein hätte er die halbe Nacht gebraucht, alle Etagen des Gebäudes systematisch zu durchsuchen.

Das Mondlicht beleuchtete die oberen Fensterreihen. Im sechsten Stock waren an zwei Fenstern die Gardinen zugezogen. Hinter dem rechten Eckfenster stieben Funken, weißlich und regelmäßig wie eine Wunderkerze.

Lorang humpelte in seine Loge zurück. Er öffnete das abgeschlossene Fach des Pförtnerschrankes. Dort hatte er eine Packung Kekse, zwei Schmerzkapseln und einen in einen Lappen eingewickelten Gegenstand eingeschlossen. Er nahm den Gegenstand heraus und legte ihn auf den Tisch. Jetzt tat das Bein weh – Blitze wurden vom rechten Knie in die Eingeweide geschickt. Lorang mußte sich an der Tischkante abstützen. Er ächzte, als er den Lappen aufschlug.

Seine Frau hatte ihm zwei Dinge verboten: In ihrer Einzimmerwohnung durfte kein Alkohol aufbewahrt werden, und die alte 08, die er aus Rußland mitgebracht hatte, hatte dort nichts zu suchen. Für Lorang war es neben dem steifen Bein das einzige Erinnerungsstück an den Krieg. Nicht nur, daß die Waffe ihm auf dem langen Rückweg einmal das Leben gerettet hatte, es war für den Kriegskrüppel auch sowas wie seine in Eisen gegossene Soldatenehre – das, was er versucht hatte, in all dem Blut und dem Schlamm und der Scheiße festzuhalten und nie loszulassen. Deshalb hatte Lorang die 08 nicht zum Schrotthändler gebracht, sondern im Schrank der Portiersloge versteckt. Nicht weil er als Nachtwächter eine Waffe brauchte. Versicherungen hatten wenig Geld in ihren Büros, und in dem Amt in den oberen Stockwerken wurde nur tonnenweise Papier gehortet.

Natürlich war die 08 nicht geladen. Seine Frau hatte – wahrscheinlich aus Angst, er könnte die Waffe bei einem Schmerzanfall gegen sich selbst richten – das Magazin herausgezogen und weggeworfen.

Lorang stieg die Treppe hinauf, das dauerte. Er hätte die Polizei rufen können, aber wenn es sich dann doch um eine defekte Stromleitung handelte, würde man ihn bei nächster Gelegenheit hinauswerfen – weil alles Geld kostete, sogar ein Polizeieinsatz.

Im zweiten Stock brach ihm der Schweiß aus – nicht wegen der

Anstrengung, sondern wegen des Schmerzes. Der Schmerz wollte nicht, daß er da hinaufging.

Je höher er kam, desto deutlicher hörte er das ferne Zischen. Das Treppenhaus blieb dunkel. Um so besser hörte man die Geräusche, die das Gebäude nachts verursachte. Im sechsten Stock wartete Lorang etwa eine Minute. Er wollte sicher sein, daß er nicht bemerkt worden war. Dann setzte er sich auf den Treppenabsatz und zog die klobigen Schnürschuhe aus.

Barfuß hinkte er weiter. Er schaute auf die Namensschilder an den Türen. Das Zimmer mit den zugezogenen Gardinen war das Büro des Amtschefs, das wußte Lorang. Sein Herz klopfte – nicht aus Angst, im Krieg hatte er Dinge erlebt, die ihm die Angst ein für allemal ausgetrieben hatten. Sein Herz klopfte, weil der Schmerz in seinem Bauch wütete wie ein Panther in der Falle.

Bevor Lorang das Büro des Präsidenten erreichte, mußte er zweimal stehenbleiben. Beim zweitenmal steckte er die 08 in seine Jackentasche.

Er horchte. Das Zischen wurde lauter. Der Flammenwerfergeruch war unerträglich geworden.

Lorang drückte die Klinke herunter. Abgeschlossen.

Lorang zog die Kette mit seinem Generalschlüssel aus der Hosentasche. Er steckte ihn vorsichtig in das Schlüsselloch. Wenn von außen abgeschlossen war, hielt sich niemand in dem Büro auf. Wenn von innen abgeschlossen war, gelang es ihm vielleicht, den Schlüssel herauszustoßen. Lorang spürte Widerstand. Er machte zwei vorsichtige Anläufe, der dritte – plumpe Gewalt – gelang. Lorang wußte, daß er jetzt keine Zeit mehr verlieren durfte. Er drehte den Generalschlüssel und stieß die Tür auf.

Der Funkenregen kam von einem Schweißgerät. Der Mann, der eine Schweißerbrille trug, schnitt mit dem weißen Keil einen sauberen Kreis in die Tresortür. Der andere kam auf Lorang zu. Er trug Handschuhe, aber keine Waffe.

Lorang riß die 08 aus der Jackentasche, der lange Lauf verhedderte sich.

Lorang stürzte zu Boden, als ihn die Faust an der Stirn traf. Der

Mann beugte sich herab und holte ein zweites Mal aus. Lorang schrie: »Ich habe eine Waffe!« Dabei dachte er noch: Was bist du für ein Trottel, ein Krüppel mit einer ungeladenen 08 stellt sich zwei jungen, kräftigen Männern in den Weg – für nichts und wieder nichts, dabei bin ich doch bei der Pecunia-Versicherung angestellt und nicht beim Staat.

In diesem Moment explodierte die Schulter des Mannes, der zum Schlag ausgeholt hatte. Der Knall kam etwas später. Mit ihm flog der Mann durchs Zimmer. Sein Arm hing an der Schulter herab wie eine schlecht gemachte Prothese. Sofort war alles voller Blut.

Der andere schaltete das Schweißgerät ab und erhob sich. Lorang mußte auch hoch.

Der Schweißer hatte Schwierigkeiten mit seiner Schweißerbrille. Lorang bekam mit der freien Hand die Türklinke zu greifen. Er zog sich hoch, es waren Tonnen.

Der gesunde Fuß stand, er stemmte den ganzen Körper. Der Fuß stemmte, die Hand zog.

Lorang stand, schwankend zwar, aber er stand.

Der andere war die Schweißerbrille los. Er starrte auf den, der am Boden lag und dessen Arm zuckte wie ein verendendes Reptil. Selbst Lorang hatte selten soviel Blut gesehen. Der Mann mit der zerschossenen Schulter war käseweiß, er erbrach sich glucksend.

Lorang hob den Arm mit der Pistole.

»Damit schieße ich ein Loch in die Wand!« sagte er. Er dachte: Es kann nur eine Kugel im Lauf gewesen sein, nur eine, das Magazin hat sie rausgezogen, aber die eine Kugel, die steckt jetzt in der Schulter des Mannes, und wenn der andere will, kann er mir den Schädel einschlagen.

»Ein Loch in die Wand!« wiederholte er. Seine Hand zitterte.

Um halb vier klingelte im Flur das Telefon. Lucie hatte einen leichten Schlaf, sie war schneller auf.

»Oberst Radtke!« flüsterte Lucie, als sie John den Hörer übergab.

»Was gibt's?« fragte John.

»Ich dachte, ich rufe erst Sie an, bevor ich die Polizei alarmiere.

Man weiß ja nie, was die Leute so in ihren Büros aufbewahren ...«
»In meinem Büro?« fragte John. »Was ist mit meinem Büro, Herr Oberst?«

»Der Pförtner, er heißt Lorang, ich habe ihm meine Nummer gegeben. Beim Abschied. Wir haben ab und zu miteinander geredet. Sie wissen ja, wie das ist unter ehemaligen Frontsoldaten ...«

»Nun sagen Sie schon, was los ist!«

Radtke tat sich schwer. »Ich dachte, ich kann Ihnen auf diese Art zeigen, daß Sie sich täuschen, daß Sie sich in mir täuschen ... Ich bin kein Verräter, Herr John. Diese Karlshorster Akte. Globke sagte, ich soll beweisen, daß ich loyal bin. Daß ich mich als Nachfolger eigne. Sie wollten nur eine Sicherheitsüberprüfung vornehmen, ganz diskret. Ob sie sich Ihrer sicher sein können. Zu Ihrem Besten, hat er mehrmals gesagt. Mehr nicht. Wirklich nicht.«

John schnaufte entnervt. Radtke rief sich zur Ordnung. »Lorang hat mich aus dem Bett geholt. Er hält sich im Amt auf. Es ist jemand in Ihr Büro eingedrungen ...«

»Ich komme sofort!« sagte John.

»Finden Sie ... sollte ich mich nicht auch im Amt einfinden, Herr Präsident?«

So unterwürfig hatte John Radtke noch nie erlebt.

»Nein!« sagte er.

Der Pförtner schloß John den Haupteingang auf.

»Wo sind sie?« fragte John.

Lorang war nervös. »Es ist wegen meiner alten 08. Ich hätte sie nicht hier aufbewahren dürfen.«

»Nun machen Sie schon!« drängte John verschlafen.

Lorang führte den Präsidenten nach oben. John wartete auf jedem Treppenabsatz auf den hinkenden Pförtner, der ihm während des Aufstieges schnaufend den Hergang berichtete.

Der Pförtner bot John seine schwere 08 an, während er das Büro aufschloß. John lehnte ab, die deutsche Wehrmachtspistole erinnerte ihn zu sehr an hochnäsige Offiziere. Er zog seine eigene, handlichere Waffe aus der Manteltasche.

Das Hemd des Verletzten war völlig durchgeblutet. Der Mann fieberte schon, er stöhnte schwer und regelmäßig. Sein Komplize saß aufrecht auf einem Stuhl. Lorang hatte ihn mit vorgehaltener Waffe gewungen, sich selbst zu fesseln, und der Einbrecher hatte ihm gehorcht – ohne den Blick von der zerschossenen Schulter des anderen zu lassen.

»Ich habe ihm die Schlagader abgebunden!« erklärte Lorang. »Aber wir müssen die Ambulanz rufen.« Er zog John beiseite. »Was meinen Sie – ob wir das irgendwie hinbekommen, Herr Präsident?« Er hielt die 08 hoch. »Das Ding ist nicht gemeldet, und hier darf ich überhaupt keine Waffe bei mir haben.«

»Wie stellen Sie sich das vor? Was sagen wir der Ambulanz – wegen der Schußwunde?«

Lorang zuckte mit den Achseln. Der Pförtner hatte gehofft, der Oberst Radtke, der an der Front gestanden hatte, würde kommen. Nun war John da, von dem es im Haus hieß, er sei ein Eierkopf und Günstling der Briten und gehöre nicht auf seinen Posten. Der Präsident würde ihn im Regen stehen lassen, das wußte Lorang nun.

John wandte sich den beiden Männern zu. »Was haben Sie hier gesucht?«

Keine Antwort.

»Wer hat Sie geschickt?«

Wieder nichts.

Der Mann am Boden stöhnte. John bückte sich und schaute sich die Wunde an. Das Geschoß hatte ein faustgroßes Loch in den Oberarm gerissen, das Gelenk schien aber nicht zerstört zu sein.

»Versuchen Sie den Arm zu heben!« forderte John ihn auf.

Der Mann schaffte es, sein Gesicht war schmerzverzerrt.

Der Hemdkragen öffnete sich, John sah ein Kettchen am Hals des höchstens Fünfundzwanzigjährigen. Es erinnerte John an den Krieg, an amerikanische Soldaten in London. John griff nach dem Kettchen. Der junge Mann machte eine abwehrende Bewegung, aber es fehlte ihm die Kraft, sich John zu widersetzen. An dem Stahlkettchen hing eine Metallmarke. John kannte solche Buchstaben-Zahlen-Kombinationen. Er erhob sich.

»Ich verstehe!« sagte er. »Wollen Sie irgendwo anrufen?«
Die beiden schauten weg.

John wurde schärfer. »Ich hole keine Polizei!« Der Pförtner wollte etwas sagen, aber John winkte ab. »Und keine Ambulanz! Wir warten. Bis Sie sich entschließen anzurufen!«
Die beiden reagierten nicht.

»Die Verletzung ist zwar abgebunden, aber ohne eine Verklammerung der Schlagader wird er verbluten – nur langsamer!« sagte John auf Englisch. Er bluffte, in spätestens zehn Minuten würde er telefonieren müssen, wenn er das Leben des Angeschossenen nicht gefährden wollte. John glaubte selbst nicht, daß die beiden darauf hereinfielen.

Sie schauten sich an. Der Verletzte schüttelte den Kopf. Zwischen den Fingern, die seine Schulter umklammerten, quoll Blut hervor. Die kriegst du nicht klein, dachte John, das sind hartgesottene Burschen, die verrecken eher.

Der auf dem Stuhl war mindestens dreißig, an dem würde er sich erst recht die Zähne ausbeißen.

Aber John versuchte es: »Er fiebert schon, er kann die Entscheidung nicht treffen. Sie müssen das alleine machen. Sie müssen über sein Leben entscheiden!«

»Nein! Nicht anrufen!« zischte der Verletzte.

Sein Komplize biß sich auf die Lippen. »Okay!« sagte er leise zu John.

John gab Lorang ein Zeichen. Der Pförtner band den Mann los. John hob seine Waffe. Er stellte ihm sein Diensttelefon hin. Der Mann griff nach dem Hörer, dann hielt er inne. Er schaute John an. »Können Sie uns alleinlassen?«

John verließ mit Lorang das Zimmer. Der Pförtner flüsterte: »Die machen doch jetzt keinen Unfug – oder?«

John schüttelte den Kopf. »Machen Sie sich keine Sorgen – auch wegen Ihrer Pistole nicht! Das kommt alles in Ordnung.«

Vielleicht habe ich mich in ihm getäuscht, dachte Lorang. Vielleicht stimmt nicht, was sie über ihn erzählen. Vielleicht ist er gar nicht der falsche Mann.

Die Tür wurde geöffnet. »Er will Sie sprechen«, sagte der, der telefoniert hatte.

John gab Lorang seine Waffe, dann betraten sie wieder das Büro. Lorang behielt die beiden im Auge, während John telefonierte. »Kommen Sie her!« sagte er. »Wir regeln die Sache unter uns!« Fünf Minuten später war die Ambulanz da. John öffnete das Haupttor. Er erklärte den Sanitätern, ein Nachtwächter habe sich beim Hantieren mit seiner Waffe verletzt.

Den Blutenden hatte er zusammen mit dessen Kameraden vorsichtig in ein Nebenzimmer transportiert, wo die Sanitäter den Mann versorgten. Es kostete John einige Mühe, den Notarzt davon abzuhalten, die Polizei hinzuzuholen. Erst als er sich als Amtschef auswies und versprach, am nächsten Morgen persönlich eine Meldung zu machen, zogen die Sanitäter ab – nicht ohne ihren stummen Patienten aufzufordern, noch in der Nacht ein Krankenhaus zur Weiterbehandlung aufzusuchen.

John hatte die beiden soeben aus dem Gebäude gelassen, als eine schwarze Limousine vorfuhr, aus deren Fond Trudeau stieg. Die beiden Männer begrüßten sich per Handschlag. John führte den Generalmajor nach oben.

Der unverletzte Einbrecher unterrichtete flüsternd seinen Chef. Trudeau wandte sich, nachdem er sich den Verletzten angesehen hatte, an John: »Erlauben Sie mir, den Mann sofort abholen zu lassen?«

»Selbstverständlich!«

Trudeau telefonierte mit einer Dienststelle, der er flüsternd Befehle gab.

Als er auflegte, sagte John: »Ich nehme an, die beiden waren auch in meiner Wohnung?«

Trudeau überlegte. »Sorry, Herr John, aber es ging nicht anders. Sie wissen nicht, was auf dem Spiel steht ...«

»Die Rettung der westlichen Welt.«

»Spotten Sie nur! Ihr Deutschen – ihr habt ja keine Ahnung.« Der Generalmajor spielte die beleidigte Leberwurst.

Wenn so einer verliert, benimmt er sich wie ein Idiot, dachte

John noch. Da packte ihn Trudeau am Ärmel: »John, lassen Sie uns unter vier Augen reden!«

John bat Lorang, nach unten zu gehen und der Ambulanz des Militärs, die gleich den Verletzten abholen würde, aufzuschließen. Er ging mit Trudeau auf den Flur hinaus. Trudeau steckte sich eine Zigarette an. Er rauchte langsam und in kleinen Zügen, der Generalmajor beruhigte sich. »Haben Sie schon mal etwas von CAMPUS gehört?«

John verneinte. Trudeau holte tief Luft. »Es gibt in Amerika Leute, die der Meinung sind, daß es falsch war, sich während des Krieges mit den Sowjets zusammenzutun. Es handelt sich da vor allem um erfahrene Offiziere der militärischen Abwehr CIC.«

John wußte davon, das waren fanatische Antikommunisten.

»Ich muß Ihnen nichts über die Geschichte Ihres Landes erzählen. In den zwanziger Jahren hatte der Kommunismus viele Anhänger in Deutschland. Die Utopie zog die Menschen an, vor allem nach dem Ersten Weltkrieg. Die Linken saßen gegen Ende der Weimarer Republik sogar schon in einflußreichen Positionen – bis Hitler kam und sie alle ins KZ sperrte. Nach dem Zweiten Weltkrieg war den Siegern daran gelegen, den Nationalsozialismus auszumerzen. Da es kaum Deutsche gab, die nicht verdächtig waren, mit den Nazis mindestens sympathisiert zu haben, verfiel man auf ein einfaches Rezept: Wer im KZ war, war gegen Hitler und deshalb gut für den neuen Staat. Das Resultat war, daß viele Linke wieder in einflußreiche Positionen kamen ...«

»Sie wollen doch nicht ernsthaft behaupten, die Bundesrepublik werde von Linken regiert?!«

Trudeau wurde leidenschaftlich. »Zumindest hatte im Nachkriegsdeutschland ein ehemaliger Kommunist bessere Karten als ein ehemaliger Nazi.«

»Selbst das würde ich nicht unterschreiben!« entgegnete John.

Trudeau schien ihn zu überhören. »In Washington ignorierte man die Warnungen der Geheimdienstleute. Daraufhin setzten die eine großangelegte Untersuchung in Gang: CAMPUS. Ohne das Wissen und natürlich auch ohne die Billigung der Regierung. Man durchleuchtete die deutsche Verwaltung. Man suchte nach linken Unterwanderern ...«

»Eine Sisyphus-Arbeit!« spottete John.

»Ein Ziel war von besonderer Bedeutung, zumal es unter dem Schutz der US-Regierung stand: die Organisation Gehlen.«

John wurde hellhörig, bisher hatte er Trudeaus Theorie für das Geschwätz eines in die Bredouille geratenen Einzelgängers gehalten, jetzt aber bekam die Sache eine andere Wendung.

»Wissen Sie, daß bis heute kein amerikanischer Kontrolloffizier Gehlens Personalkartei einsehen durfte?« fragte Trudeau.

»Ja, das weiß ich.«

»Die CIA ist einfach unfähig. Und linkslastig, wie schon ihre Mutterorganisation, die OSS. Es ist doch so: Einer der größten Fehler der USA auf dem Gebiet der Geheimdienste war, Gehlen zu nehmen. Schon im Krieg war sein Laden nicht gerade effektiv, und – glauben Sie mir – er hat nichts dazugelernt. Seine Methoden sind antiquiert, sein Kommunikationswesen ist primitiv, seine Sicherheit gleich Null!«

John war erstaunt. »Ich habe mit Dulles gesprochen. Der sieht das völlig anders.«

Trudeau seufzte. »Ich weiß. Das ist die Arroganz der CIA-Leute. Diese Untersuchung, von der ich sprach ... Die CIC-Offiziere, die sie durchführten, haben peinlich darauf geachtet, daß ihnen die CIA nicht ins Gehege kam. Alles wurde geheimgehalten.«

»Was?« fragte John.

»Gehlen braucht dringend vorzeigbare Erfolge. Schließlich will er nächstes Jahr im Mai – wenn der Besatzungsstatus aufgehoben wird – samt seiner Organisation übernommen werden. Als offizielle Bundesbehörde, ohne Gängelung durch die CIA. Mit einem Etat von offiziell 27 Millionen D-Mark. Inoffiziell eher 50 Millionen.«

»Was heißt hier Gängelung? Ich dachte, die CIA weiß sowieso nicht, was in Oberursel oder in Pullach passiert?«

»Wenn Gehlen die amerikanischen Kontrolloffiziere los ist, wird keiner mehr mitbekommen, was er tut. Aber bis dahin muß er etwas vorweisen. Das kann er aber nicht mit unerfahrenen, jungen

Eierköpfen. Erfolge gegen die Russen verschaffen ihm nur erfahrene Agenten – ehemalige SD-Leute, ehemalige Gestapo-Leute. Er hat schon vor Jahren damit angefangen, sie zu rekrutieren. Deshalb läßt der auch niemanden an seine Personalkartei ran. Die ersten Nazis, die in seiner Organisation Fuß gefaßt haben, zogen gleich die nächsten nach sich – und so weiter. Es gibt nichts Anhänglicheres als Nazis. Selbst die Roten verhalten sich ihresgleichen gegenüber nicht so kameradschaftlich. CAMPUS hat diesen Sumpf feinsäuberlich ausgeleuchtet. Der Untersuchungsbericht enthält die Namen aller Nazis bei Gehlen.«

»Wo ist dieser ominöse Bericht gelandet?«

»In den Tresoren der CIC-Chefs!«

»Was?!«

»Herr John, ich muß Ihnen nichts über Geheimdienste erzählen. Das ist eine paradoxe Welt, unlogisch, verräterisch, kriminell ...«

»Daß gerade Sie das sagen – nach diesem mißglückten Einbruch.«

Trudeau sah ihn ernst an. »Sie haben mich dazu gezwungen!« Dann, nach einer Pause: »Ich habe sehr schnell nach meinem Amtsantritt mitbekommen, was drüben gespielt wird. Die Aktion C A M P U S hat genug Beweismaterial gegen die Organisation Gehlen erbracht. Der CIC aber hält die Akten unter Verschluß. Sie wurden nie an die verantwortlichen Regierungsstellen weitergeleitet.«

John konnte das nicht glauben. »Aber ... das ist ... das ist doch ein Widerspruch. Ich meine, diese Aktion sollte doch beweisen, daß ...«

»Sie sollte beweisen, daß die CIA ihre Pflichten nicht erfüllt. Als man aber darauf aufmerksam wurde, daß es nicht nur Nazis waren, die sich bei Gehlen tummelten, sondern auch ... « Wieder eine bedeutungsvolle Pause.

»Was? Sondern auch was?«

Trudeau packte ihn am Oberarm: »Zeigen Sie mir Elands Dokumente!!«

»Welche Rolle spielte Eland?« fragte John.

»Eland hatte Kontakt mit einem Mann der Staatssicherheit. Er wurde hellhörig, als der Mann auf seine eigenen Leute zu schimpfen begann. Nun – Eland war Nachrichtenhändler. Kein guter zwar, aber einer, der witterte, wo es etwas zu verdienen gab. Er bot mir die Informationen an.«

»Mir auch!« seufzte John. »Aber er kam nicht mehr dazu, das Geschäft zu machen.«

»Zeigen Sie mir das Material, John!«

John machte sich los. Er ging in sein Büro zurück. Der Verletzte war mittlerweile abtransportiert worden.

»Der Safe ist nicht mehr normal zu öffnen!« sagte Trudeau mit einem Blick auf die Schweißnaht in der verzogenen Stahltür.

John ging zum Mantelschrank, öffnete ihn, bückte sich und zog Elands Tasche heraus.

Trudeau stand der Mund offen. »Sie haben doch nicht etwa .... «

»Doch!« sagte John und öffnete die Tasche.

»Einfach im Kleiderschrank, wie eine Hutschachtel.«

»Erstens habe ich das Material abfotografieren lassen. Und zweitens: Wer sucht schon im Kleiderschrank?«

John öffnete die Tasche und zog Elands Dokumente hervor – die Dokumente, die Eland offen in die Tasche gepackt hatte. Die anderen, die versteckten Papiere über Mellenthins Abteilung, die hatte John längst in seinem Banksafe versteckt, da kam keiner ran.

Er reichte sie Trudeau und schaltete die Schreibtischlampe ein. Beide beugten sich über die Papiere. Trudeau blätterte sie schnell durch. »Sehen Sie hier: Busch. Friedrich Heinrich Busch. Seit drei Jahren Mitglied des Staatssicherheitsdienstes.«

»Kennen Sie den Mann?« fragte John.

»Und ob!« antwortete Trudeau. »Ich kenne ja die CAMPUS-Papiere. Da spielt Busch eine Rolle. 1931 ist er der NSDAP beigetreten, als protestantischer Christ. Unter der Voraussetzung, daß er seine religiösen Bindungen löste, bot ihm die SS 1936 ein Kommando an. Im Krieg wurde er zuerst stellvertretender Gestapo-Chef in Innsbruck, dann hoher SD-Offizier in Paris. Im Juli '45 nahm ihn das *907. CIC-Detachement* fest, ließ ihn aber gleich wieder frei. 1947 schrieb ihn die *War Crimes Group 7708* wegen Folterung und Ermordung eines Amerikaners zur Fahndung aus. Er wurde wieder gefaßt. Die *Army Judge Advocate's Section* stellte seine Freilassung ohne ihre ausdrückliche Zustimmung unter Strafe. Trotzdem verschwand Busch spurlos, als die Franzosen einen Auslieferungsantrag stellten – übrigens auch wegen Folterung und Mordes, diesmal an französischen Bürgern.«

»Sie scheinen sich sehr für den Fall zu interessieren ...«

Trudeaus Halsschlagader schwoll ab. »Ich denke an nichts anderes mehr. Tag und Nacht. Das können Sie mir glauben!«

»Und ... warum – wenn ich Sie das fragen darf?«

Trudeau schaute ihn an, als wollte er losbrüllen, dann sagte er aber leise: »Dieser amerikanische Soldat, den sie erst gefoltert und dann umgebracht haben – es hieß Jerry Cagney. Wir waren zusammen in West Point. Als ich in eine üble Sache hineingeriet – ein Diebstahl unter Kameraden, Sie können sich vorstellen, was das dort heißt –, da hat dieser Jerry mir sehr geholfen. Ich wäre beinahe von der Militärakademie geflogen. Meine Eltern hatten sich meine Ausbildung vom Munde abgespart.«

»Ich verstehe.«

»Dieser Busch – er ist vor wenigen Monaten wieder aufgetaucht. Bei Gehlen. Buschs Büro ist in der Stuttgarter Verastraße. Einer seiner Mitarbeiter heißt Hans Sommer. Schon mal gehört?«

John überlegte, der Name kam in Elands Papieren vor. Trudeau hielt ein Blatt aus Elands Tasche hoch. »Sommer alias Hans Herbert Paul Senner alias Hans Stephan alias Paul Gautier. Bis 1943 SD-Chef in Nizza. Danach Vizekonsul in Marseille – eine Tarnposition, in der er Sabotageakte verübte. Unter anderem ließ er in Paris eine Synagoge in die Luft sprengen. Nach dem Krieg ist er in Spanien untergetaucht und hat sich als Dokumentenfälscher durchgeschlagen. Als die Briten seine Ausweisung betrieben, floh er 1949 nach Frankreich. Von dort aus begann er vorsichtige Besuche in Deutschland zu machen und sich für Gehlen zu interessieren. Es dauerte nicht lange, und er wurde angeworben. Senner ist der

Mann, der die besten Verbindungen zu ehemaligen SD-Leuten hält. Er hat auch einen von Gehlens wichtigsten Mitarbeitern angeschleppt.« Er hielt ein weiteres Ehrendokument der Staatssicherheit hoch:»Heinz Felfe – den Namen sollten Sie sich merken.«

John riß ihm Elands Papiere aus der Hand und steckte sie in die Tasche zurück.»Soll das heißen, daß wir damit beweisen können, daß ...«

»Daß die SD-Kriegsverbrecher in Pullach durch die Bank für die Ostberliner Staatssicherheit arbeiten!«

»Wenn das stimmt, ist Gehlen verloren!«

»Es stimmt. Verlassen Sie sich darauf, Herr John!«

»Aber diese Operation CAMPUS – ich meine, warum sind die Beweise verschwunden?«

»Man wartet darauf, daß die Nazis ihre Arbeit tun und Gehlens Dienst in einer Filiale der Roten verwandeln.«

John verstand.»Und dann kann der CIC die CIA dafür verantwortlich machen.«

»Genau. Die Nazis sollen den westdeutschen Geheimdienst zugrunde richten, damit in Washington der CIC die CIA schlachten kann!«

»Und – was wollen Sie tun, Trudeau?«

»Ich werde damit zu meiner Regierung gehen – falls Sie mir die Papiere überlassen. Adenauer muß Gehlen fallenlassen, und Sie sind wieder im Spiel, Herr John. Das hätten Sie längst selbst tun sollen!«

»Aber ich wußte doch nicht ...«, stammelte John. Dann hart: »Hören Sie, Sie müssen vorsichtig sein. Adenauer steckt mit Gehlen unter einer Decke. Es handelt sich um eine Verschwörung, eine großangelegte Verschwörung, die beiden brechen die Verfassung!«

Trudeau trat auf John zu.»Ich verspreche Ihnen, ich werde diesen Misthaufen wegräumen, Herr John. Diesmal wird man auf mich hören in Washington. Wenn Ihr Land NATO-Mitglied werden sollte, wird der deutsche Geheimdienst in die Geheimnisse sämtlicher westlicher Dienste eingeweiht. Sie können sich vorstellen, was das heißt: Moskau sitzt heimlich mit am Tisch. Aber wenn ich mit diesen Papieren ankomme, ist Gehlen geliefert. Mein Wort darauf!«

»Aber Adenauer ...«

»Wenn der Kanzler politisch überleben will, muß er sich von diesen Leuten lossagen! Vertrauen Sie mir!«

»Ich weiß nicht!« sagte John. Aber dann reichte er Trudeau die Tasche von Jan Eland.

26. KAPITEL

Mußte mich heute nach dem Abendessen gleich hinlegen. Die Widerstände, die sich vor der Dokumentation auftürmen, werden immer größer.

Von John enttäuscht. Der Mann kann auch nicht mehr als andere. Daß er dann aber immer noch kernige Worte zusammensuchen muß! Ich bin doch kein unmündiges Kind, er könnte mir doch sagen, wenn er am Ende ist. Das Unternehmen darf nicht an einem schwachen Mentor scheitern.

Unbegreiflich, warum John sich nicht anders aufführt. Mit seinen Möglichkeiten könnte er in Bonn doch einen Riesenwirbel machen – oder seine Freunde im Ausland aktivieren. Er aber redet nur und wiegelt ab und behandelt mich wie einen Aktenschlepper. Dabei mache ich die ganze Arbeit.

Ach, Carola, heute abend hätte ich dich gebraucht, heute abend hättest du deine Hand auf die Wunde legen müssen. Ich hab's dann selbst getan, hinterher ging es mir zwar etwas besser, aber der Katzenjammer ist unausweichlich.

Jetzt wußte John auch, was die jüngere Schwester davon abgehalten hatte, ihn zu begrüßen: Keine Seminararbeit, sie schämte sich. Aber die Ältere – warum hatte Kotschenreuthers Tochter Hilde ihm die Kladde ausgehändigt? Um ihren Vater bloßzustellen? John verstand es nicht.

John versucht mir Mut zu machen, aber ich glaube ihm nicht mehr. Er ist ein schwacher Mensch. Auch ich bin schwach, aber auf eine andere Art. Gestern abend und heute morgen in der Frühe gleich nach dem Klingeln des Weckers habe ich Hand an mich gelegt – mit der bisher schlimmsten aller Phantasmagorien: Hilde, schlank und schön wie die junge Carola, nackt in meinen Armen. Daß ein Vater zu so etwas fähig sein kann? Und dann stelle ich mir

auch noch vor, wie sie winselt: Mehr und noch einmal ganz anders,
wie die Tiere. Carola, verzeih einem alten, kranken Menschen!
    Vielleicht bin ich ein Schwein, aber ich bin es nur in meiner ver-
derbten Vorstellung. In der Wirklichkeit bin ich anders. Ich habe
ein Ziel, bin diszipliniert und entschlossen. John ist gar nichts,
weder diszipliniert noch entschlossen, noch hat er ein anderes Ziel
als das, sich in seinem Amt zu spreizen und in der Weltgeschichte
herumzureisen (nach Amerika, während hier die Suppe über-
kocht!).
    Er wirkt auf mich wie ein entmachteter Regent. John behauptet,
mit Globke zu reden, aber er erreicht nichts – wenn er es denn
überhaupt tut und nicht nur behauptet, es tun zu wollen, um mich
bei Laune zu halten. Schlimm, wenn man mit der Erfüllung seines
LEBENSWERKES (das Wort stammt von ihm, dem Blender)
von einem Kerl abhängig ist, dem alles gleich wichtig und gleich
unwichtig ist.
    Es wird erzählt, er hätte Affären. Das paßt zu ihm. Unsereiner
sitzt Tag für Tag in muffigen Archiven und forscht und arbeitet, und
er hat Affären.
    John warf die Kladde auf den Tisch.
    Kotschenreuther hatte ihm seine Versetzung zum Heimatdienst
zu verdanken, seine Hochgruppierung in eine Besoldungsgruppe,
die er allein niemals erreicht hätte. Er hatte diesem alten Wichser
eine Aufgabe gegeben, hatte ihn aus seinem staubigen Taunus-
Museum befreit und ihm einen Weg gezeigt. Und was tat dieser
Kotschenreuther? Er beschimpfte ihn, seinen Gönner – falls er sich
nicht gerade in Gedanken an seiner Tochter verging.
    John glaubte nun zu wissen, warum Hilde ihm die Aufzeichnun-
gen überlassen hatte: Damit ihm, John, klar wurde, daß er schuld
am Tod ihres Vaters war, denn kein Berufenerer als der Tote selbst
hatte dies mit Furor vor seinem Selbstmord niedergeschrieben.
    John schenkte sich einen doppelten Lufthansa-Cocktail ein. Er
ging im Zimmer umher. Es trieb ihn zum Schreibtisch zurück. Er
suchte die Seite mit der letzten Eintragung.
    Ich weiß nicht mehr weiter: Heute kam der Anruf aus Bonn. Das

Unternehmen ist gestoppt, das Kanzleramt, also Globke, verweigert die Herausgabe der lebenswichtigen Gestapo-Akten. Ohne diese Akten ist die Dokumentation nicht ernsthaft zu einem Ende zu bringen. Es würden immer Leerstellen bleiben – das Terrain, auf dem sich dann weiter diejenigen tummeln können, die etwas zu verbergen haben. Damit ist auf alle Zeiten die Möglichkeit, die Vorgänge bis ins letzte aufzuklären, verbaut. Das ist das Ende.

Habe heute etwas getan, was ich habe kommen sehen, aber trotz Aufbietung aller Kräfte nicht verhindern konnte: Hilde und die Kleine. Ich ekle mich vor mir selbst.

Mit John gesprochen. Er hat wie erwartet reagiert. Große Sprüche und Versprechungen. Eine riesige Luftblase, in die bald hineingestochen werden wird. Nun ist der Moment da, wo sich die Frage stellt: Weitermachen oder aufgeben? Für mich ist die Antwort klar. Ich bin kein Otto John. Heute noch werde ich mit Globke reden ...

Damit brachen Kotschenreuthers Aufzeichnungen ab.

John blätterte die leeren Seiten bis zum Schluß durch. In der Falz der Kladde entdeckte John Rostspuren. Das letzte Blatt war mit einer Rasierklinge herausgetrennt worden.

Er rief Hilde Kotschenreuther in Wiesbaden an. Das Gespräch war kurz und sachlich. Hilde wußte, daß John die Aufzeichnungen ihres toten Vaters gelesen hatte, und John vermied es, das Gespräch auf den Inhalt der Kladde zu bringen. Er fragte nach dem letzten Blatt.

Ein einzelnes, beschriebenes Blatt, das aus der Kladde stammte, sei nirgendwo aufgetaucht, erklärte Hilde.

John verpackte die Kladde in Zeitungspapier und verschnürte sie. Er war sich noch nicht sicher, ob er sie an Kotschenreuthers Töchter zurückgeben würde. Wenn überhaupt, dann erst nach seiner Rückkehr aus Berlin.

Morgens fuhr John noch einmal ins Amt. Er rief seine engsten Mitarbeiter zu sich und ließ sich Bericht erstatten. Kantor hielt sich seit Johns Anweisung, die Ermittlungen in Frankfurt aufzunehmen, zurück, er bereitete alles für seine Abreise vor. Kulenhaupt führte das große Wort:

»Die Sache läuft auf Hochtouren! Wir observieren die beiden Frauen aus dem Vorzimmer.«

»Auch die Alte?« fragte John. »Ich kann mir nicht vorstellen, daß sie mit von der Partie ist.«

»Erstens müssen wir mit allem rechnen. Zweitens erfahren wir durch sie vielleicht etwas, auch wenn sie ahnungslos ist.«

»Sehr gut!« befand John.

»Bisher haben wir erst eine Wanze in der Wohnung der Lewinski. Wir hören sie seit zwei Tagen rund um die Uhr ab.«

»Gegen meinen ausdrücklichen Protest!« meldete sich Kantor. Er klang bloß noch förmlich.

»Ich verstehe Sie ja«, versuchte John ihn zu besänftigen. »Ich bin auch dagegen, so etwas ohne richterliche Genehmigung zu machen. Aber wenn wir die beantragen, wissen es Adenauer und Globke innerhalb einer Stunde.«

»Gestern war ihr Verlobter aus Frankfurt da«, fuhr Kulenhaupt fort. »Sie haben gegessen, und sie hat viel erzählt. Viel zu viel, wenn Sie mich fragen. Über die Aufregung, die im Kanzleramt herrscht ...«

John unterbrach ihn. »Haben Sie das Gespräch aufgezeichnet?«

»Ja.«

»Ich möchte es hören!«

Der Expolizist verließ das Besprechungszimmer und kam wenig später mit einer schweren, kofferähnlichen Bandmaschine zurück, in die ein braunes Tonband eingelegt war. Kulenhaupt stellte die Maschine auf den Tisch und suchte einen Stecker. Sie mußten eine Sekretärin bitten, eine Verlängerungsschnur zu besorgen.

Das Band rauschte. Die Aufzeichnungsqualität war schlecht.

Annemarie von Lewinski sprach mit vollem Mund. »Adenauer haßt ihn, er haßt ihn wie die Pest. Und Mendes-France läßt keine Gelegenheit aus, den Alten vor den Kopf zu stoßen. Denk dir nur: Frankreich will allen fünf EVG-Staaten eigenstaatliches Militär zugestehen, Deutschland aber bloß integrieren ...«

Auch der aufstrebende Jurist sprach, während er kaute: »Wenn wir uns das gefallen lassen, sind wir bald nur noch der Büttel der Franzosen und Engländer.«

Sein Lispeln klang nur undeutlich durch, aber wenn man Bescheid wußte, hörte man es, fand John: Das war der Mann, der im Hospiz am Anhalter Bahnhof Edgar hatte anheuern wollen.

»Du kennst ja den Alten«, fuhr das Fräulein fort, nachdem es etwas getrunken hatte. »Heute morgen hat er gehandelt. Globke und Lenz haben die Anweisung erhalten, beim Finanzminister vorstellig zu werden. Persönlich. Alle noch freien Planstellen im Amt Blank sollen unverzüglich besetzt werden. Ein Antrag auf Genehmigung weiterer Planstellen ist dem Bundesfinanzministerium übermittelt worden.«

Der junge Mann war begeistert. »Der Alte ist ein Fuchs. Wenn es zum Eklat kommt, hat er sein Verteidigungsministerium längst besetzt – und braucht nicht mal mehr vorm Bundestag seinen Kotau zu machen.«

Sie aßen beide. Die Gastgeberin fuhr nach einer Weile gutgelaunt fort: »Adenauer hat geschrien ...« Sie senkte die Stimme. »Die Deutschen haben mich bei den Bundestagswahlen 1953 gewählt, weil ich ihnen versprochen habe, daß wir in eine Europäische Verteidigungsgemeinschaft eintreten – und das sollen sie auch bekommen, aber nicht am Katzentisch.« Sie lachte hell, dann wieder mit unverstellter Stimme: »Globke und Lenz waren ganz kleinlaut.«

Der Jurist schien sich Zeit zum Nachdenken zu lassen. »Wobei ich den Pariser Juden ...«

»Bitte!!« sagte sie streng.

»... den Mendes-France kann ich irgendwie verstehen, Schatz. Stell dir vor, die holen uns da rein. Und dann kommt die Sowjetunion mit ihrer Wiedervereinigung. Schon haben sie einen kapitalistisch-bolschewistischen Wechselbalg in ihrer EVG sitzen. Peinlich, das! Deshalb fordert der Franzose: Die Wiedervereinigung ist ein Trennungsgrund.«

Sie kicherten beide. Dann wurde das Fräulein wieder ernst.

»Der Chef sieht das anders. Er sagt, das wäre eine Einladung an Rußland, die Wiedervereinigung Deutschlands mit allen Mitteln anzustreben, um auf diese Weise die EVG auszuhebeln.« Ihre Stimme überschlug sich. »Adenauer sagt auch: Der Mendes-France ist unter beträchtlichem Druck der Opposition, der Cedisten – das sind die EVG-Anhänger in Frankreich, das gibt's nämlich auch ...«

Er leicht genervt: »Ich weiß, Liebchen.«

» ... und der Gegner der Integration, also Kommunisten und Neutralisten. Der Chef meinte, John Forster Dulles plane, mit Hilfe der Cedisten Mendes-France zu stürzen ...«

John sprang auf. »Anhalten! Sofort das Band anhalten!«

Kulenhaupt betätigte den Schalter, das Band stoppte quietschend.

»Zurück! Bitte!« ordnete John an.

Das Band lief zurück.

»Stop!«

Das Band lief schleppend wieder an. *» ... der Opposition, der Cedisten – das sind die EVG-Anhänger in Frankreich, das gibt's nämlich auch ...«*

»Ich weiß, Liebchen.«

» ... und der Gegner der Integration, also Kommunisten und Neutralisten. Der Chef meinte, John Forster Dulles plane, mit Hilfe der Cedisten Mendes-France zu stürzen ...«

»Stop!« rief John erneut. Das Band wurde gestoppt.

John rieb sich wie ein Erwachender mit beiden Händen das Gesicht. »Haben Sie das gehört?! Unser Kanzler will den französischen Ministerpräsidenten stürzen. Adenauer macht französische Innenpolitik.«

Die beiden anderen schwiegen.

»Was ist los?! Haben Sie nicht verstanden?«

Kantor reagierte bedächtig: »Sie hat doch bloß gesagt, Adenauer meint, Dulles plane so was.«

John brauste auf. »Wissen Sie, wie das Verhältnis zwischen Adenauer und Dulles ist? Ich – « Er tippte sich aufgeregt mit dem Zeigefinger auf die Brust. »Ich habe vor wenigen Tagen mit Allen

Dulles, dem Bruder des Außenministers, darüber gesprochen. Er hat sich bitter beklagt: Was Europapolitik angeht, tanzt der Alte dem amerikanischen Außenamt auf der Nase herum.« Er betonte jedes Wort. »Wenn die Amis diese Sauerei in Paris planen, dann steckt Adenauer dahinter. Ohne den läuft derzeit in Westeuropa doch gar nichts. Zumindest nicht, wenn das US-Außenamt daran beteiligt ist.«

Er lauerte, aber seine Mitarbeiter schwiegen weiter.

»Alles deutet darauf hin!« beschwor er sie. »In wessen Interesse wäre ein Sturz von Mendes-France durch die Cedisten? Nun sagen Sie schon!!«

Kantor antwortete widerstrebend: »Natürlich in Adenauers Interesse, aber ...«

»Und da zweifeln Sie noch? Was müssen sich diese Verbrecher denn noch alles leisten, bevor Sie endlich merken, was los ist?!«

Kulenhaupt griff zaghaft ein: »Politisch mögen Sie ja recht haben, aber kriminalistisch ...«

John fuhr ihn an: »Was soll denn das nun wieder heißen?!«

»Naja, überlegen Sie doch mal: Das, was wir haben, ist ein Pärchen, das sich offenbar abends nicht an die Wäsche geht, sondern sich gegenseitig mit weltpolitischem Schiffeversenken auf Touren bringt ...«

»Es handelt sich hier immerhin um Adenauers Vorzimmerdame.«

»Eben! Nicht um Globke und nicht um Lenz, sondern um das Mädchen an der Melittatüte. Das ist doch nichts wert, das ist doch bloß Angeberei. Oder glauben Sie, der Adenauer posaunt so was rum?«

John überlegte. »Wenn das stimmt, was wir annehmen – wenn dieses Fräulein ein wichtiges Glied in der Kette ist ...«

Kulenhaupt seufzte. »Lassen Sie es uns doch gemeinsam zu Ende hören!«

John nickte, das Gerät wurde wieder in Gang gesetzt.

Die Gastgeberin hantierte in der Küchenecke. Der Gast aß schmatzend weiter. »Das Fleisch ist trocken. Ich hab dir schon oft gesagt, Fleisch muß fett sein. Meine Mutter brät immer eine Schwarte mit ...«

Jetzt hörte John das Lispeln deutlich. »Er lispelt!« flüsterte er. »Hören Sie's?«

Die anderen schüttelten die Köpfe.

Das Fräulein klang besorgt: »Ich will nicht, daß du irgendwann ein Embonpoint bekommst, Iginhard.«

»Ein was?«

»Einen Wanst.«

»Das gehört dazu.«

»Nicht bei meinem Gatten, dann kannst du bei deiner Frau Mama bleiben ...«

Sie kam zum Tisch zurück.

»Was ist das?« fragte er.

»Ein Rezept von der Benzheim, etwas Spanisches.«

»Die alte Schrulle.«

»Bitte, Iginhard, red nicht so!«

Sie tat ihm auf und nahm wieder Platz. Sie aßen. Er murmelte mit vollem Mund: »Nicht übel. Wie heißt das Zeugs?«

»Das ist kein Zeugs, das ist Paella. Hat sie in einem Kochkurs gelernt. Demnächst werde ich auch einen belegen.«

»Daß du darüber die gute, deutsche Hausmannskost nicht vernachlässigst, Liebchen!«

»Ach, die mochte ich noch nie. Als nächstes koche ich dir französisch.«

»Lieber wär's mir, du hättest in anderer Hinsicht mehr für Französisch übrig ...«

Sie schrie entsetzt auf: »Iginhard, während des Essens! So was Ekliges!«

Sie tranken, es wurde stiller. Iginhard schien ein schlechtes Gewissen zu haben.

Sie fand den unbeschwerten Ton wieder. »Und zwar eine Bouillabaisse ...«

»Oh Gott, Fisch!«

»Die Bouillabaisse, die ich mache, schmeckt nicht nach

Fisch. Das Rezept kommt direkt vom Chefkoch des ›Ambassa-dor‹ ...«

»Oha!«

John gab Kulenhaupt ein Zeichen: »Spulen Sie ein Stück vor!«
Der Expolizist beugte sich über das Tonbandgerät.

In diesem Augenblick zirpte das Fräulein: »Der Herr Strauß hat's mitgebracht, für die Köchin des Alten, weil der auch gerne Fischsuppe ohne Fischgeschmack ißt ...«

»Nein!« schrie John. »Nicht anhalten! Weiterlaufen lassen!«
Kulenhaupt, der den Hebel schon berührte hatte, hielt in der Bewegung inne.

Auf dem Band wurde gegessen. »Der Strauß – der steigt im ›Ambassador‹ ab?« fragte er.

Sie mußte lachen. »Ja. Im Ausland ist der Sonderminister weniger volkstümlich als in Bayern, da muß es immer das Beste sein. Der Alte sieht's nicht gern, aber was soll's ...«

»Wir sind halt wieder wer!« befand er.

»Stell dir vor, der Sonderminister hat durch den Hotelportier ein Gespräch ins Bundeskanzleramt anmelden lassen. Globke hat vielleicht getobt. Einen ›bayerischen Deppen auf Reisen‹ hat er Strauß genannt.«

»Was ist so schlimm daran?«

»Durchs Telefon im Foyer hat er's durchgegeben: Es bestehe gute Aussicht, den Chef der Firma zu wechseln. Bloß weil er zu faul war, sich ein Taxi zur deutschen Botschaft zu nehmen und seine Nachricht verschlüsselt aufgeben zu lassen.«

»Da kann Globke von Glück sagen, wenn niemand mitgehört hat!«
Sie prosteten einander zu. Er schrie auf.

»Ferkel! Auf die frische Hose!« schimpfte sie. Kurz darauf hörte man Wasser laufen.

»Was ist denn das?« fragte sie nach einer Weile mit einem Kinderstimmchen. »Was tut sich denn da?«

Die Herren im Bundesamt warfen sich verstohlene Blicke zu.

»Na, was wohl?« fragte Kulenhaupt.

Man hörte einen Reißverschluß. Iginhard stöhnte.

»Aber nur reiben!« sagte sie streng. »Alles andere kommt erst nach der Hochzeit. Und gib acht, daß du nicht wieder auf den Teppich saust!«

»Jaaaa!« versprach Iginhard.

Dann hörte man ihn schwer atmen.

»Kommt noch was?« fragte John ungeduldig.

»Iginhard hat doch wieder auf den Teppich gesaut!« erklärte Kulenhaupt. »Dann hat sie ihn ausgeschimpft und zur Tür gebracht.«

»Schalten Sie aus!« befahl John.

Sie saßen eine Weile stumm da.

»Glauben Sie immer noch, die haben nichts mit dem geplanten Coup in Paris zu tun? Adenauer hat seinen Sonderminister hingeschickt – und der vermeldet brav: Die Sache läuft ...«

Kulenhaupt maulte, dem Kriminalisten fehlten die Indizien: »Den Chef der Firma wechseln – das kann alles und nichts heißen. Strauß windet sich da raus, da gebe ich Ihnen Brief und Siegel drauf!«

John wurde ungehalten. »Was ist mit Globke?!«

Diesmal schwieg auch Kulenhaupt.

»Haben Sie die Bänder schon ausgewertet?«

»Es gibt noch keine!« antwortete Kulenhaupt.

»Warum nicht? Wir waren uns doch einig! Sie haben noch rumposaunt: Kein Problem, der Gärtner macht's, nicht mal eine Alarmanlage gibt es. Was soll also der Umstand?«

»Stellen Sie sich das nicht so einfach vor! Globke ist schließlich kein Vorzimmerschwengel. Der Mann ist Staatssekretär im Bundeskanzleramt. Wir kommen mit dem Gärtner nicht weiter. Offensichtlich überfordert ihn die Aufgabe – technisch, meine ich. Um in Globkes Privatwohnung eine Wanze anzubringen, braucht man zwar nicht unbedingt einen Spezialisten, aber wenigstens einen Techniker und keinen Gärtner.«

»Na und? Besorgen Sie einen Techniker! So was werden wir doch haben. Was ist mit den Leuten, die damals meine Wohnung gecheckt haben? Das waren doch Abhörspezialisten.«

Die beiden wichen seinem Blick aus.

»Was ist? Wo sind diese Mitarbeiter? Gleich morgen sollen sie nach Bonn fahren und sich an Globke ranmachen!«

Kulenhaupt antwortete zaghaft: »Herr Präsident, es ist so, wir haben niemanden, der so was macht. Eigentlich dürfen wir auch niemanden dafür beschäftigen. Sie wissen ja ...«

»Erzählen Sie mir keinen Stuß! Diese Leute in meiner Wohnung ...«

»Die waren ausgeliehen!«

»Ausgeliehen? Wo ausgeliehen?«

Kulenhaupt schaute weg.

»Wo?!«

»In Pullach«, antwortete Kantor.

»In Pullach? Bei Gehlen?!«

»Wie gesagt: Wir haben nicht die Möglichkeit dazu. Vom Gesetz her nicht.«

»Und wie kommt die Wanze in die Wohnung der Manstein respektive Lewinski?«

»Dazu braucht man keine Spezialisten. Das machen ein paar Leute vom Kölner Fernmeldeamt. Nach Feierabend. Ein Nebenverdienst.«

John dachte nach. »Hören Sie!« sagte er schließlich. »Dann nehmen Sie halt die Fernmeldetechniker! Geben Sie ihnen mehr Geld! Wir brauchen den Beweis, daß Globke und Adenauer die Erpressung angeordnet haben.«

»Aber diese Leute sind bloß Techniker, sie haben keine Geheimdiensterfahrung.«

»Schicken Sie die Techniker los!«

27. KAPITEL

Arthur Trudeau mußte vorsichtig sein. Er konnte nicht – wie er das sonst gerne tat – irgendwo reinpoltern und loslegen. Dazu war die Sache zu brisant: Er mußte sich vorsehen, es gab überall Fallstricke. Die CIA würde ihm einen Strich durch die Rechnung machen, wenn sie Wind davon bekam – und erst der CIC. Schließlich sollte CAMPUS der größte CIC-Erfolg im Kampf gegen den Erzfeind CIA werden. Trudeau stand völlig allein da.

Sobald er wieder in Washington war, teilte er dem provisorischen Geschäftsträger Bonns in einem Schreiben unter dem offiziellen G-2-Briefkopf mit, er wolle bei nächster Gelegenheit mit Vertretern der künftigen westdeutschen Armee über die Zusammenarbeit der militärischen Geheimdienste reden.

Trudeau wußte, welches Gerangel es um die Wiederbewaffnung gab und daß die Deutschen seit den Querschüssen des französischen Premiers Mendes-France dankbar für jeden freundlichen Wink aus dem alliierten Lager waren.

Der Köder, den er ausgelegt hatte, lag nicht lange. Schon am nächsten Tag meldete sich ein deutscher Diplomat. Er zeigte sich hocherfreut über die Weitsicht und Kooperationsbereitschaft des neuen G-2-Leiters. Allerdings sei es momentan äußerst schwierig, mit einem der für Stabsaufgaben vorgesehenen Herren ins Gespräch zu kommen. Der Diplomat erklärte, die Herren seien zutiefst verärgert, daß man sie so lange hinhielt und daß ihnen vor allem von französischer Seite so viel Mißtrauen entgegenschlug.

Trudeau spielte sein Image als antikommunistischer Hardliner aus: Ihm sei die zögerliche Haltung der Franzosen genauso lästig. Gelte es doch, so schnell wie möglich eine einheimische Streitmacht auf deutschem Boden aufzustellen, die einen zu erwartenden Anriff des Ostblocks Seite an Seite mit den Alliierten zurückschlagen könnte. Ihm, Trudeau, sei kein Weg zu einflußreichen Abgeordneten zu weit, wenn es darum ging, Stimmen und Gelder für den raschen Aufbau des deutschen Militärs zu akquirieren.

Der Diplomat überschlug sich fast vor Dankbarkeit. Dennoch mußte er Trudeau enttäuschen: Auf absehbare Zeit komme sicher keiner der Herren in die Staaten. Sobald jedoch eine Einigung in der leidigen EVG-Frage erzielt sei, würden es sich die Generalstäbler nicht nehmen lassen, in Washington zuerst ihren Antrittsbesuch zu machen. Schließlich wisse man, wo echte Freunde säßen.

Nun mußte Trudeau Nägel mit Köpfen machen, wenn er nicht wollte, daß die Sache im Sande verlief. Dann könnte es für ein klärendes Gespräch bereits zu spät sein, erklärte er.

Der andere verstand, was das hieß: Trudeau hatte dem zukünftigen deutschen Generalstab eine geheime Mitteilung zu machen, die er ihnen über andere Kanäle nicht zukommen lassen konnte. Der Deutsche versprach, sich in Kürze wieder zu melden. Er habe da schon eine Idee, wie man die Sache schnell ins Werk setzen könnte.

Es vergingen zwei Tage, in denen Generalmajor Arthur Trudeau sich den Kopf darüber zerbrach, ob er den richtigen Weg gegangen war. Sollte die deutsche Vertretung sich binnen 48 Stunden nicht bei ihm gemeldet haben, wollte Trudeau den anderen, den gefährlicheren Weg gehen: nämlich den über amerikanische Regierungsstellen – ein Weg, auf dem unzählige CIA- und CIC-Mitarbeiter lauerten, die sofort eine riesige Maschinerie in Bewegung setzen würden, um ihn, den Nörgler und Einzelgänger Trudeau, von seinem Vorhaben abzubringen. Trudeau kannte die amerikanischen Dienste. Er wußte, daß sie keine Skrupel hatten, auch die eigenen Leute sehr hart anzupacken.

Das Zimmer im ersten Stock des Palais Schaumburg war Adenauers Allerheiligstes. Hinter dem Schreibtisch hing sein Lieblingsgemälde: die etwas grobe, perspektivisch nicht ganz stimmige Ansicht einer griechischen Tempelruine, über der ein unnatürlich monochromer, blauer Himmel leuchtete.

Der Alte lag auf der lederbezogenen Liege, die wie das Oberteil eines Turnkastens wirkte. Seine Jacke hatte er über den Schreibtischstuhl gehängt, sein Hemd war über dem Bauch aufgeknöpft, das Unterhemd hochgeschoben, der Gürtel offen. Sein Bauch war weiß wie Schnee, an seinem Körper gab es kein Gramm Fett.

»Wissense, Herr Professor, in der Schweiz, da mag das gelten, aber nicht bei uns. Unsere Sozialdemokraten sind unzuverlässig wie der Rhein bei Überschwemmung. Das kommt daher, daß sie so nahe am Osten sitzen. Die stecken sich leicht an, die Herrschaften – vor allem wennse mal in Berlin waren.«

Professor Niehans, das genaue Gegenstück Adenauers, ein kleiner, kugelrunder, weicher Mensch mit einer Halbglatze, holte eine Spritze aus seinem Koffer und entfernte vorsichtig den Nadelschutz, dann stieß er die Nadel in ein versiegeltes Reagenzglas und sog eine trübe Flüssigkeit in die Kanüle. Der Blick des Professors blieb an der etwa ein Meter hohen Statue auf dem Beistelltisch hängen: eine Schnitzarbeit aus dem 14. Jahrhundert, die Madonna mit dem Kind.

»Schön!« sagte er.

»Hat mir das Kabinett geschenkt. Vor drei Jahren. Zum Fünfundsiebzigsten. Haben sich nicht lumpen lassen. Das Ding ist was wert, Herr Professor!«

»Das sehe ich, Herr Bundeskanzler. Können stolz sein auf so ein Kabinett.«

»Die heutigen würden mir nicht mal 'ne Laubsägearbeit schenken, sag' ich Ihnen!«

»Jetzt sind Sie aber ungerecht, Herr Adenauer!«

Die Spritze war fertig. Der Professor legte das leere Reagenzglas in seinen Koffer zurück, der Alte haßte es, wenn medizinische Utensilien in seiner Nähe zurückblieben. Professor Niehans trat an die Pritsche, die lange Spritze hielt er wie ein Gewehr beim Salutieren.

»Das tut jetzt weh!« sagte er.

»Nun machense schon!«

Der Professor setzte die Nadel auf die Bauchdecke – etwa zehn

Zentimeter links vom Nabel. Dann stach er entschlossen zu. Die Nadel drang bis zur Kanüle in den Bauch des Bundeskanzlers. Der Alte gab einen eigenartigen Laut von sich – wie wenn die Luft aus einem Ball entwich. Der Professor drückte stetig, dann war die Kanüle leergepumpt. Er zog die Nadel aus dem Bauch heraus und legte einen Tupfer auf den Einstich. Adenauer griff sofort nach dem Tupfer, er mochte es nicht, wenn ein anderer ihn berührte. Der Professor ließ die leere Spritze in seinem Koffer verschwinden.

Adenauer atmete schwer. »Beim letzten Mal – da war mir zwei Tage lang übel. Einmal hab ich mich übergeben müssen. Gott sei dank war ich in Rhöndorf.«

»Vielleicht haben Sie etwas Schlechtes gegessen, Herr Bundeskanzler.«

»Das war eindeutig Ihr Hammel.«

Der Professor klang etwas verschnupft. »Das ist kein Hammel, sondern der Fötus eines jungen Mutterschafes. Aber wenn Sie Beschwerden haben, brechen wir die Frischzellenkur ab.«

»Nur die Ruhe, Herr Professor. Das kann ich mir gar nicht leisten, bei meiner Arbeit.«

»Sie sind körperlich völlig gesund. Ich kenne keinen 78jährigen, der so ...«

»Ich bin ja auch kein Rentner, sondern Bundeskanzler! Da muß man schon seine Sinne beisammen haben. Haben Se mal den dummen Spruch gehört? *Der Alte muß weg.* So was fuchst mich, sage ich Ihnen. Machen Se sich also keine Gedanken, Professor. In vier Wochen setzen Se mir den nächsten Schuß frischer Zellen. Momentan brauche ich die Kraft dringendst!«

»Wie ich lese, macht Ihnen der Monsieur Mendes-France zu schaffen. Auch in Zürich redet man davon.«

Der Alte seufzte. »Wissen Se: Ich bin fest überzeugt ... hundertprozentig überzeugt davon, Herr Professor, daß die deutsche Nationalarmee, zu der uns Mendes-France letzten Endes durch seinen Starrsinn zwingt, eine große Gefahr für Deutschland und Europa werden wird. Wenn ich einmal nicht mehr dabin, weiß ich nicht, was aus Deutschland werden soll.«

»Das klingt ja, als müßten Sie die Deutschen vor sich selber schützen!«

»Genauso isses, Herr Professor. Ihr Schweizer, ihr denkt immer, die Demokratie, das ist wie Radfahren: Hat man's mal gelernt, kann man's sein Leben lang. Vielleicht ist das bei euch auch so. Die Deutschen aber – die verlieren leicht die Balance.«

»Aber die Franzosen, ich meine, die haben doch ein Interesse daran, die Nationalisten in Deutschland gar nicht erst ans Ruder kommen zu lassen, oder?«

»Den französischen Nationalisten ist Deutschland mit einer Nationalarmee lieber als Europa. Wenn die nur ihre eigene Politik mit den Russen machen können. Und die deutschen Nationalisten denken genauso. Die sind bereit, mit den Russen zu gehen. Wenn Europa nicht wird und in Deutschland die Nationalisten wieder an die Macht kommen, dann können Sie etwas erleben, Herr Professor Niehans! Ja, wenn der Schumacher noch leben würde ... Ohne ihn ist die SPD führungslos und treibt in der Opposition den Russen zu.«

»Aber die Franzosen und die Briten ...«

»Wir müssen die nächsten Parlamentswahlen in Frankreich ganz unter das Motto ›Europa‹ stellen. Dann wird in der zukünftigen französischen Nationalversammlung eine europäische Mehrheit sitzen, die das durchsetzt, was die jetztige Nationalversammlung abgelehnt hat.«

Der Professor lachte. »Sie reden ja, als ob Sie die Politik in Frankreich machen würden.«

»Hören Se mal, Herr Professor: Genau das ist meine Aufgabe. Ich muß den Herren auf ihrem eigenen Terrain zuvorkommen – sonst isses zu spät. Der britische Außenminister, der Herr Eden, der macht der Konferenz in London doch glattweg den Vorschlag, seine Truppen auf dem Kontinent zu lassen. Die Franzosen werden zustimmen.«

Der Professor schüttelte ungläubig den Kopf. »Aber die Engländer und die Franzosen, die sind sich doch eigentlich spinnefeind.«

Der Alte erhob sich langsam, den Tupfer drückte er weiter auf seinen Bauch. Er schien Schmerzen zu haben und blieb eine Weile auf der Kante der Pritsche sitzen. »Der Churchill, das ist mein Freund ... Sehen Se das schöne Gemälde da hinter meinem Schreibtisch?«

Niehans musterte den Tempel – und zog die Stirn in Falten.

»Das hat der Churchill mir nicht nur geschenkt, das hat der Kerl auch selbst gemalt. Da staunen Se, was?!«

Der Professor nickte eifrig und nahm Adenauer den Tupfer weg, um auch den in seinem Koffer verschwinden zu lassen.

»Wie war's übrigens in Japan, Herr Professor?«

Niehans war froh, daß das Gespräch diese Wendung nahm. Er empfand es als Belastung, wenn der Kanzler ihn mit seinen undurchsichtigen politischen Ränken behelligte. »Dieser Kongreß hat mir medizinisch wenig gebracht. Was Frischzellenkuren angeht, sind wir einfach viel weiter als die Japaner und die Amerikaner. Aber dieses Land, diese Kultur – schon faszinierend.«

»Sagen Sie, Herr Professor, mit Ihnen kann man ja über so was reden, sind ja'n reifer Mensch. Haben Se denn dort auch mal mit so 'ner Geisha zu tun gehabt?«

Der Professor antwortete nur widerstrebend. »Ja, schon, in guten Restaurants zum Beispiel, wenn wir unter Kollegen ausgingen ...«

»Stellen Se sich nicht blöder, als se sind, Herr Professor! Also: Was hat's denn auf sich mit denen – mit diesen Geishas?«

»Man sollte nicht den Fehler machen, Geishas mit gemeinen Dirnen zu verwechseln. Diese Damen – das sind hochgebildete Gesellschafterinnen. Sie beherrschen Tanz, Gesang, Samisenspiel und die Kunst der Konversation. Und daß man sie mieten kann, heißt noch lange nicht ...«

»Ich will von Ihnen als Mediziner wissen: Ist an denen irgend etwas anders als bei den unsrigen, ich meine .... rein ... rein ...«

»Physiologisch?«

»Genau.«

»Nein!«

»Haben Se nachgeguckt, Herr Professor?«

In diesem Augenblick wurde zaghaft an die Tür geklopft.

»Was gibt's denn?!«

Globke trat ein. Er hielt einen dünnen Fetzen Fernschreiber-papier in der Hand. Der Staatssekretär nickte Niehans freundlich zu. Der Zürcher Frischzellentherapeut war regelmäßiger Gast im Palais Schaumburg. Wenn auch außer Adenauer niemand etwas von seiner Hormonbehandlung mit vital konserviertem tierischen Körpergewebe hielt, so empfahl es sich nicht, es dem Kanzler-Ver-trauten gegenüber an Respekt fehlen zu lassen.

»Entschuldigen Sie die Störung, aber es ist leider wichtig.«

Der Professor hatte es plötzlich sehr eilig, er schloß seinen Kof-fer. »Wir waren sowieso fertig.«

»Womit wedeln Se denn da schon wieder wichtig rum, Glob-ke?«

Globke schaute auf Niehans, der sich schnell seinen Mantel überzog.

»Vor dem Niehans müssen Se sich nicht genieren, Globke! Der Mann ist Arzt, die müssen schweigen. Sie glauben ja gar nicht, wie weidlich ich das ausnutze, nicht wahr, Herr Professor?!«

Der Schweizer Mediziner lachte gezwungen und hielt Adenauer die Hand hin. »Und denken Sie daran, was ich Ihnen ständig sage, Herr Bundeskanzler: Die Frischzellen allein tun's nicht. Auch in Ihrem Alter gilt: Viel Bewegung an der frischen Luft, kein Sport, aber langsames Spazierschreiten wäre angeraten, wenn Sie die Neunzig erreichen wollen.«

Adenauer drückte Niehans die Hand, dann verließ der Professor mit einem kurzen Nicken in Richtung Globke den Raum.

»Merken Se was?« fragte der Kanzler.

Globke schüttelte den Kopf.

»Er mag Sie nicht!«

Globke war das gleichgültig, dennoch tat er überrascht: »Mei-nen Sie wirklich?«

»Dabei is der Mann ein ausgewiesener Menschenfreund. Irgendwie wirken Sie abschreckend auf Ausländer, finden Se nicht?«

»Sehen Sie, deshalb habe ich mich gar nicht erst für das zukünftige Außenamt beworben, Herr Bundeskanzler.«

Adenauer grinste verschlagen. »Das könnense Ihrer Großmutter erzählen, Globke. Sie haben sich nicht beworben, weil Sie wissen, daß hier die Musik spielt, auf absehbare Zeit. Sie sind gerissen, Sie sind geschickt, Sie sind machtgierig – was ja an sich noch nichts Schlechtes ist. Wenn ich nicht Kanzler wäre, wären Sie's vielleicht.«

Globke winkte ab. Er tat so, als sei ihm das, was sein Chef über ihn sagte, gänzlich fremd. Dabei genoß er es sehr – aus Adenauers Mund war es mehr wert als das Große Bundesverdienstkreuz.

»Aber dennoch fürchte ich«, fuhr der Alte seinen Staatssekretär bedächtig musternd fort, »Sie werden's nie werden. Sie hätten damals diese Gesetze nicht kommentieren sollen. Das hängt Ihnen an wie 'ne Schuppenflechte, Globke.«

Das traf, und Adenauer hatte ihn vorher sorgsam eingelullt, damit es richtig traf. Der Alte mochte solche Spiele, vor allem nach der Frischzellenzufuhr.

Globke hielt den Fetzen Papier hoch. »Eildepesche aus Pullach.«

»Was will denn dieser Wichtigtuer schon wieder?«

»Der sowjetische Militärattaché in Paris, Oberst Nikolai Swerew, ist heute morgen überraschend ins französische Verteidigungsministerium gebeten worden.«

»Was kümmert sich der General Gehlen um Vorgänge in Paris? Solange er noch nicht von uns offiziell damit beauftragt ist, soll er das machen, wofür ihn die Amerikaner bezahlen: nämlich die Bolschewisten ausspionieren!«

»Genau das tut er ja. Swerew hat anschließend einen verschlüsselten Funkspruch an seine Moskauer Dienststelle abgesetzt – und dort hat Gehlen jemanden sitzen.«

»Und? Was gab's im französischen Verteidigungsministerium so Wichtiges zu bereden – in aller Frühe?«

Um die Bedeutung der Angelegenheit zu unterstreichen, las Globke von dem engbedruckten Fernschreiberpapier ab: »Der Herr Verteidigungsminister legte Wert darauf, daß die militärische

Führung der UdSSR über den sowjetischen Militärattaché in Paris, Herrn Oberst Nikolai Swerew, schnellstmöglich Kenntnis über folgendes erhält: Der französische Premierminister Pierre Mendes-France hat in der vergangenen Nacht eine geheime Kommandosache unterzeichnet, die um sechs Uhr mitteleuropäischer Zeit Gültigkeit erhält. Der Premierminister verfügt damit eine vorbereitete Reorganisation des französischen Mobilisierungssystems. Diese Reorganisation sieht vor, daß das Land ab sofort in Mobilisierungsgrade eingeteilt wird. Dabei wird nach folgendem Schema vorgegangen: Je näher eine Mobilisierungszone an der Grenze zu Deutschland liegt, desto schneller und effektiver wird in dieser Zone mobilisiert. Eine detaillierte Aufschlüsselung der Mobilisierungszonen folgt mit diplomatischer Post nach Moskau ...«

Adenauer riß Globke das Papier aus der Hand. Er überflog den Text. Sein Kopf war hochrot, seine Augen traten hervor, die Pupillen geweitet.

»Dieses Schwein! Dieses miese, kleine Schwein! Ich hab's gewußt ...« Er wandte sich an Globke. »Was glauben Sie: Weiß die NATO Bescheid?«

»Wir haben unsere Leute in Marly-le-Roi sofort angekabelt. Dort ist man ahnungslos.«

»Oder man tut ahnungslos. Den Deutschen gegenüber.«

Adenauer lief zweimal durch den Raum, dann blieb er am Schreibtisch stehen, er schlug die Faust auf die Tischplatte. »Dieses levantinische Arschloch glaubt doch nicht im Ernst, wir sehen bei so was zu?!«

»Wir sollten nicht überreagieren, Herr Bundeskanzler. Das hier heißt zunächst einmal, Paris richtet sich auf ein Scheitern der EVG ein.«

»Das heißt zunächst, Globke, Paris richtet sich darauf ein, Deutschland zum Kriegsschauplatz zu machen, falls die Russen über die Elbe kommen.«

»Also, ich weiß nicht. Wir können denen ja nicht vorwerfen, daß sie zumindest für die Zeit, in der sich unsere zukünftigen zwölf Divisionen noch formieren, einen Krisenplan erstellen.«

»Das ist kein Übergangsplan, Globke! Das ist das Szenario für die nächsten fuffzig Jahre – aus der Sicht der Franzosen. Dieser Mendes-France hat Frankreich mit seinem Mobilisierungskonzept ein für allemal jede Möglichkeit genommen, einen Krieg jenseits der Elbe zu führen. Verstehen Se: Die Bolschewisten werden nicht mehr zurückgeworfen, die werden auf unserem Terrain bekämpft. Der Mendes-France macht Deutschland zum Pufferstaat.«

Globke wußte, daß es keinen Sinn hatte, Adenauer zu widersprechen, wenn er so in Rage war. Und er wußte, daß Adenauer recht hatte. »Was schlagen Sie vor?« fragte er geduldig.

»Wenn die Franzosen jetzt schon so tun, als wäre die EVG gescheitert, dann wird sie auch scheitern. Spätestens bei den Kammerdebatten in Paris. Wir sollten uns ein Beispiel an denen nehmen: Die EVG ist tot, bevor sie geboren wurde, Globke. Wenn die Franzosen nicht wollen, daß wir unter europäischer Kontrolle aufrüsten, dann tun wir's halt ohne europäische Kontrolle ... Und dann tun wir's richtig, nicht mit zwölf Divisionen Zinnsoldaten von Napoleons Gnaden!«

»Ich habe mit Gehlen gesprochen. Er sagt, es gibt noch andere Anzeichen für einen Stimmungsumschwung.«

Adenauer reagierte gereizt, er mochte es nicht, wenn man ihn mit Nebensächlichkeiten ablenkte. »Der versteht doch nichts von Politik, dieser Spitzelgeneral.« Und dann, als er Globkes pikierte Miene sah: »Also, was hat er denn noch, der Herr Gehlen?«

»Französische NATO-Offiziere haben eine nicht-amtliche Offizierskommission gebildet ...«

»Was geht den Kerl die NATO an? Der soll in Sibirien Gewehrläufe zählen – aber das konnte er schon 1944 nicht ...«

»Gehlen hat vorzügliche Verbindungen zu Militärs. Immer schon. So hört er auch, was in Marly-le-Roi vor sich geht. Diese Kommission, also die Offiziere, die wieseln hinter den Kulissen. Sie machen die politischen Instanzen der NATO mürbe – mit immer neuen Warnungen davor, daß Deutschland, wenn es erst einmal Militär hat, sehr schnell aus dem Paktgefüge ausbrechen wird.«

»Knallköppe!«

»Man will vor allen Dingen die Parlamente gegen die jetzt vorliegende Form der Pariser Verträge mobilisieren. Deputierte aller französischen Parteien wurden von dieser Offiziersgruppe aufgefordert, bei den zukünftigen Kammerdebatten über die Pariser Verträge weitere Sicherungsklauseln gegen Westdeutschland zu verlangen.«

Adenauer ächzte. »Das ist die Legion von dem Mendes-France. Daß der mit allen Kniffen arbeitet, wenn's gegen Ende geht, war mir die ganze Zeit klar.«

»Jetzt sind in Polen und in der Tschechoslowakei Broschüren aufgetaucht. Hunderttausende. Sie kursieren unter Angehörigen der Armee, unter Arbeitern und Studenten. In den Broschüren wird aus dem US News und World Report zitiert – aber auch aus geheimen Regierungsdokumenten und NATO-Protokollen. Es heißt dort, man sei sich längst einig: Die Amerikaner beabsichtigten nicht, dem Drang der Deutschen nach Osten und ihren Revanchegelüsten Zügel anzulegen.«

»Merken Se was? Die versuchen uns ganz und gar zu isolieren! Wir müssen was tun, wir müssen so schnell wie möglich umschalten. Von der kleinen auf die große Lösung!«

»Die große Lösung?«

»Nicht EVG, sondern NATO! Die Amerikaner sind unsere einzigen wirklichen Freunde, Globke. Denen ist auch dran gelegen, daß wir hier nich mit 1500 Männeken rumkrebsen und von der *Grande Armée* als Truppenübungsplatz mißbraucht werden. Ich fliege die nächsten Tage rüber und rede mit denen Tacheles. Die Amerikaner, die werden uns unterstützen, wenn wir's tun ...«

»Wenn wir was tun?«

»Wenn wir unsre eigene Armee aus dem Boden stampfen. Mit allem Drum und Dran. Ohne freche Bevormundung durch London oder Paris.«

»Verzeihen Sie, daß ich das so offen sage, Herr Bundeskanzler: Aber es kann sein, daß uns dann der Wind arg ins Gesicht bläst.«

»Schikatakanai.«

»Wie bitte?«

»Das ist Japanisch und bedeutet: Da kann man nichts machen. Ganz abgesehen davon: An der Seite der Amerikaner kann uns keiner was wollen.«

»Ich meine: innenpolitisch. Wir haben mit Demoskopen gesprochen. Die sagen, es gibt bei uns ein Potential von mindestens einer Million militanter Gegner der Wiederbewaffnung.«

»Die gab's immer schon!«

»Gut, aber die hätten nur ein bißchen gemurrt, wenn wir unter europäischer Kuratel aufgerüstet hätten. Jetzt aber ... Wenn Sie das tun, was Sie da vorhaben, dann blüht uns der Bürgerkrieg in Deutschland, Herr Bundeskanzler!«

Adenauer wurde wieder laut. »Wir müssen diesen Elementen die Luft abschnüren. Die dürfen nicht mal *piep* sagen, so werden wir die überfahren. Verantwortungslos, werden wir sagen. Verräter, werden wir sagen.«

»Das können Sie mit naiven Pazifisten machen – aber die Opposition ...«

»Die machen mit, das sage ich Ihnen, Globke. Der Schumacher, der hat denen von der SPD sowas von eingetrichtert, was Patriotismus heißt – die sind auf Jahrzehnte geeicht.«

»Es gibt sogar Leute in unseren eigenen Reihen, die gegensteuern werden ...«

Adenauer brüllte: »Den Mund stopfen, bis se ersticken. Wer einen Ton sagt, bekommt bei der nächsten Wahl keinen Listenplatz und wird auch nicht mehr aufgestellt. Kleinmachen bis zum Parteiausschluß – wegen Parteischädigung und allem möglichen. Für Beamte gibt's Disziplinarverfahren, Suspendierungen usw. Ich verlange von den Dienern dieses Staates, daß se für ihn einstehen, wenn er in Not ist.« Adenauer wippte auf den Zehenspitzen. »Da fällt mir ein, was ist eigentlich mit diesem John? Letzte Woche kam er schon wieder in der Zeitung. Hat sich irgendwo danebenbenommen, bei 'ner Beerdigung oder so was ... Sie waren doch dabei, oder?«

»Blöde Angelegenheit. Dieser Mitarbeiter des Heimatdienstes. Rechnen wir das seiner ehrlichen Trauer zu!«

Adenauer lief um den Schreibtisch herum zu dem Bücherregal mit dem Großen Brockhaus und der vollständigen Sammlung der parlamentarischen Reden Bismarcks seit dem Jahre 1847. In der unteren Reihe bewahrte er – ebenso penibel geordnet wie die Bismarck-Bände – seine persönlichen Akten auf. Er griff einen Leitz-Ordner und klappte ihn auf dem Schreibtisch auf: Zeitungsausschnitte, auf weißem Papier aufgeklebt. Globke fragte sich, wann der Alte Zeit für so was hatte – oder wer es für ihn machte.

Adenauer fand den Artikel sofort, er stammte aus dem »Daily Mirror«, am Rande waren ganze Passagen in einer winzigen Handschrift übersetzt. Wahrscheinlich einer seiner persönlichen Sekretäre, er hielt sie ebenso an der Kandare wie seine Gärtner.

»Es handelt sich um einen Artikel aus Sefton Delmers Serie über Deutschland.«

Globke winkte ab. »Delmer wird auch in England nicht ernst genommen. Der Dicke glaubt doch immer noch, es ist Krieg, und er ist für die schwarze Propaganda zuständig.«

»Wie man hört, wird er regelmäßig bei Ihnen zum Essen eingeladen, wenn er in Deutschland ist.«

Ratte, dachte Globke. »Delmer ist ein hochpolitischer Kopf, auch wenn er solchen Unsinn schreibt. Und sein Verleger Lord Beaverbrook macht in London mit seinen Zeitungen die öffentliche Meinung.«

»Mit Hitler hat er auch getafelt, der Brite.«

»Delmer hat ihn als Berichterstatter auf einer Wahlkampftour begleitet, das war aber schon 1933.«

»Ist auch egal. Was mir nicht paßt ...« Adenauer wurde wieder schärfer. »Und was wir uns nicht mehr erlauben können in Zukunft, ist so was.«

Er hielt Globke den Zeitungsausschnitt hin. Globke kannte ihn. Früher oder später hätte er ihn Adenauer ohnehin untergeschoben, aber er ihm – und nicht umgekehrt. John war so dumm gewesen, sich in London bei seinem alten Freund Sefton Delmer auszuweinen, und der hatte den Verfassungsschutzpräsidenten in seiner Serie über das Wiedererstarken der Nazis in Westdeutschland genüßlich zitiert: Die politische Entwicklung in der Bundesrepublik paßt mir nicht, hatte John getönt.

»Das Zitat ist aus dem Zusammenhang gerissen. Mir paßt auch einiges in der Bundesrepublik nicht«, sagte Globke.

»Der Kerl ist wie 'ne Zecke, man wird ihn nicht los. Und dann gibt der auch noch Interviews. Den Briten, seinen Gönnern. Er warnt vor der Militarisierung und vor dem Einfluß alter Nazis ... Instinktlos. Als Präsident des Verfassungsschutzes!«

»Tjjaa!« sagte Globke.

»So einer kann viel Schaden anrichten«, erklärte Adenauer ruhiger. Dann wieder laut: »Der hat auch schon Schaden angerichtet, wie wir sehen. Leute wie John – die sind doch Wasser auf die Mühlen von Mendes-France und Co.«

Endlich, dachte Globke: Der Alte hatte einen Schuldigen für die Misere gefunden. Jetzt waren sie alle aus dem Schneider. Sobald ein Schuldiger gefunden war, tobte er sich gründlich aus, und alle anderen – auch die, die mitschuldig waren – mußten nur warten, bis es vorbei war. Nur für die Schuldigen Adenauers – für die gab es kein Pardon mehr.

»Was sagt denn dieser Gehlen? Ich denke, der hat den Britenfreund längst im Griff?«

Das sitzt tief, dachte Globke erfreut, das sitzt so tief, daß man es sich merken muß: Jetzt ist er schon weit über Siebzig, hat das Dreikaiserjahr von 1888 miterlebt und was weiß ich sonst noch – aber die Schmach vergißt er niemals: Daß die Briten ihn als Bürgermeister von Köln aus dem Amt gejagt hatten, wegen Unfähigkeit.

»Gehlen sagt, es ist nur noch eine Frage von wenigen Tagen, dann sind wir ihn los!«

»Der John soll weg! Ich will nichts mehr von dem hören! Und sagen Se Ihrem Busenfreund Gehlen, wenn er das nicht schafft, dann kann er in Zukunft die Lastkähne auf'm Rhein zählen!«

Globke war schon fast wieder draußen, als Adenauer sich noch einmal an ihn wandte. »Herr Globke, entschuldigen Se meinen Zorn, aber es steht einfach zuviel auf'm Spiel. Das verstehen Se doch, oder?«

»Natürlich, Herr Bundeskanzler, es geht um die Zukunft Deutschlands.«

Und noch mehr ging es um Adenauers Vision. Der Alte hatte seine genaue Vorstellung von dem Kapitel, das in den Geschichtsbüchern einmal von seiner Politik handeln würde, und er verstand keinen Spaß, wenn ihm jemand einen Strich durch die Rechnung zu machen drohte.

»Sagen Se doch denen vom Protokoll, Sie sollen sich mal um das Zeremoniell kümmern, das seinerzeit angewandt wurde!«

»Ich verstehe nicht, Herr Bundeskanzler.«

»Seinerzeit vor zwei Jahren, bei der offiziellen Aufnahme der Türkei in die NATO, Sie wissen schon.«

»Ja, jetzt weiß ich.«

»Ich würde gerne rechtzeitig unterrichtet werden. Über die Formalitäten. Also auf was ich mich da einzustellen habe für den Fall unseres Einzuges in die NATO.«

»Aber natürlich.« Globke verließ das Zimmer.

Draußen wartete das Fräulein von Lewinski. Ihre schönen, braunen Äuglein strahlten vor Aufregung. »Und – wie hat er's aufgenommen?«

»Annemarie!« ermahnte die ältere Kollegin sie zur Diskretion.

»Lassen Sie doch das Mädel!« sagte Globke nachsichtig. »Da drinnen wurde gerade Geschichte gemacht.« Er zerknüllte den Fetzen Fernschreiberpapier zu einer kleinen Kugel und warf sie achtlos in den großen, geflochtenen Büropapierkorb. »Das EVG-Gerangel ist Gott sei Dank vorbei. Wir gehen jetzt in die NATO – und zwar ohne europäische Kuratel.«

Annemarie von Lewinski schossen die Tränen in die Augen. »Herr Staatssekretär, darf ich Sie dafür küssen?«

»Sie dürfen alles!« erklärte Globke zackig und hielt ihr artig die Wange hin.

Als sie ihn küßte, schloß er die Augen und stellte sich vor, wie er Annemarie von Lewinski nahm.

28. KAPITEL

Lucie   hatte   mit Kotschenreuthers Tochter gesprochen. Hilde war bereit, John noch einmal zu empfangen. Es wurde verabredet, daß das Gespräch an einem Morgen stattfinden sollte, an dem die jüngere der beiden Schwestern in Frankfurt Vorlesung hatte.

Als John morgens den Rolladen im Wohnzimmer hochkurbelte, kam er auf 35 Umdrehungen. Dann aber ruckte der Laden – und gab noch eine Umdrehung der Kurbel frei.

»36!« sagte John erleichtert.

»Was hast du?« fragte Lucie.

»Nichts!« antwortete John.

Es ist wie immer bei mir, dachte er. Es sieht nie nach einem schnellen und schönen Sieg aus. Immer droht die Niederlage bis zuletzt, dann aber, unmerklich und ohne lindernde Vorboten, stellt sich doch noch das Gelingen ein. Eine Quälerei, ohne Triumphe. Triumphe sind mir nicht vergönnt, dafür aber schwere Siege. Immerhin das.

Mit diesem Gefühl fuhr er nach Wiesbaden.

Hilde   hatte   sich etwas erholt. Das Schwarz stand ihr zwar nicht, aber ihr Gesicht verlor langsam die Bitterkeit. Ihre Wangen wirkten nicht mehr so eingefallen, die Haare gewannen an Glanz, die Augen leuchteten wieder.

Eigentlich ist sie ein schönes Mädel, dachte John, als sie stumm den Kaffee aus den Sammeltassen tranken, und eine hübsche Figur hat sie auch. Ob sie verlobt ist? Auf der Beerdigung hatte kein Mann sie begleitet.

»Meine Schwester verwindet's nicht. Ich zwinge sie dazu, zur Uni zu gehen. Sie soll sich beschäftigen und nicht stumpfsinnig herumsitzen. Sie möchte Sie nicht sehen, sagt sie.«

»Sie tut mir Unrecht. Es war dieser Globke. Er hat Ihren Vater in den Tod getrieben.«

»Ich weiß nicht«, sagte Hilde. »Sie haben die Kladde gelesen. Er glaubte, Sie lassen ihn im Stich. Ihn und sein Lebenswerk.«

»Lebenswerk – was für ein Wort!«

»Sie haben's ihm eingeredet, Herr Doktor John.«

»Helfen Sie mir die fehlende Seite zu finden, und ich beweise Ihnen, daß Globke schuld am Tod Ihres Vaters ist!«

»Wie stellen Sie sich das vor? Ich habe alles abgesucht, das rausgeschnittene Blatt ist nicht da.«

»Haben Sie auch ... waren Sie auch im Zimmer Ihrer Schwester?«

Hildes Stimme zitterte. »Was fällt Ihnen ein?! Meine Schwester hätte mir gesagt, wenn da was wäre. Sie hat den Vater sehr geliebt – er war ihr ein und alles, vor allem nach Mutters Tod. Wenn sie wüßte, wer schuld ist, wäre sie die erste, die ...«

»Bitte, schauen Sie nach! Das Blatt muß hier im Haus sein. Seinen Schreibtisch im Heimatdienst habe ich beschlagnahmen lassen, da war es nicht!«

Hilde stand auf. Sie wollte, daß John sich verabschiedete.

»Verzeihen Sie mir!« sagte er, als er ihr die Hand reichte.

Für John fand der Jahreswechsel im Juli statt. Wenn er zu den Feierlichkeiten des Jubiläums nach Berlin flog, ging das alte Jahr zu Ende. Wenn er nach Köln zurückkam, fing das neue an. In diesem Sommer waren es zehn Jahre her, seit Stauffenberg die Bombe in der Wolfsschanze hatte hochgehen lassen.

Er hatte den Obersten nicht lange gekannt. Als Stauffenberg auftrat, war die Sache schon fast verloren. Die Stabsoffiziere, die seit Jahren Memoranden über die Zeit nach dem Tag X schrieben, hatten einen Putsch längst hintertrieben. Sie hatten immer wieder Gründe gefunden, alles aufzuschieben, oder – wie von Brauchitsch – immer wieder die Frage aufgeworfen, ob sie mit einem Attentat auf den Oberbefehlshaber ihren Eid brechen würden.

Dann war plötzlich der schwer kriegsverletzte Stauffenberg aufgetaucht. Ein Schwabe, kein preußischer Junker wie die anderen, einer mit stahlblauem Blick, ein schöner Mann mit einem antiken Kriegerprofil. Eigentlich hätten die Nazis ihn in ihr Herz schließen müssen.

Je näher die jährlichen Feierlichkeiten rückten, desto häufiger träumte John wieder von Stauffenberg und den Umständen des Attentates. Oder er träumte von Madrid. Don Luis Ruiz de Valdivia schrie John im Traum an: »Einen Mann wie Hitler bringt man mit einem Dolch um! Wenn einer dazu den Mut gehabt hätte, wäre das Attentat gelungen. Einem Krüppel habt ihr erlaubt, das Attentat mit einer Bombe zu versuchen? Schämt euch!«

Valdivia, der spanische Gesandte in Berlin, hatte 1917 Ludendorff ins Gesicht gesagt, daß Deutschland nach dem Kriegseintritt Amerikas verloren sei. Wilhelm II. hatte ihn dafür hart zurechtgewiesen. Doch im September 1918 hatten ihn Hindenburg und Ludendorff gebeten, dem Kaiser die Aussichtslosigkeit der Lage vorzutragen – weil sie zu feige dazu waren.

»Die Führer der Wehrmacht sind nicht besser«, hatte Valdivia 1944 in Madrid zu John gesagt. »Die deutsche Armee ist die beste der Welt. Aber eure Generäle haben keine Seele. Handwerker sind sie, aber keine Menschen! So wie Hölderlin es schon gesagt hat.«

Und noch etwas träumte John im Juli immer wieder. In der Nacht vor der alljährlichen Abreise zu der Gedenkfeier in Berlin stand plötzlich Stauffenberg neben ihm. Der Oberstleutnant trug einen Wehrmachtsumhang ohne Rangabzeichen. Er legte John die schwarze, mit Leder überzogene Handprothese auf die Schulter und fragte ihn wie damals: »Was haben Sie eigentlich im neuen Deutschland vor? Ich sehe Sie durchaus als Justizminister, Herr Doktor John. Sie sind ministrabel, John. Wissen Sie, daß ich bisher unter den Zivilisten nur Julius Leber für wirklich fähig hielt?«

»Danke!« sagte John. Er und Stauffenberg sahen sich in die Augen. Wie ist dieser Mann schön, dachte John. Im Hintergrund lachte Lucie böse auf. »Nun sieh sie dir an, die beiden! Sind sie nicht ein wunderbares Paar?«

John zischte: »Lucie, bitte!«

Aber Stauffenberg hörte die Häme nicht, er sprach mit John wie mit einem guten Freund. »Ich habe mehrere junge Offiziere, die bereit wären, sich mit dem Führer bei der nächsten Wintermantelschau in die Luft zu sprengen. Von dem Busche, von Kleist. Sie warten nur auf mein Zeichen ...«

John erschrak. Er mußte es ihm sagen, aber es kam nicht einfach über seine Lippen, und dann war da immer noch Lucie, die nur darauf wartete, daß er sich eine Blöße gab. »Wissen Sie, Herr Oberstleutnant, der Führer, er sagt seine Teilnahme an der Präsentation des neuen Wehrmachtsmantels immer wieder ab. Einen eigenartigen Sicherheitsinstinkt hat dieser Kerl. Immer stehen eine Wagenkolonne, ein Flugzeug und ein Sonderzug bereit, so daß er sich im letzten Moment noch anders entschließen kann.«

Stauffenberg lachte wie ein kleiner Junge. »John, Sie sind 'ne Advokatennatur. Zerbrechen Sie sich doch nicht Ihren Kopf um militärische Finessen!«

Johns Stimme überschlug sich vor Eifer. »Aber es eilt, Oberstleutnant. Die Alliierten, sie überlassen das Strafgericht den Russen. Montgomery wollte erst vor den Russen in Berlin sein, aber der fanatische Widerstand der Wehrmacht hat ihn verbittert. Und die Wehrmacht tut alles, sie fordert die Vergeltung geradezu heraus.«

»Davon verstehen Sie nichts, mein Freund. Sie kennen doch sicher den General Zeitzler, den Kugelblitz? Er hat Hitler für sich begeistert, als er in Rußland Soldaten, die sich zurückziehen wollten, vor die Gewehrläufe der Russen gejagt hat. Sehen Sie, John, selbst dieser Mann hat realisiert, daß der Krieg nicht mehr zu gewinnen ist. Er trinkt viel und hat sich mir im Suff anvertraut. Er wollte sich vor Gram erschießen. Weil alles umsonst gewesen ist, wie er sagte. Ich habe ihm geraten, erst Hitler zu erschießen. Glauben Sie mir, ich stecke den preußischen Grafenclub leicht in die Tasche! Fliegen Sie nach Madrid, und finden Sie heraus, ob die dortige US-Botschaft schnellen Kontakt zu Eisenhower machen kann, wenn der Umsturz geglückt ist! Ich mache vollziehende Gewalt, aber dazu brauche ich Verbindung zu Eisenhower und Montgomery. Dazu sind Sie da. Lieber Doktor John, ich zähle auf

Sie! Hören Sie: Ich zähle auf Sie!« Dann schlug Stauffenberg einen härteren Ton an, er wurde wieder strategisch: »Wir haben eine 50:50-Chance, die Angloamerikaner ins Meer zurückzuschlagen. Und dann werden die Engländer, die in diesem Krieg noch keine Blutverluste erlitten haben, auch verhandeln ...« Er befahl zackig: »Waffenstillstandsverhandlungen sind ausschließlich Sache des Militärischen Oberkommandos, merken Sie sich das, John! Von Soldat zu Soldat! Wobei alle Politiker ausgeschaltet bleiben müssen.« Er war plötzlich sehr erregt: »Lügen. Keitel verbreitet Lügen. Wir müssen zu Fromm, um ihn zur Verkündung des Ausnahmezustandes zu bewegen. Wenn er nicht will, wird er verhaftet. Befehle des Befehlshabers des Ersatzheeres ausführen, allein sie sind maßgeblich!« Stauffenberg schrie: »Gegenbefehle von Himmler!« Dann sprach er überdeutlich und hastig in ein Telefon: »Sie müssen alle Rundfunk- und Nachrichtenstellen besetzen. Jeder Widerstand wird gebrochen. Wahrscheinlich bekommen Sie Gegenbefehle aus dem Führerhauptquartier. Die sind nicht autorisiert. Niemand außer dem BdE ist autorisiert, Befehle zu erteilen. Haben Sie verstanden? Jawohl, das Reich ist in Gefahr. Wie immer in Stunden der höchsten Not hat jetzt der Soldat die vollziehende Gewalt. Ja, Witzleben ist zum Oberbefehlshaber ernannt. Es ist nur eine formelle Ernennung. Besetzen Sie alle Nachrichtenstellen! Heil!«

John unterbrach ihn so heftig, als wäre er noch zu retten: »Beck hat sich bereits erschossen. Hitlertreue Offiziere wollen Sie, Haeften und Merz von Quirnheim verhaften!«

Stauffenberg lachte ihn aus: »DIE WEHRMACHT WIRD DOCH DEN AUFSTAND NICHT SELBST NIEDERSCHLAGEN!«

Da sah John, daß Stauffenberg weinte. Er ging zu ihm und umarmte ihn.

»Schwuchteln!« zischte Lucie. »Widerlich!«

Um sieben klingelte das Telefon in der Diele. Lucie ging ran. Im Halbschlaf hörte John ihre Stimme, sie klang erfreut. Dann klopfte Lucie an die Schlafzimmertür. »Es ist Hilde, Kotschenreuthers Tochter. Sie sagt, sie muß nach Frankfurt, zur Uni, deshalb ruft sie so früh an. Sie muß dich dringend sprechen.«

»Ich komme!« sagte John und quälte sich aus dem Bett. Er war schweißnaß, wie immer, wenn er von früher geträumt hatte.

Er gab sich Mühe, ausgeschlafen zu klingen, aber es gelang ihm nicht. »Guten Morgen, Fräulein Hilde!«

Ihre Stimme klang anders als sonst: befreit, zuversichtlich, jung. »Ich hab's getan, ich habe das Zimmer meiner Schwester durchsucht.«

Johns Kreislauf kam in Fahrt. »Und?«

»Nichts!« Es war unüberhörbar: Sie triumphierte. »Sie haben sich getäuscht, Herr John.«

»Sieht so aus.«

»Hören Sie, Herr John. Ich weiß, Sie wollen Ihr Gewissen reinwaschen. Sie wollen uns helfen. Aber wir brauchen Sie nicht. Ich bin Ihnen nicht mehr böse. Ich glaube sogar, mein Vater hat Sie gemocht. Bestimmt sogar. Trotzdem: Wir kommen ohne Sie klar! Wirklich! Lassen Sie uns in Ruhe!«

»Natürlich, Fräulein Kotschenreuther. Trotzdem ... sollten Sie etwas benötigen ...«

»Sie wollten sich um Rentenzahlungen durch Ihr Ministerium kümmern. Haben Sie denn da etwas erreicht? Wir sind finanziell darauf angewiesen, wenn wir zu Ende studieren wollen.«

»Ich habe alles in die Wege geleitet. Sie werden von unserer Versorgungsstelle hören, sobald die Sache genehmigt ist. So was dauert, erfahrungsgemäß.« Das war gelogen, John hatte es einfach vergessen. Sobald er aus Berlin zurück war, mußte er sich darum kümmern.

»Danke!« sagte Hilde Kotschenreuther und legte auf.

John war todmüde, konnte aber nicht mehr einschlafen.

Als er an diesem Morgen im Wohnzimmer den Laden hochzog, kam er auf genau 35 Kurbeldrehungen. Der Laden ruckte nicht, es blieb bei 35. Eine ungerade Zahl. Eine Unglückszahl. John hatte Kopfschmerzen.

29. KAPITEL

Nach einer Woche meldete sich ein Legationsrat Bieringer telefonisch bei Arthur Trudeau. Er fragte im Auftrag des Gesandten sehr höflich an, ob der Generalmajor in der Lage sei, in zwei Stunden in die Deutsche Vertretung zu kommen. Es habe sich kurzfristig eine Gelegenheit ergeben, in den Räumen der zukünftigen Botschaft einen Gast zu sprechen, der ein Amt innerhalb der deutschen Regierung innehatte.

Trudeau, dem die Umstände der improvisierten Besprechung nicht behagten und der auch der Meinung war, die Deutschen hätten neun Jahre nach dem verlorenen Krieg keinen Grund, sich einem US-Militär seines Ranges gegenüber so herrisch aufzuführen, sagte mürrisch zu. Als ihm aber der eilfertige Legationsrat Anweisungen seine Garderobe betreffend gab, fiel Trudeau in den Ton zurück, der ihm so viele Feinde in Washington gemacht hatte. »Hören Sie, Herr Legationsrat, ich bin Chef des Geheimdienstes der US-Army und habe den Rang eines Generalmajors inne. Ich bin nicht gewöhnt, daß irgend jemand – nicht einmal der amerikanische Präsident – mir Ratschläge oder Anweisungen gibt, wie ich mich anzuziehen habe!«

Legationsrat Bieringer reagierte unbeeindruckt: Natürlich habe er den Generalmajor nicht bevormunden wollen, er habe ihm nur einen freundschaftlichen Tip geben wollen.

»Ich war von 1948 bis 1950 kommandierender General der *First Constabulary Brigade* in Westdeutschland. Damals habe ich Nazi-Kriegsverbrecher gejagt und nebenbei Ihnen, Herr Bieringer, die Bolschewiken vom Hals gehalten. Die waren nämlich unheimlich heiß darauf, Ihresgleichen den Arsch bis zum Haaransatz aufzureißen. Glauben Sie, ich habe mich damals um die Etikette gekümmert?!«

»Also in zwei Stunden! Man wird Sie erwarten«, sagte der Legationsrat heiser und legte auf.

Es war keine Zeit mehr, den Fahrer vom Armeestützpunkt zum Apartment kommen zu lassen. Zudem traute er dem Sergeant nicht. Er hatte, seit der Mann ihn fuhr, das Gefühl, beobachtet zu werden.

Trudeau duschte, zog seine Ausgehuniform mit den Tapferkeitsorden aus Frankreich und dem Koreakrieg an und rief ein Taxi. Es war halb fünf Uhr nachmittags, und bald würde der Berufsverkehr beginnen. Für die Fahrt von Trudeaus Washingtoner Wohnung zur deutschen Gesandtschaft würde er etwa vierzig Minuten benötigen.

Trudeau saß schon im Taxi, als ihm einfiel, daß er etwas vergessen hatte. Er bat den Fahrer zu warten und fuhr noch mal hoch in sein Apartment, um Elands Dokumente aus dem Versteck in der Klimaanlage zu holen. Beim Abschrauben der Weißblechabdeckung verletzte er sich den Daumen. Er mußte ins Bad, um ein Pflaster auf die Wunde zu kleben. Als er nach zehn Minuten wieder im Aufzug war und auf seine Armbanduhr schaute, wußte er, daß er zu spät kommen würde.

Trudeau bot dem Taxifahrer – einem hünenhaften Schwarzen – fünf Dollar extra an, wenn er sich nicht an Geschwindigkeitsbegrenzungen hielt. Der Schwarze wandte sich um, schaute auf die Orden auf der Brust des schmächtigen Trudeau und sagte: »Sind Sie 'n General oder so was?«

»Ja!«

»Können Sie die Stadtverwaltung davon abbringen, mir meine Taxilizenz zu entziehen, falls wir mit der Raserei auffallen?«

Trudeau wollte etwas sagen – aber der Fahrer hob den rechten Zeigefinger und sagte: »Und jetzt keinen Scheiß erzählen, ja! Ich mein's ernst!«

»Ich habe gesagt, Sie bekommen einen Fünfer extra!«

»Davon bekomme ich meine Lizenz nich' wieder, General.«

»Nun fahren Sie schon los!«

Der Fahrer gab Gas, aber das Riesenschiff schien sich nicht zu bewegen. Der Fahrer kurbelte die Scheibe herunter und putzte mit einem Tuch den Außenspiegel. Erst dann scherte er vorsichtig in den träge vorbeifließenden Verkehr der Massachusetts Avenue ein.

Sie waren jetzt auf dem Thomas-Circle, dem Hauptnadelör des Verkehrs in der Stadtmitte. Das Taxi fädelte sich diesmal schneller ein. Der Verkehr in der Mitte floß zügig in Richtung Old St. John's Church. Der Fahrer aber blieb stur auf der äußersten rechten Spur.

»Hier dürfen Sie 40 Meilen schnell fahren!« drängte Trudeau.

Der Fahrer wandte sich wieder um. »Mehr gibt die Kiste nicht her, die is' nicht flotter als so 'n Panzer. Aber was erzähl ich Ihnen, Sie sind ja vom Fach!«

Trudeau atmete auf und schwieg.

»Eins ist sicher, man kommt mit so 'nem Panzer sicher zum Ziel. Nichts hält einen auf. Nichts.«

Trudeau schaute auf die Uhr. In fünf Minuten mußte er bei den Deutschen sein.

Hinter dem Wagen gab es ein Hupkonzert. »An der nächsten Ampel steig' ich aus und schlag dem Typen die Zähne innen Magen rein!« sagte der Fahrer, der den Rückspiegel nicht mehr aus den Augen ließ.

Die Ampel in der Vermont Avenue sprang auf Rot. »So!« schimpfte der Schwarze. »Jetzt isses soweit. Jetzt können Se erleben, wie sich so 'n Eierkopp auf'm Heimweg in die Hose kackt!«

Er bremste und öffnete die Tür. Trudeau schoß nach vorne. »Ich habe Ihre Taxi-Nummer. Wenn Sie jetzt aussteigen, rufe ich heute noch die Stadtverwaltung an und erzähle denen, daß Sie sich Schlägereien auf der Vermont-Avenue liefern, während Sie einen Fahrgast haben!«

Der Fahrer dachte nach. Die Ampel sprang auf Grün. Es wurde wieder gehupt.

»Also – was ist jetzt, Kumpel?!«

Der Fahrer zog die Tür zu und gab Gas. Während der Wagen federnd die Kreuzung überquerte, wandte er sich seinem Fahrgast zu: »Damit wir uns verstehen: Ich bin nicht Ihr Scheiß-Kumpel!«

»Damit kann ich leben«, sagte Trudeau.

Der Fahrer kochte vor Wut. Deshalb fuhr er jetzt schneller. Er raste. Trudeau sah, daß andere Fahrer, die von rechts kamen, in die Bremsen gehen mußten. Sobald sie an einer Streife vorbeikamen, war der Taxifahrer geliefert.

»Was Sie jetzt tun – das ist auch nicht in Ordnung«, mahnte Trudeau vorsichtig. »Das wissen Sie hoffentlich!«

»Was bekommt man eigentlich, wenn man so 'nem General eine in die Schnauze haut?«

Trudeau beschloß, seinen Mund zu halten.

Als sie vor der Botschaft hielten, war Trudeau fünfzehn Minuten über der Zeit. Er zahlte den angegebenen Fahrpreis, Trinkgeld gab er nicht.

»Was ist mit dem Fünfer?« fragte der Fahrer.

»Den können Sie sich morgen in der Kaserne abholen!« sagte Trudeau und schlug die Tür zu. Dann aber überlegte er es sich noch mal, riß den Wagenschlag des anfahrenden Wagens auf und steckte dem Fahrer den Fünfdollarschein zu. Der Schwarze lachte breit, bevor er davonschoß.

Bieringer war klein und flink und schwitzte vor Aufregung. Er kam Trudeau in der Haupthalle entgegen. »Wo bleiben Sie denn?«

Trudeau zeigte der Wache seinen Army-Ausweis, der Uniformierte salutierte.

Bieringer faßte Trudeaus Ärmel. »Sie ahnen ja gar nicht, was hier los ist.«

Trudeau machte sich mit einem Ruck los, der Legationsrat errötete.

»Der Sicherheitsdienst muß in Ihre Tasche sehen, Herr Generalmajor!« erklärte er und winkte den Uniformierten heran. Der Mann war gehemmt, er merkte Trudeaus Haltung an, daß er die Tasche nicht aus der Hand geben würde. Der Generalmajor öffnete sie ungehalten, hielt sie dem Uniformierten unter die Nase, und der nickte bloß und war heilfroh, als der Legationsrat den Gast eilig wegführte.

»Wie konnten Sie sich bloß derart verspäten? Ich sagte doch, ein hochrangiger Gast mit Amt in der deutschen Regierung ...«

»Es war der Berufsverkehr«, erklärte Trudeau gelassen und wollte die Treppe hoch in den ersten Stock, wo, wie er von früheren Besuchen wußte, die Amtsräume des Geschäftsträgers lagen.

»Nein, nicht hoch!« hielt ihn Bieringer auf. Er wies auf eine Tür in der Ecke des Foyers.

»In die Besenkammer?« fragte Trudeau scherzhaft.

Bieringer schüttelte den Kopf. Er empfand die Amerikaner – bis in hohe Regierungsämter hinein – schon lange als eine Zumutung. Schon zweimal hatte er in Bonn einen Versetzungsantrag gestellt, aber solange die Bundesrepublik ihre volle Souveränität nicht erlangt hatte, ruhten alle Anträge. Erst im März des nächsten Jahres, wenn der große Tag anbrach, auf den alle warteten, drehte sich das Karussell. Bieringer hoffte insgeheim auf eine Versetzung nach Rom oder Paris, sogar Den Haag wäre ihm recht gewesen oder Kopenhagen, aber um Gottes willen weg von Washington und diesen stoffeligen Cowboys. Bieringer wußte, daß sie in den Botschaften der europäischen Hauptstädte darauf warteten: Alle wollten nach Washington, denn Washington galt als die wichtigste deutsche Gesandtschaft, wenn Adenauer seine Westintegration durchsetzte.

Bieringer öffnete die Tür. »Bitte! Gehen Sie einfach geradeaus! Durch die nächste Tür durch.«

Generalmajor Trudeau zögerte, dann trat er den Weg an. Bieringer schloß die Tür hinter ihm.

Es war dunkel in dem kleinen Flur. Trudeau stockte. Was ging vor? Wollte dieses Würstchen ihn etwa einschließen? Trudeau packte die Wut, er marschierte auf den schwachen Lichtstrahl am Ende des Flures zu. Trudeau tastete nach der Klinke. Die Tür war unverschlossen. Tageslicht drang herein, Trudeau schloß instinktiv die Augen.

Die Tür führte in den Garten der Botschaft. Es handelte sich um einen Steingarten mit niedrigen Ganzjahressträuchern. In der Mitte des Gartens plätscherte etwas Wasser, der Rinnsal umgab eine Betoninsel mit einer Bank, die Bank war von einem grünlackierten Gitter umgeben, an dem sich Pflanzen hochschlängeln sollten, es aber nicht taten. Auf der Bank saß ein Mann. Er erhob sich, als er Trudeau auf sich zukommen sah.

Der Mann war sehr groß und schlank. Er trug weite Hosen mit einer messerscharfen Bügelfalte und mit einem Bund, der ihm bis weit über die Gürtellinie reichte. Der Mann hatte seine Jacke ausgezogen. Er trug eine schwarze Krawatte und ein weißes Hemd mit Manschettenknöpfen, die so groß waren, daß sie Trudeau selbst auf diese Entfernung hin auffielen. Der Mann hatte einen großen und kantigen Schädel. Er winkte Trudeau zu. Der Generalmajor glaubte, den Mann zu kennen. Er betrat über einen schmalen Holzsteg die Insel.

Nun wußte Trudeau, wer ihm gegenüberstand: Konrad Adenauer.

Der Bundeskanzler reichte ihm die Hand. Sie war kalt und knochig. Trudeau sah das faltige Ledergesicht des Alten, das nichts über dessen Gefühle verriet. Kein bemühtes Lächeln, nur ein undeutliches Zucken. Aber an den großen, dunklen Augen hinter den Schildkrötenhäuten erkannte Trudeau, daß der Mann hellwach war und sehr genau beobachtete – trotz der Asymmetrie im Blick des Kanzlers; seine linke Pupille schien etwas nach oben wegzurutschen.

Adenauer sprach deutsch. »Sie wollen mit mir reden, Herr Generalmajor.«

Trudeau war perplex. Nicht nur weil er nicht mit Adenauer gerechnet hatte, auch weil die Gegenwart des alten Mannes ihn eigenartig bedrückte. Es war ihm unmöglich, den simplen, direkten, lauten Ton anzuschlagen, mit dem er die Menschen normalerweise kleinhielt. Sogar bei seinen Vorgesetzten gelang ihm das, aber bei Adenauer versagte er.

Trudeau stammelte in seinem groben Deutsch: »Ich wußte ja nicht ... ich wußte gar nicht, daß Sie sich in Washington aufhalten ...«

»Ein informeller Gesprächsbesuch für nur wenige Stunden. Aus aktuellen Gründen – ohne daß die Öffentlichkeit etwas davon erfährt. Wegen den Franzosen. Sie wissen ja, wie mißtrauisch die derzeit sind. Wie Sie sich vielleicht denken können, geht es mal wieder um militärische Fragen.«

»Ja, natürlich, das denke ich mir.«

»Und als man mir sagte, daß Sie unseren Botschafter in dieser Angelegenheit angefragt haben, dachte ich, die Gelegenheit kann ich mir nicht entgehen lassen, nicht wahr?«

»Das ehrt mich. Es ist nur so, die Informationen, die ich habe ... sie sind eher für nachgeordnete Stellen bestimmt.«

»Wissen Se, wenn es um die Sicherheit meines Landes geht, ist alles Chefsache, Herr Generalmajor. Also, was haben Se!?«

Trudeau dachte daran, was John ihm gesagt hatte: daß Gehlen und Adenauer an einem Strang zogen. Aber John war Trudeau etwas überspannt erschienen, er stand mit dem Rücken zur Wand, war der zukünftige Verlierer beim deutschen Endspurt. Solche Leute knallten leicht durch, sie sahen Gespenster und fühlten sich überall von Feinden umgeben.

Auf John sollte ich nicht hören, sagte sich Trudeau. Er wollte die Gelegenheit nützen – und was für eine Gelegenheit war das: Er stand dem deutschen Kanzler gegenüber.

»Sicher können Se sich denken, daß ich nich allzuviel Zeit habe«, drängte Adenauer.

»Ja, natürlich, ich mache es kurz.«

»Dann los, Herr Generalmajor!«

»Es geht um die Organisation Gehlen.«

»Sie werden's nicht glauben, aber das hab' ich mir gedacht.«

»Ich habe Beweise dafür, daß Gehlen in der Führung seiner Organisation schwer belastete Nazis beschäftigt.«

»Das ist nichts Neues. Das hört man schon seit Jahren – aber bisher war nichts dran. Sogar unser Nachrichtenmagazin, der ›Spiegel‹, Sie haben sicher davon gehört, der schreibt: *Eines wird der Adenauer auf sein Wort nehmen können, wenn er der Organisation Gehlen die politische Reife bescheinigt: In Gehlens Stab gibt es nicht einen einzigen SD- oder Gestapo-Mann.* Wortwörtlich. Können Se nachlesen. Und wissen Se, was der noch schreibt, der ›Spiegel‹: daß die Vorwürfe gegen Gehlen aus dem Ausland kommen, und daß man im Ausland damit verhindern will, daß es überhaupt einen deutschen Geheimdienst gibt. Wenn Se mich fragen, so weit würde ich nich gehen.«

»Ob man sich auf ein Nachrichtenmagazin verlassen sollte – in so einer wichtigen Angelegenheit?« warf Trudeau vorsichtig ein.

»Wissen Se, in meiner Heimat haben wir einen Krieg und dreizehn Jahre Nationalsozialismus hinter uns. Da ist es einfach verstiegen zu glauben, man kann da eine Verwaltung aufbauen ausschließlich mit Leuten, die zwischen 1933 und 1945 im Ausland waren.«

»Das verstehe ich, Herr Bundeskanzler. Aber hier geht es um ehemalige Gestapo-Leute und Kriegsverbrecher. Und das ist längst nicht alles. Diese Nazis bei Gehlen – sie sind erpreßbar, und sie sind nicht loyal.«

»Wie kommen Se denn auf so was?«

»Herr Bundeskanzler, wenn Ihr Land Gehlen und seine Organisation als staatlichen Nachrichtendienst übernimmt, werden alle NATO-Informationen direkt nach Moskau gehen. Die Nazis bei Gehlen arbeiten alle für Ostberlin.«

Der Alte starrte ihn an, aber seine harten, bäuerlichen Züge blieben unbeeindruckt. »Das ist allerdings stark. Haben Se denn auch so was wie Beweise, Herr Generalmajor?«

»Ordensdokumente, Abrechnungen usw. von der Staatssicherheit. Ausgestellt für die in Frage kommenden Personen aus Gehlens Haus.«

»Sind die Dokumente in der Tasche da, die Se mit sich rumschleppen wie 'n Nibelungenschatz?«

Das Schlimme war, daß Trudeau in Adenauers Gesicht nichts sah – nichts, sosehr er sich auch abmühte. John fiel ihm wieder ein. John hatte ein Gesicht, in dem man alles sah: Angst, Zurücksetzung, Überarbeitung, Nervosität, Panik und Müdigkeit. Dieser Konrad Adenauer aber sah aus wie sein eigenes Denkmal.

Trudeau wußte, daß es nicht richtig war, Jan Elands Schatz aus der Hand zu geben. Aber er konnte nicht mehr zurück. Was konnte Adenauer mit dem Belastungsmaterial auch anderes machen, als es in Bonn auf den Tisch des Hauses zu legen? Andernfalls würde er spätestens in ein oder zwei Jahren mit Gehlen weggefegt werden – wenn die im Osten die Rechnung aufmachten oder die ersten U-Boote in Pullach hochgingen. Ebenso würde es den Dummköpfen von der CIA ergehen, die alles geduldet hatten. Nur die Großkotze vom CIC würden Recht behalten, wenn alles platzte.

Trudeau haßte den CIC. Deshalb gab er Adenauer Elands Tasche.

Der Alte öffnete sie ohne Eile, entnahm die Dokumente und warf einen Blick darauf.

»Und Sie sind sicher, daß es sich bei diesen Personen um Mitarbeiter Gehlens handelt?« fragte er nach einer Weile.

»Ganz sicher, Herr Bundeskanzler, sie arbeiten fast alle in Gehlens Büro in der Stuttgarter Verastraße.«

Der Alte zog die Augenbrauen hoch. »Woher haben Sie das Material, Herr Generalmajor?«

»Es stammt von einem niederländischen Agenten, er heißt Jan Eland.«

»Und der hat Ihnen das Zeugs verkauft?«

Trudeau spürte, wie der Alte ihn belauerte, er spürte das Mißtrauen und den Widerwillen.

»Nein. Eland ist tot. Ich habe es von Otto John. Sie kennen ihn sicher. Auch er ist sehr besorgt.«

Adenauer schoß das Blut in den Kopf, die gelbliche Gesichtshaut bekam einen kränklichen Schatten. Es dauerte eine Sekunde, dann hatte er sich wieder unter Kontrolle. »Ich danke Ihnen, Herr Generalmajor.«

Damit war Trudeau entlassen, einen Händedruck bekam er zum Abschied nicht.

Der Generalmajor wußte, daß es ein Fehler gewesen war, John zu erwähnen. Damit hatte er die Angelegenheit kleiner gemacht, als sie war. Ein Mann wie John fiel überall unangenehm auf. Aber Elands Material war so massiv, daß selbst ein Störfaktor wie der hysterische Kölner Verfassungsschutzchef dem Erfolg der Aktion nicht mehr abträglich sein konnte.

Eigentlich habe ich keine andere Wahl gehabt, sagte sich Trudeau später. Immerhin hatte er dem Kanzler ja offenbart, was die Tasche des toten Jan Eland enthielt. Es wäre töricht gewesen, die Beweismittel dann noch zurückzuhalten. Nun ging alles seinen Gang.

Wenn man es realistisch betrachtete, waren die Tage Gehlens und seiner roten Wanzen gezählt, sagte sich Generalmajor Trudeau, als er über die Vermont Avenue nach Hause fuhr.

30. KAPITEL

Der nachmittägliche Spaziergang durch den Garten des Palais Schaumburg hatte zwei Phasen.

Die erste verlief schweigend und führte bis zur hängenden Birke an der dem Rhein zugewandten Seite des Grundstückes. Dort rastete der Kanzler ein paar Sekunden mit geschlossenen Augen im Schatten des Baumes. Die zweite Phase bestand aus dem Rückweg zur Terrasse, wo im Sommer der Tee und das Mürbegebäck aufgetragen wurden. Diese Phase absolvierte Adenauer monologisierend oder im Gespräch mit seinen Begleitern, meistens einer kleinen Runde von Staatssekretären und Referenten unter Globkes Führung.

Unter den Ministern galt diese Nachmittagsrunde als Adenauers persönliches Schattenkabinett. Der Alte hatte die unangenehme Eigenart, an seinen Ministern vorbei in die Riege der Staatssekretäre hineinzuregieren. Das hatte für den Kanzler den Vorteil, daß diese sich gebauchpinselt fühlten und sich in Konfliktsituationen eher an Adenauer hielten als an ihre Minister.

Sie rasteten still unter der Birke. »Wie steht's eigentlich mit John?« fragte Adenauer, als er die Augen öffnete.

»Tjjja!« antwortete Globke. »Gehlen sagt, es ist nicht einfach mit ihm. Er wehrt sich wie ein waidwundes Tier.«

»Dieser Gehlen ist ein Rindvieh, wissen Se das, Globke. Hoffentlich vertun wir uns da nicht mit dem Kerl. Wenn er uns nicht mal diesen John vom Hals halten kann.«

»Ich glaube, das Problem löst sich von selbst«, sagte der Staatssekretär aus dem Innenministerium, der das kühle Verhältnis zwischen dem Kanzler und dem Innenminister sehr wohl kannte. »Wir hatten kürzlich eine Krisensitzung. Es sind Vorwürfe aufgetaucht, er habe für die Gestapo gearbeitet. Schröder sagte zwar, die Vorwürfe seien mit Vorsicht zu behandeln, weil sie wohl *directement* aus dem Osten kämen, aber ...«

`··` »Wenn die Sache sich verifiziert, sagen wir, die Briten haben ihn uns als Kuckucksei ins Nest gelegt«, erklärte Staatssekretär Lenz. »Wir haben ja immer vor ihm gewarnt. Aber wenn Sie mich fragen: Ich halte diese Vorwürfe für aus der Luft gegriffen. Ich kenne John schon lange, der war immer so'n verschreckter Dandy. Den kotzten die Nazis an, weil sie keinen Stil hatten und ihn nicht in der Weltgeschichte rumreisen ließen ...«

Adenauer lachte böse auf. »John ein Gestapo-Mann? Das nenn' ich Ironie.« Er wurde schlagartig wieder ernst. »Herr Globke, ich habe eine große Bitte. In Washington hat mir der Generalmajor Trudeau vom militärischen Geheimdienst der Army einen Bündel Papiere übergeben. Sie kennen ja diese Militärs. Sie wissen ja, wie das ist, wenn se sich wichtig tun. Dennoch können wir uns in der momentanen Situation nicht erlauben, die Amerikaner zu verärgern. Vor allem nicht einen hohen Militär. Wenn es um unsere NATO-Mitgliedschaft geht, sind wir auch auf den letzten Hansel angewiesen. Und das fehlte ja nun wirklich noch, daß uns in Washington Sand ins Getriebe gestreut wird.«

»Um welche Papiere handelt es sich?«

»Das übliche. Vorwürfe gegen Gehlen. Daß er Nazi-Leute beschäftigt ... und jetzt auch noch, daß die Nazis in Pullach gleichzeitig Agenten von drüben sind und so weiter und so fort ...«

»Das klingt aber sehr nach unserem Freund John.«

»Genau aus der Ecke kommt's.« Adenauer wurde zornig, und die Staatssekretäre blieben geflissentlich ein paar Schritte hinter dem Kanzler, Globke und Lenz zurück. Globke und Lenz, die konnten so ein Gewitter vertragen. Die jungen, zukünftigen Minister mit ihren blassen, eingefallenen Gesichtern noch nicht.

»Ich erwarte jetzt folgendes Kunststück von Ihnen, Herr Globke: Treten Se dem Gehlen auf die Finger, daß er endlich was unternimmt! Sagen Se dem famosen Spionage-General: Wenn sich weiter nix tut, dann müssen wir uns das ernstlich noch mal überlegen mit seiner Weiterbeschäftigung. Das meine ich ernst!«

»Ich weiß nicht, ob ich da nicht zuviel sage, aber so wie ich die Sache sehe, sind die Tage unseres Herrn John gezählt. Gehlen ist langsam, das stimmt. Aber wenn's um seine politische Zukunft geht, weiß der Herr sehr genau, was ihm guttut.«

»Das hoffe ich für ihn!« zischte Adenauer. »Mir reicht's jetzt endgültig. Mit John – und mit diesem Gehlen.«

Globke, der wußte, daß das gegen ihn ging, schwieg lieber.

»Ob das so klug ist, Johns Schicksal in die Hände von Gehlen zu legen«, gab Lenz, dem John insgeheim leid tat, zu bedenken. Der Verfassungsschutzpräsident war ein harmloser Idealist, der hatte doch keinem was getan, warum waren sie bloß alle hinter ihm her?

Adenauer ging nicht darauf ein. Er wirkte, seit er aus den Staaten zurück war, noch ungeduldiger und verschrobener als sonst. »Was aber diese Dokumente angeht, das klingt ernst, Globke. Ich will, daß da was passiert, eine Untersuchung auf jeden Fall.«

»In Pullach?«

»Ja!«

»Aber so was könnte nur ... der Verfassungsschutz durchführen.«

»Na, das fehlte gerade noch. Den John lassen wir da am besten ganz aus dem Spiel.«

»Wir könnten übers Innenministerium das BKA anweisen«, schlug der junge Staatssekretär aus dem Innenministerium vor, der etwas aufgeholt hatte. Dabei wußte er, daß sein Dienstherr das gar nicht gern sehen würde. Schröder mochte es nicht, wenn Staatssekretäre außerhalb des Hauses viel Staub aufwirbelten; der einzige, der das durfte, war der Innenminister selbst.

»Das kommt auch nicht in Frage!« wehrte Adenauer unwillig ab. »Nee, nee, der Gehlen, der wird doch immer noch voll von den Amerikanern bezahlt?«

»Bis zur Übernahme werden alle Pullacher Kosten von der CIA getragen«, erklärte Globke.

»Na also. Und denen dürfen wir natürlich nicht ins Handwerk pfuschen. Soweit ich weiß, gibt's doch 'n amerikanisches Überwachungsgremium in Pullach?«

Globke verstand langsam, worauf der Alte hinauswollte. Klüger konnte man es wirklich nicht anstellen. Aber den Dummen spielen, das konnte er auch: »Aber Sie sagten doch, der amerikanische Geheimdienst hat Ihnen das Material übergeben, Herr Kanzler.«

»Das war dieser Trudeau oder wie der heißt. Der war aber von der Army. Ob die CIA überhaupt weiß, was die da treiben – bei der Army? Was meinense, Globke?«

Globke nickte bedächtig. »Sie haben recht, das sind wir unseren Freunden schuldig. Wir sollten sie an unseren Informationen teilhaben lassen – und vor allem verhindern, daß der CIA-Schützling Gehlen irgendwie ins Gerede kommt, ohne daß die CIA darüber Bescheid weiß.«

Entgegen seiner Gewohnheit blieb Adenauer auf dem Rückweg zur Terrasse stehen. »Ich sehe, wir verstehen uns, Herr Globke.«

Globke lächelte weise. Lenz, der gerne noch etwas zu diesem Thema gesagt hätte, wußte, daß es jetzt keinen Sinn mehr hatte. Der junge Staatssekretär aber verstand überhaupt nichts und beschloß, sich in Zukunft bei kniffligen Fragen wieder etwas enger an seinen Minister Schröder zu halten.

Globke inspizierte die Dokumente, die Adenauer ihm übergeben hatte. Das sah wirklich ernst aus – falls es sich bei den Personen um Mitarbeiter Gehlens handelte. Wer aber Mitarbeiter Gehlens war, das wußte nur Gehlen selbst, das wußte weder das Kanzleramt noch die CIA, da war Gehlen eigen.

Globke hatte dem General schon oft geraten, dem Drängen der Amerikaner, ihnen Einblick in seine Personalkartei zu gewähren, nachzugeben. James Critchfield oder Herr Marshall, wie sein Deckname lautete, der Chef des CIA-Verbindungsteams in Pullach, war ein vertrauenswürdiger Mann. Gehlen aber war stur dabei geblieben: Hinter vorgehaltener Hand hatte er Globke erklärt, solange die Amerikaner ihm den Zugang zum *Berliner Document Center* verweigerten, würden sie auch keinen einzigen Namen aus seiner Personalkartei erfahren.

Globke kannte Gehlen: Er wußte, daß das *Berliner Document*

Center ihn nicht wirklich interessierte. Mit der Sicherheit in Gehlens Organisation war es, wie spektakuläre Reinfälle in der DDR gezeigt hatten, nicht weit her. Deshalb weigerte er sich, den Amerikanern tieferen Einblick in seine Organisation zu gewähren.

Gehlen war in Wirklichkeit nicht der brillante Geheimdienstmann, für den er von vielen gehalten wurde. Gehlen war ein politischer Kopf, er war ein hellwacher Gegner der Sowjets, einer, der wußte, daß Deutschland nur eine Chance an der Seite eines starken westlichen Partners hatte. Gehlen hielt wenig von den Briten und noch weniger von den Franzosen, aber er wußte, daß es ohne die Amerikaner nicht ging, wenn Deutschland bald wieder eine eigenständige Politik machen wollte. Das war haargenau die Position, die Adenauer und sein Staatssekretär seit Jahren vertraten.

Diese Position war in Deutschland nicht gerade populär. Daß die SPD dagegenhielt, war nur natürlich, aber auch in der CDU gab es Widerstände. Viele Parteifreunde glaubten immer noch an die Möglichkeit eines Ausgleichs mit der Sowjetunion – ohne die Drohung mit dem transatlantischen Bündnis. Ein ungebundenes Deutschland könnte vielleicht wiedervereinigt werden.

Das war – angesichts der aggressiven Politik der Sowjets – ein naiver Traum. Das war sogar gefährlich, fand Globke, Deutschland konnte bei diesem Vabanque-Spiel auf der Strecke bleiben.

Adenauer und Globke kämpften um jeden Mann, der ihrer Meinung war. Gehlen war eine sinistre Figur, ein Abenteurer und Opportunist, aber er lag politisch wie kaum ein anderer auf der Linie des Kanzlers und seines Staatssekretärs. Deshalb wollten sie ihn als künftigen Geheimdienstchef, ihn und keinen anderen, auch wenn er – aus der Sicht der Branche – die schlechteste Wahl war.

Gehlen wußte das. Globke hatte oft mit ihm darüber gesprochen. Aber er wußte auch, daß er, wenn er denn der Kronprinz bleiben wollte, Rücksichten nehmen mußte. Es waren die Rücksichten, zu denen auch Adenauer gezwungen war: Wenn man in Deutschland ernst genommen werden wollte, durfte man zwar für die Anlehnung an die Vereinigten Staaten eintreten, aber man durfte um Gottes willen nicht als Marionette der Besatzungsmacht dastehen.

Also spielte Gehlen sein Spiel mit der CIA. Er nahm ihr Geld, lieferte sich aber mit den Amerikanern in Pullach einen bürokratischen Kleinkrieg, der, wenn er seinen Zweck erfüllen sollte, nicht spektakulär und laut genug sein konnte. Damit jeder in Deutschland erfuhr, wie sehr sich der General Gehlen gegen die Anweisungen der Kontrolloffiziere sperrte. Seine Weigerung, die Amerikaner in die Personalliste schauen zu lassen, war eine der theatralischsten und zugkräftigsten Aktionen Gehlens.

Falls Gehlen allerdings wirklich Nazis unterhielt, die im Dienst Ostberlins standen, dann war ihm nicht mehr zu helfen. Sollten die Amerikaner sich also damit herumschlagen. So dachte Globke, als er Jan Elands Tasche per Kurier zum CIA-Büro nach Pullach schickte.

Sobald es Critchfield alias Marshall gelungen war, die Identität eines Agenten zu ermitteln, ging er folgendermaßen vor: Er überprüfte die betreffende Person erst einmal anhand der ihm vorliegenden Akten. Das ergab jedoch nur Verwertbares, wenn die Person der CIA sowieso schon bekannt oder im Mitgliederverzeichnis der NSDAP aufgeführt war.

Als nächsten Schritt suchte er den Namen des Agenten in den sogenannten »Bughouse«-Akten des OSS, des amerikanischen Geheimdienstes, der während des Krieges in Europa operiert hatte. Die »Bughouse«-Akten waren im August 1944 vom OSS in Bukarest sichergestellt worden. Es handelte sich um eine umfangreiche Kartei, die Heydrichs SD für das ehemalige deutsche Außenministerium zusammengestellt hatte. Bei den Nürnberger Prozessen hatten diese Akten der Anklage wertvolle Hilfe geleistet.

Als letzte Möglichkeit blieb Critchfield dann noch der sogenannte »Primer«, eine Liste des britischen Geheimdienstes mit Tausenden von Namen belasteter Nazi-Agenten.

James Critchfield, der jüngste Colonel in der US-Armee, hatte im Mai 1945 zusammen mit anderen Offizieren die Kapitulation der 1. Armee in deren Kufsteiner Hauptquartier entgegengenommen. Er war in einem Jeep mit weißer Fahne vor dem Gebäude vorgefahren und von Feldjägern zu einem Tisch mit sechs ranghohen deutschen Offizieren geführt worden. Mit fünf von diesen sechs Männern hatte er, seit er wieder in Deutschland war, fast täglich zu tun: in Gehlens Pullacher Organisation.

Eigentlich war Critchfield nach München geschickt worden, um eine deutsche Operationsbasis gegen die Sowjets aufzubauen. Bei seinem Abschied hatte ihm der CIA-Chef Dulles jedoch erklärt, er werde voraussichtlich viel freie Zeit haben und solle ab und an mal in Pullach nachsehen, was dieser Gehlen so trieb. Erst viel später hatte Critchfield erfahren, daß sich alle anderen, die mit diesem Auftrag betraut worden waren, gedrückt hatten – aus Angst, allzugroße Nähe zu dem deutschen Exgeneral und dessen obskurem Geheimdienst könnte sich für den weiteren Aufstieg in der CIA als hinderlich erweisen.

In Deutschland hatte sich Critchfield schnell eine Meinung gebildet: Soweit er das überprüfen konnte, beschäftigte Gehlen bereits 1948 4000 Leute. Niemand hatte geahnt, daß Gehlen sich so schnell vergrößern würde. Der Zeitpunkt, bis zu dem die Organisation noch aufzuteilen und amerikanischen Diensten unterzuordnen war, war längst überschritten – ganz abgesehen davon, daß der eigensinnige General nach Critchfields Erfahrung so nicht mit sich umspringen lassen würde. Es gab also nur zwei Möglichkeiten: die Organisation radikal zu zerschlagen oder sie weiter wachsen zu lassen – allerdings unter amerikanischer Kontrolle.

Critchfield hatte folgende Beurteilung nach Washington übermittelt: Da die Bundesrepublik Deutschland über kurz oder lang sowieso einen eigenen Geheimdienst haben wird und Gehlen seinem Land diesen Dienst frei Haus liefert, liegt es im Interesse der USA, Gehlens Dienst erst zu übernehmen, nach ihren Vorstellungen zu formen und ihn dann den Deutschen zu übergeben. In Washington kam dieser Vorschlag so gut an, daß man den verdutzten Critchfield, der eigentlich so schnell wie möglich von Pullach weg wollte, mit dieser Aufgabe betraute.

Critchfield hatte nach und nach seinen Frieden mit Gehlen gemacht. Reinhard Gehlen war – im Gegensatz zu Critchfields Vorgesetzten in der CIA-Zentrale – ein besonnener, umgänglicher Mensch, der selbst im Streit nicht laut wurde, kein Intellektueller, aber wohlerzogen und zivilisiert. Diese Sorte mochte Critchfield – er fand sie in der Heimat selten genug.

Aus Globkes Begleitschreiben entnahm Critchfield, daß es sich bei den Personen, die durch die Dokumente belastet wurden, um Mitarbeiter Gehlens handeln könnte. Die, die in Pullach aus- und ein gingen, waren Critchfield sowieso vertraut. Dann hatte er sich kurz nach seinem Dienstantritt – aus Verärgerung über Gehlens Sturheit – auf seine Möglichkeiten besonnen und ein geheimdienstliches Netz um Gehlens Hauptquartier gespannt. Critchfield hatte seine Leute Besucher überprüfen, externe Treffs observieren, Anforderungen von Reisepapieren, Kostenaufstellungen, Operationsaufträge gegenchecken lassen. So hatte er nach und nach einen bescheidenen Einblick nach unten gewonnen, auf die Ebene, die operierte und die Gehlen so sorgsam deckte.

Critchfield wußte: Was er zutage gefördert hatte, war nur die Spitze des Eisberges. Aber immerhin hatte er einen Grundstock für eine zukünftige Personalkartei, und er stand vor denen zu Hause, die auf sein Scheitern warteten, nicht ganz so hilflos da, wie Gehlen das gerne gesehen hätte.

Das Material, das Globke ihm übergeben hatte, konnte Gehlens Ende bedeuten. Aber er hatte sich nicht sechs Jahre lang die Arbeit mit Gehlen gemacht, um ihm dann den Todesstoß zu versetzen. Wenn das unumgänglich war, dann sollten das doch, bitteschön, die tun, die ihn, den geheimdienstlichen Neuling, auf diese Mission geschickt hatten. Critchfield tat also seine Pflicht – und nicht mehr.

Ohne einen Bericht ging es nicht ab, zumal Staatssekretär Globke in seinem Begleitschreiben darum gebeten hatte, vom Fortgang der Untersuchung in Kenntnis gesetzt zu werden. Critchfield würdigte also die Brisanz der Dokumente. Er wies darauf hin, wie schwer der Schaden wäre, wenn einige oder alle der genannten Personen als U-Boote der Ostberliner Staatssicherheit in die Organisation Gehlen eingeschleust worden sein sollten. Seine Überprüfung habe dafür keinerlei Hinweise erbracht, erklärte Critchfield. Auch sei die Herkunft der Dokumente reichlich unklar. Denkbar wäre durchaus, daß es sich um eine Ostberliner Desinformationskampagne handelte, ein Störmanöver, das Gehlen – so kurz vor seiner Inauguration – in Verruf bringen sollte. Insofern plädiere er, Critchfield, dafür, mit dem Material äußerst vorsichtig umzugehen und nicht voreilig zu handeln.

Das belastende Material steckte er ins nächste Kurierflugzeug nach Washington. Er wollte das Zeug schnellstens loswerden. Danach war die Sache für ihn abgeschlossen, und er hoffte, daß man Gehlen wegen dieser Angelegenheit keine Steine in den Weg legte.

31. KAPITEL

»Das ist das häßlichste Gebäude der Welt!« schimpfte Allen Dulles, als er mit seinem Fahrer den inneren Sicherheitsring passiert hatte. »Wie Menschen in diesem Klotz arbeiten können, ohne verrückt zu werden, ist mir schleierhaft. Dabei ist erwiesen – hören Sie: erwiesen, sage ich – daß das Fünfeck eine magische Wirkung auf die Menschen hat. Früher, im Mittelalter, glaubte man, es hält Dämonen ab. Die Wissenschaft hat längst herausgefunden, daß es genau umgekehrt ist: Das Fünfeck zieht Krankheiten und Depressionen an. Wissen Sie, daß es in staatlichen Nervenheilanstalten keine Fünfecke gibt. Nirgendwo. Aber die Regierung baut ein ganzes Gebäude auf diesen Grundriß, mit dreihundert Meter Seitenlänge – als ob sie es heraufbeschwören wollte ...«

Dulles fuhr ungern nach Arlington. Er sagte oft, dort rieche es nach Verwesung. Und wirklich, wenn der Wind vom Potomac River her ungünstig über den *Arlington National Cemetery* wehte, lag ein eigentümlicher, süßlicher, schwerer Geruch über der Stadt, der aufs Gemüt der Menschen drückte.

»Das sind die Leichen der amerikanischen Geschichte. 160 Hektar nationale Verwesungsmasse seit 1864«, sagte Dulles oft zu seinem Bruder, der wegen der himmlichen Ruhe und dem völligen Fehlen eines Stadtkerns Arlington dem unruhigen Washington als Wohnort vorzog.

Außenminister John Foster Dulles kannte seinen Bruder und dessen Hang zur Wehleidigkeit. Er war immer der Meinung gewesen, Allen hätte die gemeinsame Anwaltspraxis weiterführen sollen, anstatt sich als CIA-Chef verpflichten zu lassen. Seit Allen im Staatsdienst war, war er noch empfindlicher und mürrischer geworden. »Hör mal!« wies der Außenminister den Bruder gerne zurecht. »Was du riechst, ist faules Laub. Da draußen, das ist der schönste

Park unseres Landes – oder sagen wir: der gepflegteste. Die Soldaten, die da liegen, haben eine schöne Heimat gefunden. Glaub mir: Es gibt Tausende, die würden liebend gerne den Heldentod sterben, um ihre Slums mit einer Ruhestätte auf dem *National Cemetery* zu tauschen ...«

»Wenn sie wüßten, wie es hier stinkt, würden sie lieber in ihren Slums bleiben«, entgegnete Allen dann.

Der CIA-Chef war immer schlechter Laune, wenn er nach Arlington mußte. Im Verteidigungsministerium wußte man das – und man stellte sich darauf ein. So empfing der neue Heeresstabschef General Maxwell Taylor persönlich den CIA-Chef Allen Dulles im Foyer des Pentagons und führte ihn in den kleinen, gelben Konferenzsaal, in dem ein Büffet vorbereitet war.

Natürlich hatte man im Pentagon von seiten der CIA nichts zu befürchten: Das Militär war das eine und der Geheimdienst das andere. Aber man wußte sehr wohl, daß Allen Dulles, wenn ihm etwas aufstieß, in Washington einen beträchtlichen Wirbel veranstalten konnte, und daß sein Bruder John Foster, der immer so tat, als sei ihm die Meinung Allens schnuppe, sehr wohl auf den Grieskram vom Geheimdienst hörte.

»Der Hummer ist frisch, heute morgen gefangen«, erklärte Maxwell Taylor, als er sich seinen Dessertteller mit Hummerfleisch vollud.

Dulles starrte ihn entsetzt an. »Wie können Sie das essen?«

Taylor hörte augenblicklich auf zu kauen und schaute auf den Teller, als sei der Hummer verdorben.

Dulles schnupperte. »Riechen Sie's nicht?«

Taylor schüttelte den Kopf. Er wagte weder weiterzukauen noch mit vollem Mund etwas zu sagen.

»Der *National Cemetery* – der Wind steht schlecht.«

Taylor nickte. Jetzt war ihm der Appetit vergangen, er überlegte, was er mit dem Riesenbissen in seinem Mund machen sollte.

Auch das Glas Champagner, das Taylors Adjutant bereithielt, lehnte Dulles mißmutig ab.

»Es geht um folgendes«, begann er, als der Adjutant sich etwas verschnupft zurückgezogen hatte. »Generalmajor Arthur Trudeau geht eigene Wege.«

»Das ist seine Aufgabe«, wollte Taylor schon sagen, dann aber dachte er an den Hummer in seinem Mund und an die gefürchteten Wutanfälle von Allen Dulles und schwieg – aus Angst, im schlimmsten Fall an Hummerfleisch zu ersticken.

»Ich habe eine große Bitte an Sie, Herr Stabschef!«

Taylor nickte eifrig. Bitten von Zivilisten erfüllte er immer gerne – wenn sie sich aus militärischen Angelegenheiten heraushielten und nur baten, anstatt zu verlangen.

»Vielleicht könnte irgend jemand aus Ihrem Haus ... vielleicht sogar Sie selbst, falls es Ihre Zeit erlaubt ... vielleicht könnte irgend jemand diesen Trudeau einmal fragen, wie er dazu kommt, eigenmächtig Material aus der Aufklärungsarbeit an sich zu nehmen ... Material, das von der CIA noch nicht ausgewertet worden ist ...«

Taylor hatte den Hummer soweit komprimiert, daß in seiner Mundhöhle etwas Platz entstand, Platz für drei, vier unkomplizierte Worte. »Aber der Mann ist Chef von G-2.« Das lief gut. Taylor schnappte nach Luft und fuhr dann wohlüberlegt fort: »Und G-2 ist ...«

»Meinetwegen kann er auch der Verteidigungsminister sein! Das gibt ihm noch lange nicht das Recht, der CIA ins Handwerk zu pfuschen – und dann auch noch mit untauglichem Material.«

»Das hat er getan?«

»Nicht nur das. Er hat einen unserer Partner brüskiert. Den General Gehlen, Sie werden ihn kennen ...«

Auch das noch! dachte Taylor. Er wußte, daß Gehlen der Zankapfel zwischen den Diensten war, und er wußte, daß alle militärischen Geheimdienststrategen gegen Gehlen waren, die CIA aber – zumindest in großen Teilen – für ihn. Und was das Schlimmste war: Er spürte, daß das Hummerfleisch in seinem Mund immer trockener wurde und daß ihm die Spucke wegblieb. Trockenes Hummerfleisch würde er nie hinunterschlucken können.

»Aber lassen wir Gehlen! Wir hier in Washington werden uns doch nicht wegen eines deutschen Exgenerals in die Haare bekommen.«

»Genau!« stimmte Taylor freudig zu und sammelte seine letzten Spuckereserven.

»Was allerdings für beträchtlichen Ärger sorgt, ist Trudeaus Eigenmächtigkeit. Anstatt sich nämlich in dieser Sache – Sie wissen schon, die Vorwürfe, die seit Jahren gegen Gehlen erhoben werden – mit den Kollegen der anderen Dienste ins Einvernehmen zu setzen, hat der Generalmajor etwas Ungeheuerliches getan ...«

»Unge ...«

»Etwas geradezu Kriminelles. Es grenzt an Verrat.«

»Verrat?«

»Er hat das unausgewertete Material an einen fremden Staatschef weitergegeben! Ohne uns ein Sterbenswörtchen davon zu sagen. Wissen Sie, was mich am meisten beunruhigt? Was mein Bruder wohl dazu sagen wird – wo ihm dieser Adenauer doch schon seit langem auf der Nase herumtanzt.«

»Das ist ... das ist ... Entschuldigen Sie mich für einen Augenblick!« Taylor verließ eilig den gelben Konferenzsaal.

Ein guter Mann, dachte Dulles, nicht so eigensinnig wie seine Vorgänger – und vor allem sehr sensibel, wenn es um Belange der Geheimdienste geht.

Taylor durchquerte rennend das Foyer. Er schaffte es gerade noch bis zur Pförtnertoilette. Dort spuckte er das zementierte, weiße Hummerfleisch in die Kloschüssel. Als er sich anschließend wusch, roch er es zum ersten Mal, seit er im Pentagon tätig war: Vom *National Cemetery* wehte ein eigentümlicher Duft herüber, süßlich und schwer.

Er nahm sich vor, im Verteidigungsministerium nichts mehr zu essen. Und diesen Trudeau würde er sich so schnell wie möglich vorknöpfen.

32. KAPITEL

John brachte Lucies Koffer in ihr Zimmer – sie schliefen auch im »Hotel Glöckle«, wo sie sich wie zu Hause fühlten, getrennt – als an die Tür geklopft wurde.

Es war der Hausdiener. »Das kam gerade für Sie mit der Post, Herr Doktor!« Ein Brief aus Wiesbaden – ohne Absender. John gab dem Mann ein Trinkgeld und riß den Umschlag auf.

Der Brief kam von Hilde Kotschenreuther. John war perplex. Er wollte den Brief in Ruhe lesen und ging deshalb in sein Zimmer hinüber.

Lieber Dr. John, ich möchte verhindern, daß ein Unrecht geschieht. Deshalb schreibe ich Ihnen nach Berlin. Es ist etwas passiert. Meine Schwester hat bemerkt, daß ich ihr Zimmer nach dem fehlenden Blatt aus Vaters Kladde durchsucht habe. Sie war sehr verärgert und hat mir schlimme Vorwürfe gemacht. Im Verlauf der Auseinandersetzung fielen harsche Worte. Meine Schwester hat mich naiv und ahnungslos genannt – und mir schließlich, mehr aus Verzweiflung und Schmerz als aus Rechthaberei, das Blatt vorgelegt, das sie aus der Kladde geschnitten und in ihren Uni-Heften versteckt gehalten hat.

Lieber Herr Doktor John: Ich habe Ihnen Unrecht getan, Sie sind nicht schuld am Tod meines armen Vaters! Aber dieser Herr Globke, von dem Sie immer reden, kann auch nichts dafür. Ich möchte nicht, daß Sie im guten Glauben Herrn Globke oder sonstwen behelligen. Lassen Sie die Angelegenheit auf sich beruhen! Damit Sie mir auch Glauben schenken, lege ich das letzte Blatt aus Vaters Kladde bei. Bitte, verbrennen Sie es, wenn Sie es gelesen haben. Ihre Hildegard Kotschenreuther.

John zog ein zweites, kleineres Blatt aus dem Umschlag. Er sah sofort, daß es in Kotschenreuthers Kladde gehörte. Am Rand waren noch die Spuren der rostigen Rasierklinge zu sehen. Die Aufzeichnung war undatiert und in unsicherer Handschrift geschrieben.

Mein Leben ist zerstört. Diese Zeilen schreibe ich nur noch aus einem Grund: um die, die ich liebe und die mich jetzt nicht mehr lieben kann, um Verzeihung zu bitten. Meine liebe Tochter, vergib mir! Denke bitte nur einen Moment daran, wie sehr ich habe leiden müssen, seit eure Mutter tot ist! Ich habe unter der Einsamkeit gelitten und unter meiner Sehnsucht nach Trost, nach körperlichem Trost.

Als du gestern unverhofft – ich dachte, du bist unterwegs nach Frankfurt – in mein Zimmer tratest und mich auf dem Bett sahst mit deinem Foto, ist etwas zerbrochen, was sich nicht mehr kitten läßt. Ich weiß, es war furchtbar, den eigenen Vater so zu erleben: sich selbst manipulierend wie ein Schimpanse im Zoo.

Ich schäme mich zu Tode. Dennoch: Behalte mich als Deinen Vater in Erinnerung. Ich trete meine Strafe an in der Hoffnung, daß sie mich in Deinen – in Euren – Augen reinwäscht. Deshalb will ich auch, daß Ihr das ganze Tagebuch lest, vielleicht um mich zu verstehen ... Lebt wohl! Euer Vater. PS: Das Geld, das da ist, hilft euch eine Weile über die Runden. Ansonsten soll Otto John etwas für euch tun, das zumindest ist er mir schuldig.

Deserteur! fuhr es John durch den Kopf. Mieser, kleiner Deserteur! Hängt sich auf, weil seine Tochter ihn beim Onanieren erwischt hat. Mit so einem habe ich mich eingelassen.

Meine Felle schwimmen mir davon, dachte John. Hoffentlich ist Trudeau anders. Hoffentlich weiß Trudeau, was von ihm abhängt.

33. KAPITEL

Arthur Trudeau hatte den neuen Stabschef, den alle für so erfrischend unmilitärisch hielten, noch nicht kennengelernt. Vielleicht sollte er die Gelegenheit beim Schopfe packen und gleich ein Manko zur Sprache bringen, das ihn seit seinem Amtsantritt als G-2-Chef beschäftigte: Der Geheimdienst der Army benötigte dringend eine eigene wissenschaftliche Abteilung.

Um so erstaunter war Trudeau, als General Maxwell Taylor ihn nun doch militärisch streng begrüßte und ihn aufforderte, ihm zu ihrem gemeinsamen Vorgesetzten, dem Armeeminister Wilber Brucker, zu folgen. Als Trudeau auf Bruckers Schreibtisch die Dokumente aus Jan Elands Tasche liegen sah, wußte er, was die Stunde geschlagen hatte.

Brucker erhob sich und erklärte, der CIA-Chef Allen Dulles habe dem Verteidigungsminister Charles Wilson offiziell mitgeteilt, daß er das Vertrauen in ihn, den G-2-Chef Arthur Trudeau, verloren habe. Brucker befahl Trudeau, eine schriftliche Stellungnahme über die Auseinandersetzung um die vorliegenden Dokumente auszufertigen.

Obwohl er nicht gefragt worden war, erklärte Trudeau in militärisch vorschriftsmäßiger Haltung, auch er habe seinerseits das Vertrauen in Allen Dulles und die CIA verloren. Brucker zeigte keine Regung, er entließ Trudeau und Taylor, die auf dem Rückweg in ihre Büros kein Wort miteinander wechselten.

Nur wenige Stunden später wurde Trudeau als Leiter des Geheimdienstes der US-Armee abgelöst. Man teilte ihm mit, daß er auf ein Kommando in den Fernen Osten versetzt werden würde.

John hatte sich gerade etwas hingelegt, als das Telefon klingelte. Es war der Portier, ein Gast wartete im Foyer.

John überraschte das nicht. Wenn er nach Berlin kam, meldeten sich immer Leute, die etwas von ihm wollten. Berlin war seine Vergangenheit, Berlin war nicht Köln, Köln war das Exil, Berlin war die Realität. Er wuchtete den Koffer auf den Beistelltisch, wusch sich das Gesicht, kämmte sich die Haare und stieg die enge Treppe ins Erdgeschoß hinab.

Bannert hatte er nicht erwartet. Der »Spiegel«-Redakteur stellte seine dicke Aktentasche ab und reichte John die Hand. »Ich bin seit Tagen in der Stadt«, begann er. »In einer Stunde geht meine Maschine nach Hamburg. Als ich hörte, daß Sie hier sind ... ich meine, ich wußte natürlich, daß Sie am 20. Juli hier sein würden, wo es doch jetzt zehn Jahre her sind ... also ich dachte: Warum räumen wir das Mißverständnis nicht aus ...«

»Was wollen Sie?!«

»Ich habe nachgedacht. Dieser Streit kürzlich – ich glaube, das war meine Schuld. Ich habe da etwas überreagiert. Und den falschen Ton habe ich auch angeschlagen.«

John war wehrlos, wenn ihm einer seine Backe hinhielt. »Naja, wir werden wohl beide etwas zu sehr aufs Gas gedrückt haben«, erklärte er.

Bannert schaute sich um. »Kann man hier reden?«

John führte ihn zur Sitzecke des Familienhotels. Sie nahmen Platz. Bannert stellte die Aktentasche auf seinen Schoß. Mit seiner Hornbrille und dem akkuraten Scheitel sah er jetzt aus wie eine Buchhalterkarikatur bei Heinrich Spoerl. John hatte sich »Spiegel«-Redakteure immer anders vorgestellt: eleganter, kälter, hanseatischer.

Bannert flüsterte. »Haben Sie was gehört?«

»Gehört? Von wem?«

Bannert schaute sich wieder um. Dann mit geschlossenem Mund: »Von den ... Erpressern!«

John schüttelte den Kopf.

Bannert seufzte: »Dann stecken wir wohl in einer Sackgasse!«

»Ich habe Ihnen doch schon bei unserem Telefongespräch gesagt ...«

»Ja, ich weiß, Sie hatten recht. Ich hoffe nur, die haben den Braten nicht gerochen.«

»Das glaube ich nicht. Warten Sie's ab, die Bombe wird bald platzen. Die Amerikaner sind auch schon dran.«

»Die Amerikaner? Wer?«

»Kann ich Ihnen nicht sagen. Aber selbst die haben endlich gemerkt, daß Gehlen nicht tragbar ist. Sie werden sehr bald in Ihrer Zeitung melden können, daß es ihn nicht mehr gibt.«

»Und Adenauer? Wir wollten doch Adenauer zur Strecke bringen, Herr John!«

»Meine Leute sind Globke hart auf den Fersen. Wenn Globke fällt, ist Adenauer auch dran, Herr Bannert.«

Bannert öffnete seine Tasche. »Ich möchte Ihre Meinung zu etwas hören.« Er entnahm einen dünnen Schnellhefter, ohne die Tasche von den Knien zu nehmen. Der »Spiegel«-Redakteur klappte den Schnellhefter auf, drehte ihn um und hielt ihn John hin: »Lesen Sie!«

John mußte sich über den niedrigen Rauchtisch beugen, denn Bannert machte keine Anstalten, den Schnellhefter aus der Hand zu geben. Es handelte sich um eine Art Protokoll, um eine Verlautbarung, die zwei Unterschriften trug. Bannert zeigte auf die erste der beiden Unterschriften: »Das hier – das ist Staatsanwalt Dorten aus Köln. Von ihm habe ich das Dokument. Er lebt in Paris. Kennen Sie ihn?«

»Nein!«

»Dorten war der Führer einer erfolgreichen Bewegung. Er gehörte zu den Rheinland-Aktivisten.«

»Das waren doch die Leute, die nach dem Ersten Weltkrieg einen Anschluß des Rheinlandes an Frankreich wollten?«

»Dorten war ihr prominentester Wortführer. Als seine Separatismusbewegung zu scheitern drohte, mußte er sich absetzen. Nach Frankreich, wo man ihn mit offenen Armen empfing. Es gab damals eine ziemliche Rangelei zwischen den Alliierten. Die Franzosen waren schon mit Elsaß-Lothringen belohnt worden. Die Briten und die Amerikaner fanden, daß das genügte. Sie achteten mißtrauisch darauf, daß Frankreich sich nicht noch ein größeres Stück vom Kuchen abschnitt. Paris aber wollte die Industriereviere haben, die preußischen Rheinprovinzen. Und es gab nicht wenige Politiker am Rhein und an der Ruhr, die es gern gesehen hätten, wenn ihr Land von dem verhaßten Preußen losgekommen wäre ... Die Franzosen spornte das an. Sie waren sogar bereit, sich das, was sie wollten, mit Waffengewalt zu holen. Das einzige, was sie noch daran hinderte, waren die Briten und die Amerikaner. Die hatten schließlich mindestens ebenso viele Opfer für den Sieg gebracht. Also hielt man sich an die unzufriedenen, anti-preußischen Politiker. Heimlich natürlich, denn die anderen Alliierten sahen solche Allianzen als Verrat an. Dorten hatte die Aufgabe, den einflußreichsten Politiker in der Region zu gewinnen – den Kölner Oberbürgermeister ...«

»Adenauer!«

»Genau, Herr John, und nun schauen Sie auf die zweite Unterschrift!«

Es war die von Konrad Adenauer.

John riß den Schnellhefter an sich. Er überflog die zerschlissene Maschinenschrift: ... *Tagung des Wirtschaftsausschusses im Haus des Bankiers Heinrich von Stein ... unter Vorsitz des Oberbürgermeisters von Köln ... herrschte Einstimmigkeit darüber, daß die Rheinisch-Westfälische Republik kommen müsse ... aber eine militärische Macht notwendig sei ... nur im Einverständnis mit der Entente aufzustellen ... Ostpreußen und Rheinland sind so verschieden wie Ostpreußen und Bayern ... deshalb: Westdeutsche Republik ...*

John schaute auf: »Aber das ist doch ...«

»Hochverrat! Als sich mehr und mehr zeigte, daß Dorten und Co. keine Chance hatten, hat Adenauer sich zurückgezogen. Aber hier ...« Bannert tippte mit dem Zeigefinger mehrmals auf das Papier. »Hier haben wir seine Unterschrift!«

»Und das ... das wollen Sie im ›Spiegel‹ bringen?«

»Nein!«

»Warum zeigen Sie es mir dann?«

Bannert lehnte sich – immer noch die schwere Aktentasche wie einen Schatz auf den Knien – in den Polstersessel zurück. »Wenn wir das bringen, heißt es: Dreckschleuder. Das prallt doch an dem Alten ab. Der wird behaupten, die Unterschrift ist von Dorten gefälscht worden oder etwas ähnliches. Zu einer Auseinandersetzung kommt es erst gar nicht.« Bannert ließ John Zeit zum Nachdenken. »Die eigentlichen Geprellten bei der Sache – das waren doch die Alliierten. Hinter ihrem Rücken wollten die Franzosen mit diesen verrückten Separatisten und dem Preußenhasser Adenauer gemeinsame Sache machen.« Er schoß vor. »Wenn das Dokument in die richtigen Hände käme ... das könnte eine radikale Änderung der Windrichtung bedeuten. Oder glauben Sie, die Amerikaner dulden es, daß ein Mann mit Brimborium in die NATO einzieht, der sie schon einmal hintergangen hat. Und erst die Briten: Stellen Sie sich vor, ein militärischer Bundesgenosse, der sie zusammen mit den Franzosen vom Rhein vertreiben wollte!«

»Die Briten waren noch nie gut auf ihn zu sprechen, sie haben ihn aus Köln verjagt – kurz nach dem Krieg.«

»Sehen Sie, Herr Dr. John – und sie werden ihn auch aus Bonn verjagen, wenn sie das hier sehen. Und wir sind den Alten los. Wir sind auch diese Schnapsidee los, diese Westintegration. Wir sind wieder ein freies Land – und wir können endlich wieder darüber nachdenken, wie es zu einer Wiedervereinigung kommen könnte ...«

»Da ist was dran«, sagte John. »Aber warum kommen Sie damit zu mir?«

»Herr John, Sie haben doch selbst erfahren, wie schwer es für unsereinen ist, mit wirklich wichtigen Leuten in Washington und London zu reden ...«

»Das kann man wohl sagen. Die haben so lange gewartet, bis Hitler fast den gesamten Widerstand aufgehängt hat.«

Bannert riß John den Schnellhefter aus der Hand und hielt ihn hoch. »Was glauben Sie, was damit passiert? Das wird so lange hin- und hergeschoben, bis irgendein Sesselpupser auf die Idee kommt, Bonn zu warnen. Der Alte wird der Sache schnell ein Ende machen.«

Bannert betonte jedes Wort. »Sie ... Herr John! Sie ... haben ... den direkten ... Zugang ... den Zugang ... den wir brauchen!«

John winkte ab. »So schlimm ist es nun auch nicht. Ich kenne halt ein paar Leute ...«

»Die richtigen Leute! Bitte, tun Sie's! Sie wissen, wie's aussieht: Es geht um Tage. Adenauer rast mit Volldampf – erst auf die EVG zu, und wenn das nicht klappt: auf die NATO. Wir müssen etwas tun!«

John war unsicher. Die Sache schien ihm zu umständlich, so weit hergeholt, aber andererseits: Wenn die Amerikaner erfuhren, wozu Adenauer schon einmal fähig war – sich hinter ihrem Rücken gegen sie zu verbünden ... Vielleicht war ja doch noch was zu retten. Und im Grunde lief es bei ihm ja immer so: Nach dem Brief von Kotschenreuthers Tochter sah alles düster aus, und dann ging's doch wieder bergauf. Große Siege waren ihm nicht vergönnt, nur bescheidenes, mühseliges, umständliches Gelingen.

»Ich muß es mir überlegen!«

»Meine Maschine!« drängte Bannert. »Ich muß los! Und ich kann Ihnen das Dokument nur hierlassen, wenn Sie zustimmen.«

John erhob sich, er war nervös. Er vertrug es nicht, unter Zeitdruck gesetzt zu werden. »Können wir nicht noch ein paar Tage warten ... bis ich wieder in Köln bin?«

Auch Bannert sprang auf, die Aktentasche rutschte von seinem Schoß, er konnte sie gerade noch greifen.

»Überlassen Sie mir das Dokument – nur fünf Minuten. Ich will es auf meinem Zimmer in Ruhe studieren!« sagte John entschlossen, er mußte Zeit schinden. Warum setzte ihn Bannert bloß so unter Druck?

Der »Spiegel«-Redakteur überlegte kurz, bog dann die Leichtmetallhefter auf, entnahm das Blatt und reichte es John. »Fünf Minuten, mein Taxi wartet!«

John ging schnell nach oben. Er klopfte an Lucies Tür. Sie hatte sich etwas hingelegt und trug ihre seidene Schlafbrille. John beriet sich niemals mit seiner Frau, wenn es um Politik ging. Wieso er jetzt zu ihr ging, wußte er selbst nicht.

»Was ist denn mit dir los? Ist dir nicht gut?« fragte sie.

John hielt ihr das Papier hin. »Lies!«

Lucie setzte sich aufs Bett. Sie las. John wanderte im Zimmer auf und ab.

»Ist das Adenauers Unterschrift?«

»Ja.«

Sie las weiter.

»Ich versteh's nicht.«

»Er hat im Rheinland mit Separatisten zusammengearbeitet.«

»Oh! Das wird ihm schaden.«

Frauen verstanden eben nichts von Politik. »Lucie, das ist Hochverrat!« fuhr John sie an.

Sie hielt ihm das Papier hin: »Deshalb brauchst du mich doch nicht anzuschreien.«

»Unten wartet einer vom ›Spiegel‹. Ich soll das Papier weitergeben, an die Briten oder an die Amerikaner. Damit die Adenauer ausmustern ... oder zumindest keine Westintegration mit ihm machen.«

»Ah so! Meinst du, das gehört zu deinen Aufgaben als Verfassungsschützer?«

So kam er nicht weiter. Er mußte mit jemandem reden, der etwas davon verstand. Er stürzte zum Zimmertelefon. Er schrie. »Geben Sie mir ... ein Ferngespräch ... geben Sie mir Bonn ... « Er schaute auf seine Armbanduhr, 18 Uhr, vielleicht hatte er Glück. »Das Café Kleimann, in Bonn, würden Sie sich die Nummer vom Fernamt geben lassen. Es eilt!«

Er legte auf.

»Was regt dich denn so auf, Otto?« fragte Lucie besorgt. Sie hätte ihm gerne geholfen, aber sie wußte nicht, wie.

»Irgend etwas ist komisch an der Sache, irgend etwas kommt nicht zusammen.«

Sie lachte hell auf. »Aber, Otto, ich bitt' dich! Dann laß es doch!«

John rieb sich das Gesicht. »Ich kann so eine Chance doch nicht einfach vertun, Lucie! Wer weiß, was dieser Trudeau erreicht ... «

Sie nickte. Er war immer gleich so impulsiv und so verletzend, wenn es um Politik ging.

Das Telefon klingelte. Es war der Portier, er hatte die Nummer und verband. John ließ die Wirtin des Café Kleimann nach Hülstenkamp Ausschau halten. Zehn Sekunden später war der Journalist am Telefon.

John gab sich Mühe, gelassen zu wirken. »Etwas geht mir nicht aus dem Kopf. Dieser Bannert – wir haben doch über die Spendenaffäre gesprochen. Sie erinnern sich, diese Sache im Ruhrgebiet, die Bannert im ›Spiegel‹ aufgedeckt hat. Wie konnte er das wissen? Wie konnte er wissen, daß die Industriellen nun nicht mehr an die FDP, sondern an die CDU zahlen? Sie sagten doch, Spenden sind das große Geheimnis der Parteien.«

Hülstenkamp blies langsam die Luft aus seiner Lunge. Dann sagte er: »Wo sind Sie denn? Sie klingen, als käme der Anruf aus Moskau.«

»Fast. Ich bin in der ›Pension Glöckle‹ im Grunewald. Unten wartet Bannert, er schlägt mir da etwas vor, es geht um Adenauer ... Es ist sehr verlockend.« John flehte ihn an. »Glauben Sie, man kann ihm trauen?«

»Warum nicht? Für Außenstehende sieht es oft so aus, als wären alle Journalisten opportunistisch bis auf die Knochen. Dabei ist das bloß eine gesunde Berufsauffassung.«

»Gut!« sagte John. »Sie haben mir geholfen. Wenn Sie übermorgen in der Zeitung lesen, daß Adenauer gescheitert ist, dann können Sie sich auf die Schulter klopfen!« Er legte auf und erhob sich, in wenigen Sekunden war ein anderer aus ihm geworden: Er zögerte nicht mehr, er drehte die Dinge nicht mehr hin und her, er tat etwas.

Er küßte Lucie auf die Stirn. »Entschuldige, mein Schatz!«

Als er in der Tür war, fragte Lucie mit fremder Stimme: »Was passiert, wenn die Amerikaner oder die Briten dieser Angelegenheit, diesem Seperatismus-Zeugs, weniger Bedeutung beimessen als du?«

John zuckte mit den Achseln. »Keine Ahnung.« Dann war er draußen.

Bannert saß auf glühenden Kohlen, die Knie eng aneinandergepreßt, die Hände über der Aktentasche gefaltet. »Und?«

»Ich mach's!«

Bannert lächelte dünn. »Ich wußte es!«

Das Telefon am Empfang klingelte mehrmals. Niemand ging ran.

Bannert und John reichten sich die Hände. »Wir werden Sie feiern«, sagte Bannert.

John lachte auf. »Das kann ich mir bei Ihrer Zeitung nicht vorstellen!«

»Herr John, Telefon!« rief der Portier.

»Ich muß los!« sagte Bannert. John nickte.

»Ferngespräch, Herr John!« drängte der Portier.

John begleitete Bannert zum Ausgang. Dann nahm er den Hörer entgegen.

Es war Hülstenkamp, er klang aufgeregt. »Ein Schulfreund. Wir sehen uns fast nie. Wissen Sie, er war bei der Gestapo, als Jurist, zuständig für Vergehen gegen das Devisenzwangsbewirtschaftungsgesetz. Er war auf dem Gymnasium immer schlechter als ich, ich habe ihn so halb mit durchgezogen ...«

»Und?! Was ist mit ihm? Ich stehe unten an der Rezeption, und hier zieht's gewaltig.«

»Er ist längst was geworden. Jurist im Landwirtschaftsministerium ...«

John sah durch die Glastür, wie draußen vor dem »Hotel Glöckle« der Taxifahrer ausstieg und Bannert die Tasche abnahm. Er ging damit zum Kofferraum des bauchigen, grauen Mercedes. Bannert schälte sich aus seinem Regenmantel. Dafür, daß sein Flugzeug in Tempelhof wartete, ließ er sich Zeit, er schien mit sich und der Welt zufrieden zu sein.

»Geh zum ›Spiegel‹, sagt er immer. Ein paar Jahre noch – und dann ist das die größte und wichtigste Zeitschrift des Landes. Ich habe ihn ausgelacht. Wenn du dahin willst, mußt du politisch auf Linie sein, stramm da stehen, wo der ›Spiegel‹ steht – gegen die Regierung und so. Wenn du wüßtest, sagt er dann, wer alles beim

›Spiegel‹ arbeitet ... Aber mehr als Andeutungen macht er nie.«

Draußen riß der Taxifahrer sich mit der Rechten seine Mütze vom Kopf und mit der Linken den Schlag des 190er Mercedes auf.

»Kurz und gut: Ich hab ihn eben angerufen. Weil, naja, irgendwie hatte ich den Eindruck, es hängt einiges davon ab, wenn Sie schon aus Berlin im Café Kleimann anrufen. So recht wollte er mit der Sprache nicht raus, aber irgendwie kenne ich ihn ja. Bei seiner Eitelkeit habe ich ihn gepackt, und da ist es ihm rausgerutscht: Es sei da zum Beispiel jemand in einer nicht ganz unwichtigen Position, der habe seinen Namen geändert. Und jetzt halten Sie sich fest, Herr Doktor John: Bannert ist ein falscher Name, der Mann heißt eigentlich Carolus, Doktor Carolus, und mein Freund hat durchblicken lassen, daß er ihn von der Gestapo her kennt ...«

Carolus. Doktor Carolus. In Johns Hirn schwirrte dieser Name wie ein Insekt in einem Glas.

Carolus. Der Name kam aus der Tiefe der Vergangenheit, er kam aus England – Bridgend oder Featherstone Park, eines der Lager mit den hochrangigen *prisoners of war*. Aber die Namen der Generale und Feldmarschälle, die er zu *scannen* gehabt hatte, waren klingende Namen. Namen, die er nie wieder vergessen würde. Ein Carolus war nicht darunter. Aber dann, ganz langsam, wie bei einer langen Blende im Kino, tauchte vor John eine Landschaft auf: die sanften, grünen Hügel, das Lager mit den Maschendrahtzäunen, die kleinen Wachtürme, der *Hope Hill*, der Berg der Hoffnung, auf den alle Gefangenen wollten. Johns Berg. Und er sah ein Gesicht, das scharfgeschnittene, eigentlich schöne und dennoch harte Gesicht des SS-Sturmbannführers Gunter D'Alquén.

Draußen wischte der Taxifahrer mit einem großen Tuch die Windschutzscheibe, der Mercedes-Motor lief schon.

John ließ den Hörer baumeln.

Er rannte, er holte Bannert aus seinem Taxi. John packte ihn am Kragen und schüttelte ihn. »Ich soll dran glauben, stimmt's? Das Zeugs ist gefälscht, nicht wahr? Ein Verfassungsschutzpräsident, der seinen Kanzler mit falschem Material denunziert.«

Der Taxifahrer riß John von Bannert weg. »Lassense gefälligst meinen Fahrgast in Ruhe!«

»Schon gut!« sagte Bannert, er rückte seine Krawatte zurecht.

John tobte. »Ein ehemaliger Gestapo-Mann beim ›Spiegel‹! Das wird Augstein interessieren. Die werden Sie in Hamburg hochkant rausschmeißen!«

Bannert starrte ihn an. »Sie können gar nichts tun, John. Sie sind erledigt!« Er riß die Tür auf und zog die Aktentasche hervor, er legte sie auf das Dach des Taxis.

»Hör'nse mal!« maulte der Fahrer.

Bannert öffnete die Tasche. Seine Finger liefen suchend über den Aktenpacken, er zog ein einzelnes Blatt hervor. Der Entwurf einer Zeitungsseite. Die Schlagzeile: *Verfassungsschutzpräsident hat Männerbekanntschaften.* Geschlängelte Linien sollten den Textverlauf markieren. Ein dick umrahmtes Rechteck bezeichnete den Platz eines Fotos. Bannert zog einen Abzug aus der Innentasche seines Mantels.

Es war das Foto aus dem Kölner Hotelzimmer. Aber etwas war anders. John war zu sehen, wie er den Arm um Edgar legte. Aber über John und Edgar, die jetzt sehr innig wirkten, war ein großes schwarzes Loch. Wohlgemuth fehlte.

»Das war's dann wohl!« sagte Bannert. »Entweder Sie reichen heute noch Ihren Rücktritt ein, oder in der nächsten Ausgabe erscheint eine saftige Geschichte über Ihre Schwulitäten. Mit diesem Bild! Damit sind Sie in Deutschland untendurch. Man macht Sie fertig – als Hundertfünfundsiebziger.«

John starrte ihn fassungslos an. »Warum? Was habe ich Ihnen getan?!«

»Sie persönlich sind mir scheißegal, John. Sie sind doch bloß ein unwichtiger, kleiner Scheißer, ein Wichtigtuer, der gerne Sand ins Getriebe streut. Das haben Sie und Ihre Freunde schon 1944 getan. Wir haben gekämpft – an der Heimatfront. Und Ihresgleichen hat mit dem Feind Cocktails getrunken.«

»Sogar Ihr Chef Himmler wollte verhandeln ...«

»Ich weiß. Beinahe hätte er es getan, der Feigling. Ich hab's ihm
ausgetrieben. Aber wir haben sie fast alle über die Klinge springen
lassen, die Verräter. Nur Sie sind entkommen, John. Sie werden
jetzt bezahlen! Entweder Sie nehmen Ihren Abschied, oder ganz
Deutschland erfährt, daß Sie ein Hinterlader sind. Ich mach' Sie
fertig, John! Das ist mein Ziel. Seit Jahren.«

Er wandte sich an den Taxifahrer: »Los!« Er stieg ein, der Taxifahrer gab Gas, der 190er Daimler senkte sich etwas und gab sich
dann einen Ruck.

John bat das Hausmädchen um einen doppelten Whisky.
Die Chefin des Hauses, die rührige Frau Glöckle, die ihn und Lucie
schon seit 1950 kannte, begegnete ihm auf seinem Weg zu der Sitzgruppe.

»So früh schon?« sagte sie mit einem Blick auf das Glas in
Johns Hand.

»Mir ist nicht gut«, murmelte John und ging schnell weiter.

Frau Glöckle blieb stehen. »Soll ich Ihrer Gattin Bescheid
geben?«

John antwortete, ohne sich umzuschauen. »Nicht nötig. Geht
gleich wieder.«

Der Weg in die Ecke mit den schweren, bordeauxroten Polster-
möbeln erschien ihm wie ein endloser Marathon. Als er saß, stürzte er den Whisky herunter, als könnte der noch etwas ändern. Speiseröhre und Magen brannten. John schloß die Augen und wartete,
bis der Alkohol seinen Blutdruck dämpfte und Ordnung in sein
Hirn brachte.

Er sah wieder das markante Gesicht von Gunter D'Alquén vor
sich. Sie befanden sich in Featherstone Park. Das Wetter war herr-
lich, die Wiesen auf den sanften Hügeln um das Lager hatten schon
dieses kräftige Grün.

John schreitet zum *Hope Hill* hinauf. Die beiden windschiefen
Holzrahmen mit dem Maschendraht, die das Südtor bilden, stehen
weit offen. Die Gefangenen haben sich stumm am Zaun versam-
melt. Alle hoffen, auch einmal mit mir auf den *Hope*

Hill gehen zu dürfen, denkt John. Sie hoffen es, weil ich die Macht habe, einem Gefangenen auf diesem Hügel die Freiheit zu geben.

Aber Gunter D'Alquén hat keine Chance.

Ich habe dafür gesorgt, daß Feldmarschall von Rundstedt eine Betreuung bekommt und daß man SS-Obergruppenführer Karlchen Wolff, der in Italien vorzeitig kapituliert und damit vielen Soldaten das Leben gerettet hat, erlaubt, im Lager Schulterstücke zu tragen. Und Rundstedts Sohn, ein Freiburger Bibliothekar, der dem Nationalsozialismus immer fassungslos gegenübergestanden hat, befindet sich dank meiner Bemühungen schon seit Anfang 1947 wieder in der Heimat.

Ich erledige das *scannen* gewissenhaft: Niemand wird in die Heimat entlassen, der es nicht verdient hat. Gunter D'Alquén hat es nicht verdient.

John befiel bei Leuten wie D'Alquén immer ein eigenartiges Kribbeln, eine ihm bisher unbekannte Erregung, die Richter oder Staatsanwälte verspüren mußten, wenn sie Schwerverbrechern gegenübersaßen. Würden sie Entschuldigungen ersinnen, würden sie entlastende Umstände erklären wollen, oder würden sie sich frech zu ihren Taten bekennen? Es handelte sich um die infantile Erregung der Jungen, die Insekten quälen und sie dabei penibel, fast gutmütig und objektiv, beobachten.

John schämte sich manchmal für dieses Gefühl – aber er konnte es auch nicht lassen: Er stieg weiter mit Männern auf den *Hope Hill*, die keine Chance hatten. Er brannte darauf, sie zappeln zu sehen. Und er brannte noch viel mehr darauf, sie wüten zu sehen. Gegen ihre Hilflosigkeit. Gegen die Gefangenschaft. Gegen die Sieger. Gegen ihr Schicksal. Gegen die Moral, die plötzlich wieder über sie hereingebrochen war.

Für John waren die, die sich gegen ihre Ohnmacht und ihre Schuld auflehnten, allemal ergiebiger als die Anti-Nazis, die ihm das erzählten, was er hören mußte, um die Repatriierung beantragen zu können. Von den Wütenden und Unverbesserlichen bekam er andere Dinge zu hören – Dinge, die ihm Aufschluß gaben über die Natur des Menschen und über Vorgänge, von denen er nichts wußte.

Die Täter waren die eigentlichen Partner Johns. Mit ihnen verbündete er sich heimlich auf dem *Hope Hill*. Die, die er zurückschickte, waren ihm gleichgültig, ja, sie ödeten ihn mit ihrer Selbstgerechtigkeit und ihrer tadellosen Erinnerung an, sie ödeten ihn an, weil sie waren wie er – und weil sie dennoch nichts hatten verhindern können.

Auf Gunter D'Alquén hatte sich John lange gefreut. Er hatte ihn sich aufgehoben bis zum Schluß.

SS-Sturmbannführer D'Alquén war Herausgeber und Chefredakteur der Zeitschrift »Schwarzes Korps« gewesen und als *automatic arrested case* für ein Sonderlager in Schottland bestimmt. John hielt ihn für klug genug, sich von dem Gang auf den *Hope Hill* keine Änderung seiner geplanten Verlegung in das Internierungslager zu erhoffen. Wenn er sich mit John auf den Weg begab, dann um zu wüten – oder um etwas loszuwerden.

»Da unten lachen sie jetzt über uns«, sagte D'Alquén auf halber Höhe. John rastete dort regelmäßig ein paar Atemzüge lang. Die hohen Offiziere, mit denen er den Anstieg machte, waren trotz der hervorragenden Verpflegung nicht immer in guter Form.

»Ich glaube, wenn jemand lacht, dann lacht er über Sie!«

D'Alquéns Mundwinkel zuckten. »Kann sein, aber das ist mir schnuppe.«

Sie setzten den Weg fort. Als sie oben anlangten, schauten sie sich um.

»Ich wußte nicht, daß es so schön hier ist«, sagte D'Alquén.

»Das wundert alle, mit denen ich hierherkomme.«

Sie genossen die Ruhe. »Glauben Sie, ich werde irgendwann einmal wieder frei sein?«

»Das werden Sie. Aber man wird Ihnen vorher den Prozeß machen.«

»Hören Sie, John, ich möchte Ihnen etwas sagen. Es gibt jemanden, dem ich das gleiche Schicksal wünsche, wie ich es erleide!«

»Ich bin nicht zuständig für private Fehden.«

»Es wird Sie interessieren. Wie man unten sagt, wollen Sie herausfinden, warum es nicht gelang, Hitler zu bremsen ... Wenn das stimmt, dann sollten Sie mich anhören.«

»Bitte!«

»Die SS und die Gestapo ... Wir haben alles gewußt. Wir kannten die Leute genau, die den Staatsstreich planten. Aber wir haben nichts unternommen.«

»Reden Sie keinen Unsinn: Die SS hat Tausende ermordet!«

»Nach dem 20. Juli 1944. Vorher haben wir still zugeschaut und abgewartet.«

»Weil die SS von der Wehrmacht die Finger lassen mußte. Bis 1944, bis ein Feldmarschall ihr grünes Licht gab.«

»Wenn wir gewollt hätten, hätten wir jeden ins Gefängnis werfen können. Jeden! Sogar Feldmarschälle. Wir haben gewartet, weil wir ab 1943 wußten, daß es so nicht mehr weiterging. Es gab eine starke Gruppe in der Führung der SS, die den Verrückten loswerden wollte ... Sogar Himmler hatte Hitler aufgegeben.«

»Und? Warum haben Sie's nicht getan?«

»Wir haben es getan. Wir haben den ersten Schritt getan. Herr John, Ihnen muß ich das nicht sagen: Aber 1943 war ein Staatsstreich nicht mehr zu machen, ohne daß die Alliierten die Gelegenheit nutzten und Deutschland dem Erdboden gleichmachten.«

Er gab John Gelegenheit, ihm zuzustimmen. Aber John schwieg, er hatte immer geglaubt, daß diese Rücksicht weniger auf patriotischer Sorge als auf Feigheit beruhte – Feigheit und Angst davor, nach einem Umsturz für die NS-Verbrechen zur Rechenschaft gezogen zu werden.

»Wir mußten uns rückversichern – und um das zu tun, haben wir einen Vertrauensmann losgeschickt. Den Rechtsanwalt Langbehn aus Berlin. Himmler kannte ihn gut, er hatte persönlich seine Mission gebilligt. Aber die alliierten Geheimdienste in der Schweiz meldeten Langbehns Ankunft, das Reichssicherheitshauptamt fing den Funkspruch auf ...«

»Na und?« fiel ihm John unwillig ins Wort. »Das stand unter Ihrer Kontrolle!«

D'Alquén biß sich so fest auf die Unterlippe, daß sie weiß anlief. »Es gab auch in unseren Reihen Leute, die nichts verstanden. Fanatiker. Irre. Selbstmörder. Der Schlimmste war Müllers Adjutant. Jeder wußte, daß man sich vor ihm hüten mußte. Er hat jeden denunziert, der ihm im Weg stand. Selbst vor Gestapochef Müller machte er nicht halt. Der wollte die Sache vergessen, ja, Müller war bereit, Himmler eine neue Chance geben, Kontakt mit dem Alliierten zu machen. Doch dieser Adjutant setzte Müller unter Druck. Er zwang ihn, zu Himmler zu gehen und ihm die Nachricht aus der Schweiz unter die Nase zu halten. Himmler rettete seine Haut, Langbehn wurde liquidiert – obwohl niemand es wollte. Niemand – außer diesem wildgewordenen Denunzianten. Ich weiß nicht, wie er sich heute nennt, damals hieß er Carolus. Dr. Carolus. Soweit ich mich erinnere, war er in Berlin Politologe, Außenpolitik oder so was. Dieser Mann hat alles das, was danach passierte, zu verantworten, John!«

»Sie machen es sich da etwas einfach, D'Alquén. Nicht ein kleiner Adjutant hat Millionen Juden vergast und Millionen deutsche Soldaten in den Tod geschickt.«

D'Alquéns Stirnadern schwollen an: »John, wenn Sie wirklich gerecht sein wollen, dann sorgen Sie dafür, daß dieser Mann bezahlt. Er soll genauso bezahlen wie wir!«

John kannte solche Geschichten. Geschichten, die sich die Täter ausdachten, um mit ihrer Schuld besser leben zu können. Jeder von ihnen zauberte irgendwann jemanden hervor, der ihn daran gehindert hatte, das Schlimmste zu verhindern. John gab dem nicht nach. Aber er wußte, daß die Täter ihm Wege wiesen – Wege zu anderen Tätern. Für diese Wege war er dankbar.

In den Jahren danach hatte John oft an D'Alquéns Geschichte gedacht. Aber weder während der großen Kriegsverbrecherprozesse in Nürnberg noch während des Curio-Haus-Prozesses gegen Manstein in Hamburg war irgendwann von dem ominösen Dr. Carolus die Rede gewesen. Also hatte John die Angelegenheit nicht mehr weiter verfolgt. Entweder war Dr. Carolus in den

Kriegswirren ums Leben gekommen, oder aber D'Alquéns Geschichte war einfach erlogen.

Nun aber wußte John, daß es Dr. Carolus noch gab. Er nannte sich jetzt Bannert und arbeitete beim »Spiegel« – und er wollte ihn zerstören.

Plötzlich stand Lucie vor ihm. Sie war im Mantel.

Lucie schaute ihn nachdenklich an. »Hast du dich mit diesem Bannert geeinigt?«

»Ja! Ja! Es ist alles klar.«

»Ich wollte jetzt los. Zu Siemens. Kann ich dich denn alleine lassen?«

John schaute sie entsetzt an. Ob man es ihm anmerkte?

»Geh ruhig! Ich lege mich noch hin.«

»Geht es dir nicht gut?«

John kämpfte wie ein Löwe, er wollte nur noch eines: Lucie, die arme Lucie, die immer alles geahnt hatte, sollte verschont bleiben. Er durfte ihr das nicht auch noch antun.

»Es ist nur der Flug. Ich vertrage die Luft in den engen Kabinen nicht mehr. Beeil dich! Sie warten sicher schon auf dich.«

Lucie beugte sich herab und küßte ihn auf die Wange. »Ich beeile mich ... wenn es nicht so wichtig wäre ...«

Ein alter Londoner Bekannter, ein Wissenschaftler, der jetzt für Siemens arbeitete, wollte ihr das neuartige Röntgenblitzgerät für Kehlkopfoperationen vorführen. Vielleicht konnte sie damit arbeiten und so ihre lange liegengebliebenen Stimmbildungsforschungen wiederaufnehmen. Dieser Besuch in Berlin war für Lucie eine große Chance.

Dennoch zögerte Lucie, sie traute dem Frieden nicht.

»Nun geh schon!« forderte John sie auf und mühte sich zu ihrer Beruhigung ein Lächeln ab.

In diesem Moment schwebte Prinz Louis Ferdinand durch die Halle auf die beiden zu. Er umarmte erst Lucie und drückte dann John die Hand.

»Ich wußte, daß ihr hiersein würdet!« sagte er. Er sprach immer leise, mit höflicher, kultivierter Aristokratenstimme. Das war das erste, was John an dem Prinzen aufgefallen war, als er Louis Ferdinand vor mehr als zehn Jahren in seiner Besenkammer im Tempelhofer Lufthansa-Gebäude seine Aufwartung gemacht hatte. Die beiden hatten sich auf Anhieb verstanden, obwohl Louis Ferdinand Fremden gegenüber vorsichtig sein mußte. Die Nazis, die ihn wegen seiner guten Verbindung zur amerikanischen Familie Roosevelt bis in die hinterste Ecke der Lufthansa verjagt hatten, hatten ein Auge auf ihn.

Der Prinz war ein Mann nach Johns Geschmack – gebildet, elegant, weltläufig, politisch eindeutig gegen die Nazis und für ein neues Deutschland. John hatte den Prinzen unter seinen Mitverschwörern eingeführt. Eine Zeitlang wurde Louis Ferdinand unter den Zivilisten als zukünftiger höchster Repräsentant des neuen Staates gehandelt, als Integrationsfigur, mit der die alten, konservativen und die neuen, linken Kräfte würden leben können. Aber dann war alles anders gekommen.

»Werden wir noch zusammen einen Cocktail trinken können, bevor es losgeht?« fragte Louis Ferdinand.

John griff nach dem Strohhalm. »Unbedingt!« antwortete er. Und dann in einer den anderen ganz unverständlichen Heiterkeit: »Die haben doch auf uns zu warten. Wir sind die Überlebenden, nicht die.«

Louis Ferdinand, der diese Art von Dickhäutigkeit von John nicht kannte, wollte etwas Entschiedenes entgegnen, wurde aber durch Frau Glöckle gestört, die vom Empfangstresen aus, mit dem Telefonhörer in der Hand, John zu sich rief.

John entschuldigte sich beim Prinzen und nahm das Gespräch entgegen.

Es war Wowo. Er klang, als hätte er seinen Text auswendig gelernt. »Ich wollte euch für heute abend zum Essen ins Restaurant Schlichter einladen. Wir könnten dann in Ruhe die Sache der Witwe Nehlsen besprechen, Otto. Wie ich schon sagte: Ich tue mich schwer mit dem Attest, nicht aus medizinischen, aus rechtlichen Gründen.«

John atmete schwer, er schaute zu dem Prinzen hinüber, der mit Lucie plauderte.

»Was ist mit dir?« fragte Wowo.

John kauerte über der Sprechmuschel, er flüsterte: »Bannert war hier.«

»Na und?« fragte Wowo.

»Er will mich reinlegen.«

»Kann ich mir nicht vorstellen.«

»Weißt du, daß er in der SS war, Sekretär von Obersturmbannführer Müller?«

Wowo seufzte. »Ja. Aber jetzt ist er unser Verbündeter. Wir können uns die ›Spiegel‹-Redakteure nicht aussuchen.«

»Hast du das Foto gesehen? Das Foto aus dem Dom-Hotel?«

»Was ist damit?«

»Du bist nicht mehr drauf. Bannert hat es retuschieren lassen.«

Wowo lachte gekünstelt. »Wenn's nur das ist, Otto!«

John legte auf. Er kehrte zu dem Prinzen und Lucie zurück, die sich gerade für den frühen Abend verabredeten. Man wollte zwischen dem Gottesdienst in Dahlem und der offiziellen Feier zusammen einen Cocktail nehmen. Louis Ferdinand küßte Lucie die Hand. Sie schien ihren Gatten in der Obhut des Prinzen weniger besorgt zurücklassen zu können.

»Ihr beide habt euch sicher noch einiges zu erzählen«, sagte sie, bevor sie das Hotel verließ.

»Es gibt Neuigkeiten«, sagte John. »Schlechte Neuigkeiten!«

Der Prinz sah ihn lange an. »Sie werden lachen, aber irgendwie hatte ich es im Gefühl. Zehn Jahre danach kommt alles wieder hoch, und dieses Land ist noch so voller Haß ...« Er deutete auf die Sitzgruppe. »Lassen Sie uns einen Moment Platz nehmen, Otto!«

John spürte wieder die Ruhe, die von dem Prinzen ausging. Selbst in den schlimmsten Tagen der Naziherrschaft hatte er in seiner Gegenwart so etwas wie Geborgenheit gespürt – wenn sie nachts in der Lufthansa-Bar »Savarin« saßen oder wenn sie gegen Morgen zusammen in die Dahlemer Wohnung fuhren, wo Louis Ferdinands junge Frau Kira ihnen noch etwas zu essen bereitete. Der Prinz war wie ein Staatsbesuch aus einer anderen Welt gewesen, aus einer gerechten, anständigen Welt. An seiner Seite war man sicher vor den Gemeinheiten der Nazis. Ihn und seine Freunde schienen sie zu respektieren – zumindest konnten sie es sich nicht erlauben, ihn offen zu drangsalieren, dafür genoß Louis Ferdinand zuviel Ansehen in der Welt.

Als die Amerikaner in den Krieg eingetreten waren, hatte Goebbels den Prinzen ermahnt, sich seine Freundschaften besser auszusuchen. Eine Ermahnung, wie sie die Nazis selten aussprachen, sie waren gewöhnt zu drohen oder zu vernichten.

John war sich sicher, daß es die neuen Machthaber mit Louis Ferdinand nicht anders hielten. Der Prinz war der Repräsentant einer fernen, aber großen deutschen Vergangenheit, und eine konservative Regierung grub sich ihr eigenes Grab, wenn sie die Repräsentanten dieser Vergangenheit schlecht behandelte. Louis Ferdinand war seine letzte Rettung, der Prinz mußte seine Hand über ihn halten.

»Man will mich zerstören!« begann John unvermittelt, sobald sie saßen.

»Wer will Sie zerstören?« fragte der Prinz.

»Adenauer, Globke, Gehlen.«

»Ich kann mir nicht vorstellen, daß Adenauer mit einem General Gehlen gemeinsame Sache macht, Otto!«

»Nicht öffentlich. Aber insgeheim kooperieren sie. Aber was noch schlimmer ist – sie haben einen Bluthund auf mich gehetzt, einen ehemaligen SS-Mann, der jetzt beim ›Spiegel‹ arbeitet, er nennt sich Bannert, aber sein richtiger Name ist Carolus ...«

Der Prinz hob die Augenbrauen. Dann zog er ein kleines, in Leder gebundenes Notizbuch aus der Jackeninnentasche und notierte sich die beiden Namen. Als er das Buch wegsteckte, schaute er John fest in die Augen. »Ich werde mich darum kümmern. Auch wenn ich mir nicht vorstellen kann, daß der Kanzler sich mit solchen Leuten einlassen würde. Hat man etwas gegen Sie in der Hand?«

»Ein Foto. Es zeigt mich mit einem jungen Mann in einem Kölner Hotelzimmer.«

Der Prinz nickte ernst. »Wie ist es entstanden?«

»Man hat behauptet, es sei eine Art Köder. Jemand hat versucht, mich zu erpressen – und Bannert wollte mit dem Foto angeblich die Erpresser überführen. Jetzt aber will er es veröffentlichen.«

»Ich werde nächste Woche mit Augstein sprechen. Aber versprechen Sie sich nicht zu viel davon!«

»Nächste Woche? Da kann es schon zu spät sein.«

Der Prinz beugte sich etwas vor. »Wenn Adenauer wirklich etwas davon weiß, müssen Sie mit ihm reden, Herr Doktor. Er wird doch bei der Feierstunde anwesend sein. Vertrauen Sie sich ihm an! An ihm kommt in diesem Land niemand vorbei. Tun Sie's, Otto! Ich glaube, nur er kann Ihnen helfen.«

John dachte nach. Wie sollte er dem Prinzen die Ausweglosigkeit seiner Lage verständlich machen? Wie sollte er seinem Verbündeten erklären, wie schlecht es um ihn stand, ohne ihn gleich so zu verängstigen, daß er sich zurückzog?

»Da sind zwei Leute für Sie!« sagte Frau Glöckle. »Ich glaube, sie kommen von drüben.«

John und Louis Ferdinand standen gleichzeitig auf und gaben sich die Hand.

»Nur Mut!« ermunterte ihn der Prinz. »Sie müssen mit Adenauer darüber reden! Versprechen Sie's mir?«

John aber sah in seinen Augen das Bedauern – das Bedauern einem Freund gegenüber, der nicht mehr zu retten war.

John hatte mit dem Ehepaar Geiß gerechnet. Sie waren aus Potsdam in den Grunewald gekommen, weil John ihnen seine Ankunft avisiert hatte. Die Tochter des Paares hatte einen Amerikaner geheiratet und lebte seit Jahren in Washington. Sie hielt Kontakt mit der deutschen Vertretung, und John hatte während seines letzten Amerikaaufenthaltes die junge Frau bei einem Empfang getroffen. Da die Verbindung in die Ostzone von Washington aus schwer aufrechtzuerhalten war, hatte John sich angeboten, einen Brief mit nach Deutschland zu nehmen und ihn bei Gelegenheit den Eltern zu übergeben. Als er gehört hatte, daß es der Tochter seit Jahren unmöglich war, Vater und Mutter zu schreiben, ohne daß die

Staatssicherheit den Brief las, hatte er diesen Vorschlag von sich aus gemacht.

Der Mann sah krank aus, die Frau fieberte mit geröteten Wangen dem Brief entgegen. John lud sie zu einer Tasse Kaffee in den Frühstücksraum des »Glöckle« ein, aber die beiden lehnten so unumwunden ab, daß John verstand: Sie wollten so schnell wie möglich den Brief der Tochter lesen. Er bat sie, unten zu warten, und rannte die Treppe hinauf. Als er den dünnen Brief in der Hand hielt, stockte er. Er spürte Neid.

Er beneidete dieses graue, verlegene Paar. Er beneidete die beiden darum, daß sie von Potsdam nach Berlin gefahren waren und nur ein einziges Ziel hatten: ein paar unzensierte Zeilen der Tochter zu lesen. Er beneidete die beiden um die Klarheit und Unbeirrbarkeit ihres Lebens, er beneidete sie um die Liebe, die sie antrieb. In seinem Leben, das wurde John schlagartig klar, als er den Brief aus Washington in der Hand hielt, gab es nichts Vergleichbares. In seinem Leben gab es nur Unwägbarkeiten, Halbheiten, viel Halbherziges, nichts Unumstößliches, keine Klarheit.

John wußte: Das Ehepaar Geiß würde mit dem Brief nach Potsdam zurückfahren, und heute abend würden Vater und Mutter am Küchentisch sitzen und den Brief hin- und herschieben, ihn immer wieder von neuem lesen, jedes Wort genießen, jedes Wort abwägen, hinter jedem Wort die Spur ihres Kindes suchen, das sie seit Jahren nicht gesehen hatten. Und die beiden würden glücklich sein.

John fragte sich, wann er das letzte Mal glücklich war – er wußte es nicht. Vielleicht vor genau zehn Jahren, als er aus Barcelona in Tempelhof einflog und der Bruder sich hinter einer der Säulen versteckt hatte, um abzuwarten, ob John bei der Abfertigung von der Gestapo belästigt werden würde.

John war damals glücklich gewesen – obwohl er schon ahnte, daß einer von ihnen sterben würde.

Er fragte das Ehepaar Geiß noch, ob sie vielleicht eine Kleinigkeit mit ihm essen wollten. Als die Frau aber den Brief in ihrer Handtasche hatte verschwinden lassen, wollten die beiden sich so schnell wie möglich auf den Weg machen. John ließ sie gehen.

Er schaute ihnen hinterher, wie sie schweigend die Straße hinunter zur Bushaltestelle gingen. John wußte, daß sie den Brief erst zu Hause öffnen würden.

John fand die Sitzgruppe leer. Der Prinz war wohl auf sein Zimmer gegangen.

Als John die Treppe betrat, hielt ein VW-Käfer vor dem Hotel. Wowo stieg aus, er trug einen dünnen Regenmantel über seinem weißen Ordinationsanzug. Noch bevor John nach oben verschwinden konnte, war Wowo in der Halle.

»Ich hatte in der Nähe einen Patientenbesuch und dachte, schaust halt bei Otto im ›Glöckle‹ vorbei. Was hälst du davon, heute abend um 19 Uhr zu mir zu kommen, in die Praxis am besten?«

»Wozu?« fragte John müde.

»Das Attest für die Witwe Nehlsen. Wir könnten es zusammen so abfassen, daß mir keine Schwierigkeiten entstehen ...«

»Was soll das, Wowo? Du bist ein erfahrener Arzt, du stellst Tag für Tag Atteste aus.«

»Wenn es um Versorgungsansprüche geht, schaut man unsereinem sehr genau auf die Finger. Ich kann mir da keine Unregelmäßigkeiten erlauben.«

»Was heißt hier Unregelmäßigkeiten? Nehlsen war dein Patient. Du mußt nur attestieren, woran er gestorben ist, damit die Witwe endlich ihre Rente bekommt.«

»Und wenn meine Diagnosen von damals nicht ausreichen für den Rentenanspruch? Oder möchtest du der Frau einfach nur ein Papier in die Hand drücken, damit du sie los bist?«

»Natürlich nicht, Wowo!«

»Also abgemacht: um 19 Uhr? Dann bist du doch längst fertig mit der Feier, oder?«

»Ja, schon. Aber ... Ich habe dir doch am Telefon schon gesagt, was los ist ...«

Wowo stand unter Zeitdruck. »Mach dir keine Sorgen, Otto! Mit Bannert rede ich gleich morgen, ich werde ihm den Kopf zurechtrücken. Der muß nach meiner Pfeife tanzen. Dazu weiß ich zu viel über ihn!«

400

»Du weißt zu viel über ihn!« fuhr John Wowo an. »Du weißt zu viel über ihn – aber du schleppst ihn bei mir an und empfiehlst ihn mir als Verbündeten. Du erlaubst sogar, daß er dieses Foto macht ...«

Wowos Hände zitterten. »Dieses Foto kannst du vergessen, Otto. Ich versprech's dir.«

Er mußte weiter. In der Tür drehte er sich noch einmal um. »Heute ist ein furchtbarer Tag, Otto. Heute abend habe ich's hinter mir. Dann reden wir in Ruhe. Und wir schreiben das Attest für die Nehlsen. Abgemacht?!«

John nickte ihm zu. Dann zwängte sich Wowo in den graugrünen VW-Käfer und ratterte davon.

Dr. Wolfgang Wohlgemuth hatte keinen Patientenbesuch im Grunewald gemacht. Er war, als John das Telefongespräch grußlos abgebrochen hatte, noch in seiner Arbeitskleidung zum »Hotel Glöckle« gerast. Wowo war in Sorge, er sorgte sich um seine Zukunft.

Nach dem Zusammenbruch hatte er die Praxis seines ersten Lehrers, Hitlers Leibarzt Dr. Morell, in der Uhlandstraße übernommen, und damit war er wie von selbst zu einem der ersten Berliner Frauenärzte geworden. Aber außer ungewollten Schwangerschaften und harmlosen Zysten bekam Wowo nichts medizinisch Interessantes zu sehen.

Seit seinem Abschied von der Charité hatte er mehrmals versucht, wieder eine Anstellung in der weltberühmten Klinik zu finden. Doch die Kollegen an der Charité legten Wert auf eine Evaluierung des Westberliners. Er sollte etwa ein Jahr lang in Bezirkskliniken unter Anleitung eines erfahrenen Oberarztes tätig sein, damit der ihn auf seine Eignung für die Charité hin beobachten konnte. Die von der SED verlangten politischen Schulungen hätte Wowo ja noch über sich ergehen lassen, aber eine fachliche Begutachtung durch drittklassige Kollegen aus der Zone kam für ihn nicht in Frage.

Nur wenige Tage nach seiner Rückkehr vom Heidelberger Institut für experimentelle Krebsforschung – Wowo war wie benommen und weigerte sich noch anzuerkennen, daß die Abfuhr durch Dr. Lettré das Ende seiner wissenschaftlichen Ambitionen bedeutete – bekam Wowo in seiner Praxis Besuch von einem gutgekleideten Herrn, der sich als Max Wornsiek vorstellte und Deutsch mit einem schweren, fremden Akzent sprach.

Herr Wornsiek wartete geduldig im Wartezimmer des Frauenarztes, bis alle Patientinnen abgefertigt waren. Er blätterte in Illustrierten und ließ sich von der Sprechstundenhilfe eine Tasse Kaffee bringen. Als Wowo ihn dann empfing, eröffnete ihm der Besucher, daß er Offizier der Sowjetarmee war. Man habe von Wohlgemuths Bemühungen, seine medizinische Arbeit in der DDR fortzusetzen, gehört und könnte sich vorstellen, ihm in dieser Sache behilflich zu sein.

Wohlgemuth war nicht einmal überrascht. Deshalb kam er auch ohne Umschweife zum wichtigsten Punkt: Was verlangte der KGB – denn das war die Dienststelle des freundlichen Herrn Wornsiek – von ihm?

Auch der Besucher schien ein offenes Gespräch zu schätzen. Man wisse von Wohlgemuths außerordentlichen Verbindungen zu früher hochgestellten Herren und würde sich in einer schwierigen Angelegenheit gerne dieser Verbindungen bedienen. Auf Wohlgemuths Frage, um welche Verbindungen es sich handelte, nannte Wornsiek, ohne zu zögern, zwei Namen: Heinz Joost und Schmidt-Eckert. Joost war SS-Brigadeführer und Generalmajor gewesen, Schmidt-Eckert hieß der Gründer und spätere Leiter des Reichspropaganda-Amtes Ausland des Dr. Goebbels.

Wohlgemuth war keinem der beiden jemals begegnet – aber er kannte ihre Frauen. Beide waren in den vierziger Jahren Patientinnen von ihm gewesen, beide konsultierten ihn auch jetzt noch. Wornsiek bat Wowo nur um einen – wie er meinte: kleinen – Gefallen: Ob er denn die Damen bei ihrem nächsten Besuch in der Praxis nicht diskret darauf hinweisen könnte, daß eine sowjetische Dienststelle in Ostberlin gerne mit ihren Männern ins Gespräch kommen würde? Es ging um eine langfristige Zusammenarbeit, die bestens bezahlt werde und nicht einmal den Umzug der Familien in die Ostzone erfordere.

Wowo konnte sich denken, was Wornsiek beabsichtigte. Joost und Schmidt-Eckert waren untergetaucht, das wußte er von den Damen. Daß die beiden Kontakt mit ihren Männern hatten, war anzunehmen: Eine der beiden Patientinnen war schwanger, und ihr Verhalten deutete darauf hin, daß es sich nicht um eine illegitime Schwangerschaft handelte.

Der KGB suchte die Nähe zu ehemaligen NS-Agenten: Diese Männer waren erfahren und kannten die Branche. Jetzt, wo sich die Geheimdienste in Deutschland neu formierten, war es für alle Seiten erstrebenswert, mit den ehemaligen Größen der deutschen Spionage Fühlung aufzunehmen, das war nichts Neues.

Neu war nur der Rat Wornsieks, die Damen sollten ihre Gatten mit dem Hinweis ermuntern, eine Übersiedlung sei nicht vonnöten. Das bedeutete, der KGB brauchte die neuen Mitarbeiter in der Bundesrepublik. Da in letzter Zeit viel vom Aufbau der Organisation Gehlen die Rede war, konnte Wowo sich seinen Reim darauf machen: Die Russen sicherten sich die Mitarbeit potentieller Agenten Gehlens.

Wowo war stolz darauf, daß er auf diesen Zusammenhang gekommen war. Irgendwann – dessen war er sich sicher – würde ihm das nützen. Vorerst aber war der direkte Weg verlockender: Der KGB bot ihm seine Unterstützung bei der Einstellung in der Charité an, die ihm die bornierten Ost-Mediziner verweigert hatten. Wowo kannte die Verhältnisse im Osten Berlins: Kein Ostdeutscher, nicht einmal das zuständige Politbüromitglied konnte sich einem Wunsch des KGB widersetzen. Der KGB war für Wowo der Königsweg zurück in die Charité – und er wunderte sich jetzt, warum er den mühsamen Umweg über die SED überhaupt hatte nehmen wollen.

Wowo ging es nicht um sein persönliches Fortkommen – das sagte er sich immer wieder, wenn in ihm sich der andere Wowo, der leichtlebige, der zynische, der genußsüchtige Wowo großtat. Nein, in diesem einen Fall ging es ihm um etwas Reines und Unantastbares: um den wissenschaftlichen Fortschritt. Nirgendwo in der Medizin stand mehr auf dem Spiel als in der Krebsforschung – der Krebs war die einzige tödliche Krankheit, gegen die noch kein Kraut gewachsen war.

Das sagte sich Wowo immer wieder, und er sagte sich auch, daß er schon zu viel Zeit verloren hatte, daß Sauerbruch und der hochnäsige Lettré ihn schon zu weit vom Weg abgebracht hatten, daß die wohlhabenden Berliner Fräuleins und ihre juckenden Vaginen ihn schon zuviel Kraft gekostet hatten, daß er sogar auf das Trompetenspielen verzichten mußte, daß er sogar seine junge Frau Rosemarie in einer anderen Wohnung unterbringen mußte, wenn er durch ihre Launen und durch ihren makellosen Puppenkörper nicht auch noch abgelenkt werden wollte von seinen Forschungen.

Mein Gott, sagte sich Wowo, du weißt doch, wie's geht. Was fehlt, ist eine Klinik, ein Institut. Jetzt, wo der eitle Lettré mich abgelehnt hat, bleibt mir nichts mehr anderes übrig: Ich muß gleich an die Charité. Im Westen nimmt kein Hund mehr ein Stück Brot von mir. Ich muß an die Charité, wenn ich die Menschheit von dieser ekelhaften, wuchernden Geschwulst befreien will.

Dr. Wolfgang Wohlgemuth hatte den Dreh gefunden, und darauf wartete die Welt – auf den Dreh, der zum Sieg über den Krebs verhelfen würde. Er brauchte nur noch Forschungsmöglichkeiten, die ihm erlaubten, seine Ideen im großen Stil auszuführen. Dann konnte er seine wissenschaftlichen Ergebnisse endlich der *Scientific Community* vorlegen.

Dabei war alles so einfach. Wornsiek würde ihm dabei helfen.

Wowo mußte nicht lange warten. Beide Patientinnen suchten wenige Tage nach dem Besuch des Herrn Wornsiek seine Praxis auf: eine wegen des Ausbleibens ihrer Regel (ohne daß sie allerdings in den letzten Monaten Verkehr gehabt zu haben schien), die andere wegen eines verdächtigen Ziehens in der Leistengegend, das der Arzt sofort als für Schwangere typischen Dehnungsschmerz der Bänder diagnostizierte.

Er untersuchte die Patientinnen eingehend. Dann eröffnete er ihnen ohne Umschweife, daß er ein verlockendes Angebot für ihre Männer zu überbringen hatte. Die Damen hörten sich – unabhängig voneinander – Wowos Ausführungen so unaufgeregt an, daß er annehmen mußte, sie waren auf ein derartiges Angebot durch ihre Gatten vorbereitet worden.

Beim Abschied versprach die eine, sich in der Angelegenheit zu melden, die andere erwähnte sein Angebot nicht mehr, da in dem Moment, in dem sie ihrem Arzt die Hand reichte, die Sprechstundenhilfe das Ordinationszimmer betrat.

Wornsiek meldete sich telefonisch. Wohlgemuth berichtete ihm ausführlich von seinem Vorstoß bei den Damen Joost und Schmidt-Eckert. Der KGB-Offizier schien wenig beeindruckt, er versprach aber, sich wenige Tage später wieder zu melden. Die Charité erwähnte er nicht. Wowo beschloß, ihn erst beim nächsten Gespräch danach zu fragen.

Als sich nach einer Woche nichts tat, rief Wohlgemuth Frau Joost an und erkundigte sich nach ihrem Befinden. Mittlerweile hatte sich die Blutung eingestellt, und die Patientin schien beruhigt zu sein. Wowo fragte zum Abschluß des Gespräches, ob Herr Joost sich schon überlegt habe, wie er sich zu dem Angebot aus dem Osten verhalten würde.

Da wurde die Dame eisig und empfahl ihrem Arzt, sich zu gedulden. Im übrigen bat sie darum, Fragen, die die Zukunft ihres Gatten betrafen, nicht am Telefon zu Sprache zu bringen, verabschiedete sich knapp und legte auf.

»Verdammte Nazibrut!« schrie Wowo. »Tun so, als hätten sie den Krieg gewonnen!«

Den Mut, Frau Schmidt-Eckert anzurufen, brachte er nicht mehr auf.

Wenige Tage später saß Herr Wornsiek wieder in Wowos Wartezimmer und blätterte geduldig in den ausliegenden Illustrierten.

»Findet er denn nichts dabei?« fragte die Sprechstundenhilfe, als sie Wornsieks Ankunft meldete. »Als einziger Mann unter so vielen Frauen – im Wartezimmer.«

»Er kommt wegen seiner Frau«, beschied Wowo sie. »Wenn es geht, schieben Sie ihn irgendwo dazwischen!«

Als Wornsiek eintrat, sprang Wowo auf und schritt auf ihn zu, um ihm die Hand zu schütteln.

»Und?« fragte der Besucher sofort.

Wowo berichtete von seinem Anruf, wobei er das Gespräch ausschmückte und länger darstellte, als es in Wirklichkeit war.

»Das ist nicht viel«, fand Wornsiek.

»Und was haben Sie erreicht?« fragte Wowo.

»Ich? Inwiefern?«

»Bitte vergessen Sie nicht: Es geht um meine Arbeit an der Charité!«

Wornsiek wurde ärgerlich. »Wenn wir es für richtig halten, genügt ein Anruf – und Sie können dort anfangen, Herr Dr. Wohlgemuth. Aber vorher ... vorher erwarten wir von Ihnen, daß Sie uns die beiden Herren Joost und Schmidt-Eckert zuführen.«

»Zuführen? Wie das klingt!«

»Bevor sich da nichts tut, werden wir den besagten Anruf nicht machen. Ich hoffe, wir haben uns verstanden!«

Das war zuviel für Wowo. Seine Stimme wurde scharf und hoch. »Sie befinden sich hier in meiner Praxis, mein Herr! Ich bin weder ihr Agent, noch bin ich Ihnen verpflichtet. Und was noch wichtiger ist: Wir sind hier in Westberlin! Also – achten Sie gefälligst auf Ihren Ton!«

Wornsiek war puterrot geworden, offensichtlich war er es nicht gewöhnt, daß man so mit ihm sprach. »Ich glaube, wir haben uns in Ihnen getäuscht, Herr Doktor Wohlgemuth!« fauchte er.

»Das kann sein!« sagte Wowo laut.

Wornsiek verließ grußlos die Praxis.

Wowo schlief ein paar Tage schlecht. Dann suchte Frau Schmidt-Eckert überraschend seine Praxis auf – ein unangenehmes Brennen, von dem Wowo nicht wußte, ob es ein Vorwand oder ein echtes Wehwehchen war. Auf jeden Fall verschrieb er eine harmlose Salbe und Tropfen für Bäder, die er immer verschrieb, wenn ihm nichts anderes einfiel.

»Haben Sie mit Ihrem Gatten gesprochen?« fragte Wowo die Patientin, während er zwischen ihren Beinen kauerte und mit der Ordinationslampe das Gewebe nach Rötungen absuchte.

Die Dame antwortete trotz ihrer prekären Lage schnippisch und ohne lange zu überlegen: »Mein Mann hat längst eine andere Aufgabe gefunden. Im übrigen verbittet er sich derartige Angebote aus dem Osten, sagen Sie das Ihrem Freund!«

Wowo konnte sich denken, wer einen landauf, landab bekannten SS-Mann wie Schmidt-Eckert beschäftigte: Gehlen. Vielleicht sollte er Otto John davon erzählen, der konnte mit der Information sicher etwas anfangen. Dann aber kam ihm ein ganz anderer Gedanke, ein Gedanke, der ihn endlich aus diesem Gespinst der Abhängigkeiten befreite.

Die Patientin war kaum weg, da rief Wowo eine Nummer an, die Wornsiek bei seinem ersten Besuch zurückgelassen hatte.

Es meldete sich eine militärisch strenge Stimme mit slawischem Akzent. Wowo nannte seinen Namen und den gewünschten Gesprächspartner. Dann dauerte es lange, bis Wornsiek am Apparat war.

»Ich habe etwas für Sie!«

»Aha. Hat sich einer der beiden bei Ihnen gemeldet?«

»Nein!«

»Was soll das, Herr Doktor? Wir sind hier kein Trödelladen!«

»Ich bin ein enger Freund von Otto John.«

Wornsiek schwieg. Dann fragte er mit unsicherer Stimme: »Meinen Sie einen Otto John, der in Köln wohnhaft ist?«

»Ja. Der Präsident des Verfassungs ...«

»Schon gut!« fiel Wornsiek ihm ins Wort. »Und? Was soll das heißen?«

»Es kommt sicherlich nicht alle Tage vor, daß ein enger Freund dieses Herrn Ihnen seine Mitarbeit anbietet.«

Wornsiek dachte nach.

»Wir kennen uns seit den vierziger Jahren. Ich habe seinen Bruder behandelt – Hans, den die Nazis umgebracht haben.«

»Was haben Sie uns anzubieten?«

»Er hat Vertrauen zu mir!«

»Das heißt nichts. Seine Dienstgeheimnisse wird er Ihnen gegenüber nicht breittreten.«

»Herr Wornsiek, die Frage lautet doch: Was setzen Sie dagegen?«

»Den Anruf.«

»Wann?«

»Sobald John die Demarkationslinie überschritten hat.«

»Wie bitte?«

»Das wäre der Anruf wert. Schließlich ebnen wir Ihnen den Weg in eine weltberühmte Klinik.«

»Sie glauben doch nicht im Ernst, ich lege Ihnen John ... ich lege Ihnen meinen Freund vor die Haustür.«

»Warum nicht? Wenn Sie wirklich in die Charité wollen!«

»Das ist absurd. Ich kann ihn in meine Praxis locken und ihn dort zum Sprechen bringen. Das ist das Optimum, Herr Wornsiek. Das oder gar nichts!«

»Haben Sie Zugang zu Drogen?«

»Natürlich habe ich das!«

Diesmal schien Wornsiek beeindruckt zu sein.

»Gut!« sagte er schließlich. »Beweisen Sie uns, daß was dran ist!«

34. KAPITEL

Auch wenn es noch so schlecht stand, John kämpfte weiter. Er rief von seinem Zimmer im »Glöckle« aus Kulenhaupt an. »Alles läuft auf Hochtouren«, berichtete der ehemalige Polizist. »Gestern abend sind die Leute, die wir angeworben haben, diese Fernmeldetechniker, in Globkes Wohnung eingedrungen.«

»Und?«

»Ich habe mich für heute abend mit ihnen verabredet. Um 19 Uhr. Unten am Rhein. «

»Warum dauert das alles so lange?« fragte John gequält. »Es geht um Stunden.«

Kulenhaupt klang verärgert. »Vergessen Sie nicht, was wir da tun! Wir müssen mit äußerster Vorsicht verfahren, Herr Dr. John. Vielleicht bekommen wir ja heute abend schon die ersten Bänder. Ich rufe Sie dann sofort an.«

»Sehr gut! Ich bin sicher, wenn wir bei Globke erst einmal mithören, haben wir sehr bald, war wir brauchen – genug Material, um den Staatsnotstand zu erklären. Wir gehen zum Generalbundesanwalt. Der wird gar nicht anders können. Was ist mit Kantor? Hat er versucht, Ihnen bei der Aktion Steine in den Weg zu legen?«

»Der ist immer noch in Frankfurt.«

»Hat er noch keine Meldung gemacht?«

Kulenhaupt wich aus. »Eigentlich ... bisher noch nicht. Sie wissen ja, wie das ist. Bei Banken. Die wehren sich mit Händen und Füßen.«

»Die Angelegenheit ist sehr wichtig. Auch für mich persönlich ....« Und dann, in einem Anfall von Redseligkeit: »Sie wissen, Eland war mein Informant. Ich bin sicher, daß die Leute, die wir observieren, ihn getötet haben. Ich mache mir deshalb Vorwürfe,

409

verstehen Sie? Zudem spüre ich, daß etwas gegen mich vorgeht. Gegen uns, Kulenhaupt!«

»Sie meinen doch nicht im Ernst ... daß Globke Eland hat umbringen lassen?«

»In Auftrag gegeben haben die Sache Gehlen und Mellenthin. Aber Globke hängt mit drin, das spüre ich. Globke und Adenauer!«

»Herr Dr. John, ich weiß nicht, aber ich glaube, Sie ...«

»Reden Sie nicht! Ich sitze hier in Berlin. Von hier aus kann man vieles, was in diesem Land vorgeht, besser erkennen.«

»Aber Sie sehen die beiden doch heute. Adenauer und Globke. Bei der Feierstunde.«

John fiel etwas ein: Kaiser und Thediek, die EVG-Spionage.

Adenauer wird mich danach fragen – und dann darf ich nicht wie ein dummer Junge dastehen. Ich muß Schröders Anweisung folgen. Die Schuldigen auf einem Tablett präsentieren. Wenn nötig, sogar Kaiser und Thediek. So leid mir der Minister tut – immerhin ist er der einzige im Kabinett, der immer für mich eingetreten ist. Aber jetzt kann ich keine Rücksichten mehr nehmen. Jetzt brauche ich einen Verräter. Adenauer handelt nach archaischen Prinzipien. Zu überzeugen ist so einer nicht, höchstens milde stimmen läßt er sich. Das aber geht nur durch ein Opfer – der Kanzler verachtet die, die sich ihm unterwerfen, aber er verschont sie. Und wenn man es genau betrachtet: Jakob Kaiser muß doch wissen, wie sehr ich zu kämpfen habe, er muß doch im Kabinett von Adenauers großen Plänen mit Gehlen erfahren haben. Warum rührt er sich nicht? Warum tut er nichts, um mich, seinen Schützling, zu retten? Er ist eben – trotz aller schönen Worte – auch ein Mitläufer, ein Laumann. Er hat es nicht anders verdient. Fertig.

»Was haben Sie wegen dieser EVG-Papiere aus Pankow in Erfahrung bringen können?«

»Nicht viel!«

»Sie wissen, wir sind verpflichtet ...«

»Ja, ich weiß, Schröder ... der Herr Innenminister hat sich schon erkundigt, aber ich konnte ihm nicht viel sagen. Außer daß es stimmt.«

»Daß was stimmt?«

»Unsere Informanten in Ostberlin haben davon gehört, daß Ulbricht dem Politbüro Papiere vorgelegt hat, die belegen sollen, daß die EVG-Verträge Geheimklauseln enthalten. Einen Angriffskrieg im Osten betreffend.«

»Scheiße!« sagte John. Und dann nachdenklich: »Der, der denen das geliefert hat, hat wahrscheinlich in den besten Absichten gehandelt. Hören Sie, es gibt da einen Verdacht, einen ziemlich triftigen Verdacht sogar. Ich habe bisher nur geschwiegen, weil ich Ihre Ermittlungen nicht beeinflussen wollte.«

»Ich verstehe nicht. Was meinen Sie damit?«

»Adenauer glaubt, daß Jakob Kaiser der Verräter ist. Wir sollten diesen Hinweis ernst nehmen.«

Hätte ich, überlegte John, wenn ich die Beweise in den Händen gehalten hätte, nicht ähnlich gehandelt? Aber gleich zu Ulbricht? Nein, dazu wäre ich nicht fähig. Ich bin ein Patriot – kein Verräter.

»Eine Sache ist eigenartig«, sagte Kulenhaupt. »Viel wissen wir ja nicht über diese Akten, die in Ostberlin aufgetaucht sind. Ich habe mich mit dem Kanzleramt in Verbindung gesetzt ...«

»Sind Sie wahnsinnig?!«

»Wenn Adenauer selbst uns anweist, muß das doch erlaubt sein, oder?«

»Ja, schon, aber ...«

John wußte selbst nicht, warum er so aufgebracht reagierte. Kulenhaupt hatte ja recht. John spürte, daß die Sache mit Kaiser ihn überforderte. Er war einfach nicht dazu geschaffen, Freunde ans Messer zu liefern. Aber wenn Kaiser wirklich den Weg nach Ostberlin gewählt hatte, mußte er mit allem rechnen – auch damit, daß sein ehemaliger Schützling, der Verfassungsschutzpräsident, gezwungen sein würde, gegen ihn zu ermitteln. John spürte eine gewisse Erleichterung bei dem Gedanken, daß Kaiser diese Möglichkeit in Kauf genommen hatte.

»Es hat sich gelohnt«, erklärte Kulenhaupt. »Ich habe mit einem Referenten gesprochen, der dabei war, als Adenauers Informant geredet hat. Ich glaube, der Kanzler hat ein Detail vergessen. Es mag ihm unwichtig erschienen sein – oder es paßte einfach nicht in sein Konzept ...«

»Nun reden Sie schon!«

»Es gab da wohl eine Verzögerung in Pankow. Ulbricht soll getobt haben. Er wollte gleich in der nächsten Politbürositzung damit aufwarten, aber es hat nicht geklappt.«

»Warum denn nicht? Nun lassen Sie die Katze doch endlich aus dem Sack!«

»Das zuständige Büro im ZK der SED war überlastet. Ulbricht mußte zwei Tage mit seinem Coup warten.«

»Welches Büro denn?«

»Das Schreibbüro.«

»Hat er die Unterlagen vorher abschreiben lassen?«

»Sieht so aus.«

»Aber das ist doch ... das ist doch unüblich. Wenn es stimmt, was Adenauer sagt, handelt es sich um hochgeheimes Material. Selbst in Ostberlin wird das nicht im Schreibbüro abgeschrieben und über mehrere Abteilungen gestreut.«

»Ganz sicher nicht!« stimmte Kulenhaupt zu. »Der Referent wollte mir erst keine Antwort darauf geben. Ich habe so lange gebohrt, bis er es sagte ...«

»Was?!«

»Daß die Papiere zuerst übersetzt werden mußten.«

»Übersetzt?« fragte John. »Was soll denn das!«

»Sie sind französisch!«

»Französisch? Dann kommen Sie aus Paris!« schrie John auf.

Jakob Kaiser ist unschuldig, ich habe es die ganze Zeit gespürt – deshalb dieses Unbehagen. Und Adenauer weiß, daß Kaiser unschuldig ist. Deshalb hat er Schröder gegenüber nichts davon erwähnt, daß die Papiere französisch waren. Adenauer will Kaisers Kopf um jeden Preis – und ich soll ihn bringen. Nein, selbst wenn ich dabei draufgehe, dafür bin ich nicht zu haben.

»Ich habe da einen anderen Verdacht«, sagte Kulenhaupt. »Mich erinnert das fatal an die Gauleiteraffäre.«

»Die Gauleiteraffäre? Nau-Nau? Was soll das mit den EVG-Papieren zu tun haben?«

»Geben Sie mir noch ein wenig Zeit!« verlangte Kulenhaupt.

»Ich sitze hier auf glühenden Kohlen«, schrie John. Und dann, fast mutlos: »Sie haben ja keine Ahnung, wie's aussieht!« Als Kulenhaupt nichts erwiderte, legte John auf.

Kulenhaupt machte sich Sorgen. John klang erbärmlich. Vielleicht lag Kantor mit seinen Warnungen richtig, vielleicht hatten sie sich von dem Präsidenten auf etwas einschwören lassen, was der selbst nicht absehen konnte. Einer, der den Kanzler stürzen will, redet doch anders, dachte Kulenhaupt, der ist sich seiner Sache doch sicher, der jagt doch nicht hinter irgendwelchen Schiebern her, die Vertragsunterlagen verhökern.

Kantor hatte seinen Kollegen bremsen wollen. Er hatte gesagt: Das ist nicht rechtens, so ganz ohne Beschluß des Staatsanwalts oder eines Untersuchungsrichters das Telefon eines Staatssekretärs anzuzapfen. Aber er, Kulenhaupt, hatte sich von John mitreißen lassen. Wie gerne hätte er es gesehen, wenn diese Bande verjagt werden würde. Und wie gerne hätte er als Ermittlungsleiter eine solche Aktion durchgeführt, eine historische Aktion, die wieder Gerechtigkeit ins Land brachte.

Kulenhaupt war ein Sozialdemokrat von altem Schrot und Korn. Er war gewöhnt zu kämpfen – aber war John der richtige Kampfgefährte? Daran hatte er oft gezweifelt. John war wankelmütig und cholerisch, er hatte keine politische Heimat, er haßte bloß die Nazis – und das war reichlich wenig. Dennoch hatte Kulenhaupt sich auf Johns Seite geschlagen. Weil er das Gefühl hatte, daß der Mann im Recht war. Heute abend um 19 Uhr, wenn die Techniker ihm unten am Rhein die ersten Bänder Globkes überbrachten, würde er mehr wissen.

Kulenhaupt zählte die Stunden bis zum vereinbarten Termin. Seit dem Krieg war er nicht mehr so nervös gewesen. Er mußte etwas tun, er mußte sich eine Aufgabe vornehmen, etwas, das ihn weiterbrachte.

Kulenhaupt setzte sich in seinen Dienstwagen und raste über die leere, regennasse Autobahn nach Düsseldorf.

Der Expolizist kannte sich aus, er hatte vor dem Krieg eine Weile in der Stadt gearbeitet.

Im noblen Café Fürbringer, wo die schweren violetten Vorhänge die Gespräche der kleinen Verschwörer dämpften, saß Herbert Lucht, der ehemalige Inhaber der Exportfirma Cominbel, allein an seinem Ecktisch und schaufelte mit Inbrunst ein Riesenstück Eierlikörtorte in sich hinein.

»Sie haben zugenommen!« sagte Kulenhaupt, als er Platz nahm.

Lucht, früher ein stadtbekannter Tänzer, wirkte schwammig und ungepflegt, seit seine Gattin, die schöne Belgierin Lea, ihr Herz an den schneidigen Nau-Nau, Luchts ehemaligen Chef im Propagandaministerium, verloren hatte. Der Firmeninhaber hatte die Cominbel-Geschäfte längst völlig in Nau-Naus Hände gelegt und verbrachte seine Tage im Café Fürbringer – falls er nicht gerade wegen seiner Diabetis im Düsseldorfer Marien-Hospital lag.

»An Ihrer Backe klebt Sahne«, sagte Kulenhaupt.

Kulenhaupt und Lucht kannten sich. Lucht hatte mit dem Verfassungsschutz Kontakt aufgenommen – weil er es nicht ertrug, daß die Nazis wieder das Land ruinierten, wie er behauptete. Kulenhaupt aber wußte, daß Lucht die Kameradschaftstreffs verraten hatte, weil Nau-Nau ihm die schöne Lea abspenstig gemacht hatte. Für politische Skrupel war Lucht viel zu bequem und zu langsam. Bis der etwas realisierte, war es schon Geschichte. Immerhin – durch Luchts Mitarbeit war die sogenannte Gauleiter-Verschwörung aufgeflogen, das Eindringen der Nazis in den NRW-Landesverband der FDP.

»Was gibt's?« fragte Lucht, während er sich die Eierlikörtorte auf der Backe verwischte.

»Ich war gerade in der Nähe«, behauptete Kulenhaupt und bestellte sich einen Kaffee und einen deutschen Weinbrand. »Da dachte ich, schaust mal beim Herrn Lucht vorbei.«

Lucht aß weiter und murmelte dabei Unverständliches.

»Wie geht's Frau Lucht?«

Lucht schwieg. Kulenhaupts Bestellung kam.

»Ist sie noch mit Nau-Nau liiert?« fragte er.

»Die hat sich längst umorientiert. Früher war es Hitler. Als der den Krieg verlor, war ich es. Dann kam Nau-Nau. Als der mit seiner FDP-Chose baden ging, hat sie sich in einen Jungen verguckt.«

»Weiber!« höhnte Kulenhaupt.

»Wem sagen Sie das? So einer mit 'nem ausrasierten Hinterkopf und Herrenreiter-Haltung. Unsereiner kommt da nicht mit.« Lucht verschlang ein Riesenstück Torte. Er sprach mit vollem Mund weiter. »Ein Belgier. Lea sagt, die Deutschen haben sie so enttäuscht, daß sie mit keinem mehr schlafen kann.«

»Und ihr Neuer, was ist das für einer?«

»Na, was wohl? Lea läßt nicht von den strammen Rechten ...« Er seufzte und aß das letzte Stück Torte. »Ein Degrelle-Nazi. Sie behauptet, die hätten wenigstens noch Mumm in den Knochen.«

»Sie ist halt die Tochter eines Generals. Ich meine, das sieht man doch schon an ihrer Haltung.«

»Eine tadellose Haltung hat das Weib, das muß man ihr lassen, und schön ist sie wie aus Marzipan. Aber innerlich ... innerlich völlig verkommen. Eine Söldnernatur – wie ihr Vater.«

»Ich dachte, die Christus-Rex-Bewegung gibt's nicht mehr?« fragte Kulenhaupt beiläufig und gab Milch und Zucker in seinen Kaffee.

Das belgische Verlagshaus Christus Rex gehörte Leon Degrelle, einem fanatischen Nationalisten. Er war Führer der Wallonischen Legion an der Ostfront gewesen. Nach dem Krieg wurde er in seiner Heimat zum Tod verurteilt. Degrelle flüchtete nach Spanien, Franco verweigerte seit Jahren seine Auslieferung.

»Degrelle ist völlig isoliert, aber seine Rex-Bewegung hat in Belgien neuen Zulauf. Sie stellt die stärkste Nazifraktion«, erklärte Herbert Lucht.

»Haben die nicht mal einen Skandal in Brüssel verursacht?« fragte Kulenhaupt. »Mit gefälschten Abhör-Protokollen sollten Abgeordnete als Ost-Agenten diffamiert werden.«

»Kann sein«, antwortete Lucht, er gab der Bedienung ein Zeichen und bestellte ein Stück Sachertorte und ein Kännchen Kakao. Dann wandte er sich wieder an Kulenhaupt: »Warum interessiert Sie das?«

»Nur so. Weil Sie gerade von Leas neuem Liebhaber, diesem Degrelle-Burschen, gesprochen haben.«

Lucht beugte sich über den Tisch, er zischte: »Hören Sie, ich habe Ihnen mal Informationen zukommen lassen. Weil ich mir Sorgen um Deutschland machte. Das heißt aber noch lange nicht, daß ich mich weiter anzapfen lasse. Also – lassen Sie mich gefälligst in Ruhe!«

Kulenhaupt schaute sich um. »Das eine oder andere Gesicht hier kommt mir bekannt vor. Ich war mal in Düsseldorf bei der Kripo. Vor Jahren. Da gab's Sie hier noch nicht, damals waren Sie noch in Berlin ...«

Lucht starrte ihn entsetzt an. »Das ... das haben Sie mir bisher verschwiegen. Hauen Sie ab! Los! Ich möchte hier weiter verkehren und in Ruhe meinen Kuchen essen können.«

Kulenhaupt rührte sich nicht.

Luchts Bestellung kam. Er stürzte sich auf die Torte, der Kakao war ihm noch zu heiß. Kulenhaupt trank seinen Weinbrand, er schmeckte nach kaltem Kaffee.

»Wenn Sie nicht gehen, gehe ich!« drohte Lucht mit vollem Mund. »Und ich beschwere mich bei Ihrem Vorgesetzten. Wie können Sie mich derart in Verlegenheit bringen? Wenn ich gewußt hätte, daß man Sie hier kennt ...« Er trank hastig Kakao und verbrannte sich den Mund. Nervös tupfte er die Serviette auf seine Lippen.

»Ich bleibe.«

»Hätte ich nur die Finger von Ihnen und Ihrem Amt gelassen.«

»Wenn Sie uns nicht geholfen hätten, Herr Lucht, würden Sie jetzt ebenso vor Gericht stehen wie Ihr Rivale Naumann!«

Lucht stopfte den Rest der Torte in sich rein und erhob sich. Kulenhaupt hielt ihn am Ärmel fest. »Sie werden mich nicht mehr los, Herr Lucht!«

Lucht schaute sich um. Anscheinend hatte noch niemand den Zwist der beiden Männer bemerkt. Er setzte sich wieder hin. »Was wollen Sie wissen?« fragte er kraftlos. Er nippte am Kakao.

»Was treiben diese Degrelle-Leute? Was macht Ihre Exgattin?«

Lucht machte mit dem ausgestreckten Zeigefinger der Rechten in dem Kreis aus Daumen und Zeigefinger der Linken eine obszöne Geste.

»Hören Sie auf mit dem Quatsch! Sie wissen, was ich meine! Also?!«

Lucht ließ sich Zeit. Kulenhaupt hob die Hand zur Bestellung.

Das half Lucht auf die Sprünge. »Ich habe gehört, Sie wollen etwas tun gegen diesen Verrat. Gegen Adenauers Verträge, Sie wissen schon.«

»Was?«

»Sie haben wohl ...« Er zierte sich. »Ich habe da was läuten hören. Lea hat rumposaunt, von wegen ihr Belgier, der wüßte schon, wie man's anstellt, wie man den Bonnern Feuer unter dem Hintern macht. Sie haben mit den Maschinen, die übrig sind von Degrelles Verlag, Material hergestellt. Das soll nun unter die Leute.«

»Unter welche Leute?«

»Was weiß ich!?«

»Nach Ostberlin?«

In Luchts Augen blitzte es, aber er schwieg. Kulenhaupt verstand ihn.

»Zahlen!« rief er. Er schaute auf die Uhr. Höchste Zeit, nach Köln zurückzukehren.

Aber vorher mußte er noch telefonieren. Mit Berlin. John würde sich freuen zu hören, daß er die Spur so schnell aufgenommen hatte. Nun konnte der Präsident Adenauer Bericht erstatten.

Bei der offiziellen Feier, die jedes Jahr in der Dahlemer Christus-Kirche stattfand, saßen Otto John und Lucie drei Reihen hinter Adenauer.

John mußte während der Messe dauernd auf den knochigen Nacken des Alten starren. Der Kanzler wirkte wie eine Puppe aus dem Wachsfigurenkabinett, seine Haut war matt wie Stearin, und er bewegte sich nicht ein einziges Mal. Wie macht er das bloß? fragte sich John. Ob es eine Art Meditation ist oder ein Halbschlaf?

Er selbst war nervös und unkonzentriert. Seine Augen schmerzten. Er spürte, daß ihm während der Predigt mehrmals die Tränen kamen. Dabei hatte er nicht einmal richtig zuhören können, sondern ständig an das gedacht, was seit seiner Ankunft in Berlin geschehen war.

Lucie gegenüber hatte er die sich überstürzenden Ereignisse noch verheimlichen können. Seine Nervosität und die schlechte Laune hatte er mit den näherrückenden Feierlichkeiten begründet, die ihn jedes Jahr an den Tod des Bruders und an das Versagen des Widerstandes erinnerten.

Als der Priester das Schlußwort gesprochen hatte und alle sich erhoben, um gemeinsam ein Lied zu singen, fiel ihm auf, wie weit Adenauer die anderen Anwesenden überragte. Er wirkte wie ein steinernes Denkmal, ein Denkmal für eine blutige Niederlage, Johns Niederlage.

Während des Liedes, dessen Text John nicht kannte und das er deshalb nur mitsummte, überlegte John, wie er es am besten anstellte. Er mußte Adenauer am Eingang abpassen – wenn er sich nicht beeilte, stieg der Alte in seinen Wagen und fuhr davon, ohne daß er mit ihm reden konnte.

Pünktlich um 19 Uhr war Kulenhaupt auf dem Parkplatz am Rhein. Er wartete im Wagen.

Um 19 Uhr 15 hielt Kulenhaupt es nicht mehr aus. Er stieg aus und lief ein paar Schritte in Richtung Rhein. Es regnete schon wieder.

Um diese Zeit war der Parkplatz leer. Eigentlich kein guter Treffpunkt. Oben, auf der Uferstraße, sah er Fußgänger und Autoverkehr. Auf dem leeren Platz würde er mit den beiden Technikern auffallen. Aber das war jetzt nicht mehr zu ändern.

Der Fluß kam ihm heute träger als sonst vor. Wenn endlich dieser verdammte Regen aufhörte, würde er mal wieder eine Fahrt mit einem Ausflugsdampfer machen, den Rhein hinauf, bis Bingen und zurück. Einen ganzen Tag lang auf dem Fluß, da schöpfte man Kraft. Wenn erst alles vorbei war, und wenn es endlich aufhörte zu regnen.

Ein kleiner, dunkler Pkw bog von der Uferstraße ab und fuhr in Richtung Parkplatz. Endlich. Kulenhaupt schaute auf seine Armbanduhr. 25 Minuten nach sieben.

Er ging zu seinem Wagen zurück. Der dunkle Pkw, es war ein »Crèmeschnittchen«, hielt neben Kulenhaupts Dienstwagen. Kulenhaupt wartete. Die beiden Insassen stiegen gleichzeitig aus. Es waren nicht die Techniker, mit denen Kulenhaupt verabredet war.

So wie die zwei Männer auf ihn zukamen, wußte er sofort: Polizei.

Als die ersten Besucher der Messe aus den Bänken traten und sich bekreuzigten, flüsterte John Lucie zu, er würde draußen auf sie warten. Dann stürzte er an Louis Ferdinand und dessen verschleierter Frau Kira vorbei in den Mittelgang. Auch John bekreuzigte sich und ging dann rasch zum Weihwasserbecken am Eingang. Dort mußte Adenauer innehalten, um seine Hände vor dem Abschiedskreuz mit Weihwasser anzufeuchten.

Die Gläubigen, die die Kirche verließen, starrten John befremdet an. Er stand neben dem muschelähnlichen Handbecken wie ein Wachsoldat.

Adenauer war in Begleitung seiner Tochter, der er den Vortritt ließ. Niemand wagte, den Alten in der Kirche anzusprechen. Als John auf den Kanzler zutrat, zog der indigniert die Augenbrauen hoch.

»Kann ich Sie kurz sprechen?« flüsterte John.

Adenauer tauchte seine lange, mit Altersflecken überzogene Reptilienhand in das Becken, wandte sich zum Altar und machte unendlich langsam und mit militärisch angewinkelten Armen sein

Kreuz, dann nickte er John zu und folgte seiner Tochter ins Freie. John wußte das Nicken des Kanzlers nicht zu deuten: War es eine Einwilligung oder ein harscher Abschied?

Louis Ferdinand, Kira und Lucie kamen langsam durch den Mittelgang zum Portal. Lucie schaute Otto verwundert an.

John beeilte sich, die Kirche zu verlassen. Draußen stach ihm die Sonne in die Augen. Es hatte aufgehört zu regnen, die tief hängenden Wolken wurden durch schäbige Sonnenstrahlen durchbrochen. Schwarze Pfützen reflektierten das Licht.

John schaute über die Männer hinweg, die einzeln auf dem welligen Pflaster Aufstellung nahmen und sich eifrig Zigaretten anzündeten.

Adenauer stand am Rand des Vorplatzes und redete leicht gebeugt auf seine Tochter ein. John lief durch die Pfützen auf Adenauer zu. Der Alte sah ihn kommen und ließ augenblicklich von seiner Tochter ab. Seine Augenschlitze wurden schmal und bösartig.

»Entschuldigen Sie, aber es ist dringend, und ich dachte ...«

Sofort stand – wie aus dem Boden gewachsen – Kriminalhauptkommissar Zander neben Adenauer. Er kannte John und hielt sich zurück. Wäre ein Fremder auf den Kanzler zugestürzt, hätte Zander, der Adenauer seit Jahren nicht von der Seite wich, sich dazwischengeworfen.

Adenauer winkte seinen Leibwächter davon. »Was wollen Sie?« fragte er John.

John wollte nicht mit der Tür ins Haus fallen. Richtig, die Affäre um den EVG-Verrat, das lag dem Alten am Herzen, damit konnte er seine Aufmerksamkeit gewinnen. John sprach schnell, viel zu schnell: »Ich dachte, ich berichte Ihnen bei erster Gelegenheit. Wir haben ernstzunehmende Hinweise. Wegen dieser Geschichte in Ostberlin. Die EVG-Verträge!«

Adenauer schaute ihn ungerührt an – als ob er kein Wort verstünde.

»Sie hatten doch angeregt, Herr Bundeskanzler ... Wir sind auf eine Gruppe von belgischen Nationalisten gestoßen. Um genau zu sein: Degrelle-Nazis. Sie haben schon einmal versucht, mit gefälschtem Material Stimmung gegen die Verträge zu machen.«

»Ich habe Ihrem Amt doch schon mitgeteilt, wen ich unter Verdacht habe!«

»Sie irren sich, Herr Bundeskanzler: Jakob Kaiser hat nichts damit zu tun!«

»Haben Sie den Kaiser oder seinen Adlatus, diesen Thediek, beschattet oder abgehört oder so was?«

»Das war gar nicht nötig. Alle Hinweise deuten auf Belgien und die Nazis!«

»Bei Ihnen, Herr John, deutet immer alles auf Nazis. Sie hatten Ihre Chance, John, ich wollte von Ihnen Beweise gegen Kaiser ...«

John wollte etwas sagen, aber Adenauer schnitt ihm mit einer herrischen Bewegung das Wort ab. »Beweise gegen Kaiser! Der ist der Verräter! Wenn Se dazu nicht in der Lage sind, sind Se der falsche Mann auf Ihrem Posten.«

Erbärmlich, dachte John, dieser Mann ist erbärmlich.

Der Alte wollte ihn einfach stehenlassen. John schoß das Blut in den Kopf. Am liebsten hätte er ihm einen Schlag versetzt, einen Faustschlag in dieses seelenlose, dreieckige Ledergesicht.

John lief um Adenauer herum und stellte sich ihm in den Weg. »Man versucht, mich zu Fall zu bringen. Wenn man Erfolg damit hat, wird das auch auf Sie zurückfallen!«

So hatte er das nicht sagen wollen, aber im Grunde war es die Lösung: Er war der Verfassungsschutzpräsident dieses Landes und damit auch dieses Kanzlers. Wenn er spektakulär zu Fall gebracht wurde, würde Adenauer die Verantwortung übernehmen müssen – oder zumindest sein Innenminister.

»Finden Se nicht auch, daß das der falsche Zeitpunkt ist, um um Gnade zu betteln, Herr Dr. John?«

»Ich bettle nicht um Gnade. Ich möchte Sie ... warnen.«

Adenauer schaute durch ihn hindurch.

»Sagen Sie's ihm!« bellte der Alte. Erst jetzt bemerkte John, daß sich aus dem Pulk der Kirchenbesucher eine Gestalt gelöst und herangetreten war: Globke. John hatte ihn in der Kirche nicht bemerkt.

Adenauer nahm seine Tochter, die unbeteiligt an der Seite gestanden hatte, am Arm und ging mit ihr davon.

John wollte ihm folgen, aber Globke hielt ihn zurück. »Das hat keinen Sinn, Otto!«

»Überlassen Sie das gefälligst mir!«

»Die Dinge haben sich grundlegend geändert.«

John wollte laut werden, bemerkte aber, daß die Kirchenbesucher aufmerksam geworden waren. »Was hat sich geändert?«

»Gestern abend ist bei mir eingebrochen worden«, sagte Globke ungerührt.

Das spaltete Johns Kopf wie ein Blitz. »Und?«

»Ich habe meine Wohnung schon vor einiger Zeit sichern lassen. Wir müssen ja in Bonn ständig mit Übergriffen von östlichen Agenten rechnen. Eine stille Alarmanlage. Das nächste Revier liegt um die Ecke. Die Beamten kamen gerade richtig. Auf frischer Tat. Die Täter wollten eine Abhörvorrichtung installieren. Es handelte sich um Fernmeldetechniker der Post. Angeblich verdienten sie sich ganz legal ein Zubrot. Wir haben sie durch Spezialisten vom BKA ins Verhör nehmen lassen ...«

John wurde es schwarz vor Augen.

»Ich glaube, ich muß Ihnen nicht sagen, was dabei herauskam – ich meine, wer die Techniker geschickt hat, Herr Dr. John!«

Globke klang erstaunlich sanft, er schien auf eine Entschuldigung zu warten. »Was haben Sie sich denn dabei gedacht, Otto?«

Eine Alarmanlage. Hat Kulenhaupt nicht gesagt: Die Wohnung ist nicht gesichert, es ist ein Kinderspiel. Kann der Mann sich so getäuscht haben? Er ist doch ein erfahrener Polizeibeamter. Nein, Kulenhaupt hat sich nicht getäuscht!

»Ich fürchte, das wird nicht mehr auszubügeln sein. Der Chef des Verfassungsschutzes läßt die privaten Räume eines Kanzlermitarbeiters abhören. Was haben Sie denn gehofft herauszubekommen, Otto?«

»Nennen Sie mich nicht Otto!«

Globke zischte: »Sagen Sie's schon, Herr Dr. John!«

John überlegte fieberhaft. Wenn es keine Alarmanlage gab,

Globke aber behauptet, es gäbe eine, dann will er vertuschen, wie man den Einbrechern auf die Spur gekommen ist. Dann will er vertuschen, daß er gewarnt worden ist. Von wem?

»Sie müssen doch einen Grund haben, wenn Sie so was tun!« drängte Globke.

»Sie kennen den Grund, Globke. Die Erpressungen.«

»Welche Erpressungen, um Himmels willen?«

In Johns Kopf wurde es taghell. Die Dinge, die so undurchschaubar, so wenig miteinander vereinbar erschienen waren, fügten sich. John empfand eine große innere Befriedigung. Es war die Ruhe eines Architekten, der erlebt, wie ein riesiges Bauwerk entsteht, dessen Pläne er entworfen hat, ohne jemals das ganze Gebäude in seiner Wirklichkeit vor Augen gehabt zu haben.

Obwohl John wußte, daß es aus war, empfand er Genugtuung.

Alles hat seine Ordnung, im Grunde meines Herzens habe ich mich – trotz der Gegenwehr, die ich mein Leben lang geleistet habe – danach gesehnt. Das ist das Erbe meiner hessischen Kindheit: die Sehnsucht nach dem Aufgehen der Dinge, nach der Harmonie, der Ruhe.

»Nun sagen Sie schon!« fuhr Globke ihn an, er schien wirklich ratlos zu sein, der Staatssekretär Globke.

»Ich werde erpreßt!« sagte John.

»Und deshalb bringen Sie Wanzen in meiner Wohnung an? John – glauben Sie etwa, ich stecke dahinter? Wie kommen Sie auf so was?«

»Nicht wahr, Gehlen hat Sie gewarnt? Gehlen hat Ihnen gesagt: Herr Dr. Globke, man beabsichtigt, in Ihre Privatwohnung einzudringen!«

Globke sperrte sich: »Was spielt das jetzt noch für eine Rolle?!«

»Es ist die Antwort auf alles, Herr Globke. Gehlen steckt hinter allem. Nicht Sie, nicht Adenauer!«

Globke erschrak. »Sind Sie wahnsinnig geworden, John?! Halten Sie bloß den Bundeskanzler da raus!«

John hörte nicht auf ihn, er leierte weiter wie ein Tonband: »Gehlen hat seine Leute auf mich angesetzt. Natürlich nicht er selbst, sondern Mellenthin. Kennen Sie Iginhard Sperenberg, den Verlobten der kleinen Lewinski? Er ist die Schlüsselfigur, er hat so getan, als sammele er Material gegen mich, für eine Erpressung. Er hat der kleinen Lewinski das Briefpapier weggenommen. Ich bin sicher, sie weiß nichts davon. Sperenberg, er ist Mellenthins Mann, ein Einflußagent. Es gibt einen großen Plan hinter allem. Den Plan, mich zu zerstören. Die Erpresserbriefe – alles fingiert. Nur damit ich mich auf auf die Bonner Fährte setze, auf Ihre Fährte! Ich sollte glauben, die Spur hätte mich bis zu Adenauer geführt ...«

»Sie sind irre, Herr John!«

»Wissen Sie, was die ›Abteilung 35‹ ist?«

»Nie gehört!« antwortete Globke.

John glaubte ihm sogar. »Mellenthin legt ein Netz von Einfluß-Agenten um Menschen, die in der Bundesrepublik was zu sagen haben oder einmal was zu sagen haben werden. Seine Abteilung dringt in das Leben, in das Denken und Fühlen dieser Leute ein – wie ein Virus. Diese Leute werden gesteuert. Ich werde gesteuert, Globke, können Sie sich das vorstellen?«

»John, Sie sind krank!«

»Nein. Ich bin kerngesund. Zum ersten Mal sehe ich klar. Gehlen wollte sich nicht auf eine vage Chance verlassen, er wollte auf Nummer Sicher gehen.«

Globke lachte nervös. »Ich fürchte, Sie überschätzen da Ihre Bedeutung, John. Gehlen hat so was doch nicht nötig, dieser ganze Aufwand, die Unwägbarkeiten.«

»Nichts da! In diesem Plan gibt es keinen Unsicherheitsfaktor. Ich habe den General Gehlen unterschätzt. Er mag ein schlechter Geheimdienstler sein, aber er ist ein ausgezeichneter Stratege. Beziehungsweise: Mellenthin ist es. Gehlen hat nur den richtigen Mann machen lassen. Sie glauben ja gar nicht, wie gefährlich diese Leute sind, Globke. Achten Sie in Zukunft auf Mellenthin! Er hat in unserem Land längst das Heft in der Hand.«

»Wir haben einen Verfassungsschutz, Herr John!«

»Lächerlich. Das Amt ist doch längst von Gehlen unterwandert. Sonst hätte er nicht so genau Bescheid gewußt über unsere Bonner

Pläne. Und dann: Unser Verfassungsschutz hält sich an demokratische Regeln. Was können unsere Geheimdienstler gegen Maulwürfe tun, die überall einsickern – geduldig und mit psychologischen Mitteln? Agenten, die ihre Gegner für sich vereinnahmen, anstatt sie zu zerstören. Stellen Sie sich das bloß vor!«

Globke schüttelte den Kopf. »Lenken Sie nicht ab, John! Sie reden von demokratischen Regeln – und dringen in meine Wohnung ein, um Wanzen zu legen!«

John hob seine Stimme, die Leute sahen schon her. »Mein Gott, Globke, verstehen Sie doch: Es blieb mir nichts anderes übrig. Alles sah aus wie eine Verschwörung gegen den Staat. Von Gehlen, Ihnen ...«

Globke lachte höhnisch auf.

» ... von Ihnen und von Adenauer!«

Globke trat nahe an John heran. »Hören Sie sofort auf! Sie sind erledigt, John. Versuchen Sie nicht, verbranntes Land zu hinterlassen!«

John verstand. Er nickte ruhig. »Es ist gut. Ich gehe.«

»So leicht wird das nicht!« zischte Globke. »Das wird juristische Konsequenzen für Sie haben.«

Lucie schaute ihn groß an. John nahm ihren Arm. Er grüßte den Prinzen freundlich, dann küßte er Lucie auf die Wange. »Komm, mein Schatz, wir fahren!«

35. KAPITEL

Als John aufwachte, wußte er nicht, wie lange er auf seinem Bett gelegen hatte. Er war sofort hellwach. Den kalten Umschlag, den Lucie ihm wegen den Kopfschmerzen auf die Stirn gelegt hatte, faltete er zusammen und legte ihn in den sauberen Aschenbecher auf der Anrichte. John schaute auf den Reisewecker. Es war kurz vor sieben. Er versuchte, sich daran zu erinnern, was Lucie gesagt hatte: daß sie noch einmal mit dem Siemens-Ingenieur reden müßte, daß man sich später – gegen 21 Uhr – zum Abendessen im Hotel treffen würde.

John kamen die Ereignisse, die erst wenige Stunden zurücklagen, vor wie Erinnerungen an eine ferne Vergangenheit.

Er wusch sich und zog seine Jacke über. Sein Hirn war durch den kurzen, aber tiefen Schlaf frei geworden von allen Zweifeln und Ängsten.

Er spürte jetzt ganz deutlich, was zu tun war.

1944 war er in einer ähnlichen Situation gewesen. 1944 im Juli, in Madrid.

Tagelang war er wie im Fieber von Botschaft zu Botschaft gelaufen, hatte Amerikaner und Engländer angesprochen, die er kaum kannte, hatte Andeutungen gemacht und zur Eile gemahnt, schwitzend und atemlos. Dabei war die spanische Hauptstadt voller SD-Leute. Sie saßen nicht nur in den deutschen Handelsmissionen, sie lungerten auch in den Restaurants herum, die von Ausländern besucht wurden, sie waren überall, wo Diplomaten und Geschäftsleute verkehrten. Es lag etwas in der Luft, eine Entscheidung. Alle Welt wartete darauf, daß aus Berlin die befreiende Nachricht kam.

John kannte die Verhältnisse in Berlin genau. Er wußte, daß

426

alles davon abhing, ob die Alliierten nach einem Putsch in ihrem Vormarsch innehielten, ob sie den Generälen eine bedingungslose Kapitulation ersparten und ob sie sie von der Verantwortung für die Verbrechen an den Juden freisprachen. Ohne diese Zusagen würden die Putschisten keinen Finger rühren.

Eine Ausnahme gab es allerdings: Stauffenberg, der Schwabe, der erst wenige Monate zuvor aus dem Nichts in Berlin aufgetaucht war und sich völlig unbeeindruckt von den Querelen zwischen den Verschwörern zeigte. Stauffenberg, der einarmige Kriegskrüppel, wollte handeln.

John hatte Anfang Juli 1944 nachts in der Nähe von Onkel Toms Hütte ein Gespräch mit ihm gehabt: Stauffenberg verachtete die feigen Generalstäbler ebenso wie John. Stauffenberg würde die Bombe werfen; wenn nötig, würde er das sogar selbst tun. Um bei den Lagebesprechungen Hitlers mit seinen Armeeführern auf der Wolfsschanze anwesend sein zu können, hatte er sich in den Stab des Ersatzheeres versetzen lassen.

Wenn aber Stauffenberg, der heilige Amokläufer, in der planmäßigen Kuriermaschine, einer JU 52, in Rangsdorf bei Berlin losflog, um Hitler in seinem Hauptquartier in die Luft zu sprengen, ohne daß die Fronde der Generäle hinter ihm stand, war alles verloren. Selbst wenn das Attentat glückte, würden die Nazis weiter an der Macht bleiben. Sie würden der Gestapo endlich den Befehl erteilen können, in die Wehrmacht einzudringen. Dann würden sie alle sterben, Johns Freunde – und Hans, denn Stauffenberg allein würde es nicht schaffen, so mutig und stark und gerissen er auch war. Ohne die Zusicherungen der Alliierten würden die Generäle ihre Truppen gegen die Verschwörer marschieren lassen.

Die Zeit drängte. Und John rannte. Er rannte, wartete und schwitzte. Noch nie hatte er das Madrider Klima so schlecht vertragen wie in diesem schwülen Juli 1944. Seine hellen Sommeranzüge waren im Nu durchgeschwitzt. Er mußte auf die Kleider zurückgreifen, die seit zwei Jahren zusammen mit Geld in drei Währungen und falschen Papieren in einer unter spanischem Namen gemieteten Wohnung im Stadtteil Arganzuela versteckt waren

– sein Notpaket für ein schnelles Untertauchen, falls die Gestapo in Berlin zugriff.

John vergaß alle Rücksichten. Er sprach mit jedem, von dem er glaubte, daß er über gute Verbindungen zu den britischen oder amerikanischen Geschäftsträgern verfügte. Aber es geschah nichts. Man ließ ihn warten. Man ließ ihn unter den Augen der stadtbekannten SD-Agenten sitzen und auf eine Antwort der Botschafter warten, während Stauffenberg in Berlin an seiner Bombe bastelte. Schließlich hatte John die Nerven verloren, sich in ein Flugzeug gesetzt und war über Barcelona nach Berlin geflogen. Dann nahmen die Dinge ihren Lauf.

Stauffenberg wagte es, die Bombe zu werfen. Daß der Führer überlebte, spielte keine große Rolle. Vielleicht hatte Stauffenberg sogar darauf spekuliert, vielleicht hatte ihm auch ein mißglücktes Attentat als Fanal für den Staatsstreich genügt. Viele Putschisten hatten in den Jahren vorher die Befürchtung geäußert, ein toter Hitler könnte den Überlebenswillen der Nazis und unbekannte Sympathien bei der Bevölkerung mobilisieren, die sich dann gegen die neuen Machthaber richten würden.

Die Operation Walküre lief an – und stockte sofort. Nicht weil Hitler überlebt hatte, das wußte in der frühen Phase der Operation noch niemand in Berlin. Bis auf einige wenige – der suspendierte Beck, Olbricht, Mertz von Quirnheim – verhielten sich die hohen Offiziere abwartend. Und als der magische Punkt überschritten war, an dem alles Nötige zur Übernahme der Macht hätte geschehen sein müssen, ohne daß etwas geschehen war, wußten die meisten Generäle, was zu tun war: Sie zeigten Hitler ihre Loyalität, indem sie ihre Kameraden verhafteten. Das war der Anfang vom Ende.

John hatte in Madrid versagt. Natürlich konnte er nichts für die Feigheit der Generäle. John war nicht schuld am Elend Deutschlands – das hatten die Generäle zu verantworten. Aber durch sein Zögern hatte er eine Mitschuld am Tod seines Bruders zu tragen. Und damit lebte es sich schlecht.

Der Schlüssel für alles – auch für die Niederlage, die die Generäle ihm jetzt, 1954, zehn Jahre danach, noch bereiteten – lag in Madrid. Er hatte in jenen schwülen Tagen des spanischen Sommers zu lange gezögert.

Diesmal würde John diesen Fehler nicht machen.

Das Telefon klingelte. »Ein Anruf für Sie, Herr Doktor John«, sagte der Portier. »Ein Herr namens Göttler.« John kannte keinen Göttler. »Woher?« fragte er.

»Aus Frankfurt«, antwortete der Portier.

Es war Kantor. Diesmal klang er sehr beflissen. »Da Sie sagten, Sie wollen einen sofortigen Rapport ...«

»Haben Sie den Kontoinhaber ermittelt?«

»Es war beileibe nicht einfach, Herr Präsident. Ich bin auf einen Trick verfallen. Ich habe mich an das Zürcher ›Hotel Walche‹ gewandt – angeblich als Ermittler in einer Scheckbetrugsangelegenheit, in die Korinth verwickelt war.« Kantor war über Elands Falschnamen im Bilde. »Sie haben sich gesträubt, aber schließlich haben sie mir die Kontonummer gegeben, die auf der Frankfurter Quittung stand. Dann habe ich von einem unserer Frankfurter Deckkonten eine Überweisung getätigt – auf den Namen Germersheimer und auf das Konto bei der Frankfurter Bank. Wörner & Kappel. Die gleiche Summe, die vom Bankhaus Wörner & Kappel ins ›Walche‹ überwiesen worden war, also die ausstehende Zimmerrechnung. Als Absender habe ich den Namen Korinth angegeben ... Als Adresse mein Hotel in Frankfurt ...«

»Wie bitte?!« fragte John. »Was treiben Sie bloß da ... in Frankfurt?«

Kantor fuhr gelassen fort: »Zwei Tage später meldete sich jemand am Empfang und verlangte Herrn Korinth zu sprechen. Der Portier war instruiert. Man alarmierte mich sofort. Es war eine hübsche junge Dame, die völlig aus dem Häuschen war ...«

»Germersheimer?«

»Germersheimer – also der Name auf der Überweisungsquittung – ist falsch.«

Kantor war ein guter Mann – wenn er nur wollte. »Und?!« drängte John.

»Die Dame, sie war wirklich sehr schön. Sie hatte gehofft, einen Toten wiederzusehen.«

»Herrn Korinth. Oder besser: Jan Eland.«

»Genau. Es tat mir richtig leid, sie enttäuschen zu müssen. Sie heißt übrigens Isolde. Isolde von Bülow.«

Johns Stimme überschlug sich. »Die von Bülow. Elands Schwarm. Ich wußte, daß sie etwas damit zu tun hat! Kantor, Sie haben großartig gearbeitet.«

Kantor blieb eigenartig zurückhaltend. »Danke. Es ist nur so ... Diese Dame, sie ist verheiratet. Deshalb hat sie die ausstehende Zimmerrechnung unter dem Namen Germersheimer überwiesen. Ihr Gatte – Adrian von Bülow, ein Anteilseigner bei Wörner & Kappel – darf nicht erfahren, daß sie für einen wildfremden Mann die Zimmerrechnung bezahlte.«

John begann zu ahnen, was Kantor bedrückte.

»Sie sind so ruhig?« fragte Kantor und fuhr dann hastig fort: »Es dauerte eine Weile, bis ich sie zum Sprechen brachte. Sie tat mir ... ehrlich gesagt ... leid. So ein junges Ding. Ich mußte ...« Er stockte. »Ich mußte ihr erst drohen, mit ihrem Gatten zu reden. Eland hat sie wohl gerührt. Er hat sie umworben. Er war mittellos und hat sich Geld beim Pagen geborgt, damit er ihr Blumen schicken kann. Sie sagt, kein Mann hat sich bisher so geduldig um sie bemüht – auch ihr eigener nicht. Wie's halt so kommt: Sie hat seinem Drängen nachgegeben und eine Nacht mit Eland verbracht. Am nächsten Morgen ist sie so über sich erschrocken, daß sie Hals über Kopf die Flucht ergriff. Sobald sie in Frankfurt war, bekam sie ein schlechtes Gewissen. Wegen Eland. ›Ich sah ihn schon im Schuldenturm‹ – so drückte sie sich aus. Sie müßten sie wirklich sehen, Herr John, ein bildhübsches Ding ...«

»Nun fahren Sie schon fort!«

Kantor war verärgert: Er konnte ja schließlich nichts dafür, daß Johns Kalkül nicht aufging. »Also: Sie hat das Geld für das Zimmer überwiesen. Sie dachte, vielleicht hilft ihm das. Dann hat sie aus einer Zürcher Zeitung, die sie aus sentimentalen Gründen gekauft hat, von Elands Tod erfahren. Sie ist richtig krank geworden, das arme Ding. Als dann das Geld von mir zurücküberwiesen wurde, hat sie Hoffnung geschöpft und ist sogleich zu meinem Hotel geeilt ... Sie tat mir so leid!«

»So kann es nicht gewesen sein!« stieß John hervor.

»So war es aber!« sagte Kantor trotzig.

»Eland wurde ermordet.«

»Sie sagt, er wirkte sehr mutlos. Vielleicht hat ihm ihre Flucht den Rest gegeben.«

»Was die sich einbildet!« schimpfte John.

Kantor schwieg.

»Sonst noch was?« fragte John.

»Nein!« antwortete Kantor hart. Und dann bemühter: »Herr Doktor, ich habe Ihnen schon in Köln gesagt, Sie machen da einen großen Fehler.«

»Überlassen Sie das mir!« schnauzte John ihn an und legte verärgert auf.

In diesem Augenblick kam ihm etwas ins Gedächtnis, woran er seit neun Jahren nicht mehr gedacht hatte.

Der muffige Filmsaal des Londoner Presseclubs. Es war kalt, und die Menschen waren schweigsam und mürrisch. Man hatte ihn Hals über Kopf aus dem Lager in Wales in die Hauptstadt gefahren. Niemand gab ihm eine Auskunft über den Hintergrund der Fahrt, auch Delmer, zu dem er zu dieser Zeit schon ein kollegiales Verhältnis hatte, schwieg eisern. In den lebhaften Augen seines Vorgesetzten las er seit langer Zeit wieder das, was ihn bei seiner Ankunft in England so erschreckt hatte: Haß.

Es waren viele Journalisten anwesend, einige Leute vom Außenministerium und Militärs. John glaubte, der einzige Deutsche zu sein, was er anfangs noch für eine Auszeichnung hielt. Ohne Ankündigung ging das Licht aus, der Vorhang vor der gelbstichigen Leinwand wurde aufgezogen. Irgendwo rasselte eine Projektionsmaschine.

Es flimmerte, auf der Leinwand waren Soldaten zu sehen, die schweres Gerät bewegten. Dann sah John Stacheldraht und eine Baracke. Hinter der Baracke traten scheue Gestalten hervor, sie trugen Häftlingskleidung, ihre knochigen Schädel waren kahl, die Augen verschwanden fast in den Augenhöhlen, die Gesichtshaut spannte sich über die Kiefer.

Eine Raupe fuhr an ein Erdloch heran, sie hob ihre Schaufel leicht an, fast spielerisch – John konnte erst nicht erkennen, was die Schaufel transportierte. Dann sah er es. Abgemagerte Leiber, weit ausholende Beckenknochen, lange, fleischlose Oberschenkelröhren, geschwollene Kniegelenke, eingefallene Geschlechtsteile.

Als die Raupe ihre Last in das Loch kippte, schienen sich die Glieder zu wehren. Die ausgemergelten, nackten Körper drehten sich in seltsam verzögerter Bewegung in der Luft, als wäre noch Leben in ihnen. So leicht, als hätten sie kein Gewicht, schlugen sie auf einen ununterscheidbaren Berg aus Haut, Gelenken und Knochen auf und verrenkten ihre Glieder dabei in anatomisch unmöglicher Weise. Dann fielen sie übereinander her, umarmten sich hilflos wie Puppen und flüchteten sich ins Erdreich.

Die Raupe drehte flink ab, um die nächste Fuhre zu holen.

Eine andere, größere Raupe schob einen Erdwall heran und begrub die Leichenberge darunter, als handele es sich um Unrat.

Eine Schrift in breiten, sachlichen Lettern erschien: Bergen-Belsen.

Als das Licht anging, wagte John nicht zu atmen – aus Angst, sein Brustkorb könnte bersten.

Ein dünner, junger Mensch in Zivil, ein Journalist wahrscheinlich, stand auf, trat auf ihn zu und fragte: »Was sagen Sie dazu?«

John heulte.

John erkundigte sich am Empfang, ob der Hotelwagen frei war. Der Wagen stand bereit.

John nahm seine Dienstwaffe aus der Tasche des Regenmantels und verstaute sie im Wäscheschrank, dann steckte er Papiere mit einer der drei Identitäten ein, die ihm zur Verfügung standen. Er zog den Regenmantel über und lief nach unten. Er beeilte sich, durch die Halle zu kommen, ohne daß Lucie ihn bemerkte – falls sie schon zurück war. Der Frau Glöckle trug er auf, Lucie zu sagen, sie sollte nicht mit dem Essen warten, er müßte in einer dienstlichen Angelegenheit noch einmal weg und würde später dazustoßen.

Der Wagen des Hotels wartete mit laufendem Motor vor dem Eingang. John stieg ein, er kannte den Fahrer.

»Was glauben Sie: Darf man Sie für den ganzen Abend beanspruchen?« fragte John.

Der Mann wandte sich lachend um: »Mit Ihnen mach ick sojar 'ne Stadtrundfahrt, wenn's sein muß. Die Chefin hat sicher nischt dajejen!«

John schlug die Tür zu. »Genau das habe ich vor. Fahren Se einfach los! Richtung Gedächtniskirche, dann sehen wir weiter.«

Der Mann gab Gas.

John beabsichtigte, den Fahrer erst am Kudamm in Richtung Osten fahren zu lassen. Er wollte verhindern, daß der Mann das Fahrtziel zu früh kannte.

Der Regen prasselte wieder auf den blitzblanken Asphalt. Selbst im neuen Zentrum, in der Gegend um die Gedächtniskirche, waren nur wenige Menschen unterwegs. Die Wagen durchfuhren die Pfützen, die sich auf der Straße gebildet hatten, im Schrittempo.

John hatte einen Einfall. Das, was er vorhatte, mußte von Westberlin aus vorbereitet werden, wenn er nicht spät in der Nacht unverrichteter Dinge zurückkehren wollte.

»Ich hab's mir anders überlegt!« sagte er auf der Höhe der Uhlandstraße. »Lassen Sie mich doch vor der *Maison de France* raus! Ich will sehen, ob ich dort Bekannte treffe. Das Wetter ist doch zu beschissen für eine Stadtrundfahrt.«

»Wollen Se etwa wat erleb'n?« fragte der Fahrer, ohne sich umzuschauen. »Ick meine: Ohne die werte Jattin wat erleb'n?«

»Danke, vielleicht das nächste Mal.«

»Ick warte auch, wenn Se drauf bestehen ... Ansonsten fahr ich gleich nach Hause, die nächste Fuhre is nämlich erst morjen in der Früh.«

Er hielt vor dem Haus Kurfürstendamm 211, vor der halbrunden Vorderfront der *Maison de France*.

»Fahren Sie mal ruhig in Ihren Feierabend!« sagte John, als er ausstieg.

John klappte den Kragen seines Mantels hoch. Der Regen schlug ihm hart ins Gesicht. Der Fahrer hupte noch einmal dankbar.

John lief zum Eingang der Maison de France und stellte sich unter. Als der Glöckle-Wagen in Richtung Gedächtniskirche verschwunden war, überquerte John den Kudamm.

Er mußte das Haus in der Uhlandstraße 175 nicht lange suchen.

Im Wartezimmer saßen noch zwei Patientinnen. John nahm in seinem nassen Regenmantel Platz. Die Sprechstundenhilfe kam herein und holte eine der beiden Frauen. Sie schaute John fragend an.

»Es ist privat!« sagte er. Und dann, als ihr das nicht zu genügen schien: »Ich warte.«

Die letzte Patientin hatte gesunde, runde Backen und ein Mondgesicht. John spürte, daß sie neugierig darauf war, was der Mann in dem tropfenden Mantel bei ihrem Gynäkologen zu suchen hatte – dennoch wich sie seinem Blick aus. Sie schien sich vor dem Fremden zu schämen.

Plötzlich wurde die Tür aufgerissen, und Wowo wehte herein – mit weit offenem Ordinationskittel. Er nickte John zu, trat dann zu der Frau hin, zog sie sanft vom Stuhl hoch, küßte ihr die Hand und flüsterte ihr etwas zu, was wie eine Entschuldigung klang.

»Aber ich habe doch ... Sie sagten doch ausdrücklich ...« stammelte die junge Frau.

Wowo zog wieder ihre Hand zu seinem Mund, ließ den Kopf wie von einem Fallbeil abgeschlagen auf ihre Knöchel fallen und küßte sie erneut. »Bitte!!« flüsterte er.

Die junge Dame war verärgert, sie schnappte ihre dreieckige Handtasche und rauschte grußlos hinaus.

»Dummes Ding!« zischte Wowo und begrüßte John per Handschlag. »Hätte nicht geglaubt, daß du noch kommst. Ich muß schnell was essen, dann fahren wir in die Lietzenburger Straße und machen das Attest.«

Er führte John in seine Praxis. Die Sprechstundenhilfe räumte

Tücher und Wattebäusche weg. Der gynäkologische Stuhl, auf dem eben noch eine Patientin gesessen hatte, sah aus wie das versteinerte Skelett eines Tieres. Die Praxis machte einen schäbigen Eindruck, es roch nach medizinischem Alkohol und Kampfer. An den grauweißlackierten Medikamentenschränken und am Rahmen des gynälologischen Stuhles blätterte der Lack ab, das stählerne Untergestell wurde sichtbar.

John sah, daß jemand etwas in den Aufbau des Stuhles eingeritzt hatte, aber er konnte es nicht entziffern. Es war kühl in dem Raum – für die Frauen, die sich zur Untersuchung freimachen mußten, viel zu kühl.

Wowo zog den Kittel aus und hängte ihn in den Schrank. Unter dem Kittel trug er eine graue Weste mit kleinen schwarzen Knöpfen und weite, amerikanische Hosen. Seine vergoldeten Manschettenknöpfe schauten unter der Weste hervor. Wowo wirkte abgespannt, die Haut seines Gesichtes war fahl und kraftlos, eine Strähne seines schlohweißen Haares hing ihm in die Stirn.

Wowo war nicht mehr der Liebling der besseren Berliner Gesellschaft, der unermüdliche Trompeter, der morgens die Partygäste mit dem *St. Louis Blues* von der Heimkehr abhielt. Die Sprechstundenhilfe verschwand im Nebenzimmer und kam kurz darauf mit einem ovalen Silbertablett zurück, auf dem ein Kännchen und zwei Tassen standen. Sie stellte das Tablett auf Wowos Schreibtisch und schenkte Kaffee ein. Als sie John seine Tasse reichte, bemerkte er, daß die Frau nach Schweiß roch.

Sie ging hinaus. Obwohl sie sich mit keinem Wort verabschiedete, hatte John den Eindruck, daß sie anschließend die Praxis verließ.

»Willst du nicht ablegen?« fragte Wowo. »Du siehst in diesem Regenmantel ja aus wie ein amerikanischer Schnüffler.«

John schüttelte den Kopf. Sie tranken den heißen Kaffee im Stehen.

»Ich muß schnell was essen«, erklärte Wowo. »Den ganzen Tag bin ich nicht dazu gekommen, mir ist schon ganz übel. Anschließend können wir zu mir rüber in die Lietzenburger fahren.

Dummerweise habe ich die Unterlagen für das Attest dort liegenlassen.«

»Du sagtest doch, du hast alles hier bereit.«

Wowo wurde ärgerlich. »Tut mir leid, aber ich muß auch noch an ein paar andere Dinge denken ... Es ist ja nur ein Katzensprung.« Er hielt inne und überlegte. »Das heißt, ich müßte noch kurz bei meinem Steuerberater vorbei. Ich habe dort etwas Wichtiges vergessen, aber keine Angst, es liegt auf dem Weg.«

»Was soll das?« fragte John.

»Soviel Zeit mußt du dir schon nehmen. Dafür kannst du dann das Attest für die Witwe vom alten Nehlsen gleich mitnehmen – das wolltest du doch, oder?«

»Hör mal, Wowo, es ist etwas dazwischengekommen, du mußt mir helfen!«

Wowo stellte die Tasse ab. Er versuchte zu verbergen, daß seine Hände immer heftiger zitterten.

»Du kennst doch Leute, ich meine, du bist in Berlin zu Hause.«

»Was ist, Otto? Was hast du? Hat es mit diesem Bannert zu tun?«

»Ich müßte heute abend noch in den Osten. Weißt du, wo drüben die Gedenkveranstaltung zum 20. Juli stattfindet?«

»Du willst nach drüben? Aber warum denn? Was willst du da?«

»Ich muß mit ein paar Leuten reden, mit Freunden von früher, Leuten aus dem Widerstand. Ich weiß, daß man drüben auf sie hört. Einige haben sogar in der Partei was zu sagen. Ich hätte auch mit dem Taxi rüberfahren können, aber mir wäre es lieber, ich müßte da nicht allein hin. Du weißt ja, als Präsident des Verfassungsschutzes ist das etwas heikel. Obwohl ...« Er griff in die Innentasche des Mantels und zog die Mappe mit den Papieren hervor. »... ich habe echte Papiere dabei – auf einen anderen Namen. Trotzdem, ich hätte ein beseres Gefühl, wenn du mich begleiten würdest. Es steht einiges auf dem Spiel, Wowo.«

»Du bist doch noch Präsident des Verfassungsschutzes, oder?« Wowo klang mißtrauisch.

»Natürlich. Aber die Sache mit diesen Erpressungen – da ist

einiges schiefgelaufen. Gehlen hat mir eine Falle gestellt, er steckt dahinter.«

»Willst du ... ich meine, du denkst doch nicht daran ... überzulaufen?«

»Nein! Niemals! Ich möchte bloß den Leuten da drüben ... also die, von denen ich glaube, daß sie so denken wie ich ... denen möchte ich etwas Wichtiges mitteilen. Es geht um Gehlen, um die Wiederbewaffnung, um den neuen Geheimdienst, du weißt schon. Um eine Sonderabteilung. Um verfassungsfeindliche Machenschaften. « Er seufzte. »Hier ist da nichts mehr zu machen. Hier haben die längst Fuß gefaßt. Man kann nur noch über Dritte etwas machen. Von außen. Es muß an die große Glocke – sonst haben wir hier bald wieder 1933.«

»Und deine Freunde? Die Briten?«

John lachte bitter auf. »Die? Ich bin mehrmals von einem Ostagenten zum Überlaufen aufgefordert, ja, gedrängt worden. Die britischen Stellen sahen es nicht einmal für nötig an, diesen Kerl festzusetzen. Verstehst du, das ist denen völlig schnuppe, Wowo! Nein, es bleibt mir nur noch ein Weg. Was ist: Hilfst du mir?«

Wowo steckte sich fahrig eine *Pall Mall* an, er inhalierte tief. »Ich müßte telefonieren. Herausfinden, wo das ist – diese Gedenkveranstaltung im Osten.«

John schaute auf den schweren Tischapparat. »Tu's! Wer weiß, wie lange die drüben zusammen sind!«

Wowo drückte die angerauchte Zigarette in den Glasaschenbecher. Er ging zur Tür.

»Warum tust du's nicht von hier aus?«

Wowo blickte auf den Apparat. Dann fiel ihm etwas ein: »Mein Essen. Es steht nebenan und wird kalt. Soviel Zeit wird doch wohl noch sein, oder?«

John verstand die Konfusion nicht. Vielleicht lag es wirklich daran, daß Wowo nichts im Magen hatte. Sie gingen zusammen nach nebenan. Es handelte sich um den kleinen, spärlich eingerichteten Ruheraum des Arztes. In der Ecke stand eine Chaiselongue

437

mit einer braunen Wolldecke, an der Wand hing eine Reproduktion von Mac Zimmermanns *Mythologischer Garten* und ein Brett mit Büchern, medizinischen, aber auch dem zweiten Teil des *Kinsey-Reports* und Romanen von Böll und Koeppen. Am Fenster stand ein kleiner, quadratischer Tisch mit einem Stuhl. Der Tisch war für einen Esser gedeckt: Teller, Bestecke, eine Porzellanschüssel mit einem Deckel.

Wowo nahm Platz, er hob den Deckel von der Schüssel, knöpfte seine Manschetten auf und stülpte sie in kantigen Bewegungen zweimal über die Weste. Dann rieb er sich die Hände und blickte dabei verächtlich in die Schüssel mit Kartoffeln, dünner Soße, einem schwarzen Stück Rindfleisch und verkochten Wachsbohnen.

»Ich würde dir ja gerne was anbieten«, wandte er sich an John, während er sich die steife Stoff-Serviette umständlich in den Hemdkragen steckte und sich dann mit einem Soßenlöffel auftat. »Aber ...«

»Schon gut!« winkte John ab. »Wenn du dich etwas beeilen könntest.«

Er blieb im Regenmantel neben dem kleinen Tisch stehen, während der Arzt aß. Wowo bat ihn mit vollem Mund abzulegen und sich hinzusetzen, aber John dachte nicht daran. Wenn er es sich gemütlich machte, würde Wowo sich noch mehr Zeit lassen.

Wowo kaute gewissenhaft. Er machte dabei einen konzentrierten und ernsthaften Eindruck – obwohl der Geschmack des Essens keinen sonderlichen Eindruck auf ihn zu machen schien. Plötzlich sprang er auf und erklärte, er müsse dringend telefonieren, der Steuerberater warte auf seinen Besuch, die Sache mit dem vergessenen Schriftstück sei dringend. Mit der widerspenstigen Serviette vor der Brust rannte er in sein Ordinationszimmer zurück. Er schloß die Tür hinter sich.

Während John ungeduldig ans Fenster trat und hinaus auf den unendlichen Regenschauer sah, der in diesem Sommer über das Land niederging wie eine Sintflut, rief Wowo im Nebenzimmer Wornsiek an. Er teilte ihm atemlos mit, daß es soweit war: Er hatte seinen Freund Otto John dazu überredet, mit ihm in den Osten zu fahren, um dort heimlich politische Gespräche zu führen.

Wornsiek glaubte dem Arzt kein Wort.

Wowo erklärte, er werde spätestens in einer halben Stunde an der Sandkrugbrücke mit John die Sektorengrenze in Richtung Osten überschreiten. Sein Freund sei bereit, sich mit ehemaligen Widerständlern über seine Bedenken in Hinblick auf die Militarisierung der Bundesrepublik zu unterhalten.

Wornsiek drohte Wowo, wenn er glaube, mit Lügen eine Intervention der Russen in der Charité zu erreichen, habe er sich geschnitten.

Wowo verlor die Geduld. Wenn Wornsiek ihm nicht traue, werde er John geradewegs zu der Gedenkveranstaltung zum zehnten Jahrestag des Anschlages auf Hitler fahren. Dort würde der Verfassungsschutzpräsident sicher die Gesprächspartner finden, die er sich wünschte.

Da fürchtete Wornsiek, einen katastrophalen Fehler zu machen. Augenblicklich änderte sich sein Ton. Er bat Wowo, nichts zu übereilen. In einer halben Stunde würde hinter dem Übergang Sandkrugbrücke ein schwarzer, russischer SIM auf ihn warten. Wowo sollte diesem Wagen folgen. Er würde ihn und John zu einer Villa lotsen, wo kompetente Gesprächspartner auf den Verfassungsschutzpräsidenten warten würden.

Wowo nannte Wornsiek Fabrikat, Farbe und Kennzeichen seines Privatwagens, eines Fords, und ließ sich noch einmal versichern, daß man auf russischer Seite bei Gelingen dieser Zusammenführung seine Mitarbeit als ausreichend für eine Fürsprache an der Charité ansah.

John wollte schon lospoltern. Aber Wowo erklärte ruhig, in wenigen Minuten würden sie losfahren, er habe von seinem Steuerberater erfahren, wo die Ostberliner Gedenkveranstaltung stattfand. Der Arzt nahm wieder Platz, aß zügig sein mittlerweile kalt gewordenes Essen auf, spülte es mit einem Schluck Kaffee hinunter, rollte seine Manschetten wieder ab und sagte dann, es könnte nun losgehen.

Bevor sie aufbrachen, benutzte John noch einmal Wowos Toilette. Den Regenmantel legte er dabei nicht ab. Im Hinausgehen trank John seinen Kaffee aus.

Die Regentropfen zerplatzten wie Quallen auf der Windschutzscheibe von Wowos Ford.

John hätte den starken Kaffee nicht trinken sollen, sein Magen wurde nervös, er hatte plötzlich großen Durst.

Der Arzt war kein guter Fahrer. An der Kreuzung Uhlandstraße/Kurfürstendamm bremste er ohne ersichtlichen Anlaß so hart, daß sein Beifahrer mit dem Kopf gegen die Scheibe prallte. Sofort wuchs eine Beule auf Johns Stirn, und es wurde ihm übel. Wowo fuhr rechts ran, stieg aus, lief um den Wagen herum und tastete Johns Kopf ab.

»Mußt du dich übergeben?« fragte Wowo.

»Nein! Aber mir ist schrecklich übel.«

»Tut mir leid!« sagte Wowo.

Er rannte über die Straße zu seiner Praxis zurück. John quälte sich aus dem engen Wagen und rief hinter Wowo her, er sei in Ordnung und wolle unbedingt weiterfahren. Aber der Arzt schien ihn nicht zu hören.

Eine bösartige Regenböe trieb John wieder in den Wagen zurück. Der Motor tuckerte unruhig, und die kurzen Scheibenwischer stemmten sich stockend gegen die Wassermassen. Die Beule pochte, Johns Mund wurde immer trockener.

Plötzlich fiel John Eland wieder ein. So mußte er sich gefühlt haben in seinem Zürcher Hotel – kurz vor seinem Tod: von aller Welt verlassen, allein gegen eine gerissene Meute.

John hatte Eland immer für einen Artisten gehalten, der geschickt die Fallen seiner Gegner umging. Insgeheim hatte er Menschen wie Eland immer bewundert. Im Gegensatz zu ihm agierten sie geschickt und diplomatisch, sie schienen über einen natürlichen Instinkt des Selbstschutzes zu verfügen, der John völlig abging. Eland hatte immer Angst vor Verschwörungen und Intrigen gehabt. Er hatte nie vergessen, daß er schwach war. Aber was hatte ihm all seine Vorsicht genutzt?

John hatte Eland rächen wollen. Jetzt blieb ihm nicht einmal mehr dazu die Macht. Er konnte nur noch das Schlimmste verhindern. Das aber wollte er diesmal tun – im Gegensatz zu 1944.

Wowo kam mit zwei Tabletten und einer kleinen Flasche Sinalco zurück. John schüttelte den Kopf, es ging ihm schon besser.

»Nimm sie schon, es ist Aspirin. Sonst quälen dich morgen den ganzen Tag Kopfschmerzen. Kann sein, daß es eine leichte Gehirnerschütterung ist.«

John wollte trotzdem nicht.

Wowo schlug den Kronkorken der Sinalcoflasche am Chassis des Fords ab. Die Limonade sprudelte, John stieg der frische Geruch von Apfelsinen und Kohlensäure in die Nase. Er griff nach der Flasche.

»Nur mit den Aspirin!« sagte Wowo.

John fügte sich. Er schluckte die beiden Tabletten und schüttete dann die prickelnde Limonade nach. Sofort ging es ihm besser. John gab das bauchige Fläschchen nicht wieder aus der Hand.

Wowo fuhr jetzt vorsichtiger. Der Dauerregen verschlechterte die Sicht, und je weiter sie nach Osten kamen, desto dunkler wurde die Stadt. Dabei war es noch keine 21 Uhr. Die Scheibenwischer bewegten sich langsamer, sie ächzten unter der Last des Regens, der auf Johns Seite stellte am Weltenbergplatz seinen Betrieb ganz ein.

Die beiden Männer sprachen nicht.

Erst als Wowo kurz vor der Sandkrugbrücke die Fahrt verlangsamte, fragte John ihn, wo in Ostberlin die Feierstunde stattfinde.

»Der Steuerberater hat's mir beschrieben«, antwortete der Arzt und kurbelte die Scheibe herunter.

»Woher weiß dein Steuerberater so was?«

»Er weiß es halt. Sein Cousin ist Antifaschist und geht jedes Jahr hin.«

Ein Windstoß jagte Regen ins Wageninnere. John klappte seinen Kragen hoch.

Der Posten trug ein ponchoähnliches Cape aus grauem Kunststoff. Als er sich bückte, um in den Wagen zu schauen, klappte der Umhang auf, und die kurze, stämmige Mündung seiner Maschinenpistole lugte hervor. Der Mann sah aus wie ein Exhibitionist, fand John.

Der Posten verzog keine Miene. Als er nichts Verdächtiges wahrnahm, riß er die rechte Hand an seine Schirmmütze und straffte sich. Er sagte nichts. Wowo konnte weiterfahren. Vor lauter Aufregung vergaß er, die Scheibe wieder hochzukurbeln.

»Mir ist kalt!« sagte John.

Wowo antwortete nicht, er klebte an dem übergroßen Volant und starrte angestrengt in die Dunkelheit des Ostens. Die asymmetrischen Kugelscheinwerfer des Fords erfaßten zerschossene Häuserwände, zugemauerte Eingänge und aufgeplatztes Pflaster – und verloren alles sofort wieder. Obwohl sie langsam geradeaus fuhren, kamen sie sich vor wie auf einem Karussell.

Wowo überlegte, was zu tun war, wenn der schwarze SIM mit dem Kennzeichen IA-347 nicht auf ihn wartete oder er ihn verpaßte. Er würde einfach ins Zentrum Ostberlins steuern, irgendwann behaupten, sich verfahren zu haben, anhalten und einen Passanten nach den Feierlichkeiten fragen – wenn sich bei diesem Wetter überhaupt Leute auf die Straße trauten. Vielleicht würde Wornsiek den Wagen zum Ort der Jubiläumsfeier schicken, falls sie sich verpaßten. Er schien Wowo klug genug zu sein, für diesen gar nicht mal so unwahrscheinlichen Fall Vorsorge zu treffen.

Dennoch: Wie sollte er John dazu veranlassen, sich mit Wornsiek und den Russen einzulassen?

Wowo hatte einen Fehler gemacht. Er hätte niemals diesen Wornsiek anrufen dürfen. So etwas bedurfte reiflicher Überlegung, er hätte Vorbereitungen treffen müssen, anstatt einfach loszufahren. John war sprunghaft und unberechenbar, das wußte Wowo. Sobald er den Wahnsinn dieser Fahrt realisierte – und das mußte nach

Wowos Einschätzung jeden Augenblick passieren –, würde er umkehren wollen. Dann war die Chance ein- für allemal vertan. Wornsiek würde ihm kein Wort mehr glauben. Dann war es zu Ende mit den großen Plänen, zu Ende mit dem Wolfgang-Wohlgemuth-Krebsforschungszentrum in der Charité.

»Mir ist kalt!« sagte John schon wieder.

In diesem Augenblick löste sich aus dem Dunkel ein Scheinwerfer, schnitt den Ford und schob sich vor ihn. Der fremde Wagen fuhr zügig. Wowo gab Gas. Der Ford war gut gefedert, aber die Schlaglöcher versetzten den beiden Männern gliederreißende Stöße.

Wowo hatte Mühe aufzuholen. Warum fuhr der Wagen so schnell? Und dann auch noch bei diesen Straßenverhältnissen. Das mußte jemand anderes sein. Ein Fahrer, der ihn durch die dunkle Stadt lotsen wollte, hätte seine Geschwindigkeit angepaßt. Das – das war doch eine Verfolgungsjagd. Wowo verlor allen Mut. Dennoch gab er weiter Gas, und jeder Schlag, der seinen Steiß traf, war ihm eine verdiente Strafe für seine Dummheit.

»Nun schließ endlich das Fenster!« jammerte John.

An dem Wagen, dem Wowo folgte, leuchteten die roten Bremsleuchten auf. Wowo sah, daß die massige Stoßstange sich hob und dann senkte. Er gab noch mehr Gas. Dann fiel ihm ein, was das Aufleuchten der Bremsleuchten und das Heben und Senken der Stoßstange bedeuteten: Der Fahrer, der die Gegend offensichtlich kannte, hatte seine Geschwindigkeit rechtzeitig vor einem besonders tückischen Schlagloch gedrosselt.

Wowo ging hart in die Bremsen. Johns Oberkörper kippte ab, seine Hände klatschten aufs Handschuhfach. Dann kamen die beiden Stöße des Schlaglochs. Sie waren so mächtig, daß sie glatt die Achsen gebrochen hätten, wenn Wowo nicht gebremst hätte.

Der Ford beschleunigte im niedrigen Drehzahlbereich schneller als der Wagen, der vor ihnen fuhr. Bevor der wieder richtig anzog, war Wowo hinter ihm.

»Mir ist schlecht!« sagte John.

Wowo blendete auf. Das Nummernschild leuchtete. Wowo las

die Nummer: IA-347. Und jetzt erkannte Wowo auch die altertümlich bauchigen Formen der hinteren Kotflügel. Ein SIM. Geschafft! Wowo war gerettet.

Er kurbelte die Scheibe hoch. »Entschuldige!« sagte er. »Aber es ist nicht einfach, sich zu orientieren!«

John ächzte.

Wowo ließ den schwarzen SIM nicht mehr entwischen. Der schwere Wagen fuhr jetzt langsamer, offensichtlich hatte der Fahrer bemerkt, daß sein Verfolger Schwierigkeiten hatte, das Tempo zu halten.

Am Ende der Dunkelheit leuchtete eine schwache Ampel. Der SIM setzte den rechten Blinker. Er bog ab, ohne auf das Ampellicht zu achten. Wowo folgte ihm zügig. Die Straße wurde breiter, an den Kreuzungen warfen Gaslaternen schummrige Kleinstadtlichtkegel. Wowo nahm hohe Fassaden wahr. Der Straußberger Platz.

Sie fuhren über die Stalin-Allee in Richtung Süd-Osten. Ab und zu begegneten ihnen auf der Gegenfahrbahn andere Fahrzeuge, auch die Straßendecke wurde besser. Warum entfernte sich der SIM so weit von der Stadtmitte? Das würde John sicher gar nicht gefallen.

»Was hast du mir gegeben?« fragte John.

»Aspirin. Gegen die Kopfschmerzen. Warum?«

»Halt sofort an, mir ist schlecht!«

Wowo hatte gewußt, daß es nie, nie klappen würde. Nie.

»Ich darf hier nicht halten.« Zudem drehte der SIM wieder auf – als wollte er auf heimischem Boden zeigen, was er draufhatte.

»Ist es dir lieber, wenn ich den Ford zukotze?« fragte John – und dann laut: »Nun halt schon an!«

Wowo setzte den Blinker, fuhr aber mit unveränderter Geschwindigkeit weiter – in der Hoffnung, der Fahrer des SIM würde den Blinker im Rückspiegel wahrnehmen. Der SIM aber raste.

John öffnete die Beifahrertür. Jetzt fuhr Wowo rechts ran. John sprang aus dem Wagen, bevor der stand. Er würgte, aber er kotzte nicht.

»Von den Aspirin kommt das nicht!« rief Wowo ihm aus dem Ford zu.

John straffte sich und atmete durch. Eine solche Übelkeit hatte er seit Jahren nicht mehr erlebt – wahrscheinlich die Aufregung der letzten Stunden. Dabei war sein Magen geeicht: auf Unmengen Zigaretten und auf harte Spirituosen. Die frische Luft tat ihm gut, obwohl sie getränkt war von Auspuffgasen und Brikettbrand – und das an einem Sommerabend.

Wowo schlug gegen das verglaste Ford-Emblem auf dem Volant: Die Rücklichter des SIM verschwanden in der Dunkelheit. Jetzt fehlte nur noch, daß John von ihm verlangte, auf der Stelle umzukehren.

»Was ist?« fragte Wowo.

John spuckte aus. »Vielleicht vertrage ich keine Aspirin.«

»Jeder verträgt Aspirin, sogar Babys!« Wowo wurde langsam ärgerlich, er hatte John noch nie so tapsig erlebt, langsam fragte er sich, wie so einer Präsident des Verfassungsschutzes hatte werden können. »Nun steig schon ein! Bevor die Vopo da ist. Hier ist überall Halteverbot!«

John war unschlüssig. Dann aber stieg er ein.

»Und jetzt?« fragte Wowo.

John war bleich, er atmete schwer. »Weiter! Ich muß zu der Gedenkfeier!«

Idiot, dachte Wowo, jetzt ist der SIM weg.

Er setzte den Blinker und fuhr langsam an. Beeilen brauchte er sich jetzt nicht mehr.

Jetzt mußte er nur nachdenken, gründlich nachdenken.

36. KAPITEL

Adenauer war abends wieder in Rhöndorf.

Er saß in der »Kajüte«, einem mit Glas gegen die Witterung abgeschirmten, fast quadratischen Gelaß neben dem Wohnzimmer, von dem aus er bei klarem Wetter in die Rheinebene schauen konnte. Die alte Schiffsuhr, die ihm eine Hamburger Reederei geschenkt hatte, schlug 18 Glas, es war 21 Uhr. Neben der Uhr hing ein Kreuz aus drei auf Samt übereinandergelegten Nägeln – Nägel der von den Deutschen zerstörten Kathedrale von Coventry.

Der Kanzler war todmüde, aber er zwang sich dazu, den Tag zu überdenken.Der Auftritt von John nach der Messe in Dahlem ließ ihm keine Ruhe.

Wenn man Erfolg damit hat, wird das auch auf Sie zurückfallen!

Adenauer hatte viele fallen sehen, nicht wenige davon waren auf seine Veranlassung hin gefallen. Einige hatten ihm gedroht. Da seine Position in diesem Land so gefestigt war, daß so gut wie niemand ihm etwas anhaben konnte – außer vielleicht einer wie Schumacher, aber der war seit eineinhalb Jahren tot –, hatten sie so gedroht, wie Ohnmächtige einem Mächtigen drohen können: Wenn ich falle, wirst du Nachteile haben.

So wie John gedroht hatte.

Adenauer kannte die Menschen, und er verstand, daß sie so handeln mußten. Dennoch verabscheute er die, die glaubten, ihm Angst einjagen zu können. Die letzten, die das wirklich gekonnt hatten, waren die Briten gewesen. Als die 1946 in Köln die Amerikaner als Besatzungsmächte abgelöst hatten, war das schlimmer gewesen als die Niederlage 1945.

Natürlich hatten die Amerikaner keinen Stil und keine Geschichte, aber sie waren Weltmänner, und Weltmänner ließen sich ihren Zorn nicht anmerken – nicht einem Verlierer gegenüber. Für

446

sie war dieser lange, europäische Krieg eine aufgezwungene Notwendigkeit gewesen, keine wirkliche Sache des Herzens. Deshalb konnten sie emotionslos mit den Deutschen umgehen.

Adenauer, der – auch wenn er es sich nicht anmerken ließ – selbst alles andere als emotionslos war, reagierte empfindlich auf Herablassung und Wut. Als die Briten ihm zu diktieren begannen, wie er Köln zu verwalten hatte, war das ein Racheakt gewesen. Sie wollten ihn demütigen. Adenauer hatte seine Verbitterung zu verbergen versucht. Den Briten aber hatte es nicht genügt, ihn zu verletzen, sie wollten ihn tiefer treffen. Sie warfen ihm öffentlich vor, unfähig zu sein: Er habe die zur Verfügung stehenden Mittel für den Wiederaufbau zweckentfremdet, weil er die die Stadt umgebenden Grünanlagen hatte aufforsten lassen, anstatt sich um die Infrastruktur zu kümmern. Der Oberbürgermeister hatte den Kölnern Mut machen, ihnen ihren Stolz wiedergeben wollen. Das hatte den Briten nicht gefallen, die wollten Straßen für ihre Transporte, Märkte und Verwaltungsgebäude. Sie verjagten Adenauer aus der Stadt und verbaten ihm, jemals wieder in ihrem Herrschaftsgebiet politisch tätig zu werden. Mittelalter. Tiefstes Mittelalter. Finster und kalt.

Adenauer hatte sich geschworen, daß ihn niemand wieder derart verletzen würde.

Und jetzt kam dieser John und drohte, wenn er falle, müßte der Kanzler dafür bezahlen.

Es gab ernstzunehmende Leute, die vor John gewarnt und behauptet hatten, er arbeite für den britischen Geheimdienst. Das hatte Adenauer nicht sonderlich beunruhigt. Einen Verfassungsschutzpräsidenten, von dem er wußte, auf wessen Gehaltsliste er stand, konnte er besser manövrieren. Nein, etwas anderes bewirkte, daß der Kanzler die Worte Johns vor der Dahlemer Christus-Kirche nicht vergaß.

Es gab keine Akten.

Adenauer las täglich bis zu sechs Stunden Akten. *Wer nicht versteht, Akten zu lesen und ihren Kern unverzüglich zu erfassen, wird in der Politik niemals eine wirkliche Rolle spielen.* Das waren seine

447

Worte. Der Sinn der Dinge offenbarte sich nicht in Bundestagsreden und nicht in Leitartikeln, das war alles Strategie. Worum es wirklich ging, das erfuhr man in den Akten. Es stand nicht explizit dort, aber wenn man sich über Jahrzehnte hinweg ein drittes Auge dafür antrainiert hatte, dann konnte man in kürzester Zeit das Wesen eines Vorganges ablesen.

Aber darüber, was mit John geschah, gab es keine Akten.

Globke hatte versprochen, daß Gehlen etwas tun würde. Aber was würde er tun? Wie würde er es tun? Welche Konsequenzen würde es haben?

Adenauer wußte sonst, was die Leute taten. Er konnte die Folgen ihrer Taten absehen, bevor die Leute überhaupt etwas taten. Das war sein Geheimnis, das Geheimnis der unablässigen Lektüre der Aktenberge, die seine Helfer aus allen Ressorts und aus den Auslandsvertretungen des Landes zusammentrugen. In diesen alten Schädel, der mehr und mehr zu vertrocknen schien, paßten mehr Tatsachen, mehr Einschätzungen, mehr Prophetien als in die Bibliothek eines Politikwissenschaftlichen Instituts. Adenauer war eine ungeheure Rechenmaschine, er vergaß viel, aber nie etwas Wichtiges, er fand in Sekundenschnelle den richtigen Zusammenhang, die Auflösung eines Rätsels.

Was konnte John gemeint haben: Adenauer müsse für seine Niederlage bezahlen?

Adenauer hatte einen Fehler in dieser Sache gemacht, das spürte er nun deutlich. Er wußte nur noch nicht, welchen.

Er gab Globke zuviel in die Hand. Der Mann war klug, verläßlich und effizient, aber er tat viele Dinge, von denen Adenauer nur wußte, daß sie geschahen, aber nicht, wie sie geschahen. Nicht daß er Globke mißtraute – der Kanzler hatte ein untrügliches Gespür für Verrat, so wie alle geborenen Verräter, die sich der Notwendigkeit des Verrates in der Politik bewußt sind und deshalb kein Aufhebens davon machen. Globke roch nicht nach Verrat, er roch nach einem immensen Wissen, nach einem unbestechlichen Urteil und nach robuster Loyalität. Globke wußte, daß kein Mensch in Deutschland und erst recht niemand außerhalb des Landes ihm, dem Kommentator der Nürnberger Rassengesetze, soviel Einfluß gewährte wie sein Chef, der Bundeskanzler.

Aber auch Globke machte Fehler. Zum Beispiel räumte er dieser Zecke, diesem Gehlen, zuviel Spielraum ein. Vor allem jetzt, wo klar wurde, daß Gehlen politische Ambitionen hegte und sich durch die Übernahme seiner Organisation als Bundesnachrichtendienst ein Sprungbrett nach Bonn verschaffen wollte. Da gehörte ein kräftiger Stüber drauf und keine zusätzliche Prokura, fand Adenauer. Vor allem aber durfte Globke es General Gehlen nicht selbst überlassen, dessen ärgsten Kritiker und Rivalen vom Acker zu jagen. Das hätte Globke persönlich erledigen müssen, um bei Gehlen keine Überheblichkeit aufkommen zu lassen. Die Sache John hätte unbedingt Sache des Kanzleramtes bleiben müssen – auch um Gehlen für die Zukunft zu lehren, wer der Herr im Hause war.

Wenn John ging, was konnte passieren?

Ein kleiner Aufstand der Opposition. Damit konnte Adenauer gut leben. Natürlich würde die SPD behaupten, sie hätte immer schon gewußt, daß der Mann unfähig war. Die kleineren Parteien würden in das gleiche Horn stoßen. Na und? Adenauer würde die bekannte Pose des Unverständnisses einnehmen: Hatte er diesen Mann gerufen? Nein! John war ihm aufgezwungen worden, von den Briten und von Freunden der Briten. Das würde die SPD augenblicklich verstummen lassen.

Alles hing davon ab, wie John ging.

Ob Gehlen ihn zum leisen Abdanken zwang oder ihn mit viel Getöse verjagte. Genau: der Märtyrer. Was Adenauer momentan nicht brauchen konnte, war einer, der einen Namen hatte und behauptete: Ich muß gehen, weil ich den Militarismus dieser Regierung nicht mehr ertragen kann. Das wäre verheerend. Nicht allein in Deutschland – was kümmerten den Kanzler ein paar Hunderttausend auf den Straßen? Das wäre verheerend in Washington. Die jüdische Lobby würde so eine Geste sehr, sehr ernst nehmen, und Adenauer wußte, welche Angst seine Freunde in Übersee vor der jüdischen Lobby hatten.

Adenauer seufzte. Gleich morgen früh würde er Globke eine

Standpauke halten: Der Kettenhund Gehlen, über den es keine Akten gab, sollte sofort zurückgepfiffen werden. Schröder war ein guter Mann, seriös und dezent, genau der Richtige. Zwar konnte sein Parteifreund Schröder ihn, Adenauer, nicht riechen, aber er würde ihm mit dem Entzug des Direktmandates für die nächsten Wahlen drohen – weil die insgeheime liberale Opposition aus dem Innenministerium sich nicht mehr mit dem Selbstverständnis der CDU vertrug. Dann würde der *Biber* – so nannte Adenauer ihn im engsten Kreis wegen seines ausgeprägten Gebisses – schon parieren. Selbst seine protestantischen Parteifreunde würden kuschen, wenn es um die Parteiräson ging. Schröder würde John dazu zwingen, still abzudanken. Fertig. Die unselige Abhörgeschichte, von der Globke gesprochen hatte, würde ausreichen, das Großmaul zum Schweigen zu bringen. Das idealistische Großmaul. Schweigen sollte dieser John. Unbedingt schweigen.

Die Haushälterin stand plötzlich in der Tür. »Ein Herr ist am Telefon. Es sei dringend, sagt er.«

»Wer?«

»Der Herr Doktor Globke. Glaube ich.«

Adenauer erhob sich ächzend und ging zum Telefon in der Halle.

Globke entschuldigte sich leise. Er wollte der erste sein, von dem der Kanzler es erfuhr. Die Angelegenheit John war zu einem Ende gebracht. Gehlen hatte dem Staatssekretär gerade telefonisch mitgeteilt, daß John mit einem engen Freund die Berliner Sektorengrenze überschritten hatte. In eindeutig verräterischer Absicht.

»Den sind wir los!« sagte Globke.

Adenauer hustete erst. Dann schrie er: »Sie sind ein Idiot, Globke!«

37. KAPITEL

Wowo fuhr im Kreis.

»Du hast dich verfahren, nicht wahr?« fragte John.

»Das bildest du dir ein.«

»Nun sag schon: Wo müssen wir hin? Ich kenne mich doch noch aus in Berlin.«

Wowo antwortete gereizt: »Du kennst Berlin aus dem Jahr 1944 ...«

John schien es wieder besser zu gehen, er brummte unwillig: »So viel hat sich nicht verändert. Alles zerschossen und zerbombt. Hier im Osten ist doch kaum etwas wiederaufgebaut.«

Wowo ärgerte Johns Hochnäsigkeit, der hatte es gerade nötig. »Und wo stand, bitteschön, 1944 das *Haus des Antifaschismus?!*«

Das brachte John zum Schweigen.

Wowo befand sich wieder auf der Stalinallee, die er, ohne zu wissen mit welchem Ziel, in Richtung Leninallee verlassen hatte. Die beiden musterten stumm die Neubauten. Die unwirklichen Zuckerbäckerfassaden waren matt erleuchtet, sie wirkten in dem allumfassenden Dunkel wie die Kulisse eines nicht mehr ganz zeitgemäßen Stadttheaters.

Wowo fuhr jetzt schneller, als es erlaubt war. Seine Augen suchten nervös die Straßen ab. Der SIM war weg. Wowo schaute wütend auf John, der wieder Probleme mit seinem Magen zu haben schien.

Wenn er jetzt wieder anhalten will, laß ich ihn auf dem Mittelstreifen stehen, schwor sich der Arzt. Soll er doch die sozialistischen Blumenrabatten vollkotzen. Die Vopos werden sich freuen.

Plötzlich blendete ein auf der Standspur parkender Wagen auf und bog, ohne den Blinker zu setzen, auf die Fahrbahn ein. Wowo ging in die Bremsen. John klappte wieder nach vorne, konnte sich mit beiden Armen abfangen. Er ächzte.

Wowo sah das Nummernschild. IA-347. Diesmal hängte Wowo sich an die Stoßstange des SIM. John war sowieso mit sich selbst beschäftigt, der würde nichts merken, und wenn schon ... Er konnte ja nicht aus dem fahrenden Wagen springen.

»Wir fahren ja aus der Stadt raus!« sagte John irgendwann.

»Es ist im Süd-Osten. Wir sind gleich da.«

»Und warum fährst du so dicht auf? Wenn uns die Vopos anhalten, ist alles verdorben.«

Wowo hielt etwas Abstand. Der SIM wurde sowieso wieder schneller. Sie fuhren jetzt auf der linken Spur. Längst überschritten sie die Geschwindigkeitsbegrenzung.

Der SIM wechselte die Fahrbahn, er setzte den rechten Blinker und drosselte seine Fahrt. Wowo blieb vorerst auf der linken Spur. Erst als der SIM schon abgebogen war, fuhr Wowo langsamer.

»Ich glaube, ich habe mich verfahren«, erklärte er.

»Das glaube ich schon lange!«

Wowo stieß bis zur Kreuzung zurück. Erst dann bog er ebenfalls rechts ab.

Diesmal wartete der SIM. Wowo gab ihm keine Chance. Er beschleunigte und raste an dem haltenden Wagen vorbei. Dabei beobachtetete er John aus den Augenwinkeln. Aber sein Beifahrer schien dem SIM keine Bedeutung beizumessen.

Wowo dachte nicht daran, seine Geschwindigkeit zu senken. Sollten die Tölpel, die für Wornsiek arbeiteten, doch sehen, wie sie aufholten. Schließlich brachte er ihnen Otto John, den Präsidenten des westdeutschen Verfassungsschutzes. Einen wichtigeren Gast hatte die KGB-Residentur in Ostberlin noch nie empfangen.

Es dauerte keine Minute, da war der SIM neben ihm. Wowo lugte vorsichtig hinüber. Er konnte die Umrisse von zwei Männern erkennen. Der Beifahrer machte ihm ein Zeichen, das er nicht verstand. Wowo schaute nach vorne, er wollte vermeiden, daß John auf die beiden aufmerksam wurde.

»Du fährst Richtung Karlshorst, stimmt's?« fragte John.

»Es ist in Treptow.«

»Da hättest du auch einen kürzeren Weg über Rudow nehmen können.«

Sollte er sich Gedanken machen über den besseren Weg, Hauptsache, er merkte nichts von dem SIM.

Der schwere Wagen überholte Wowo und setzte den Blinker, dann scherte er vorsichtig ein. Sofort leuchteten die Bremslichter auf. Offensichtlich hatten die Russen verstanden: Wenn sie den Gast sicher in ihre Höhle bringen wollten, mußten sie sich Wowos Tempo anpassen.

Treptow ließen sie rechts liegen. John schien das nicht zu kümmern. Er schwieg und ächzte. Einmal glaubte Wowo, sein Freund müsse sich nun doch übergeben. Aber John würgte nur – und rülpste dann. »Tschuldigung!« sagte er kleinlaut. »Das sind die Tabletten!«

»Sind die Kopfschmerzen besser?«

John dachte darüber nach. »Ja!« sagte er schließlich entschieden.

»Na also!«

»Tut mir leid, Wowo. Aber ich bin irgendwie ... Das geht alles über meine Kräfte.«

Wowo fragte sich zum ersten Mal, was die Russen mit John anstellen würden. Ein Verhör vielleicht – aber zivilisiert, selbst der KGB schlug den Präsidenten des Verfassungsschutzes nicht. Vielleicht lief alles auf einen politischen Meinungsaustausch hinaus und auf die Verabredung, in Fühlung zu bleiben. Man hatte ja bei allen Differenzen die gleichen Interessen, nämlich dem Militarismus in Westdeutschland Einhalt zu gebieten.

Ein ehrenwertes Ziel, fand Wowo, und ein wenig trug er auch dazu bei – wenn es ihm auch in erster Linie um den Krebs ging. Das rechtfertigte sogar einen Verrat. Aber er verriet den Freund ja nicht, er half ihm, das zu tun, was er sowieso tun würde, nämlich sich Verbündete im Osten zu suchen, nachdem ihm klar geworden war, daß im Westen niemand mehr zu ihm hielt. Niemand außer ihm, seinem Freund Wowo.

Sicher würde die Russen ihn noch in der Nacht zurückschicken.

Sie würden versuchen, das eine oder andere zu erfahren, aber da war John stur, das wußte Wowo. John hegte wenig Sympathien für den Sozialismus, weniger als er. John würde Andeutungen machen über die Gefahr, in der der Friede schwebte, und die Russen würden die politischen Signale an ihre Führung weitergeben, damit die der Clique um Adenauer etwas entgegenhalten konnte. Mehr nicht. Aber das war schon sehr viel.

Es war eine historische Fahrt, die sie an diesem verregneten Sommerabend unternahmen. Wowo dachte da wie John: Wenn nämlich Adenauer die Wiederbewaffnung der Bundesrepublik durchdrückte, war das das Ende der Hoffnung auf Vereinigung der beiden Deutschlande.

Vielleicht würden die Russen – aufgerüttelt durch die Interna, die John ihnen zuspielte – Bonn sogar ein entschiedenes Angebot machen. Ein Angebot, das Adenauer, der insgeheim natürlich auf die Wiedervereinigung pfiff, vor dem deutschen Volk nicht ablehnen konnte.

Und in einigen Jahren würde es heißen: Dr. Wolfgang Wohlgemuth hat nicht nur an seinem weltberühmten Institut an der Charité den Durchbruch in der internationalen Krebs-Forschung erzielt – er hat auch dazu beigetragen, daß Deutschland wieder ein einig Vaterland geworden ist. Und alles begann mit einer Autofahrt nach Ostberlin – am Abend des verregneten 20. Juli 1954. Zehn Jahre nach dem mißglückten Anschlag auf den Tyrannen haben die Deutschen gezeigt, daß sie doch in der Lage sind, ihr Schicksal selbst in die Hand zu nehmen. Ein Mediziner und ein Verfassungsschutzpräsident haben es im Alleingang geschafft.

Schluß jetzt mit den Himmelsschlössern, der SIM setzte den Blinker, es ging nach links! Ohne darüber nachzudenken, blinkte auch Wowo.

»Warum fährst du dem Wagen hinterher?« fragte John.

»Ich fahre niemandem hinterher, aber wir sind gleich da!«

»Du fährst dem Wagen da hinterher. Schon eine ganze Weile.«

Der SIM bog rechts ab. Auch Wowo tat es.

»Und ob du ihm hinterherfährst!« John war völlig außer sich.

Es handelte sich um eine mit Sträuchern bewachsene Seitenstraße, dunkel und eng.

»Was tust du da? Wo bringst du mich hin?« schrie John.

»Otto, du kannst mir vertrauen. Ich bringe dich zu den Leuten, mit denen du reden willst.«

Der SIM hielt vor einer Einfahrt. Die verrosteten Stahltore wurden von innen geöffnet. Sie blickten auf eine hellerleuchtete Villa.

»Die Russen!« sagte John. »Du bringst mich zu den Russen!«

Der SIM fuhr langsam durch das Tor. Die beiden Torwächter warteten, bis auch Wowo die Einfahrt passiert hatte, dann schlossen sie wieder. Der SIM fuhr über den Rasen und hielt vor einer Terrasse mit brüchigen Betonplatten.

Aus dem Haus kamen zwei Männer und eine Frau. Wornsiek sprang aus dem SIM. Er kam auf den Ford zu. Wowo stoppte und stellte den Motor ab.

»Was soll das!?« fragte John. Und dann in einem gänzlich anderen Ton: »Mir ist schlecht. Hundeelend.«

Wornsiek öffnete die Beifahrertür. Er strahlte wie ein zufriedener Gastgeber.

»Herzlich willkommen, Herr Präsident!«

John blieb regungslos sitzen, er starrte Wowo an.

»Nur mit ihnen reden. Nur reden. Das wolltest du doch, Otto!« sagte Wowo sanft.

Wowo packte Johns Hand. Sie war kalt und feucht. John machte sich los und stieg aus. Er stand Wornsiek gegenüber, sein Gesicht war wächsern. Wornsiek hielt ihm die Hand hin, John übersah sie.

»Wer ist hier der Leiter?!«

Wornsiek wies auf einen der beiden Männer auf der Terrasse. Die beiden trugen gutgeschnittene, braune Uniformanzüge. Die Frau war füllig und hatte ein fahles Pfannkuchengesicht, sie trug eine weiße Haube und einen Krankenhaus-Kittel.

Der, auf den Wornsiek gezeigt hatte, verließ die Terrasse.

»Ich freue mich, Sie hier zu sehen!« sagte er. Er nahm Johns Hand und schüttelte sie. »Willkommen, Herr Präsident!«

Er strahlte John an. Sein Deutsch war perfekt, klang aber etwas brüchig. »Sie sind bei guten Freunden, Herr Doktor John. Mein Name ist Scholz.« Offensichtlich ein Wolgadeutscher.

Auch der zweite Mann kam zum Ford, die Frau blieb auf der Terrasse zurück. Er stellte sich auf Russisch vor. Er nannte sich Michew. John hatte nach dem Hitler-Stalin-Pakt Russisch gelernt, weil die Lufthansa eine Verkehrslinie zwischen Berlin und Moskau hatte einrichten wollen.

»Warum gehen wir nicht rein?« fragte Scholz.

John schaute sich um, Wowo war mit Wornsiek etwas zurückgeblieben.

Michew sprach weiter russisch: »Drinnen wartet unser Vorgesetzter auf Sie, ein interessanter Mann, Herr Präsident! Er brennt darauf, Sie kennenzulernen.«

»Und mein Begleiter?«

»Er wird hier solange warten!«

Wowo nickte John aufmunternd zu. John betrat an der Seite Michews die Terrasse. Die Krankenschwester begrüßte ihn mit undurchdringlicher Miene. Michew öffnet die Glastür. Als John eintrat, hörte er irgendwo eine S-Bahn kreischen.

Der Raum war groß und durch zwei Kristallkronleuchter erleuchtet. Zwei Tische waren an der Stirnwand zusammengerückt, man hatte dort ein kleines Büffet aufgebaut. Links standen Platten mit kalten Vorspeisen und mehrere Metallschüsseln mit rotem und schwarzem Kaviar, rechts stand eine ganze Bastion offener Halbliterflaschen ohne Etiketten. Ganz außen warteten kantige Wassergläser. Ein großer Mann in einem Zivilanzug kam John entgegen. Er trug eine gut gearbeitete Goldrandbrille.

»Was sagen Sie?« lachte er und wies in einer weit ausholenden Bewegung auf das Buffet. »Haben wir das nicht toll hingekriegt? In der kurzen Zeit.« Er hielt zwei Cognac-Gläser in der Linken und schüttete mit der Rechten in großem Bogen grusinischen Cognac aus. »Zur Begrüßung, Herr Präsident!« Er hielt John eines der Gläser hin.

Während sie tranken, sah John sich um. Die Vorhänge der Fenster waren zugezogen, an den Wänden hingen zwei Gemälde mit den Rheintöchtern.

»General Eugen Pitovranow!« stellte der Mann sich zackig vor.

Und dann: »Nasd'rowje!«

Sie tranken ihre Gläser leer.

Während der General nachfüllte, fragte John: »Wo sind wir hier?«

»In Karlshorst. Bei Freunden.«

Das sowjetische Sperrgebiet war gemeint. Sie tranken wieder.

»Ist Ihnen nicht gut, Herr Präsident?« fragte der General.

»Ich habe eine Tablette genommen. Ich fürchte, sie ist mir nicht bekommen.«

»Dann lassen Sie uns einen Moment ausruhen.« Er wies auf ein Sofa. John war froh, sich setzen zu können, der grusinische Cognac stieg ihm in den Kopf. Der General ging zum Büffet, nahm zwei Gläser und füllte sie mit Wodka.

»Das ist gut gegen Übelkeit und Kopfschmerzen!« sagte er, als er John ein Glas anbot.

Sie tranken wieder. Dann füllte der General zwei Teller mit Weißkäse, eingelegten Paprikaschoten, Bohnen und viel Kaviar. Er setzte sich zu John. Sie aßen mit Löffeln.

»Gut, nicht!?« fragte der General.

John nickte, das Essen war wirklich gut.

»Dann geht's ihnen gleich besser, Sie werden sehen. Wir Russen verstehen was davon!«

Irgendwo im Haus schrillte ein Telefon. Jemand ging ran, man hörte ihn leise reden.

Der General schenkte schon wieder Wodka ein. John fand, daß das Trinken ihm wirklich half.

Ein junger Mann in Zivil kam herein, er hatte mongolische Gesichtszüge. Er flüsterte mit abgebeugtem Oberkörper mit dem General. Pitovranow bat John um Entschuldigung und ging hinaus. John aß und trank. Es ging ihm immer besser.

Als der General zurückkehrte, hielt er einen Zettel in der Hand.

»Das wird Sie interessieren, Herr Präsident: General Gehlen ist soeben bei Staatssekretär Ritter von Lex.«

Lex war ein enger Mitarbeiter des Innenministers.

»So gut wissen Sie Bescheid?« fragte John.

»Natürlich, Herr Präsident. Wir haben Leute in Gehlens unmittelbarer Nähe – aber das wissen Sie doch längst.«

John reagierte nicht.

»Sie sind ein Patriot, Herr John. Mir ist bekannt, wie Sie gegen Hitler gekämpft haben. Darauf können Sie stolz sein. Denken Sie an Ihren Bruder und an unsere Freunde, die von den Nazis umgebracht worden sind: Sie müssen den Kampf gegen den Nazismus fortsetzen, das ist Ihre Aufgabe, Herr Präsident. Für ein neues Deutschland!«

John trank. Dann sagte er: »Wieso hat man mich hierherbringen lassen? Ich wollte mit ostdeutschen Freunden reden.«

»Reden Sie mit uns! Wir haben einen außerordentlich guten Einfluß auf die ostdeutschen Freunde, glauben Sie mir das!«

»Nichts für ungut, aber Sie sagten es bereits: Ich bin ein Patriot, Herr General.«

»Herr Präsident, Sie haben sehr einflußreiche Feinde in Ihrem eigenen Land. Ich bin nicht sicher, ob die ostdeutschen Freunde Sie da genügend schützen können.«

»Das kann ich schon selbst. Ich wollte über Politik reden, nicht darüber, wie ich am besten zu schützen bin.«

Der General nahm wieder Platz und stieß mit John an. »Tun Sie es! Reden Sie über Politik!«

John fühlte sich unbehaglich. Was immer er jetzt zur Sprache brachte – der General würde es nicht ernst nehmen. Der Russe hatte ein anderes Ziel, er wollte ihn für etwas gewinnen, was für John nicht in Frage kam.

»Hören Sie!« sagte John unwillig. »Ich dachte, Freunde von früher helfen mir, auf die DDR-Führung Einfluß zu nehmen. Ich sorge mich über die Absicht meiner Regierung, Westdeutschland eine Armee zu geben. Ich fürchte, die alten Kräfte werden in meiner Heimat wieder Überhand gewinnen. Damit wird eine Wiedervereinigung auf lange Sicht unmöglich gemacht.«

»Aber, Herr Präsident, das genau ist auch unsere Angst.«

»Und? Was wollen Sie dagegen tun?«

»Was raten Sie uns?«

»Nicht Ihnen! Den Vertretern Ostdeutschlands. Sie müssen Bonn etwas anbieten. Damit Adenauer merkt, was ihm entgeht, wenn er weiter die Westintegration anstrebt – und die Aufstellung einer westdeutschen Armee.«

»Glauben Sie denn, Adenauer will überhaupt eine Alternative?«

»Wenn sie verlockend ist, wird er nicht ablehnen können!« sagte John fest. Es sollte überzeugt klingen. Aber er wußte, daß er falsch lag. Es widerstrebte ihm, dem russischen General recht zu geben. John wollte nicht fraternisieren, er wollte Einfluß nehmen. Er war kein Verräter. Aber dieser Pitovranow wollte ihn dazu machen.

Der General lehnte sich zurück und starrte John an. »Ich glaube, Sie sind sich nicht darüber im klaren, wie schlecht es um Ihr Land steht, Herr Präsident!«

John wurde wütend. »Unterlassen Sie es bitte, mich zu agitieren!«

»Gehlen ist bei Lex, um ihn davon zu unterrichten, daß Sie hier sind!«

»Woher wollen Sie das wissen?«

»Wir wissen alles, was Gehlen tut.«

»Sie bluffen. Wie alle Geheimdienstler.«

»Fragen Sie mich etwas, Herr Präsident!«

»Wer ist Gehlens engster Mitarbeiter?«

»Mellenthin!«

Johns Frage war unüberlegt gewesen, er setzte sofort nach: »Welche Aufgabe hat Mellenthin?«

»Offiziell, also innerhalb Pullachs, ist er für Peronalangelegenheiten verantwortlich. In Wirklichkeit aber ... « Der General machte eine Pause. »Aber wir vertun hier unsere Zeit, es gibt wichtigere Dinge als dieses Frage-und-Antwort-Spiel, Herr Präsident.«

»Sie können also meine Frage nicht beantworten!«

»Mellenthin leitet die sogenannte ›Abteilung 35‹. Er plaziert Einflußagenten im Umfeld wichtiger Persönlichkeiten aus Politik und Wirtschaft. Diese Leute werden erpreßt oder auf weiche Art im

Sinne Gehlens und seiner politischen Freunde manipuliert. Ziel ist die Steuerung der gesamten westdeutschen Machtelite. Vor allem nach Erlangung der vollen Souveränität ...«

Johns Magen fing wieder an zu schmerzen, er goß schnell Wodka nach.

»Wollen Sie noch etwas wissen? Vielleicht darüber, wie Globke erfahren hat, daß Sie in Ihrem Amt eine Überwachung seines Privattelefons veranlaßt haben. Oder soll ich Ihnen etwas über Bannert erzählen – er ist übrigens ein enger Freund Mellenthins?«

John wurde es schummrig vor Augen. »Was ... was wissen Sie über Jan Eland?«

Pitovranow seufzte. »Eland war unwichtig. Gehlen hat ihn nie wirklich wahrgenommen. Bis Eland etwas tat, was Gehlen sehr aufregte. Niemals hätte Eland Ihnen dabei helfen dürfen, einen von Gehlens alten Freunden zu Fall zu bringen. Sie wissen: Der General ist sehr anhänglich.«

»Oberst Friedrich Wilhelm Heinz – der Mann in Blanks Amt?«

»Ein Vertrauter Gehlens. Er sollte dafür sorgen, daß der zukünftige militärische Geheimdienst im Sinne des Generals arbeitet. Eland hat das hintertrieben.«

»Heinz war doch kurz vor seinem Wechsel in den Osten.«

Der General lachte. »Na und? Was heißt das schon? Er war trotzdem ein Mann Gehlens. Eland mußte dafür sterben.«

John konnte seine Erregung nicht mehr verbergen. »Wie?«

»Anders als Sie annehmen!«

»So sagen Sie's doch endlich!«

»Man hat ihn von allem abgeschnitten, man hat ihn bedroht, man hat ihn durch die Mühle gedreht. Irgendwann war er fällig. Wahrscheinlich hat er's selbst getan. Eland war sehr labil – viel zu labil für diese Arbeit. Aber ich glaube, das wissen Sie selbst, Herr Präsident. «

»Und die Dame aus Frankfurt, die, die Eland umworben hat?«

Zum erstenmal war der General unsicher. »Die Dame aus Frankfurt? Die ... die hat keinerlei Bedeutung.«

John lachte auf. »Sie kennen sie nicht, Herr General! Sie haben nie von ihr gehört. Aber mir wollen Sie weismachen, sie wüßten alles. Sie wissen längst nicht alles! Längst nicht! Und was soll das Gerede mit: *man hat ihn durch die Mühle gedreht?*«

Der General legte Bedeutung in seine Stimme: »Es ging ... um die Familie. In Holland. Sie wissen schon?«

»Ja!«

»Genauso hat Gehlen es gemacht.«

»Eland hatte gar keine Familie, er war ein Waisenkind.«

»Die Zieheltern, an denen er sehr hing.«

»Quatsch. Ich kannte ihn gut – er ist in einem Kinderheim in Rotterdam aufgewachsen!«

Der General sprang auf. Er ging schnell zum Buffet, steckte sich eine ölige Paprikaschote mit den Fingern in den Mund und griff gleich zwei Flaschen Wodka. Eine davon drückte er John in die Hand.

Sie stießen mit den Flaschen an und tranken gurgelnd. John wußte, daß es nicht gut war, noch mehr zu trinken. Aber wenn er einmal angefangen hatte, konnte er so schnell nicht wieder aufhören – vor allem nicht, wenn er nervös war.

Der General stand breitbeinig vor dem Sofa, er drückte die Hüfte durch. »Lassen Sie uns besser darüber reden, was wir beide füreinander tun können!«

John spürte, wie ihm die Wärme des Alkohols aus dem Magen ins Hirn stieg. Alles rückte weit weg. Alles war nur noch halb so schlimm: Bannert ein Schmierer, Globke ein Schreibtischhengst, Gehlen ein Kasper, Adenauer ein Tattergreis.

»Sie können Ihren ostdeutschen Freunden sagen, sie sollen ... sie sollen endlich in Bonn Druck machen und ... und Adenauer was anbieten ...« Die Zunge wurde ihm schwer, aber John war trainiert, er redete weiter, sehr artikuliert und etwas langsamer, aber in dem festen Glauben, daß der General nicht bemerkte, wie betrunken er schon war. »Öffentlich ... damit ... damit er nicht mehr zurück kann, der alte Zausel, verstehen Sie?!«

»Ja, Herr Präsident! Wir werde Ihren Rat befolgen.«

Johns Magen rebellierte. Der Präsident rülpste.

461

»Zum Wohl!« sagte der General, stieß seine Flasche gegen die von John und trank. Auch John trank weiter. Der Wodka schmeckte wie Wasser, wie weiches Wasser. Die Russen vertrugen wirklich was, das war keine Legende.

»Hören Sie, General!« setzte John von neuem an. »Warum wurde ich hierhergelotst?« Und dann fiel ihm etwas ein: »Und diese Tabletten, was war da drin? Mir war so übel, das glauben Sie nicht.«

Der General stieß schon wieder mit ihm an. Sie tranken weiter – als ob sie sich nur deswegen getroffen hätten. John hatte das Gefühl, daß der Wodka bereits aus der Speiseröhre zurück in seinen Rachen schwappte. Es war nicht unangenehm. Eher beruhigend. Wie ein voller Tank vor einer langen Fahrt.

»Sie haben falsche Freunde, Herr Präsident.«

»Was haben Sie mit Wowo gemacht?«

»Nichts. Er ist aus freien Stücken zu uns gekommen. Wissen Sie, er möchte nichts lieber als eine Anstellung an der Charité. Dort aber hält man nichts von ihm. Ein Arzt ... übrigens ein Landsmann von mir ... er sagte uns wortwörtlich: Dieser Dr. Wohlgemuth ist ein schmutziger Mensch.«

John versuchte aufzustehen. Als es ihm nicht auf Anhieb gelang, ließ er es. Er wollte nicht den Eindruck eines Betrunkenen machen.

»Ich muß jetzt bald los«, lallte er.

Der Ton des Generals wurde strenger. »Aber über das Wichtigste haben wir noch gar nicht gesprochen.«

John schaute ihn fragend an.

Pitovranow sprach jetzt langsamer. »Über unsere Zusammenarbeit. Wir und Sie – zusammen könnten wir das Schlimmste verhindern. Daß Gehlen noch mehr Macht bekommt! Darum geht es Ihnen doch in erster Linie, Herr Präsident, oder?!«

»Übrigens!« sagte John und hob seinen Zeigefinger. »Nur der Ordnung halber. Kürzlich. Auf der Autobahn Köln-Wiesbaden. Da hat man versucht, mich in den Graben zu drängen. Das waren doch hoffentlich nicht Sie, General?«

»Gott bewahre, Herr Präsident! Aber dennoch – ich glaube, ich muß mich da entschuldigen. Ein Irrläufer. Ein ... sagen wir ... Kostgänger unserer Ostberliner Freunde. Verkommener deutscher Adel.«

»Putlitz! Diese Tunte!«

»Ich sehe schon, Sie wissen Bescheid. Irgendwie haben Sie ihn wohl sehr verärgert, Herr Präsident. Zwei einflußreiche Herren der Staatssicherheit. Ich fürchte, er hat sie beschwatzt: Sie würden etwas gegen die Herren im Schild führen, wegen früher ...«

»Egkerling und Rosentreter. Die alten Nazis! Jetzt sitzen sie im Staatssicherheitsdienst. Und Sie decken die Brut auch noch, Herr General.«

»Keine sehr angenehme Gesellschaft. Man kann es sich halt nicht immer aussuchen. In ihrer Not haben sie einen Alleingang gemacht. Wir waren alle sehr, sehr erleichtert, als es schiefging, Herr Präsident! Ziehen Sie Ihre Lehre aus dem Vorfall – halten Sie sich an uns, nicht an die Stasi! Das ist – ganz *entre nous* – ein ziemlicher Sauhaufen.«

John rutschte mit seinem Steiß bis zur Polsterkante. Dann stellte er die Flasche ab, krallte sich an der Tischkante fest und zog sich mit einem Ruck hoch. Sein Hintern wog Tonnen, aber er schaffte es. Schwankend stand er vor dem General.

»Nichts da! Ich bin ein Ka ... ein Patriot. Kein Verräter!«

Der General hielt ihm schon wieder eine Flasche hin.

Gut, einen Schluck noch zum Abschied. Als Dank für das Essen und die Mühe. Als John die Flasche absetzte, sagte er: »Vielleicht kommen wir ja auf eine andere Art zusammen. Wir wissen Dinge über die Herren in Pankow, die wissen nicht mal Sie.«

Dann wurde ihm richtig schlecht. Der Schweiß brach ihm aus, er mußte sich irgendwo festhalten. Als sich nichts fand, ließ er sich aufs Sofa zurücksinken.

Mich jetzt nur nicht übergeben! dachte er. Das wäre ein Skandal.

»Legen Sie sich etwas hin!« empfahl der General. »Dann geht's wieder besser. Vielleicht reden wir später weiter.«

John gehorchte, ohne zu überlegen. Nur die Augen schließen können, damit dieser Taumel und die Übelkeit aufhören.

Er sah Elands Gesicht, Lucie rief seinen Namen. Wowo machte einen schmutzigen Witz und brach darüber in Gelächter aus. Dann ging das Licht aus.

Wowo und Wornsiek rauchten stumm. Sie lehnten mit ihren Rücken an der Fahrerseite des SIM.

»Ein komfortabler Wagen«, sagte Wowo. »Ungewöhnlich hoch, als ob man aufrecht darin stehen könnte.«

Wornsiek drehte sich um und musterte den SIM.

»Er hat euren schönen, schnittigen Wagen vor allem etwas voraus: die Ruhe. Glauben Sie an die Ruhe, Herr Doktor?«

»Ich weiß nicht, was Sie meinen.«

»Sie sind doch Kommunist – oder waren zumindest mal einer.«

»Früher – als junger Mann. Ich glaube an die Wissenschaft, wenn Sie's genau wissen wollen! Nur daher kommt das Heil.«

»Im Kommunismus liegt die Ruhe. Die Ruhe der Geschichte. Es ist wie mit den Autos. Natürlich sind eure schneller – zumindest am Anfang. Natürlich sind sie eleganter. Die Eleganz geht uns völlig ab, wir haben sie wahrscheinlich irgendwo auf dem langen Weg zwischen Feudalismus und Sozialismus verloren – unnötiger Ballast. Während ihr aber nach der ersten Schußfahrt an die Boxen müßt, fahren wir ruhig und kraftvoll weiter. In die Zukunft.«

Wowo lachte. »*An die Boxen*. Was für eine Sprache für einen Roten!«

»Sie werden diese Sprache auch lernen, Herr Doktor!«

Wowo geriet in Aufregung. Er warf die halb gerauchte Zigarette auf die Erde und trat sie aus. »Hören Sie, Wornsiek, ich werde Sie nicht enttäuschen. Sie werden sehen: In ein- ein bis eineinhalb Jahren habe ich dort eine Krebsabteilung aufgebaut, die in der ganzen Welt ihresgleichen sucht. Weltniveau, hören Sie, Wornsiek: Weltniveau!«

»Ich mag Menschen, die so voller Tatendrang sind. Voller Tatendrang für die Gemeinschaft. Aber ich sagte Ihnen ja schon: Was vor der Geschichte Bestand haben soll, braucht Geduld und Ruhe.«

Wowo wurde ärgerlich: Er hatte mehr getan, als man von ihm

erwarten konnte. Schließlich hatte er den Russen den höchsten deutschen Geheimdienstler frei Haus geliefert.

»Was soll das heißen?! Ruhe und Geduld? Sie haben mir etwas versprochen!«

»Was wir versprechen, das halten wir. Aber wir können die Gesetze der gesellschaftlichen Entwicklung ebensowenig außer Kraft setzen wie die Logik des dialektischen Materialismus.«

Wornsiek legte sanft seinen Zeigefinger über die Lippen, als Wowo zu schreien begann: »Lassen Sie endlich die Floskeln! Sagen Sie mir, was mit der Charité ist!«

Wornsiek blieb ruhig. »Kennen Sie Saarow-Pieskow? Ein wirklich schöner Flecken Erde. Direkt am Scharmützelsee. Es gibt dort eine interessante Klinik. Eine Poliklinik ...«

»Wie bitte?! Wir hatten Charité gesagt! Charité und nichts anderes. Kein Provinzkrankenhaus. Ich will den Krebs besiegen und nicht die Hühneraugen eurer Arbeiter und Bauern!«

»Reden Sie nicht so abfällig von unseren Menschen, Herr Doktor Wohlgemuth! Im übrigen ist die Poliklinik Saarow-Pieskow ein Krankenhaus der Nationalen Volksarmee. Da geht es bestimmt nicht um Hühneraugen, sondern um die gesamte Palette interessanter, menschlicher Leiden. Sie werden dort eine Menge Neues lernen!«

Wowo dachte an Sauerbruch. Haargenau in diesem Ton hatte der Professor damals mit ihm gesprochen, als er ihn aus seiner Abteilung verjagt hatte, ihn, seinen Musterschüler. Wegen einer Kleinigkeit, wegen eines Gynäkologen-Witzes. Sauerbruch hatte ihm empfohlen, nach Prag zu gehen, um sich zu kurieren, in eine Herzklinik. Als Wowo ihn – den Tränen nahe – gefragt hatte, wann er zurückkommen dürfe, hatte der Professor kalt wie ein Fisch geantwortet: »Niemals!«

»Die Charité!« schrie Wowo Wornsiek an. »Wir haben eine Verabredung: die Charité!«

Wornsiek schüttelte den Kopf. »Später. Jetzt sollten Sie sich erst einmal vorbereiten auf die großen Aufgaben, die auf Sie warten. Man ist der Meinung, Saarow-Pieskow wäre haargenau der richtige Ort dafür.«

Wowos Stimme überschlug sich: »Ich spreche diesen Funktionären und Betonköpfen die Berechtigung ab, über meine medizinische Kompetenz zu urteilen!«

Wornsiek zeigte keinerlei Regung: »Mal im Ernst, Herr Doktor. Ein Frauenarzt, der der Welt zeigen will, wie der Krebs zu besiegen ist – meinen Sie nicht auch, daß da noch eine solide Schulung dazwischengehört?«

Wowo hatte genug. »Ich werde jetzt meinen Freund John da rausholen und mit ihm nach Westberlin zurückfahren!«

Wornsiek packte ihn am Arm.

»Das geht nicht!« sagte der KGB-Mann. In seinen Augen blitzte Haß. Wowo spürte, daß der Mann fähig war, ihn zu töten.

»Wollen Sie ... wollen Sie mich mit Gewalt hier festhalten?«

Wornsiek ließ ihn los. »Keineswegs. Sie können gehen!«

»Und Otto? Was ist mit John?«

Wornsiek antwortete nicht. Wowo wußte, woran er war. Sie hatten ihn betrogen – und er hatte seinen Freund verraten.

Er ging zu dem Ford und fuhr los.

Als er wieder auf der Stalinallee war, kamen ihm die Tränen. Er hatte alles falsch gemacht.

In seiner Praxis räumte er die paar Sachen zusammen, die er auf die Schnelle mitnehmen konnte. Dann telefonierte er mit seinem Rechtsanwalt, dem er Anweisung gab, die Praxis aufzulösen. Der Sprechstundenhilfe hinterließ er einen Brief.

Als John aufwachte, trug der General einen anderen Anzug. Er war frisch rasiert. Draußen dämmerte es.

John setzte sich auf, sein Kopf schmerzte.

»Ich muß jetzt wirklich los!« sagte er.

Der General sah ihn ernst an. »Wohin wollen Sie, Herr Präsident?«

»Nach Hause.«

»Da können Sie nicht mehr hin, Herr Präsident!«

John verstand ihn nicht. Er mußte seine Gedanken ordnen: Warum war er noch hier? Wie lange hatte er geschlafen? Hatte er einen wichtigen Termin verpaßt? Warum hatte er diesen fauligen, trockenen Geschmack im Mund – nach ranzigem Öl und Erde?

»Kann ich was zu trinken haben?« fragte John.

Der General ging hinaus und kam kurz darauf mit einem Glas Wasser zurück. John trank gierig. Dann explodierte etwas in ihm. Wodka.

»Sie sind bereits seit zwei Tagen hier, Herr Präsident. Sie können nicht mehr zurück.«

John zwang sich, tief und ruhig zu atmen, damit dieses Brennen in seinem Innern nachließ. »Was reden Sie da!?« stieß er hervor.

Der General ging zu dem Tisch mit dem Buffet und holte eine Westberliner Zeitung. Er klappte sie auf und zeigte John die Schlagzeile: *Verfassungsschutzchef Otto John übergelaufen!*

38. KAPITEL

Adenauer saß beim Frühstück in der Kajüte. Über dem Rhein ging ein feiner Schauer nieder. Der Strom schien schwer zu atmen. Auf der rechten Tischkante neben dem Honigkännchen lag ein Stapel Tageszeitungen.

Adenauer aß – wie jeden Morgen – eine Scheibe Graubrot mit Honig und trank dazu ein kleines Kännchen schwarzen Tee. Er kaute langsam und gewissenhaft. Mehrmals griff er zu den Zeitungen und lüftete den Stapel. Jedesmal sprang ihn eine noch fettere Schlagzeile von der Titelseite an. *John. John. John.* Als ob es nichts Wichtigeres auf der Welt gab.

Der Alte schüttelte den Kopf. Die schwachsinnigen Kapriolen der Herren Gehlen und John beschäftigen die Journaille mehr als die Geschichte, die sich vor unseren Augen entfaltet. In was für einer Welt leben wir?

Adenauer trank wütend seinen Tee aus.

Dann widmete er sich den Zeitungen. Selbst sein Lieblingsblatt, der »Rheinische Merkur«, wußte nichts Besseres auf der Titelseite zu berichten, als daß der Präsident des Bundesamtes für den Verfassungsschutz ein Verräter war und sich in die Zone abgesetzt hatte. Der Präsident, den er, der Kanzler, nach einem Jahr kommissarischer Leitung 1951 in seinem Amt bestätigt hatte. Gezwungenermaßen. Weil die Freunde des feinen Herrn John, diese Blase um das britische Hochkommissariat, ihn gegen seinen Willen dazu gedrängt hatten – der ehemalige Gouverneur für das Rheinland, der Brigadegeneral John Barraclough, und sein Vorgesetzter, der Chef der britischen Militärregierung General Gerald Templer, die ihn am 6. Oktober 1946 wegen angeblicher Unfähigkeit aus Köln verjagt hatten.

Das Elend der Nachkriegszeit nahm kein Ende. Nun beugte er

sich schon den Rücken krumm bis zur Fraktur, um die Amerikaner für ein neues Deutschland einzunehmen – und dennoch wurde er die bösen Geister nicht los, die arroganten Sieger, die britische Bande, die keine Gelegenheit ausließ, Deutsche zu demütigen. Ob Nazis oder Nazigegner, das spielte da keine Rolle.

Adenauer schlug die Zeitung auf. Erst auf der vierten Seite – unten rechts – fand er das, was er suchte und was, wenn in Deutschland nicht schon wieder die Dummheit regieren würde, in großen Lettern auf der Titelseite stehen müßte.

Der britische Außenminister Anthony Eden hatte in einem spektakulären Leitartikel in der Sonntagszeitung »The Observer« – das waren noch Leitartikel! – Frankreich »außenpolitische Vereinsamung« prophezeit, wenn Mendes-France sich weiterhin weigerte, Westdeutschland im Brüsseler Pakt aufzurüsten und dann in die NATO zu integrieren.

Hätte ihm dieser unangenehme Patzer mit John nicht die Stimmung gründlich verdorben, hätte Adenauer an diesem Morgen gejubelt.

Weiterhin wußte der Pariser Korrespondent des »Merkurs« in dem dreispaltigen Artikel über Deutschlands militärpolitische Zukunft zu berichten, daß der Französische Premier Pierre Mendes-France von seinen Gegnern in der Nationalversammlung harsch angegriffen worden war. Die Europäische Verteidigungsgemeinschaft, so glaubte die Mehrheit des französischen Parlamentes, hätte ein- für allemal ausgeschlossen, daß Deutschland militärisch eigene Wege ging. Die NATO hingegen, in die Adenauer nun mit Amerikas Hilfe ausweichen mußte, erlaube Deutschland die Aufstellung einer eigenen Wehrmacht und deshalb eine gefährliche Schaukelpolitik zwischen Ost und West. Wie der Pariser Korrespondent scheinheilig beklagte, stehe Mendes-France deshalb unter immer größerem Druck der Opposition. Die Cedisten – französische EVG-Anhänger – und die Gegner der deutschen NATO-Integration, also Kommunisten und Neutralisten, forderten mittlerweile offen seinen Rücktritt und brachten das Land an den Rand einer ernsten Staatskrise.

Adenauer schlug mit der flachen Hand auf den Tisch, die Teetasse hüpfte. Warum nicht gleich so?! Hatte John Foster Dulles doch recht behalten. Beim letzten vertraulichen Gespräch in Washington hatte der US-Außenminister dem Kanzler gestanden, daß er von der Renitenz der Franzosen genug hatte. Er habe sich entschlossen, heimlich die Cedisten zu unterstützen, und den außenpolitischen Ausschuß des Kongresses dafür gewonnen: Zusammen mit den französischen Freunden wollte der amerikanische Außenminister Pierre Mendes-France stürzen.

Das war mein Gastgeschenk, dachte Adenauer, der Liebesbeweis der Amis. Die Amis hassen nichts mehr als Launen, und die Franzosen sind ihnen zu launig.

Soll dieser John doch hinter dem Ural verschwinden. Das, was er mit seinem Verrat verhindern will, ist längst geschafft: Die EVG ist tot, es lebe die NATO.

Edens Leitartikel war sozusagen die Paraphierung des Beitrittsvertrages. Die Franzosen-Schelte des britischen Außenministers würde man in Europa und in Amerika als endgültige Zustimmung der Briten zur Aufnahme Deutschlands in die NATO ansehen. Adenauer hatte gewonnen, und er hatte – trotz schmerzlicher Umwege – mehr erhalten, als er eigentlich hatte haben wollen. Selbst in Divisionen und Kanonen gerechnet, würde er mit der NATO weit besser abschneiden als mit der auf gegenseitige Kontrolle ausgelegten EVG.

Der Kanzler schaute hinaus. Der Schauer hatte nachgelassen. Die Sonne drückte leicht auf die Nebelbänke, das Grau des Stromes verwandelte sich an einigen Stellen schon in ein lindes Grün. Das Leben war schön, und John sollte verfaulen, Gehlen auch, Adenauer haßte Dummköpfe – und Gehlen war ein großer Dummkopf, beinahe hätte er ihm alles verdorben.

Sein Sekretär, ein dünner, junger Mann mit einer winzigen Brille, trat lautlos heran. »Globke ist am Apparat. Wegen der zu erwartenden Debatte im Kabinett. Er möchte vorher die Richtlinien absprechen.«

»Sagen Sie, wir sind in einer Stunde weg!«

Der Sekretär schnappte nach Luft. »Sie wollen trotz allem nach Cadenabbia aufbrechen?«

»Junger Mann, ich habe mir meinen Urlaub redlich verdient. Und von 'nem Blindgänger wie dem John laß ich ihn mir nicht kaputtmachen!«

Am liebsten hätte der Sekretär seiner Empörung Luft gemacht, aber dazu war er nicht der Typ, er stand bloß da wie gelähmt.

Adenauer war versucht, dem blassen Sekretär – aus purem Übermut – das Telegramm zu zeigen, das seit heute früh um fünf Uhr in seiner rechten Westentasche brannte wie ein lange ersehnter Liebesbrief. Aber er ließ es dann doch. Er konnte doch Churchill nicht an seinen Sekretär verraten. Als der junge Mann hinauseilte, um Globke abzuwimmeln, gönnte der Kanzler sich einen verstohlenen Blick auf die Morgengabe aus London.

Ich gratuliere Ihnen dazu, daß die EVG kaputt ist. Frankreich, ach, Frankreich, darauf kommt es gar nicht an. Das schieben wir einfach beiseite!

Adenauer lachte böse.

»Trottel!« sagte er. Er meinte John.

Der »Spiegel 36/1955« meldete folgende Neuigkeit: »In seinem Schweizer Urlaubsquartier Mürren erklärte Bundeskanzler **Konrad Adenauer** aus Bonn angereisten Vertrauten, daß er sich zu einer Neubesetzung des zur Zeit wichtigsten Kabinettspostens entschlossen habe. Neuer Bundesverteidigungsminister soll anstelle des verbrauchten Theodor Blank über kurz oder lang des Kanzlers ehemalige rechte Hand, sein Staatssekretär a.D. und Informationsministeraspirant von 1953, **Otto Lenz**, werden. Lenz sei der einzige verfügbare Politiker, der imstande wäre, Generäle in Schach zu halten. Konrad Adenauer schwieg sich jedoch darüber aus, ob dieses Revirement noch vor oder erst nach der Bundestagswahl von 1957 stattfinden sollte.«

Blanks Nachfolger im neuen Verteidigunsministerium wurde aber dann nicht Adenauers Staatssekretär Lenz, sondern jener junge, bayerische CSU-Politiker, der sich in Paris so unbedacht eines öffentlichen Telefons bedient hatte, um die Nachricht vom baldigen Ende der Regierung Mendes-France zu übermitteln: **Franz-Josef Strauß**.

1955 trat Deutschland der NATO bei. Adenauer reiste nach Moskau, um mit der Sowjetunion diplomatische Beziehungen aufzunehmen und damit die Heimkehr der letzten deutschen Kriegsgefangenen zu ermöglichen. 1956 billigte der Bundestag die Wiederaufrüstung, und das Bundesverfassungsgericht erklärte die KPD für verfassungswidrig. 1957 wurde Adenauer zum drittenmal Bundeskanzler, seine Partei, die CDU, errang mit 50,2 % die absolute Mehrheit. 1959 kandidierte er als Bundespräsident. Im Herbst 1961 verlor die CDU die absolute Mehrheit wieder, Adenauer wurde mit Hilfe der FDP, die gegen ihn Wahlkampf gemacht hatte, zum vierten und letzten Mal Bundeskanzler. Im November 1962 mußte sein Verteidigungsminister, jener vielversprechende Franz-Josef Strauß, zurücktreten, weil er in der »Spiegel«-Affäre das Parlament belogen hatte. 1963 erklärte Adenauer unter starkem Druck seiner eigenen Partei vor dem Bundestag, er werde sein Amt vorzeitig niederlegen. 1966 gab er auch das Amt des CDU-Vorsitzenden an seinen parteiinternen Rivalen und Nachfolger im Amt des Bundeskanzlers, Ludwig Erhard, ab. Konrad Adenauer starb am 19. April 1967 im Alter von 91 Jahren.

Otto John wurde schon kurz nach seinem Verschwinden von den Ostberliner Machthabern den Medien als Kämpfer gegen den Militarismus in Westdeutschland vorgeführt. Sein Aufenthalt im Osten dauerte bis zum Dezember 1955. Während eines Besuches auf dem Weihnachtsmarkt »Unter den Linden« konnte er seinen Bewachern durch die Humboldt-Universität entkommen und mit Hilfe des dänischen Journalisten Henrik Bonde-Henriksen durchs Brandenburger Tor nach Westen flüchten. Obwohl Bonde-Henriksen sich in Bonn die Zusicherung geholt hatte, John drohe keine Strafe im Westen, wurde der ehemalige Verfassungsschutzpräsident verhaftet. Unter den fünf Richtern des Dritten Strafsenates beim BGH, die über John urteilten, waren zwei ehemalige NS-Richter. John, der beteuerte, entführt und zur Teilnahme an den Ostberliner Pressekonferenzen gezwungen worden zu sein, wurde – obwohl das Gericht einräumen mußte, daß er im Osten keine Staatsgeheimnisse verraten hatte – am 22. Dezember 1956 zu vier Jahren Zuchthaus verurteilt: wegen des obskuren Tatbestandes landesverräterischer Fälschung und Konspiration (nach dem heute nicht mehr existierenden § 100 StGB, der die Behauptung eines Sachverhaltes unter Strafe stellte, der nicht existiert, der, wenn er aber existieren würde, ein Staatsgeheimnis wäre. Gemeint war Johns Hinweis auf eine Geheimabsprache unter den westlichen Staaten, die einen Präventivschlag gegen den Osten vorsah). Nach seiner Freilassung am 28. Juli 1958 hat John insgesamt fünfmal Antrag auf Aufhebung des BGH-Urteils gestellt.

1995 entschied das Berliner Kammergericht in seiner Sache. Die für eine Wiederaufnahme notwendige »neue und zwingende« Tatsache hatte der ehemalige Sowjet-Botschafter in Bonn, Valentin Falin, geliefert. Falins Fazit: »Es unterliegt aber keinem Zweifel, daß Otto John nicht bewußt war, wohin er nach seinem Zusammensein mit dem genannten Arzt (Wohlgemuth) gefahren wurde.« Generalbundesanwalt Key Nehm ersuchte das Berliner Kammergericht, Falins beeidigte Aussage als unerheblich anzusehen, weil sie auf Hörensagen beruhte. Das Kammergericht wies Johns Antrag ab.

Eine Pension bezog der ehemalige Präsident des Bundesamtes für den Verfassungsschutz nicht, allerdings hat Bundespräsident Richard von Weizsäcker ihm 1986 gegen den politischen Willen in Deutschland einen Ehrensold zugestanden – und das, obwohl John als Berichterstatter im Nürnberger »Wilhelmstraßenprozeß« indirekt zur Verurteilung seines Vaters, des ehemaligen Staatssekretärs im Auswärtigen Amt, Ernst von Weizsäcker, beigetragen hatte.

Otto John starb am 26.3.1997 – ohne rehabilitiert worden zu sein.

Hans Globke blieb trotz heftiger in- und ausländischer Proteste wegen seiner Mitarbeit am Kommentar der Nürnberger Rassengesetze Adenauers rechte Hand und Koordinator der Riege der Staatssekretäre im Kanzleramt. Die besondere Stellung Globkes und der übrigen Staatssekretäre trug Adenauer den Vorwurf ein, an seinen Ministern vorbei eine Nebenregierung zu unterhalten. Das hat Adenauer ebensowenig beeindruckt wie die wachsende Kritik an Globkes Tätigkeit im NS-Staat. Globke, der selbst keine Ambitionen auf weitere politische Ämter erkennen ließ, baute für Adenauer das Bundeskanzleramt zu einem effektiven Machtinstrument aus. Er blieb Staatssekretär bis zu Adenauers Demission 1963 – also gute zwölf Jahre.

Reinhard Gehlen wurde – wie vorgesehen – per Kabinettsbeschluß vom 11. Juli 1955 Präsident des bundesdeutschen Nachrichtendienstes (ab 1956: BND), den er bis 1968 leitete (ein Jahr über die Altersgrenze von 65 Jahren hinaus, weil die Bonner Regierung keinen geeigneten Nachfolger finden konnte). Im Laufe seiner Amtszeit hat er zahlreiche Affären überlebt – so die Enttarnung des ehemaligen SS-Mannes und leitenden BND-Mitarbeiters Heinz Felfe als KGB-Agent und die Verwicklung in die »Spiegel«-Affäre 1962, in deren Verlauf Gehlen im Vorzimmer des Kanzleramtes auf Adenauers Anweisung hin verhaftet worden wäre, wenn Justizminister Stammberger (FDP) sich nicht geweigert hätte, dem Wunsch des Kanzlers nachzukommen. Am 30. April 1968 wurde Reinhard Gehlen das Große Bundesverdienstkreuz verliehen. Sein Nachfolger wurde Gerhard Wessel, der Mann, der schon 1945 die Abteilung »Fremde Heere Ost« übernommen hatte, als Gehlen in die Alpen geflohen war. Gehlen zog sich nach seiner Pensionierung in sein Haus am Starnberger See zurück und schrieb seine Lebenserinnerungen (»Der Dienst« 1971). In seiner Freizeit segelte er mit der Yacht, die ihm seine einstigen Überwacher von der CIA überlassen hatten. Gehlen starb am 8. Juni 1979.

Wolfgang Wohlgemuth verließ noch in der Nacht, in der er John in den Osten chauffiert hatte, Westberlin. Die Auflösung seiner Praxis und seines Vermögens überließ er einem Rechtsanwalt. Im »Spiegel 2/55« hieß es in einer *Personalie*: »... der im Juli 1954 zusammen mit dem ehemaligen Präsidenten des Bundesamtes für Verfassungsschutz, Dr. Otto John, in die Sowjetzone abgewanderte Berliner Chirurg und Lebemann wird angeblich in einer Villa Neubabelsbergs (bei Potsdam) in Hausarrest gehalten. Während John in der Schlußphase der EVG-Debatte von der SED einige Male taktisch eingesetzt wurde, war über den Verbleib seines Freundes Wohlgemuth bisher nichts bekanntgeworden. Zahlreiche Ärzte der Sowjetzone haben es mittlerweile aufgegeben, mit ihm Kontakt zu suchen, und selbst der sowjetzonale Gesundheitsminister Luitpold Steidle (Ost-CDU) resignierte kürzlich: ›Ich habe alles versucht, um herauszufinden, wo er sich aufhält, aber es war vergebens. Es wäre schade, wenn seine Fähigkeiten bei uns ungenutzt blieben.‹«

Zum Prozeß gegen John sicherte die Bundesanwaltschaft Dr. Wolfgang Wohlgemuth freies Geleit zu. Aber Wohlgemuth, der Johns Behauptung, entführt worden zu sein, widerlegen sollte, erschien nicht. Der BGH-Senat schickte den Richter Dr. Manzen zur Berliner Sektorengrenze, wo Wowo seine Zeugenaussage ablegen wollte. Als Wowo jedoch auf der Ostseite mit Pressevertretern erschien und die BGH-Leute aufforderte, herüberzukommen, verzichteten diese auf die Einvernahme.

Wowo leitete bis 1975 das Krankenhaus der Nationalen Volksarmee in Saarow-Pieskow. 1975 kehrte er nach Westberlin zurück und nahm seine Tätigkeit in der Praxis in der Uhlandstraße wieder auf. 1978 erlitt er einen Herzinfarkt und verstarb.

Lucie John, geborene Manén (nicht Marlén, wie der »Spiegel« kontinuierlich und genüßlich falsch schrieb), verließ kurz nach dem Verschwinden ihres Gatten die Bundesrepublik – zum zweitenmal nach ihrer Flucht vor den Nazis 1936. Die Stimmung in Deutschland war nach den ersten Auftritten Johns in Ostberlin so aufgeheizt, daß Lucie es in Köln nicht mehr aushielt. Zudem stand sie, nachdem der Staat die Bezüge des Präsidenten des Bundamtes für den Verfassungsschutz gestrichen hatte, ohne Einkünfte da. In London kümmerte sich Gisela, ihre Tochter aus erster Ehe, um sie. Sobald John ihr schreiben durfte, zog Lucie einen britischen Geheimdienstler zu Rate. Mit seiner Hilfe analysierte sie die spärlichen Nachrichten aus dem Osten, um aus dem zensierten Text die Wahrheit über das Schicksal ihres Gatten herauszulesen. Lucie fürchtete um Ottos Leben. Nachdem John nach einem Zwangsaufenthalt in der UdSSR wieder nach Ostberlin zurückkehrte, gelang es ihm angeblich, über den Dirigenten und ehemaligen Generalmusikdirektor der Berliner Staatsoper Erich Kleiber Lucie eine Telefonnummer zukommen zu lassen. Lucie rief ihn nun jeden Samstagabend an und plauderte mit ihm – natürlich unter Aufsicht aller beteiligten Geheimdienste.

Nach seinem Übertritt von Ost nach West wurde John durch die Sicherungsgruppe Bonn in die damalige Bundeshauptstadt gebracht, und man erlaubte ihm, vom Dienstzimmer des Aktionsleiters Dr. Brückner aus mit Lucie in London zu telefonieren. Am Tag darauf flog Lucie in Begleitung ihrer Tochter mit dem ersten Flugzeug aus London in Köln-Bonn ein. Während der umfangreichen Vernehmungen im BKA in Wiesbaden durch einen Ermittlungsrichter des BGH wurde der telefonische Kontakt Johns mit seiner Frau unterbunden. Als John sich mit seinem Kölner Rechtsanwalt Dix unzufrieden zeigte, fuhr Lucie nach Karlsruhe zum Generalbundesanwalt Max Güde, der ihr den Karlsruher Anwalt Caemmerer für ihren Mann empfahl. Später soll Güde in kleinem Kreis gedroht haben, wenn Lucie sich mit ihrer Version, Otto sei unter Drogen nach Ostberlin entführt worden, in der Öffentlichkeit nicht zurückhalte, könne das böse Folgen für den Prozeß haben.

Weihnachten 1957 durfte Lucie ihren Gatten erstmals im Zuchthaus besuchen – ein Jahr nach seiner Verurteilung. Sie verdiente sich in London ihren Unterhalt mit Gesangsunterricht und betrieb mit RA Caemmerer die Begnadigung ihres Mannes durch den Bundespräsidenten. Doch Heuss, mit dessen Gattin Lucie eng verbunden war, gab ihrem Drängen nicht nach. Johns Entlassung nach 32 Monaten entsprach bloß dem Usus, Ersttäter bei guter Führung ein Drittel ihrer Strafe zu erlassen. Vor der Kölner Haustür warteten nur Fotografen – kein Freund, wie John bitter vermerkte. In ihrer alten Wohnung wurde John dann von seiner Frau Lucie empfangen.

General Eugen Pitovranow wurde nach Johns Flucht aus Ostberlin (von der viele Beobachter behaupten, sie sei von KGB und SSD nicht nur geduldet, sondern auch gewünscht gewesen) abberufen und an die Botschaft der UdSSR in Peking versetzt.

Edgar, der junge Schauspieler, erholte sich überraschend schnell von der unseligen Erpressungs-Affäre. Er bekam wirklich eine Rolle beim Film und wurde (unter seinem wohlklingenden Künstlernamen) zu einem der großen Kino-Stars der fünfziger Jahre. Er brillierte als heißblütiger Verführer – der Damen natürlich.

Am 20. Juli 1954, zehn Jahre nach dem gescheiterten Anschlag auf Hitler, taucht der Chef des bundesdeutschen Verfassungsschutzes, Otto John, unter mysteriösen Umständen in Ost-Berlin auf.

In diesem spannungsgeladenen Thriller schildert Wolfgang Brenner die letzten Wochen vor Johns spektakulärem Verschwinden aus der Bundesrepublik: Der ehemalige Widerstandskämpfer kämpft gegen die Unterwanderung der Regierung durch ehemalige Nazis. Er befürchtet, daß mit Hilfe der Amerikaner ein neuer Geheimdienst aus Agenten des Dritten Reiches aufgebaut wird. Doch bald gerät der glühende Patriot Otto John in ein immer undurchdringlicheres Netz aus Intrigen und Erpressungsversuchen. Seine übermächtigen Gegner, Adenauer, Globke, Gehlen, »Der Spiegel« sowie der amerikanische Geheimdienst CIA, drängen ihn in die Isolation, bis ihm nur ein fataler Ausweg bleibt …

Wolfgang Brenner verknüpft historische Fakten und Fiktion zu einem atemberaubenden Roman, in dem es um Verrat, Patriotismus und das schmutzige Spionagegeschäft in den Zeiten des Kalten Krieges geht. Der Patriot ist ein Stück brillant erzählter deutscher Geschichte.